von
Andrea
4.7.24

HAYMON verlag

Jurij Wynnytschuk

Im Schatten der Mohnblüte

Roman

Aus dem Ukrainischen von
Alexander Kratochvil

MIX
Papier aus verantwortungsvollen Quellen
FSC® C017859
www.fsc.org

Auflage:
4 3 2
2017 2016 2015 2014

HAYMON verlag
Innsbruck-Wien
www.haymonverlag.at

ISBN 978-3-7099-7145-1

Umschlag- und Buchgestaltung nach Entwürfen von:
hœretzeder grafische gestaltung, Scheffau/Tirol
Umschlag: hœretzeder grafische gestaltung, Scheffau/Tirol
Satz: Da-TeX Gerd Blumenstein, Leipzig
Umschlagbild: www.photocase.de/behrchen

Gedruckt auf umweltfreundlichem,
chlor- und säurefrei gebleichtem Papier.

Gewidmet Jevhen Nakonetschnyj (1931–2006), Autor der Bücher *Der gestohlene Name* und *Shoah in Lwiw*, dem guten Geist der Stefanyk-Bibliothek der Wissenschaften. Er hat mir wiederholt und nachdrücklich, dabei durchaus einnehmend, das Thema für diesen Roman nahegelegt, mich mit verschiedenster Literatur versorgt und seine Erinnerungen mit mir geteilt.

Oben schneit es, die Raben krächzen, die Bäume knacken vor Frost und in der Ferne knirscht der Schnee unter den Stiefeln der Mörder. Ihr Kommen ist ringsum vernehmbar. Noch fernes, wütendes Bellen von Hunden, das anders ist als das Gekläff der Dorfhunde, es schwillt an, wird allmählich lauter, die Raben fliegen laut krächzend auf und davon. Die vier jungen Männer sitzen in ihrem Versteck und lauschen. Dann blicken sie sich in stillem Einverständnis an und verbrennen Papiere. Rauch kriecht aus dem Abzug. Sie wechseln die Hemden und beginnen zu beten – nicht gemeinsam, sondern jeder für sich und in verschiedenen Sprachen. Drei sitzen um einen kleinen, aus Brettern genagelten Tisch, auf der dunklen, glatten Tischplatte liegen Handgranaten griffbereit. Sie warten schweigend. Ihre Augen verraten keinerlei Furcht. Jeder hängt seinen eigenen Gedanken nach.

Der Vierte nimmt die Geige, stellt sich neben die anderen und horcht nach draußen. Das Bellen ist bereits über ihren Köpfen. Das Feuer im Bunker verlischt, Funken fressen sich in die noch glühenden Papiere und verglimmen. Oben sind nun Kommandos zu hören und die Aufforderung, sich zu ergeben. Die Männer reagieren nicht, ihre Blicke ruhen auf den Granaten. Erst als sie oben verzweifelte Frauenstimmen hören, die sie rufen, anflehen, betteln, zucken sie zusammen. Tränen treten in ihre Augen, aber ergeben werden sie sich nicht. Sie wissen nur zu gut, was sie erwarten würde.

Die Hand mit dem Geigenbogen streicht über die Saiten, ein Tango erklingt. Das Knurren der Hunde und die Stimmen mischen sich in die Melodie – aber nicht nur in die Melodie, auch in den leisen Gesang, den die vier Männer angestimmt haben. Und dann greift eine Hand nach der Granate.

1

Als junge Menschen sind wir alle blank. Selbst die größten Genies, deren Laufbahn schon vorherbestimmt ist, bewegen sich nicht allzu geschickt durch die Welt. Daher braucht man sich nicht zu wundern, wenn wir nach der Heirat auf Prüfungen stoßen, die wir selten glücklich bestehen und die meistens in einer Scheidung enden. In genau solch eine Falle tappte auch der junge Mirko Jarosch, als er nach dem Studienabschluss die warmherzige und süße Romka heiratete. Er rezitierte für sie Gedichte seiner liebsten Dichter, und sie tat so, als hörte sie zu, blinzelte gar, blies die Bäckchen auf und bekam dabei ein so vergeistigtes Gesicht, dass er sich immer mehr, immer heftiger in sie verliebte und dachte, gerade sie sei für ihn wie gemacht. Sie lauschte gerührt der Flut der Worte, mit der er sie übergoss. Er ergötzte sich an den Worten, sie wickelten ihn ein wie Schlingpflanzen, schnürten ihm die Kehle zu. Wenn sie sich während einer solchen Rezitation an ihn schmiegte und ihr heißer Atem sein Ohr kitzelte, dachte er, diese Idylle würde ewig währen und sie beide wären füreinander bestimmt. Das Gefühl siegte über den gesunden Menschenverstand, nach der Hochzeit zogen sie bei Romkas Eltern ein, was der Anfang vom Ende war.

Zwei Jahre Schuldienst und dazu ein externes Doktoratsstudium verhießen nichts Erfreuliches, weil das Geld ziemlich knapp war und Romkas Eltern sich das Vergnügen nicht nehmen ließen, sie immer wieder daran zu erinnern, dass sie ihnen auf der Tasche lagen. Wenn abends ihr kleiner Sohn eingeschlafen war, breitete Jarosch seine Bücher am Küchentisch aus und schrieb an seiner Dissertation über die Literaturen des alten Ägypten, Babylons, des Zweistromlands, Sumers, Arkaniens*[1] und des Hethitischen Reiches. Je tiefer er in die Materie eintauchte und je mehr Quellen er studierte, desto hoffnungsloser erschien ihm diese Arbeit, denn die Quellen verwiesen auf andere Quellen und diese wieder auf andere und so endlos fort. Er irrte herum in einem Labyrinth aus Verweisen und zog Schlussfolgerungen oft wie blind tastend. Alle, die sich mit diesem Thema beschäftigten, wussten, dass sie es nie mit vollständigen Materialien aus der damaligen Literatur zu tun hatten, sondern mit Fragmenten, die wie durch ein Wunder erhalten geblieben und wie durch ein Wunder entziffert und lesbar waren – jedoch nicht alle Fragmente, die arkanische Sprache hatte noch keiner entschlüsselt und über ihre Literatur wusste man lediglich aus hethitischen und hurritischen Quellen. Ebendieses Problem faszinierte Jarosch plötzlich so sehr, dass er alles andere beiseiteschob und sich an die Entschlüsselung der arkanischen Texte machte, was vor ihm nicht wenige Gelehrte vergeblich versucht hatten – die arkanische Keilschrift ähnelte keiner anderen.

Da er für seine wissenschaftliche Arbeit nur wenig Zeit zur Verfügung hatte, begann er, ernstlich am Sinn seines Familienlebens zu zweifeln. Die Routine des Schulunterrichts stumpfte ihn ab, er litt und fragte sich, wie es dazu kommen konnte, dass er Lehrer geworden war, obwohl er diesen Beruf bereits in seiner Schulzeit gehasst hatte. Er kam erschöpft nach Hause und das Einzige, was ihn zur wissenschaftlichen Arbeit stimulierte, war Wein. Das erste Glas löste die Anspannung des Tages, das zweite sprengte die Ketten, die seinen Geist fesselten, befreite die Gedanken, und dann raste seine Feder wie entfes-

[1] Informationen zu mit Sternchen ausgewiesenen Begriffen finden Sie nachstehend im Glossar.

selt über das Papier. Das hielt ungefähr zwei Stunden an, dann warf ihn die Müdigkeit um und er legte sich schlafen, den Kopf schwer von Hieroglyphen, Tontafeln und Papyrus. Dazu kam die völlige Geringschätzung seiner wissenschaftlichen Arbeit durch seine Frau und ihre Eltern. Sie hielten das, mit dem er sich beschäftigte, für Quatsch, Zeitverschwendung, und waren der Ansicht, dass er seine Dissertation ohnehin nie vollenden würde und sich deshalb mit dem bescheidenen Dasein eines Lehrers abfinden müsse. Es war ein festes Ritual geworden, ihn von der Arbeit abzuhalten und anderweitig zu beschäftigen: einkaufen, Müll hinausbringen, Wasser vom mobilen Wassertank holen, wenn die Wasserversorgung wieder zusammenbrach. Sie weckten ihn im Morgengrauen, damit er sich in die Schlange für Milch, Wurst, Käse und Mehl stellte – ganz egal, was es war, er musste immer rennen, als in den 1980er Jahren so gut wie alles zur Mangelware wurde und die Menschen sich in Jäger und Sammler verwandelten, durch die Stadt streiften und sich in mehreren Schlangen gleichzeitig Plätze frei hielten, um in jeder von ihnen ein Kilo Zucker oder eine Packung Waschmittel zu erstehen, mehr kriegte man nicht. Er musste auch die Buchläden abklappern, in die einmal pro Woche neue Bücher geliefert wurden. Die entsprechende Information erhielt nur ein enger Kreis von Eingeweihten, die nach der Lieferung der Ware, eine Stunde, bevor der Buchladen öffnete, bereits Schlange standen, um dann loszustürmen und einen Kafka, Camus, Márquez oder einen Borges zu ergattern.

Für dieses hehre Ziel fing Jarosch sogar eine platonische Beziehung mit einer Buchhändlerin an. Zu mehr konnte er sich nicht aufraffen, denn sie zählte zu jenen überreifen Frauen, die nach vielen Jahren allein verlebten Alltags unerträglich launenhaft und öde geworden waren. Wenn Jarosch sie zum Kaffee einlud, musste er sich ihre

Lebensweisheiten anhören, einen ganzen Haufen schlaumeierhafter Regeln, die sie um sich herum aufstellte wie Signalflaggen. Im Grunde war auch ihre komplette Garderobe eine solche Signalflagge, die sämtliche Rundungen ihres Körpers wie bei einer Nonne verhüllte, denn sie wartete auf eine „ernsthafte Beziehung", an einem Flirt hatte sie „kein Interesse", doch Pan* Mirko sei „ein sehr angenehmer Mensch", ihm könne man vertrauen. „Mir kommt es manchmal vor, als würden wir uns schon ewig kennen", sagte sie und lächelte ein viel versprechendes, verheißungsvolles Lächeln – noch so ein Fähnchen, es flatterte am Horizont –, doch nicht ohne den vielsagenden Hinweis: „Keinem, keinem, keinem, nur dem Einen." Jarosch betrachtete ihre blass-fahlen Hände, die von feinen rötlichen Härchen bedeckt waren, und stellte sich ihre Beine vor, vielleicht ebenso behaart, was in ihm gar den Wunsch weckte, diesen noch unberührten Kontinent mit all seinen verborgenen Winkeln zu erforschen. Vor seinem Forschergeist jedoch rettete ihn der totale Zeitmangel, und bereits das Kaffeetrinken reichte völlig aus, um die freundschaftliche Beziehung aufrechtzuerhalten und die benötigten Informationen über die Lieferung neuer Bücher zu bekommen.

Einmal ging er lange nach Mitternacht schlafen und ließ seine Papiere auf dem Küchentisch liegen. Am Morgen fand er darauf eine fettverklebte heiße Pfanne stehen, aus der sein Schwiegervater gerade großzügig mit Lauch garnierte Rühreier schaufelte und sich dann hinter der Zeitung vor der Welt versteckte. Das war der Tropfen, der das Fass zum Überlaufen brachte. Mit frechem Mut, den er sich früher nie erlaubt hatte, jedoch nicht ohne das übliche „'tschuldigung", holte er seine Papiere unter der Pfanne hervor, schüttelte sie vor den Augen des vor Überraschung starren Schwiegervaters über dem Tisch aus und ging. Sein Dilemma war ihm nun endgültig klar: Er musste etwas opfern. Entweder sein Familienleben oder die Wissenschaft. Er wählte Ersteres. Am nächsten Morgen ging er – um keinen Verdacht zu wecken – wie üblich zur Arbeit, wobei zu seinen üblichen Verpflichtungen auch gehörte, seinen Sohn in den Kindergarten zu bringen. Der Abschied von dem Kleinen fiel ihm besonders schwer, er wusste, dass er viele schöne Momente verlieren würde. Was er vorhatte, würde seine eingefahrene Lebensweise endgültig und von Grund auf ändern, doch er sah keinen anderen Ausweg. Er wartete ab, bis alle die Wohnung verlassen hatten, dann kehrte er ohne Hast zurück, packte seine Siebensachen, nahm seine Bücher und Aufzeichnungen und schrieb einen Brief, in dem er mitteilte, dass er die Familie unumstößlich und für immer verlasse. Alimente werde er zu Beginn eines jeden Monats zahlen. Danach rief er in der Schule an und teilte der Direktorin mit, dass er die Arbeit wegen unvorhergesehener Umstände aufgeben müsse.

„Aber Sie können doch nicht so einfach mitten im Schuljahr gehen!“, regte sich die Direktorin zu Recht auf.

„Ich habe einen ernsten Grund.“

„Darf man auch erfahren, welchen?“

„Ich bin krank.“

„Krank?“, fragte die Direktorin besorgt. „Was haben Sie denn?“

„Die Diagnose ist leider sehr unerfreulich“, wiederholte er eine Floskel, die er in einem Film gehört hatte, und seufzte.

„Ach, nun ... ja, solange Sie eine Therapie machen, halten wir Ihre Stelle ...“

„Nein, nein, eine Therapie ist überflüssig ... unheilbar, verstehen Sie? Sinnlos.“

„Und wohin gehen Sie? Haben Sie eine andere Arbeit?“

„Nein. Ich will die mir noch vergönnten Tage genießen. Verstehen Sie?“

„Natürlich. Sie haben schon Recht. Sinnlos, sich abzurackern ... aber Ihre amtliche Zuweisung für die Schule kann aufrecht bleiben ... damit Ihre Praktikumszeit lückenlos ist. Ach, was denn für ein Praktikum noch! Aber so oder so, damit Sie keinen Ärger kriegen. Weil wenn die Miliz Sie aufhält und nach Ihrem Arbeitsplatz fragt ... Arbeitsverweigerung und Parasitentum hängt man Ihnen dann an. Nein, so ist es sicherer ..."

„Ja, natürlich. Danke für das Entgegenkommen."

„Aber das ist doch selbstverständlich. Und denken Sie daran, unser Kollektiv war stets stolz auf Sie. Und auch die Schüler mögen Sie. Sie werden ihnen fehlen!"

Als das erledigt war, rief er ein Taxi und fuhr ans andere Ende von Lemberg, nach Majoriwka. Tags zuvor hatte er eine Unterkunft bei einem Rentnerehepaar zu einem bezahlbaren Preis besorgt. Das Zimmer war nicht groß, er konnte nicht einmal alle seine Bücher ausbreiten, doch dafür störte ihn nun niemand mehr. Morgens eilte er in die Bibliothek. Dort arbeitete er bis um fünf, dann kehrte er nach Hause zurück. Unterwegs kaufte er sich noch ein paar mit Innereien gefüllte Piroggen für vier Kopeken das Stück, die er dann in der Pfanne briet, aß und dazu Tee trank. Er gewöhnte sich daran, mit wenig auszukommen. Dafür konnte er sich voll und ganz der Wissenschaft hingeben. Das Geld für seinen Lebensunterhalt und die Alimente verdiente er durch Übersetzungen und Rezensionen. Für ein bescheidenes, aber nicht erbärmliches Leben reichten zwei bis drei Veröffentlichungen im Monat. Und vor allem ging einem niemand auf die Nerven.

Von Jaroschs Verwandten lebte nur noch die ältere Schwester seiner Mutter, Tante Luzia, eine alte Jungfer. Ihr Verlobter war im Krieg verschollen, doch sie wartete noch immer auf ihn, selbst nach dem Zerfall der Sowjetunion, als bereits alle, die irgendwo in der Verbannung überlebt hatten, nach Hause zurückgekehrt waren. Ihr gehörte ein geräumiges Haus in Krywtschytzi und sie schlug ihrem Neffen wiederholt vor, doch bei ihr zu wohnen, aber er wimmelte sie jedes Mal ab. Er wusste, dass die Tante ihn nicht in Ruhe lassen würde, sie brauchte Unterhaltung, Beachtung und würde sich womöglich auch noch um ihn kümmern wollen, doch Jarosch brauchte keine Aufmerksamkeit und wollte in Ruhe gelassen werden. Allerdings besuchte er die Tante öfter, brachte ihr Lebensmittel, versorgte sie mit interessanter Lektüre und hörte sich geduldig ihre Geschichten an. Sie war eine korpulente Frau mit wabbeligem Doppelkinn und dicken Beinen. Wenn sie ging, watschelte sie wie eine Ente, außerdem roch sie streng nach Baldrian. In ihrer Jugend war sie angeblich recht attraktiv gewesen. Am zufriedensten war sie, wenn sie den Neffen am Tisch sitzen hatte und ihn füttern konnte, dann setzte sie sich ihm gegenüber und schaute ihm entzückt zu, freute sich, dass ihm ihr Essen oder ihr Erdbeerkuchen so gut schmeckte. Jeden August kochte sie Marmelade aus verschiedenen Beeren und Früchten, und weil sie selbst nur wenig davon aß und auch Jarosch keine Naschkatze war, füllten die Marmeladegläser bald alle Regale in der Kammer. Eigentlich war kein Platz mehr, aber stets im August fand die gleiche Zeremonie statt: Beeren wurden in einem großen Kupferkessel mit einem hölzernen Kochlöffel verrührt und eingekocht. Die Tante ähnelte dann plötzlich einer Zauberin, die einen geheimnisvollen Trank bereitet, und war ernst und konzentriert. Die kleinste Fliege, die es an diesem geheiligten Tag wagte, sich in ihre Küche zu verirren, geriet augenblicklich unter ihre Fliegenklatsche. Der Duft der zerkochten und eingedickten Beeren machte einen schwindeln, Wände und Möbel waren so sehr davon gesättigt, dass das ganze Haus wie ein Lebkuchenhäuschen duftete und alles aus Marzipan zu sein schien. Keine Überredungskunst überzeugte die Tante, sich nicht weiter mit dem Marmeladekochen abzurackern, es half nichts, sie konnte diese Gewohnheit nicht aufgeben und wollte auch nicht. Ihr Geliebter hatte Süßes so sehr geliebt, und sie dachte nostalgisch schwelgend daran, wie sie ihn mit dem Löffelchen gefüttert, wie er sich die Lippen geleckt und sein Mund vor roten und gelben Geleetropfen geglänzt, an denen auch sie geleckt hatte. Diese Erinnerungen stiegen während des Einweckens in ihr hoch und dauerten so lange an, bis sie damit fertig war, um dann wieder langsam im Vergessen zu versinken – bis zum nächsten August.

An einem solchen Augusttag, als man vor Hitze kaum atmen konnte und die Luft über den Bäumen flimmerte, ließ sich die Tante in der Ottomane nieder, da sie am Herd ganz matt geworden war, und schlummerte ein wenig vor sich hin. Das Feuer leckte fröhlich weiter am Metall, die Beeren brodelten, schäumten und stiegen immer weiter nach oben, bis sie den Rand des Kupferkessels erreicht hatten, kochten über und löschten das Feuer auf dem Herd. Das Gas unter dem Kessel mit der heißen Marmelade freilich zischelte munter weiter und füllte die ganze Küche mit säuerlichem Geruch, Tante Luzia lächelte im Traum, streckte jemandem die Arme entgegen und flüsterte: „Endlich, du bist zurückgekommen ..."

Am späten Nachmittag schaute Jarosch vorbei. Das Haus roch nicht mehr nach Lebkuchen. Er riss augenblicklich alle Türen und Fenster auf und rief den Notarzt – doch es war zu spät. Die Marmelade hatte die Tante umgebracht.

Wie angekündigt vererbte sie das Haus ihrem Neffen und er zog gleich nach der Beerdigung in Krywtschytzi ein. Das Haus lag in einem alten, noch ertragreichen Garten, entlang des Zauns wucherten Sträucher mit Stachel- und anderen schwarzen, gelben und roten Beeren, an Metallstangen schlängelten sich blaue und weiße Reben nach oben, unter den Fenstern befanden sich Blumenkästen, aus denen stolz Sonnenblumen, Malven und Dahlien ragten. Im Erdgeschoss befanden sich zwei geräumige Zimmer und die Küche, im Obergeschoss eine Mansarde mit großen Fenstern, die er sich als Arbeitszimmer einrichtete. Das Haus war vollgestopft mit den Sachen der Tante, endlos viel Krimskrams aller Art, der für die Tante wahrscheinlich irgendeine Bedeutung gehabt hatte. Besonders wunderte er sich über eine sorgfältig in einem Leinensack verpackte polnische Polizeiuniform. Als er sie aufhängte, entdeckte er ein Einschussloch und getrocknete Blutspuren. Was hatte das zu bedeuten? Ukrainer konnten in der Zwischenkriegszeit keine Polizisten werden. War der Verlobte der Tante ein Pole gewesen? War er verletzt worden und geflohen, hatte er sich bei Luzia versteckt und dann Zivilkleidung getragen? Wie mochte es mit ihm weitergegangen sein?

Einige Tage war Jarosch damit beschäftigt, sein neues Heim aufzuräumen. Manches verbrannte er, anderes warf er weg, nicht alles sofort, da einige Funde doch Aufmerksamkeit verlangten, etwa die Etuis mit alten Armbanduhren, Weckern und Tischuhren, die der Großonkel repariert hatte. All diese tote Mechanik aus weiß Gott welcher Zeit erstaunte Jarosch ziemlich, sodass er nur einen Teil davon auf den Müll warf und besonders alte Uhren in einem Regal aufstellte. Die Tante hatte mit ihren Vorräten nicht nur den Krieg und andere schlimme Zeiten überstanden, sondern auch den friedlichen Zeiten nicht getraut: Grieß, Zucker, Salz, Mehl, Seife, Streichhölzer und verschiedenste Vorräte, von denen man mehr als ein Jahr zehren konnte, stapelten sich. Unzählige Einweckgläser zierten in der Speisekammer die Regale: Konfitüren, garantiert auch aus Malvenblüten, und eingekochte Beeren und Früchte standen in Reih und Glied. Sie waren nicht mit Metalldeckeln zugeschraubt, sondern mit einem speziellen Glaspapier bedeckt, das, nachdem die Tante es angefeuchtet hatte, aushärtete und dann einen kompakten Verschluss auf dem Einweckglas bildete. Auf dem Eingemachten selbst lag ein in Alkohol eingeweichtes rundes Glaspapier, um Schimmelbildung zu verhindern. Kandierte Fruchtschalen, in Zuckersirup eingelegte Orangen-, Zitronen- und Mandarinenschalen, zudem Paradeiser und Ajvar, getrocknete Pilze, Äpfel, Pflaumen und Birnen, Gläser mit marinierten Pilzen, Pflaumen, Essiggurken und Mixed Pickles. In dunklen Flaschen glänzten verkorkt und mit Wachs versiegelt rötliche und gelbliche Fruchtsäfte. Im Keller fand sich sogar noch Kohle und Brennholz, obwohl das Haus schon lange an die Gasversorgung angeschlossen war. Die Tante hatte dazu ihre eigenen Ansichten gehabt. Jarosch wunderte sich daher nicht, als er unter der Kellerdecke mehrere in Strümpfen eingepackte geräucherte Schinken hängen sah. Als er sie herunterholte und kostete, stellte er fest, dass sie zwar ziemlich ausgetrocknet, ansonsten aber völlig in Ordnung waren und sich in hauchdünnen Scheiben hervorragend für belegte Brötchen eigneten. Die Kellerwände hingen voller Knoblauch, Zwiebeln, scharfen Paprikas, getrocknetem Dill und Kümmel. Es gab außerdem Säcke voller Nüsse und auf den Regalen lagen auf Stroh Äpfel und Birnen. In der Mitte des Raumes stand eine große, furnierte Kiste mit Sand, in der gelbe und rote Rüben, Petersilie und Sellerie lagerten. All das konnte man gut gebrauchen, nur nicht die Marmelade, von der war einfach zu viel da. Jarosch machte Wein mit ihr, verwendete sie als Zuckerersatz.

Und noch ein Riesending hatte die Tante ihm hinterlassen: ein altes österreichisches Piano. Es sah imposant aus und diente Jarosch als sicherer Aufbewahrungsort für Geld und Papiere. Auf dem Piano lag ein Büchlein, das die jungen Damen des Hauses in früheren Zeiten als Poesiealbum benutzt und in welches die Gäste des Hauses zur Erinnerung Grüße, Wünsche und Verszeilen geschrieben oder auch etwas gemalt hatten, und jede Demoiselle konnte stolz eins oder gleich mehrere solcher Alben vorweisen. Jarosch blätterte darin, zwischen den Zeichnungen, vorwiegend Schmetterlinge, Vögelchen, Blümchen und Reben, prangten kalligraphisch geschriebene Verse oder schlaue Sinnsprüche wie „Selbst wenn dich einer liebt mehr als ich, so unterschreibt er doch nur unter mir!" Die beiden letzten Einträge waren mit dem Namen „Jas" unterschrieben:

Oben Rosen, unten Veilchen,
wir lieben uns engelsgleichen.

Wenn du Roulade isst und auf eine Zwiebel triffst,
dann denkst du entzückt an mich.

A

„Mein Spätzchen", flüstert Mama, „bist du schon wach? Dann steh schnell auf und iss deinen Brei, bevor er kalt wird." Dieses zärtliche Gezwitscher der Mama begleitete mich mein ganzes Leben, und auch jetzt, da sie nicht da ist, kann ich sie hören, diese zärtlich plätschernden Töne, diese feinen, weichen Worte, von denen ich allmorgendlich geweckt wurde. Ich setzte mich dann an den Tisch, wo mich Mama und der Milchbrei mit Rosinen und Nüssen erwarteten, und nahm mir einen vollen Löffel des seltenen Mai-Honigs. In einem dünnen Strahl ließ ich ihn auf den Brei fließen und malte dabei Fantasiebilder, in denen man Schlösser, Berge, Wälder, Wiesen und undurchdringbaren Sumpf sehen konnte. Anschließend zerstörte ich mein Märchenland Löffel für Löffel und stellte mir dabei vor, dass ich mir gerade einen Berg, einen Wald, einen Fluss oder ein Schloss in den Mund schob.

Noch bevor Mama mich mit ihrem zärtlichen Gezwitscher weckte, heizte sie den Ofen an, schlaftrunken lauschte ich dem Knistern des brennenden Holzes, hörte, wie die Schaufel im Kohleneimer kratzte, in der Küche die Topfdeckel klapperten und im Winter, bevor sich meine Zimmertür vorsichtig öffnete, die Ofenklappe quietschte, Papier oder Stroh raschelte, ein Streichholz zischte und ein Flämmchen fröhlich über die Späne leckte. Dann sang mich das ruhige Summen des Ofens wieder in den Schlaf. Mir wurde noch behaglicher als zuvor und es schien mir, nicht der Ofen, sondern Mama verströme die Wärme und summe so behaglich. Lang konnte ich jedoch nicht vor mich hin träumen, denn das Milchmädchen klopfte früh an die Tür. Mit der Flasche frischer Milch brachte sie auch die neuesten Nachrichten. Einige Minuten später verbreitete sich der Duft von Kaffee, aufgebrüht unter Zugabe von Zichorie der Firma „Franko" in einer weißen Porzellankanne, und der Schlaf zerfloss, löste sich auf und verschwand ...

Ich kenne meinen Vater Oleksandr Barbaryk nur von Photographien, er starb am 22. November 1921, als ich vier Jahre alt war. Im Gedächtnis behielt ich nur eine undeutliche Erinnerung daran, wie mich ein großer Mann in einem langen Uniformmantel und einer Zipfelhaube aus Filz hochhob, auf den Arm nahm und ich verschreckt weinte und mich zur Mama drehte. An mehr erinnere ich mich nicht. Nachdem mein Papa in den Reihen der Sitsch-Schützen bei Kruty und Motilywka unzählige Kämpfe für die Armee der Ukrainischen Nationalrepublik gekämpft hatte, legte er sein rebellisches Haupt schließlich bei Basar zur Ruhe – zusammen mit 360 weiteren Soldaten, die sich nicht ergeben hatten und von den Kämpfern Kotowskyjs niedergeschossen wurden. Zuvor hatten diese in einem Anfall von Raserei alle Verwundeten auf den Fuhrwerken mit ihren Säbeln zerstückelt. Mein Leben lang fehlte mir mein Vater, mit jedem Jahr mehr, und so wurde aus mir ein Mamasöhnchen, das geliebte Blümchen, das Goldjüngelchen, das Spätzchen und Fröschchen, das Trampelchen und Tölpelchen ... Doch nicht nur ich konnte mich nicht mit dem Tod meines Vaters abfinden. Dort bei Basar waren auch die Väter meiner drei Freunde Joschi, Wolf und Jas umgekommen.

Leopold Milker, Jude, geboren 1901 in Galizien, Sohn eines Lehrers, Studium der Pharmazie in Wien, während der Kämpfe leitete er die Apotheke des Feldlazaretts.

Bronislaw Biliewicz, Pole, geboren 1895 im Dorf Nowohrad-Wolynsk im Gouvernement Wolynsk, Bauer, in der Armee der Ukrainischen Nationalrepublik ab 1919.

Ernst Jäger, Deutscher, geboren 1890 in Prag, studierte am Polytechnikum und der Offiziersschule in Wien, Leutnant, diente in der Armee der Ukrainischen Nationalrepublik ab 1920.

Sie alle starben für die Ukraine – doch was bedeutete ihnen dieses Land? Darauf hatte keiner von uns eine Antwort. Der Ort Basar hatte für uns vier etwas Sagenhaftes, die Soldaten des tragischen Feldzugs ragten in unserer Vorstellung wie Argonauten auf, die aufgebrochen waren, das goldene Vlies zu suchen. Das goldene Vlies der Freiheit – dorthin waren sie unterwegs gewesen, und für die Ukraine waren sie gestorben. Bevor sie erschossen wurden, schlug der bolschewistische Kommissar den 360 Abgeurteilten vor: Falls einer der Verurteilten Reue zeige und schwöre, in die Reihen der Roten Armee einzutreten und gegen die ukrainischen Banditen zu kämpfen, werde er begnadigt! Als Antwort rief Oberst Mytrofan Kusmenko den Bauern, die von den Bolschewiken zum Exekutionsplatz getrieben worden waren, um der Hinrichtung beizuwohnen, zu: „Ukrainisches Volk! Höre die Stimmen deiner treuen Söhne! Einst wirst du uns dankbar sein! Es lebe ...“ – doch da traf ihn bereits die feindliche Kugel und er verstummte für immer. Mehrere Stimmen hoben an, die Hymne zu singen: „Noch sind der Ukraine Ruhm und Freiheit nicht vergangen.“ Sogleich stimmte ein ganzer Chor ein und alle – Ukrainer, Polen, zwei Dutzend Russen, die Juden Jakob Krutokop, Josip Jendryk, Zacher Atnabunt, der Deutsche Josef Kranz, der Belarusse Mychajlo Malewytsch und selbst der Chinese Mon Sa Lit – sangen. Auch unsere Väter. Sie wandten ihre Brust tapfer der Maschinengewehrsalve entgegen. Danach warf man sie, tot oder noch lebend, in eine Grube und schaufelte sie zu. Die Bauern erzählten später, dass sich noch lange danach die Erde bewegt habe.

Von der Tragödie am Basar-Fluss wurde in zahlreichen galizischen Zeitschriften berichtet, sie fand Eingang in Schulbücher, wo die Erschießung der unbeugsamen Kosaken bebildert wurde, und wir wussten detailliert, was damals was geschehen war. Während wir die Bilder betrachteten, überlegten wir, wer wessen Vater war, und selbst später, als wir erfahren hatten, dass der Illustrator die Bilder frei nach seiner Vorstellung gemalt hatte und gar nicht wissen konnte, wie die Helden tatsächlich ausgesehen hatten, suchte jeder von uns sich „seinen“ Papa aus. Hauptsache, er glich nur ein wenig der verschwommenen Kindheitserinnerung oder den Photographien, die wir von ihnen hatten. Wir konnten uns nur schwer damit abfinden, dass unsere Väter nicht zu einer List gegriffen, nichts vorgetäuscht hatten, nicht wenigstens zum Schein zu den Roten übergelaufen waren, um ihr Leben zu retten, wenigstens, bis sich eine Gelegenheit ergab, zu fliehen und sich den Aufständischen von Cholodnyj Jar anzuschließen, um sich für die Niederlage zu rächen und dann ruhmreich nach Hause zurückzukehren, denn die Staatsgrenzen waren damals noch ziemlich durchlässig. Jeder von uns versetzte sich in die Situation seines Vaters und malte sich Flucht, Rache und Rückkehr aus. Am meisten beschäftigte uns eine interessante Kleinigkeit, von der wir aus den Zeitschriften wussten: Nachts war es einem der verletzten Kämpfer gelungen, sich aus dem Massengrab zu wühlen und zum nächsten Bauernhof zu schleppen, wo man ihn pflegte und ihm schließlich half, die Grenze nach Polen zu überqueren. Wer war dieser Kosake der Vierten Kiewer Division gewesen, der überlebt und sich gerettet hatte? War es vielleicht einer unserer Väter?

Außerdem stellten wir uns zuweilen die Frage: Wenn mein Vater für die Ukraine gestorben war – wofür waren die Väter von Jas, Wolf und Joschi gestorben? Wussten sie es überhaupt selbst? Diese Frage irritierte uns am meisten.

Unsere Mütter, Wolodsja Barbaryk, Golda Milker, Jadsja Biliewicz und Rita Jäger, befreundeten sich während des zehnjährigen Gedenktags für die Toten von Basar, als man sich an der symbolischen Grabstätte auf dem Janowska-Friedhof traf. Da alle vier Lembergerinnen waren, wurden sie rasch Freundinnen und besuchten sich gegenseitig immer häufiger, was uns Kinderbande freute. Wir feierten nun dreimal Weihnachten und dreimal Ostern, das katholische, das griechisch-katholische und das entsprechende jüdische Fest. Mit Vergnügen bewirtete man sich gegenseitig, servierte roten Kosaken-Borschtsch, in dem mit Rindfleisch gefüllte Warenyky und Steinpilze schwammen und an dessen Oberfläche eine gold-gelb geröstete Zwiebel trieb, oder gefüllten Fisch, den Golda mit geriebenem Meerrettich und wundersamen Mustern aus gekochtem Kohl und Rüben verzierte, oder Piroggen mit Sauerkraut, Krautwickel mit Gehacktem und Stampfkartoffeln, manchmal auch bayrische Würstel oder fantasievoll Eingelegtes und außerdem Kuchen, Strudel und süße Brezeln, deren Duft die Wohnungen bis in den letzten Winkel erfüllte und in der Nase kitzelte.

Wir gingen zusammen zur Schule, und auch wenn wir nicht in die gleiche Klasse gingen, hielten wir fest zusammen, und kein Batiar* konnte uns was anhaben. Zudem wohnten wir nicht weit voneinander. Ich wohnte mit meiner Mutter im Klepariw-Viertel, Joschi mit Pani Golda ebenso. Jas und Pani Jadsa wohnten in der Brajeriwska-Straße, ein Stockwerk unterhalb von Doktor Stanislaw Lem, und Wolf und Pani Rita wohnten in der Horodetzka-

Straße. Wir trafen uns an der St. Anna-Kirche, von wo aus wir dann weiträumig durch die Gegend schweiften.

Joschi war von uns vieren der Kleinste, dazu der Jüngste und Schmächtigste. Man kann sich das Szenario leicht vorstellen – es war zum Schießen, wenn er mit Brille und einem Geigenkasten unterm Arm, der fast noch größer war als er selbst, die Straße entlangwankte. Deshalb kümmerten wir uns auch um ihn, denn alle wollten sich über diesen Däumling lustig machen, ich eigentlich auch. Wenn er nicht mein Freund gewesen wäre und ich ihn irgendwo auf der Straße gesehen hätte, dann hätt's mir schon in den Fingern gejuckt, ihm das Käppi vom Kopf zu hauen und an einen Ast zu hängen. Aber er war unser Kumpel, und was für einer! Als wir das Rauchen ausprobierten, besorgte Joschi die Papierosy, er stibitzte sie bei seinem Musiklehrer. Selbst rauchte er nicht, er war ein sehr folgsames Kind, nicht umsonst sagte Pani Golda: „Mein Joschi, das ist ein Goldjunge! Schade, dass sein Vater das nicht mehr erlebt." Joschis Vater war Apotheker und in der Armee der Ukrainischen Nationalrepublik für die Arzneimittel verantwortlich gewesen, darum nannten die Nachbarn Golda auch Pani Doktor. Darauf war sie ziemlich stolz, und wenn wir uns bei ihr einschmeicheln wollten, sagten wir auch „Pani Doktor". Sie schimpfte uns dann nicht für unser Geflunker, sondern brachte leckeren Zwiebelkuchen oder Salzstangen mit Kümmel, selbst dann, wenn wir in den Wäschekorb voller sauberer Bettlaken gekrochen waren, die sie eben erst von der Leine genommen hatte, und Piratenschiff spielten, sodass sie die Bettlaken gleich noch einmal waschen musste.

Wolf strotzte vor Kraft, er war zwei Jahre älter als ich und ziemlich groß, etwas grobschlächtig, mit so dicken Backen, dass die Ohren kaum zu sehen waren. Die Bäckchen glänzten rötlich wie Äpfel, und Kraft hatte er auch. Er brauchte sie gar nicht anzuwenden; wenn eine Prügelei losgehen sollte, reichte es, dass er dazukam, gutmütig schnaubte und dabei die Augen zusammenkniff – schon beruhigte sich alles und renkte sich wieder ein. Auch die älteren Jungs nahmen sich in Acht vor ihm, doch er war gutmütig, harte Schale, weicher Kern, und es kam vor, dass er einen kleinen Spatz rettete, den Lausbuben mit einer Steinschleuder abgeschossen hatten, ihn aufhob, anhauchte, streichelte und sogar nach Hause mitnahm und pflegte. Darüber machten wir uns manchmal lustig und zogen ihn auf, ob er denn nicht flennen müsse, wenn er eine Hühnersuppe schlürfte oder Ente aß, denn so eine Ente sei ja auch nicht schlechter als ein Spatz. Dann lachte Wolf, streichelte seinen Bauch und erklärte, dass sie alle da drin seien, all die Hühnchen und Entlein, die er verspeist hatte, und sie hätten's bequem, wohlig und warm. Wer's nicht glaubte, solle das Ohr an seinen Bauch legen und lauschen, wie fröhlich sie schnatterten und quakten – und wir drückten unsere Ohren an seinen Bauch und hörten wirklich so etwas wie Entengequake. Wolf hatte ein goldenes Händchen, bastelte ein tolles Segelschiff, ein Motorflugzeug und im Winter Krippen mit den Heiligen Drei Königen und dem Jesuskind, die waren fantastisch, richtig lebendig. Eselchen, Ochsen und Pferdchen, die mit den Köpfen nicken konnten, standen darin, und wenn Wolf an einem Faden zog, strampelte das Jesuskind mit den Beinchen und Ärmchen und machte „Bähh!". Pani Rita meinte zwar, es sei eine Sünde, so respektlos mit dem Jesuskind umzugehen, aber das konnten wir nicht verstehen. Schließlich war es ein Säugling, und der konnte das Wort Gottes noch nicht verkünden, sondern machte eben „Bähh!". Wie die Sternsinger zogen wir mit der Krippe von Tür zu Tür bis nach Samarstyniw und Lytschakiw und hatten überall einen Riesenerfolg. Selbst Joschi zog mit uns herum. Er sang keine Weihnachtslieder, aber er spielte auf der Geige. Wir sangen in drei Sprachen, fuhren bis nach Wynnyky zur deutsch-österreichischen Kolonie und sangen auch dort. Die Leute waren vor Freude ganz aus dem Häuschen. Es waren fast nur alte Menschen dort, die jungen waren alle „ins Vaterland“ gezogen, deshalb gab’s auch niemanden, der ihnen deutsche Weihnachtslieder vorgesungen hätte, bis wir auftauchten. Oh, wie wir uns da die Bäuche vollschlugen! Und Brotzeit für die Heimfahrt kriegten wir auch noch.

Jas war eine Bohnenstange, lange Arme, lange Beine, er kletterte auf Bäume wie ein Affe und es gab keinen Graben, über den er nicht gesprungen wäre. Deshalb wunderten wir uns auch nicht, als er damit angab, er sei sogar über die Poltwa* gesprungen, obwohl wir diese Heldentat nicht selbst gesehen hatten. Jas und ich lasen mit Begeisterung Abenteuerromane. Früher hatten wir davon geträumt, Piraten zu werden, dann Indianer und Cowboy, später wollten wir Kosake und Husar sein, fochten mit Säbeln wie Bohun mit Jan Skrzetuski. Auch wenn die Säbel aus Holz waren, ging das nicht immer ohne Blessuren ab. Wir malten Schatzkarten und versteckten sie in Blechbüchsen, die warfen wir dann jemandem ins Kabuff und dachten: Wenn jemand sie findet und merkt, dass das eine Schatzkarte ist, macht er sich auf die Suche und wir haben unseren Spaß. In Wirklichkeit wünschten wir uns aber sehr, selbst einen Schatz zu entdecken.

Was mich angeht, so hatte ich keine besonderen Merkmale, war weder zu groß noch zu mickrig, nicht zu dick und auch nicht zu dünn. Von Papa hatte ich das etwas längliche Gesicht, das eine Adlernase zierte, und blaue Augen, in denen die Mädchen versanken.

Wir trieben uns gerne in schmalen Gassen und vergessenen Winkeln herum, wo die Häuser vor sich hin dämmerten, eingehüllt in wilden Wein, wo auf den Fensterbrettern Veilchen und Kapuzinerkresse blühten und Katzen sich gemütlich in der Sonne räkelten und an den Gerüchen, die aus den Küchenfenstern drangen, erschnupperten, was es heute Leckeres gab. Tierpark und Zirkus mochten wir dagegen nicht, selbst wenn er aus Warschau kam. Einmal waren wir in den Tierpark gegangen und hatten einen Adler im Käfig beobachtet, der griesgrämig und zusammengekauert mit todtraurigen Augen auf einem vertrockneten Ast gesessen war. Er schien gar nicht mehr zu leben, und doch war er lebendig, aber ohne irgendeinen Sinn. Ein armer Tropf, und außerdem schien er mit Kalk bestäubt, er war ganz fleckig. Kalk war das allerdings nicht, die Spatzen, die oben auf seinem Käfig saßen, schissen ihn voll, dabei zwitscherten sie fröhlich und schlugen mit den Flügelchen. Offensichtlich bereitete ihnen diese Beschäftigung ein ungemeines Vergnügen. Der Adler hatte sich mit seinem Los abgefunden, zwinkerte von Zeit zu Zeit mit seinen traurigen Augen und trat zuweilen von einem Fuß auf den anderen. Sein Anblick war zum Weinen, aber wir weinten nicht, sondern schlichen uns nachts ins Tiergehege und schoben leise die Käfigtür auf, doch der Adler rührte sich nicht. Jas nahm ein Stöckchen und pikte ihn, der Adler schüttelte sich und schaute uns an. Jas pikte ihn weiter, der Adler rückte an den Rand des Astes und hüpfte schließlich auf den Käfigboden, aus dem Käfig heraus kam er aber nicht. Vielleicht haben sie ihm die Flügel gestutzt, meinte Joschi, und ich schlug vor, ihn einfach mitzunehmen. Doch Jas scheuchte den Adler schließlich aus dem Käfig. Er hüpfte auf die Erde, blickte sich um, breitete seine Flügel aus, schlug ein paarmal kräftig, um all die Spatzenscheiße abzuschütteln, und erhob sich in die Lüfte. Am nächsten Tag berichteten alle Zeitungen über den Fall und die Direktion des Tiergeheges musste danach einen Wächter finden, der mehr Respekt einflößte als der alte, der in seiner Bude am Eingang vor sich hin schlummerte.

Während ich das schreibe, ist draußen der Frühling ausgebrochen, etwas Verlockendes liegt in der Luft, und ich wünschte mir, dieser Frühling würde nie enden ...

2

Während des ganzen Jahres 1988 wirbelten Proteste und Versammlungen Lwiw* durcheinander, verschiedene Bürgerinitiativen wurden gegründet. Jarosch entdeckte plötzlich seine revolutionäre Seite und stürzte sich Hals über Kopf in die Politik. Am Vorabend der ersten demokratischen Parlamentswahlen bemerkte er eine merkwürdige und nicht vorhersehbare Sache: Der Großteil des bunten Spektrums der Kandidaten setzte sich aus kaum gebildeten Leuten aus dem mittelbaren oder sogar unmittelbaren Umfeld des allmächtigen KGB* zusammen, der seine Kader überall haben musste – auch im Umfeld der Demokraten. Im Dunstkreis des Wortführers der ukrainischen Unabhängigkeitsbewegung tummelten sich finstere Gestalten aus der Unterwelt, wundersame Wendehälse, eingeschleust vom KGB, der nur im rechten Moment an den Fädchen ziehen musste, die er in alle Bereiche der Unabhängigkeitsbewegung eingenäht hatte. Abschaum schwappte nach oben. Typen, die kaum einen vernünftigen Satz herausbrachten, posaunten, nachdem sie sich zum Rednerpult gedrängelt hatten, Lösungen für die nach Freiheit lechzende Masse hinaus. Diese Primitivlinge, Möchtegernintellektuellen und Geheimagenten verdrängten rasch solche wie Jarosch und überließen ihnen die Hinterhöfe der Kultur, die noch nicht über den Zustand einer Bettlerin herausgekommen war. Nachdem Jarosch begriffen hatte, wer eigentlich als Zeremonienmeister diesen Maskenball des neuen Lebens leitete, schmiss er die Politik hin und konzentrierte sich abermals auf die Wissenschaft.

Die beiden Jahre, die er im revolutionären Eifer mit Flugblättern, Ansprachen und Zeitungsartikeln verbracht hatte, waren freilich nicht vergebens gewesen. Man kannte nun seinen Namen – und so bot man ihm eine Stelle am Institut für Orientalistik an. Bereits ein Jahr später promovierte und schon fünf Jahre später habilitierte er. Begeisterte Studenten besuchten seine Vorlesungen in Scharen. Sein Handbuch und sein Wörterbuch des Arkanischen, die in London publiziert worden waren, wurden zu einer wissenschaftlichen Sensation. Nach langer Zeit waren die meisten Geheimnisse des Arkanischen nun entschlüsselt und die Keilschrift zur Gänze entziffert worden. Die Welt konnte sich nun ein vollständigeres Bild der bisher kaum bekannten Geschichte und Literatur Arkaniens machen. Als sich herausstellte, dass man das geheimnisvolle Manuskript des Wojnytsch aus dem 15. Jahrhundert, über dem sich so viele Wissenschaftler die Köpfe zerbrochen hatten, auf Grundlage des Arkanischen nun lesen konnte, wurde auch dies zur Sensation. Jarosch fuhr einige Male auf wissenschaftliche Konferenzen, sah jedoch rasch ein, dass man mit diesem Wissenschaftstourismus sein ganzes Leben vertun konnte und nicht mehr realisieren würde, was man noch vorhatte. So beschränkte er sich darauf, wissenschaftliche Beiträge zur Publikation zu verschicken. Zuweilen erlaubte er sich eine unkomplizierte Affäre, um seinen Samenstau aufzulösen, doch zwischen sich und den Rest der Welt stellte er eine unsichtbare Wand und ließ niemanden zu nahe an sich heran. Immer, wenn er merkte, dass sich seine Bettpartnerinnen näher für ihn zu interessieren und gefühlvoll zu maunzen begannen, zog er sich zurück oder machte die Beziehung so lächerlich, dass sie ihn verließen. Hauptsache man brauchte nichts zu erklären, nichts durchzukauen, keine Tränen, keine Vorwürfe. Die Studentinnen versuchten oft, mit ihm zu flirten, und Jarosch, der nicht unempfänglich für ihre jugendlichen Reize war, bremste mit aller Kraft seine Leidenschaft, aus Furcht, dem Überschwang der Gefühle ausgeliefert zu sein und Zeit zu verschwenden, die er der

Wissenschaft widmen wollte. Und doch tappte er zweimal ins Fettnäpfchen. Das erste Mal, als ein Mädchen, das er verlassen hatte, einen Selbstmordversuch unternahm. Zuerst schrieb diese Rusja einen blumigen Brief, in dem sie ihm ihre Gefühle mitteilte und außerdem anklagte, was für ein kaltherziger Mensch er sei. Den Brief ließ sie auf dem Küchentisch liegen. Dann stopfte sie sorgfältig nasse Handtücher unter die Tür, öffnete das Gas aller vier Kochstellen und das im Backofen, setzte sich auf den Fußboden, entkorkte eine Flasche georgischen Weins und begann zu trinken. Der Alkohol und das Gas benebelten sie langsam, sie beeilte sich allerdings auch nicht. Sie wusste, dass ihre Mutter ziemlich bald von der Arbeit kommen würde. Mama war Ärztin und hatte schon mehr als eine verirrte Seele gerettet – so auch diesmal. Rusja war mehr vom Alkohol als vom Gas benommen und wurde in eine psychiatrische Klinik eingeliefert. Dorthin brachte man erfolglose Selbstmörder in der Regel. Da man in ihre Krankenakte schrieb, dass es aus unglücklicher Liebe geschehen war, konnte sie nur Jarosch aus der Anstalt holen, indem er für sie bürgte. Jarosch hatte keinerlei Lust, sich dorthin zu begeben, er begriff auch nicht, warum überhaupt – sie hatten nichts mehr miteinander zu schaffen. Er verstand nicht, um was für eine Bürgschaft es sich handelte, Heirat, oder wie? Er studierte den Abschiedsbrief, den ihm Rusjas Mutter übergeben hatte, und kam zu dem Schluss, dass das alles nur Theater, ein Spiel war. Sie versuchte, ihn zurückzugewinnen, obwohl er ihr nicht den geringsten Grund dafür gegeben hatte. Sie hatten ein rein körperliches Verhältnis gehabt, Jarosch war es gelegen gekommen, in den Vorlesungspausen bei Rusja vorbeizuschauen, die nicht weit von der Uni wohnte. Dafür hatte er ihr einen Job bei der Zeitschrift verschafft, deren Redakteur er war, so konnte sie von zu Hause aus einigermaßen gutes Geld verdienen. Ein Teil des Geldes, das er ihr als Honorar zahlte, kam aus Jaroschs eigener Tasche. Was hätte er noch für sie tun sollen?

Der Anblick der historischen Anstalt Kultparkiw, die weder etwas mit Kultur noch mit einem Park zu tun hatte, der Name war lediglich eine Verballhornung der deutschen Bezeichnung Goldbergerhof, hinterließ einen bleibenden Eindruck bei ihm. Das Spital befand sich in einer malerischen Umgebung, eingerahmt von Hecken und Bäumen, in deren Wipfeln Raben nisteten und laut krächzten. Seit dem Selbstmordversuch waren zwei Wochen vergangen, und die Selbstmörderin kam ihm mit einem Lächeln entgegen, so als wäre nichts geschehen. Sie benahm sich, als wäre sie nicht die Patientin, sondern Krankenschwester, ihr Lächeln war genau genommen weniger fröhlich als obszön, als ob sie Lust hätte, ihn wie ein Bonbon zu lutschen. Sie sah gut aus, geschminkt und sorgfältig frisiert, obwohl sie im Bademantel war. Rusja fasste ihn an der Hand und führte ihn durchs Treppenhaus nach oben in einen abgelegenen Gang, wo keine Menschenseele war, und schmiegte sich an ihn, dann küssten sie sich lange und leidenschaftlich, während ihr Händchen flink in seine Hose schlüpfte. Jarosch wehrte sich, nicht, weil er nicht wollte, sondern weil ihm dieser Ort Furcht einflößte. Von unten drangen die Stimmen der Irren zu ihnen, Schreie, das Scheppern der Wägen, mit denen das Essen verteilt wurde, das Klirren der Schüsseln und Töpfe, Suppengeruch, Krankenhausbrühe, die immer gleich riecht und die man mit diesem Aroma zu Hause nie zustande bringen würde. All das fand er ziemlich abtörnend, aber das Mädchen suchte Befriedigung, sie wollte ihn wieder unter ihrer Fuchtel haben, und als sie sich umdrehte und ihren Bademantel nach oben raffte, zischte sie nur drei Wörter: „Besorg's mir. Los!" Unter dem Bademantel war sie völlig nackt. Jarosch erfüllte ihren Wunsch und es dauerte keine drei Minuten, bis Rusja aufstöhnte, bebte, tief einatmete, sich dann rasch umdrehte, in die Hocke ging und begann, das zu machen, was sie stets machte und was ihm an ihr am besten gefiel: ihm immer und überall, egal wo, und sei es im Bus, einen zu blasen. Diesmal vor dem Hintergrund eines kleinen Fensters, das zum Park hinaus ging, wo die Kranken in Schlafanzügen wandelten. Von Zeit zu Zeit kreuzten auch Ärzte oder Sanitäter im Blickfeld auf, doch Jarosch blieb ruhig. Er wusste, dass sich gegen die Sonne nichts erkennen ließ, und er wusste außerdem, dass das, was hier gerade passierte, zum letzten Mal geschah, zum letzten Mal mit ihr. Ein anderes solches Mädchen, das immer und überall, egal wo und ohne umständliches Getue vögelte, würde er wahrscheinlich kein zweites Mal finden. Es war eine Art Abschiedskuss, den er so lang wie möglich hinauszögern wollte. Deshalb schaute er aus dem Fenster, blickte auf die Bäume, das Rabennest, das Hündchen, das durch den Park lief, er schaute ohne Gewissensbisse, denn sie selbst hatte ihm gerade befohlen: „Halt durch!“ Es war nicht das erste Mal, dass sie so einen Marathon veranstaltete, früher, damit er sich ablenken und den Orgasmus möglichst lange hinauszögern konnte, musste er ihr laut Marcel Proust vorlesen, während sie selbst gekonnt lutschte und lutschte. Ihr ganzer Körper und all die Laute, die aus ihrem Mund tropften, verrieten ihm, dass es hier hauptsächlich um ihr eigenes Vergnügen ging, als sei sie auf Droge, und Proust gab einen speziellen Hintergrund für dieses schrille Flötenspiel ab. Diesmal gab's keinen Proust. Um nicht zu früh zu kommen, kniff Jarosch die Augen zusammen und rezitierte seine Übersetzungen der arkanischen Poesie, leise, doch das Mädel brachte ihn mit ihrem Schmatzen und Stöhnen bis zum Äußersten und er konnte nicht länger an sich halten. Sie ließ ihn nicht los, erstarrte, behielt ihn zwischen ihren Lippen, in ihrem heißen Mund, bis er erschlafft herausrutschte. Jarosch fühlte sich berauscht, der Kopf war leer und ihm schwindelte, er wollte sich hinsetzen, aber er wusste nicht, wohin. Rusja lehnte sich erschöpft mit dem Rücken an die Wand und blickte ihn triumphierend an, als habe sie ihn in einem Gladiatorenkampf bezwungen. Dabei bewegten sich ihre feuchten Lippen, als lutsche sie an einem Bonbon, sie schluckte Speichel, ihr Mund bewegte sich wollüstig weiter. Dann kroch ihre hemmungslose Zunge über ihre Lippen und leckte sie ab, langsam, lasziv, eine Fortsetzung provozierend. Weiterzumachen war jedoch jetzt unmöglich, sie wusste es, nahm ihn wieder an der Hand und führte ihn nach unten.

Im Foyer schlenderten die Kranken umher, die „leichten Fälle“, die sich frei bewegen, in den Park gehen und fernsehen durften. Jarosch musste noch zum Oberarzt und eine Erklärung unterschreiben, dass er sich um Rusja kümmern würde. Als er das Büro des Oberarztes betrat, fasste ihn eine hübsche junge Frau mit bezauberndem blondem Haar am Arm, ihr Bademantel öffnete sich dabei über dem Busen und zeigte ihre vollen Brüste. In ihren Augen glommen geheimnisvolle Funken und sie flüsterte: „Sie müssen mir helfen. Die treiben hier ihre Späße mit mir – spritzen mir irgendwelche Mittel. Schreiben Sie darüber. Wir sind hier alle Versuchskaninchen.“ Während sie das sagte, drängte sie sich näher an Jarosch, ihre Hände waren in den Taschen des Bademantels und zogen ihn auseinander, doch über das, was da wartete, konnte Jarosch sich nicht mehr freuen, denn Rusja kam hinzu und zog das Mädchen von ihm fort.

Der Oberarzt unterhielt sich mit Jarosch ausführlich über dessen Beziehung mit der „Kranken“, wollte wissen, ob er sich seiner Schuld bewusst sei und ob er für sie sorgen würde, damit es zu keinem Rückfall komme. Jarosch erklärte sich zu allem bereit, um möglichst schnell aus der Klinik zu kommen. Er unterschrieb die Formulare und durfte gehen.

Am nächsten Tag rief Rusja an und teilte ihm freudig mit, dass sie nun zu Hause sei und er sie besuchen könne, nicht ohne hinzuzufügen: „Du weißt, was dich erwartet? Ich bin hungrig und durstig. Und wenn du mich nicht fütterst, sterbe ich." Jarosch kam nicht, doch sie hörte nicht auf ihn anzurufen und er spürte, wie sein Schwanz bei jedem Telefonat steinhart wurde und er sich kaum zurückhalten konnte, nicht augenblicklich zu ihr zu rasen. Zudem sprach sie ganz anders als sonst mit ihm, in einem zweideutigen Ton, als räkele sie sich lasziv auf dem Bett. Dabei beschrieb sie fantasievoll, wo ihre linke Hand war und was ihr Mittelfinger gerade machte. Aber Jarosch wusste, wenn er noch einmal dieser Versuchung erlag, würde er aus der Sache nie mehr herauskommen. Rusja war ein exaltiertes Mädchen, das öfter hysterische Anfälle bekam. Zweimal hatte sie ihn geohrfeigt, einmal sogar mit kochendem Wasser übergießen wollen. Jarosch war gerade noch ausgewichen, der Vorfall endete wie immer mit wilder Liebe auf dem Fußboden. Doch so konnte es nicht weitergehen, daher verscheuchte er jeglichen Gedanken an sie. Seitdem klangen die Telefonate anders: Drohungen, sein Haus anzuzünden, ihn mit Säure zu verstümmeln, zur Unileitung zu gehen und auszupacken, ihn wegen sexueller Nötigung anzuzeigen, einen Riesenskandal zu provozieren: „Ich stelle mich mit einem Plakat neben den Unihaupteingang und darauf steht, dass du ein gefährlicher Perverser und sexuell abartig bist." Jarosch wusste, dass sie dazu imstande war, und näherte sich der Uni in den Tagen nach dem Telefonat verschreckt, blickte sich furchtsam nach allen Seiten um, ob nicht eine rasende Furie mit einem Plakat in der Nähe war. Sonst passierte nichts. Die Drohungen hingen zwar in der Luft, wurden aber nicht realisiert. Denn bald schon fand Rusja ein anderes Opfer, wieder einen Unidozenten, und so blieb sie in Jaroschs Blickfeld.

Langweilig wurde es uns als Kindern nie, denn jeder unschuldige Morgen konnte eine sensationelle Neuigkeit bereithalten. Ich weiß noch, wie ich einmal mit Mama beim Frühstück saß, ich hatte Grießbrei mit Rosinen und Honig, Mama Eier und Rauchspeck.

„Pani Oleksandrowa! Pani Oleksandrowa!", hörten wir da plötzlich die Stimme der Concierge, die sich noch an die alte Lemberger Tradition hielt und Frauen mit dem Vornamen ihres Mannes ansprach, selbst mit dem des Verstorbenen. Da mein Papa Oleksandr geheißen hatte, wurde meine Mama zu Pani Oleksandrowa. „Kommen Sie schnell mit zum Sprecher-Haus", die Concierge war ganz aus der Puste, „da ist so'n armes Dingerl vom Dach gesprungen."

„Auwehauweh!", rief meine Mutter und platzierte den geräucherten Speck eilends zwischen zwei Brothälften. So war sie im nächsten Augenblick fertig, um aus der Wohnung zu sausen.

„Und was wird daraus?", fragte die Concierge.

„Was wohl! Räuberdatschi mit leckeren Grieben."

Die Concierge kroch fast durch unser Fenster und schnappte bei jedem Wort Luft wie ein Fisch auf dem Trockenen. „Ich komm grad von da, bin extra hergerannt, um's Ihnen zu erzählen, ich lauf dann mal wieder los. Ach, und der Rauchspeck, ist das der von vor Ostern?"

„Ja, ja, genau der, Sie haben ihn schon gekostet. Hab Ihnen doch ein ellenlanges Stückl gegeben, oder?"

„Na ja, ich weiß nicht, ellenlang ..."

Aber das hörte Mutter nicht mehr. Rasch schlüpfte sie in einen Rock und suchte ihre Schuhe. In letzter Zeit trug Mama eine Perücke, die sie immer aufsetzte, wenn sie unter Leute ging. Die war so stattlich, dass sie stets aufpassen musste, wenn sie in ein Zimmer kam, um nicht am Türrahmen hängen zu bleiben. Einmal bemerkte ich:

„Mama, warum muss es eine so ausladende Perücke sein, die sieht aus wie ein ganzer Fliederbusch", worauf sie erwiderte: „Halt die Klappe und denk nach, bevor du losplapperst! Bei meiner zierlichen Figur brauch ich entweder Schuhe mit hohen Absätzen oder eben eine hohe Perücke. Und ich hab mir das Letztere ausgesucht."

Einen Moment später liefen wir durchs Klepariw-Viertel und Mutter rief laut nach oben: „Golda! Golda! Golda!"

Pani Golda streckte ihren Kopf voller Lockenwickler vom gegenüberliegenden Balkon: „Was ist denn los?"

„Schau, dass du zum Sprecher-Haus kommst, da ist grad so ein Dingerl vom Dach aufs Trottoir geknallt!"

„Auwei! Ich komm schon!"

Einen Augenblick später hastete Pani Golda mit Joschi an der Hand hinter uns her, immer noch mit Lockenwicklern und überhaupt ziemlich chaotisch, sogar verschiedene Strümpfe hatte sie an, einen roten und einen weißen. Während wir die Horodetzka entlangeilten, rief die Mutter lauthals: „Rita! Rita! Rita!"

Golda schrie währenddessen auf der Brajeriwska: „Jadsa! Jadsa! Jadsa!"

Als Jadsa und Rita ihre verstrubbelten Köpfe aus den Fenstern reckten, riefen ihnen Golda und Mama die spektakuläre Neuigkeit vom Trottoir vor dem Sprecher-Haus zu. Wenig später hörten wir das Geklapper ihrer Schuhe, und zwar nicht nur von Jadsa und Rita, sondern auch von Jas und Wolf, denn wie konnte man so ein Ereignis verpassen: einen Sprung vom Hochhaus ohne Netz und Sprungtuch!

Vor nicht allzu langer Zeit gab's genau dort schon mal ein fabelhaftes Spektakel, als nämlich der Fliegenmensch in Lemberg gastierte. Das war 1929, alle Zeitungen waren voll von dem berühmten Seiltänzer, der auf den Dächern der Häuser vom Hotel „George" bis zum Platz der Akademie auf einem Fahrrad fahren wollte, wobei er den Raum zwischen den Häusern auf einem Seil zu überqueren gedachte. In Massen strömten die Menschen zusammen, und nachdem der Akrobat das Seil zwischen den beiden Eckhäusern am Beginn der Chorunschtschyna-Straße passiert hatte und unter dem stürmischen Applaus der Zuschauer auf das Hausdach gesprungen war – in dessen Parterre sich übrigens der berühmte Schnellimbiss der Frau Telitschkowa befand –, rutschte er aus, stürzte auf die Pflastersteine und war augenblicklich tot. Anscheinend war das Dach vom Regen rutschig gewesen. Und Lemberg wäre nicht Lemberg, wenn daraus nicht bald gesungene Stadtfolklore geworden wäre:

Der Fliegenmensch nach Lemberg kam,
auf die Telitschkowa krabbelt er
und war nicht mehr.

Beim Sprecher-Hochhaus waren so viele Schaulustige zusammengeströmt, dass kein Durchkommen mehr war, doch Mama kämpfte sich mit entschlossenem Ellenbogeneinsatz durch die Menge und brummte dabei: „Erste Hilfe! Erste Hilfe! Erste Hilfe!" Dabei zog sie mich hinter sich her und Golda, Jadsa und Rita folgten uns mit ihren Sprösslingen auf den Fersen, während sie die Zauberformel wiederholten. Gleich darauf hatten wir alles direkt vor der Nase.

„Zu spät", seufzte meine Mutter und holte das mit Rauchspeck belegte Brot aus der Umhängetasche. Sie hatte Recht, man hatte den Körper inzwischen mit einem Bettlaken bedeckt, unter dem ein paar Rinnsale Blut sichtbar waren.

„Aber wenn sie die Leiche wegschaffen, dann bestimmt ohne das Laken?", meinte Pani Jadsa hoffnungsvoll.

„Das Laken bleibt", entgegnete meine Mutter so bestimmt, als sei sie Zeugin unzähliger Selbstmorde gewesen. „Das soll angeblich unsere Nerven schonen. Aber für meine Nerven wär's besser, wenn ich mich mal sattsehen könnte."

„Wie schade", seufzte Golda, „schon wieder umsonst hergehetzt."

„Blöd, dass wir keine solche Brücke wie in dem New York haben", sagte Rita, „da hüpft fast jeden Tag einer."

„Schade um die Poltwa, wenn man ihr Flussbett nicht eingemauert hätt, gäb's bei uns ein ebenso hübsches Spektakel", lamentierte meine Mutter.

Gendarmen sorgten für Ordnung und warteten, bis die Sanitäter kamen. Ein Mann mit Hut in der Hand und nachdenklicher Miene warf den Kopf in den Nacken und blickte angestrengt nach oben, als wolle er die Höhe des Gebäudes abschätzen, bis ein frecher Spatz seine Glatze mit einem spaßigen Batzen befleckte. Der Mann fluchte und putzte seinen kahlen Schädel.

„Ist es ein Mann oder eine Frau?", fragte meine Mutter ein Marktweib, das neben ihr stand.

„Ein Mädchen", antwortete die und rieb mit dem Zipfel ihres geblümten Kopftuchs ihre trockenen Augen. „Und so jung ... es heißt, aus unglücklicher Liebe."

„Ach hör'n Sie auf! Gibt's sowas überhaupt?"

„Gibt's, gibt's. Er hat ihr ein Kind gemacht und hat sich dann in die Armee abgesetzt."

„Dem würde ich schon aus der Armee heimleuchten!" Meine Mutter schüttelte den Kopf. „Ich würde zum Kommandostab gehen, ach was, bis zum Kriegsminister, ja zu Pilsudski persönlich würd ich gehen. Ich würd nicht so einfach aufgeben, nein, auf keinen Fall."

„Bei uns gäb es sowas nicht", meinte Golda, „nein, nein."

Währenddessen tauchten die Sanitäter mit einer Trage auf und der versammelte Haufen drängte wieder neugierig nach vorne. Die Polizisten breiteten jedoch die Arme aus und brüllten, dass niemand näher kommen dürfe. Alle warteten, ob die Sanitäter das Laken entfernen würden. Leider vergeblich, sie trugen den Körper mitsamt Laken zum Wagen. Schwer enttäuscht seufzte die Menge auf.

Ein anderes Mal jedoch wurden Mama und ich wirklich Augenzeugen eines Selbstmordes. In der Kopernikus-Straße wurden wir auf einen Mann aufmerksam, der sich komisch benahm, einige Male nervös auf den Balkon trat, nach unten blickte, verschwand, wieder auftauchte, nach unten schaute und wieder verschwand.

„Da ist irgendwas los“, meinte Mama.

Tatsächlich erschien der Mann kurz darauf mit einem aufgewickelten Seil. Ein Seilende band er an der Balustrade fest. Vor sich hin pfeifend knotete er kunstvoll eine Schlinge.

„Hängt der sich auf?“, fragte ich.

„Anscheinend. Aber das wird kein allzu hübscher Anblick.“

„Warum denn?“

„Weil die Muskeln dann erschlaffen und alles, was er noch im Darm und sonst wo hat, entleert sich mit einem fürchterlichen Gestank.“

Die Bewegungen des Mannes waren nun ziemlich fahrig, dabei sah er so vergnügt aus, als hätte er gerade 200 Zloty in der Lotterie gewonnen.

„An seiner Stelle wäre ich nicht so vergnügt“, sagte Mama.

„Warum denn?“

„Weil der Balkon nichts taugt. Ich kenne die Wohnung. In der hat mal der Barbier Pompka gewohnt. Einmal ist die ganze Balustrade einfach runtergekracht. Um die Wohnung gut an den Mann zu bringen, hat er den Balkon zwar hergerichtet, aber die Balustrade ist aus Gips gemacht. Ohne Metallgestell.“

„Oje, das sollten wir dem Mann da aber sagen“, fand ich, aufrichtig bewegt.

„Versuch's ruhig. Obwohl, ich würde so einem Typen nicht über den Weg trauen. Du willst ihm helfen und er beschimpft dich als fette Kröte."

Ich legte die Hände trichterförmig an den Mund und rief: „Hören Sie! Pan, warten Sie einen Moment, nichts überstürzen. Das Geländer ist aus Gips, das hält Sie nicht aus."

„Wa-as? Steck deinen Rüssel nicht in fremde Angelegenheiten, du Rotzlöffel!"

„Mein Sohn hat Recht", mischte sich nun Mama ein. „Der Barbier Pompka hat getrickst und die Balustrade aus gewöhnlichem Gips gemacht. Aber wenn Sie das Seil da um die Laterne über Ihnen binden, die ist aus Eisen, das hält besser."

„Halt's Maul, du fette Kröte!", schrie er gereizt.

„Hab ich's nicht gesagt?", seufzte die Mutter und verfolgte aufrichtig besorgt, wie er sich die Schlinge um den Hals legte, den Kopf dabei hin- und herdrehte und reckte, als wolle er die Schlinge passgenau um den Hals haben. Dann sprang er. Er flog etwas länger, als er wohl gedacht hatte, denn der Gips hielt nicht stand und zersplitterte. Die Balustrade stürzte herunter, der Mann plumpste auf den Bürgersteig und brach sich beide Beine.

„Und was nun?" Betrübt schüttelte Mama den Kopf. „Jetzt gehen die Sorgen erst richtig los. Sie werden einige Monate im Spital liegen, und wer weiß, lebenslang herumhumpeln. Wenn Sie auf mich gehört hätten, würden Sie jetzt nicht vor Schmerz jaulen und flennen. Komm Sohn, wir gehen. Ich mag mir dieses Trauerspiel nicht länger anschauen. Hat gedacht, er weiß es besser. Und nun muss sich sein armes Frauchen den Rest ihrer Tage mit ihm abquälen, anstatt ihn ordentlich zu beerdigen und nochmal heiraten zu können.

3

Die Studentin, die einmal Schriftstellerin werden wollte, kam selbst zu ihm und schlug ihm vor, ihr mit ihrer Diplomarbeit zu helfen. Sie habe kein Thema, sie finde nichts Interessantes, sie brauche einfach seine Hilfe. Jarosch riet ihr, sich mit dem Werk Emma Andijewskas zu befassen, er besaß einige ihrer Bücher, die ihm die Autorin selbst geschenkt hatte. Nadja war sogleich begeistert von diesem Vorschlag, holte ein Heft hervor und begann, die tiefschürfenden Gedanken des Herrn Professors für ihre künftige Diplomarbeit zu notieren. Währenddessen wurde es Abend und Jarosch schlug vor, eine Kleinigkeit zu essen, ein gebratenes Hühnchen hatte er gerade vorrätig. Fleisch zu essen ohne ein Gläschen Wein dazu zu trinken, kam nicht in Frage, aus dem Gläschen wurden eine Flasche Wein und zwei Flaschen Sekt. Nadja schaltete den Kassettenrekorder ein und wiegte sich verträumt in einem nur ihr bekannten Tanz. Jarosch wusste nicht, wie er plötzlich neben sie gekommen war, und gemeinsam schaukelten sie weiter, bis sich ihre Lippen streiften – genau dann, als sich ihre aneinandergeschmiegten Körper noch enger aneinanderschmiegten und seine Rechte auf die Brust, seine Linke auf den straffen Po des Mädchens rutschte. Sie landeten im Bett. Weil er betrunken war, konnte Jarosch lange nicht kommen, darum half ihm Nadja genauso wie Rusja. Er glaubte, das Glück sei ihm abermals hold – wie zerronnen, so gewonnen. Es folgte eine Zeit heißer Liebe, die gerade in die Sommermonate fiel. Nadja wohnte wochenlang bei ihm – bis Jarosch eine unangenehme Sache widerfuhr.

Es begann damit, dass Rusja ihn zum Geburtstag einlud. Eigentlich wollte er nicht hingehen, doch dann überredete ihn sein Kollege, ihr neuer Kavalier. Vielleicht beging Jarosch einen Fehler, als er Nadja mitnahm, vielleicht aber auch nicht, jedenfalls kam es zu einem Vorfall, der früher oder später sehr wahrscheinlich ohnehin passiert wäre, zum Beispiel nach einer Heirat mit Nadja. Auf der Feier machte sich ein sympathisches Fräulein an ihn heran und wich ihm nicht von der Seite. Nadja tanzte währenddessen mit einem Mann, ungefähr in Jaroschs Alter. Ab und zu verschwanden sie, um eine zu rauchen, und hörten nicht auf, miteinander zu plaudern. Als es später wurde, sagte Nadja zu Jarosch, dass ihr schlecht sei und sie nach Hause gehe, ihr neuer Bekannter begleite sie, er wohne in der Nähe. Jarosch schöpfte nicht den geringsten Verdacht, doch kaum waren sie weg, ließ das sympathische Fräulein Jarosch sitzen und fand einen anderen Gesellschafter. Ein unbestimmter Argwohn stieg nun in ihm auf, aber er schenkte dem keine weitere Beachtung. Als es ihn zu langweilen begann, fuhr er nach Hause. Am nächsten Tag rief Rusja an und teilte ihm mit, dass sie alles geplant und eine Freundin überredet hatte, sich mit ihm zu beschäftigen – und einen Freund, sich mit Nadja zu beschäftigen. Sie schlug Jarosch vor, Nadja zu fragen, wie sie die Nacht verbracht habe.

„Wie denn?“, fragte er möglichst gleichgültig.

„Na, das volle Programm, wie sonst!“, kicherte Rusja zufrieden. „Du glaubst mir nicht? Ich weiß, dass du mir nicht glaubst. Aber was hältst du eigentlich von dem Muttermal auf der rechten Seite ihres Bäuchleins? Ein ziemlich großes Muttermal, etwa so wie eine Kirsche, früher hätte man sie dafür auf dem Scheiterhaufen verbrannt. Ein Teufelszeichen. Und die sorgfältig rasierte Muschi. Sagt dir das was? Glatt wie ein Babypopo. Genau so, wie du’s gern hast.“

„Und wo haben sie es gemacht? Auf der Straße?!“

„Nein, bei ihm zu Hause.“

Jarosch legte auf und spürte, wie die Wut in ihm hochstieg. Er war wütend auf sich selbst, dass er wie ein Trottel in die schlau gestellte Falle getappt war. Muttermal, rasierte Muschi ... Vorgestern hatte Nadja bei ihm übernachtet, sich abends seinen Rasierapparat geliehen und ihre unvergleichliche Schönheit präsentiert. Dann hatten sie miteinander geschlafen ... Als Jarosch eingeschlafen war, hatte seine Hand ihren weißen, glatten Schoß bedeckt, in den Fingerspitzen spürte er noch immer die Wärme ihrer Haut ... Um davon zu wissen, brauchte man nicht unbedingt mit ihr geschlafen zu haben, es hätte gereicht, sie in einem Hauseingang an sich zu drücken und unterm Rock zu befingern. Doch als er Nadja anrief, nahm niemand den Hörer ab, obwohl sie eigentlich zu Hause sein musste. Erst beim dritten Versuch am Nachmittag hörte er leise, verschlafen und kaum verständlich ihre Stimme. Ja, ja, sie habe geschlafen, ihr sei speiübel, total verkatert, der Kerl habe sie noch in eine Kneipe geführt, da habe sie sich abgeschossen.

„Und was hast du dann bei ihm zu Hause gemacht?"

Das Mädchen verstummte. Er wiederholte seine Frage.

„Ich bin mit ihm mitgegangen, um die Eltern anzurufen, dass ich noch nach Hause komme und sie die Sicherungskette nicht einhängen."

„Irgendwie sinnlos, die Eltern anzurufen, wenn man gleich um die Ecke kommt."

„Ich war betrunken. Ich musste ausnüchtern."

„Aber besoffen mit ihnen zu telefonieren war kein Problem. Wann bist du dann nach Hause gekommen?"

„So gegen eins."

„Und hast bis halb drei geschlafen. Dieses Talent kenne ich noch gar nicht von dir, vierzehn Stunden schlafen."

Sie schwieg. Er ebenso. Jarosch wartete eine Minute, dann legte er den Hörer auf. Es tat weh, aber mit der

Zeit stellte sich heraus, dass er eine noch größere Enttäuschung erlebt hätte, wenn ihre Beziehung weitergegangen wäre. Die Geschichten über ihre Liebesabenteuer, die ihm zu Ohren kamen, zeugten von der Leichtigkeit, mit der Nadja ihre Sexualität lebte, Leidenschaften sammelte.

Seither waren zehn Jahre verstrichen, sie hatte einige Bücher publiziert. In einem erkannte er sich unter den literarischen Figuren wieder, und obwohl Ausschmückungen und weibliche Gehässigkeit darin lagen, erregte ihn die Szene, in der sie sich im Maisfeld liebten, noch immer. Er erinnerte sich und war ihr sogar irgendwie dankbar dafür, dass sie ihm diese süßen Augenblicke wieder ins Gedächtnis rief. Zugleich wunderte er sich, dass sie ihn nicht vergessen hatte, alte Rechnungen beglich und an verschiedenen Stellen des Buches Anspielungen platzierte, an denen der eingeweihte Leser erkannte, wer gemeint war.

C

Wenn sich auf dem Marktplatz zwei mit Blumen und Federn geschmückte Hüte treffen, ist dies eine gewöhnliche und weit verbreitete Erscheinung, die keinesfalls die Aufmerksamkeit der Passanten auf sich zieht. Wenn jedoch vier solche Hüte zusammenkommen, „Oha!“, schauen alle hin und der Mund bleibt vor Staunen offen. Unter den Hüten funkeln Augen, die Hutbesitzerinnen schnattern, kaum dass sie Luft holen, und fallen sich lauthals gegenseitig ins Wort. Der Zuhörer versucht, ihre Worte zu erhaschen.

„Pani Golda, wie ist das werte Befinden?“

„Fein, fein, Pani Wolodsja. Aber der Ellbogen tut mir schon den ganzen Tag weh. Ah, da ist Pani Jadsa, was haben wir denn gekauft? Karfiol hat just einen verrückten Preis.“

„Nicht der Preis ist verrückt, sondern die Leute. Wer macht denn die Preise?“

„Ach, Pani Rita! Sie sind auch da! Das ist aber fein, dass wir uns hier alle treffen.“

„Ich hab zwei Ochsenschwänze gekauft und noch ein Bund Dill und Petersilie.“

„Gibt’s Dillsuppe?“

„Ich hätte fast einen verdorbenen Karpfen gekauft. Ich frag die Händlerin, ob der noch lebt, und sie sagt mir: Joj, liebe Frau, ich weiß selbst nicht, ob ich in dieser schweren Zeit noch lebig bin oder schon tot, woher soll ich dann wissen, ob der Fisch lebig ist? Vielleicht, so sag ich, ist der schon verreckt? Aber nie im Leben, sagt die. Er schläft! Er schläft? Aber der riecht doch irgendwie nicht gut. Und die darauf: Ach Pani, wenn Sie schlafen, meinen Sie, Sie verströmen da Rosenduft?“

„Ach geh!“

„Und ich zu ihr weiter auf Jiddisch und sie zu mir auf Jiddisch, und lügt mir trotzdem frech ins Gesicht. Dabei tut mir der Ellbogen so weh!"

„Musst ihn zur Nacht mit Alkohol einreiben und einen Lappen drum wickeln. Wer hätte das gedacht, das Kilo Ochsenfleisch kostet schon sechzehn Zloty. Meine Nachbarin, die Frau von dem Postler, kauft auf dem Theodors-Platz das Kilo für dreizehn Zloty, aber mit solchen Flaksen drin, das frisst höchstens ihr Postler."

„Und der Kilolaib Brot gar fünfzehn Zloty!"

„Und die mickrigen Eier, drei Zloty das Stück!"

„Pani Rita, Sie haben aber eine richtig schicke Jacke."

„Ach, woher denn, die hab ich selbst aus einem alten Vorhang geschneidert, schau, da sieht man noch die Fransen."

„Was willst du auf dem Markt?"

„Zwetschgen. Mein Junge hat sich Zwetschgenknödel gewünscht.

„Ja, ja, wir sollten uns bald mal zum Ratschen treffen. Es gibt so viel Neues zu erzählen!"

„Dann kommt bei mir vorbei!"

„Aber Pani Wolodsja, bei dir haben wir uns schon das letzte Mal getroffen. Ich bin dran."

„Aber, aber, Pani Rita, warum denn der Aufwand?"

„Keine Widerrede. Ich back einen Strudel."

„Dann sehen wir uns beim Kaffeeklatsch."

Schließlich gehen die vier Hüte auseinander und ein jeder seines Weges zwischen den Marktbuden, wo es summt und brummt, wo eine Flut von Stimmen überschwappt, auseinanderfließt und sich in eine allgegenwärtige Kakophonie verwandelt. Aus ihr steigen einige Stimmen empor, die alles übertönen, nichts und niemanden fürchten, die im Krieg die Deutschen und Moskals totgequatscht haben. Sie haben ein wundersames Talent, eine unglaubliche flinke Zunge und sie reden und reden, ohne dass ihnen dabei die Puste ausgeht. Dank dieses ununterbrochenen Lungentrainings ist noch kein Marktweib an Tuberkulose gestorben. Nicht umsonst trinken sie in der Früh ein Quart heißen Punsch, um die Brust zu stärken und die Stimme zu ölen.

Mir gefielen diese gewichtigen Personen, von denen die meisten nicht nur einen Ehemann überlebt hatten und immer rasch den nächsten heirateten, als wären sie ausnehmend schön. Tatsächlich waren sie meist mollig und kamen auf dicken Beinen dahergewatschelt, hatten teigig-füllige Gesichter, rötlich wie Rotkohl, wind- und wettergegerbt, flinke, stechende Äuglein, die Käufer augenblicklich von Kopf bis Fuß taxierten, und weiche Hände mit Wurstfingern, die Geld flugs zwischen den Ballonbrüsten versenkten. Wer konnte einer solchen Schönheit widerstehen? Wenn so eine zur Witwe wurde, plagte sie sich nicht lange mit Einsamkeit, sie blieb nicht lang allein, und das lag offensichtlich an ihrem Talent, ihrer Fähigkeit sich und den Kindern das täglich Brot zu verdienen. Ich hörte einmal, wie sich eine Marktfrau über eine Pani lustig machte: „Schaut euch die an! Das ist eine echte Kundin. Hat einen einzigen Zloty in der Tasche und möchte den ganzen Markt kaufen. Eine echt noble Pani, oben lange Wimpern, unten keinen Hintern!“ Und die Nächste stimmte ein: „Gnädige Pani, ich muss meine Waren auch kaufen, mich krumm machen, Wechsel dafür unterschreiben, sie hinauszögern und verlängern, morgen, morgen, aber am Ende muss ich sie doch bezahlen, nicht wahr? Und erst die Steuern, wer zahlt die für mich? Ich bin eine arme Jüdin, hab einen kranken Mann zu Hause und lauter Sorgen am Hals! Kann ich denn Eier legen oder mich melken? Ich hätt ja nix dagegen, aber leider geht's nicht.“

4

Inzwischen war Jaroschs Sohn Marko herangewachsen und begann, an der Uni zu studieren, weshalb sie sich nun auch öfter sahen. Doch für gewöhnlich schaute der Sohn nur dann bei ihm im Institut vorbei, wenn er ein paar Hryven „leihen" wollte, meist verschwand er anschließend gleich wieder. Im Grunde waren Vater und Sohn mit dieser Beziehung zufrieden.

Jarosch entdeckte während seiner Forschung über die arkanischen Texte und der Arbeit an ihrer Übersetzung, dass Arkanien ein eigenes Totenbuch gehabt hatte, das sich deutlich vom ägyptischen und vom tibetischen unterschied. Es hatte sich zwar weniger gut erhalten und wies beachtliche Lücken auf, doch bestimmte Lieder aus diesem Totenbuch beeindruckten in ihrer Vollendung. Die alten Arkanier glaubten, dass jeder Mensch zwei Seelen habe, eine sterbliche und eine unsterbliche, die auf einen anderen Menschen übergehen, also die unsterbliche Seele wandert in einen andern Körper. Die Lieder des Totenbuchs wurden nicht nach dem Ableben gesungen, sondern solange der Mensch noch lebte, das Sterben aber bereits eingesetzt hatte. Sie sollten den Übergang in die jenseitige Welt erleichtern und die unsterbliche Seele des Verstorbenen erst durch das Tal der Tränen leiten und dann zurück ins Leben führen. Man tanzte sie zu den Klängen von Trommeln und Hirtenflöten. Der Tanz selbst hieß auf Arkanisch „dan-go mrah", was schon mehr als aufdringlich an das Wort „Tango" erinnert, das aus der Sprache des nigerianischen Ibibio-Volkes stammt. Jarosch fiel ein, dass die arkanischen Könige während ihrer Eroberungszüge angeblich weit ins Innere Afrikas vorgestoßen und bis zum Niger gelangt waren, wo das Volk der Ibibio lebte. Wer schließlich diesen Tanz von wem übernahm, war eigentlich nicht so wichtig. „Dan-go mrah" bedeutete wörtlich „Todestanz“ oder „Todestango“. Natürlich war dieser Tanz grundverschieden von einem Tango, jeder Tänzer bewegte sich allein, ohne andere Tänzer zu berühren, hielt jedoch die Arme so, als umarme er jemanden. Auf die Art tanzte er in der Vorstellung der Menschen mit der Seele eines Todgeweihten.

Jaroschs Forschung zum Totenbuch hielt noch eine andere Überraschung bereit, denn sein Sohn teilte ihm mit, dass er mit einem Mädchen gehe, das Jaroschs Oberseminar zu klassischen Literaturen besuche und sich für Arkanien interessiere. Jarosch erriet gleich, um wen es ging, obwohl er im Oberseminar im Laufe des Semesters zwischen 20 und 25 Studierende hatte. Das Mädchen fiel nicht allein wegen ihrer Schönheit auf, sondern auch wegen ihrer Disziplin. Sie versäumte kein einziges Seminar und meldete als Thema ihrer Diplomarbeit die arkanische Literatur an. Danka, so ihr Name, war hoch gewachsen und hatte ein längliches Gesicht, umrahmt von kastanienfarbenen, nicht gefärbten Haaren, die sich leicht lockten und wellig auf die Schultern fielen. Die römische Hakennase verlieh ihr ein grandioses Aussehen, und wenn sie auf langen, geraden Beinen einherschritt und den Rücken dabei völlig aufrecht hielt, lag in ihrem Gang eine gewisse Majestät. Ihre Stimme war tief und voll, ohne Zuckerguss, und schlug nie in Gequietsche oder Gepiepse um.

„Du hast sie sicher schon bemerkt“, sagte Marko, „ich brauche euch eigentlich nicht vorzustellen, aber ich hätte trotzdem gerne, dass ihr euch näher kennenlernt. Hast du was dagegen, wenn ich sie am Samstag mitbringe?“

Und als Jarosch nur mit den Schultern zuckte, fügte er hinzu: „Sie ist von deinem Seminar so begeistert, dass sie mir davon stundenlang auswendig nacherzählt. Obwohl ich mich damit so gut wie gar nicht auskenne. Aber das hat seine Vorteile, unterschiedliche Interessen fördern gegenseitige Nähe.“

Von klein auf lernte ich Lwiw anhand von Gerüchen kennen. Es sind unzählige, an ihnen erkennt man die Jahreszeit, selbst wenn man im Haus sitzt und die Nase nicht nach draußen streckt. Der Herbst etwa riecht streng nach sauren, mit duftendem Dill, Knoblauch und Kren gewürzten Gurken, aus den Vororten weht der Geruch von Bratkartoffeln. Während des Übergangs vom Herbst zum Winter riecht es nach Sauerkraut und im Winter, besonders vor den Weihnachtsfeiertagen, liegt der Rauch in der Luft, in dem fast ganz Lwiw Würste, Schinken und Speck räuchert. Auf allen Höfen, selbst in der Stadtmitte, stehen Eisentonnen, zu denen Blechrohre führen. An den Öffnungen dieser Rohre wird so ein Feuer entfacht, dass der Rauch geradewegs durch das Rohr in die Tonne zieht, sich an das Fleisch schmiegt und es dabei räuchert, ohne es zu braten. Dies ist die heilige Pflicht des Herrn Hausmeister, der auch für das Holz zu sorgen hat, es hackt und aufschichtet. Dann übernimmt die ehrenwerte Frau Hausmeister, eingewickelt in vier Röcke, vier Pullover und vier Halstücher, die Aufgabe, sich auf einem Hocker neben das Feuer zu setzen und Acht zu geben, dass es nicht ausgeht oder zu heiß lodert. Wenn das Holz allmählich zu glühen beginnt, schaufelt die Frau Hausmeisterin etwas davon in eine Blechdose und schiebt sie sich zwischen die Füße unter den Rock. Auf diese Weise wird ihr so warm, dass sie sogar schlummern kann. Die Hausbewohner bringen ihr Fleisch, das sie räuchert, dafür bekommt sie ein Stück vom Schinken oder vom Geräucherten. An den Weihnachtstagen selbst duftet es nach Semmeln, Fisch und Honig, im Judenviertel kitzelt zudem der Duft von Gänseschmalz, Röstzwiebeln, Peperoni und Euter, gekocht in Milchsuppe, die Nase. Im Frühling, vor den

Ostertagen, dringt abermals das deftige Aroma des Geräucherten durchs Fenster, denn der Herr Hausmeister hat wieder die Tonne aufgestellt, ein Rohr zu ihr verlegt und Holz gehackt, und die werte Frau Hausmeisterin verzeichnet in einem speckigen Heft sorgfältig all das Fleisch, das man ihr gebracht hat. Jetzt braucht sie sich nicht mehr mit einer Glutbüchse zu wärmen, denn selbst wenn die Luft noch frisch ist, strahlt vor den Feiertagen die Sonne hell, die Spatzen zwitschern lustig in den Bäumen, die Tauben gurren, die Elstern plappern und am Ostersonntag dringt ein Hauch aus Gebäck, Osterfladen und frischen Veilchen durch die Türen. Im Sommer verströmen dann Erdbeeren und an der Sonne getrocknete Pilze ihren Duft, sie werden überall auf den Straßen feilgeboten und die Stadt ertrinkt in einem berauschenden Duft von gekochten Beeren und Malvenmarmelade.

Im Laufe eines Tages vermag die Stadt ihr Gesicht bis zur Unkenntlichkeit zu wandeln. Wenn sie im Morgengrauen noch vor sich hin dämmert, kommen bereits die ersten Fuhrwerke mit Gemüse beladen auf den Markt und Wägen rumpeln mühsam über das Kopfsteinpflaster, um Bierfässer und andere Waren auszufahren. Bald bimmeln die Glöckchen der Trambahnen, die Fiaker klappern und Reisigbesen rascheln über die Straßen. Ab sieben Uhr strömen Schüler zu ihren Schulen. Die Stadt ist nun ganz erwacht, Fensterläden öffnen sich quietschend, Rollos an Ladeneingängen rattern nach oben, Fenster gehen auf und hundertstimmiges Gewirr ertönt – Tenor und Sopran, Alt und Bass, Reibeisen- und Fistelstimmen dringen nach allen Seiten, die Brezelverkäuferinnen rufen: „Brezeln, frische Brezeln!“, die jüdischen Gebrauchtwarenhändler: „Handele! Handele! Ankauf – Verkauf!“, die huzulischen* und lemkischen Kupferschmiede und Kesselflicker kommen schwer beladen daher und rufen: „Kupferkessel! Gibt’s was zu flicken?“, die Böttcher: „Fässer und Bottiche! Gibt’s was zu binden?“, die Sandkrämer: „Scheuersand! Sand zum Scheuern! Sa-a-a-and!“ und die Wäschehändler „Weiß-wä-ä-asche-e!“

Beim Wiener Kaffeehaus, wo sich mehrere Tramlinien kreuzen, wimmelt es immer vor Menschen. Manche warten auf die Tram, andere eilen dahin und wieder andere halten Maulaffen feil. Dort gibt’s geröstete Sonnenblumen- und Kürbiskerne und die Jüdinnen verkaufen heiße Maroni, Walnüsse und Mandeln in Tütchen aus gedrehtem Zeitungspapier. Kastanien werden auf einem heißen Blech gebraten, das Vertiefungen und Abzüge hat und oben von einem zweiten Blech bedeckt ist. Die Bleche befinden sich auf einem Metallkasten mit glühender Kohle, und die Jüdinnen rufen kehlig: „Heiße Maroni! Gebratene! Ganz frisch!“, und andere, die mit heißen Bobeln handeln: „Heiße Bobel!“ Die Brezelverkäuferinnen haben vorne einen großen Korb mit frischen, duftenden Brezeln umgeschnallt, die auf Stäbe aufgefädelt sind, es gibt Mohnbrezeln, normale Salzbrezeln. Der Renner sind freilich die „Maibrezeln“, sie werden mit einer dicken Salzbrühe begossen, sind goldbraun, knusprig, großzügig mit Mohn bestäubt und zergehen geradezu auf der Zunge. Auch die Jüdinnen verkaufen Brezeln: „Eierbrezeln!“ Wenn Ukrainer vorbeikommen, mühen sie sich in schlechtem Ukrainisch: „Brezeln auf Eiern! Brezel auf Eiern!“, was die Ukrainer zum Lachen bringt. Wir ärgerten sie gerne und riefen ihnen hinterher: „Brezeln auf Ei! Brezel auf Ei!“ oder „Eier auf Brezel!“

Die bärtigen Männer aus dem Dorf Kortschew in Podlachien tragen Körbe voller Zwiebel auf ihren Köpfen. Dabei behalten sie ihre Lammfellmützen auf, Zwiebelringe, die von allen Seiten aus diesen Körben hängen, schaukeln an ihren Schultern, baumeln an Brust und Rücken, schlängeln sich aus breiten Gürteln. So sehen sie aus wie Märchengestalten, mit goldenen Kränzen geschmückt. Ihr exotisches Aussehen rief Bewunderung, aber auch Furcht unter uns Kindern hervor, die wir ihnen hinterherrannten und dabei riefen: „Der Zwiebelmann! Der Zwiebelmann!“ – doch wehe, wenn der Zwiebelmann sich mit wütendem Blick umdrehte, dann stürzten alle augenblicklich auseinander. „Pass auf, gleich kommt der Zwiebelmann und nimmt dich mit!“, so drohten die Mütter ihren Rabauken. Meine Mutter zeigte mir durch das Fenster oft den Zwiebelmann und meinte, dass er uns Lümmel in einen Zwiebelring verwandeln könne. Und immer, wenn Mama einen Zwiebelring gekauft und in der Küche an die Wand gehängt hatte, blickte ich ihn verschüchtert an und überlegte dabei, was für ein ungezogener Junge da wohl in einen Zwiebelring verwandelt worden war und ob beim Hineinbeißen Blut aus den Zwiebel spritzen würde. Deshalb aß ich nie rohe Zwiebeln und bat Mama, sie nicht anzurühren, denn wenn sich durch irgendeinen Zauber der Zwiebelring wieder in einen Jungen verwandelte, wäre er ein Krüppel, ein Arm oder Fuß, ein Auge oder Ohr würde ihm fehlen und seine Verstümmelung unser Gewissen belasten. Freilich hörte Mama nicht auf mich und schnippelte munter Zwiebelscheiben in den Salat.

Scheppernd kamen die Töpfer daher, behängt mit Töpfen und Milchkannen, und riefen: „Töpfe! Kannen! Becher! Kesselflicken!“, die Schwammhändler handelten mit verschiedensten Schwämmen, die Flechter mit ihren Stroh- und Schilfmatten, die die Hausfrauen gerne vor die Türen legten, die Netzmacher handelten mit Netzen und behängten sich, um die Auswahl zu erleichtern, von oben bis unten mit Netzen und Netzchen, dass sie selbst kaum zu sehen waren. Die Vogelhändler brachten ihre Vögel in Käfigen, die an langen Stangen hingen, die Kohlehändler fuhren mit ihren Karren Kohle aus und brüllten: „Ko-o-ohle! Ko-o-ohle!“ Die Wasserverkäufer fuhren jeden Morgen ihre Wasserfässer aus, der Briefträger verteilte mit einem gedeckten gelben Handwagen die Post und blies dabei immer die gleiche Melodie in sein Horn, der Kühleisverkäufer kündigte sein Erscheinen mit einem Glöckchen an und sobald es erklang, rannten Dienstboten wie Hausfrauen mit Schachteln und Kisten zu ihm, in die der Eismann dann kleingehackte Eisbrocken packte. Der Sandverkäufer schaffte den Sand heran – „Sa-a-and! Sa-a-and!“ –, mit dem die Hausfrauen die Töpfe scheuerten oder ihn ins feuchte Treppenhaus oder auf Fußböden streuten, damit sie schneller trockneten.

Eine besondere Attraktion auf dem Markt waren für uns die Huzulen in ihren schwarzen Hüten, die mit Spitzenbändern umwunden waren. Sie hatten grobe Leinenhosen und dicht gewebte Hemden an, in die schwarz-rote Kreuzmuster gestickt waren, und verkauften Schalen, Becher und Kannen aus Keramik, Holz oder Kupfer, Packtaschen, Gürtel und Tischdecken, Bundschuhe, bunte Spielsachen, bestickte Umhängetaschen, Holzstifte und Stiftebecher, Tintenfässchen, Buchständer und Bilderrahmen aus Holz – alles mit dem Herkunftsort ausgezeichnet: Skole, Kosiw, Schabje. Die Bojken mit ihren langen Schnurrbärten und der unvermeidlichen Pfeife zwischen den Zähnen verkauften Äpfel, Birnen, getrocknete bosnische Pflaumen, Walnüsse, Haselnüsse und Esskastanien. Uns Kindern gaben die Bojken alles ein bisschen billiger, deshalb schickten uns die Mütter zu ihnen, und wir freuten uns darüber, denn wir durften immer etwas von den leckeren Sachen probieren. Die Krämerin Walachonowa, fett wie ein Fass, verkaufte Blutwürste, die als würziger Blutbrei in einem Riesentopf, der auf Kohlen stand, glänzten. Sie fischte sie mit einem Holzlöffel heraus und rief: „Extra Bomba Frikassee! Leckere Blutwürstl!“ Die Portionen waren gewaltig, wenn man eine schaffte, brauchte man bis zum Abend nichts mehr zu essen, weshalb die Angehörigen der ehrenwerten Berufsstände der Fleischhauer, der Lastenträger und Droschkenkutscher es sich als große Ehre anrechneten, zur Stammkundschaft des alten Klatschmäulchens Walachonowa zu gehören. Freilich konnte man in Lembergs Straßen nicht nur Blutwürste kaufen, sondern auch Pasteten, Piroggen, Bratwürste, dicken Maisbrei, Kulikower Brot, knusprige Semmeln, Kaiserwecken und Weißbrotstangen.

Samstags ertönte lautes Knallen in der Stadt. Es ähnelte Schüssen, doch da schoss niemand, sondern die Hausfrauen droschen mit den Teppichklopfern die Teppiche, Läufer, Federbetten und Kissen auf den Teppichstangen aus. Einmal im Monat verwandelte sich unsere Küche in Afrika – das war der Tag der großen Wäsche. Die Königin von Afrika war eine Wäscherin. Die große Wäsche dauerte die ganze Woche: Am Montag wurde die Wäsche gekocht, am Dienstag gespült, am Mittwoch getrocknet, am Donnerstag gemangelt, am Freitag gebügelt. Am Vorabend der großen Wäsche schob man zwei große Tische zusammen, auf die dann ein riesiger Zuber gestellt wurde. In diesen goss man heißes Wasser und löste die Seife darin auf. Danach wurden Bettwäsche, Handtücher und Nachthemden eingeweicht. Wenn am Morgen die Wäscherin kam, ein stämmiges Frauenzimmer mit kräftigen Armen und dicken Beinen, herrschten in der Küche bereits tropische Temperaturen, vom Fußboden bis zur Decke wallte der Dampf, die Fenster waren so beschlagen, dass man nicht mehr durchschauen konnte, dafür ließen sich alle möglichen Fantasiefiguren darauf malen. Der Ofen glühte feuerrot und auf den Ofenplatten standen zwei große Waschwannen. Die Wäscherin benutzte eine Seife aus der Fabrikation „Schicht“ und hängte die Wäsche auf die Wäscheruffel, ein breites, geriffeltes Blech in einem Holzrahmen, seifte sie ein und rubbelte sie über die Rillen von oben nach unten – schschrr-schschrr- schschrr! Im Zuber schäumte die Seife und ich schnappte mir immer eine Handvoll Seifenflocken und freute mich an dem flaumig-luftigen Wölkchen in meiner Hand, das in allen Farben glitzerte und mir mit seinen bunten Äuglein zuzwinkerte. Bald waren alle, die sich hier nur einige Minuten aufgehalten hatten, schweißüberströmt. Das Weißzeug wurde nach dem ersten Waschgang aus dem Zuber in die mit heißem Wasser gefüllten Wannen geschafft, der Dunst vertrieb mich spätestens jetzt aus der Küche. Mir machte es Spaß, zuzusehen, wie Bleichmittel aus kleinen Musselinsäckchen dem Wasser eine kalte Kobaltfarbe verlieh, doch die Wäsche färbte sich nicht etwa bläulich, sondern wurde strahlend weiß. Die Blaubleiche löste sich in kleinen Wölkchen, die sich dann in langen Fäden durch das Wasser zogen und zu einem wundersamen Gespinst unzähliger kleiner Tentakel wurden. Ebenso zerfasert Blut in Wasser und löst sich darin auf, wenn man einen verletzten Finger hineinhält. Es war kein Wunder, dass mir als kleiner Junge die Wolken am Himmel wie Daunenkissen vorkamen, die in zerflossener Blaubleiche badeten.

Die Stärke war klebrig und zäh, das Wasser wurde dickflüssiger, wenn die Bettwäsche darin gespült worden war, sie knisterte und gestärkte Hemden wurden bretthart, man musste sie noch feucht bügeln. Wenn sie am Bügeleisen verglühte, verströmte die Stärke den Geruch angebrannter Plätzchen. Die Bügeleisen füllte man mit glühenden Kohlestückchen. Sie waren ziemlich schwer und man musste beim Bügeln aufpassen, damit keine Schmauchspuren blieben. Man konnte auch keine x-beliebige Kohle nehmen, sondern verwendete gut gebrannte Holzkohle. Wenn sie nicht gut vorgebrannt war, begann das Bügeleisen zu qualmen und Mama jammerte dann immer, dass sie Kopfweh habe.

Wenn die Sonntage kamen und es draußen warm wurde, öffnete sich jedes Fenster in jeder Straße, einfach jedes Fenster, und aus den Fenstern lehnten sich Menschen, vor allem neugierige Frauen, junge wie alte. Ihre Ellbogen ruhten auf Kissen, manche riefen sich etwas zu, andere beobachteten schweigend die Passanten, wieder andere warteten auf etwas, das nicht passierte, doch um alle Mundwinkel spielte ein Lächeln und wer gar einen Balkon hatte, saß dort, lächelte ebenso und schaute den Passanten nach. Alle fühlten sich ein bisschen wie eine große Familie, Unbekannte kamen miteinander ganz ohne große Etikette ins Gespräch, als würden sie sich schon Jahre kennen. Nicht nur die Menschen, auch die Stadt schien zu lächeln und fröhlich zu sein.

Am zauberhaftesten schaute Lemberg freilich an den Abenden aus, wenn die Straßenlaternen aufflackerten und das Neonlicht der Reklamen und Aufschriften blinkte, die Schaufenster leuchteten und aus Kaffeehäusern und Restaurants Musik drang. Zu dieser Zeit füllte sich der Korso vom Hotel George bis zur Akademischen Straße, ab sechs Uhr abends bis weit nach neun flanierten kleine Gesellschaften, die Damen mit Hüten, die Herren in schwarzen Melonen, die Militärs in Uniform, die Studenten mit ihren Verbindungsmützen. Hier verabredete man sich, traf sich, lustwandelte auf und ab, begegnete Bekannten, deutete Verbeugungen an, blieb auf ein paar Worte stehen, schloss sich zu Gesellschaften zusammen und ging ins Restaurant. Auf dem Korso konnte man all seine Bekannten treffen, allabendlich, mit Ausnahme der Sonntage. An diesen ergossen sich um zwölf Uhr nach dem Gottesdienst scharenweise Menschen auf den Corso. Dann spazierte man die Akademische Straße auf der rechten Straßenseite hinauf und auf der linken hinab. Dieses auf und ab Spazieren wiederholte sich einige Male, bis man in die Kaffeehäuser und Konditoreien strömte. Wenn man unter die Flaneure geriet, wurde man wie in einem trägen Strom fortgetragen und kam nur mit allen anderen zusammen voran. Dabei fühlte man sich ziemlich behaglich, und nur selten kam dieser menschliche Strom durch kleinere Hindernisse ins Stocken, wenn zum Beispiel Eltern mit ihren Kindern vor den Schaufenstern des Spielwarenladens Kliaften standen. Wie sollte man auch nicht anhalten, wenn dort im Schaufenster eine richtige Schlacht stattfand – Miniatursoldaten bereiteten sich auf die Attacke vor, neben den Geschützen waren die Kanoniere beim Laden erstarrt, die Heerführer beobachteten das Schlachtfeld mit Ferngläsern. Hatte man schließlich die Chorunschtschyna-Straße passiert, war es einfach unmöglich, die Cafeteria von Frau Telitschkowa zu ignorieren, die mit leckeren Schnittchen lockte. Unweit davon wartete auf die Lustwandler die sagenhafte Vitrine der Konditorei Zalewski, in der man eine Miniaturzuckerbäckerei bestaunen konnte: Kleine Püppchen in weißen Kleidern gingen ernsten Geschäften nach, eine rührte den Teig an, eine andere knetete ihn, eine dritte füllte ihn in Backformen, eine vierte machte sich an einer verzierten Holzschüssel zu schaffen, eine fünfte schob den Teig auf einer Schaufel in den Ofen, und sie wurden alle von Elektromotoren angetrieben. Vor Weihnachten und Ostern wechselte die Dekoration in der Vitrine und verwandelte sich in einen feiertäglichen Tisch aus Schoko- und Marzipanteilen, die Feiertagsspeisen darstellten: Osterfladen, Ostereier, Osterschinken und Spanferkel, außerdem gab's Osterhasen und Osterlämmer in Körbchen mit Immergrün. Auf kleinen Tischen thronten noch kleinere Likörfläschchen und in einer Reihe aufgestellte Likörgläschen. Die Vitrine änderte sich auch sonst so oft, dass die Kinderblicke sofort dorthin wanderten, sobald sie auf dem Korso waren.

Nach neun Uhr wurden die Straßen leerer, die Leute machten sich auf den Nachhauseweg, denn um zehn Uhr schlossen die Hausmeister die Eingangstore zu den Häusern. Wer sich verspätete, musste den Hausmeister herausklingeln und hatte ihm einen Obolus von 25 oder gar 50 Groschen zu geben.

Mit Mama besuchte ich auch gern die Krakidawil, eine wundersame Welt, die gleich hinter der Oper begann und schon wegen ihres Namens neugierig machte, hinter dem man ein Geheimnis vermutete, denn in der Einbildung verschmolz er mit Krokodilen, obwohl es dort natürlich keine Krokodile gab. Der Name war eine lustige Verballhornung der Bezeichnung „Krakauer Viertel", wo der Basar – oder wie die Juden sagten: der Tandmarkt – blühte und Trödel verscherbelt wurde. Wahrscheinlich sahen die legendären Basare des Nahen Ostens genauso aus. Um einen Platz herum die Geschäfte, davor kreuz und quer, wohin man auch blickte, Stände mit unterschiedlichsten Waren, vor allem aber mit Kleidung und Schuhwerk. Krakidawil war das wahre jüdische Königreich. Hier konnte man auf jüdische Art gekleidete ehrwürdige Damen und Herren sehen, bärtige Chassiden mit langen Schläfenlocken und mit schwarzen Hüten und Mänteln aus Atlas, schmuddelige Jüdinnen, in mehrere Schichten abgetragener Kleidung gehüllt, die Krautwickeln ähnelten. Inmitten dieses Gedränges zahlloser Stände priesen die Händler und Pascher ihre Waren an, dazwischen schob sich ein kleiner Ofen auf Rädern, auf dem Imbisse köchelten. Hauptsache, man vergaß nicht, dass man wie in den Basaren von Istanbul, Tanger, Marrakesch oder Kairo auch hier unbedingt handeln musste, am besten begann man bei der Hälfte des genannten Preises. Außer den jüdischen Händlern traf man hier auch Polen und Ukrainer, es herrschte ein fortwährendes Kommen und Gehen, die Luft bebte in der Vielzahl unharmonischer Geräusche.

Ein Batiar präsentierte eine mit Wasser gefüllte Flasche, in der eine ziemlich große Figur eines Tauchers schwamm. Durch den Flaschenhals konnte sie unmöglich in die Flasche gekommen sein. So fragte der Batiar: „Und wie is' er wohl durch den dünnen Flaschenhals rein?“ Während er in das Rund der Müßiggänger blickte, erklärte er: „Pass auf, des geht so: Du schiebst so einen Winzling Taucher durch den Flaschenhals, dann kipp’ste des magische Pulver rein. Das Wasser wird jetzt irgendwie weiß, milchig. Die Flasch stellst jetzt aufn Schrank und nach ’ner Stund is des Wasser wieder sauber und durchsichtig. Und fertig-basta! Und jeden wundert’s, wie so ein Riesentaucher durch den dünnen Flaschnhals durch is.“ Um den Batiar setzte Gemurmel ein, der zog seinen letzten Trumpf aus dem Ärmel: „Des is kein Spielkram, verehrte Herren! Nix, womit Kinder spieln, das is’n Ding, das in keiner Hütt’n fehlen darf. Weil der Taucher blinkt tagsüber wie ein Stern, und nachts leuchtet er so hell, dass man dabei Zeitung les’n kann, etwas sticken und nachtmahlen. Und was meinen S’, was so’n Dings kostet? Sie wern’s nich’ glaubn! Dies’ einmalige Geschenk zum Namenstag oder zur Hochzeit kost’ nur zwanzig Groschn! Und zwanzig Groschn, das is’ doch für niemand kein Geld, oder?“ Wieder blickte er in die Runde, um augenblicklich da weiterzumachen, wo er angefangen hatte: „Und wie is’ er wohl durch den dünnen Flaschenhals rein?“

Für uns Schüler und Gymnasiasten war Krakidawil auch deshalb verlockend, weil man an den dortigen Buchständen nicht nur Schulbücher kaufen konnte, sondern auch Bryky, Heftchen mit den Übersetzungen lateinischer und griechischer Texte sowie Kurzfassungen der klassischen Pflichtlektüre, mit denen man die Werke selbst nicht unbedingt zu lesen brauchte. Die Schulleitung hatte strengstens untersagt, Bryky mit in die Schule zu nehmen, und auch zu Hause durfte man sie nicht lesen. Denn obwohl sie den Zöglingen das Leben leichter machten, entwerteten sie das selbstständige Erlernen der klassischen Sprachen. Darauf gaben wir allerdings nicht viel und gingen häufig zum Stand des scheckigen Nuchym, schauten uns um, ob kein Lehrer in der Nähe war, und kauften die Heftchen. Nuchym hatte solche Lausbuben genauso gerne wie wir und schenkte uns zu den gekauften Bryky immer irgendwelche alten Schwarten. Keine Ahnung, wo er die Dinger herhatte. Einmal war es ein abgewetztes Gerichtsbuch, ein anderes Mal ein Buch mit Illustrationen der Burenkämpfe, die wir dann ruhig wegschmeißen konnten, doch stets mussten wir diese Geschenke mit gespielter Dankbarkeit entgegennehmen, denn das garantierte uns für das nächste Mal wieder wohlwollendes Entgegenkommen. Außerdem kauften wir bei ihm Karl Mays Winnetou und Old Surehand und Old Shatterhand, die wir dann untereinander weitergaben und während des Unterrichts unter den Bänken lasen. Karl May war unter den Autoren von Abenteuerbüchern unser absoluter Favorit, er riss uns nicht nur mit, sondern reizte auch unsere Fantasie.

5

Es war ein warmer Herbst, auf den Bäumen im Klepariw-Park hüpften Krähen umher und schüttelten den Morgentau ab. Der alte Josip Milker lehnte sich aufs Fensterbrett und besah diese finstere Szenerie so aufmerksam, als wolle er sie photographieren, tatsächlich ergötzte er sich aber an diesem Fleckchen Erde, das ihm ungemein teuer war. Hier hatte er Kindheit und Jugend verbracht. Der Hytzelsberg hatte schon so viel gesehen, all diese Bäume und die Krähen darauf, die gab's schon damals … damals, als man die Juden des Klepariw-Viertels aus ihren Häusern jagte und zwangsweise in der Zasmarstynowska-Straße ansiedelte, denn das Ghetto war bereits wie ein Stück Leder, das austrocknete und sich zusammenzog. Er hatte sich damals so sehr nach dieser Aussicht gesehnt, nach den Hainbuchen, Eschen, Ahornbäumen, deren Kronen voller Krähennester und Misteln waren. Aus den Fenstern der neuen Wohnung sah man nur die Eisenbahnbrücke, über die manchmal Armee- oder Güterzüge schnauften. Die Brücke wurde Todesbrücke genannt, weil sich unterhalb von ihr ein Schlagbaum samt Wächter befand – wie an der Höllenpforte, die sich für den einen öffnete, für einen anderen schloss und manche zu den geheimnisvollen Sandhügeln im Lysenetzer Wald ins Nichtsein entließ. Doch zu Hause auf dem Hytzelsberg blühten Misteln, nicht im Frühling, sondern im Februar, wenn noch Schnee lag, und er spürte dort in der Verbannung rasch, wie lieb ihm die Misteln geworden waren und wie sehr ihm ihre zartrosa Anmut hier fehlte. Hier, in dem fremden Gebäude, wo sie zu sechst in einem Zimmer hausen mussten, wo sie das Gebrüll und das Donnern von Stiefelabsätzen, die Kommandorufe, das Klacken des Abzugs und der Schüsse zusammenfahren ließen …

Die Schüsse erschreckten sie schließlich nicht mehr, sie verhallten in der Ferne, an sie hatten sich alle gewöhnt, selbst damals, als man sie ins Janowska-KZ gebracht hatte.

Hier riss der Faden der Erinnerung ab. Stattdessen pulsierten dunkle, nicht zu enträtselnde Bildfetzen in seinem Kopf – dann sah Milker sich wieder im heimischen Klepariw-Viertel in der elterlichen Wohnung. Zahlreiche Dinge waren während seiner Abwesenheit verloren gegangen, manches hatten die Deutschen geraubt, anderes die Befreier, etwas auch die Nachbarn. Einiges war dennoch erhalten geblieben, die alten Möbel wollte zum Beispiel keiner haben, vor allem aber hatte sich unter den Dielen, auf denen der Schrank stand, das Wertvollste erhalten: die Geige und das Photoalbum. Milker blätterte oft darin, auf den Photos waren seine ganze große Familie, seine Freunde und seine Liebste zu sehen. Sie alle waren längst nicht mehr am Leben, und doch erinnerte er sich selbst an ihre Stimmen, er schloss die Augen und konnte sie hören. Da, da klopft gerade seine Mama ans Fenster: „Joschi! Joschi! Marsch, ab nach Haus! Der Lehrer ist da." Ja, das ist ein Bild von ihm, wie könnte man Herrn Katzenellenbogen mit seiner abgehackt-schnarrenden Art zu reden vergessen, immer ganz in Schwarz wie ein Rabe. Er schien mit seinen dürren langen Armen jeden Augenblick emporflattern zu können, um dem armen Joschi von oben mit dem Schnabel geheimes Wissen einzuhämmern. Auf einem anderen Photo pflückten seine Schwester Lija und Ruta, seine Liebste, im Kaiserwald Blumen und schüttelten sich lachend, ein unwiderstehliches Lachen, glockenhell. Und dort haben seine Freunde auf einem Leinentuch ein Picknick ausgebreitet, der Duft des am Spieß gebratenen Fleisches stieg ihm in die Nase.

Unter den Dielen versteckt war auch etwas Geschirr erhalten geblieben, vor allem der Becher in Form eines dicken, pausbäckigen Jungen, aus dem er als Kind seine Milch getrunken hatte. Heute trank er nicht mehr daraus, aber der Becher stand in einer alten Kredenz hinter Glas und verband ihn mit seiner verstorbenen Mutter, die ihm darin jeden Abend die warme Milch, stets mit einem Löffelchen Honig, gebracht hatte. Wenn er krank gewesen war, hatte sie noch Butter und Soda in die Milch gegeben. Er hatte zwar immer das Gesicht verzogen, aber getrunken. Wenn er nun den Becher anblickte, schien ihm, dass die Kindheit in ihm nicht aufgehört habe zu existieren, und wenn er die Augen schloss, hörte er die Stimmen seiner Freunde, die zum Fußballspiel riefen.

Er lebte bescheiden und gab privat Musikstunden, für den Lebensunterhalt reichte das, doch Milker war ein Büchernarr, der mit Antiquariaten in Kiew, Moskau und Vilnius in Verbindung stand. Weil er für die alten Bücher und Drucke lange zu wenig Geld hatte, betrieb er auch Spekulationsgeschäfte, wie man das zu Sowjetzeiten nannte. Er besuchte illegale Buchmärkte, die allerdings die Miliz im Visier hatte, weshalb die Buchliebhaber in den 1970er und 80er Jahren oft ihre Treffpunkte wechseln mussten. Wenn die Miliz eine Razzia durchführte, rannten alle augenblicklich auf und davon, manchmal sogar ohne die Bücher. Einmal waren sie auf dem Hytzelsberg beim Denkmal für die Hingerichteten des polnischen Aufstands zusammengekommen. Milker erinnerte sich, wie die Miliz im Winter von mehreren Seiten hochgekommen war. Alle stürmten davon, rutschten auf dem Schnee nach unten, den die Kinder mit dem Schlitten bereits plattgepflügt hatten, einige fielen und kullerten bergab, Bücher flogen nach allen Seiten. Milker war nicht in Panik geraten, sondern einfach auf seinem mit Büchern vollgestopften Rucksack wie auf einem Schlitten bergab gerutscht. Die Milizionäre versuchten, ihn mit ausgebreiteten Armen zu stoppen, doch er zischte zwischen ihnen durch wie ein Wirbelwind und stoppte genau vor seinem Haustor.

Der Hytzelsberg verband ihn mit zahlreichen Erinnerungen. Auf seiner höchsten Kuppe hatte er Ruta zum ersten Mal geküsst, so richtig, nicht nur ein Schmatz auf die Wange wie davor. Außerdem erinnerte er sich an eine Legende, die die Großmutter ihm über die Bezeichnung des Berges erzählt hatte. In der Schlucht am Hytzelsberg, nun zur Gänze mit Flieder überwachsen, lebte einst ein brutaler Abdecker in einer Lehmhütte. Er jagte Hunde und Katzen und zog ihnen das Fell ab. Einmal vergriff er sich am Lieblingskätzchen der Fliederfrau und wollte es gerade erschlagen, als plötzlich eine Frau im grünen Kleid und mit offenem grünem Haar vor ihm stand. Sie war wütend und entriss dem Abdecker das Kätzchen. Plötzlich stürzten die Wände der Schlucht über dem Abdecker zusammen und begruben ihn und seine Hütte. Seitdem kann man nächtens zuweilen seine verzweifelten Rufe und Hundegebell am Fuß des Berges vernehmen. Milker lächelte, als er daran dachte, wie er selbst einige Male angestrengt gelauscht hatte, freilich aus sicherer Entfernung, abends machten alle Kinder einen Bogen um den Berg.

Er hatte Ruta so geliebt, dass es ihm nach dem Krieg unmöglich gewesen war, sich auf eine neue Liebe einzulassen. Noch immer hatte er Ruta vor Augen und war überzeugt, dass sie eines Tages vor seiner Tür stehen würde. Deshalb wartete er auf sie, ebenso wie auf Lija und alle, die das Schicksal von ihm gerissen hatte. Abgesehen davon, dass er gerade neunzig geworden war und die Erinnerungen nun das Einzige waren, das ihn innerlich wärmte. Das Leben war nicht einfach in seinem Alter, wenn man so gut wie keine Verwandten und Freunde mehr hatte. Auch jene Bekannten, die vom Alter her seine Töchter und Söhne hätten sein können, lebten schon lange nicht mehr. Ihre Stimmen klangen in seinen Erinnerungen, ihre

Berührungen hafteten an den Gegenständen, und dann waren da noch die Bücher, Regale voller Bücher, dazwischen welche, die er noch nicht gelesen hatte. Manchmal sagte er im Scherz zu ihnen: Ich lese euch noch und dann kann ich sterben. Außer den ungelesenen Büchern, die er noch lesen wollte, gab es auch Bücher, die er ein zweites oder drittes Mal lesen wollte – und so nahm die Menge der Bücher, die er lesen wollte, nur langsam ab.

Der Alte drehte sich vom Fenster weg, nahm eine Flasche mit abgestandenem Wasser und goss die Blumen in den Vasen und Töpfen. Er hatte viele und ungewöhnliche Blumen, die man selten für Blumensträuße oder als Wohnungsdekoration verwendete, weil sie zu rasch verblühen, doch den Hausherrn interessierte dies nicht. Er goss sie nicht nur, er sprach auch mit ihnen, und einige Blümchen küsste er sogar mit seinen trockenen Lippen und zwinkerte ihnen schelmisch zu, als habe er sich eine ungeheuerliche Dreistigkeit erlaubt. Die Blumen erwiderten das mit einem Beben ihrer Blütenblätter.

Es war noch früh am Morgen, der Alte kochte sich grünen Tee, schnitt eine Scheibe Schwarzbrot ab, belegte sie mit einem Stück Bauernkäse, salzte und pfefferte das Ganze etwas und frühstückte. So ging es bereits viele Jahre. Den Käse kaufte er nur auf dem Krakauer Markt, stets bei derselben Händlerin, zweimal die Woche, zuweilen kaufte er auch Rahm von ihr, um sich einen Käsesalat mit Zwiebel und Krautstückeln zu machen. Mittags aß er Gemüsesuppe, danach Kartoffeln oder einen Körnerbrei mit Salat. Fleisch aß er nur einmal die Woche. Milker hatte noch nicht vor zu sterben, er trank regelmäßig Krautkwas* und Weißdorntee, fühlte sich recht fit und hatte ein Ziel, das ihn fest ans Leben band und ihn nicht ins Jenseits entließ.

E

Mit Mama zusammen ging ich gerne ins „Atlas“ am Markt, in dem sehr interessante Gäste verkehrten, die ganze Lemberger Bohème, Literaten, Maler, Musiker und Schauspieler. Immer wieder fanden dort tolle Konzerte und ungeplante, nichts desto trotz von allen erwartete, improvisierte Auftritte statt. Mama und ich saßen immer in einer Ecke, tranken Tee und verfolgten angespannt, was um uns herum zu sehen und zu hören war. Wir hatten keinerlei Scheu vor all den Berühmtheiten. Warum hätten wir verschüchtert sein sollen, Mama war doch auch eine Künstlerin? Ich hörte sie öfter „Wir von der Muse Geküssten“ sagen, und keiner konnte sich besser als sie einen gereimten Geburtstags- oder Hochzeitsgruß ausdenken. Nicht nur das, Mama schmiedete auch wunderschöne Reime für Grabsteine, wahre Meisterwerke, die keinen unberührt ließen.

Großvater, Ruhe sanft in Frieden
wir liegen einst danieben

oder

Großmutter unter der Weide
mit Großvater liegt ihr nun da beide

Mama konnte die Sprüchlein für Grabsteine in drei Sprachen reimen, auf Ukrainisch, Polnisch und Deutsch, ganz danach, wer sie bestellte. Wenn jemand etwas auf Jiddisch wollte, half Golda aus und sie reimten gemeinsam. Ich war stets stolz, wenn in mehreren Lemberger Zeitungen stand: „Gereimte Glückwünsche, Grüße und Grabsprüche in allen Sprachen. Telefonnummer ... Fragen Sie nach Frau Wolodsja.“ Das „in allen Sprachen“ mag ein wenig aufschneiderisch klingen, aber es hat nie jemand einen Reim in einer anderen als den erwähnten vier Sprachen bestellt. Meine Mama hatte auch schauspielerische Begabung. Um ehrlich zu sein: Sie hätte eine große Zukunft vor sich gehabt, obwohl sie nur eine einzige Rolle spielte, nämlich die vierte Sünde in der Kirche. Aber sie entschied sich für die Dichtkunst und konzentrierte sich ganz auf sie.

Pani Golda und meine Mama verbanden außer den Grabsprüchen noch mehr Friedhofsangelegenheiten, denn Pani Golda redete mit den Toten. Was soll man drum herumreden: Die Lemberger gingen gern auf den Friedhof, um mit ihren lieben Verstorbenen zu schwatzen, einer still in Gedanken, ein anderer laut. Diese Gespräche waren einseitig, obwohl es hier und da vielleicht Ausnahmen gab, wenn zum Beispiel eine Babzja* die Lippen bewegte und dabei nickte, als würde sie dem zustimmen, was sie gerade gehört hatte. Die Mehrzahl der Lebenden jedoch, die mit den Toten redeten, erzählte Neuigkeiten und Klatsch, den sie gehört hatten, vernahmen aber freilich nicht, was der Tote dazu sagte. Golda war besonders, sie hörte die Stimmen aus dem Jenseits. Zu ihrer Kundschaft gehörten vorwiegend Witwen und untröstliche Mütter. Die Damen kamen zu ihr nach Hause und nachdem Golda in Trance gefallen war, erzählte sie etwas, das ihnen die Tränen und die Verzweiflung verscheuchte und die Trauer erträglicher machte. Leichteren Herzens gingen die armen Frauen nach Hause. Einige besondere Kunden führte Golda auf den Friedhof und sprach mit den Verstorbenen an deren Grab, dabei kniete sie sich nieder und legte das Ohr an den Grabstein.

„Was-was sagt er?“, fragte eine verzweifelte Witwe.

„Er sagt, er ruhe nicht in Frieden, denn er fühle keine Trauer in euch.“

„Was soll denn das! Was quatscht der wieder meschugge, ich bin schon hutzlig vor lauter Heulen. Reicht es denn nicht, dass er mich zu Lebzeiten getriezt hat? Jetzt auch noch aus dem Grab!"

„Er sagt, die Erde wäre ihm leichter, wenn auf dem Grabstein ein hübscher Spruch eingraviert würde, mit dem Sie Ihre Trauer für ihn kundtun."

„Wirklich? Das hat er gesagt? A git! Das mach ich. Was für eine Aufschrift denn?"

„Ich kann Ihnen die Adresse einer gewissen Pani Wolodsja geben. Die hilft Ihnen weiter."

So arbeiteten meine Mutter und Pani Golda Hand in Hand. Wenn Mama eine Bestellung für einen Epigraph entgegennahm, fragte sie ganz nebenbei: „Und würden Sie nicht vielleicht mit Ihrem Mann Kontakt aufnehmen wollen?"

„Wie?", entgegnete die Witwe erschrocken.

„Na ja, so durch ein Medium."

„Aber das ist doch Sünde!"

„Was soll das für eine Sünde sein? Auch Jesus hat mit den Toten geredet. Ich gebe Ihnen die Adresse einer gewissen Pani Golda. Sie werden's mir ewig danken."

Pani Golda weissagte zudem aus Tarotkarten, aus Kaffeesatz und Karnickelknochen, die sie freilich als Knochen des heiligen Marcellus ausgab, doch die spiritistischen Sitzungen mit den Botschaften der Verstorbenen gingen am besten.

Da Mama und ich uns für kreative Menschen hielten, verkehrten wir gern im Kreis der Bohème. Dass die Bohème nicht in unseren Kreisen verkehrte, störte uns nicht. Am frühen Abend gingen wir ins „De la Pe", auch „Dellapais" genannt, tagsüber verkehrten dort Juden mit ihren tiefschwarzen Gehröcken und Hüten und besprachen wichtige Dinge. Vielleicht handelten sie nicht nur mit Grund und Gut, sondern retteten auch die Welt und diskutierten das Schicksal des amerikanischen Präsidenten und des japanischen Kaisers. Sobald sie gegangen waren, rissen die Kellner die Fenster und Terrassentüren zum Lüften auf, um die Dunstglocke aus Knoblauch und Zwiebeln loszuwerden, welche die Juden von der Wiege bis zum Sarg begleitet. Sie umhüllt sie wie ein böser Geist und verkündet mit ihrer unerbittlichen Präsenz: Das ist ein Jude!

Am späten Nachmittag traf sich hier die Bohème und man spielte Pianino. Wie Mama auf dem Weg dorthin stolzierte, musste man gesehen haben. Sie schob ihren Busen hoch und trug ihre Perücke wie eine Krone. Mama gehörte zu jenen Frauen, die abends aussehen wie fünfundzwanzig und morgens wie vierzig. Ich machte auch was her, in weiser Voraussicht hatte Mama mir ein geblümtes Tuch um den Hals gebunden, damit alle sofort sahen, dass ich ein Poet, Maler oder Musikant war. Mama nickte hier dem einen, da dem anderen Gast an den Tischen zu und klärte mich darüber auf, dass der da Saschko Ljudkewitsch, der berühmte Komponist, sei und jener dort der Schriftsteller und Zeichner Edo Kosak, und hier daneben, die beiden Bohnenstangen, das sind die Brüder Kurdyk, beide Schriftsteller und Journalisten, deren Gedichte in allen Lemberger Zeitungen gedruckt würden. Als Mama schließlich wie ein Schlachtschiff in die Saalmitte vorrückte, rief sie: „Servus, Saschko!" Herr Ljudkewitsch beugte sich zu Edo Kosak und fragte, wer das denn sei. Ihm wurde mitgeteilt, das sei so eine Bekloppte, die Gedichte für Grabsteine schreibe. Da nickte Ljudkewitsch und vertiefte sich von Neuem in die Symphonie, die in seinem Kopf spielte.

Wenn wir abends im „Atlas" waren, plusterte sich Mama auf, als habe man nur auf sie gewartet. Ich kann mich sogar an begeisterte Zurufe erinnern, an Luftküsse und Bravo-Rufe, wenn sie, durch den Raum schreitend, ach, was sage ich, durch den Saal schwebend wie eine wahre Königin, sich kurz nach links und nach rechts verneigte und Kornel Makuszyński* laut begrüßte. Der hatte einige Tage zuvor für allgemeine Heiterkeit gesorgt, als er bei einem Kneipenbesuch allen Damen, einschließlich der hutzligen Klofrau, die Hand geküsst hatte. „Kornel, comment êtes-vous?“

Ebenso begrüßte sie durch den ganzen Saal gut vernehmbar Henryk Zbierzchowski, der mit einem Glas Wein und einer Zigarre zwischen den Zähnen neben dem Piano saß: „Henry, wahren Sie Contenance, Ihr Antlitz ist schließlich das Antlitz von Lemberg.“

Der verdutzte Henryk neigte sich zu Kornel und fragte „Wer ist die stolze Dame, die mich wie ihren kleineren Bruder begrüßt?“. Kornel klärte ihn auf: Das sei so eine Bekloppte, die schreibe Reime für Grabsteine.

Einmal besuchte ein Filmschauspieler, ach, was sage ich, ein richtiger Filmstar Lemberg: Mieczyslaw Cybulski. Vor dem Restaurant strömten aufgeregte Fräuleins zusammen, alle ganz aus dem Häuschen, jede wollte ein Autogramm ergattern. Herr Edso Tarlerski, der Besitzer des „Atlas“, erzählte später „Sie können sich nicht vorstellen, was da vor sich gegangen ist. Die haben sich ins Höschen gemacht vor Aufregung. Ich übertreibe nicht, ich hab die Pfützen auf dem Trottoir selbst gesehen!“

Meine Mama jedoch brauchte nicht einmal Schlange zu stehen, um ein Autogramm zu bekommen. Sie schob den Kellner, der an der Tür für Ordnung sorgen sollte, mit einer Hand aus dem Weg, eilte ins Restaurant und marschierte zielstrebig zu dem Tisch, an dem der berühmte Schauspieler saß. Sie setzte eine Unschuldsmiene auf und sagte „Mietschi, servus! Du altes Schlitzohr. Wie du Gräfin auf’n Arm genommen hast, erste Sahne! Aber zum Teufel damit. Schreib mir da was auf dein Photo!“

Mieczyslaw brachte vor Staunen – und auch, weil er den Mund voll von Bigos mit Jagdwurst hatte – kein Wort heraus und unterschrieb. Nachdem er den Bissen rasch hinuntergeschluckt hatte, fragte er: „Kenne ich Sie denn?“

Doch da hatte meine Mutter schon die Segel gehisst und war in See gestochen. Zum Abschied rief sie Mieczyslaw Cybulski noch zu: „Infatigier dich nicht, Metschi, ich habe dir die Nacht damals schon lang verziehen!“ Zahllose verwunderte Blicke begleiteten sie hinaus, der verwundertste kam vom Schauspieler selbst, denn seine Erinnerungen an „jene Nacht“ beruhigten ihn nicht nur sehr, sondern verdarben ihm jetzt richtig den Appetit, außerdem verunsicherte ihn all die anderen Nächte, von denen er nichts wusste und die man ihm verzeihen könnte.

In der Kneipe „Zum Schotten“ musste meine Mutter dem Mathematikgenie Professor Stephan Banach* unbedingt einen Streich spielen, obwohl wir mit Mathematik genauso viel zu tun hatten wie ein Meerschweinchen mit dem Meer. Mama war allerdings nicht zu bremsen. Als wir an dem Tisch vorbeikamen, an dem die Universitätsprofessoren über einem mathematischen Rätsel knobelten, sagte sie: „Steffl, du alter Schwerenöter! Hast wieder die ganze Nacht durchgemacht? Schau dir mal deine Augenring an!“, und zu William Stanislaw gewandt bemerkte sie „Stas, fahr die Krallen ein! Die Lola, das wilde Tier, richtet dir einen Gruß aus!“

Danach neigte sich Stephan Banach zu William Stanislaw und fragte, wer diese Bekloppte sei. Der nickte nur, ja, ja, er habe Recht, das sei eine unausstehlich Bekloppte, die Reime für Grabsteine schreibe und davon nicht mehr ganz richtig im Kopf sei. Aber meine Mama war nicht bekloppt, sie war nur oft zu Scherzen aufgelegt und demonstrierte gern lauthals ihre Zugehörigkeit zur Bohème. Obwohl die Bohème sie nie in ihre Kreise aufgenommen hatte, aber das störte Mama eigentlich nicht, denn sie wusste von den Einzelnen mehr als deren beste Freunde, und zuweilen auch mehr als die Einzelnen über sich selbst, denn sie beobachtete und zog ihre Schlüsse daraus. Und eins sage ich euch: So zu beobachten und Schlüsse daraus ziehen ist eine Gottesgabe, die hat nicht jeder, ach, nicht einmal jeder Hunderttausendste, und deshalb fühlte sich meine Mama unter ihnen wie ein Fisch im Wasser.

6

Jarosch stand auch an Wochenenden auf, wenn der Morgen über den Horizont zog und die ersten schüchternen rötlichen Strahlen durchs Fenster ins Zimmer drangen. Das Oberlicht hatte er immer geöffnet, die morgendliche Frische wehte ihm um die Nase, blies die Traumreste aus dem Kopf, das Zwitschern der Vögel durchbrach die Stille. An solchen Morgen saß er gerne am Schreibtisch, umgeben von Büchern und Papieren. Eigentlich saß er nicht an einem Schreibtisch, sondern an dreien, die entlang der Fenster standen. An einem machte er handschriftliche Aufzeichnungen, auf einem anderen stand der Computer und auf dem nächsten stapelten sich Papiere und Bücher, aus denen Papierstreifen ragten. Unter den Tischen standen Kisten voll mit Zeitschriften, Zeitungsausschnitten und verschiedenen Notizblättern, daneben die Extrakiste mit Papier, das entsorgt werden musste. Die Zettel waren zusammengeknüllt oder in Fetzen, und wenn die Kiste voll war, trug Jarosch sie in den Garten und verbrannte sie. Niemand sollte seine Notizen und Schreibereien finden.

Einmal trug der Wind ein Blatt empor, es segelte davon, schaukelte durch die Lüfte, drehte sich zur Seite und landete dann im Nachbargarten. Jarosch erstarrte, denn er erkannte auf dem Blatt einen Durchschlag seiner Übersetzung aus dem Arkanischen. Es handelte sich um einen erotischen Text aus der Perspektive eines Knechts, und aus dem Blatt war nicht ersichtlich, dass es sich um die Übersetzung eines literarischen Werkes handelte. Wenn die Nachbarn es lasen, würde es sicherlich Verwirrung hervorrufen, und man konnte ihn durchaus für einen Perversen halten. Rasch befestigte Jarosch einen Draht an einer Stange, schob diese durch den Maschendrahtzaun, spießte das Papier auf und holte es zurück. Die Fensterläden am Nachbarhaus schwangen hin und her. Er löste das Blatt vom Draht und wedelte mit ihm in der Luft, als wolle er so sein Eindringen entschuldigen. Seither knüllte er die Papiere stets zusammen, bevor er sie in die Kiste warf.

Bevor er sich jetzt an den Schreibtisch setzte, machte er sich noch Frühstück, kochte Kaffee, goss Milch dazu, süßte mit einem Teelöffel Honig und belegte dazu ein Butterbrot mit Käse. Danach ging er noch in den Garten und pflückte einen Apfel, den er gleich aß. Dabei schreckte er eine Elster auf, die gerne an den Äpfeln naschte.

Der Garten versetzte ihn in eine besondere und beschauliche Ruhe. Die meisten Bäume waren ziemlich alt, sie stammten noch aus der Zwischenkriegszeit. Am Ende des Gartens ragte ein verzweigter, mächtiger Nussbaum empor, der freilich gut die Hälfte der Nüsse jenseits des Gartenzauns abwarf, wo Passanten oder Kinder sie einsammelten, Jarosch sammelte nie die Früchte ein, die außerhalb des Gartens abfielen, denn was er innerhalb ernten konnte, war mehr als genug. Doch wenn er durch den Garten spazierte, lauschte er zuweilen, ob nicht Kinderstimmen zu hören seien, dann schlich er sich an den Zaun, um sie mit seinem plötzlichen Erscheinen ein wenig zu erschrecken. Seine Nachbarin Pani Stefa war ebenso eine Frühaufsteherin wie er. Sobald der Morgen graute, erschien sie im Garten und machte sich an Beeten zu schaffen, und wenn sie Jarosch sah, erzählte sie ihm den neusten Straßenklatsch, zum Beispiel, dass Pan Kozjuba gestern gestorben war, weil die Sanis von der „Schnellen Hilfe" mal wieder zu spät gekommen waren, oder dass sich ein Zicklein von Pani Pozylujko das Bein gebrochen habe und man es nun schlachten müsse. „Und die Krytzkys lassen ihre Tochter einen Neger heiraten. Wenn man sich die heutige Jugend so ansieht, da kugelt die Erde sicher auf einen Abgrund zu. Der Neger spricht sogar Ukrainisch, und stellen Sie sich vor, gestern kommt er an mir vorbei und sagt ‚Gott zum Gruß' und ich erstarre und antworte ‚In Ewigkeit Amen'. Ich war völlig baff, wie ich ihm so nachgeschaut habe, aber jetzt, heute Nacht, ist mein Verstorbener zu mir gekommen, an den Sie sich vielleicht noch erinnern. Er hat mir über den Kopf gestreichelt und gesagt: ‚Pflanz die Dahlien um, der erste Frost steht vor der Tür.' Und das hab ich dann gleich gemacht, denn er hat sie damals doch selbst gepflanzt und würde es mir nicht verzeihen, wenn ich sie erfrieren lasse." Und spätestens dann fragte Pani Stefa auf einmal mir nichts, dir nichts: „Waren Sie schon mal in Snesinije? Nein? Dann gehen Sie da auch nicht hin. Man weiß nie, was einem da begegnet. Ich hab da Menschen gesehen, die mich kennen und gegrüßt haben, an die ich mich aber beim besten Willen nicht erinnern kann. Sie lächeln mir zu, nicken freundlich, aber ich trau mich zu keinem von denen hin, selbst wenn sie mich anreden mit ‚Guten Tag! Wie geht's Ihnen, Pani Stefa?'"

Jeder Lemberger sollte in seinem Leben wenigstens eine solche Pani Stefa kennen, oder am besten gleich ein Dutzend, überlegte Jarosch. In seiner Kindheit gingen bei ihm zu Hause solche Stefas ein und aus, weil sein Vater als Zahnarzt immer mittwochs, wenn er in der Klinik frei hatte, Patienten zu Hause behandelte, und so war die Wohnung voller Menschen. Jaroschs Vater behielt alle Patienten im Kopf, selbst wenn so eine Tante vom Land kam, und sagte, dass die Marika, die den Misko, na den, der auf dem Mähdrescher schuftet, aus Pechychwost geehelicht habe, die habe ihr geraten, zum Pan Dochtor zu gehen, dann wusste der Vater gleich, um wen es sich handelte. Er hatte nicht nur Marikas Zähnen Kronen verpasst, sondern auch Misko eine Brücke, als sie ihm im Nachbardorf im Kolchosklub ein paar Zähne ausgeschlagen hatten, und als Marikas Schwester ihren Schwiegervater mitnahm, brachte Jaroschs Vater ihn einigermaßen aus der Fassung, als er sich nach dessen kranker Frau erkundigte, die im Irrenhaus in Lwiw gelandet war, weil sie nachts aufstand und im Nachthemd durchs Dorf streifte. Es gab aber auch Patienten, die jederzeit zu ihnen kommen konnten, dabei handelte es sich um die Oberschicht von Samarstyniw, der Feudel-Adel. Den unangefochten höchsten Rang nahm hier die Frau Hausmeisterin Chomikowa ein, ein Weibsbild mit feisten Armen und Beinen, riesigen Brüsten und der passenden Stimme dazu. Wenn der Herrgott am Tag des Jüngsten Gerichts eine Posaunenstimme brauchte, würde er zweifellos als Erstes Frau Chomikowa wecken, die war auch drei Straßen weiter noch zu hören. Ihr Mann, Herr Chomik, war auch Hausmeister, aber schmächtig und leise. Wenn er in der Kneipe einen zu viel hatte, warf Frau Chomikowa ihn wie einen Sack Kartoffeln über die Schulter und trug ihn nach Hause. Aus Solidarität nannte Jaroschs Vater Herrn Chomik stets Herr Direktor und Frau Chomikowa natürlich Frau Direktorin. „Herr Dochtor!!“, rief Frau Chomikowa noch von der Straße, während sie in ihren Hof eilte. „Hab'n Sie das Neuste schon gehört? Ich soll alle aufschreib'n, die nich' zur Arbeit gehen und zu Haus hock'n. Was'n Scheiß, he? In jeder Wohnung hockt doch 'ne Oma oder 'n Opa in Rente, soll ich die vielleicht aufschreib'n, was? Für den Amtsschimmel? Die wollen nämlich die Schmarotzer zählen. Überflüssige Zählerei. Ich kenn die doch alle. Aber ich bin kein deren Informant, dass ich den Leuten so eine Schweinerei antue. Ich hab auch ein Gewissen. Bin ich denn irgend so 'n Komitee, oder was? Als die Sowjets zum ersten Mal da war'n, hab'n die gesagt, ich soll all jene aufschreib'n, die ukrainische Zeitungen les'n. Aber ich hab so gemacht, als wär ich 'n Analphabet. Ja, Geld könnt ich schon zusammenzählen, aber lesen – nein! Und woher soll ich dann wissen, wer polnische und wer ukrainische Zeitungen liest?

Da hab'n sie's aufgegeben. Na, und dann sind die Germanen gekommen und haben gemeint, ich soll alle Kommunaren und Jud'n aufschreib'n. Bei den Kommunisten war ich nicht ganz so gutmütig, ne, wie die sich hier aufgeführt hab'n, und wie viel Leut die nach Sibirien geschickt hab'n, ne-ne, soll'n die ruhig auch wissen, wie es ist, wenn man mit deinem Kopf die Tür einrennt. Als dann alle abzogen sind, hätt'n doch auch die nach Osten abhau'n können, aber nein, die mussten uns bleiben, weil, hab'n die sich bestimmt g'sagt, wär doch blöd, solch komfortable Wohnungen mit Möbeln und allem drum und dran aufzugeben. Aber die Jud'n? Wen? Diesen Isaja, der mir – kaum dass er mich gesehen hat – gleich den Kohlekübel aus den Händen nimmt und sagt: ‚Pani Chomikowa, ich helf Ihnen, es ziemt sich doch nicht, dass sich eine Frau damit abplagt!' Oder Hana, die mir immer ihre Klamotten geschenkt hat, weil die geschwinder als ich dick worden ist. Oder den Pan Kohn, der so bescheiden über uns gewohnt und gesagt hat: ‚Pani Chomikowa, wenn ich im Morgengrauen Ihre Stimme vernehme, das ist so, als würde ich einen extra starken Kaffee trinken, schon bin ich wach für die tägliche Schufterei. Dank Ihnen kann ich mir den Kaffee sparen, vergelt's Gott und schenk er Ihnen ein langes Leben, weil Sie mich auch aus der Lethargie wecken.' Sag'n Sie, Herr Dochtor, was ist Lethargie? A-aha, dacht ich mir … Ne, nicht dass ich die Juden so furchtbar gern gehabt hätt, aber die Unsren aus Samarstyniw schon. Bei Gott, ja, ich hab sie gemocht. Na und? Ja, Hanas Tochter hab ich bei uns versteckt. Hat ihr an nix gefehlt, hab sie gefüttert, für sie gewaschen, wie für die eigene Tochter hab ich für sie gesorgt, Bücher hab ich ihr organisiert, damit's nicht langweilig wird. Doch sie ist nach Palästina. Wenn sie mir wenigstens eine Karte geschickt hätt oder so einen Olivenzweig, damit könnt ich meinem Steffl eins überziehen, wenn er wieder vollgetankt heimkommt. Ne, ne,

Dankbarkeit sieht anders aus. Ich hätt in der Zeit, als ich sie versteckt hab, leicht zehn Ferkel aufpäppeln können! Die Schalajs, wissen Sie, hab'n auch Juden bei sich versteckt, und wissen Sie, die haben von denen so-o-o einen Batzen Gold gekriegt. Die hab'n sich davon ein neues Haus gebaut. Auch deren ihre Juden sind ausgewandert, die schick'n aber jedes Jahr zu den Feiertagen eine Karte. Das sind anständige Leut, oder? Aber egal, mir tut's nicht weh, ich krieg's dann in jener Welt hundertfach gutg'schrieben, im Himmel hab ich mir schon ein Plätzchen reserviert. Na ja, Herr Dochtor, schenken Sie mir einen Dreifachen ein, mir ist so kühl ums Herz. Das ist euer Kümmelbrand? Sehr fein. Nein, Wurst will ich keine dazu, aber schneiden S' mir so eine Scheibe Speck ab. Fantastisch. Schnaps, ein Stückl Brot und Speck dazu, einfach paradiesisch. Das ist unsere Dreifaltigkeit – der Herrgott verzeih's mir. Ja, es gibt eine im Himmel und eine auf Erden. Das Brot ist der Vater, der Speck ist der Sohn und der Heilige Geist – das geistige Getränk. Der Herrgott verzeih's mir! Und dazu noch ein Zwiebelchen – das wahre Wunder. Ja, ja ... vielleicht auch noch Schaschlik, ich geh dann mal wieder. Es ist wieder saukalt, dass einem die Spucke gefriert."

Er war wirklich nie in Snesinije gewesen, obwohl er die meisten Ecken in Lwiw kannte, doch die Worte von Frau Stefa hatten sich ihm ins Gedächtnis gebrannt. An einem heißen Augusttag, als die Sonne vom Himmel brannte und die Luft flimmerte, machte er sich zu einem Spaziergang auf. Von Krywtschytzi nach Snesinije ist es nicht weit, die niedrigen Häuser spendeten keinen Schatten und das Licht ergoss sich von allen Seiten. Vom Flirren und Funkeln des heißen Lichts war Jarosch wie betäubt, er kniff die Augen zusammen, legte die Hand wie einen Schirm an die Stirn, um besser sehen zu können. Ringsum war alles schläfrig und verträumt, kein Blatt regte sich an den Bäumen, Hunde und Katzen hatten sich eingerollt, die Spatzen aufgehört zu zwitschern, hier und da gackerten ein paar Hühner faul und schlapp und ein paar Elstern schnatterten. Anfang der 1990er Jahre gab es noch keinen so penetranten Autolärm, der Lwiwer Stadtrand döste in müßiger Stille, tauchte kopfüber in sie ein wie in eine warme Wanne.

Es war Mittagszeit und Jarosch erinnerte sich an das Gedicht Iwan Frankos über den Dämon des Mittags, der gefährlicher ist als der Mitternachtsgeist. Der Dämon blendet und verwirrt die Menschen, gaukelt ihnen Dinge vor, die sich kaum von den wirklichen unterscheiden lassen. Es kam ihm auch die Mittagshexe in den Sinn, die den Bauern zur Mittagsstunde erscheint und denjenigen, die zu dieser Stunde auf dem Feld arbeiten, mit einer Sichel den Kopf abschlägt. Die Mittagsstunde atmet Angst, vielleicht, weil in der Mittagshitze alles Leben erstirbt, die Sonne gefährlich und tückisch ist. Man sollte zu dieser Zeit im Garten vor sich hin dösen, aber auch das kann ungut ausgehen, denn die Mittagsträume spinnen beunruhigende und grässliche Bilder.

Als er eine Gasse zwischen sonnenüberfluteten Backsteinhäuschen noch aus österreichischer Zeit entlangging, kam Jarosch ein Großvater mit seinem Enkel entgegen. Die beiden hielten sich an den Händen und unterhielten sich offenbar lebhaft. Der Opa hatte ein weißes Hemd und eine Weste an, aus deren Tasche eine Uhr an einem Silberkettchen baumelte, auf dem Kopf trug er einen schwarzen Hut, die Enden eines schwarzen, gewichsten Schnurrbarts ragten nach oben. Der Junge trug kurze Hosen mit Hosenträgern und schwarze Kniestrümpfe. Die beiden sahen seltsam aus, solche Typen hatte Jarosch bisher nur auf alten Photos gesehen. Es schien plötzlich, als wäre er in eine andere Zeit gefallen. Er rieb sich die Augen, und als Großvater und Enkel sich näherten und ihn nicht zu bemerken schienen, konnte Jarosch sich kaum zurückhalten. Er hätte die beiden gern angesprochen, hatte das merkwürdige und doch eigentlich unbegründete Gefühl, dass er die beiden gut kannte. Er konnte sich aber beim besten Willen nicht erinnern, woher, und so gingen sie an ihm vorbei, ohne auch nur den Blick zu heben. Nach einigen Schritten blickte Jarosch sich um und bemerkte an einer Kopfbewegung des Jungen, dass dieser ebenso zurückgeblickt haben musste, doch konnte er sich das auch eingebildet haben. Er wünschte sich sehr, dass der Junge sich umwandte, denn dann hätte er einen Anlass gehabt, zu ihm zu gehen, und vielleicht würden sie sich gemeinsam erinnern, wo sie sich gesehen hatten. In einem Fenster tauchte plötzlich ein Frauenkopf auf und rief lauthals: „Wo geht ihr denn hin? Das Essen steht auf dem Tisch!" Die Stimme schien auch vertraut, als dringe sie durch ein Dickicht aus Träumen, und Jarosch wäre plötzlich zu gerne dieser kleine Junge gewesen, der mit lautem Lachen ins Haus lief. Die Gedanken an seine Eltern, die vor kurzem gestorben waren, schnürten ihm plötzlich die Kehle zu. Tränen traten ihm in die Augen, er bemitleidete sich selbst wie noch nie zuvor, riss sich los, beschleunigte seinen Gang und murmelte vor sich hin: „Das ist der Mittags-Dämon ... das ist der Mittags-Dämon ... ein Hirngespinst, das ist nicht wirklich, auch die Gasse und die Häuschen gibt es in Wirklichkeit nicht." Nach einer Weile stieß er auf eine andere Gasse, von da kam er in die nächste, dann stand er plötzlich an einer Tram-Haltestelle.

Als er an diesem Abend in seinem Garten ein paar Zwetschgen pflückte, sprach ihn Pani Stefa flüsternd an: „Sie waren in Snesinije? ... Gehen Sie morgen zur Beichte. Das hilft." Dann beugte sie sich wieder über ihre Blumen, als wäre nichts gewesen.

F

Auch unsere Babusja* hatte ihr Geschäft. Sie war praktizierendes Klageweib, doch keinesfalls so, wie man sich das vorstellen mag – im Vergleich zu ihr waren die anderen Klageweiber jämmerlich. Sie bot künstlerisch wertvolles Gejammer an. So wie unsere Babusja konnte es keine, es war zum Steinerweichen. Selbst diejenigen, die keinesfalls heulen wollten, begannen zu schniefen, zu flennen und rauften sich die Haare, und es kam durchaus vor, dass ein fieser Nachbar, der dem Verstorbenen spinnefeind gewesen war, nicht an sich halten konnte und zu schluchzen begann, jammerte und dann nur noch ächzte und stöhnte. Die Babusja weinte selbstlos und mitfühlend für die Familie, doch nicht etwa ganz allgemein für die Familie, sondern für jedes einzelne Familienmitglied extra. Sie konnte dabei in Sekundenschnelle aus der Rolle der untröstlichen Witwe in die Rolle der verzweifelten Brüder und Schwestern schlüpfen, und zum Abschluss weinte sie dann den Part der Söhne und Töchter, Enkel und Enkelinnen, und einmal, weil man sie extra darum gebeten hatte, auch den vom Lieblingswauwau. Dabei jaulte sie so überzeugend, dass alle Hunde der Nachbarschaft augenblicklich in das herzzerreißende Gejaule einstimmten. Es klang dermaßen durch die ganze Stadt, dass sich die Passanten fragten, warum die Sirenen losheulten, und dann verängstigt in Bunkern, Kellern und unterirdischen Klosetts Zuflucht suchten. Solch eine Meisterin ihres Faches war unsere Babusja! Ein professionelles Klageweib, wegen ihres Engagements riss man sich geradezu um sie. Es gab Tage, da schaffte sie es nicht mehr, so zu klagen, wie es sich eigentlich gehörte. Zudem brachte sie hie und da etwas durcheinander, denn kaum war sie auf der einen Beerdigung, musste sie schon zur nächsten. Zum Beispiel begann sie um einen Verblichenen zu klagen, da stellte sich plötzlich heraus, dass es eine Verblichene war, aber unsere Babusja schaffte es doch jedes Mal, die Sache wieder geradezubiegen.

Einmal kam Herr Apelsiner zu uns, der Besitzer eines Ladens mit Galanteriewaare. Damals war er noch kerngesund und schmauchte teure Zigarren, aber er bestand darauf, dass er hören wolle, wie unsere Babusja ihn beweinen werde, um dann zu entscheiden, ob er sie engagiere, denn er wolle im Voraus zahlen. Als unsere Babusja fragte, warum er sich denn kein jüdisches Klageweib nehme, erwiderte Pan Apelsiner, dass sie ihm mit dem Jiddisch den Buckel runterrutschen könne, das verstehe er ja als Lebender kaum, und wenn er dann erst tot sei, wolle sich doch die unsterbliche Seele am Weinen der Familie, der Freunde und des professionellen Klageweibs ergötzen. Unsere Babusja erfüllte ihm seinen Wunsch, und als Pan Apelsiner hörte, wie unsere Babusja in der Rolle seiner Ehefrau klagte, geradezu leidenschaftlich, mit Eifer und Inbrunst, freute er sich sehr. Als dann seine sechs Töchter der Reihe nach zu flennen begannen, begann auch er zu schniefen, und als schließlich unsere Babusja das Geheule der Schwiegermutter intonierte, verschluckte er sich gar am Rauch der teuren Zigarre. Nachdem Babusja geendet hatte, weinte er eine halbe Stunde lang, dann bezahlte er, ging nach Hause, trank Tee mit Rum, rauchte eine teure Zigarre und starb. So sehr hatte ihm diese Klage gefallen, dass er sein letztes Stündchen nicht erwarten konnte.

Meine Mama hatte einen Bruder, der war Priester und hatte seine Gemeinde in Samarstyniw, man nannte ihn Otetz Myroslaw, für mich war er aber einfach der Onkel. Seine Predigten waren so beliebt, dass nicht nur die Leute aus Samarstyniw zusammenströmten, es kamen auch welche aus Holosy, aus dem Viertel „Unterm Schloss“, und selbst aus Bruchowytschy. In der ersten Reihe standen meist Batiaren und lauschten gespannt jedem Wort. Dabei amüsierten sie sich köstlich, sie liebten den Onkel über alles und nannten ihn unseren heiligen Wallach. Die Predigten waren wirklich etwas Besonderes und jene, die sie gehört hatten, diskutierten noch auf dem Nachhauseweg über die Bedeutung des Gehörten. Eine dieser Predigten hat sich mir so ins Gedächtnis gegraben, dass ich sie auswendig kann wie das Vaterunser.

„Hört, was ich euch nun zu sagen habe, ihr Friedfertigen!“, begann Otetz Myroslaw eines Sonntags die Predigt. „Ich sage euch, dass Gott die Weisheit selbst ist. Er hat alles bis ins kleinste Detail durchdacht, indem er auch Fliegen, Mücken und Motten das Leben schenkte, ebenso wie den Schnecken und Menschen. Doch wir Undankbaren schimpfen oft, dass das Leben kurz sei, denn so mancher möchte ewig leben. Aber stellen wir uns einmal vor, unser Traum würde sich erfüllen und die Menschen würden ewig leben. Wir hätten dann nicht nur Großväter und Großmütter, sondern auch Urgroßväter und Urgroßmütter, ja sogar Ururgroßväter und Ururgroßmütter und Urururgroßväter und Urururgroßmütter. Und stellt euch einmal vor, ein Mädchen möchte einen ordentlichen Jungen heiraten. Sie müsste dann nicht nur ihre Mama um Erlaubnis fragen, sondern auch deren Mama, und diese wiederum die ihre und so weiter bis hin zur Ururururururgroßmutter. Und wenn die alle in verschiedenen Dörfern und Städten wohnen, dann stellt euch nur vor, wie sich diese Fragerei hinziehen würde, über Jahre und Jahre. Aber sagen wir mal, dass die allerälteste Ururururururgroßmutter, die vor lauter Alter vertrocknet wie Dörrobst ist und einer hutzligen Zwetschge ähnelt, die ihren Platz auf dem Fensterbrett zwischen den Blumentöpfen hat, damit man nur ja nicht vergisst, sie zu gießen, also die allerälteste stimmt nun der Wahl ihrer Urururururenkelin zu. Die freudige Botschaft nimmt den Weg zurück dorthin, von wo sie gekommen ist, doch wiederum vergehen Jahre. Das Mädel im heiratsfähigen Alter ist inzwischen schon etwas über dieses Alter hinaus und der entnervte Mann hat eine andere Braut gefunden. Wäre das nicht schade?“

Der andere Bruder meiner Mama, Onkel Ljodsjo, war Mitglied in der Partei der Ukrainischen Nationalen und hatte unter seinem Hemd immer ein paar Handgranaten am Gürtel baumeln. Er hatte geschworen, sich in die Luft zu jagen, bevor ihn die Polizei verhaften konnte. Mama zwang ihn, die Granaten im Vorzimmerschrank zu deponieren, bevor eine von ihnen unvermutet explodierte. Der Onkel hatte nichts dagegen. Ich setzte mich auf seine Knie und er sagte:

„Wenn du ein bisschen größer bist, dann spielen wir zusammen Attentat.“

„Was ist denn ein Attentat?“

„Ein Anschlag. Wir jagen einen polnischen Minister in die Luft.“

„Warum denn?“

„Wie warum? Weil wir einen Befehl erhalten. Und einem Befehl muss man Folge leisten. Falls man mich zum Oberkommando ruft und sagt: ‚Werfen Sie sich mit Ihren Granaten vor den Eilzug Nummer 368, Querstrich 2, der um 19:30 am Bahnhof ‚Unterm Schloss‘ ist!‘, leg ich dich Hand an die Kappe, entgegne ‚Zu Befehl!‘ und laufe sogleich zu den Gleisen. Ohne nur einen Augenblick zu zögern werfe ich mich vor den Zug. In meinen Augen ist ein Glänzen und ich rufe: ‚Noch ist die Ukraine nicht so heruntergekommen, den Polen oder Russen zu dienen!‘“

„Was quatschst du dem Kind da vor?“, rief Mama aus der Küche. „Willst du vielleicht, dass er das in der Schule aufsagt?“

„Nein, nein", sagte der Onkel und fuchtelte mir dabei mit dem erhobenen Zeigefinger vor der Nase herum. „Das ist streng geheim! Dass du dich auch nicht verplapperst, hörst du!"

Ich nickte und spürte, wie mein kleines Herz vor Furcht heftig klopfte.

„Du bist der Sohn eines Helden und der Neffe eines Helden – also meiner. Deshalb bist du zu Heldentaten berufen. Aber du darfst niemandem ein Sterbenswörtchen verraten."

Ich bereitete mich also auf meine Berufung vor.

Onkel Myroslaw, Onkel Ljodsjo und meine Mama hatten einen gemeinsamen Schatz, Großvater Luzilius, ihren Papa. Dessen Vater, mein Urgroßvater, war Latein- und Griechischlehrer gewesen und hatte den Sohn deshalb Luzilius genannt. Doch der war nicht wie sein Vater Lehrer geworden, sondern zum Militär gegangen – freilich nicht, ohne sich vorher Frau und Kinder zuzulegen. An der italienischen Front bekam er einen Schock, kehrte nach Hause zurück und tauchte nach einiger Zeit in ungeahnte Tiefen der Abstumpfung. Manchmal blieb er wie zur Salzsäule erstarrt einfach mitten im Zimmer stehen oder saß wie versteinert am Tisch, den Suppenlöffel in der Hand. Dann nahm unsere Babusja die Fliegenklatsche und knallte mit ihr auf den Tisch. Großvater erzitterte und tauchte wie aus den Tiefen des Meeres aus seiner Stumpfheit auf und sagte: „Na so was ... was sagt man da ..." Dabei hatte er einen Gesichtsausdruck, als wäre er die ganze Zeit über voll bei der Sache gewesen, als habe er uns etwas erzählt und beende nun eine lehrreiche Geschichte.

Der Großvater erhielt aufgrund seiner militärischen Verdienste eine ordentliche Pension, doch er wollte sich noch nicht zur Ruhe setzen. Als der Direktor der Denkmäler des Hohen Schlosses, der auch ein Veteran war, ihm vorschlug, als Echo zu arbeiten, stimmte er freudig zu. Die ganze Arbeit bestand darin, in einer Höhle zu hocken, aufmerksam den Rufen der Touristen zu lauschen und die Endungen zurückzurufen. Den Touristen gefiel dieser Spaß ziemlich gut, sie lärmten manchmal mehr als einen halben Tag und dachten sich dabei immer raffiniertere Worte aus, deren Endungen die Gesichter der Fräuleins und Frauen fliederfarben werden ließen. „Den Schirm hat er im Ständer!", riefen die Besucher und der Großvater nahm die letzten Silben auf, ließ sie begeistert im Mund kreisen – „er hat'n Ständer" – und atmete sie mit Grabesstimme langsam aus. Die Batiaren ersannen sich noch witzigere Sprüche: „Tief fliegen über den Bordstein Schwalben!" Der Großvater bemerkte die feinen Doppeldeutigkeiten, schnappte sich die beiden letzten Wörter – „Bordsteinschwalbe" – und zog sie wie eine schöne Gefangene in die Tiefe seiner Höhle. Mit dem Alter hörte er allerdings schlechter und konnte die Rufe der Besucher nicht mehr lautgetreu wiedergeben, so begann er zu improvisieren, was letztlich noch spannender war. Die Touristen rochen aber allmählich, dass etwas faul an der Sache war, und machten sich zur Höhle auf. Den Großvater rettete nur, dass keiner weiter als drei Meter in die Höhle vordringen konnte, ohne auf den großväterlichen Fäkalien auszurutschen. Die Touristen traten in der Mitte der Höhle in die Kackehaufen und schrien so entsetzlich, dass die anderen gleich das Weite suchten. Großvater wurde schließlich entlassen. Nun hatten wir in der Wohnung ein eigenes Echo, denn er konnte es nicht lassen, auch weiterhin die Endungen unserer Sätze zu wiederholen, womit er Mama ziemlich auf die Nerven ging.

„Geh bitte mal Wasser holen", sagte sie zum Großvater.

„... Was-ser", wiederholte er, rührte sich aber nicht vom Fleck.

„Warum plapperst du mir immer nach?"

„...mer-nach", murmelte der Großvater und bewegte sich nicht von der Stelle.

„Himmel, Arsch und Zwirn", ärgerte sich Mama, „du bist wohl ein Papagei?"

„...pa-gei", repetierte der Großvater, blieb aber sonst wie erstarrt.

„Wenn du kein Wasser holst, dann Maulfeigen, aber keine Knödelsuppe!"

„...nödel-sup-pe", stimmte der Großvater zu, machte aber freilich nicht die geringste Bewegung.

„Jetzt hab ich's satt. Ich hol selbst Wasser", schimpfte Mama.

„... Was-ser", freute sich Großvater. Er schnappte sich den Eimer und war im Nu draußen.

Die halbe Stadt kannte ihn, denn wenn er nachts von der Kneipe nach Hause wankte, tat er das mit lautem Gesang allen Lemberger Bürgern kund. Eigentlich war es kein Gesang, sondern eher das Gebrüll eines Hornochsen. Deshalb öffneten sich der Reihe nach die Fenster und deftige Flüche prasselten auf sein kahles Haupt hernieder. Unsere Babusja versuchte ihm morgens immer ein schlechtes Gewissen zu machen, redete lang und geduldig auf ihn ein, welch schändliches Benehmen das sei und wie er die Familie in Verruf bringe, aber er schüttelte nur den Kopf und verschwand abends wieder aus dem Haus. Er trieb sich da herum, wo sich die Crème de la Crème des Abschaums herumtrieb, Batiaren, Säufer, Räuber und Strauchdiebe, das ganze lichtscheue Gesindel. Nur mit denen an einem gemeinsamen Tisch zu sitzen, war gefährlich, doch unser Großvater fühlte sich inmitten dieser Galgenvögel wohl. Er war mit allen Schnapsnasen befreundet und sie hatten ihn gern, spielten ihm mit Vorliebe auch so einige Streiche, indem sie ihm die Taschen des Gilets mit Parisern, Kippen von Damenzigaretten, Papilloten und alten Socken füllten und einmal sogar riesige rosa Höschen hineinstopften, ganz zu schweigen vom Lippenstift, mit dem sie Manschette und Kragen beschmierten, bevor sie ihn mit Kölnisch Wasser begossen.

Kurz und gut, unsere Babusja hatte ihr liebes Leid, wenn sie seine Taschen ausleerte und über die besudelten Hemden jammerte. Am meisten verwunderte sie aber das rosa Riesenhöschen mit einem grünen Flicken im Schritt. Sie zeigte es zuerst allen in der Familie, dann ging sie auf die Pawlatsche*, schwenkte es wie eine Fahne und stimmte dabei ihr hoch poetisches, unnachahmliches Gejammer über ihr trauriges Schicksal an, das ihr Mann so schändlich besudelte. Sie blickte zum Himmel und verdrehte die Augen, bat den Herrn, er möge sie doch zu sich nehmen, sie habe keine Kraft mehr. „Ich bin jederzeit bereit fürs Jenseits“, rief sie zum Himmel, und die Nachbarinnen wiegten die Köpfe und wischten sich die Tränen mit einem Taschentuch fort, „mich hält hier nichts! Wenn ich anderseits an diesen alten Hallodri denke und was dann aus ihm werden wird, muss ich Himmeldonnerwetter weiterleben – doch dann als sein Donnerwetter!“

Der Großvater frühstückte unterdessen in aller Seelenruhe. Ein geheimnisvolles Lächeln umspielte seine Mundwinkel. Man hätte es als Bestätigung für den Verdacht der Babusja und als unwiderlegbaren Beweis seiner Schuld ansehen können, wenn da nicht das vorgerückte Alter gewesen wäre. Er rechtfertigte sich niemals und wehrte sich nicht. Die Vorwürfe der Babusja nahm er als gerechtfertigt hin, denn offenbar hatte er beschlossen, lieber für einen unverbesserlichen Lümmel als für einen alten Trottel gehalten zu werden. Zuweilen kam er auch nicht allein heim, sondern seine guten Freunde brachten ihn im Morgengrauen in ein Tischtuch gewickelt nach Hause und legten ihn vor die Schwelle. Dort schnarchte Großvater friedlich weiter, bis jemand auf die Pawlatsche kam und es der Großmutter sagte. Die nahm dann einen

Krug mit kaltem Wasser und schüttete es ihm ins Gesicht, er sprang auf der Stelle auf, schimpfte und schüttelte sich. Dann kommandierte er: „Vorwärts! Mir nach! Auf in den Kampf! Bajonette – setzt auf!" Der zweite Krug mit kaltem Wasser brachte ihn dann vollends zur Besinnung und schmatzend und sich die Lippen leckend erkundigte er sich, was es zum Frühstück gebe, worauf ihm die Babusja regelmäßig antwortete, dass für ihn ein Stück Hundescheiße in Béchamel reserviert sei.

Als Großvater unter der Erde war, atmete die Babusja erleichtert auf, freilich nicht, ohne zuvor ihre unvergessliche Klage angestimmt zu haben, in der nichts von Parisern, Lippenstift oder Höschen zu hören war, ja es war eine solche Klage, dass selbst Jaroslawas* berühmte Klage daneben verblasste.

„Du lieber Gott, was hab ich mich mit ihm abgehärmt! Und was hab ich alles in seinen Taschen gefunden!", seufzte sie beim Leichenschmaus im Kreise der Familie und Nachbarn. „Eine erholsame Zeit hatte ich nur, als man ihn eingezogen hatte. Als er wieder da war, wusste ich nie, wo er sich gerade herumtrieb und mit wem. Er hat mir nie was erzählt. Es gab keine Nacht, in der ich wusste, wann er nach Hause kommt. Endlich ist das alles vorbei und ich muss mich nicht mehr quälen. Ich weiß jetzt, wo er ist und dass es ihm gut geht."

Dann begannen alle Anwesenden, ihre Erinnerungen an Großvater auszugraben. Ich hörte zum ersten Mal, dass er ein richtiger Raufbold gewesen war, und obwohl er mir in meiner Erinnerung ganz und gar nicht wie ein Hallodri schien, ging er in jungen Jahren nicht etwa in ein normales Wirtshaus auf ein Bier, sondern soff lieber in den anrüchigsten Kneipen, wo es selten ohne Katastrophen abging. Vor allem stürzte er sich mutig in die erstbeste Keilerei und beruhigte sich immer erst, wenn er jemandem ein blaues Auge oder eine aufgeplatzte Lippe verpasst hatte, ein abgerissenes Ohr oder ein Haarbüschel in der Faust tat es freilich auch. Er schob Theaterproben im Lesesaal vor, um sein Rowdytum zu kaschieren. Einmal schaffte er es, erst im Morgengrauen nach Hause zu kommen, und brüllte durch den ganzen Innenhof: „Guten Morgen, meine Liebste!“

„Ich geb dir gleich meine Liebste! Wo hast du dich die ganze Nacht herumgetrieben!“, erwiderte die Babusja.

„Na, ich war im Lesesaal, gestern war Theaterprobe, doch dann sind Gendarmen hereingestürmt, haben uns alle in die grüne Minna gesteckt und weg, die ganze Nacht im Knast, oh-oh!“

„Du Lügner! Verlöschen sollst du wie diese Kerze! Zerreißen sollst du wie dieser Faden! Die Zähne sollen dir ausfallen bis auf einen einzigen, und der soll dir verfaulen und den Rest deiner Tage höllisch weh tun! Ich geb dir Lesesaal! Ich geb dir Knast!“

„Lieber Gott, wär ich doch dort geblieben! Was kann ich denn dafür, ich bin unschuldig, da ist dieser Spitzel gekommen und dann die Polente, die haben uns hochgenommen.“

„Und Mädel waren auch dabei?“

„Wie? Was für Mädel? Mädel waren da keine. Was willst du denn? Ich bin aus der Arbeit gekommen, von der Maloche zum Lesesaal ... und da ... schau, was das für eine Aventüre war.“

„Und Irka – he? Und Stefa – he? Die waren auch bei der Probe. Das war das letzte Mal im Lesesaal, mein Lieber!“

„Aber was denn, in den Lesesaal muss ich doch ... komm das nächste Mal doch mit, dann siehst du selbst, dass da nichts Ehrenrühriges passiert, sondern dass wir da richtig Volksaufklärungsarbeit leisten.“

Die Erwähnung der „Volksaufklärungsarbeit“ rief allgemeines Gelächter hervor, besonders, als man sich erzählte, wie die Babusja eines Morgens zum ersten Mal grellroten Lippenstift an seinen Manschetten entdeckte und eine Szene machte, an die alle Nachbarn noch lange dachten. Wahrscheinlich war die Szene nicht ganz grundlos gewesen, denn der Großvater graste schon mal gern unterm Zaun her. Die Babusja rannte mit dem Hemd auf den Balkon und hielt eine flammende Rede, in der sie nicht nur auf Gott und die Welt, sondern besonders auf ihren Mann und die Kneipe von Itzik Kwoll in der Sonjatschni-Straße schimpfte und auch den aufgequollenen Wirt Itzik mit einschloss, in dessen Kneipe ordentliche Familienväter in die Fänge mannstoller Schlampen und geldgieriger Nutten gerieten. Interessierte Nachbarn beugten sich aus den Fenstern, strömten auf der Pawlatsche und den Balkonen zusammen und lauschten dieser Tirade mit angespannter Aufmerksamkeit, während der Großvater gemütlich im Ehebett schnarchte. Doch dann drangen Wörter und Ausdrücke in sein verschlafenes Bewusstsein, die zweifelsfrei seine Ehre und Würde als Mann erschütterten. Er fuhr aus dem Bett, stürzte auf den Balkon, packte die widerstrebende Babusja – damals noch eine junge Frau – und schob sie kopfüber über das Balkongeländer, sodass sie mit den Armen flatterte wie ein auffliegendes Huhn. Dabei rutschten ihre beachtlichen Brüste aus der Bluse und sie brachte nur noch „Hil-fe!" heraus, doch der Großvater, der sie mit der linken Hand am Nacken hielt, verpasste ihr mit der rechten derartige Hiebe auf den Hintern, dass es weithin zu hören war.

7

Der Sonntagmorgen war nicht anders als die übrigen: Frühstück, ein Spaziergang durch den Garten, der Vortrag von Pani Stefa, diesmal über den nächtlichen Sturm, der die Äpfel vom Baum gerissen und die Zweige gegen die Fenster gepeitscht habe, sodass man nicht einschlafen konnte, und über ihr Gebet zum heiligen Antonius, das den Sturm besänftigt habe. Jarosch hatte nachts tatsächlich den Wind brausen und die Äste rauschen gehört, im Garten bemerkte er das Fallobst und sammelte es auf, es lag noch nicht lange und man konnte gut Saft daraus pressen. Nachdem er den Korb mit den Äpfeln in den Keller gebracht hatte, ging er in ein Geschäft, das sich auf italienische und deutsche Lebensmittel spezialisiert hatte, kaufte Spaghetti, Parmesan, Sugo und einige Flaschen Weißen und Roten. Nachdem er in der Wohnung etwas aufgeräumt hatte, befreite er den Wohnzimmertisch von den Büchern, die wie von selbst immer mehr Raum einnahmen – wie die asiatischen Reiterhorden, die an unvermuteten Orten auftauchen konnten, zum Beispiel im Bad, auf den Treppen und auf den Fensterbrettern. Dann deckte er Geschirr auf, das er selbst nicht benutzte, das aber freilich ein ehemaliges Liebchen blitzblank geputzt und in eine Kiste verpackt hatte. Aufmerksam betrachtete er das Geschirr im Licht und stellte es dann auf den Tisch. Unerklärlich für ihn selbst fühlte er plötzlich eine seltsame Erregung, als würde nicht sein Sohn, sondern er selbst zum ersten Mal ein Mädchen zu sich nach Hause mitbringen. Dieses Gefühl hielt den ganzen Tag über an. Das Verhältnis zu seinem Sohn, der ohne den Vater aufgewachsen war, war weit davon entfernt, ideal zu sein. Marko hielt eine gewisse Distanz und nannte ihn auch nie Papa. Wenn er ihn direkt ansprechen musste, sagte er sowas wie „Hör mal" oder „Du ..." Sie hatten beide ihr eigenes Leben und verspürten keinen inneren Drang, sich wirklich näher kennenzulernen. Sie hielten sich an die Umgangsformen, die es erlaubten, den Sohn in die Arme zu schließen oder ihm den Kopf zu tätscheln, auch wenn sie kein enges Verhältnis hatten.

Nachdem er aufgeräumt und aufgedeckt hatte, setzte er sich auf die Couch neben dem Fenster und schlug die New Yorker Ausgabe von Thomas Pynchons Gravity's Rainbow auf, in der er schon einen Monat täglich mehrere Seiten las, denn seltsamerweise wirkte diese Lektüre auf ihn stets beruhigend und ermöglichte es ihm, die Außenwelt auszublenden. Die Vieldeutigkeit der englischen Wörter und Ausdrücke entzündete ein Feuerwerk der Assoziationen, das durch seinen Geist blitzte. Als dann das Handy klingelte, sprang er wie von einer heißen Herdplatte auf. Es war Marko, sie waren vor der Haustür. Jarosch ging durch den Vorgarten, der Weg zur Eingangspforte war mit angefaulten Zwetschgen übersät, die der Wind nachts herabgefegt hatte. Rasch schnappte er einen Besen und fegte sie zur Seite. So trafen ihn Marko und Danka an.

„Das machst du extra für uns?", lachte der Sohn. „Das wäre doch nicht nötig gewesen, auf weichem Boden läuft sich's besser. Vorzustellen brauche ich euch ja nicht, ihr kennt euch schon."

Während und nach dem Mittagessen sprachen sie über Dinge, die eigentlich keinen von ihnen interessierten, über die man aber bei solchen Anlässen eben spricht. Allmählich brach das Eis, wozu sicher auch der Wein beitrug, und schließlich traute sich das Mädchen, deren Wangen sich schon leicht röteten, zu fragen, woran der Herr Professor gerade arbeite. Jarosch erzählte ihr vom Totenbuch und den merkwürdigen Liedern und Tänzen.

„Todestango?", fragte sie nach. „Das ist aber interessant. So einen Tango gab's ja tatsächlich ... während des Kriegs."

„Ach wirklich?“ Jarosch wurde aufmerksam. „Das wusste ich nicht.“

„Den Tango gab es während des Kriegs im Janowska-KZ. Meine Babusja hat mir davon erzählt. Die Deutschen verpflichteten jüdische Musiker, ein kleines Orchester zusammenzustellen, und denen, die erschossen werden sollten, mussten sie ein Ständchen spielen. Darunter war ein Tango, der Todestango genannt wurde.“

Jarosch konnte sein Erstaunen nicht verbergen. Wie hatte er das übersehen können?

„Die haben den Tango selbst komponiert?“

„Meine Babusja kannte einen der Musiker, sie hatte mit ihm zusammen am Konservatorium studiert. Es gelang ihm zu fliehen und er hat überlebt. Na, und der hat erzählt, dass sie die Melodie anhand einer alten Vorlage komponierten.“

Jarosch spürte ein Kribbeln in den Fingern und ahnte eine Sensation, er war angespannt wie ein Luchs auf der Jagd. Es konnte sein, dass der alte Musiker noch lebte und irgendwo im Klepariw-Viertel wohnte. Vor zwei Jahren war er auf der Beerdigung von Dankas Babusja gewesen und ihre Eltern sollten eigentlich seine Telefonnummer haben. Danka versprach, sie zu besorgen. Sie unterhielten sich dann über die Anthologie arkanischer Literatur, die der Professor gerade zusammenstellte. Das Mädchen erzählte, dass sie selbst auch schon etwas übersetzt habe, nur schäme sie sich ein wenig, es vorzuzeigen.

„Sie sollten ein wenig selbstbewusster sein“, sagte Jarosch, „gerade die jungen Frauen täten gut daran. Und schon gar nicht sollten Sie sich schämen, in meine Sprechstunde zu kommen. Wie ich Sie verstanden habe, soll ich doch Ihr Doktorvater sein? Da schau ich mir auch gerne Ihre Übersetzungen an. Sie nutzen wahrscheinlich mein arkanisch-englisches Wörterbuch? Ich bin bald mit der arkanisch-ukrainischen Version fertig.

„Das wäre super! Allerdings kann ich noch kein Arkanisch, deshalb übersetze ich aus Ihren englischen Interlinearübersetzungen. Aber das ist schwierig, denn sowohl die englischen Wörter als auch die arkanischen Hieroglyphen sind mehrdeutig. Meinen Sie, ich hab das Zeug, Arkanisch zu lernen?"

„Warum denn nicht? Wenn man es genau nimmt, ist es einfacher als Chinesisch oder Japanisch. Im Arkanischen sind die meisten Hieroglyphen phonographisch und stehen für eine Kombination aus zwei bis drei Mitlauten wie -pr-, -mn-, -wkr- und so weiter, oder speziellen einzelnen Mitlauten. Insgesamt sind es vierundzwanzig. Selbstlaute hatten keine extra Hieroglyphen."

„Genau wie im Ägyptischen."

„Ja, genau so, und wie im Ägyptischen finden sich zwischen den Hieroglyphen auch Ideogramme, also Zeichen für bestimmte Wörter oder Begriffe. Arkanier kombinierten Phonogramme und Ideogramme nach bestimmten Regeln, wobei die Phonogramme überwogen. Es gibt ungefähr dreihundert häufig verwendete Hieroglyphen."

„Das sind halb so viele wie im Ägyptischen."

„Ja, aber bei den Ägyptern sind es erst im Laufe der Zeit, besonders in der griechisch-römischen Epoche, immer mehr geworden, dagegen haben die Arkanier bis zum Zerfall ihres Reiches nichts verändert. Außerdem ist es unglaublich, wie viele Übereinstimmungen es mit der ukrainischen Sprache gibt. Bald schon in jedem zweiten Wort: Wog – Vogel, Senlef – Felsen, Cha – Dach, Chr – Rauch, Lehe – Höhle ..."

„Und was heißt auf Arkanisch ‚Meine Liebste'?", unterbrach sie Marko, den die Fachsimpelei offensichtlich langweilte.

„Me lele."

„Ich sehe hier keine Übereinstimmung."

„Das Wort ‚Lel' sagt dir nichts?"

„Das ist doch die Gottheit der Liebe“, erklärte Danka. „Du hast keine Ader dafür, wie spannend es ist, in diese alten Sprachen einzutauchen.“

„Oh, ein Computerprogramm zu schreiben, kann auch spannend sein. Weil ich aber eurem Gespräch nicht folgen kann, habt ihr bestimmt nichts dagegen, wenn ich mir die zweite Halbzeit anschau, wenn ich schon die erste verpasst hab.“

Marko setzte sich aufs Sofa in der Ecke und schaltete den Fernseher ein. Jarosch hatte sich noch nie für Fußball interessiert, dafür interessierte ihn nun das Gespräch mit der Studentin umso mehr.

„Wenn Sie einen USB-Stick dabeihaben, kopiere ich Ihnen die fertigen Teile meines Wörterbuchs“, sagte er, und als Danka begeistert zustimmte, fügte er hinzu: „Gehen wir in mein Arbeitszimmer, dann stören wir Marko nicht.“

Marko grinste und winkte ab. Das Arbeitszimmer war mit Büchern, Zeitschriften, Zeitungsausschnitten, Ordnern und Manuskripten vollgestopft, auf den ersten Blick herrschte totales Durcheinander, Jarosch kannte sich allerdings bestens aus. Er schaltete den Computer ein, kopierte die Dateien auf den USB-Stick und gab ihn dem Mädchen, doch damit war ihr Besuch in dem geheiligten Raum noch nicht vorbei. Sie konnte sich nicht von den Büchern losreißen, nahm eines nach dem anderen zur Hand, blätterte es durch, seufzte und konnte ihre Begeisterung kaum verbergen. Jarosch wusste nur zu gut, was für einen Eindruck seine Büchersammlung auf Intellektuelle machte, deshalb wunderte er sich auch nicht über Dankas Reaktion. Dennoch überraschten ihn die Ehrfurcht, der Respekt, mit dem sie die Bücher zur Hand nahm, man konnte sehen, dass sie diese Bücher aus Bibliographien kannte, aber in den wissenschaftlichen Bibliotheken Lwiws gab es kaum Exemplare dieser ausländischen Publikationen.

„Was hat Sie dazu bewogen, tote Sprachen zu lernen?“, fragte sie.

„Die Unsterblichkeit. Sie materialisiert sich in Worten. Worte besitzen eine magische Kraft. Gott schuf die Welt mit Worten. Und wenn ich Arkanisch zu sprechen beginne, erwachen tausend Arkanier in mir. Arkanien ist nicht untergegangen. Arkanien ist auferstanden und lebt in denen, die seine Sprache sprechen.“

„Sie hat die Unsterblichkeit dazu gebracht, doch mich haben Sie dazu gebracht.“

Jarosch lächelte, er erriet den innigsten Wunsch seines Gastes, verlieh jedoch niemals Bücher aus seiner Bibliothek, und vor allem nicht an Fräuleins. Frauen behandelten Bücher anders, meist so wie Blusen, Pumps oder Halsketten, die sie sich von ihren Freundinnen liehen. Die Frauen, mit denen er eine Affäre gehabt hatte, hatten ihm die Bücher nach dem Liebesaus nie zurückgegeben. Die verliehenen Bücher hatten keinen besonderen Wert, es waren meist irgendwelche Romane, deren Verlust sich leicht verschmerzen ließ. Danka war allerdings ein Mädchen ganz anderer Art, sie interessierte sich für seine Wissenschaft und für Bücher, für die sich nur eine Handvoll Menschen auf diesem Planeten interessierten. Es gab zudem noch einen wesentlichen Faktor: Jarosch hatte keine Affäre mit Danka. So gelang es dem Mädchen, ihm ein Buch abzuschwatzen, denn er spürte, dass er diesmal nachgeben musste. Eine so talentierte Studentin musste er fördern, was auch Verpflichtungen mit sich brachte. Dazu nötigte ihn schon ihr Bekenntnis, dass er sie zum Studium des Arkanischen gebracht hatte.

Im Gegensatz zu meinen Freunden verspürte ich keinen allzu großen Drang nach Bildung, oder genauer gesagt: Es drängte mich nicht in die Lehranstalten, ich wollte lieber auf eigene Faust etwas lernen, vor allem aus meinen eigenen Fehlern. So bewegte ich mich tastend und doch selbstsicher vorwärts, versank dabei zu gerne in meiner eigenen Welt, träumte von einer kleinen Eisenbahnstation als Arbeitsplatz, wo ich als Eisenbahner leben und arbeiten könnte. Dort würde ich über Züge wachen, die an meiner Station niemals anhielten, für die ich aber von Zeit zu Zeit die Weichen stellte und die Schranken am Übergang hinauf- und hinunterkurbelte. Ich hätte Hund, Katze und ein Huhn, das mir jeden Tag ein Ei legte, sowie eine Ziege – und fertig, mehr bräuchte ich nicht, nicht einmal Papier, da ich meine Gedanken in den Sand schreiben würde und im Winter in den Schnee ...

Joschi studierte am Konservatorium, spielte Geige und Bandura. Klingt komisch, nicht? Ein Jude, der Bandura spielt, das ist wie ein Huzule, der Balalaika spielt. Joschis Vater, Pan Aptekar, hatte bestimmt, dass sein Sohn dieses Instrument spielen sollte, na, und die Mutter musste sein Vermächtnis erfüllen, denn Pan Aptekar war begeistert vom Banduraspiel, geradezu vernarrt. Er selbst wäre am liebsten ein echter ukrainischer Bandurist geworden. Der Traum ging nicht in Erfüllung, aber er ist schließlich für die Ukraine gefallen, was schließlich fast dasselbe ist. Joschis Schwester Lija hatte nicht so viel Glück, denn sie kam zur Welt, als der Vater diese schon verlassen hatte und keine Empfehlung für ihre Zukunft mehr abgeben konnte. Pani Golda entschied, dass das Mädel auch Musik studieren solle. Sobald die Mutter bei ihr die Gabe des Gesangs entdeckte, brachte sie sie zum Vorsingen zu Professor Jan Rasp ins Konservatorium. Der versprach, dass er sich ihrer annehmen würde, sobald sie die Schule beendet habe. Seitdem kaufte Pani Golda der Tochter regelmäßig rohe Eier und zwang sie, sie jeden Morgen auf leeren Magen zu schlucken. Danach musste Lija – noch bevor sie zur Schule ging – wie eine Nachtigall über den ganzen Hof trapsen. Unter der Woche machte das niemandem etwas aus, doch sonntags, wenn die meisten länger schlafen wollten, konnte einem dieser Gesang schon auf die Nerven gehen, und so tönte aus den Fenstern Geschimpfe und Gefluche, doch Pani Golda kratzte das nicht.

Einmal traf ich Joschi an, wie er auf dem Fußboden saß und Papier mit einer Schere in Quadrate schnitt. Ich wunderte mich und er teilte mir mit, dass morgen Sabbat sei und er dann den ganzen Tag nichts arbeiten dürfe, höchstens ein Feuer löschen, wenn es im Haus brannte. So bereitete er eben jetzt schon Klopapier für morgen vor.

„Joschi, willst du den ganzen Tag scheißen, oder was? Warum brauchst du so viel Papier?“, fragte ich.

„Aber das ist doch nicht nur für mich, sondern auch für die Mama und die Schwestern, außerdem kommen morgen noch zwei Tanten, zwei Onkel und der Großvater Abeles.

Da konnte man nichts mehr einwenden, also setzte ich mich neben Joschi und half ihm. Kurz darauf schleppte sich Großvater Abeles mit einem lebenden Huhn unterm Arm herein, zog Gehrock und Hut aus und begab sich mit dem Huhn auf den Hof. Da sah ich dann zum ersten Mal, wie Huhn koscher wird. Er packte es mit beiden Händen und schwang es kräftig hin und her, dass der Kopf des Huhns kreiselte und sich immer mehr mit Blut füllte, bis er schließlich knallrot wie eine Tomate war. Dann zog er ein Fangmesser aus der Tasche, trennte den Kopf mit einem Schnitt ab und wartete, bis das ganze Blut herausgeflossen war.

„Wir dürfen nichts essen, wo Blut drin ist“, erklärte mir Joschi, worauf ich nur mitleidig nickte, denn ich begriff, dass Joschi nie im Leben so eine Köstlichkeit wie gefüllte Blutwurst futtern durfte, gar nicht zu reden von Schinken oder Presssack.

Währenddessen kam Lija und lachte, als sie unsere Beschäftigung sah: „Na, Joschilein? Hast du dir einen Schabes-Goja angeschafft? Vielleicht macht er uns auch die Knödel für morgen?“

„Was ist denn ein Schabes-Goja?“, wollte ich wissen.

„Weil ein Jude doch nichts arbeiten darf, holt er sich einen Nichtjuden zu Hilfe und so einen Helfer nennt man Schabes-Goja“, erklärte Lija. „Wenn du mit dieser aufregenden Tätigkeit da fertig bist, hilfst du mir dann beim Knödelkneten?“

„Ich hab außer einem Schneemann und Brotkügelchen noch nichts geknetet.“

„Macht nichts. Ich zeig’s dir. Wirst mir nochmal dankbar dafür sein.“

Lija und ich machten danach Kartoffelknödel mit Käsestückchen, Großvater Abeles rupfte das Huhn und Joschis Mama rührte Teig für süße Kipferl an. Währenddessen musste der arme Joschi büffeln. Pani Golda hatte einen Iwrith-Lehrer für Joschi gefunden, Herrn Katzenellenbogen, der stets, selbst an den heißesten Sommertagen, einen schwarzen Gehrock und einen schwarzen breitkrempigen Hut trug, unter dem die Schläfenlocken nach allen Seiten baumelten. Auch der bedauernswerte Joschi musste beim Iwrith-Unterricht eine Kopfbedeckung tragen, zu diesem Zweck brachte Herr Katzenellenbogen immer einen Hut mit, der ganz offensichtlich zu groß war. Darunter hingen nicht etwa die üblichen jüdischen Schläfenlocken hervor, die Joschi auch gar nicht hatte, sondern die Papilloten von seiner Mama Golda. Der Schweiß floss ihm in Strömen über das Gesicht, gegen Ende der Stunde heulte er fast. Wir schauten inzwischen durchs Fenster und warteten, bis seine Qual ein Ende nahm, um mit ihm Fußball zu spielen. Mit dem Iwrith tat sich Joschi sehr schwer, er verstand einfach nicht, warum er es lernen musste, wenn er doch Musiker werden wollte und nicht Rabbiner, aber seine Mutter war unerbittlich. Sie fand, Iwrith sei ein Symbol besonderer Bildung, und wer weiß, vielleicht machte sich ihr Sohn doch einmal ins Land seiner Vorfahren auf. Doch wir überlegten und grübelten, wie wir unserem geplagten Joschi helfen konnten. Wolf schlug vor, dass wir den ganzen Weg von Herrn Katzenellenbogen bis zu Joschi auskundschaften sollten. Uns fiel aber nichts Besonderes auf, außer der Angewohnheit des Lehrers, an einem bestimmten Kiosk auf der Legionärsstraße ein Glas Zitronenlimonade zu trinken. Einzig Jas fand diesen Umstand höchst interessant und rief: „Heureka!" Er erinnerte sich daran, dass dieser Kiosk Herrn Rubtzak gehörte, dem Nachbarn der Familie, den er gut kannte und dem er nach der Schule schon ein paarmal ausgeholfen hatte. Es wäre doch ein netter Zufall, eben dann hier zu sein, wenn Joschis Peiniger aufkreuzte, und ihm ein Abführmittel in die Zitronenlimonade zu rühren.

Kein Zweifel, dieser Vorschlag gefiel uns schrecklich gut, also besorgten wir in der Apotheke ein Pülverchen. Jas begab sich zum Kiosk des Herrn Rubtzak, wir beobachteten alles aus der Ferne. Da kam Herr Katzenellenbogen auch schon mit seinem schwarzen Hut auf dem Kopf und mit einem weiteren unterm Arm. Außerdem stützte er sich auf einen Regenschirm, von dem er sich niemals trennte, auch nicht, wenn die Sonne vom Himmel brannte. Wie gewohnt machte er beim Kiosk Halt, legte den Hut auf die Bank, hängte sich den Regenschirm an den Ellenbogen und orderte ein Glas Zitronenlimonade. Genau in dem Moment kamen wir angerannt und bestürmten Herrn Rubtzak durcheinanderschreiend, uns ein Eis zu geben, möglichst schnell, denn wir müssten in die Schule. Herr Rubtzak nickte Jas zu, damit er die Limo einschenkte, und füllte uns Eis in Papierhörnchen. Ich wandte mich inzwischen an den Lehrer und machte ihn darauf aufmerksam, dass ein langes, blondes Haar hinten an seinem Gehrock klebe, und scherzte, seine Verehrerin sei wohl eine Blondine und dass es nicht viele jüdische Blondinen hier gebe. Da wurde er doch etwas nervös und begann augenblicklich, seinen Gehrock zu untersuchen, bis er das unglückliche blonde Haar in die Finger bekam. Mit einem sichtbaren Ausdruck von Ekel schnippte er es zu Boden und trampelte auch noch darauf herum. Inzwischen war seine Zitronenlimo fertig, der Schaum perlte gelblich und glitzerte in der Sonne. Herr Katzenellenbogen kostete vergnügt und erfreute sich an den Sonnenstrahlen. Als er ausgetrunken hatte, zog er ein kariertes Taschentuch von der Größe einer Tischdecke aus der Tasche, dessen eines Ende in der Tasche seines Gehrocks verblieb, während er sich mit dem anderen den Mund abwischte. Dann nahm er den Hut unter den Arm und eilte mit dem Regenschirm wedelnd weiter. Wir folgten ihm mit unserem Eis in sicherer Entfernung. Nach einer Weile holte uns Jas ein und schließlich lauerten wir auf der Pawlatsche hinter Joschis Fenster und beobachteten, wie Herr Katzenellenbogen Joschi den Hut überstülpte, dessen Kopf bis über die Ohren darin verschwand. Doch Pani Golda stützte den Hut mit Papilloten. Von Neuem sahen wir Joschis traurige Augen und seinen greinenden Mund. Herr Katzenellenbogen las aus dem Lehrbuch geheimnisvolle Worte und Joschi wiederholte sie, das dauerte ungefähr zehn Minuten, bis der Herr Lehrer plötzlich vom Sessel aufsprang, den Kopf in alle Richtungen drehte wie ein Hahn auf dem Misthaufen, seinen Hut vom Kopf fegte und sich hastig den Gehrock herunterriss. Dann rannte er aus dem Zimmer in den Gang, wo das

Gemeinschaftsklo war. Da konnte er jedoch leider nicht hinein, denn das Klo war von Wolf besetzt. Auf das verzweifelte Ächzen des Herrn Lehrers antwortete er mit vielsagendem Stöhnen und gab dazu die entsprechenden Laute von sich, die er mit beachtlicher Meisterschaft intonierte – nachdem er einen halben Tag lang geübt hatte. Herr Katzenellenbogen hielt sich den Bauch und tanzte die Kackarilla, seinen Lippen entwich ein Röcheln. Schließlich erschien Pani Golda im Gang und fragte, was dem Herrn Lehrer zugestoßen sei. Als sie erfuhr, welcher Natur die Unpässlichkeit war, donnerte sie selber an die Klotür, bekam aber freilich auch nur Stöhnen und unanständige Geräusche zu hören. Sie lief zurück in die Wohnung, brachte einen Topf und empfahl dem Lehrer, seine Notdurft darin zu erledigen, doch der winkte ab und stammelte, dass es absolut unwürdig sei, derartige Dinge im Korridor zu verrichten. Pani Golda versprach, aufzupassen, dass niemand den Herrn Lehrer in dieser peinlichen Situation sah, da streifte sich Herr Katzenellenbogen flugs die Hosenträger ab und öffnete einen Knopf nach dem anderen und eine Schleife nach der anderen – doch nicht so rasch, wie es nötig gewesen wäre. Einen Moment später war ein lautes Donnern zu hören, das dem einer Lawine ähnelte. Zugleich erschallte ein Schrei der Verzweiflung und zugleich der Erleichterung. Auf dieses Donnern hin kam Pani Golda zurück in den Gang gestürzt und hielt sich sogleich eiligst die Nase zu. Der Herr Lehrer stand mit seinen Hosen in der Hand da und heulte, man konnte nicht genau sagen, ob vor Glück oder Leid. Als sich die Klotür öffnete und Wolf zum Vorschein kam, der vor Lachen und Gestank fast erstickte, fluchte Pani Golda derart saftig auf Jiddisch, dass selbst wir das verstanden und Fersengeld gaben.

Was dann geschehen war, erzählte uns Joschi. Pani Golda hatte den Lehrer überzeugt, die Sachen auszuziehen, sie heizte Wasser auf und er konnte sich baden. Dann wusch sie ihm seine Hosen und Unterhosen, dazu Hemd und Unterhemd, gar nicht zu reden von den Kniestrümpfen samt Senkeln und sogar den Schuhen. Der Herr Lehrer war moralisch zu Grunde gerichtet, geradezu im Erdboden versunken, als er begriff, wie ihm die Lausbuben diesen Schweinskram eingebrockt hatten. Er saß in ein Betttuch gewickelt auf der Couch und brummelte Schlauheiten vor sich hin, Tränen liefen ihm übers Gesicht und Gram nagte an seiner Seele. Pani Golda wünschte uns alle Teufel der Welt an den Hals, vor allem Wolf, und ganz besonders gemein fluchte sie, als sie merkte, dass wir sie beobachteten, wie sie die Unterhosen des Herrn Lehrers auf die Wäscheleine hängte. Dieser gab kein Wörtchen mehr von sich, antwortete auf alle Anreden der Hausfrau nur mit „a-ach“ und „a-ah“. Schließlich fand Pani Golda einen Sündenbock und begann, Joschi durch die Wohnung zu scheuchen, obwohl er unschuldig war und von unserer Aktion nicht die leiseste Ahnung gehabt hatte. Da seine Mama jedoch sah, dass er vor ihr davonlief und sich wehrte, wo er doch sonst, wenn er etwas angestellt hatte, immer artig seine Abreibung empfing, ließ sie sich von seiner Unschuld überzeugen und schickte ihn los, Lija von der Musikschule abzuholen und mit ihr zur Tante zu gehen, bis Hemden und Unterwäsche des Herrn Lehrers getrocknet waren und er sich des erbärmlichen Bettlakens entledigen konnte.

Seitdem hatte Joschi keinen Iwrith-Unterricht mehr, Herr Katzenellenbogen machte einen weiten Bogen um den Kiosk des Herrn Rubtzak und der wunderte sich sehr darüber, warum dem Herrn Lehrer die Zitronenlimonade plötzlich so verhasst war. Nach dem Vorfall sahen sich Joschi und Herr Katzenellenbogen lange Zeit nicht mehr. Als sie sich dann 1940, bereits während der ersten Sowjetherrschaft, trafen, grüßte Joschi ihn höflich und entschuldigte sich für den fiesen Streich, den man ihm gespielt hatte. Herr Katzenellenbogen klopfte ihm auf die Schulter und meinte mit traurigem Blick:

„Schon gut, längst vergeben und vergessen, aber bald kommt eine Zeit, in der man jene beneiden wird, die schon gestorben sind, und erst recht die, die gar nicht geboren wurden."

Als Joschi uns davon berichtete, konnten wir uns nicht vorstellen, was der Lehrer gemeint haben könnte, bis Anfang Juli 1941 dann auch uns die Augen aufgingen und wir den Herrn Lehrer unter jenen Juden entdeckten, die die Leichen aus dem Lonskyj-Gefängnis trugen – sie verwesten schon und ihr süßlicher Geruch setzte sich einem in der Nase fest. Bevor die Sowjets angesichts der vorrückenden Deutschen abgezogen waren, hatten sie überall in der Ukraine in ihren Gefängnissen die Gefangenen erschossen. Es waren Leichen vergewaltigter und verstümmelter Mädchen und von Schlägen entstellter Theologiestudenten, und die Juden weinten, während sie sie hinaustrugen. Sie verzogen nicht das Gesicht wie all die anderen, die links und rechts ein Spalier bildeten und sich Taschentücher vor die Nasen pressten, um den Gestank nicht einzuatmen. Nicht viel später rutschte Herr Katzenellenbogen auf den Knien auf den Pflastersteinen vor der Oper herum und schrubbte den Boden mit einer Zahnbürste. Außer ihm waren da noch der Mathematiklehrer Leo Feld, der Musiker Herschel Strauss, der Eigentümer einer Manufaktur Jakub Iker sowie der mit allen Wassern gewaschene Glücksspieler Itzik Kohn, der freilich zu so einer redlichen Gesellschaft ganz und gar nicht passte. Ein Stückchen entfernt standen SS-Leute und lachten, und auch die versammelte Menge lachte, wobei sie die Deutschen im Auge behielt, um deren Lacher nicht zu verpassen und rechtzeitig aufzunehmen, denn das Lachen brachte sie einander näher, hob sie von diesem Judenpack ab, das früher so nobel getan hatte und nun in Anzügen, Hemden und

Krawatten auf dem Boden herumkrabbelte. Dieses Lachen stellte sie mit den verwegenen Goten auf eine Stufe und stellte einen Freibrief zum Überleben aus, denn wenn du nicht lachst, dann befindest du dich plötzlich auf der anderen Seite – unter diesen schwarzen Mistkäfern mit und ohne Ringellocken und nicht unter den Vertretern eines zivilisierten Europas. Ich sah die Tränen, die über die eingefallenen Wangen von Herrn Katzenellenbogen rannen, auf den Boden tropften und von seiner Bürste verrieben wurden. Eine Bodenplatte nach der anderen, seine Manschetten waren ganz schwarz, ebenso die Knie. Jemand aus der Menge versetzte ihm einen Tritt in den Hintern, der Herr Lehrer fiel bäuchlings nach vorne auf die Steine, die Brille flog davon und er begann, hilflos nach ihr zu tasten. In dem Moment fühlte ich mich furchtbar elend, und der bösartige Streich, den wir diesem armen, einsamen Mann gespielt hatten, der niemandem etwas Böses wollte und nur seine Pflicht als Lehrer erfüllte, tat mir im Innersten weh. Ich konnte nicht mehr anders: Ich beugte mich vor und gab ihm seine Brille. Empört brauste die Menge auf, jemand schubste mich und ich stolperte gegen die Gebäudewand. Ein SS-Mann zeigte mit dem Finger auf mich und fragte, ob ich denn auch ein Jude sei, und sogleich fanden sich eifrige Ratgeber, die ihm vorschlugen, mir die Hose runterzuziehen und nachzuschauen. Doch da drängelte sich unsere Hausmeisterin durch die Menge und rief:

„Leute, haltet ein! Das ist Wolodsja Barbaryks Sohn! Ich kenn ihn von klein auf! Was seid ihr denn für Menschen!"

Jemand übersetzte es dem SS-Mann, er lachte, nickte mir zu, ich könne gehen – und ich ging. Vor meinen Augen sah ich noch immer das Bild des armen Lehrers und all der anderen, die da einträchtig herumkrochen.

Das letzte Mal sah ich Herrn Katzenellenbogen in einer Apotheke. Juden Medikamente zu verkaufen, war verboten worden, doch der Lehrer hatte von dieser Verordnung noch nichts gehört und wollte seine Herztropfen. Der Apotheker wusste nicht, was er ihm antworten sollte, er wollte ihn nicht beleidigen und sagte schließlich, es seien bei der letzten Lieferung keine dabei gewesen. Der Lehrer verließ das Geschäft, wollte zu einer anderen Apotheke. Ich lief ihm nach und erklärte ihm, dass er selbst nirgends Arznei bekommen würde, dass ich sie ihm aber kaufen konnte. Er wunderte sich zwar, willigte aber ein, und als ich ihm seine Arznei gab und kein Geld von ihm annehmen wollte, fragte er mich, wer ich denn sei. Ich gestand ihm die Sünde nicht, die auf meiner Seele lastete, und verschwieg ebenso, dass ich Joschis Freund war, sonst hätte er leicht erraten, mit wem er die Ehre hatte. So lächelte ich nur und scherzte:

„Ein guter Samariter."

8

Auf der Rückfahrt legte Marko den Arm um Dankas Taille und fragte: „Na, wie gefällt dir mein Alter?“

„Na ja, so alt ist er doch gar nicht. Übrigens habe ich bemerkt, dass du ihn nie mit Papa anredest.“

„Wahrscheinlich, weil ich ohne ihn aufgewachsen bin.“

„Du nimmst ihm das übel?“

„Nein. Ich weiß, wie das alles gekommen ist ... Meine Mutter und meine Großmutter haben ihn nie in Ruhe gelassen. Sie fanden seine Wissenschaft sinnlos und dass er besser Nachhilfestunden geben soll, was einen realen Zuverdienst gebracht hätte. Am Ende hat ihn das fertiggemacht und er ist gegangen.“

„Deshalb nennst du ihn nie Papa?“

„Ich weiß auch nicht. Mir fällt es schon schwer, ihn zu duzen.“

Sie setzten sich ins Auto und Marko startete den Motor.

„Fahren wir noch in die Stadt auf einen Cocktail?“

„Mir reicht’s für heute. Ich hab schon genug Wein gehabt. Bring mich nach Hause“, entgegnete sie trocken. Ihr Blick tauchte in den grauen Schleier, der sich auf die abendlichen Straßen senkte.

„Aber es ist doch noch früh.“

„Und weiter?“

„Nichts, nur vielleicht halten wir noch an einem stillen Plätzchen an?“

„Warum?“, fragte sie so eisig, dass er sie erstaunt anblickte. Dann legte er seine Hand auf ihr Bein und lachte: „Darum.“

Doch Danka schob seine Hand weg.

„Du solltest die Hände am Lenkrad und mein Bein in Ruhe lassen.“

„Was ist denn mit dir? Hast du keine Lust?“

„Im Auto mag ich nicht.“

„Ach, aber es wäre doch nicht das erste Mal?“

Sie antwortete nicht, starrte nur vor sich hin, war in Gedanken versunken. Als sie an der Peter-und-Paul-Kirche vorbeifuhren, bekreuzigte sie sich und murmelte vor sich hin.

„Hast du was gesagt?“

„Nein, nichts.“

„Führst du schon Selbstgespräche?“

„Das mache ich oft. Komisch, dass du’s erst jetzt bemerkst“, antwortete sie und war im nächsten Moment schon wieder ganz woanders mit ihren Gedanken. Beim Puppentheater musste sie sich beherrschen, ihn nicht zu bitten, endlich anzuhalten und sie rauszulassen. Sie wollte in den stillen Gassen spazieren gehen und mit sich selbst reden. Doch dann fiel ihr ein, dass sie einen Schatz in ihrer Tasche hatte, das Buch, auf das sie so gespannt war und in dem sie heute Abend versinken würde. Unwillkürlich betastete ihre Hand die Tasche, um sich zu überzeugen, dass es noch da war.

Wolf studierte bei Professor Weigl* am Institut für Medizin, Jas wiederum an der Universität Philosophie. Na ja, und mit mir verhielt es sich wie im Märchen: drei kluge Brüder und der vierte ein Tunichtgut. Meine Freunde störte das nicht, sie hielten mich wegen meiner Untätigkeit keinesfalls für einen Dummkopf, aber meine Mama ließ mir keine Ruhe, und ihr selbst ließ es erst recht keine. War ihr Sohn ein Hanswurst und Faulpelz oder ein Genie? Denn Genies sind, wie man weiß, auch oft ein wenig eigensinnig. Fragte man mich, neigte ich dazu, mich für ein Genie zu halten, denn mich bewegten mehr als geniale Ideen, die für die Ewigkeit festgehalten werden sollten, damit sich die kommenden Generationen dank meiner geistigen Höhenflüge vervollkommnen konnten. Da meine Mama bereits fest in der literarischen Welt verankert war, beschloss ich, nicht hintanzustehen. Ich besorgte mir ein großes, kariertes Heft mit festem Einband und beschriftete es mit „Einfälle und Fantasien – Band I". Solche Hefte hatte ich in verschiedenen Läden auf den Tresen gesehen, und die Krämer schrieben da allerlei hinein, zum Beispiel „Pan Arscher – halb Kilo Schweinernes" oder „Aus Skinliwsker Mühlen – vier Säcke Mehl eingetütet". In fünfhundert Jahren würden solche Hefte einen unschätzbaren Wert haben, für Archäologen, Linguisten, Historiker, kurz: für die Wissenschaft – schade, dass die dummen Kaufleute das nicht kapierten – und so sollte man an den historischen, linguistischen und anderen wissenschaftlichen Werten meiner „Einfälle und Fantasien" keinen Augenblick zweifeln. Um aber ehrlich zu sein: Ich führte dieses Heft mehr für Mama, damit sie mir nicht ständig irgendwelche Arbeiten aufhalste, denn es war die perfekte Camouflage. Stets lag es vor mir auf dem Tisch, ich bohrte mit dem Stift in der Nase, rieb mir die Stirn und mühte mich, einen Einfall oder eine abwegige Fantasie auszubrüten – in besonderen Momenten der Muse gelang es mir sogar, eine ganze Seite vollzukritzeln. Ich zweifelte niemals daran, dass dies einst ein epochales Werk sein würde, denn ein epochales Werk ist ein solches, dass sich über die Epoche aufschwingt, oder besser gesagt: sich auf die Epoche legt, sie im Urin hat und auf sie scheißt, jawohl, das ist ein epochales Werk. Ich hatte immer einen Notizblock dabei, in den ich die epochalen Gedanken schrieb, die in mir schäumten und aufstiegen wie kochende Milch, und wenn kein Deckel sie mehr zurückhalten konnte, schrieb ich sie schnell auf, um sie dann in der Stille meines Zimmers in das Heft zu übertragen – nicht ohne mir davor jeden einzelnen Gedanken wie Butter auf der Zunge zergehen zu lassen – und sie so für alle Ewigkeit zu bewahren. Daher konnte ich es absolut nicht ausstehen, wenn meine Mutter mich aus diesem transzendentalen Zustand riss, was häufig vorkam, und wissen wollte, was ich da in meiner geheiligten Stille so schrieb. Sie schlich sich auf Zehenspitzen von hinten an, um mir über die Schulter zu linsen und das Ungesehene zu sehen, das Unbegreifliche zu begreifen, sich in die Untiefen zu vertiefen, verriet sich dabei allerdings immer mit einem tiefen Seufzer. In einem Anfall gerechten Zorns verwehrte ich ihr jeglichen Einblick, wovon sie in ihrer Tumbheit ganz verwirrt war und sogar vergaß, warum sie sich angeschlichen hatte.

„Mama“, schimpfte ich, „haben Sie denn nichts mehr zu tun? Haben Sie schon Staub auf der Kredenz gewischt? Ich denke, gesehen zu haben, dass sich dort bereits Staubflocken bilden, die jederzeit herunterschweben können. Und haben Sie schon die Nusskekse mit Rosinen gebacken, die Sie mir letzte Woche versprochen haben? Oder haben Sie vielleicht noch kein Schwätzchen mit der Nachbarin gehalten, deren verreckte Katze wie Lazarus wieder lebendig geworden ist, sich aus dem Grab gebuddelt hat und nach Hause gelaufen kam? Und haben Sie denn schon einen Vers für den Grabstein von Pani Zuzikewytsch? Und haben Sie das Gebiss vom Großvater gefunden, das er in der Kneipe des Herrn Dsemba vergessen hat? Eigentlich müsste Ihnen doch der Kopf zerspringen von so vielen unerledigten Aufgaben, doch was machen Sie? Sie schleichen sich an mich heran wie die Füchsin an den Hühnerstall."

„So, da bin ich also eine Füchsin?", empörte sich Mama. „Und da schleich ich mich an den Hühnerstall? Ich koch für dich, ich wasche, bügle, und du? Du Tunichtgut! Was für ein Glück, dass dein Vater das nicht mehr erleben muss, so eine Schande! Er wollte doch, dass sein Sohn ein richti-ger-Mensch wird!"

Seitdem schloss ich mein Zimmer ab, lag oft auf dem Bett, ließ mich von meinen Einfällen und Gedanken forttragen, erforschte auch die Zimmerdecke, aber leider nicht die Lehrbücher, die unter dem Bett verstreut lagen. Damals notierte ich: „Selbst ein Genie braucht Kumpane. Selbst ein Genie kann seine Frau betrügen, selbst ein Genie kann seine Socken selbst waschen." Die Erwähnung der Socken, die stets meine Mutter wusch, rief Assoziationen mit anderen Bestandteilen meiner Garderobe hervor und führte zum nächsten Gedanken: „Wenn man Unterwäsche trägt, heißt das noch lange nicht, dass man leichter ins Paradies kommt als ohne sie." Ich war überzeugt, dass wir alle in unserem Leben jemandem begegnet sind, der keine Unterhose oder kein Höschen trug. Ich kannte sogar gleich vier. Einmal die alte, etwas wirre Pani Skorobetzka, die schon im Jahre 1894 dadurch Berühmtheit erlangte, dass sie den Rock hochraffte und ihren nackten Hintern der ersten Lemberger Trambahn entgegenstreckte, die in Richtung Lytschakiw schepperte. Pani

Skorobetzka hatte sich seither kaum verändert, sie war zwar eine verkrümmte und vertrocknete Schachtel, aber ihr nackter Hintern blieb nach wie vor das letzte Argument in jedem Streit. Die zweite und dritte Person ohne Unterhosen waren zwei Marketender vom Lemberger Markt, die sich gegenseitig ihre nackten Ärsche ebenfalls als letztes Argument in einem lang währenden Streit zeigten. Zeuge dieses historischen Ereignisses war nicht nur ich, sondern auch ein ganzer Haufen Leute, sodass über diesen bedeutsamen Vorfall sogar in der Zeitung berichtet wurde. Die vierte Person ohne Höschen war Lija, sie trug seit ihrer Kindheit keine. Dabei war sie sehr etepetete, wenn sie etwa aufs Klo ging, nahm sie immer ein Stückchen Seife und warmes Wasser mit, um sich gleich zu waschen. Joschi hatte uns davon erzählt, aber ich konnte mich auch einmal selbst davon überzeugen, als wir Verstecken spielten. Lija war damals elf Jahre und ich vierzehn. Sie hatte Augen wie glühende Kohlen, ihre vollen roten Lippen sahen aus, als habe sie eben einen Humpen Blut getrunken. Zwischen dichten Fliederbüschen, wo wir uns versteckt hatten, setzte sich Lija ins Gras, zog die Beine an und umfasste die Knie mit den Armen. Ich lag auf dem Bauch daneben, wir verhielten uns mucksmäuschenstill. Damals sah ich zwischen dem hochgerutschten Rand ihres Rocks und dem Gras ihre nackten Schenkel mit jenem geheimnisvollen Schlitz, der an ein Lächeln erinnerte und den ich bisher noch nicht zu sehen bekommen hatte. Feine Härchen kräuselten sich um dieses Lächeln herum, ich blickte wie gebannt, es verschlug mir den Atem. Als der Rock noch ein kleines Stückchen höher rutschte und noch mehr von diesem wundersam schönen Panorama freigab, streckte sich mein Arm wie von selbst dorthin. Ich bedeckte dieses Lächeln mit meinem Handteller, als solle es gegen jegliches Unglück in der Welt da draußen geschützt werden, und meine Handfläche fühlte eine Wärme, die nach ihrem Schoß duftete und sich rasch verbreitete. Die Wärme kroch an meinem Arm hoch und legte sich mir auf die Brust, ich fühlte eine höllische Glut in mir, sodass ich laut nach Luft schnappen musste. Da zog Lija ihren Rock zurecht und sagte, als sei nichts geschehen: „Wir können rauskommen, die finden uns so oder so nicht." Seither waren wir durch ein unsichtbares Gespinst aus Gefühlen miteinander verwoben, sie waren noch nicht ganz entwickelt oder konnten gar ausgesprochen werden, doch wenn ich, wie alle in dem Alter, von Zeit zu Zeit den Kasper schnäuzte, stellte ich mir immer Lijas Schoß dabei vor und die Wärme kroch von Neuem meinen Arm nach oben und legte sich betäubend auf die Brust. Mit den Jahren wurde Lija immer hübscher, sie war bezaubernd schön wie eine Puppe, schwarze Locken rahmten ihr Gesicht ein, ihre Augen glänzten betörend, ihre Wangen waren rosig. Außerdem wuchsen ihr beachtliche Brüste, jede mehr als eine Handvoll, und dann rundeten sich ihre Schenkel und der Po genau so, dass ich nicht mehr ruhig hinschauen konnte. Wir hatten schon lange keine Gelegenheit zur Zweisamkeit gehabt, doch immer, wenn wir nebeneinander waren, tippte ich mit dem kleinen Finger ihre Hand an und sie antwortete mit der gleichen, flüchtigen Berührung, die mich mit einem Hitzeschwall übergoss und mir das Herz bis zum Hals schlagen ließ. Manchmal hielt ich ihren kleinen Finger unter dem Tisch für ein paar Minuten fest. Ohne mich mit der geringsten Bewegung des Kopfes oder einem Laut zu verraten, spürte ich, wie sie mein Streicheln mit ihren feinen Fingern erwiderte. Diese verschwiegene Heimlichtuerei spornte mich noch mehr an und trieb mich dazu, Möglichkeiten für heimliche Berührungen zu suchen. Als sie sechzehn geworden war, mussten wir uns nicht mehr verstecken. Ich holte sie vom Gymnasium ab und begleitete sie nach Hause, auf dem Nachhauseweg spazierten wir händchenhaltend durch den Jesuitenpark oder am Hohen Schloss herum, doch ich traute mich lange, sehr lange nicht, sie zu küssen. Offensichtlich war ich als halbwüchsiger Bengel mutiger gewesen, ich weiß nicht, wie lange das noch so gegangen wäre, wenn nicht Lija eines Tages, als wir auf einer Bank am Hohen Schloss saßen und niemand da war außer den Eichhörnchen, meinen Kopf in ihre Richtung gedreht und mich geküsst hätte. Sogleich pressten sich meine Lippen auf ihre, und obwohl wir das beide zum ersten Mal machten und uns dabei ordentlich ansabberten, gefiel es uns. Ich traute mich sogar, meine Hand auf ihr Knie zu legen, und sie umschloss mit ihrer Hand die meine. So saßen wir aneinandergeschmiegt und schwiegen, ich hatte nichts zu sagen, war wie erstarrt.

Jas und Wolf hatten Glück bei den Mädels. Als wären sie mit Honig beschmiert, summten die feschesten Bienchen um sie herum, dass man gar nicht wusste, wohin man zuerst schauen sollte. Ich hatte nur Augen für Lija. Joschi allerdings hatte in Liebesdingen so seine Probleme, er sah aus wie eine nicht gerade große und schmächtige Brillenschlange mit Segelohren. Dann verguckte er sich in Ruta, eine Studienkollegin aus dem Konservatorium, aber sie war ein Mädel mit Allüren, was Besseres als Joschi. Man konnte nicht genau sagen, was sie eigentlich wollte, vielleicht einen Ritter auf einem weißen Pferd, doch es schwärmten nur normale Jungs für sie – und normale wollte sie nicht. Ruta war eine getaufte Jüdin, die sich zum Ukrainertum bekannte. Ihr Vater arbeitete für eine ukrainische Zeitschrift und schrieb Beiträge zu historischen Themen, in denen er sich aufrichtig für das elende, unglückliche und geknechtete Volk einsetzte. Wir beschlossen, unserem Freund zu helfen. Wir trafen uns in der Kneipe und ich fing an:

„Joschi, wir sind deine besten Kumpel und gehen mit dir durch dick und dünn“, Joschi nickte betrübt, „deshalb haben wir uns etwas überlegt. Du gehst morgen zu Ruta und schlägst ihr einen Spaziergang im Jesuitenpark vor, weil du ihr etwas Wichtiges sagen musst. Ihr macht also eine kleine Partie. Erzähl ihr unterwegs, was du willst, sobald ihr aber in den Park kommt, werden euch drei Strauchdiebe belästigen. Ruta werden sie begrabschen wollen und dich festhalten. Du reißt dich aber los und haust sie um wie Schießbudenfiguren!"

Joschi zwinkerte mehrmals, der Mund blieb ihm vor Erstaunen offen. So schaute er von einem zum anderen.

„Wer? Ich? Mit diesen Händen?" Er streckte uns seine blassen Handteller und dürren Finger entgegen.

„Keine Sorge! Die Strauchdiebe sind doch wir."

„Wie – ihr?", verstand er nicht.

„Ja, genau, wir. Was schaust du so belämmert? Wir müssen das freilich vorher üben, damit's echt aussieht und alles glattläuft."

„Aber ... aber ...", Joschi rieb sich die Stirn, „das wird ja echt ritterlich ..."

„Joschi", Wolf legte ihm den Arm um die Schulter, „schalt mal deine grauen Zellen ein! Wenn du auf einen Löwen triffst, ist es am besten, selbst ein Löwe zu sein. Und bei Frauen muss man immer ein Fuchs sein."

Es gelang uns schließlich, ihn zu überzeugen. Nach ein paar Übungseinheiten machte Joschi schon eine ganz gute Figur und identifizierte sich so mit seiner Rolle, dass er mir die Schnauze blutig haute. Als ich dann im Spiegel die aufgeplatzte Lippe beschaute, auf der Blutstropfen glänzten, kam mir eine grandiose Idee.

„Hör mal, Joschi", sagte ich, „bring unbedingt eine saftige, dicke Kirsche mit, und wenn wir uns dann rangeln, steck sie heimlich in den Mund und beiß sie so auf, dass dir der Saft aus dem Mundwinkel tropft. Den Kern kannst ja ausspucken."

„Aber warum denn?" Joschi kapierte es nicht.

„Du stehst aber auf der Leitung, hä? Damit es wie Blut aussieht. Wenn Ruta das mitkriegt, holt sie gleich ein Tuch raus und tupft dich ab. Überleg doch mal, wie heldenhaft du dastehen wirst!“

„Klasse!“, freute sich Joschi. „Und wisst ihr was, ich nehm gleich eine ganze Handvoll Kirschen!“

„Du hast sie wohl nicht alle“, widersprach Wolf. „Wenn zu viel Kirschsaft aus dir raustropft, dann spannt sie doch, dass das kein Blut ist.“

„Und außerdem, was machst du mit den ganzen Kirschkernen im Mund?“, gab Jas zu bedenken. „Wenn dir einer rausrutscht und sie sieht das, meint sie noch, du hättest dir ein Stück Zunge abgebissen. Nein, nicht mehr als ein feiner roter Faden am Mundwinkel.“

Am nächsten Tag legten wir uns in einem Jasminbusch auf die Lauer. Es war zur Mittagszeit, die Sonne brannte auf uns nieder und der Park, in dem seit dem Morgen scharenweise Ammen mit Kinderwägen und Pensionäre unterwegs gewesen waren, gähnte nun vor Leere. Wir brauchten nicht lange zu warten, bis wir Joschi und Ruta sahen. Er schwatzte geschäftig und gestikulierte dabei wie wild, Ruta hörte ihm nicht sehr aufmerksam zu, blickte sich nach allen Seiten um und freute sich an dem Vogelgezwitscher und den Blumen. Sie war ein Mädchen, das den Wert der Worte kannte und den Reiz der Natur schätzte. Wir zogen unsere Schiebermützen tief in die Stirn und schoben die Halstücher bis zur Nase hoch, dann sprangen wir auf den Weg.

„Stehenbleiben!“, rief Jas, und in Richtung Ruta: „Her mit der Tasche!“

Wir packten inzwischen Joschi an den Armen, doch er entwand sich geschwind und trat mir voll gegen's Knie. Leck mich am Arsch! Das war nicht ausgemacht! Vor Schmerz jaulte ich auf und sah, wie Ruta mit ihrer Tasche Jas eins überzog. In der Tasche waren sicher sehr gewichtige Bücher, denn Jas ging in die Knie. Joschi und Wolf wälzten sich auf dem Boden, wie es abgesprochen war, und Wolf stöhnte laut auf, tat so, als würde er sich gerade noch vor Joschi retten können. Dann nahm er die Beine unter die Arme und wir ihm nach, ich hinkend und Jas sich den Kopf haltend, aus seinem Mundwinkel tropfte Blut. Als wir weit genug weg waren, untersuchten wir unsere Schrammen und es zeigte sich, dass wir ordentlich was abgekriegt hatten. Ruta hatte Jas so richtig erwischt und ihm das Ohr halb abgerissen, mein Knie war dick und blau und Wolfs Nase blutete unentwegt.

„Der Blitz soll dich grillen, du blödes Huhn!", fluchte Jas und drückte sich sein Halstuch ans Ohr. „Diese Göre kann vielleicht zuhauen – puhh!"

„Joschi, Joschi, du Schweinepreister", stöhnte ich, „statt Sommerlatschen hat er Stiefel angehabt! Versteht ihr das? Stiefel! Mit fettem Profil! Wie er mir vor's Knie gehauen hat, hab ich alle Englein singen hören! So war das nicht ausgemacht!"

„Und wir sollten uns ein bisschen im Gestrüpp wälzen und basta", brummte Wolf. „Aber er brezelt mir eins mit der Faust auf die Nase und bearbeitet meinen Rücken! Mit seiner kleinen Pfote und den dürren Grabschern. Hätt ich nicht von ihm gedacht, dass er sich so prügeln kann."

„Abends warteten wir wie verabredet auf Joschi in der Kneipe ‚Zum Zimmermann' an der Ecke Janiwska- und Klepariwska-Straße. Jeder hatte eine Halbe Bier vor sich, auf dem Tisch standen Obatzter, Salzgurken, Brot und ein Schälchen Griebenschmalz. Strahlend und lachend kam Joschi herein und wunderte sich sehr über unsere finsteren Mienen. Als wir ihm Vorwürfe wegen seines hinterhältigen Verhaltens machten, rechtfertigte er sich damit, dass er einfach in seiner Rolle aufgegangen sei, sie ihn fortgerissen habe, und außerdem sollte es doch alles möglichst echt aussehen, da habe er sich eben bis zum

Äußersten bemüht. Diese Mühen hätten sich hundertfach bezahlt gemacht, denn Ruta hatte ihm nicht nur das „Blut“ vom Mund gewischt, sondern ihn auch noch geküsst. Joschi schwebte im siebten Himmel. Als er meinte, wir sollten bestellen, worauf wir Lust hätten, es gehe auf seine Kappe, tauten wir allmählich auf und bedauerten sogar, dass wir so eine Spelunke ausgesucht hatten und nicht ins „Roma“ gegangen waren.

Nun hatte jeder sein Mädel und wir vier Pärchen machten gemeinsame Ausflüge, oft auf die Kortum-Anhöhe zum Picknick, wo wir den Ausblick über die Stadt genossen, während unten die Gärten in der Sommerhitze flimmerten.

„Schau mal“, sagte ich zu Lija, „da ist euer Haus.“

„Aha, und Pani Helja klopft den Teppich aus“, lachte sie.

„Brrr! Das kannst gar nicht sehen, das geht nicht von hier.“

„Bin eben ein Adlerauge, außerdem hör ich sogar das Knallen des Teppichklopfers. Da! Hör!“

Ich lauschte, hörte jedoch nur die Vögel zwitschern und die Blätter rauschen.

„Und da im Garten, da liegt Anelka in der Sonne“, meinte nun Jas.

„Wo?“ Ich glaubte ihm nicht, spähte aber trotzdem umher.

„Und sie ist ganz nackig.“

„Aber wo denn?“

„Na, bei sich im Garten“, sagte jetzt Wolf und beschirmte mit der Hand die Augen. „Schau doch, da … unterm Kirschbaum … und jetzt ist ein Schmetterling auf ihrem Hintern gelandet.“

„Ja“, nickte Lija, „ein roter …“

9

Das alte, zweigeschossige Gebäude an der Klepariwska-Straße trug noch Gerüche aus der Zwischenkriegszeit in sich, sie hatten sich auf ewig in den abgeblätterten Putz, die ramponierten Fensterbretter und -rahmen eingefressen. Die Treppen ächzten bei jedem Schritt melancholisch, sie hatten bestimmt einiges erlebt bei ihrem Alter – deutsche Soldaten, die rauf- und runtertrampelten und Juden suchten, Tschekisten*, die rauf- und runtertrampelten und Widerständler suchten, und die einen wie die anderen führten jemanden mit vorgehaltenen Maschinenpistolen zur Hinrichtung ab. Die Treppe seufzte mitleidig, ächzte und stöhnte, und lange noch spiegelten sich die verschwundenen Menschen verschwommen in den Fenstern, ihre entsetzten Gesichter, ihre verängstigten Augen, all die Verzweiflung und Angst, doch auch Wut, Feindschaft, und an den Wänden blühten noch lange die Abdrücke ihrer Hände.

Jarosch stieg ins obere Stockwerk, den zweiten Stock, in dem sich zwei Wohnungseingänge befanden und an der Decke eine Metallklappe zum Dachboden. Die Wohnungstüren hatten breite Schlitze mit Messingschildern, auf denen „Listy" stand. Zeitungen und Briefe wurden einfach hindurchgeworfen und purzelten auf den Fußboden. An einer Tür befand sich rechts oben ein schräg angebrachter, fingergroßer Kupferbehälter, die Mesusa, in der man kalligraphische Verszeilen der Thora aufbewahrte, auf ein Stückchen Pergament niedergeschrieben und zusammengerollt. Jeder gottesfürchtige Jude, der das Haus verließ oder nach Hause kam, führte zwei Finger erst zum Mund und dann zur Mesusa. Auf Augenhöhe war ein rundes Guckloch sichtbar, darunter ein rechteckiger Rahmen für das Namensschild des Bewohners, das hier allerdings fehlte. Die massive Türklingel mit dem Klingelknopf am Rahmen erinnerte an eine weibliche Brust, die den Zeigefinger geradezu herausforderte. Jarosch läutete und ein gedämpftes Bimmeln erklang, darauf folgte ein gemächliches Pantoffelschlurfen. Das Guckloch verdunkelte sich und der Gast wurde aufmerksam in Augenschein genommen. Dann fragte eine heisere Stimme:

„Wer da?"

„Jarosch. Wir haben telefoniert."

„Ach so; ja, ja ..." Schlüsselquietschen, Kettenrasseln, die Tür ging auf und im Halbdunkel erschien eine bucklige, magere, doch hochgewachsene Gestalt.

„Kommen Sie bitte herein, kommen Sie ... lassen Sie die Schuhe ruhig an, draußen ist's nicht mehr so matschig ..."

Die Stimme hatte etwas vom Knarren einer Tür, es war die typisch galizische Aussprache mit stark rollendem R, die Worte klangen wie Laute eines Urzeitwesens – wenig überraschend, denn ein alter galizischer Jude ist ungefähr ein ebensolches Wunder wie ein Dinosaurier. Es gibt sie nicht mehr auf Erden, man kann sie höchstens ausgraben. Jaroschs Ausgrabung war von Erfolg gekrönt gewesen, es war ihm gelungen, den alten Josip Milker aus dem Nichtsein zu holen – durch eine Telefonnummer, die ihm Danka besorgt hatte.

„Bitte, kommen Sie!" Der Alte führte ihn durch einen langen Korridor in ein geräumiges, helles Arbeitszimmer, das bis oben hin vollgestellt war mit Bücherregalen, denen der Hausherr nicht erlaubte, in angenehmen Dämmer zu verfallen. Die Bücher wurden benutzt, es wurde darin herumgeblättert, sie wanderten von einem Platz zum anderen. Jaroschs Blick schweifte über die Buchrücken und nahm jiddische, hebräische, deutsche, polnische und ukrainische Aufschriften wahr. Zahlreiche Bücher trugen stolz kleine weiße Schilder mit Signaturen wie in Bibliotheken: Wir werden gelesen und gebraucht! Und da war noch etwas, das den Gast in Erstaunen versetzte: all die Töpfe mit Mohnblumen. Zum ersten Mal sah er eine solche Vielfalt von Mohnblumen in einer Wohnung, und noch dazu waren sie ungewöhnlich, denn es gab nicht nur rote in unterschiedlichen Schattierungen, sondern auch weiße, rosafarbene und gelbe. Zudem waren sie um einiges höher als jene auf Feldern oder im Garten, einige waren mannshoch oder reichten bis zur Decke, manche waren bereits verblüht, während andere gerade aufblühten.

Der Alte wies auf einen bequemen Sessel und setzte sich selbst gegenüber hin, die faltige Rechte legte er auf das magere Knie, während anstelle der Linken nur ein leerer Hemdsärmel baumelte, mit einem Riemen zusammengebunden.

„Ich habe eine Schwäche für Mohnblumen“, lächelte der Alte. „Ich beschäftige mich schon lange damit, sie zu kreuzen.“

„Solch hohen Mohn mit so großen Blüten habe ich noch nie gesehen.“

„Mohn ist sehr empfindlich. Ich spreche mit den Blumen, stelle Musik für sie an, lese ihnen laut vor ... na ja, Sie wissen schon, vereinsamte Männer können wunderlich werden. Immerhin hat meine Wunderlichkeit Früchte getragen. Aber was interessiert Sie denn nun am Janowska-KZ?“

„Der Todestango. Musik, Text, wer ihn komponiert hat. Soweit ich weiß, waren Sie einer der Musiker.“

„Ja. Ich hab die Geige gespielt. Seltsam, dass das noch jemanden interessiert.“

„Alle anderen sind umgekommen?“

„So könnte man es nennen.“

„Was meinen Sie damit?“

„Tod bedeutet nicht immer gleich Tod. Manchmal ist es nur eine wundersame Inszenierung, eine Performance. Der Todestango ist auf den ersten Blick melancholisch, eine richtig nostalgische Melodie. Scheinbar nichts Besonderes. Haben Sie ihn schon mal gehört?"

„Sicher. Es ist die gleiche Melodie wie beim Tango Milonga."

„Etwas Vergleichbares, ja, aber tatsächlich ähnelt er viel eher dem Tango fatale, zu dessen Melodie sich unglücklich Verliebte erschossen haben. Die jungen, verzweifelten Kerle sind in ein Tanzlokal gegangen, haben das Orchester bezahlt, damit es diesen Tango spielt, und haben sich dann, nachdem sie einige Gläser geleert hatten, vor aller Augen erschossen. Deshalb nannte man ihn dann auch ‚Tango fatale', obwohl er eigentlich ganz harmlos ‚Der letzte Sonntag' heißt. Allerdings möchte ich hinzufügen, dass nur ein Laie hier eine Ähnlichkeit hört, sie ist ganz an der Oberfläche. Ein Musiker wird sogleich den Unterschied bemerken. Die Partitur der Melodie habe ich gemeinsam mit dem Professor des Konservatoriums Schtriks und dem Dirigenten der Lemberger Oper Jakub Mund geschrieben. Vor dem Krieg habe ich mit Schtriks im Restaurant „Bristol" gespielt, wo er das Orchester leitete. Als wir ins Ghetto kamen, zeigte ich ihnen diese merkwürdigen Noten, zwölf an der Zahl, die aus einem alten Manuskript stammen. Herausgegeben hat es der Lemberger Apotheker Johann Kalkbrenner. Im Jahr 1640 brachte er aus Krakau, von wo er geflohen war, die lateinische Übersetzung einer alten Handschrift mit, die in einer bis dahin unbekannten Sprache verfasst worden war ..."

„Arkanisch?"

„Ja, genau." Die Augen des Hausherrn blitzten auf. „Wie sind Sie darauf gekommen? Was wissen Sie über Arkanien?"

„Ich hätte es Ihnen besser gleich sagen sollen. Ich beschäftige mich schon lange mit der Kultur des Nahen Ostens und besonders mit Arkanien. Ich habe sogar ein Lehrbuch des Arkanischen geschrieben, auch ein Wörterbuch zusammengestellt, und gegenwärtig arbeite ich an der Übersetzung literarischer Werke." Und Jarosch erzählte weiter vom arkanischen Totenbuch und dem Todestanz dan-go mrah.

„Das ist außerordentlich interessant." Herr Josip nickte nachdenklich. „Dann wird Sie bestimmt auch Folgendes interessieren: Die lateinische Übersetzung der arkanischen Handschrift fertigte Anfang des 16. Jahrhunderts der Krakauer Rabbiner Nathan Schpiro an, ein Kabbalist und hervorragender Kenner des Talmuds. Der Apotheker hat dann ein Buch zusammengestellt, dessen Teile nicht vollständig erhalten geblieben sind. Einen Teil bildeten Übersetzungen uralter Texte, vor allem auch die Übersetzung von Nathan Schpiro, das Übrige waren Kommentare. Als wir noch Jungen waren, fand mein Freund mehrere Seiten dieses Manuskripts im damaligen Ossolineum*, der Lemberger Bibliothek. Als wir es zu lesen begannen, entdeckten wir eine sonderbare Theorie: Nachdem die menschliche Seele den sterblichen Körper verlassen hat, wird sie nach einer gewissen Zeit – das kann ein Jahr sein, aber ebenso zwölf oder vierzig Jahre – in einem neuen Körper wiedergeboren, wobei sie sich jedoch an ihr vorangegangenes Leben nicht mehr erinnert. Zwei unsterblich ineinander verliebte Menschen begegnen sich in einem neuen Leben wieder, unzertrennliche Freunde schließen im neuen Leben erneut wie zufällig Freundschaft, die bis zum Tode hält, Eltern treffen wieder mit ihren Kindern zusammen ... doch kein Einziger von ihnen erinnert sich, ja, er ahnt nicht einmal, dass es etwas zu erinnern gäbe. Sicher, es kommt vor, dass solch ein schlummerndes Wissen in einer Stresssituation geweckt wird und jemand beispielsweise in einer ihm bis dahin unbekannten Sprache zu sprechen beginnt oder in allen Einzelheiten von Dingen berichtet, die vor langer Zeit geschehen sind.

Sie können sich jedenfalls vorstellen, um wie viel leichter man sterben würde, wenn man wüsste, dass sich die Seele in einer anderen Person wiederverkörpert und dabei nichts von ihrem früheren Wissen und Fühlen einbüßt – selbst wenn wir uns an nichts erinnern. Doch entdeckte der Apotheker in jener Handschrift ein weiteres Geheimnis, mit dessen Hilfe sich jenes Unbewusste hervorholen lässt und man sozusagen sein früheres Leben weiterleben kann. Dazu bedarf es vor dem Tod jedoch einer besonderen Melodie ...“

„Einer besonderen Melodie?“, hakte Jarosch nach.

„Hmm, ich fürchte, ich kann es nicht ordentlich erklären und es wird einfältig klingen. Also, es geht nicht nur darum, einfach zuzuhören, sondern man muss die Melodie in sich aufnehmen, mit seinem ganzen Körper und Wesen. Der Kunstgriff besteht darin, dass die Tonalität der einzelnen Note der Harmonie der verschiedenen Organe und Teile unseres Körpers angepasst ist. Mit anderen Worten: Unsere Seele ist ein musikalisches Meisterwerk, das ein Orchester aufeinander abgestimmter Organe und Körperteile intoniert. Verstehen Sie?“ Als er Jaroschs erstaunten Blick bemerkte, fuhr er fort: „Johann Kalkbrenner entdeckte, dass die menschliche Seele eine bestimmte Symphonie besitzt, deren Klangperiode nicht nur von der Geburt bis zum Tod reicht, sondern auch darüber hinaus, vielleicht sogar ewig klingt, man muss nur die Zusammensetzung des Orchesters ändern. Das Manuskript beinhaltet auch sein Traktat darüber, wie man die Partitur der Lebenssymphonie für jeden beliebigen Menschen komponieren kann, mit der dieser Mensch dann, wenn er sich streng an die vorgegebenen Noten hält, ein extrem langes Leben haben kann. Außerdem kann er voraussehen, wo Gefahren auf ihn lauern, die er dann vermeiden kann. Jeder Mensch ist ein bestimmter, sehr sensibler Kammerton. Wenn die speziell für ihn komponierte Melodie ihn durchdringt, ist er imstande, viele Dinge zu erkennen, er muss sich nur ganz und gar von den Klängen erfüllen lassen."

„Und wo ist nun die Verbindung zum Todestango?"

Der Alte erhob sich. „'tschuldigung, ich muss meine Pillen schlucken. Mein Orchester knarzt schon ein wenig." Er holte aus einer Schublade seine Tabletten, schluckte sie mit Mineralwasser und fragte dann: „Wollen Sie vielleicht einen Tee oder Kaffee?"

Jarosch lehnte ab, er wollte den Gesprächsfaden nicht abreißen lassen.

„Die Verbindung zum Todestango liegt darin, dass er ein Teil jener Melodie wurde, die die Wanderung der Seele während der Reinkarnation begleitet. Die im Janowska-KZ zum Tode Verurteilten starben in ihrer Begleitung. Was wir spielten, hatte kaum merkliche Nuancen, ohne die die Seelenwanderung nicht stattfinden kann. Wir spielten den allen bekannten Tango und ließen jene zwölf Noten aus dem Manuskript einfließen. Ohne sie wäre der Tango wirkungslos gewesen. Die Noten, die wir benutzten, hatten bestimmte Zeichen, die nur uns verständlich waren, das konnten Punkte, Klammern oder Bögen sein. Ein Musiker, der ihre Bedeutung nicht kannte, hätte die Melodie ohne die geringste Wirkung heruntergespielt. So konnte die Reinkarnation der Seele nur bei jenen vonstattengehen, die vor dem Tod unser Orchester hörten. Nur so konnten sie wiedergeboren werden und leben ... vielleicht immer noch ... nur sind sie sich dessen nicht bewusst. Jene, die sie zu Lebzeiten kannten, vermögen sie nicht zu erkennen. Obwohl ich bisher noch nicht die Hoffnung verloren habe, sie wiederzutreffen."

„Dann verstehe ich den Sinn solch einer Wiedergeburt nicht ganz. Was bedeutet es schon, dass meine Seele in einem anderen Körper existieren wird, wenn es *mich* nicht mehr gibt. Das ist doch ein ganz anderer Mensch, mit anderen Interessen und Talenten. Das bin nicht mehr ich."

„Aber es gibt eine Möglichkeit, die Erinnerung an das vorangegangene Leben zu wecken: vor dem Tod die Melodie aus dem Traktat Kalkbrenners gehört zu haben und sie im neuen Leben wieder zu hören."

„Das heißt, ein Mensch erinnert sich an das Leben, in dem er die Melodie gehört hat. Aber nicht an alle vorangegangenen Leben?"

„Ganz genau."

„Ich hab einmal bei Oskar Wilde gelesen, die Musik würde uns eine Vergangenheit schenken, von der wir bis zu diesem Augenblick nicht die geringste Ahnung hatten. Wir bereuen Verluste, die es nicht gab, und Taten, mit denen wir nichts zu tun haben."

„Vielleicht. Haben Sie denn nicht schon einmal das Gefühl gehabt, dass Ihnen dieses oder jenes bereits widerfahren ist, oder dass ein Mensch, den Sie zum ersten Mal sehen, Sie an jemanden erinnert, den Sie kannten, doch wo und wann – daran können Sie sich nicht entsinnen? Zuweilen sieht man im Traum Gässchen, die es nicht gibt, und doch kehrt der Traum immer wieder. Sie haben diese Gässchen und seine Gebäude schon gründlich erkundet, und der Wunsch erwacht, sie wirklich zu suchen, obwohl Sie genau wissen, dass es sich nur um einen Traum handelt. Die Träume schälen verborgene Erinnerungen aus uns heraus, aber wir erinnern uns zu selten an sie. Würden wir sie analysieren, uns in sie vertiefen, diese wundersamen Gässchen, und Menschen aus den Träumen wirklich suchen ... Doch man braucht Kraft – und einen Impuls dazu. Menschen aus Ihrem früheren Leben können ganz in der Nähe sein, denn frühere Freundschaften ziehen einander an genauso wie frühere Liebe. Auf einem anderen Blatt steht natürlich, dass Sie davon keine Ahnung haben.

Doch Menschen, die vor ihrem Tod den Todestango hörten, tragen seine Melodie im nächsten Leben in sich."

„Und woher soll so ein Impuls kommen?"

„Nun, vielleicht wenn man die Melodie wieder hört, oder vielleicht auf die Art, die Rabbi Schpiro beschrieben hat."

„Leider kenne ich seine Arbeiten nicht."

„Dann muss ich etwas weiter ausholen. Der Apotheker Kalkbrenner gründet seine Kommentare auf die Theorie des Rabbi Schpiro, der die Welt wie von einem Schleier bedeckt betrachtete, der eine mythische Substanz in ihren vielfältigen Manifestationen verhüllt. Nicht nur die Thora, sondern das ganze Universum war in seinen Augen ein gewaltiges Mysterium. Jegliche materielle Substanz, Menschen und Tiere, Feuer und Wasser, Sträucher, Bäume und Steine waren für ihn mit tiefer Symbolik erfüllt. Die sichtbare Welt ist nur die Hülle wandernder Seelen, die nach der Verwirklichung eines höheren Ziels streben. Schpiro und sein Lehrer Itzak Luria kannten das Geheimnis dieser Seelen, ihren Weg durch die Welt, ihre Geburt, ihre vergangenen Verkörperungen und ihre künftigen Reinkarnationen. Sie brauchten einen Menschen nur anzusehen, um sogleich zu erkennen, welche Seele durch ihn verkörpert wird. Sie waren mit der Fähigkeit ausgestattet, den Quell der Seelen aller biblischen, talmudischen und anderen Gerechten zu entdecken. Wohin sie sich auch wandten, wenn sie mit ihren Schülern am Stadtrand durch Wälder und Wiesen schweiften oder auf dem Meer trieben, in allem und überall, im Plätschern der Wellen, im Rauschen der Bäume, im Flügelschlag der Vögel, im Quaken der Frösche, in zitternden Zweigen, im Flimmern der Luft und im Gesang der Vögel, überall sahen sie eine Ansammlung von Seelen, die nach Reinigung und Sühne strebten, hörten ihre Stimmen und ihr Raunen. Itzak Luria bezeichnete diese Lehre, die den Mittelpunkt seines kabbalistischen Systems ausmachte, als Ojlom a-tikun, was so viel heißt wie Welt der Vollendung, Welt der Reinigung. Rabbi Schpiro entwickelte diese Lehre weiter. Er lehrte, dass die Seelen in all ihren Erscheinungen zu Beginn im Urvater Adam vereint waren, als er in der Welt erschien. Eine saß in seinem Kopf, eine andere in seinen Ohren, in allen seinen Körperteilen und Gliedmaßen. In diesen ursprünglichen Seelen wohnte das Gute, doch nach dem Sündenfall vermischten sich Gut und Böse. Von da an war die Welt voll reiner Seelen, in denen ein unreiner Funke glüht, und voll unreiner Seelen, in denen eine reine und heilige Glut brennt. Eine Seele ist an einen Körper gebunden, und sie durchdringt mit ihren göttlichen Säften auch eine unreine Gestalt, wie der Stamm eines Baumes Rinde, Blätter und Früchte durchdringt. Von diesem Prozess der Durchdringung des Körpers mit den Eigenschaften der Seele hängt auch die Ankunft des Messias ab, der erst dann erscheint, wenn die Sühne der Seelen, die Absonderung des Guten vom Bösen, vollendet ist."

Pan Josip stand auf, ging zu einem Regal, angelte ein Buch und öffnete es bei einem Lesezeichen.

„Ich muss jetzt doch einmal im Traktat des Rabbi Schpiro nachsehen, mein Gedächtnis spielt mir manchmal Streiche. Ja, da ist es, zur Scheidung des Guten vom Bösen führen zwei Wege: Gigul, die Übertragung der Seele, und Ibur, die Einpflanzung der Seele. Gigul stellt die Übertragung einer Seele dar, die auf Erden im Körper eines neugeborenen Kindes stattfindet. Die Seele ist von der Geburt bis zum Tod an das Schicksal eines Körpers mit all seinem Makel und Unglauben gebunden. Ibur ist die Einpflanzung einer zusätzlichen Seele in einen bereits lebenden, oft schon reifen Menschen, ungefähr so wie bei einer Schwangeren, die ein neues Leben gebiert. Hier ist der Mensch mit zwei Seelen verbunden: mit der ersten im Moment seiner Geburt, mit der zweiten im reifen Alter. Zudem existieren zwei Typen von Ibur. Erstens eine Seele, die in einem erwachsenen Menschen geboren wird und um ihrer selbst willen existiert. Sie ist getrieben, ein bestimmtes Vermächtnis zu erfüllen, eine Mitzwe, die sie in ihren früheren Verkörperungen verfehlte. Und zweitens: Eine Seele dringt in einen Menschen zur Rettung dieses Menschen ein, um ihn auf dem rechten Weg zu leiten und zu begleiten. Die erste Seele füllt das Wesen des Menschen als grundlegende geistige Substanz aus und bleibt so lange in ihm, bis es ihr gelingt, die entsprechende Mitzwe zu erfüllen. Erst mit dieser Erfüllung kann sie den Körper des Menschen verlassen. Die zweite Seele ist unabhängig vom Leid und Elend des Körpers, da sie ihn jederzeit verlassen kann, sie bleibt so lange, wie ein Mensch den rechten Weg geht, und je gerechter ein Mensch ist, desto enger verbindet sich die Seele mit ihm. Schlägt ein Mensch den Weg der Sünde ein, verlässt die Seele ihn. Auf diesen Wegen, mittels Gigul und Ibur, scheidet sich die Spreu vom Weizen, findet die Essentialisierung des Guten statt. Und wenn die Schale des Bösen vom Kern des Guten abfällt, ist die Zeit für die Ankunft des Messias gekommen."

„Das ähnelt dem, was ich im arkanischen Totenbuch gefunden habe. Tacitus hat geschrieben, dass die großen Seelen nicht zugleich mit dem Körper verfallen. Und die Buddhisten glauben, dass jeder von uns unzählige Leben durchlebt hat, doch haben sie nie einen Weg gesucht, auf dem man Erfahrungen und Wissen des vorangegangenen Lebens in das neue übertragen könne. Die Arkanier haben jedoch genau das versucht, ihr Totenbuch beweist das."

„Wie auch der Todestango."

„Aber Sie haben doch keinen endgültigen Beweis. Sie haben noch keinen getroffen, dem Sie einst seinen Tango spielten."

„Habe ich nicht, ich warte noch. Und ich sterbe nicht, bevor ich es erlebe." Pan Josip lächelte traurig. Während er Jarosch anblickte, zitterten seine Augenlider, er zwinkerte, als kämpfe er mit den Tränen. Nach einer Weile sagte er: „Wir waren vier unzertrennliche Freunde. Ein Ukrainer, ein Deutscher, ein Pole und ich, der Jude. Hier in Galizien hießen wir immer so. Erst 1939, als die Befreier kamen, befahlen sie uns, uns Hebräer zu nennen. Doch ‚Hebräer' war für jeden Juden hier eine Beleidigung, ein Schimpfwort. Wenn man jemanden Hebräer nannte, konnte man ihn gleich Wirrkopf, Nichtsnutz oder Halunke nennen. Doch nach der Vernichtung der Juden durch die Deutschen zogen lauter Hebräer nach Lemberg. Hier, ich möchte Ihnen diese Aufzeichnung geben, die wie durch ein Wunder erhalten geblieben ist. Einer meiner drei Freunde – Orest Barbaryk – hat sie geschrieben. Darin finden sich unsere Abenteuer, aber für Sie wird besonders interessant sein, wie die Seiten aus dem Manuskript von Johann Kalkbrenner gefunden wurden."

Der Alte erhob sich, schlurfte zum Schreibtisch, zog eine Schublade heraus, holte ein Heft hervor und gab es Jarosch.

„Ich hatte sie lange im Keller in einem großen Einmachglas aufbewahrt, damit die Mäuse sie nicht anknabbern. Zur Tarnung habe ich es mit Weizenkörnern aufgefüllt. Das Heft hat sich gut erhalten, es ist zwar alles handgeschrieben, aber in Schönschrift. Orest hatte eine Vorliebe für Kalligraphie. Leider sind seine übrigen Aufzeichnungen verloren gegangen."

„Und was ist mit Ihren Freunden passiert?"

„Als uns der NKWD* umzingelt hatte, zündeten wir in unserem Versteck eine Granate. Sie sind umgekommen, nur ich habe schwer verletzt überlebt, es hat mir den Arm abgerissen. Wahrscheinlich deshalb, weil ich nicht direkt neben ihnen saß, sondern stand und Geige gespielt habe. Den Todestango."

I

Meine Mama war strikt dagegen, mich zu einem Gammler werden zu lassen. Das wunderte mich nicht – was konnte man von einer richtigen Mama und Schreiberline anderes erwarten als das Bemühen, aus ihrem Sohn einen ordentlichen Menschen zu machen? Sie riss sich ein Bein dafür aus, mir eine geregelte Arbeit zu besorgen. Ich sollte sein wie alle, wobei sie freilich übersah, dass geniale Kinder niemals so sein können wie alle. Sie hielt mir meine Freunde immer als gutes Beispiel vor, die würden lernen und ordentliche Menschen sein, ich dagegen sei ein Tagedieb, der nicht lernen wolle. Geduldig hörte ich mir ihre gefühlsduseligen Ansprachen an und verteidigte mich allein damit, dass sie mich eben nicht kenne und nicht die blasseste Ahnung davon habe, was mir wichtig war und was einmal aus mir werden würde. Sie würde nur den äußeren Schein sehen, in meinem Inneren sei ich keinesfalls ein einfältiger Tropf.

Zuerst schickte mich Mama in den Kolonialwarenladen von Pan Schabsky – genau so stand es auf dem Ladenschild: „Kolonialwaren". Im Schaufenster saß ein Schokoladenmohr, der von Schächtelchen und Säckchen mit Tee, Kaffee, Kakao, Zimt, Tagetes* und anderen Dingen aus Übersee umgeben war. Dazwischen verschönerten holzgeschnitzte und lackierte Bananen, Ananas, Papayas, Kokosnüsse und die Luftschlösser der Welt die Auslage. Hinter dem Mohren prangten auf Stellagen exotische Getränke, die Liköre einer Danziger Destillerie, Maraschino di Zara, Girolamo Luxardo, Guille Goldwasser, Persico, Curaçao, Grande Chartreuse, ein Mandarinenlikör der Abtei Fécamp in Frankreich, der holländische Likör „Wynand Fockink", außerdem Bensdorp-Kakao aus Amsterdam, Zikorienkaffee der Companie „Franko" in bunten Blechdosen, Roslinda, Schnullibambuli und Gurkenkäse. Wenn die Kinderschar aus der Schule nach Hause strömte, blieben die Schleckermäuler immer an diesem Schaufenster stehen und warteten ungeduldig, bis der Mohr ihnen zuwinkte, grinste oder wenigstens mit dem Daumen wackelte. Später kamen die Naschkatzen mit ihren Eltern in den Laden und kauften Halwa, geröstete Nüsse, Feigen, Datteln und Rosinen. Ich denke, inzwischen sollte klar sein, dass ich dieser Schokoladenmohr war, denn eine solche Tätigkeit, also nicht das Geringste tun zu müssen, passte doch sehr zu meinem Naturell. Ich saß in der Früh da, wenn die Kinder zur Schule liefen, nachmittags, wenn sie nach Hause gingen, und auch am Sonntag, wenn die Leute nach der Kirche noch das süße Aroma des Griechisch-Katholischen oder den strengen Geruch der katholischen Messen schmeckten und herumbummelten.

Gemein war freilich, wenn meine Kumpels ans Schaufenster kamen und fiese Grimassen schnitten, um mich aus der Ruhe zu bringen. Joschi bohrte seine Zunge unter die Unterlippe und sah mit seinen abstehenden Ohren aus wie ein Affe, Wolf steckte die Daumen in die Nasenlöcher, zerrte sie auseinander und zog zugleich mit den Zeigefingern die Augenlider nach unten und Jas presste seine Schnauze einfach an der Scheibe platt. Ich litt, schaute woandershin und versuchte, Erhabenes zu denken.

Einen Monat lang hielt ich diese Arbeit durch, bis so ein Lausbub ins Schaufenster kletterte. Er meinte, ich sei aus Schokolade, und versuchte mich zu beißen. Mit dem Zorn des Gerechten kippte ich einen ganzen Sack Kakao über ihm aus. Herr Schabsky konnte solches Benehmen nicht tolerieren und trug mir eine andere Arbeit auf; ich musste nun Etiketten auf verschiedene Schachteln kleben und statt mir wurde ein anderer zum Mohren erkoren. Ich weiß nicht, wie der Kolonialwarenkrämer zu der Ansicht kam, dass ich in der Stunde mindestens hundert Etiketten aufzukleben hatte. Mir wurde jedenfalls bald klar, dass ihm jeglicher Sinn für Höheres fehlte – ganz im Gegensatz zu mir, der ich die philosophischen Zusammenhänge meiner Aufgabe durchblickte. Ich beschmierte die Etiketten nicht einfach mit Kleister, sondern war mit ganzer Seele bei der Sache, was ungefähr eine Viertelstunde pro Etikett dauerte. Freilich schaffte ich so nur vier in der Stunde. Aus der Ruhe bringen ließ ich mich keinesfalls, denn Eile schadet nur der ästhetischen Gestaltung. Wäre es nach mir gegangen, hätte ich nicht mehr als ein Etikett pro Stunde geklebt. In so ein Etikett auf einer Blechdose hätte ich dann all die Wärme meines Herzens und meinen ganzen Erfindungsreichtum gelegt. Herr Schabsky hielt davon allerdings nichts und forderte meine Mutter auf, mich nicht mehr zu ihm zu schicken, oder besser gesagt: Bevor mir etwas Schlimmes zustieß, solle ich lieber nicht mehr kommen. Er verspürte offensichtlich den inneren Drang, mich zu erschlagen, in kleine Stücke zu zerlegen und als getrocknete Feigen zu verkaufen.

Ich notierte in mein Heft „Gedanken und Fantasien": Kauft niemals getrocknete Feigen von Schabsky, es könnte sich dabei um ganz anderes handeln.

Auch als Eisverkäufer taugte ich nicht recht, obwohl ich mich arg anstrengte. Schon am ersten Tag, als ich mich mit meinem Eiswägelchen, in dem sich zwischen Eisbrocken ein an einem Haken befestigter Eimer voll Speiseeis befand, in Richtung Zentrum aufmachte, war ich augenblicklich von meinen Kumpels umringt. Nicht etwa nur von Wolf, Joschi und Jas, sondern noch von einem Dutzend anderer Halbwüchsiger aus unserem Viertel. Alle wollten unbedingt helfen, den Wagen zu schieben, obwohl das völlig überflüssig war, weil der Wagen auch so über das Kopfsteinpflaster polterte. Doch sie ließen nicht locker – schließlich wollten sie ein Eis für ihre Hilfe und lamentierten dann: „Wie, haben wir jetzt den Wagen umsonst gezogen, oder was?“ Ich gab mir alle Mühe, ihnen zu erklären, dass ich ihre Hilfe gar nicht gebraucht hätte, aber sie wollten nichts davon wissen und schnappten sich die Eiskelle. Jeder schaufelte sich so viel Eis in ein Papiertütchen, wie er gerade lustig war, um es danach mit einem breiten Holzstäbchen zu löffeln. Nach der ersten Portion verschlangen sie noch eine zweite und dritte, ich versuchte nicht einmal mehr es ihnen zu verwehren und hielt mich an den Spruch: „Wenn schon abgebrannt, dann mit Haus und Hof.“ Als so gut wie kein Eis mehr da war, das ich verkaufen hätte können, schepperte ich mit dem Wagen zurück zu Pan Zap, der sich sehr wunderte, dass ich kein Geschäft gemacht habe. Da ich ihm unmöglich die Wahrheit sagen konnte, erzählte ich ihm eine Räuberpistole, nämlich dass mich Räuber überfallen, die Pistole auf mich gerichtet und mir das Eis abgenommen haben.

Er blickte mich lange verwundert an, sagte, dass er so etwas noch nie gehört habe, und fragte zudem: „Eine Pistole haben die auf dich gerichtet?“

„Ja, genau, hierher.“ Ich richtete meinen Zeigefinger auf die Stirn.

„Na gut, aber wie haben die mit bloßen Händen so viel Eis weggeschafft?“

„Sie hatten einen Eimer dabei.“

„Und Geld haben die dir keines geraubt?“

„Was für Geld? Ich bin gar nicht dazu gekommen, etwas zu verkaufen.“

Er starrte in den Behälter, unten schimmerte blass noch etwas Eis.

„Nur das ist übrig?“, fragte er in einem Ton, als hätte ich ihm vorgeschlagen, die auf meinem Teller übrig gebliebenen Warenniky* aufzuessen.

„Ja, und auch nur, weil ich so mutig gewesen bin und mich wie ein Löwe auf sie gestürzt habe“, sagte ich stolz. „Ich kann von Glück reden, dass ich noch lebe.“

Pan Zap nahm mich an der Hand, führte mich hinaus auf die Straße und zeigte irgendwohin in die Ferne: „Geh, Junge! Und komm bloß nicht wieder! Wenn du zurückkommst, töte ich dich. Hast du verstanden?“

Lächelnd schaute ich auf seinen rechten Schuh, dann hob ich langsam den Blick, wanderte den Socken entlang hoch über die Hose, am Knie war sie ziemlich abgewetzt, höher und höher entlang der einzelnen Knöpfe seines Kittels, und als ich schließlich an der Nasenspitze angekommen war, sah ich da einen Pickel. Dort blieb mein Blick haften. „Ja.“

Nun braucht aber niemand zu meinen, dass ich darunter sehr gelitten hätte. Nun konnte ich wieder zu Hause über meinem Heft brüten. Freilich nicht lange, denn nun nahm die Babzja die Sache in die Hand und brachte mich zu Pan Jiří Knoflik, der ein Bestattungsunternehmen in der Nähe des Lytschakiw-Friedhofs hatte und seine Kunden begeistert unter die Erde brachte. Das Unternehmen trug den geheimnisvollen Namen „Charon“ und konkurrierte mit einem ähnlichen Unternehmen namens „Concordia“, das Pan Antonio Kurkowsky gehörte. Mit Kurkowsky zu konkurrieren war allerdings ziemlich schwierig, da er über einige wunderschöne, verglaste Katafalke mit Laternen an den Ecken verfügte. Am Katafalk, der für Offiziere bestimmt war, ragte die Gestalt eines Ritters in voller Rüstung auf, mit Helm, geschmückt mit schwarzen Federn und mit geschlossenem Visier. Die Katafalke für Kinder waren weiß-blau-gelb und wurden vor weiße Pferde, deren Köpfe mit Straußenfedern geschmückt waren, gespannt. Doch das war noch nicht alles: Kurkowsky verfügte über eine ganze Armee von Trauergästen, die einmal als spanische Granden, dann wieder ungarische Haiduken bekleidet waren, und an der Spitze des Trauerzugs schritt der Zeremonienmeister höchstpersönlich mit einem Hut à la Napoleon auf dem

Kopf. Bei jedem seiner Schritte schwenkte er den Feldmarschallsstab. Zu beiden Seiten des Katafalks gingen seine Diener, vier auf jeder Seite, mit finsteren und versteinerten Minen trugen sie lodernde Fackeln. Pan Kurkowsky schaute dabei ziemlich lebensfroh in die Runde, sein rosiges Gesicht, das ein dünnes Oberlippenbärtchen zierte, erinnerte an ein aufgespießtes Spanferkel. Die Trauerzüge selbst beobachtete er nur und passte auf, dass alles nach Vorschrift verlief. Sobald so ein Trauerzug zum Friedhof aufbrach, gab es stets einen ziemlichen Auflauf, der unterwegs immer größer wurde, da sich keiner das Spektakel entgehen lassen wollte.

Unsere Familie war mit dem Jenseits sehr innig verbunden. Selbst in unserem Wohnzimmer wimmelte es vor Toten, an den Wänden hingen die Photos unzähliger verstorbener Tanten, Onkel, Urgroßmütter und Urgroßväter, gemeinsam mit ihren verschiedenen Freundinnen und Freunden – und wer weiß, vielleicht auch mit ihren Liebhaberinnen und Liebhabern. So war es ganz natürlich, dass ich in der Firma des Pan Knoflik landete, wo man nicht nur herrlich bequeme Särge kaufen konnte – in denen auch die Lebenden wunderbar schlummerten, was der stocktaube Schreiner Boutschek mit Vorliebe tat, vor allem, wenn er im Wirtshaus ein paar Bier zu viel getrunken hatte –, es gab auch Kränze, Bänder, Statuen mit klagenden Musen, mannshohe Kerzen aus Stein und aus Stein gemeißelte Herzen. Pan Knoflik besaß einen schwarzen Katafalk, vor den er vier rabenschwarze Pferde spannte. Er selbst saß im schwarzen Frack und Zylinder auf dem Kutschbock. Geschäftsinhaber Knoflik und der Schreiner waren Tschechen. Sie sprachen ziemlich laut, denn der Schreiner war schwerhörig. Dessen war er sich offenbar nicht bewusst, vielmehr war er überzeugt, dass alle außer ihm schwerhörig seien, und deshalb brüllte er wie ein Huzule auf der Alm.

Pan Knoflik begrüßte meine Großmutter so freudig, als bringe sie nicht mich, sondern einen neuen Kunden zu ihm, den er in aller Ehre unter die Erde befördern konnte.

„Jesusmaria! Wen sehe ich da? Die Sirene von der Poltwa, die goldene Stimme des Jenseits! Bitte, bitte, treten Sie näher – Vorsicht, Stufe!" Dann brüllte er in die Tiefe des Ladens: „Boutschek, hör auf rumzuhämmern, man versteht ja nix!"

Boutschek hämmerte weiter und summte dabei vor sich hin. Pan Knoflik ließ uns neben einem Eichensarg Platz nehmen, der mit Papierblumen geschmückt und mit weißem Samt ausgeschlagen war.

„Hier wird demnächst Pani Mäzenasova liegen. Schauen Sie nur, wie weich ihre Ruhestatt ist ... Ich zweifle, ob sie zu Lebzeiten je ein weicheres Bettchen hatte. Kommen Sie denn morgen auch geschäftlich, um sie zu beklagen?"

„Ja, ja, ich komme auch", seufzte die Babzja. „Ich habe morgen gleich drei Beerdigungen."

„Ach was!", freute sich Pan Knoflik und klatschte in die Hände. „Gleich drei! Was für ein Glück. Und ich habe nur eine. Aber ihre zwei anderen, das sind sicher Pan Apelsiner und Herr Strus? Die haben mir die Brüder Styx und Nix vor der Nase weggeschnappt. Wo bleibt da die Gerechtigkeit, he? Die jubeln ihrer Kundschaft doch nur Fichtensärge unter, die sie wie Eiche angepinselt haben, während ich echte Eiche verwende. Da, hören Sie nur!" – er klopfte mit den Knöcheln der Faust gegen den Sarg – „Lauschen Sie diesem Klang. Aus so einem Holz lassen sich Geigen, Banduras, Trembitas und Kontrabässe machen. Wenn Sie bei Ihren Kunden sind, verraten Sie ihnen ruhig, wer der wahre Sargmacher ist. Vielleicht hat von denen noch einer vor zu sterben, dann soll er gefälligst zu mir kommen. Ich geb zehn Prozent Rabatt und die Kerzen umsonst. Sie könnten es doch ganz delikat anstellen. Zum Beispiel, wenn Sie Ihr Klagelied anstimmen, da könnten Sie in den

Gesang einflechten: ‚Oh-h-weh, in wa-as für ein-nen Sa-arg hat man dich da ge-e-be-et-tet, da-a-as ist doch kein echte-er Ei-ei-eichensa-a-arg!' Na, ginge das nicht? Aber ich lass Sie ja gar nicht zu Wort kommen ..."

Da begann die Babzja, von ihrem geliebten Enkel zu erzählen, der seit klein auf von einem Bestattungsunternehmen träume. Schon als kleiner Junge habe er Särge aus Streichholzschachteln gemacht, in denen er verschiedene Käfer zur Ruhe gelegt und in allen Ehren beerdigt habe, und dazu Kreuze mit kleinen Kränzen geschmückt, die er selbst aus Gräsern geflochten hatte. Pan Knoflik begann sofort zu überlegen, wo er mich unterbringen konnte. Es kam gar nicht in Frage, dass er der Babzja ihren Wunsch abschlagen würde, da sie ihn doch regelmäßig mit Kundschaft versorgte und dann geradezu verpflichtet sein würde, sein Geschäft zu unterstützen.

„Ach, ich weiß schon", Pan Knoflik schnippte mit den Fingern, „er kann das Kreuz vor dem Katafalk hertragen. Ich steck ihn in einen schwarzen Frack, schwarzen Zylinder und schwarze Schuh. Und in der beerdigungsfreien Zeit kann er Boutschek zur Hand gehen und Särge verzieren. Ich denke mal, als Vertreter einer solch kunstsinnigen Familie wie der ihren hat er bestimmt einen gut entwickelten Sinn für das Feine."

„Da machen Sie sich mal keine Sorgen", bestärkte ihn die Babzja. „Selbst aus den Kartoffeln auf seinem Teller formt er hübsche Türmchen, deren Spitze er mit Kümmel verziert, und die Würstel teilt er nicht einfach in der Mitte, sondern schneidet sie stets der Länge nach in Streifen. Ein Schöngeist bis ins Mark."

„Natürlich, sicher, und Sie haben außerdem was gut bei mir. Sie halten mir ja die Treue gegenüber dem Möchtegernfranzmann Kurkowsky. Haben Sie seine Prozession gesehen? Eine Meute Trauerfratzen, die sich am Katafalk rumdrücken, Knollennasen, und wenn ich dann noch deren triefende Augen sehe, da möcht ich fast wetten, dass da was faul ist, denn die umweht nicht der Heilige Geist, sondern reiner Spiritus.

So kam ich also in Pan Knofliks Laden. Am besten gefiel es mir, mit erhobenem Kreuz in schwarzem Frack und Zylinder vor dem Katafalk einherzuschreiten und die faszinierten Blicke der Passanten auf mir zu spüren. Natürlich waren auch hier meine Kumpels sofort zur Stelle und versuchten, mich mit allen möglichen Blödheiten aus dem Konzept zu bringen. Ich aber presste die Lippen zusammen und schritt einher wie eine auferstandene Mumie. Dabei starrte ich geradeaus auf das Kreuz in meinen Händen. Und um mich noch besser konzentrieren zu können, malte ich auf das Kreuz ein winziges Fadenkreuz, das ich nicht aus den Augen ließ.

Auch die Verschönerung der Särge nahm ich mit Begeisterung in Angriff, als Erstes den für Pan Adam Zehelsky. Dieser war Veteran und Hooligan gewesen, ein hoffnungsloser Trunkenbold, der tagtäglich sechzehn Halbe in sich schüttete, die er freilich aufmerksam zählte, indem er nach jeder Halben einen Knopf seines Kittels aufknöpfte. Es waren insgesamt acht, und er knöpfte sie danach der Reihe nach mit jeder Halben wieder zu, bevor er mit einer Verbeugung in Richtung des Wirts die Schänke verließ. Seinen Sarg verzierte ich mit dornigen Brombeerranken. Als die Familie sich darüber wunderte, erklärte ich ihnen, dass die Dornen das Leid des Dahingeschiedenen symbolisierten, seine Bereitschaft, für das Vaterland große Opfer auf sich zu nehmen, woraufhin sie mir zustimmten und der Sohn des Verstorbenen mir sogar einen Zloty extra in die Hand drückte.

„Na, was meinen Sie, gnädige Frau“, wandte ich mich an die Witwe, „hat Ihr Mann zu Lebzeiten je besser ausgesehen? Schauen Sie sich doch nur diesen Gesichtsausdruck an, diesen fröhlich und freundlich lachenden Mund, dem offensichtlich nie ein grobes Wort entschlüpfen könnte! Die Erinnerung an dies glückliche Lächeln wird Sie Ihr ganzes Leben begleiten!“ Die gerührte Pani Zehelska drückte mir daraufhin auch einen Zloty extra in die Hand.

Bei einer anderen Gelegenheit wollte Pani Popo-Kotzipinska wegen einem allzu aufwendig mit echten Blumen geschmückten Sarg zu stänkern anfangen und fragte, warum ich keine künstlichen Blumen genommen hätte.

Ich erklärte es ihr: „Wissen Sie denn nicht, dass künstliche Blumen den Tod symbolisieren, einen endgültigen, absoluten und tödlichen Tod? Künstliche Blumen sind ein Symbol des Verfalls und des Zerfalls, sie werden niemals auferstehen zu einem neuen Leben, denn der Herrgott wird am Tage des Jüngsten Gerichts nicht zu ihnen sprechen: ‚Steht auf und geht!‘“ Hier hob ich nun den Zeigefinger und Pani Popo-Kotzipinska erbebte am ganzen Körper. Boutschek hörte auf zu schleifen und öffnete erstaunt den Mund.

„Künstliche Blumen sind unnatürlich, unanständig und unartig. Ihre Farbe verblasst an der Sonne und nach den ersten Regengüssen verwandeln sie sich in Ungeheuer und verderben Ihnen die Laune. Und erst ihr Geruch, sie stinken wie feuchte alte Klamotten! Pfui, mir wird vom bloßen Gedanken daran übel. Echte, lebende Blumen dagegen verlieren, selbst wenn sie verwelkt sind, niemals ihre Würde, halten Kontakt mit dem Verschiedenen, reichen Ihnen mit ihren Gerüchen seinen letzten Gruß aus jener Welt weiter ... Und am Tag der Auferstehung von den Toten erwachen diese Blumen gemeinsam mit Ihrem Mann. Und nun stellen Sie sich einmal diesen Auflauf an Auferstandenen vor ... Millionen und Abermillionen ... Und was meinen Sie, wie finden Sie in dem Gedrängel ihren Mann? Nun, ich sage Ihnen: Folgen Sie dem Geruch! Folgen Sie der Spur der Blumen! Schnuppern Sie nur – Levkojen! Die können Tote aufwecken! Und nicht nur einer ist tatsächlich wieder aufgewacht. Ja, ja, wundern Sie sich nicht! Im Falle eines Scheintods können wir uns mit Hilfe der Levkojen vergewissern!“

Die untröstliche Witwe schaute bei diesen Worten ängstlich in Richtung Popo-Kotzipinsky, ob er nicht etwa von den Scheintoten erwachte, doch der süßlich-eklige Geruch der verwesenden Leiche, verstärkt von der Sommerhitze, beruhigte ihre wunde Seele. Mit einem erleichterten Seufzer nickte sie: „Dann sei es so, aber ... aber warum haben Sie denn seinen rechten Arm nicht so wie den linken an den Körper gelegt, sondern hinter das Jackettrevers gesteckt?“

„Das wäre doch völlig einfallslos! Hände stramm an die Hosennaht, wie beim Militär. Soll man denn vor dem Herrgott wie beim Fahnenappell stehen? Der Arm im Revers verweist auf seine Umtriebigkeit, Entschlossenheit, Unnachgiebigkeit. Er war doch so, oder? Na sehen Sie.“

Pan Torba, der ein Friseurgeschäft besaß, äußerte sein Erstaunen darüber, dass seine entschlafene Gemahlin, ein noch junges Frauchen, im Sarg die Hände hinter dem Kopf verschränkte. Nun, wie soll man mit solcher Kundschaft zusammenarbeiten? Sagen Sie selbst? Da fehlen doch jegliche Fantasie und schöpferische Kreativität!

„Pan Torba“, sagte ich und fasste ihn an der Hand, „Ihre Frau Gemahlin war fröhlich und voller Lebensfreude. Haben Sie denn irgendwann bemerkt, dass sie mit angelegten Armen neben Ihnen gelegen wäre? Das kann gar nicht sein. Selbst in der Nacht hat sie nie und nimmer so geschlafen.“

„Aber so will es doch die Tradition ...“, entgegnete Pan Torba kleinlaut.

„Nun, Sie haben Recht“, stimmte ich zu, denn man sollte dem Kunden niemals widersprechen. „So will es die Tradition. Doch für wen? Doch nur für bucklige Omas und Opas. Ihre Gemahlin hat sich in voller Lebenskraft und Körperpracht in eine bessere Welt verabschiedet, und ganz gleich, wie krank sie war, sie hat vor Gesundheit gestrotzt! Jawohl, ich sage absichtlich: vor Gesundheit gestrotzt! Sie ist nicht gestorben! Das ist ein Trugschluss! Und gerade jetzt, damit Sie's wissen, ist sie neben Ihnen."

Erschrocken blickte Pan Torba sich um.

„Sie ist hier, ich spüre ihren Atem, höre ihr zufriedenes Flüstern", fuhr ich fort.

Pan Torba spitzte die Ohren und lauschte.

„Schauen Sie sie nur an! Sie ruht sich gerade so aus, wie sie sich sonst zur Mittagsstunde in ihrem Garten ausgeruht hat, wo man so schön im Schatten der Apfel- und Kirschbäume liegen kann. Auch da hat sie ihre schwanenhalsgleichen Arme hinter dem Kopf verschränkt. Sie liegt da, als wäre sie lebendig. Sehen Sie die Grübchen in den Wangen? Und die rosige Gesichtsfarbe? Ich habe mich sehr angestrengt. Und den Lippenstift habe ich so aufgetragen, dass man glauben möchte, dass ein lebensfrohes Lächeln ihre Lippen umspielt."

„Le... Le..." Pan Torba verschluckte sich und presste dann gequält heraus: „Welches Leben denn?"

Nun war ich wirklich verblüfft. Es blieb mir nichts anderes übrig, als mein Totschlagargument auszupacken: „Pan Torba, glauben Sie etwa nicht an das ewige Leben?"

Da rieb er sich die Tränen aus den Augen und drückte mir die Hand. Nun, dies nenne ich die heilende Kraft der Kunst.

Pan Knoflik brummelte zufrieden in seinen Bart, ihm gefiel meine Herangehensweise und wie schnell ich einen Draht zu den Kunden fand. Obwohl: Einmal musste er mich bremsen, als ich über den reizenden Rest eines wunderschönen Fräuleins zu sehr ins Schwärmen geriet. Die Schöne hatte sich aus Verzweiflung vergiftet, weil ihr Geliebter sie im dritten Monat ihrer Schwangerschaft verlassen hatte. Ich seufzte und bemerkte, dass sie es besser abgetrieben oder von mir aus auch zur Welt gebracht hätte, als so jung zu sterben. Es sei doch zu schade, eine solche Schönheit zu verbuddeln, diese vollen Brüste, dieser glatte, geschmeidige Bauch, diese wunderschön gerundeten Schenkel, und dazwischen – dieses fantastische Juwel, üppig umrahmt mit sich verspielt kringelnden Löckchen, die sie kämmte und um die vollen, aufgeworfenen Lippen herum drapierte, dabei entrückt meditierte, und nun waren diese Lippen erstarrt wie der Mund der Gioconda.

Pan Knoflik nahm mich zur Seite. „Unsere erste Regel lautet: Wir kümmern uns um die Kunden, aber wir quatschen sie nicht voll. Unsere zweite Regel lautet: Bei uns ist jeder Kunde König, egal ob Mörderin, unschuldige Jungfrau oder die Schlampe von der Lewandiwsker Brücke. Jeder findet bei uns eine neue und gemütliche Heimatstatt aus Eiche oder Fichte, ausgeschlagen mit weißen Spitzen und geschmückt mit einem Blumenstrauß."

Hier war er freilich nicht ganz ehrlich, denn die Beerdigungen unterschieden sich sehr wohl nach Wunsch der Kundschaft. Üblicherweise war meine Babzja als Klageweib engagiert. Es gab allerdings auch Kunden, denen ein Klageweib zu wenig war und die dann einen ganzen Chor engagierten. Anderen reichte ich allein im schwarzen Frack und Zylinder vor dem Katafalk nicht, sie wollten noch acht finster dreinblickende Männer im gleichen Aufzug, die mit ihren schiefen Hakennasen Hühnern ähnelten. Allein ihr Aussehen – lange, schmale Gesichter, dunkle Ringe unter den Augen und dünne, leicht bläuliche Lippen – jagte einem Todesangst ein.

Pan Knoflik hatte eine wunderschöne Gattin. Sie war um einiges jünger als er und erinnerte mich an die Venus von Milo, freilich mit Armen. Wenn sie ging, so schien es, ging da nicht die Frau des Direktors eines Bestattungsunternehmens, sondern die Kaiserin selbst. Sie ging nicht einfach so, sondern sie wiegte sich in ihrem Gang verführerisch hin und her, als säße sie hoch zu Ross, und man musste ihr einfach hinterherschauen. Leider hielt sie sich meist in Krakau in einem Sanatorium auf, wo sie wegen geheimnisvoller Frauenkrankheiten in Behandlung war – wobei Pan Schtrouba das ganz anders sah.

„Vielleicht in Behandlung, vielleicht auch nicht“, sagte er und wackelte dabei mit dem Kopf, „aber falls sie in Behandlung ist, dann nicht bei einem Doktor ... So eine herrliche Stute will doch einen Hengst. Knoflik ist sicher ein anständiger Kerl, aber mit solchen Stuten kennt er sich nicht aus.“

Pan Schtrouba war Sägewerksbesitzer in Bruchowytschy. Bei ihm kaufte Pan Knoflik die Bretter für seine Särge, die beiden kannten sich schon viele Jahre. Weshalb sollte ich ihm da nicht glauben? Umso mehr, da Pan Schtrouba niemals seine Meinung änderte. Wenn ihn jemand darauf aufmerksam machte, dass auf dem Schild am Eingang seines Sägewerks ein Fehler sei – da stand „Brettersärge“, obwohl es doch „Sargbretter“ geheißen hätte –, entgegnete er, dass es „schon in Ordnung“ sei, denn es ziehe Aufmerksamkeit auf sich und jeder, der den Fehler bemerke, würde sogleich zu ihm ins Sägewerk eilen, um bei ihm vorzusprechen. Ich dachte darüber nach, wie ungerecht und schlecht die Welt doch war. Pan Knoflik redete immer so gut von seiner Frau und sehnte sich nach ihr. Ihr Porträt hing sogar hinter seinem Schreibtisch, und sie, das Luder, trieb sich mit Gott weiß wem herum. Ende Juni 1937 kam sie wieder einmal nach Hause, gebräunt und lächelnd, hübsch wie eine Puppe, oder vielleicht eher wie die Diva Maria Callas. In ihrem Lächeln lag Traurigkeit. Es war nicht fröhlich, sondern eher verlegen, anscheinend war sie mit dem Herzen noch dort, von wo sie gerade kam. Versuch erst mal, fröhlich zu sein, wenn dein Ehemann solch ein trauriges Geschäft hat. Pan Knoflik war jedenfalls vor Freude ganz aus dem Häuschen. Die Arbeit ging ihm doppelt so gut von der Hand, und wenn er den Katafalk lenkte, in der einen Hand die Zügel und in der andern die Peitsche, erinnerte er mich an einen ägyptischen Pharao auf dem Streitwagen. Man konnte fast glauben, dass er jeden Augenblick den Angriffsbefehl in der Entscheidungsschlacht gegen die römischen Legionäre rufen würde. Währenddessen trug ich langsamen Schrittes das Kreuz wie eine Fahne vorne weg und passte gut auf, immer vier Schritte vor den Pferden zu bleiben. Ich lernte mit der Zeit, den Abstand an ihrem Schnauben einzuschätzen. Manchmal rief Pani Wlasta Knoflikova uns etwas zu und winkte freundlich, dann ließ Pan Knoflik die Peitsche munter über die Pferderücken knallen und die Tiere schüttelten ihre schwarzen Mähnen. Ich freute mich immer, wenn ich Wlasta sah. Sie strahlte Licht und Wärme aus und hatte eine tiefe, sanfte Stimme. Wenn sie ins Geschäft kam, schien es, als wären doppelt so viele Fenster da, so klar und hell war es mit einem Mal. Wenn sie uns Kaffee brachte, ließ Boutschek den Hobel mit einem lauten Scheppern fallen, und wenn sie ihm die Kaffeetasse reichte, zitterte seine Hand, man konnte das Löffelchen klirren hören. Ich wiederum konnte mich gar nicht sattsehen an ihren feinen Fingern mit den rosigen Blütenblättern der Nägel, als seien die Blüten eben aufgeblüht. Ich wünschte mir, ihre Finger zu berühren, sie in die Hand zu nehmen und ihre Geschmeidigkeit zu spüren, sie an die Lippen zu drücken und ihren Duft einzuatmen. Manchmal glückte tatsächlich eine Berührung, wenn ich die Tasse aus ihrer Hand nahm, lief ein ungeahntes Kribbeln durch meinen Körper – wie ein leichter Stromschlag. Dabei zeigte ich keinerlei Rührung, wenigstens schien es mir so. Wlasta blickte mir bei diesen Gelegenheiten allerdings stets direkt in die Augen und ihre Mundwinkel bebten leicht – sei es von einem unterdrückten Schmunzeln oder weil sie etwas sagen wollte. Mir sagten diese bebenden Mundwinkel nichts, Pan Schtrouba dagegen schon.

„Ein Luder bleibt eben ein Luder", seufzte er über einem Bier, als wir in der Schänke saßen, die – da sie sich gegenüber dem Friedhof befand – ‚Zum Kadaver' hieß. Wir aßen Kutteln. „Ach-ach, was mir alles über die zu Ohren gekommen ist! Das kann man gar nicht erzählen. Wenn du eine brauchst, die Geld zum Fenster rauswirft, dann kommt die gerade recht ... ist in Behandlung ... ja, ja, ich kenn solche Behandlungen ... Noch zwei Halbe! ... Knoflik, das ist ein anständiger Kerl, hat ein goldenes Händchen. Nur mit seiner Frau hat er kein Glück ..."

Da kam Pan Knoflik herein, bestellte sich eine Halbe und setzte sich zu uns.

„Morgen gibt's ein Wahnsinns-Riesen-Begräbnis, der großer Dichter Bohdan-Ihor Antonytsch ist von uns gegangen. Er ist gerade mal achtundzwanzig Jahre alt geworden. Wie viel Wertvolles hätte er noch schaffen können? Aber es sollte nicht sein."

„Ich habe ein Buch von ihm", bemerkte ich. „Morgen wird's bestimmt ein ziemliches Gedrängel geben, oder?"

„Und was für eins! Wenn so einer beerdigt wird! Drei Dutzend Kränze hab ich schon in Auftrag. Es könnten noch mehr sein, aber die Ukrainer haben seit kurzem die Angewohnheit, das Geld statt für Kränze zur Unterstützung ukrainischer Zeitschriften oder für irgendwelche guten Zwecke auszugeben. Dann heißt es immer: ‚Anstelle von Kränzen oder Blumen bitten wir, das Geld für den und den guten Zweck bei der und der Bank einzuzahlen.' Ich will das ja gar nicht verurteilen, aber sagt selbst: Wie soll ich da überleben? Nicht genug damit, dass mir die Brüder Styx und Nix die Kunden wegschnappen! Und noch so eine patriotische Unart verbreitet sich gerade, nach dem Motto: ‚Gleich und gleich gesellt sich gern'. Wenn sie die Wahl haben, kaufen die Patrioten jetzt nur noch in ukrainischen Läden. Aber Särge und Katafalke sind doch was ganz anderes, oder? Wie geht das hier mit gleich und gleich? In den gleichen Sarg? Ich bin Tscheche, bring ich die Ukrainer deshalb schlechter unter die Erde? Im Krieg war ich Sani, da musste man auch Leute unter die Erde bringen. Manchmal zwanzig bis dreißig Leichen pro Tag. Der Herr Oberleutnant meinte zu mir: ‚Ach Jiří, die werden uns noch in den Träumen heimsuchen!' Aber nein, keiner ist wiedergekommen. Sie sind alle ordentlich gestorben und ich hab sie ordentlich begraben. Weshalb sollten sie dann auch wiederkommen?"

„Na ja, sag das besser nicht, es gibt komische Sachen …", seufzte Pan Schtrouba. „Im 2er Jahr wurde eine Krämerin aus Lytschakiw beerdigt. Sie war ein Mordsweib, platzte geradezu vor Kraft. Wenn ihr gesehen hättet, wie die volle Säcke durch die Luft gewirbelt und dann geschultert hat … manchmal auch ihren betrunkenen Mann aus der Schänke. Die war noch nicht alt, aber eines Abends hat sie sich hingelegt und ist am Morgen nicht mehr aufgestanden. Und ungefähr ein halbes Jahr später hat auch ihr Mann den Löffel abgegeben. Er ist im Winter vor der Schänke erfroren, weil niemand da war, der ihn nach Hause geschleppt hat. Er sollte neben ihr begraben werden, und als man das Grab geöffnet hat, was sah man da? Der Sargdeckel war aufgebrochen und sie liegt daneben, alle Nägel hat sie sich abgekaut gehabt!"

„Ach, du lieber Gott!", klagte Schankwirt Pan Salomon, der uns gerade das Bier brachte. „Vor lauter Hunger hat sie sich alle Nägel abgenagt?"

„Ach was, nicht vor Hunger! Aus Verzweiflung. Stellt euch nur vor, ihr wacht in einem Sarg auf! Über euch ein Haufen Erde! He? Wer würde da nicht durchdrehen?"

„Davon hab ich schon gehört", sagte Pan Knoflik. „Sie ist ganz blau gewesen neben dem Sarg."

„Aber sind wir mal ehrlich, es ist doch gar nicht so schlecht, dass der Mensch einmal gehen muss, nicht?“, sagte der Wirt. „Wo käme man denn hin, wenn alle bei mir auftauchen würden, die früher immer zu mir gekommen sind. Ich hätt gar nicht genug Platz. Wo sollten die alle sitzen, geschweige denn auch noch bedient werden ... Einzig vielleicht der Pan Kuternoha wäre es wert ...“

„Ja, ja“, stimmte ihm Pan Knoflik zu. „Das war ein Prachtkerl! Eins achtzig mal achtzig, wir haben ihn zu viert kaum in den Sarg gekriegt.“

„Genau“, nickte Pan Schtrouba. „Das erwartet uns alle. Vier Bretteln und ein wenig Erde ...“

„Von wegen nur vier“, winkte Pan Knoflik ab. „Sechs haben wir für den gebraucht. Echte Buche! Aber erzähl weiter ...“, nickte er dem Wirt zu.

„Pan Kuternoha konnte an einem Abend zwei Dutzend Bier trinken“, fuhr der Wirt fort, „und dazu eine ganze Gans verspeisen. Außerdem verdrückte er noch einen Teller Sauerkraut mit Speckwürfeln und zehn Knödel mit Soße.“

„Und was für eine Soße?“, wollte Pan Schtrouba wissen.

„Tomaten-Zwiebel-Sahnesoße“, erklärte der Wirt und leckte sich die Lippen.

Auch Pan Schtrouba und Pan Knoflik leckten sich genüsslich die Lippen und hoben wie im Chor an: „Und könnten Sie uns nicht auch ...“

„Aber natürlich kann ich“, antwortete Pan Salomon. „Das nenn ich Kundschaft mit Geschmack! Kommt gleich!“

Während der Wirt die Knödel zubereitete, betrachtete ich seine hübsche Tochter hinter der Schank und erinnerte mich daran, dass Jas, Joschi, Wolf und ich vor nicht allzu langer Zeit jede Menge Süßholz für sie geraspelt hatten. Der Herr Papa war darüber ziemlich grantig geworden, hatte Rebekka verboten uns zu bedienen und sie nach hinten zum Gläserabwasch geschickt. Unsere Wut sollte der Wirt zu spüren bekommen. Da uns aber nichts Gescheites eingefallen war, rief ich ihn an.

„Pan Salomon, ich möchte mich erkundigen, wie lang Ihr Telefonkabel ist."

„Ziemlich lang."

„Aha, aber wie lang genau, wie viele Meter? Wir brauchen das für die Statistik."

„So ungefähr drei Meter."

„Dann hängen Sie sich dran auf!"

Ein anderes Mal telefonierte Wolf und erkundigte sich, ob Pan Salomon warmes Wasser habe.

„Ich geh gleich kontrollieren", entgegnete der Wirt. Einen Moment später war er zurück und teilte mit, dass es warmes Wasser gebe.

„Nun, dann waschen Sie sich die Füße und gehen Sie schlafen."

So zogen wir ihn ungefähr eine Woche lang auf, bis es uns anödete. Das Interesse an Rebekka blieb freilich bestehen. Pan Salomon hatte nicht die geringste Ahnung, wer sich solche Späßchen erlaubte, dafür hatte es seine Tochter erraten und blickte mich verstohlen an, als erwarte sie jeden Augenblick den nächsten Streich. Als dann die Knödel mit Soße kamen und wir ihren herrlich berauschenden Duft einatmeten, leerten wir unsere Bierkrüge und machten uns übers Essen her. Pan Salomon blieb neben uns stehen wie ein Berg, die Arme über dem Bauch verschränkt, und nickte zufrieden. Er freute sich, wie gut es uns mundete. Wir nickten ihm zu und signalisierten ihm mit erhobenen Daumen, was das für ein Gaumenschmaus sei.

Pan Schtrouba grinste zufrieden und meinte schmatzend: „Wie schön ist es doch, dann und wann im Wirtshaus zu sitzen, Bier zu trinken oder auch Obstler, dazu Schmalz, Grieben, Knödel, und an nichts und wieder nichts zu denken. Besonders nicht daran, wie oft wir wohl noch so beisammen sein können."

„Wissen Sie was“, meinte Pan Salomon und hob die Augen zur Decke, „falls Sie noch lange leben, dann nicht so oft, falls aber kürzer, dann oft.“

Leider kamen wir nicht mehr dazu, die ganze Tiefe dieser Worte von Pan Salomon zu ergründen und unsere Knödel aufzuessen. Plötzlich flog die Tür zur Schänke auf und der Stallbursche kam hereingestürzt. Seine Lippen blubberten wie bei einem Fisch, er atmete zwei Worte aus, die man von seinen Lippen ablesen konnte: Pani Wlasta.

Pan Knoflik fuhr hoch und rief: „Was? Was ist passiert?“, doch der Stallbursche winkte ab und wir rannten alle zum Bestattungsunternehmen. Pan Knoflik rannte so schnell, dass Pan Schtrouba und ich ihm kaum hinterherkamen. Bereits von weitem war ein Menschenauflauf zu sehen. Als die Leute uns Platz machten und wir hineinstürzten, sahen wir es: Wlasta hing an einem Strick, der um einen Balken geknotet war. Auf dem Tisch lagen Papiere. Später erfuhr ich, dass dies ein Schreiben aus dem Krankenhaus gewesen war, in dem man sie behandelt hatte, Diagnose: Lungenkrebs. Ich sah, wie Pan Schtrouba sich Tränen aus den Augen rieb und schniefte, er schämte sich sehr für das, was er vermutet hatte.

Pan Knoflik raufte sich die Haare und brüllte: „Ich bring euch noch alle unter die Erde! Euch alle!“

Durch Wlastas Tod wäre das Geschäft fast vor die Hunde gegangen. Pan Knoflik, der tausend Tote gesehen, tausend Menschen beerdigt hatte und über den Tod sprechen konnte wie über die normalste Sache der Welt – wie über das Wetter oder Pferderennen –, konnte den Tod seiner geliebten Frau nicht verwinden. Er trank von früh bis spät, Boutschek und ich wussten uns keinen Rat mehr.

Doch als ein Monat vergangen war, kam Pan Knoflik wieder zu sich und begann zu arbeiten. Seinen Humor hatte er verloren, ebenso wie sein elegantes Auftreten; er rasierte sich nicht mehr jeden Tag, verstrubbelte und verwahrloste etwas, wurde schweigsam und verschlossen. Dazu bekam er aus heiterem Himmel cholerische Anfälle, schäumte vor Wut, machte einem die Hölle heiß und ließ die übelsten Beschimpfungen auf einen niederprasseln. Dem tauben Boutschek war das gleich, er nickte nur, mir aber wurde es zu viel. Ich ging schließlich, obwohl ich die Arbeit liebgewonnen hatte.

10

Während Jarosch das Manuskript las, beschlich ihn ein seltsames Gefühl. In seinen Gedanken formten sich klar und deutlich Bilder, die offenkundig Visualisierungen des Gelesenen waren, und die Familie Barbaryk wurde ihm immer vertrauter. Diese andere Welt verwirrte ihn – zusammen mit ihren Bewohnern spurlos verschwunden, wie Atlantis in die Tiefe der Zeit versunken. Als diese Welt wieder auftauchte, hatte sie ein anderes Aussehen, hatte Farben, Gerüche und Geräusche eingebüßt, die einst dort herrschten. Nichts und niemand konnte sie wieder heraufbeschwören, so sehr man sich auch anstrengen mochte. Phantasmagorien begannen ihn zu verfolgen; zuweilen vernahm er Rufe, die durch ihn fuhren wie Wind durch Laub – wem galten sie? Aus der Tiefe der Nacht riefen die Stimmen jemanden beim Namen. Doch welcher Name war es, wenn nicht seiner? Weit in der Ferne wurde vor der strahlenden Scheibe des Mondes die einsame Gestalt einer Frau sichtbar, die sich langsam auf ihn zubewegte, das Rascheln ihres Seidenkleids klang an sein Ohr. Die geheimnisvollen Stimmen flüsterten ihm ihren Namen zu. Er erklang in ihm, im Laub, in den Wiesen, im Sand, ihr Name – feucht und warm, er zerfloss wie Milch in den Mündern des Grases, knirschte zwischen den Zähnen des Sandes, schmolz in der Wärme der Nacht. Die schwarzen Schmetterlinge der Dämmerung flatterten nervös umher und schwarze Blütenpollen rieselten auf ihre Spuren – doch wenn sie so nah herangekommen war, dass man sie zu erkennen meinte, löste sich ihr Körper im Zwielicht auf.

Abends las er in dem Manuskript und stand den ganzen folgenden Tag unter dem Einfluss des Gelesenen. Lwiw erstand vor ihm in einem völlig neuen Licht, geheimnisvoll und märchenhaft. Wenn er nun durch die Straßen schlenderte, von denen im Manuskript die Rede war, blieb er stehen und schaute aufmerksam umher. Zuweilen drang der Klang des Lemberger Dialekts an sein Ohr, dann machte er augenblicklich Halt und sein Blick forschte nach dem Sprecher. Doch meist waren es nur einige Wörter oder eine einzige Wendung gewesen, die im Gesprächsfluss aufgetaucht war. Dann ging er enttäuscht weiter, erneut mit umherschweifendem Blick.

Mit besonderem Vergnügen bog er in Gässchen ein, die er früher übersehen hatte. Nun betrachtete er die Gebäude, besichtigte jeden Innenhof, sah zu den Fenstern und Blumenkästen auf den Fensterbänken hinauf und bemühte sich, nicht die kleinste Spur des alten Lwiw zu übersehen, dieser verschwundenen Welt, die nicht mehr wiederkehrte, da auch seine Bewohner nicht wiederkehrten. Lwiw ist mein Arkanien, kam es ihm in den Sinn. Nur Steine sind geblieben, alles andere, Menschen, Sprache und Kultur, ist verschwunden. Nicht mehr als ein Traum.

Eines Tages entschloss er sich, zur Kortum-Anhöhe zu wandern, wo sich die vier Freunde so gern aufgehalten hatten. Er befand sich bereits auf der Horodetzka-Straße, als er fast gegen Danka gerannt wäre. Beinahe stießen sie mit den Köpfen zusammen, da sie offensichtlich beide tief in Gedanken versunken waren. Sie freuten sich riesig über die Begegnung, obwohl sie es zu verbergen suchten, und verhedderten sich in Phrasen, redeten Nichtigkeiten, um das zufällige Treffen zu verlängern, denn es drohte der Moment zu kommen, in dem es mit der üblichen Wendung „Ich muss weiter, ciao" beendet wurde. Aber dieser Moment zögerte sich hinaus, immer weiter, bis Jarosch schließlich all seinen Mut zusammennahm.

„Vielen Dank für die Vermittlung des Kontakts zu Pan Josip. Ich habe von ihm ein äußerst aufschlussreiches Manuskript über das alte Lwiw erhalten. Nun kann ich der

Versuchung nicht widerstehen, all die interessanten Orte zu besuchen, von denen ich gelesen habe. Gerade bin ich unterwegs zur Kortum-Anhöhe. Stellen Sie sich vor, ich als alter Lemberger bin noch nie dort gewesen."

„Ich auch nicht", sagte sie in all ihrer Naivität und Direktheit, ohne die üblichen Sprüchlein junger Damen für solche Gelegenheiten anzubringen, die Gleichgültigkeit und Unabhängigkeit von allem und jedem demonstrieren sollen. Dies eröffnete ihm die wunderbare Möglichkeit, sie einzuladen, mit ihm zu kommen. Anstelle dieses einfachen und schlichten Fingerzeigs hätte sie auch „Ach, wirklich?" sagen können. Nur hätte dann die Gefahr bestanden, dass der Gesprächsfaden abriss, und sie spürte, dass sie genau das nicht wollte. Im Gegenteil, sie wollte mit ihm auf die Kortum-Anhöhe wandern, war kurz davor, ihm selbst zu sagen: „Ich würde gerne mit Ihnen kommen."

Doch Jarosch ersparte ihr diese Peinlichkeit und kam ihr zuvor: „Na wunderbar! Dann können wir doch gemeinsam gehen. Dort soll es traumhafte Plätze geben. Wir könnten ein Picknick machen. Genau wie die Helden jener Geschichte."

Sie atmete erleichtert auf, nickte. Ihre Wangen hatten sich leicht gerötet. Sie gingen zur Klepariwska Straße, von da weiter zum Krakauer Markt, wo es ein italienisches Lebensmittelgeschäft gab, in dem Jarosch schon öfter eingekauft hatte. Er erstand zwei Flaschen sizilianischen Wein, ein Stück Parmaschinken, Gorgonzola und eine Dose grüne Oliven. Bei der Kirche der Heiligen Anna stiegen sie in die Tram und fuhren bis zum Janowska-Friedhof. Als sie sich dann auf der Kortum-Anhöhe befanden, erblickten sie einen verwilderten Fleck, der mit Büschen bewachsen war. Vor nicht allzu langer Zeit waren die primitiven Datschen hier noch bewohnt gewesen. Ihre Wände waren übersät mit Ritzen und Spalten, und wenn der Wind zwischen ihnen hindurchpfiff, ächzten und stöhnten sie. Es standen auch einige verwilderte Apfel-, Birnen-, Zwetschgen- und Kirschbäume umher, die mit Baumpilzen übersät und von Misteln befallen waren. Um die Baumstämme schlängelte sich wie ein Oktopus wilder Wein mit kleinen, schwarzen Trauben, die kurz davor waren, verschrumpelt abzufallen. Rundum bot sich ein Bild ungehemmter Vergänglichkeit, die etwas Besonderes ausstrahlte. Der Herbst mühte sich, sie zu verschönern und den Anblick der vertrockneten, sterbenden Bäume in bunte Bilder zu verwandeln, die die Blicke auf sich zogen und bannten. Danka und Jarosch stolperten durch das Gestrüpp, rutschten auf verfaulten Äpfeln oder Birnen aus – doch es machte ihnen nichts. Sie spähten in alle Richtungen und zeigten einander irgendwelche Kuriositäten. Man spürte, dass beide von den wildwüchsigen Darbietungen, die der Herbst vor ihnen ausbreitete, begeistert waren. Es war warm, aus der Ferne wehte der Geruch von Bratkartoffeln herüber, der Jarosch mit seinen blau-grauen Wölkchen immer an seine Kindheit erinnerte und die Melancholie längst vergangener Tage heraufbeschwor. Schließlich ließen sie sich auf dem Steinfundament einer zerfallenen Datsche nieder und packten ihr Picknick aus.

„Mann, ich hätte nie gedacht, dass man in Lwiw noch so abgefahrene Natur findet."

„Ich auch nicht. Hier befand sich übrigens ein KZ. Das berühmt-berüchtigte Janowska-Lager."

„Wirklich? Warum haben Sie mir das nicht gleich gesagt? Dann wurde der Todestango hier gespielt ..." Danka blickte sich um. „Offen gestanden habe ich gleich so eine Beklemmung verspürt ... so einen Eindruck, dass ..."

Als sie nachdenklich verstummte, fragte Jarosch: „Was?"

„Nein, eigentlich ..." Sie schüttelte die Gedanken ab wie Regentropfen. „Seltsam. Hier hat das alles stattgefunden, und die Leute haben dann Kartoffeln, Tomaten, Gurken gepflanzt, geerntet, gegessen ... und die Toten waren ihr Dünger?“

„Übertreiben Sie nicht ... die hatten keinen blassen Schimmer von dem KZ. Da vorne, ein Stück weiter, wo der Abhang beginnt, war das Tal des Todes. Dort fanden die Erschießungen statt. Als man nach dem Krieg die Wälle abtrug, unter denen man die Häftlinge vergraben hatte, kam nur noch Staub zum Vorschein. Das war saubere Arbeit. Und als man dann Parzellen für Gemüse- und Obstgärten an die Fabrikarbeiter verteilte, machte man auch vor dieser Wildnis nicht Halt. Die Wälle mit der Asche wurden eingeebnet und untergepflügt, dann parzelliert und verteilt. Die Datschenbewohner hier waren in der Regel keine Einheimischen, sondern Bürokraten, Militärs, Veteranen ... Fast alle Datschler redeten und reden hier Russisch. Auch deshalb, weil die einheimischen Galizier ihre Verwandtschaft auf den Dörfern haben, die brauchen keine Datschen. Also, Lwiw trägt dafür keine Verantwortung. Wir waren Bestandteil einer Kolonie. Die Kolonialherren entschieden alles. An Regentagen flossen Rinnsale aus dem Tal des Todes, sie waren aschgrau. Danach wurde das Tal des Todes mit Garagen vollgepflastert. Bagger, die den Grund für den Garagenbau vorbereiteten, schaufelten manchmal Knochen aus, aber darauf gab keiner was.“

„Das bedeutet, es liegen keine Toten unter uns, wo wir jetzt stehen?“, fragte sie mit einer Stimme, als erkundige sie sich beim Arzt, ob die Untersuchung ein Magengeschwür gezeigt habe.

„Aber nein“, beruhigte Jarosch sie, „hier standen nur die Holzbaracken.“

„Na gut“, atmete Danka erleichtert auf, „dann können wir hier auch einen trinken.“

Jarosch schenkte Wein ein, schnitt Käse auf und öffnete die Dose mit den Oliven. Im Gras raschelte etwas, sie sahen eine Feldmaus, die die Käsekrümel einsammelte.

Sie blickten sich mit verschwörerischen Mienen an und kamen wortlos überein, das Mäuschen nicht zu stören. In dieser Stille sprang der Funke zwischen ihnen über. Aber sie taten so, als habe es ihn nicht gegeben, und hielten weiterhin eine gewisse Distanz.

„Wissen Sie, wer mich eigentlich angeregt hat, tote Sprachen und Literaturen zu studieren? Borges!"

„Tatsächlich?" Danka öffnete den Mund, klimperte exaltiert mit den Wimpern und klatschte in die Hände. „Borges? Fantastisch!"

„Was ist daran so komisch?", fragte Jarosch irritiert. „Borges macht so viele Anspielungen auf dieses Thema, dass ..."

„Ja, ja, ich weiß schon, das meine ich nicht ... nur, dass ... ich auch! Verstehen Sie? Ich auch!"

„Wie? Sie hat auch Borges angestiftet?"

„Genau!" Sie strahlte über diese Entdeckung und hätte den Professor am liebsten umarmt, um mit ihm im Duett den magischen Namen „Borges" anzustimmen.

„Darauf müssen wir trinken! Ich habe alles von ihm gelesen, was mir zugänglich war. Einige Erzählungen und Essays gleich mehrfach, ich lese sie immer wieder."

Jarosch goss Wein ein und merkte, dass seine Hände leicht zitterten. Etwas schlich sich in sein Bewusstsein, etwas noch Unbestimmtes, doch Hoffnungsvolles. Er war glücklich über das, was gerade geschah. Der Funken nistete sich in ihnen ein und begann, zu einem Feuer zu werden.

„Anfangs habe ich Borges auf Polnisch und Tschechisch gelesen ... später in russischen und ukrainischen Übersetzungen. Ich habe ihn richtig studiert und mich dann sehr gefreut, als ich die Gelegenheit bekam, Buenos Aires zu besuchen. Es gab dort eine wissenschaftliche Konferenz über alte Literaturen. Ich bin dann in den Konferenzpausen auf den Spuren von Borges durch die Stadt geschlendert.“ Er nahm wahr, wie Danka ihn mit ihren Blicken geradezu verschlang, und fuhr fort.

„Buenos Aires wurde offensichtlich wie ein Schachbrett angelegt, doch im Laufe der Zeit begannen die Seitenstraßen ihr eigenes Leben, erzeugten Durcheinander, verknüpften sich zu einem klug gesponnenen Netz oder endeten irgendwo als Sackgassen. Diese Sackgassen wurden bald zu einem echten Fluch für Fremde, die alleine herumgestrichen sind. Genau der traf mich auch, als ich auf eigene Faust versuchte, mit einem Stadtplan das Haus Nummer 994 in De Maipú zu finden, in dem Borges über vierzig Jahre in einem Zimmer gleich einer Mönchszelle gelebt hatte ...“

„... die vom Schlafzimmer seiner Mutter nur durch einen Holzverschlag getrennt war“, flocht Danka hier ein, um ihre Kenntnis der Biographie Borges’ zu demonstrieren. „In diese Klause hat kaum mehr als das Bett und der Schreibtisch gepasst.“

„Ja, genau, aber der Raum ist nicht erhalten geblieben. Dafür die Bibliothek gegenüber, wo Borges allmorgendlich hingegangen ist, um seine Werke zu diktieren, nachdem er blind geworden war. Es gibt natürlich auch noch die Nationalbibliothek in der Mexiko-Straße, wo er als bescheidener Bibliothekar arbeitete ...“

„... so bescheiden“, griff Danka wiederum den Satz auf, „dass die Bibliotheksangestellten nicht einmal auf die Idee kamen, dass er jener bekannte Borges sein könnte, dessen Bücher sie an die Leser verliehen ...“

„‚Oh Straßen von Buenos Aires‘“, begann Jarosch zu deklamieren, „‚die ihr nach feinen, süßen Erinnerungen duftet, ihr Straßen, in denen die Erinnerung an die Zukunft namens Hoffnung umhergeistert, ihr unzertrennlichen und unzerstörbaren Straßen meiner Liebe. Straßen, die ohne überzählige Worte unsere tiefe Trauer aufnehmen. Straßen und Häuser meiner Stadt, ihre laue Sanftmut und Herzlichkeit möge mich nie verlassen.‘ Doch die unerbittliche Zeit schreitet fort und wandelt und krempelte alles um, wohin das Genie auch seinen Fuß gesetzt hatte. In der Tucumán-Straße 840, wo Borges geboren worden ist, befindet sich nun ein ‚Literarisches Café‘ mit den Büchern des Schriftstellers. Das einzig Originale dort ist die Pforte, die in den Innenhof führt, und natürlich der Innenhof selbst mit Tischen und Sonnenschirmen. Doch die Straße selbst rutscht Jahr für Jahr langsam, aber sicher in Richtung Fluss ab, und wer weiß, wie viele Jahre noch vergehen werden – vielleicht hundert, vielleicht auch zweihundert –, bis sie zusammen mit dem ‚Literarischen Café‘ im Fluss endet. Im Café an der Straßenecke, Chile y Tacuari, schrieb Borges einem gewissen Fräulein Liebesbriefe, das aber sein Werben und seine Heiratsanträge unerbittlich abschmetterte. Da half nicht einmal, dass er ihr sein Buch ‚Das Aleph‘ widmete.“

„Ja, Cecilia Ingenieros ... Tochter des Philosophen und Publizisten José Ingenieros“, ergänzte Danka.

„Sie hat auch selbst geschrieben, aber in die Literaturgeschichte ist sie freilich nur eingegangen, weil Borges in sie verliebt war. Genau wie Likera, in die Schewtschenko* verliebt war. Es gibt nur wenige Frauen, die bereit sind, für einen Künstler oder Gelehrten alles zu opfern ... und wenn, dann sind es meist nicht jene Frauen, für die ein großer Mann zu einer Wahnsinnstat bereit wäre, zu einer Eruption der Leidenschaft. Es sind nicht die, die er erobert und für die er seine Eigenliebe zügelt, sondern meist etwas bescheidenere Frauen, die man ohne extremen Überschwang der Gefühle wie die Mutter oder Schwester liebt. So wie Wynnytschenko seine Rosalia.“

„Sie meinen jetzt Frauen, die die Begeisterung und das Schaffen ihres Mannes nicht teilen können, da sie selbst Künstlerinnen oder Wissenschaftlerinnen sind?“

„Richtig. Frauen mit den gleichen Neigungen und Talenten wie die Männer können das nicht einfach alles aufgeben. Mann und Frau ergänzen sich dann eher."

„Aber was war dann? Wenn ich mich recht erinnere, fand Borges schließlich sein Opfer ...", sagte Danka und blickte in die Ferne, wo sich das Panorama der Stadt entfaltete. Aus ihrem Ton meinte Jarosch Trauer zu hören, aber vielleicht schien es ihm auch nur so.

„Er hat eines gefunden. Eine junge Japanerin begleitete ihn auf seine alten Tage. Er erschien überall nur noch mit ihr. Aber ob es zwischen ihnen Leidenschaft gab, weiß ich nicht."

„Würden Sie wollen, dass sich Ihnen jemand opfert?"

„Im idealen Fall möchte man etwas anderes ... jedenfalls kein Opfer ..."

„Und wenn es diesen Idealfall nicht gibt? Was dann? Doch ein Opfer?"

Sie schaute ihm direkt in die Augen, in ihren Mundwinkeln lag ein Schmunzeln.

Jarosch zuckte mit den Schultern und sagte: „Dann ein Opfer. Obwohl, auch dabei kann man sich irren. Ich zumindest habe das schon durch."

Mama ließ mich nicht in Ruhe und schleppte mich zu Pan Zapsky, dem Direktor des berühmten Ossolineums. Für dessen Mutter hatte die Babzja einen fantastischen Klagegesang intoniert, ganz im antiken Stil Homers. Pan Zapsky war entzückt, meine Mama in ihrem hellgrünen, knielangen Kleid zu sehen. Auf dem Kopf trug sie ein schwarzes Barett, das neckisch ihr linkes Auge verdeckte. Er pries ihre literarische Begabung und überschüttete sie derart mit Komplimenten, dass ich schon überlegte, ob vielleicht doch eher seine Frau als seine Mutter verstorben war und er nun als Witwer meiner Mutter den Hof machte. Als er dann auch anfing, ihr die Hand zu küssen, begann ich zu hüsteln. Nicht etwa, weil ich etwas dagegen gehabt hätte – sollte er sie ruhig noch woanders anschlabbern –, aber bitte nicht, wenn ich dabei war. Ich war ein wohlerzogener Junge ohne perverse Fantasien und ohne Ödipuskomplex ...

Meine tiefschürfenden Überlegungen wurden von Pan Zapsky unterbrochen: „Aha, und das ist Ihr Bub!"

Was heißt hier Bub? Was soll das? Ich bin schließlich schon neunzehn, wollte ich loslegen und dem Pan Direktor erklären, dass ich kein Bub war, sondern ein Philosoph, der die Welt um sich herum mit Adleraugen beobachte: Das Erste, was mir hier aufgefallen war, war die ideale Ordnung auf dem Schreibtisch des Pan Direktor, auf dem die Aktenordner akkurat aufeinandergestapelt lagen und die gut gespitzten, verschiedenfarbigen Stifte aufgeräumt in einem länglichen Holzbehältnis steckten. Als meine Mama dann, während sie über meine verborgenen Fähigkeiten schwadronierte, einen blauen Stift herausfischte, ihn zwischen den Fingern hin und her rollte und schließlich auf den Tisch legte, griff der Direktor augenblicklich danach und steckte ihn wieder genau zwischen den roten und grünen Stift in den Becher, wo er aufrecht wie eine Latte in einem Zaun seinen angestammten Platz hatte. Die Schlussfolgerung, die sich aus solchem Verhalten ziehen ließ, war unerfreulich. Pan Direktor Zapsky war ein krankhaft pedantischer Pinkel, kleinkariert und spießig. Falls er eine Ehefrau hatte, heulte die sicher nächtens den Mond an oder fegte im Garten der Kulparkiwsker Irrenanstalt das Laub zusammen. Mein erster Impuls war deshalb, Mama an der Hand zu packen und sich mit dem Ruf „Rette sich, wer kann!“ auf und davon zu machen.

Doch Pan Zapsky erhob sich plötzlich und rieb sich die Hände wie ein Metzger, dem ein nettes Tête-à-Tête mit einem gut genährten Ferkel bevorsteht. Er trat auf mich zu und reckte seinen mit gut zweiunddreißig Haaren bestückten Schädel nach oben. Da er ein Zwerg war, lächelte er mich ungefähr auf der Höhe meines Brustkorbs an und brummelte: „Sehr angenehm. Ich habe die Ehre, Sie als Mitarbeiter unserer wunderbaren Institution zu begrüßen.“ Damit nahm er meinen Arm und führte mich herum, um mir meinen neuen Arbeitsplatz zu zeigen. Mama trabte hinter uns her und konnte sich gar nicht genug darüber freuen, mit welchem Respekt der Pan Direktor ihren Buben behandelte.

„Haben Sie zu Beginn etwas Geduld mit ihm und bürden Sie ihm nicht zu viel auf“, plapperte sie und rieb sich dabei mit einem Taschentuch die Tränen aus den Augen. „Er ist solch ein Träumer mit einem philosophisch komplizierten Verstand. Das liegt bei uns in der Familie, schon sein Vater ist für eine bessere Zukunft gestorben. Er ist ein armes Halbwaisenkind. Und überall, wo er gearbeitet hat, lobt man ihn über den grünen Klee.“

Zum Glück erwähnte sie nicht, wo man mich so lobte, und ich pfiff ziemlich deutlich in ihre Richtung, damit sie aufhörte. Das Magazin schien mir wie ein Labyrinth mit riesenhaften Bücherregalen, zwischen denen man sich bei Belieben verirren konnte. Das sagte mir sofort zu, da ich von Zeit zu Zeit das Bedürfnis nach Einsamkeit hatte, um in irgendeinem stillen Winkel meinen Gedanken und wilden Fantasien nachzuhängen.

Der Pan Direktor brachte mich schließlich zu einer verschrumpelten Alten und sagte: „Dies, Pani Konopelka, ist Ihr neuer Mitarbeiter, sozusagen der Bibliothekar Orest Barbaryk. Er hat eine goldige Mama, eine goldige Babzja und ein goldenes Herz. Seine Mutter steht hier neben mir." Dann wandte er sich an uns: „Pani Konopelka ist unsere Oberbibliothekarin, vor kurzem hat sie ihren hundertsten Geburtstag gefeiert. Doch sie erfreut sich noch guter Gesundheit und ist bei Verstand. Wir würden sie auch nur äußerst ungern in den Ruhestand versetzen, denn sie hat den kompletten Bibliothekskatalog im Kopf. Der Kopf von Pani Konopelka ist sozusagen ein nationales Kulturerbe."

Währenddessen wackelte der Kopf von Pani Konopelka wie Wackelpudding, und ich hatte Schwierigkeiten mir vorzustellen, in welcher Ordnung sich dieser Gesamtkatalog befinden sollte, wenn er so durchgeschüttelt wurde. In diesem Moment öffnete sich die Türe. Der plötzliche Durchzug hob die vertrocknete Hülle Pani Konopelkas in die Höhe und schaukelte sie ein Weilchen sanft in der Luft, bis sie wieder weich in ihrem Sessel landete. Während der ganzen Zeit hatte sie die Mappe mit Unterlagen nicht losgelassen und ebenso wenig aufgehört, mit ihren spindeldürren Fingern die Seiten umzublättern.

„Ungeachtet ihres ehrwürdigen Alters", fuhr der Pan Direktor fort, „verfügt Pani Konopelka über Adleraugen. Wenn sie auf die Balustrade hinausgeht, sieht sie, wie die Leute auf dem Hohen Schloss ihren Kaffee auf der Terrasse trinken oder dass auf der Lytschakiw-Straße eine Tram entgleist ist. Zweifellos wird Pani Barbaryk sie mit ihrer großen Dichtbegabung würdigen. Außerdem war

Pani Konopelka persönlich mit Kaiser Franz Joseph II. bekannt und wiegte die Kronprinzen Wilhelm und Rudolf auf dem Arm, sang ihnen gar Wiegenlieder. Adam Mickiewicz hat um ihre Hand angehalten – und als sie ablehnte, ist er gestorben. Und Cyprian-Kamil Norwid*? Auf Knien hat er sie um einen Kuss angefleht!“

„Ja, ja, der Cyprian, das war ein Schelm ...“, nickte Pani Konopelka, ohne den Blick von den Papieren zu heben.

„Und Teofil Lenartowicz*?“, stichelte der Direktor und zwinkerte meiner Mutter zu.

„Ach, Teo! Ich nannte ihn Filius. Er ist durchs Fenster zu mir eingestiegen und wär dabei fast abgestürzt.“

„Und was ist mit Kornel Ujejski*?“, zählte der Direktor weiter auf und stieß meine Mutter mit dem Ellenbogen an.

„Nelko? Dem hab ich gleich die Tür gewiesen. Dürr wie ein Bohnenstange war der!“

„Aber was war mit Adam Asnyk*, mit dem Sie zusammen zur Schule gegangen sind? Maria Konopnicka* hat ihr wegen Asnyk sogar eine Ohrfeige verpasst. Stimmt’s, Pani Konopelka?“ Der Direktor brachte vor Lachen kein Wort mehr heraus.

Mama hörte mit offenem Mund zu, staunte und wusste nicht, ob sie dem Direktor glauben sollte.

„Ah, die Marischka“, nickte Pani Konopelka nun, unentwegt in ihre Papiere sehend, „das war ein ziemliches Miststück! Wegen Asnyk hat sie mich geradezu verfolgt, doch ich habe darüber nur gelacht. Alle hielten mich für eine femme fatale, aber keiner kannte mein größtes Geheimnis.“

„Und was für eins?“, wollte der Direktor wissen. „Bisher dachte ich immer, Ihr größtes Geheimnis sei, dass Jurij Fedkowytsch*, als er aus Ihrem Schlafzimmerfenster sprang, beinahe auf Mychajlo Drahomanow* gefallen wäre, der nur nach Lemberg gekommen war, um Sie zu sehen. Drahomanow forderte dann Fedkowytsch zum Duell und schoss ihm durch das Ohr. Währenddessen saßen Sie freilich bereits im Zug Richtung Opatia – in Begleitung des Grafen Michal Tyszkiewicz."

„Tja-a", lächelte Pani Konopelka geheimnisvoll. „Ich war eben jung und abenteuerlustig. Doch mein größtes Geheimnis kennt keiner."

Der Direktor seufzte demonstrativ, nahm meine Mutter am Arm und meinte zufrieden: „Nun, dann wollen wir nicht weiter stören. Gehen wir, Pani Barbaryk. Und Sie, Pani Konopelka, nehmen sich ihres Sohns Orest an und führen ihn in seine Aufgaben ein."

Als ihre Schritte hinter der Tür verklungen waren, hob die Alte den Kopf, blickte sich um und fragte mich mit Verschwörermiene: „Wer war denn das?"

„Der Direktor und meine Mutter."

„Ach wirklich? Der Direktor? Ich hab gedacht, der ist schon lange tot." Danach schaute sie mich aufmerksam an und fügte hinzu: „Hier geschehen manchmal die merkwürdigsten Dinge. Es tauchen irgendwelche Leute auf, die dann wieder verschwinden, und es kommen neue. Nur damit Sie's wissen", sie ging in ein Flüstern über, „aus diesen Bücherschluchten sind schon einige nicht wiedergekehrt, deshalb müssen Sie sich unbedingt an die Wegweiser halten. Bloß nicht vom Weg abweichen, sonst könnten Sie sich dorthin verirren, von wo es kein Zurück mehr gibt. Irgendwo dort", sie zeigte unbestimmt in Richtung der Büchermagazine, „ist auch mein Mann verschwunden, oder besser gesagt: mein Verlobter. Wie der Schnee verschwand er zu Ostern. Doch ich warte auf ihn, noch immer, deshalb kann ich nicht sterben. Wenn Sie dort auf ihn stoßen, bringen Sie ihn unbedingt mit, denn allein schafft er es wahrscheinlich nicht mehr, alt, halb blind und dazu noch taub, wie er ist. Sie fragen sich bestimmt, warum ich ihn dann überhaupt noch haben will? Doch genau das ist mein großes Geheimnis, das ist mein Schicksal: Ich habe meine Jungfräulichkeit für ihn bewahrt. Natürlich ist es fraglich, ob er überhaupt noch imstande ist, mich zu entjungfern, aber das steht auf einem anderen Blatt, jedenfalls kann er sich überzeugen, dass ich mich für ihn aufbewahrt habe. Und das ist mir die größte Wonne. Danach werde ich endlich meinen Kopf ausmisten, der über und über mit Papieren vollgestopft ist, ihn ordentlich durchlüften und sterben. Doch nicht so wie die meisten Menschen im Bett oder Spital, ich werde in den langen Korridoren zwischen den Büchern dahingehen, im fernsten Winkel verschwinden und dort zwischen den Regalen erstarren. Wenn man mich dann in hundert oder zweihundert Jahren findet, werde ich bereits so eingetrocknet sein, dass man mich für ein uraltes Manuskript hält, mir eine Signatur gibt und mich ins Regal stellt. Das wird der Gipfel meiner Glückseligkeit sein, verstehen Sie?"

„Hmm, und wie sind dann all Ihre Liebesabenteuer zu verstehen?", fragte ich schüchtern.

Die Alte entgegnete erstaunlich ruhig: „Nun, junger Mann, wissen Sie, wie viele Eingänge eine Frau hat?"

Ich nickte, obwohl ich mir nicht ganz sicher war.

Sie fuhr fort: „Nun, dann ist doch alles klar. Und nur den einen hab ich mir bewahrt, meine kostbarste Perle."

Mir kam in den Sinn, dass ich schon neunzehn war und wusste, wie diese kostbare Perle aussieht, mehr aber auch nicht.

Alle Bibliotheksangestellten bekamen einen Plan, mit dem man sich zwischen den Bücherwänden zu bewegen hatte und auf dem besonders gefährliche Stellen mit roten Kreuzen markiert waren. Pani Konopelka erzählte mir sogar von einem Bibliotheksgeist, der des Nachts umgehe und tagsüber allerhand Unfug anstelle, wobei er ihr nicht nur einmal den Rock runtergezogen habe. Deshalb trage sie auch enge, lange, bis zum Boden reichende Röcke.

Jeden Morgen erhielt ich in unserem Büro von Pani Konopelka die Aufgabe, bestimmte vermisste Bücher zu finden, an deren Platz sich ein anderes Buch mit derselben Signatur eingenistet hatte. Für solche Expeditionen bekam ich den ganzen Tag Zeit, denn es waren mehrere Regale abzusuchen, man musste auf Leitern klettern und Staub schlucken. Wenn das Buch aufgespürt worden war, musste es eine neue Signatur bekommen und für den allgemeinen Katalog musste eine Karteikarte mit kalligraphisch feiner Schrift ausgefüllt werden. Einmal bemerkte ich hinter einem Regal tatsächlich eine Gestalt, die sich allerdings aus dem Staub machte, als sie mich sah. Ich traute mich nicht, sie zu verfolgen, nahm aber seitdem immer einen Stock auf die Büchersuche mit, denn man konnte ja nicht sicher sein: War es nun das Gespenst oder der Verlobte von Pani Konopelka?

Der Direktor schaute nur selten vorbei. Pani Konopelka reagierte darauf stets gleich: „Haben Sie ihn gesehen? Ja, wirklich gesehen?“ Dann nickte sie erfreut. „Gott sei Dank bin ich noch bei Verstand. Der ist schon lange tot. Es ist ein Geist.“

„Wer? Unser Direktor?“

„Ja ... schon seit des Kaisers Zeiten. Ich habe ihm einen Strauß Primeln aufs Grab gelegt. Er hat schon lange nicht mehr gespukt, vor kurzem hat er aber wieder angefangen. Das hat uns gerade noch gefehlt! Sie haben ihn also gesehen. Auch gut. Ich würde Ihnen empfehlen, also so ganz unter uns, ich würde empfehlen, dass Sie sich nicht anmerken lassen, dass er ein Toter ist, unterhalten Sie sich einfach mit ihm wie mit einem Lebendigen. Verstanden? Ich handhabe das schon jahrelang so und wie Sie sehen, hat er mir noch kein Haar gekrümmt. Einmal war es heikel, da fegte plötzlich ein Durchzug ein Blatt Papier von meinem Schreibtisch und flog in Richtung des Direktors – und dann einfach durch ihn hindurch. Er tat so, als sei nichts gewesen, und ich tat so, als habe ich nichts bemerkt. Seitdem überhäuft er mich nicht mehr so mit Arbeit. Sollte mein Verlobter gestorben sein, ist der Direktor der einzige Vermittler zwischen uns. Deshalb möchte ich mich nicht um sein Wohlwollen bringen. Seien Sie versichert, dass auch Sie einen guten Stand haben werden, wenn Sie sich an bestimmte Regeln halten."

„Und wie sieht es mit all den anderen Bibliotheksangestellten aus?"

„Haben Sie denn außer mir noch jemanden gesehen?"

„Nein."

„Na bitte. Die sitzen in ihren Büros, manche übernachten und essen da sogar, denn zuweilen dringt ein Geruch von Erbsensuppe, Sauerkraut und Knoblauchwürstel bis hier. Offen gestanden habe ich so meine Zweifel, dass sie alle Menschen sind und keine Phantome. Jedenfalls sind unsere Kontakte rein dienstlich. Ich hinterlasse für sie jeden Morgen im Flur auf dem Tisch mit dem Telefon eine Liste mit Aufgaben, die sie im Laufe des Tages zu erledigen haben. Das tun sie auch, am späten Nachmittag liegen die bearbeiteten Karteikarten für den Hauptkatalog auf eben jenem Tisch bereit. Die Bibliothek ist das Jenseits, der Hades, und Sie sind wie der junge Orpheus in diese Unterwelt herabgestiegen, um Eurydike zu suchen. Doch es gibt keine Eurydike, denn ich kann Ihre Eurydike nicht mehr sein. Und das ist das Ende der Tragödie. Punkt."

Lange Zeit sah ich außer Pani Konopelka niemanden vom Bibliothekspersonal, obwohl manchmal Stimmen und Gerüche zu mir drangen, die, wie schon erwähnt, tatsächlich nach Knoblauchwürstel, Sauerkraut oder eingelegten Gurken und Röstzwiebeln rochen. Einmal schnupperte ich sogar Räuberdatschi und das Wasser lief mir im Mund zusammen. Ich konnte mir nur schwerlich vorstellen, dass es in der Bibliothek, in diesem Tempel gesammelten Wissens, eine Küche gab, in der man Räuberdatschi oder Pfannkuchen briet. Auch wenn ich den Gerüchen folgte, konnte ich keine entdecken. So wäre es vielleicht noch lange weitergegangen, wenn da nicht etwas passiert wäre und ich die gesamte Belegschaft des Büchertempels zu Gesicht bekommen hätte.

Es gab eine Vergewaltigung.

Noch am gleichen Tag berief der Direktor eine Versammlung ein. Ich sah eine Menge Leute unterschiedlichen Alters und Geschlechts, die freilich alle eins gemeinsam hatten: Sie waren sämtlich so gekleidet, als wären sie dem letzten Jahrhundert entsprungen, der Zeit der alten Tante Österreich. Schwarze, abgetragene Fracks, malerische Manschetten, Krawatten und Boutonniere bei den Männern, lange, schwarze Roben mit weißen Spitzen am Dekolletee bei den älteren Damen und helle, geknöpfte Kleider bei den jüngeren. Wenn man tief einatmete, wurde einem vom Geruch des Naphthalins ganz schwindlig.

Der Direktor klopfte mit einem Stock auf den Fußboden und begann: „Vielleicht ist Ihnen noch nicht bekannt, welch unangenehmer Vorfall sich heute Vormittag zugetragen hat. Eine Mitarbeiterin aus der Katalogabteilung ist auf dem Weg zur Damenumkleide vergewaltigt worden. Sie konnte nicht erkennen, wer es war. Der Täter hat sich rosa Frauenstrumpfhosen über den Kopf gezogen, in die er Öffnungen für die Augen geschnitten hatte. Er hat unsere Mitarbeiterin zwischen die Bücherregale gezerrt und ihr ein hölzernes Papiermesser an die Kehle gedrückt, mit dem wir hier normalerweise die Seiten von Büchern und Zeitschriften aufschneiden. Doch das hat sie erst später gemerkt, anfangs hat sie gedacht, dass es sich um eine Stahlklinge handelt, und keinen Mucks gemacht. Besonders empörend ist, dass er sein unglückliches Opfer aufgrund ihres kleinen Wuchses gezwungen hat, sich auf das unsterbliche Werk von Adam Mickiewicz zu stellen, noch dazu auf die Pariser Ausgabe des ‚Pan Tadeusz'* in grobkörnigem Einband, eine unschätzbare Rarität! Dann befahl er ihr, sich nach vorne zu beugen. Doch er hatte sich verschätzt, denn nun stand sie etwas zu hoch für ihn. Da schnappte sich dieser Schwerenöter die ‚Enejida'* von Kotljarewsky, die Petersburger Ausgabe, stellte sich darauf und vollzog seinen unglaublichen Gewaltakt an dem armen Fräulein, das ihre Jungfräulichkeit bis dato wie eine goldene Inkunabel bewahrt hatte. Infolgedessen benetzen zwei Blutstropfen das Antlitz unseres Propheten Adam, das auf dem Umschlag des Werkes eingestanzt ist und das sich bis dahin einer mädchenhaften Unschuld und Reinheit rühmen konnte. Und die arme ‚Enejida' wurde mit weißen Flecken bekannter Herkunft – über die ich mich hier nicht weiter auslassen möchte – bekleckst. Wir können natürlich die Polizei rufen und sie beauftragen, dieses schändliche Verbrechen zu untersuchen. Doch ich bin davon überzeugt, dass wir diese Schändung unserer Klassiker auch aus eigenen Kräften aufklären. Die Jungfer Milja hat sich bereit erklärt, uns dabei zu unterstützen. Das Gesicht des Missetäters hat sie nicht gesehen, wohl aber das Werkzeug – ich würde es gar Instrument nennen –, mit dem er das Verbrechen beging. Dieses ist im Verlauf der Vergewaltigung aufgrund der großen nervlichen Anspannung des Täters einige Male abgeschlafft. Er forderte das Opfer auf, es mit der Hand zu stimulieren. Daher erinnert sich die Hand des Opfers an die besonderen Merkmale des ... hmm ... dieses ... Werkzeugs des Verbrechers. Nun, wir führen nun ein Untersuchungsexperiment durch. Jungfer Milja setzt sich dort hinter den Wandschirm und alle Männer, ich nicht ausgenommen, werden vor sie treten, sich die Hose aufknöpfen und ihr ... hmm ... eh ... nun, ihr wisst schon was zeigen ..."

„Entschuldigen Sie, Pan Direktor", meldete sich der Methusalem Dundjakewitsch zu Wort. „Können Sie mich bitte von dieser Session ausnehmen? Denn sehen Sie, mit meinen neunzig Jahren ist das doch ein wenig lachhaft. Ich könnte nicht mal Hühner vergewaltigen, geschweige denn die Jungfer Milja." Dann errötete er und kicherte in die hohle Hand. Auch die andern begannen zu kichern.

„Gut, Pan Dundjakewitsch, Sie können sich entfernen. Ja, und auch Sie, Herr Telepinsky, Sie sind ja noch kleiner als die Jungfer Milja, Ihnen hätte selbst die ‚Enejida' nicht geholfen."

„Und ich?", fragte Pan Zundel schüchtern.

„Ja, ja, Sie sind auch befreit. Die Jungfer hat ausgesagt, dass es keinesfalls ein Jude war. Geht mit Gott!"

Ich kann nicht behaupten, dass mir das Abtasten meines Schwanzes unangenehm gewesen wäre. Die Jungfer Milja machte das sehr feinfühlig, wenn auch ohne große Erfahrung.

Dann hob sie ihren Blick, in dem sich alles Leiden der Welt widerspiegelte, und fragte: „Sie waren's doch nicht, oder?"

„Ich hätte Sie zuerst geküsst", antwortete ich, „so, sehen Sie." Ich beugte mich zu ihr und küsste sie auf den Mund, den sie mir bereitwillig darbot. Währenddessen hielt sie meinen Schwanz weiter fest und ließ ihn auch nicht los, als ich mich von ihr abwenden und gehen wollte.

„Die Vergewaltigung", flüsterte sie, „war nicht so furchtbar schrecklich ... Er war sehr sanft ..."

„Aber das Messer?", fragte ich.

„Welches Messer?"

„Na, das Messer, das er Ihnen an die Gurgel gedrückt hat ..."

„Das war kein Messer, sondern eine Klinke ... so eine normale Türklinke aus Kupfer ... er hat sie aus der Tür gezogen, damit uns keiner erwischt. Er war so aufgeregt und konnte einfach nicht kommen, da hab ich ihm ein wenig geholfen. Das Messer hab ich erfunden. Wenn Sie das waren ... ich verrat's niemandem ..."

Noch immer ließ sie meinen Schwanz nicht los. Ich zog ihn ihr aus der Hand, knöpfte die Hose zu und sagte: „Pan Tadeusz und die Enejida sind Sterne am Literaturhimmel. Niemals würde ich es wagen, sie zu beflecken!“

Insgesamt war die ganze Aktion ein Misserfolg, weil die Jungfer Milja niemanden identifizierte. Als Letzter war der Direktor an der Reihe, der sich noch länger hinter dem Wandschirm aufhielt als ich. Als er wieder zum Vorschein kam, hatte er lauter rote Flecken im Gesicht.

Pani Konopelka flüsterte mir ins Ohr: „Schau nur, ein echter Vampir. Er hat ihr Blut gesoffen. Könnte mir auch gefallen, als Tote frisches Blut zu lecken.“

Danach zerstreuten sich wieder alle in ihre Büros und die Magazine. Der Direktor nahm die Jungfer mit zu sich ins Büro, um den Verlauf des Verbrechens nochmals detailliert durchzugehen.

„Wie brüchig und verletzlich ist doch das Schicksal von uns Frauen“, seufzte Pani Konopelka, als wir uns wieder in unserem Büro befanden. „Besonders hier in den Buchmagazinen, wo es so viele verzweigte Wege gibt. Ich würde an bestimmten Regalen Warnschilder aufhängen: ‚Achtung! Lebensgefahr! Unmarkierte Wege!‘ Der Vergewaltiger ist längst zwischen den Bücherregalen verschwunden, den findet man nie. Ich hab ja schon gesagt, dass hier seltsame Dinge vorgehen. In der Abteilung für alte Drucke hab ich schon öfter ein Raunen gehört, ein beunruhigendes Geflüster, das anschwoll und wieder leiser wurde … Es stammte von keinem menschlichen Wesen. Auch wenn ich einzelne Worte hören konnte, verstand ich sie nicht. Sie wurden in einer unbekannten Sprache geflüstert, aber ich bin mir sicher, dass es keine menschliche Stimme war. Und einmal bin ich ausgerutscht und fast hingefallen. Als ich mich dann bückte, um das aufzuheben, worauf ich fast ausgerutscht wäre, sah ich mit Entsetzen, dass es sich um ein Stück Meeresalge handelte, es war feucht und roch nach Meer ... Ich sah durchnässte Spuren, die in die Tiefe des Magazins führten und sich irgendwo in der Ferne verloren, dort, wohin ich mich keinesfalls traute ... verstehen Sie? Als junge Frau bin ich in Opatia gewesen und habe das Meer gesehen. An den Meeresduft erinnere ich mich noch gut ... Nach Kroatien oder Slawonien ans Meer braucht man von hier gut zwei Tage. Hat man die Algen in großen Eimern mit Meerwasser hierhergebracht – und wozu? Um sie dann auf dem Fußboden auszuschütten? Aber das ist noch nicht alles. Vor vier Jahren musste ich auf dem Regal Nummer 188, wo wir noch nicht erfasste Manuskripte aufbewahren, etwas suchen. Seit Jahren war da schon niemand gewesen. Plötzlich merkte ich, wie mir etwas Nasses übers Gesicht patschte, einmal, zweimal, ich wäre fast von der Leiter gefallen, aber beim dritten Mal packte ich fest zu! Raten Sie mal, was ich in der Hand hatte? Einen Fischschwanz! Einen glitschigen, kalten Fischschwanz. Natürlich fiel er mir hinunter und verschwand irgendwo zwischen den Büchern. Mit nassem Gesicht ging ich auf die Toilette und blickte in den Spiegel: Auf meinen Wangen waren rote Streifen und drei Fischschuppen. Ich zeigte sie einem Professor, der feststellte, dass es sich um Schuppen eines Meeresfisches handelte. Na ja, sie rochen ja auch nach Meer."

Sie bückte sich, zog aus der untersten Schublade ihres Schreibtisches eine kleine Blechdose, öffnete sie und sagte: „Da, schauen Sie ... die getrockneten Algen und die Schuppen, ich heb sie für alle Fälle auf. Denn ich lasse mich nicht zu einer alten Idiotin abstempeln, wie es in letzter Zeit unser verstorbener Pan Direktor versucht. Ich erzähl Ihnen das alles, damit Sie vorsichtig sind. Eines Tages werde ich auch Sie zum Regal Nummer 188 schicken, und dann denken Sie an meine Worte!"

11

Milker ging abends zuweilen im Stadtzentrum spazieren. Doch sobald er zum Markt am Rathausplatz gekommen und einmal um das Rathaus spaziert war, vermied er es, dort weiterzugehen, wo einst die Flaniermeile gewesen war. Es schien ihm, dass er dort auf zahllose Phantome des alten, nicht mehr existierenden Lemberg treffen und ihre Stimmen hören werde: „Wie ist das werte Befinden, Pan Mäzenat?" und „Küss die Hand, gnä' Frau!"

Ebenso mied er die alten jüdischen Straßen und Plätze. Er hatte das ungute Gefühl, dass er von dort nicht mehr lebend zurückkommen könnte. Die Flut der Gefühle würde ihn fortreißen, wenn sich aus den Fenstern dort all die, die er kannte und liebte, herausbeugten und ihm zuriefen: „Ah, der Joschi! Joschi! Wo gehst du denn hin? Komm doch zu uns! ... Joschi, richte der Mama aus, dass Ida heiraten wird! Sie soll vorbeikommen und bei den Vorbereitungen helfen! ... Joschi, du bist aber groß geworden! Hast bestimmt schon ein Mädel!" Bereits die Vorstellung regte ihn gewaltig auf, er schüttelte die Visionen immer rasch ab.

Auf dem Markt am Rathaus hielten sich meist Touristen auf. Wenn er sie bemerkte, verlangsamte er seinen Schritt, blieb zuweilen auch stehen und blickte sich aufmerksam um, als suche er jemanden. Er hatte keine Bekannten mehr, mit denen er an einem warmen Nachmittag zum Kaffee draußen sitzen konnte, und so trank er seinen Kaffee für gewöhnlich allein, bis sich schließlich jemand zu ihm setzte. Er selbst begann nie eine Unterhaltung, obwohl er gern mit gleichgültiger Miene fremdem Kaffeeklatsch zuhörte. Auf diese Art konnte er eine oder zwei Stunden bei einem Kaffee und einem Stück Strudel oder Mohnkuchen sitzen. Die noch warmen, seidenweichen Herbstabende liebte er besonders, sie umwoben ihn mit einem Netz von Erinnerungen. Er tauchte in sie ein wie in eine warme Badewanne.

„Pan Milker, darf ich mich zu Ihnen setzen?“, holte ihn eine jugendliche Stimme aus seinen Gedanken. Der Alte hob den Blick und sah eine junge Frau mit hübschem Lockenkopf und glühenden Augen. Die großen, aufgeworfenen Lippen lächelten und ließen eine Reihe blendend weißer Zähne sichtbar werden. Er nickte und beobachtete verwundert, wie sich die junge Frau zu ihm an den Tisch setzte. Dann winkte sie der Bedienung und bestellte Kaffee, Kirschlikör und ein Apfelhörnchen. Milker schwieg und wartete, was das Mädchen sagen werde. Als sie anhob zu sprechen, spürte er mit einem Mal, wie seine Finger bebten und sein ganzer sich Körper anspannte.

„Entschuldigen Sie bitte, Maestro, dass ich Sie belästige. Ich wollte Sie schon lange aufsuchen.“

Maestro? Lange hatte Milker dieses Wort nicht gehört, es schien aus der Tiefe der Zeit an sein Ohr zu dringen. Er schnappte nach Luft, blieb aber stumm.

„Meine Mutter hat bei Ihnen Musikstunden gehabt und mir viel davon erzählt. Auch ich spiele Geige und meine Mutter meinte, Ihr Unterricht sei einmalig. Als ich dann etwas mehr über Sie erfuhr, stellte sich heraus, dass Sie keine Stunden mehr geben?“

Milker nickte. „Das stimmt. Ich gebe keine Stunden mehr. Ich habe so lange unterrichtet, wie ich die Hoffnung hatte, einen wahren Virtuosen auszubilden. Aber ich traf nur auf Schüler, für die Musik nicht das Einzige im Leben war, etwas, für das sie bereit gewesen wären, ihr Privatleben zu opfern. Denn Kunst ist wie eine gefräßige heidnische Gottheit, sie will Opfer. Und wer das Opfer nicht bringt, ist ihrer nicht würdig. So ist es. Wie heißt Ihre Mutter?“

„Oryslawa Hornytska. Und ich heiße Jarka.“

„Oryslawa ... Orysja ...“ Milker überlegte. „Ja, ja ... auch so eine, die sich nicht getraut hatte, das Opfer zu bringen. Sie hatte stattdessen stilles Familienglück gewählt, um nur noch ihrem Mann etwas vorzuspielen, und das wahrscheinlich nicht nur auf der Geige. Die Musik kennt keine Gnade. Sind Sie auch so?“

„Nein! Auf keinen Fall! Ich habe meine Wahl getroffen. Ich habe auch meiner Mutter gesagt, dass die Musik für mich das Einzige ist und dass sie damit aufhören soll, mein Leben zu organisieren. Dann hat sie mir von Ihnen erzählt. Sie meinte, einzig Sie könnten eine Virtuosin aus mir machen. Sie kennen die besonderen Geheimnisse des Geigenspiels, die Sie allerdings nicht gleich enthüllen würden, sondern erst, wenn Sie sich davon überzeugt haben, dass man ihrer auch wert ist.“

„Falls Sie gekommen sind, um mir meine Geheimnisse zu entlocken, ist das vergeblich.“

„Nein. Ich will mein Geigenspiel perfektionieren. Und damit Sie mir noch mehr beibringen, falls Sie mich für wert befinden.“

Milker nahm einen Schluck Kaffee und überlegte. Das Mädchen war ihm sympathisch, er sah die Begeisterung in ihren Augen, hörte die Ungeduld, Neues zu lernen, in ihrer Stimme, und doch fehlte etwas. Das Vertrauen in sie – oder was war es?

„Einst war die Kunst den Göttern gewidmet“, sagte er, „für sie baute man Kathedralen, komponierte, malte Ikonen, für die Götter tanzte und sang man. Für wen spielen Sie?“

Ohne zu zögern, antwortete das Mädchen: „Für die Engel. Freilich nicht für solche, die in Kirchen an die Wände oder auf Ansichtskarten gemalt sind, sondern für die Engel, die wir in uns tragen. Der Mensch trägt einen Engel in sich, keinen Schutzengel, sondern einen Engel, der leidet und in den finstersten Winkeln unserer Seele gefangen ist. Selten, sehr selten gelingt es uns, ihn von seinen Ketten zu befreien und ihm die Freiheit zu schenken, auf dass er emporfliege, sich erhebe, und dann ... dann ..."

„... und sich dann durch ihn unsere Seele reinigt und vervollkommnet, die Seele eines jeden von uns", ergänzte Milker. „Sie zitieren Mircea Eliade ..."

„Das sind auch meine Worte. Das heißt, sie könnten von mir sein. Sie sind zu meinem Credo geworden. Ich werde diesen Engel um keinen Preis verraten."

„Wenn Sie das aufrichtig meinen ..." Der Alte senkte den Blick. „Jemand, der Eliade so liest, hat meine Aufmerksamkeit verdient."

„Vertrauen Sie mir", Jarka legte ihre Hand auf die seine. Ihre feinen, zarten Finger mit den schmalen, rosigen Nägeln lagen auf seiner trockenen, faltigen Hand mit den knöchrigen Fingern und den sauber geschnittenen, länglichen Nägeln. Sie spürte die Kühle seiner Hand, das Pulsieren der bläulichen Adern und die Hoffnung in sich, dass er ihr vertrauen werde. „Ich bin fest entschlossen. Sie werden es nicht bereuen, mich als Ihre Schülerin anzunehmen."

K

Die Arbeit in der Bibliothek sagte mir zu. Ich hatte ausreichend Zeit, um in alten Büchern und Manuskripten herumzustöbern, oder ich machte es mir auf der Leiter bequem und schrieb Weisheiten in mein Buch „Gedanken und Fantasien". Einmal bekam ich ein Traktat des zwar unbekannten, aber scharfsinnigen Gelehrten de Selby über Spiegel in die Hand – ich denke jedenfalls, es ging um Spiegel. Es gibt kaum einen geheimnisvolleren, rätselhafteren und trügerischeren Gegenstand in unserer Umgebung.

Von klein auf war ich von Spiegeln begeistert. Als Kind legte ich mich auf den Boden und platzierte einen Spiegel mir gegenüber. Langsam neigte ich sein oberes Ende so, dass der Fußboden, auf dem ich lag, nach unten zu fließen schien und ich allmählich in einen unendlichen Abgrund rutschte, endgültig, ohne Wiederkehr, vielleicht geradewegs in die Hölle. Mich packte die Angst, ich fühlte, wie meine Füße bereits von einer warmen Welle umspült wurden und dass sie gleich gegrillt werden würden. Rasch neigte ich den Spiegel in die andere Richtung. Der Fußboden hob sich samt mir wieder in die Höhe, doch kurz darauf riskierte ich abermals, nun kopfüber in die Tiefe zu stürzen. Das Spiel konnte ich endlos wiederholen. Noch spannender wurde es freilich, wenn man das Licht ausschaltete, da der Spiegel dann geheimnisvolle Gewölbe und wundersame Schattenspiele zauberte. Mit einem zweiten Spiegel drang ich dann in die Irrgänge der Labyrinthe vor, in denen ich mich ganz und gar in einer Unzahl fragmentierter Körper oder geschrumpft zur Größe eines Mohnkorns verlieren konnte. Mir macht das auch jetzt noch Spaß, besonders, seit ich zu dem Schluss gekommen bin, dass Spiegel das Äußere eines Menschen stets jünger abbilden, als er in Wirklichkeit ist. Das Licht bewegt sich mit einer bestimmten Geschwindigkeit, daraus folgt natürlich, dass, bevor das Abbild irgendeines Gegenstands im Spiegel erscheinen kann, die Lichtstrahlen zuerst auf diesen Gegenstand fallen müssen, erst dann fallen sie auf die Oberfläche des Spiegels, werden von ihm zurückgeworfen und kehren zu dem Gegenstand zurück, also im gegebenen Fall zu den Augen eines Menschen. Daraus folgt nun, dass zwischen dem Moment, in dem ein Mensch einen Blick auf sein Abbild im Spiegel wirft, und jenem Moment, da sich das zurückgeworfene Bild realisiert, ein bestimmter Zeitraum liegt, der sich messen lässt. Nun mag der zeitliche Abstand so klein sein, dass kaum jemand darin ein Problem sehen wird. Für mich war es jedoch höchst bemerkenswert, meine Theorie im Traktat de Selbys bestätigt zu finden, der die gleichen Schlussfolgerungen wie ich dreihundert Jahre früher gezogen hatte. Ich habe mir das aber ganz allein zusammengereimt, denn auf de Selbys Traktat bin ich ja erst später gestoßen. Der Gelehrte schlug vor, das erste Abbild in einem zweiten Spiegel zu spiegeln und legte dar, dass man bei genauer Betrachtung im zweiten Abbild Abweichungen zum ersten feststellen könne. De Selby konzipierte sogar ein System paralleler Spiegel. Spiegelt man sich darin, so wird in einer unendlichen Folge ein immer kleiner werdendes Gesicht wiedergegeben. De Selby behauptete, von seinem Platz zwischen den Spiegeln „mit Hilfe eines leistungsstarken Teleskops" eine Erscheinung beobachtet zu haben, die unfassbar weit vom Beginn des parallelen Spiegelsystems entfernt war. Und die Beschreibung dessen, was er da sah, verschlägt einem den Atem. Er stellt die These auf, dass sein widergespiegeltes Gesicht umso jünger werde, je weiter es in die Unendlichkeit vordringt. Und das letzte Abbild, das er imstande war zu erblicken – für das bloße Auge unsichtbar –, war das Gesicht eines Jungen „mit ausnehmender Schönheit und Grazie“ von etwa zwölf Jahren. Es gelang ihm jedoch „aufgrund der Erdkrümmung und der begrenzten Möglichkeiten des Teleskops“ nicht, jenes Abbild zu erspähen, das ihn in der Wiege gezeigt hätte.

Zutiefst erschüttert von dieser Entdeckung fand ich, dass das vergessene Traktat de Selbys unbedingt schnell veröffentlicht werden musste, damit die industrielle Fertigung von Teleskopen und entsprechenden Spiegelsystemen beginnen konnte. Dadurch könnte jeder Mensch in seine Jugend blicken, anstatt sich mit Photographien zu begnügen. Hinzu kam, dass man die Spiegel auch in die entgegengesetzte Richtung drehen konnte, um in die Zukunft zu blicken. Man könnte dann feststellen, wie sich das Äußere eines Menschen verändern würde – und es so möglich machen, Krankheiten und Tod zu prognostizieren.

Doch eine andere Einsicht erregte mich noch viel mehr: Wenn ich selbstständig zu dieser Theorie gelangt war und sich die Seele des Menschen auf fortwährender Wanderung von Körper zu Körper befand, wäre es doch nicht verwunderlich, wenn sich die Seele de Selbys in meinem Körper niedergelassen hätte. Als ich sein Traktat zu Ende gelesen hatte, entdeckte ich noch etwas: De Selby stützte sich in seinen Forschungen auf die Ausführungen des mittelalterlichen persischen Gelehrten Almuthasim, dessen Name als „Sucher des Blutes“ oder „Blutsucher“ übersetzt wird. Und weiter? Ich merkte, wie meine Seele augenblicklich um einige hundert Jahre zu altern begann. Wer weiß, was passiert wäre, wenn mich Pani Konopelka nicht vor der realen Annäherung an Almuthasim abgehalten hätte, indem sie mir auftrug, augenblicklich Ordnung im Regal Nummer 188 zu machen. Die Bücher dort lagen durcheinander. Zwischen den auf gut Glück abgelegten Büchern unterschiedlicher Epochen fand ich acht vergilbte und vertrocknete Bögen. Ich schaute mir die Zählung an und stellte fest, dass vier Bögen fehlten. Offenbar hatte man sie aus einem mir unbekannten Buch gerissen. Die Bögen waren mit Noten vollgeschrieben, dazwischen befanden sich komische Zeichen und Miniaturen. Ich erkannte darunter die Alraune und das Galgenmännchen, außerdem waren da noch Pflanzen, Vögel und irgendwelche Fabelwesen, zudem verschiedene Organe und Bestandteile des menschlichen Körpers. Einige Zeichnungen und Graphiken waren derart mikroskopisch klein, dass ich mich entschloss, diese Bögen heimlich mitzunehmen und sie mir mit Hilfe einer Lupe genauer anzusehen. Rasch verbarg ich sie unter dem Hemd und konnte den Feierabend kaum erwarten. Statt nach Hause eilte ich gleich zu Joschi, er studierte am Konservatorium und würde sicher herauskriegen, um was es sich handelte. Als er die altertümlichen Noten erblickte, begannen seine Hände beinahe zu zittern. Sogleich setzte er sich ans Klavier und versuchte, sie zu spielen. Er brachte aber nur eine grässliche Kakophonie hervor und meinte, dass die Noten sicher chiffriert seien, also nach einem anderen System geordnet, nach welchem jedoch, sei ihm ein Rätsel. Nachdem er alles mit einer Lupe aufmerksam angeschaut hatte, glaubte er, zwischen den Notenzeilen eine Notiz auf Latein bemerkt zu haben.

„Diese Musik ist irgendwie mit Medizin verknüpft. Hier steht, dass die Tonalität des Klanges einzelner Noten der Tonalität des Klanges eines Organs oder Teils des menschlichen Körpers entspreche."

„Tonalität des Klanges eines Organs oder Teils des menschlichen Körpers?", wunderte ich mich. „Sowas Blödes hab ich schon lange nicht gehört."

Joschi fertigte Kopien der geheimnisvollen Bögen an und machte sich daran, sie zu entziffern.

Tags darauf zeigte ich die Bögen Pani Konopelka, die sehr erstaunt war: „Das kann doch nicht sein! Das ist doch das vermisste Traktat von Kalkbrenner, hinter dem so viele her sind! Im Jahr 1640 komponierte der Lemberger Apotheker und Medikus Johann Kalkbrenner eine Melodie, dank derer ein Mensch sich an sein vorangegangenes Leben erinnern kann. Aber nur unter der Bedingung, dass er genau diese Melodie auch vor seinem Tod gehört hat."

„Seit wann komponieren denn Apotheker?", fragte ich erstaunt.

„Kalkbrenner war ein Universalgelehrter. Sein Traktat ist freilich verschwunden, man verwies nur in anderen gelehrten Schriften darauf. Und wer weiß, vielleicht stammen diese Bögen gar nicht unmittelbar aus seinem Traktat. Das sind auch nur acht Bögen – wo ist der Rest?"

Dann winkte sie mir mit ihrem krummen Stock und führte mich in die Tiefe des Saals zwischen steilen Regalwänden zu mehreren alten, in Leder gebundenen Folianten, auf deren Einband keine Aufschrift, sondern nur Buchstaben und Ziffern zu sehen waren. „Nehmen Sie das da", sie zeigte auf ein schwarz eingebundenes Buch, „und öffnen Sie's auf Seite 77."

„Das Buch war schwer, es schien wie aus Blei gegossen. Auf Seite 77 glitzerte ein Licht, etwas blitzte in kurzen Abständen auf. Plötzlich hörte ich Regen rauschen und das Licht im Buch verlosch, dann flackerte es wieder auf, ein heftiger Wind zerrte an den Seiten und blies mir direkt ins Gesicht. Es roch nach Gebirgsluft, Rabennestern, Wermut. Eine Funkennaht schien die Buchseiten zusammenzuhalten, sie flogen nicht auseinander. Ich blätterte um, der Wind rauschte noch stärker, auf Seite 80 übertönte er schon die Worte von Pani Konopelka, die mich davor warnen wollte, weiterzublättern. Ich erriet es an ihrem Gesichtsausdruck und ihren fahrigen Bewegungen. Also schlug ich das Buch zu und legte es an seinen Platz zurück.

„In dem Buch regnet, blitzt und donnert es", sagte Pani Konopelka. „Und in dem hier rauscht der Wald. Es riecht nach Fichten und man kann Schritte hören, das Knacken trockener Zweige. In dem dort geht die Wintersonne auf und in jenem hier geht sie unter ... das Buch, in dem die Sonne untergeht, nehmen Sie besser nie in die Hand, denn es könnte Ihre Sonne sein ...“

12

Als Jarosch an diese Stelle im Manuskript kam, erinnerte er sich verwundert an seine Übersetzung der Werke des arkanischen Dichters Luzilius und die Beschreibung von dessen Bibliothek, die einer der Freunde des Luzilius angefertigt hatte:

Das Buch der Ratschläge
Das wundersame Buch, das die blinde Wiwida dem Luzilius schenkte, beinhaltete Ratschläge. Wer ihnen Folge leistete, dem versprach der unbekannte Autor in der Vorrede großen Segen. Doch die blinde Wiwida warnte, dass man dieses Buch nicht einfach zum Vergnügen lesen könne. Es niste sich im Leser ein und verderbe dessen Seele. Man könne sich nur schützen, wenn man die Seiten mit einem zwölf Mal geweihten Messer umblättere, das vor der Lektüre mit geheiligten Mohnsamen bestreut worden war.

Mit einem geweihten Messer bewaffnet wagte es Luzilius also, einige Seiten zu lesen:

„Wenn dir der Teufel erscheint, bemühe dich, ihn davon zu überzeugen, dass du keinerlei feindliche Absicht gegen ihn hegst", hieß es in dem Buch. „Doch handle dabei umsichtig und ohne Hast, denn der Teufel ist ein langsam denkendes Wesen und könnte dich missverstehen. Beginne mit den Augen. Ergreife mit beiden Händen seine Hand, die für gewöhnlich von einer großen schwarzen Kralle geziert ist, und kratz dir mit ihr dein linkes Auge aus. Das rechte Auge lass für den Moment unversehrt, denn du benötigst es für die folgenden Handlungen. Behalte des Teufels Hand in deinen Händen und schlag dir damit die Zähne aus. Wegen des Bluts mach dir keine Sorgen, früher oder später hört es auf zu fließen. Dann lass die Hand des Teufels fahren und verneige dich vor ihm. Anschließend schlag dir mit dem Stein, den du bei dir trägst, gegen die Brust. Falls dir dabei eine Rippe bricht, bedenke, was für ein Glückspilz du bist. Sei geistesgegenwärtig, ziehe dir die gebrochene Rippe heraus und gib sie dem Teufel. Dieser Akt ist von besonderer Bedeutung und du musst dich dabei würdig benehmen. Denn im Anschluss erschafft der Teufel die reine Jungfrau aus deiner Rippe, die dich dann gebären wird. Du wirst diese Welt allerdings nicht allein betreten, sondern als Zwilling, von denen einer der linke und der andere der rechte sein wird.

Nachdem du so deine Zukunft gesichert hast, kannst du mutiger voranschreiten. Dem Teufel wird das zweifelsohne gefallen. Am wichtigsten ist, dass du alles mit heiterem Gesang und Lachen begleitest, um ihm zu zeigen, wie abgeklärt du bist.

Schlag dir weiter auf die Brust, zieh dir Rippen heraus und wirf sie ihm zu Füßen. Aus ihnen werden deine Kinder hervorgehen, die dich allezeit rühmen werden. Zerfleisch dich hemmungslos!

Ganz besonders wird sich der Teufel freuen, wenn du ihm vorschlägst, aus deinem Gedärm Luftballone zu machen. Er wird sie aufblasen und du kannst versuchen, sie mit spitzen Rippchen platzen zu lassen. Du wirst sehen, wie sehr ihm jeder ‚Puff!' gefallen wird. Und auch du wirst dich teuflisch amüsieren.

Das letzte Stück Darm, das dicke, steckst du dem Teufel in den Hintern. Dann bitte ihn, es aufzublasen. Wenn es voller Gas ist, wirst du dich mit diesem Ballon in den blauen Himmel erheben und zum Engel werden."

Das Buch des Fangnetzes

Dieses Buch war so klobig, dass es sich kaum in den Händen halten ließ. Auf der ersten Seite war weiter nichts als ein gewöhnliches Netz abgebildet, wie man es zum Fischfang in Flüssen benutzt. Wenn man die Seite umblätterte, erfuhr man allerdings etwas, das die weitere Lektüre fragwürdig machte.

„Werter Leser", hieß es da, „wenn du das Wagnis auf dich nimmst, das Buch des Fangnetzes zu lesen, dann bedenke, dass du mit jeder gelesenen Seite an Gewicht verlierst. Du wirst immer dünner, schmäler und leicht wie eine Feder. Wahrscheinlich fehlt dir die Kraft, die letzte Seite des Buches umzublättern. Wenn es dir aber gelingt, das Buch bis zum Ende zu lesen, wirst du in deinen ursprünglichen Zustand zurückversetzt und erlangst ewiges Leben. Die Lektüre muss möglichst schnell gehen, allerdings solltest du keine Seite überblättern und ebenso kein Wort überspringen, sonst war alle Mühe umsonst. Lies der Reihe nach eine Seite nach der anderen, blättere nicht zur Mitte des Buches und schau nicht hinein, da du sonst das Augenlicht einbüßt. Ab der Mitte des Buches wirst du auf die geplätteten Miniaturleichen deiner Vorgänger stoßen. Sie seien dir Warnung und Ansporn zu schneller Lektüre.

Das ist alles, was du über dieses Buch wissen darfst."

Luzilius beschloss, dieses Buch erst dann zu lesen, wenn er fühlte, dass seine Zeit gekommen sei. Er war überzeugt, dass er den Zeitpunkt fühlen werde. Der Tod in einem Buch schien ihm viel aufregender, als im Bett zu sterben.

Das Buch des Ameisenhaufens

Dieses Buch konnte selbst einen so geduldigen Leser wie Luzilius in Rage bringen. Und nur seine geradezu fromme Verehrung von Büchern verhinderte, dass er es ins Feuer warf. Das Buch hatte ein bestimmtes Geheimnis. Wenn man es einfach so öffnete, sah man nur eine ameisenhaufengleiche Ansammlung von Buchstaben, die vor den Blicken davonkrabbelten, von Seite zu Seite flohen und es nicht zuließen, auch nur ein einziges Wort zu entziffern. Doch wenn es einem gelang, das Buch so schnell aufzuschlagen, dass die Buchstaben nicht mehr flüchten konnten und man ein einziges Wort – egal welches – las, war das Buch gezähmt und erlaubte, in ihm zu lesen.

Doch jegliches Bemühen von Luzilius, die Buchstaben in lesbarer Ordnung zu ertappen, war vergebens. Es gelang ihm kein einziges Mal, sie zu überrumpeln. Fortwährend schienen sie in Alarmbereitschaft zu sein, um den Text augenblicklich in ein Chaos verwandeln zu können. Das war eben ihre Daseinsform, das bereitete ihnen Vergnügen.

Luzilius hätte zu gerne gewusst, wie der Autor dieses Buches hieß und wie es ihm gelungen war, so einen Text zu schreiben – doch selbst der Name des Verfassers war unlesbar.

Verdient ein solches Buch zu existieren? Wenn es in den vergangenen Jahrhunderten niemand verbrannt hat, dachte Luzilius, dann verbrenne ich es auch nicht. Irgendjemand wird es vielleicht doch noch zähmen.

Das Buch der verlorenen Worte

Unter den Büchern des Luzilius befand sich auch eines mit leeren Seiten. Außer einem einzigen Wort gab es darin nichts zu lesen. Mächtig-gewaltig war dieses Wort, es nötigte Luzilius häufig dazu, das Buch an einer beliebigen Stelle aufzuschlagen und es zu lesen. Das Buch hatte wahrscheinlich mehr Macht über Luzilius als je ein Schriftgelehrter über ein Buch hatte. So kam es, dass nicht Luzilius das Buch las, sondern das Buch ihn dazu zwang, das Wort zu lesen. Es musste dazu nicht einmal in seinem Blickfeld sein, es genügte, wenn Luzilius sich an das Wort erinnerte. Dann konnte nichts mehr sein Verlangen zügeln und er musste das Buch zur Hand nehmen.

Man mag sich fragen, warum man ein Buch lesen sollte, in dem auf jeder Seite immer das gleiche Wort steht – das Luzilius überdies auswendig wusste. Das lag daran, dass das Wort je nach Stimmung oder äußeren Umständen unterschiedlich aufgenommen werden konnte. Zudem schien Luzilius, dass der Moment kommen werde, da er außer dem einen Wort noch etwas anderes in dem Buch las.

Ungeachtet der Macht des Buches zeigte es lange Zeit keinerlei aggressive Neigungen und missbrauchte Luzilius nicht. Wenn er es las, fühlte er, dass in dem Wort geheime Bedeutungen pulsierten, es aber leider nicht bereit war, diese zu enthüllen. Das Wort schien sich in seiner Vieldeutigkeit und als Mysterium wohl zu fühlen. Vielleicht fürchtete sich das Wort davor, dass es eindeutig werden würde, wenn man es ganz und gar durchdrang. Es wäre dann nur mehr eine Ansammlung von Lauten, ungeeignet für die tägliche Lektüre und Meditation. Diese Furcht nahm offenbar mit der Zeit zu, denn der Wunsch, gelesen zu werden, nahm allmählich ab und das Buch rief seinen Besitzer nicht mehr so häufig zu sich wie früher.

Einmal nahm Luzilius ein anderes Buch zur Hand, das auf dem Regal rechts von jenem mächtigen stand, und fuhr erschrocken zusammen. Das Buch, das die gesammelten Weisheiten des Ostens enthalten sollte, hatte sich in ein Buch mit einem einzigen Wort verwandelt. Es war ein anderes Wort, doch das konnte kaum trösten, wenn so viele andere verloren gegangen waren. Luzilius schaute dann in das Buch links davon und erschrak noch mehr. Auch dieses war zum Ein-Wort-Buch geworden. Das sah nach einer Epidemie aus. Das mächtige Buch steckte alle, die in seiner Nähe standen, mit dieser Krankheit an. Luzilius ging sie durch und sah, dass einzelne Seiten mehrerer Bücher bereits befallen waren.

Was war zu tun? Der erste Gedanke war, augenblicklich alle Ein-Wort-Bücher zu verbrennen, bevor die Epidemie die ganze Bibliothek befallen konnte. „Aber diese Worte, ich kann sie vielleicht noch gebrauchen!", zögerte der Dichter. Doch dann fragte er sich selbst: „Ist es denn so schwer, sie im Gedächtnis zu behalten? Und selbst wenn jedes dieser Worte die Quintessenz eines bestimmten Buches ist, möchte ich dennoch nicht, dass sich meine Bibliothek in eine Sammlung von Quintessenzen verwandelt."

Schließlich verbrannte Luzilius alle Ein-Wort-Bücher und jene, die sich angesteckt hatten. In dem Moment, als alle zu Asche zerfielen, vergaß er sämtliche Wörter, die auf ihren blanken Seiten gestanden waren. Er erinnerte sich nicht einmal mehr an das Wort, das er so viele Jahre gelesen und mit dem die Seuche ihren Anfang genommen hatte. Seither dürstete ihn ständig nach diesen Worten, er wollte sie um sich haben. Er las nun mit Inbrunst Bücher, in der Hoffnung, sie zu finden oder wenigstens eines dieser Wörter zu erkennen, und suchte sie fieberhaft in seinen Manuskripten, doch zu seiner Verwunderung entdeckte er nicht die leiseste Spur. Und doch war er felsenfest überzeugt, dass er sie finden würde, und beschrieb hunderte Bögen Papier, da er hoffte, eines der Worte würde dabei aus seinem Unterbewusstsein auftauchen.

Es tauchte nicht auf. Dafür wuchs die Anzahl seiner Werke immer weiter.

„Kann man denn so einen Haufen Papier vollschreiben, ohne ein einziges Mal eines der Wörter zu verwenden?", fragte sich Luzilius. Aber dann fiel ihm ein, dass es Dutzende, ja Hunderte von Wörtern gab, die er zwar kannte, aber niemals benutzte. Und doch existierten sie: „Aushandlung" von Grenzen, „Mehrwert eines Werkes", „schriftstellerische Leistung" ... Diese Wörter riefen Ekel in ihm hervor. Doch welche Gefühle hatten jene Wörter geweckt ...? Er überlegte, dass dies ein Weg sein könne, sich an sie zu erinnern. Zweifelsfrei hatten sie in ihm den Wusch genährt, zu schreiben.

Ihre Abwesenheit jedoch bewirkte seltsamerweise ein noch größeres Verlangen nach dem Schreiben. In relativ kurzer Zeit hatte er viel mehr geschrieben als in den vorangegangenen Jahren. Es ließ sich mit der Luft zum Atmen oder der Freiheit vergleichen: Ist sie da, bemerkt man sie nicht. Bekommt der Dichter aber keine Luft, dann stirbt er, und wenn ihm die Freiheit fehlt, verwandelt er sich in einen Propheten.

„Ich habe Sie nicht hierhergeführt, um mit unseren Schätzen anzugeben“, fuhr Pani Konopelka fort. „Das Traktat von Kalkbrenner stand auf dem obersten Brett, sehen Sie, da, der freie Platz zwischen den Büchern. Dort, wo das vermisste Buch stand, haben wir einen Platzhalter eingefügt, damit die benachbarten Bücher nicht zusammenrutschen, denn jedes hat seinen angestammten Platz. Den kann man nicht einfach verändern, das könnte sich auf die Eigenschaften der Bücher auswirken. Auf dem Platzhalter steht das Datum, zu dem das Buch verschwunden ist. Anno Domini 12. 12. 1812. Bringen Sie mich jetzt dahin, wo Sie diese Bögen gefunden haben.“

Abermals durchquerten wir die Gänge zwischen den Bücherwänden, und obwohl ich ziemlich schnell ging, tippelte die Alte hinter mir her, ohne freilich auch nur einen Schritt zurückzubleiben. Manchmal war sie seltsamerweise vor mir, ohne dass mir bewusst war, wie sie mich überholt hatte, dann ließ sie mich wieder vorbei, bis wir uns endlich bei dem schon bekannten Regal befanden. Ich musste nach oben klettern, um das Holzbrett aufmerksam abzusuchen. Die Leiter vibrierte, quietschte unbarmherzig und bog sich unter meinem Gewicht durch. Sicherheitshalber hielt ich mich nicht an ihr, sondern am Regal fest. Ich hatte eine Lampe mit nach oben genommen, denn direkt unter der Decke war es ziemlich düster. Ich leuchtete auf das dunkle Brett und suchte es Zoll um Zoll ab. Ursprünglich war es glatt geschliffen gewesen, doch im Laufe der Jahre hatten sich Risse und kleine Spalten gebildet. Einige davon schienen mir ungewöhnlich, eher wie künstliche gekratzte Scharten. Dies teilte ich Pani Konopelka mit, und sie befahl mir, herunterzuklettern, ein Stück Papier und einen Bleistift zu nehmen, wieder nach oben zu klettern und die Kratzer abzupausen. Kaum war ich mit einem Fuß wieder unten, schnappte sie sich das Papier und flitzte los – wobei sie zufrieden krächzte und kicherte, weil ich ihr kaum hinterherkam. Als ich das Arbeitszimmer betrat, hatte die Alte das Papier bereits auf einen Tisch gelegt und sich mit einer Lupe bewaffnet darübergebeugt. Was ich ohne Lupe sehen konnte, war ein Kreis mit einigen Zahlen darin.

„Was meinen Sie?" Mit dem Stift zeigte sie auf das Papier. „Endlich sind wir auf eine Spur gestoßen. Aber wohin führt sie? Dieser Kreis ... was bedeutet er?" Sie begann, mit dem Bleistift Kreise zu malen, einen neben den anderen. Es sah aus, als ob sie das ganze Blatt vollmalen werde, als sie plötzlich innehielt, den Kopf hob und in meine Richtung grinste: „Ein Ring ist das! Und wovon ist das ukrainische ‚rynok' abgeleitet?"

„Na, von Ring, aber ..." Ich zuckte mit den Schultern.

„Na bitte, der Ringplatz, unser Marktplatz am Rathaus." Pani Konopelka hatte den Fisch an der Angel.

„Laufen Sie geschwind auf den Markt und schauen Sie sich all jene Gebäude an, deren Nummern hier aufgeschrieben sind." Sie klopfte mit dem Stift auf das Papier. „Schreiben Sie dann auf, was auf den Häusern steht."

„Sie meinen die Aushänge?"

„Was für Aushänge denn, Sie Tölpel? Es gibt nichts, was kurzlebiger wäre als Aushänge. Die lateinischen Aufschriften sollen Sie aufschreiben. Und dass Sie mir keinen einzigen Buchstaben auslassen!"

Ich erschrak und überlegte für einen Moment, ob Pani Konopelka nun völlig durchgedreht sei, nahm aber doch folgsam das Papier, auf dem die Nummern standen, dazu einen Bleistift und einen Notizzettel, und machte mich auf den Weg zum Ringplatz. Diese Aufgabe erfüllte ich mit meiner üblichen Gewissenhaftigkeit, weshalb ich erst drei Stunden später zur Bibliothek zurückkam. Pani Konopelka war inzwischen fast aus der Haut gefahren und schimpfte wie ein Rohrspatz: Ich sei eine wandelnde Schlaftablette, wie sie die Welt noch nicht gesehen habe, und wenn ihre Augen noch scharf wären, hätte sie diese Aufgabe selbst in einer halben Stunde erledigt. Dann schnappte sie sich mit zitternden Fingern das Papier, machte es sich auf dem Arbeitssessel bequem und studierte die Notizen.

„Aha, Ringplatz Nummer 2, der Palast Bandinelli ... *A1739D:28 AVG* ... das ist eine Abkürzung und steht für *Anno 1739 DIEI 28 AVGUSTI*. Also im Jahr 1739, am 28. August. Aber uns interessieren nur die Zahlen, 1739 und 28. Die erste kann die Nummer des Regals sein und die zweite die Brettnummer. Ringplatz 4: *MA SR*, dann *MDCL*."

„Was ist das denn für ein Hokuspokus?"

„Martinus Anczewski Secretarius Regis Medicinae Doctor Consul Leopoliensis. Marin Anczewski, königlicher Sekretär und Doktor der Medizin, Ratsherr zu Lemberg."

„Aber es fehlen die Zahlen."

„Irrtum, die Buchstaben sind zugleich römische Zahlen. C – 100, L – 50, D – 500, M – 1000. In der oberen Reihe finden wir die Regalnummer: M – 1000, und in der unteren die Brettnummer ... hmm, da wir bei den Brettern keine Hunderter-Nummern haben, bedeutet das hier sicher 50 ... Weiter, Ringplatz Nummer 23. Da haben wir ein Bibelzitat: *„Turris Fortissima Nomen Domini."* Und die Zahl *Proverbia 18*, das bedeutet also: Der Name des Herrn ist ein festes Schloss. Altes Testament, Sprüche Salomons 18. Hmm, hier fehlt die Zeile des Zitats. Schauen wir eben nach ... aha, zehnte Zeile. Wir notieren 18 und 10. Sehen Sie, wie einfach und doch genial! Weiter, Ringplatz Nummer 36: *His Dei 1 Ma Iuly* und *Maria Anno Domini 1730*. Der Tag des Herrn am 1. Juli, und Maria im Jahre des Herrn 1730. Wir notieren 1730 und 1."

„Und der Monat?", fragte ich. „Die haben doch auch eine numerische Entsprechung."

„Haben sie, genau. Aber wir brauchen sie hier nicht. Es sollten überall zwei Zahlenwerte sein, der größere bezeichnet die Regalnummer und der kleinere die Brettnummer. Ich müsste die letzte Idiotin sein, wenn das nicht stimmt. Dafür halten Sie mich auch, oder?"

„Gott behüte! Ich bin einfach geblendet von Ihren glänzenden Kenntnissen."

„Ja, ja, früher hat man in der Schule noch etwas gelernt – nicht so wie heute."

„Warum sind Sie so sicher, dass die größere Zahl das Regal bezeichnet?"

„Können Sie sich eine Brettnummer 1730 vorstellen? Nein? Ich mir auch nicht, denn unsere Magazine befinden sich ja nicht in einem Wolkenkratzer. Dafür haben wir jede Menge Regale, ja, ja ... So, was haben wir hier? Regal Nummer 1739, Brett 28. Regal Nummer 1000, Brett 50. Regal Nummer 18, Brett 10. Und Regal Nummer 1730, Brett 1."

Sie schrieb die Zahlen sorgfältig auf einen Zettel, den sie mir gab, und sagte: „Nun begeben Sie sich auf eine Expedition auf den verschlungenen Pfaden unserer Büchersammlungen. Allerdings nicht in jenem Flügel, in dem Sie bisher unterwegs waren, sondern im gegenüberliegenden."

„Das soll welcher sein?"

„Na der, wo am Eingang das Warnschild mit dem Totenschädel und den gekreuzten Knochen hängt."

„Du lieber Gott, aber da steht doch: Eintritt strengstens verboten!"

„Genau. Dort befinden sich die geschlossenen Bestände. Man braucht einen Passierschein. Dieser wird in speziellen Fällen vom Pan Direktor, der leider schon tot ist, und mir ausgestellt. Es handelt sich um das Allerheiligste, unbeflecktes Terrain, eine Zone des Widersinns ... nicht wenige sind dort verschollen ... doch nicht Sie! Ich glaube an Sie! Sie werden siegreich zurückkehren."

„Siegreich? Über wen?"

„Über sich selbst. Über Ihre Angst." Sie sprach, als sende sie mich in eine Schlacht. Ich hatte währenddessen immer weniger Lust, in das unbefleckte Terrain vorzudringen.

„Was soll ich dort suchen?", fragte ich.

„Ich weiß nicht, schauen Sie einfach, blättern Sie in den Büchern ... und wir dürfen nicht die Hausnummern der Gebäude auf dem Ringplatz vergessen: 2, 4, 23 und 36. Vielleicht geben sie einen Hinweis auf das, was wir suchen."

„Und was suchen wir?"

„Wenn Sie das noch einmal fragen, verwandle ich Sie in eine Vase mit Geranien! Ich habe keinen blauen Dunst. Vielleicht eine Aufschrift auf einem Titel oder an einem Regal, vielleicht auch ein Merkzettel in einem Buch. Schauen Sie zum Beispiel auf dem Brett Nummer 28 des Regals Nummer 1739 zuerst in das zweite Buch von links. Wenn Sie nichts entdecken, sehen Sie sich das zweite Buch von rechts an. Falls auch das nichts ergibt, sehen Sie alle Bücher auf dem Brett durch. Sie werden etwas finden. Die Hausnummer auf dem Ringplatz sollte jeweils die Position des Buchs auf dem Brett von der einen oder anderen Seite sein – kapiert?"

„Kapiert. Soll ich in der Reihenfolge suchen, die Sie aufgeschrieben haben?"

„In welcher Reihenfolge wollten Sie denn suchen?"

„Nun, sehen Sie, ich soll anfangs zum Regal Nummer 1739, dann zurück zur Nummer 1000, dann noch weiter zurück zur Nummer 18, dann soll ich mich bis zur Nummer 1730 vorkämpfen. Wäre es denn nicht einfacher, gleich bei der Nummer 18 anzufangen – und dann so weiter?"

Pani Konopelka rückte ihre Brille zurecht und blickte mich so aufmerksam an wie noch nie.

„Junger Mann", sagte sie, „Sie haben mich konfusioniert. Gehen Sie und machen Sie es, wie Sie wollen, nur bringen Sie etwas von dort mit! Ach ja ... hier ist Ihr Passierschein. Bewahren Sie ihn gut auf. Damit kommen Sie in die geschlossenen Bestände. Und nehmen Sie das hier mit ..." Sie kramte in der Schublade und zog dann einen quadratisch gefalteten Zettel hervor. „Wenn Sie etwas essen oder trinken möchten, falten Sie ihn auseinander. Fragen Sie jetzt nicht und nehmen Sie ihn einfach mit. Wenn Sie ihn verlieren ... dann weiß ich auch nicht, wer oder was Ihnen noch helfen wird ..."

„Essen und trinken? Werde ich denn so lange unterwegs sein?", wunderte ich mich.

„Ja, sehr lange. Sie haben nicht die geringste Ahnung, wo sich jenes Regal Nummer 1730 befindet! Wenn Sie meinen, die Aufgabe sei geschwind erledigt, irren Sie sich gewaltig. In den geschlossenen Beständen sind die Regale nicht nur nach Zahlen, sondern auch Buchstaben geordnet. Nach der Nr. 1 kommen Nr. 1B, Nr. 1C, Nr. 1D und so weiter und so fort. Sie kümmern sich aber nur um die Regale ohne Buchstaben, klar? Ach, fast hätte ich vergessen, es Ihnen zu sagen: Matratzen und Bettzeug finden Sie nach jedem hundertsten Regal. Die Verwaltung hat für alle Fälle vorgesorgt."

„Und was, wenn ich zur Toilette muss?"

„Entlang der Wände befinden sich zahlreiche Vasen ... Kakteen, Feigen, Rhododendron, Schmarrnodendron ... sie wurden lange nicht mehr gegossen ..."

„Und wenn ich ..."

Ein wenig Dünger kann den Pflanzen auch nicht schaden ... also, gehen Sie mit Gott!"

„Verständigen Sie bitte meine Mutter."

„Selbstverständlich, machen Sie sich keine Sorgen. Ich schicke jemanden zu ihr."

Und so machte ich mich auf ins Unbekannte. Aufgeregt trat ich an die verbotene Tür mit dem Totenkopf und der Aufschrift „Wejście zabronione". Ich hatte diese Tür bereits manchmal verstohlen angeschaut, mich jedoch nie getraut, näher zu treten. Nun klopfte ich schüchtern. Ein kleines Fenster ging auf und eine bärtige Visage blickte mich aufmerksam an, wobei sie das eine Auge zukniff. Dann murmelte sie etwas vor sich hin und ich reichte ihr das Dokument. Die Visage hustete einige unverständliche Laute, krächzte, seufzte, dann öffnete sich schließlich die Tür. Ich erblickte einen nicht besonders großen, buckligen Mann auf dürren Beinen mit zotteligem Kopf. Um durch das Fensterchen zu schauen, musste er auf einen Schemel steigen. Er winkte mit der Hand und gab mir so zu verstehen, dass ich passieren und gehen könne, wohin ich wolle. Dann verschloss er wortlos die Tür, ächzte und stöhnte, als würde er weiß Gott was für ein Gewicht mit sich herumtragen. Schließlich machte er es sich wieder auf dem alten, quietschenden Sofa bequem, zog sich die karierte Decke bis unter die Nase und döste laut schnaufend weiter vor sich hin.

In meine Nase drang nicht nur der Geruch von alten Folianten, Leder, Schimmel, wurmstichigen alten Holzregalen, sondern auch das an diesem Ort unerwartete und merkwürdige Aroma von Rauchfleisch. Dieser fantastische Geruch war derart eindeutig, dass ich zuerst leicht verwirrt war, wohin ich denn nun geraten sei. Ich blickte mich nach allen Seiten um und suchte seinen Ursprung. Schließlich kam ich zu dem Schluss, dass er irgendwo von oben kommen musste. Die Regale ragten wie Felsmassive in die Höhe und die höheren Schichten verloren sich im Dunst – blaugrauem Dunst, der nach Würsten und Schinken duftete. Draußen hingen Regenwolken, es war trüb und unfreundlich. In das Magazin drang wenig Licht und aus Sicherheitsgründen gab es hier weder Strom noch Glühbirnen und Kerzen. So blieb mir nichts anderes übrig, als zu warten, bis sich meine Augen an das Halbdunkel gewöhnt hatten. Das Regal Nummer 18 fand ich, wie ich gehofft hatte, rasch. Ich lehnte eine Leiter daran, und als ich bis zum zehnten Brett geklettert war, griff ich nach dem dreiundzwanzigsten Buch von links. Es handelte sich um „De historia plantarum" des Theophrast aus dem Jahr 1620. Das Buch war großformatig und schwer. Es auf der Leiter stehend durchzublättern, war kaum möglich. Also stieg ich hinab, setzte mich auf ein Fensterbrett und begann, es Seite für Seite durchzusehen. Diese ungemein bedeutsame Arbeit beendete ich nach kurzer Zeit, ohne ein Blatt oder eine auffällige Aufschrift gefunden zu haben. Gerade wollte ich mich daranmachen, die Leiter wieder zu erklimmen und mir das dreiundzwanzigste Buch von rechts vorzunehmen, als der Buchrücken meine Aufmerksamkeit weckte. Die Hinterseite des Buches war dicker als die Vorderseite. Ich zog mein Taschenmesser heraus, von dem ich mich nie trennte, und hob vorsichtig das Papier ab, das hinten mit dem Einband verklebt war. Ich hatte mich nicht geirrt: Dort befand sich ein gefalteter Papierbogen, den ich herausholte. Es handelte sich um einen lateinischen Text mit Abbildungen von Pflanzen und ihren lateinischen Bezeichnungen. Ich steckte den Bogen in die Tasche, stellte das Buch auf seinen Platz zurück und machte mich zum Regal 1000 auf. Der Regen war inzwischen zu einem richtigen Platzregen geworden, der mit besonderem Vergnügen auf das Blechdach zu hämmern schien und einen schier taub werden ließ. Das Geprassel dämpfte die Schritte, es dämmerte zusehends, der Dunst schien von den oberen Brettern der Regale langsam herabzusinken. Während ich ging, blickte ich auf die Regalnummern und begann, meine anfangs gute Laune zu verlieren. Die Regale schienen sich tatsächlich zu vermehren, außerdem stolperte ich über Bücher, manchmal sogar über einen ganzen Bücherstapel. Meine ursprüngliche Absicht, die Strecke im Laufschritt zu bewältigen, war somit dahin, besonders nachdem ich einige Male gestürzt war und mir den Kopf schmerzhaft gestoßen hatte. So tappte ich schließlich mehr, als ich ging und gelangte erst am frühen Abend zum 1000er-Regal. Der zweite Bogen war in dem Buch „Medicinae Herbariae“ von Agricola versteckt. Es hatte einen olivfarbenen Einband, war mit einem Relief aus Ornamenten verziert und beinhaltete zahlreiche farbige Illustrationen. Ich konnte nicht widerstehen und musste einfach hineinsehen. Nach einer Weile legte ich es mit großem Bedauern wieder zurück an seinen Platz, denn ich brauchte ein Plätzchen für die Nacht. Da hörte ich plötzlich ein Rascheln. Jemand schien hastig ein Buch durchzublättern und sich zwischendurch auf die Fingerspitzen zu spucken. Ich erstarrte und lauschte, dann schlich ich mich so leise wie möglich heran, obwohl das bei dem Geprassel des Regens eigentlich überflüssig war. Schließlich sah ich ein Mädchen, in dem ich die Jungfer Milja erkannte, die vor einigen Tagen von einem Unbekannten vergewaltigt worden war. Als sie mich bemerkte, schlug sie hastig ein Buch zu und verbarg es hinter dem Rücken.

„Was machen Sie denn hier?“, pflaumte sie mich nervös an.

„Ich habe einen Auftrag von Pani Konopelka!“

„Kann man auch erfahren, welchen?“

„Nein. Kann man nicht.“

„Das hab ich mir gedacht“, seufzte sie und sagte dann überraschend: „Sind Sie auch so hungrig?“

„Und wie. Vor allem jetzt, da Sie mich daran erinnern. Pani Konopelka gab mir so ein Stück Papier, hier ist es. Ich soll es auseinanderfalten, wenn ich hungrig bin.“

„Das kenne ich“, sagte das Mädchen, nachdem es einen flüchtigen Blick auf das Papier geworfen hatte, „da steht, wo, also auf welchen Regalen und Brettern, Wasserflaschen und etwas zu Essen deponiert sind. Aber ich weiß, wo hier der Wein steht!“

„Seit wann gibt es Wein in der Bibliothek?“

„Weinbestände gibt's hier noch aus der Zeit Österreich-Ungarns. Der Pan Direktor hat sie vom Weingut des Grafen Sapeg mitgebracht. Er hat ihn dann an verschiedenen Plätzen auf den Regalen versteckt. Der Lageplan befindet sich in seinem Büro – nicht nur für den Wein. Unter der Decke sind auch Schinken, Würste und Speck zum Reifen aufgehängt ... Als Sie hereingekommen sind, haben Sie doch bestimmt den Geruch von Geräuchertem bemerkt?"

„Ja, hab ich gerochen ... aber wieso hängen die hier zum Räuchern ... Rauchfleisch sollte doch im Rauch hängen."

„Ja, hier räuchert nicht der Rauch, sondern der ... der blaugraue Dunst, der unter der Decke wallt. Man sieht ihn nicht von hier unten, bemühen Sie sich nicht. Aber ich weiß, er ist da. Der Direktor hat mir das Geheimnis verraten, sozusagen als Teil der Kompensation für meine verlorene Unschuld. Die ich, häh-häh, aber gar nicht verloren habe."

„Wa-as?", fragte ich verdutzt. „Sie wurden nicht vergewaltigt?"

„Nein."

„Und wie kommen dann die Blutflecken auf den ‚Pan Tadeusz' und die Spermaflecke auf die ‚Enejida'?"

„Das Blut stammt von meinem kleinen Finger, und das Sperma ... da hab ich ein bisschen Sahne mit Stärke vermischt und auf das Buch getröpfelt, und den Rest hab ich dann auf dem Fußboden verschmiert."

„Aber wozu denn das Affentheater?"

„Das war kein Affentheater. Das war so geplant. Ich habe das eingefädelt, um endlich an die geschlossenen Bestände zu kommen. Haben Sie einen Passierschein?"

„Ja, von Pani Konopelka."

„Sehen Sie, und ich hab den Pan Direktor überzeugt, dass ich unbedingt einen haben muss, um den Vergewaltiger zu jagen, der sich sehr wahrscheinlich in den geschlossenen Magazinen versteckt. Verstanden? Und nun klettern Sie endlich auf das Regal bis Brett 48, wo hinter Cornelius Agrippas ‚De occulta philosophiae' eine Flasche Barbera D'Asti, 1889er Jahrgang, steht. Dann klettern Sie noch ein Stückchen höher und bringen einen Wurstring mit."

Ich staunte nicht schlecht, als ich das hörte. Folgsam kämpfte ich mich die Leiter nach oben und fand tatsächlich die Weinflasche. Nachdem ich noch ein paar Sprossen höher geklettert war, stieß ich mit dem Kopf gegen eine Wurst, die einen so leckeren Duft verströmte, dass ich mich kaum zurückhalten konnte, ein Stück abzubeißen. Wir ließen uns dann auf zwei Bücherstapeln nieder und ich entkorkte die Flasche mit dem Korkenzieher meines Taschenmessers. Schon nach dem ersten Schluck durchströmten mich Wohlgefühl und eine Dankbarkeit gegenüber dem Mädchen, das meine Wanderung so angenehm gestaltete. Wir tranken und aßen die feine Wurst, zu deren Aroma all die Schlauköpfe und Philosophen, Häretiker und Weltenbummler, Gnostiker und Prognostiker, Historiker und Literaten, Poeten und Dramaturgen beigetragen hatten, ohne die geringste Ahnung davon zu haben, dass ihre Manuskripte nach Jahrhunderten nicht nur nach altem Papier, Leder und Farbe riechen würden, sondern auch den Geruch von Holzkohle, Heu und trockenem Laub ausdünsteten ...

„Haben Sie nun verstanden, wie nützlich ich Ihnen sein kann?", fragte Jungfer Milja verschmitzt lächelnd und streifte dabei meinen Ellbogen. Ich bemerkte die Anspielung nicht und nickte nur. Der Wein war mir bereits zu Kopf gestiegen und begann, meine Hirnwindungen zu fluten. Ich fühlte mich entspannt.

„Wir werden gemeinsam weiterwandern", fuhr sie fort. Da begann mir zu dämmern, worauf sie hinauswollte.

Ich ließ mir nichts anmerken und fragte nur: „Wie weit sind Sie auf Ihrer Suche gekommen? Was suchen Sie eigentlich?“

„Das verrate ich Ihnen nicht. Obwohl das, was ich suche, eng mit dem verknüpft sein könnte, was Sie suchen. Ganz sicher bin ich mir aber nicht.“ Auffordernd sah sie mich an, als erwarte sie, dass ich ihr nun den Zweck meiner Expedition verraten würde.

Ich zuckte jedoch nur mit den Schultern und sagte: „Vertrauen gegen Vertrauen: vorläufig sehe ich keinen Grund, zu glauben, dass wir das gleiche Ziel verfolgen. Doch Ihr Mund ...“

Sie öffnete ihn verwundert, als wolle sie sagen: Oh!, sagte es aber nicht, denn ich drückte meine Lippen auf ihre. Währenddessen tastete ich nach dem Buch, das sie zwischen die beiden Bücherstapel auf den Boden gelegt hatte, und versteckte es auf einem der Regalbretter. Zur selben Zeit streichelte ihre linke Hand meine Brust und tastete zärtlich über alle meine Taschen. Als ich ihre Liebkosungen dann unterhalb meines Gürtels dirigierte, richtete sie sich entschieden auf und führte ihre Nachforschungen weiter oben fort. Sie erbrachten allerdings nichts, ich hatte die Papiere aus den Folianten, noch bevor ich den Wein und die Wurst geholt hatte, in meinen Socken versteckt. Während der ganzen Zeit schmiegten sich unsere Lippen aneinander. Als ich ihr jedoch an den Busen fasste, fuhr sie abrupt zurück.

„Was erlauben Sie sich? Ich habe Ihnen doch gesagt, dass ich noch unschuldig bin.“

„Aber wenn man sich küsst, kann man doch auch den Busen streicheln. Da verlieren Sie doch nicht gleich die Unschuld. Im Gegenteil, es ist sehr angenehm.“

„Kann ich mir schon denken. Aber Sie sind nicht mein Bräutigam. Und ich habe mir vorgenommen, mich nur meinem Bräutigam hinzugeben.“

„Aber es kann sein, dass er ein Trampel ist und Sie nimmt wie ein Bär. Grob und unzivilisiert."

„Woher wollen Sie das wissen?"

„Die Erfahrung sagt es mir. Da ist es besser, dem Ehemann die Entjungferung vorzuspielen. Umso mehr, da Sie ja schon Erfahrung in dieser Richtung haben."

„Werden Sie nicht ausfällig! Ich habe Ihnen doch mein eigentliches Motiv verraten."

Hier hielt sie einen Moment inne und tastete mit der Hand nach dem Buch, das sie vor mir verborgen hatte. Schließlich wandte sie sich um und suchte ganz offen danach, bis ihr auffiel, dass hier etwas nicht stimmen konnte. Sie blickte mich an und sagte: „Sie Fiesling! Sie haben meine Schwäche ausgenutzt! Wo ist mein Buch? Wo haben Sie es versteckt?" Sie sprang auf und begann, die nächstgelegenen Bretter abzusuchen. Inzwischen hüllten uns dunkle Schwaden ein, man konnte kaum mehr die Hand vor Augen erkennen. Sie war verzweifelt. „Warum haben Sie das gemacht? Das Buch ist nicht, was Sie wollen! Wo ist es?"

„Ich gebe es Ihnen, wenn Sie mir erklären, was Sie hier suchen."

Sie setzte sich wieder auf den Bücherstapel, griff nach der Flasche und nahm einen kräftigen Schluck. Dann seufzte sie und sagte: „Ich habe meinen Auftrag direkt von einem Mittelsmann der Habsburger. Ich soll ein Traktat finden."

„Von Johann Kalkbrenner?"

Wie erwartet spielte sie die Überraschte. Ich traute ihr nicht über den Weg.

„Woher wissen Sie denn das ... das ist wirklich ... Sie etwa auch?"

„Was – auch?"

„Ach, ähh ... nichts ...“ Sie nahm noch einen Schluck und seufzte wieder. „Ich hab alles verdorben. Wir suchen doch das Gleiche.“

„Offen gestanden, weiß ich nicht genau, was ich suche. Bisher wurden acht lose Papierbögen gefunden. Es fehlen vier weitere. Ich habe von Pani Konopelka den Auftrag, diese zu suchen.“

„Halt, warten Sie – wollen Sie damit sagen, dass Sie bereits acht Bögen aus dem Traktat von Kalkbrenner gefunden haben?“

Ich nickte und nahm ihr die Flasche aus der Hand.

„Dann haben Sie uns überholt.“

„Aber eher zufällig. Bezahlt man Sie?“

„Natürlich! Soll ich das aus purer Bücherliebe machen?“

„Na ja, ich suche im dienstlichen Auftrag.“

„Nur weil Pani Konopelka Ihnen den Auftrag gegeben hat?“

„Ja. Allerdings beschäftigen sich meine Freunde ebenfalls mit dem Traktat. Es wird eine schöne Überraschung für sie sein, wenn ich die übrigen Seiten finde.“

„Schöne Überraschung!“, äffte sie mich nach. „Wissen Sie denn nicht, wie viel das Ding wert ist? Sie könnten reich werden, ein Millionär. Helfen Sie mir und Sie werden es nicht bereuen. Wo sind die acht Bögen?“

„Die Originale hat Pani Konopelka, die Kopien haben meine Freunde.“

„Und was ist mit den restlichen vier?“

„Die suche ich. Was ist eigentlich in dem Buch, das Sie gefunden und vor mir versteckt haben?“

Sie blickte niedergeschlagen drein. „Also gut ... Sie sind mir sowieso voraus. Es ist die Beschreibung des „höchst vornehmen mineralischen Erzes“ von Erkner. Er zitiert bestimmte Informationen von Kalkbrenner. Ich dachte, es bringt mich vielleicht auf die richtige Spur."

Ich beugte mich nach hinten und zog das Buch hervor, das ich vor ihr versteckt hatte. Es handelte sich tatsächlich um ein Buch von Erkner in einem Schweinsledereinband und mit herrlichen Stichen illustriert.

Milja nahm es und öffnete es auf den hinteren Seiten. „Sehen Sie? Da ist der Verweis auf Kalkbrenner. Es fehlt aber die Angabe, wo in seinem Buch er das Traktat zitiert. Sie haben mich angetroffen, als ich gerade das ganze Buch durchgeblättert habe ... Es ist schon Nacht. Es wäre gefährlich, jetzt weiterzugehen. Ich schlage vor, wir bleiben hier. Da drüben", sie zeigte auf eine Wand gegenüber dem Fenster, „ist ein Wandschrank. Holen Sie uns von dort die Matratze und das Bettzeug."

Ich gehorchte und kehrte sogleich mit Matratze, Spanntuch, einer großen Decke und zwei Kissen zurück. Milja richtete rasch das Bett her und forderte mich auf, mich umzudrehen. Ich ging los und fand auch gleich einen verdurstenden Kaktus, den ich großzügig wässerte. Als ich zurückkam, lag das Mädchen bereits unter der Decke. Rasch zog ich mich aus und legte mich zu ihr. Als ich mich aber an sie schmiegen wollte, drängte sie mich zurück.

„Das fehlte jetzt noch. Soll ich vielleicht unter so unästhetischen Umständen meine Jungfräulichkeit verlieren?"

„'tschuldigung, nur keine Aufregung. War bloß aus Höflichkeit."

„Also das ist doch der Gipfel der Unverschämtheit!"

„Warum meinen Sie eigentlich, es sei gefährlich, jetzt weiter zu gehen? Was kann in einem Buchmagazin gefährlich sein?"

Sie räkelte sich gemütlich, verschränkte die Arme hinter dem Kopf und sagte: „Haben Sie schon mal was vom Geisterzug gehört?"

„Was hat ein Geisterzug hier verloren?"

„Nun, am häufigsten ist er auf den Gleisen Richtung Wynnyky zu sehen, aber er ist auch schon auf Trambahnschienen gefahren. Die Lokomotive spuckt dicke Dampfwolken aus und in den dämmrigen Fenstern kann man Fahrgäste erkennen, die wie zu österreichisch-ungarischen Zeiten gekleidet sind. Sie lesen Zeitung, spielen Karten, manche essen zu Abend. Die Gesichter sind zufrieden, sie lächeln, einige freuen sich richtig. Wenn aber der Zug für einen Augenblick am ehemaligen Häuschen des Schrankenwärters stehen bleibt, springen die Fahrgäste wie auf Kommando von ihren Plätzen, schreien verzweifelt, pressen ihre angstverzerrten Gesichter an die Scheiben und kratzen mit den Fingernägeln daran, als wollten sie eine unsichtbare Folie abkratzen. Es sind keine Schreie zu hören, aber man ahnt sie, wenn man ihre Gesichter, die aufgerissenen Augen und verzerrten Münder sieht. Solange der Zug steht, sind die Waggontüren geöffnet, dort stehen Schaffner in schwarzen Mänteln. Unter ihre Schirmmützen blickt man besser nicht, denn dort würde man nur ein dunkles Nichts, kein Gesicht sehen. Manchmal kann man auch hören, wie jemand zum Ausgang stürzt – doch vergebens. All das dauert nur wenige Sekunden, dann setzt sich der Zug wieder in Bewegung, die Fahrgäste beruhigen sich und nehmen ihre Plätze ein. Sie machen weiter wie vorher, als sei nichts gewesen, als habe es diesen schrecklichen Halt nicht gegeben, als ahnten sie nicht einmal, dass sie, der Zug und die Gleise längst nicht mehr existieren. Die Zeit ist für sie stehengeblieben. Es soll vorgekommen sein, dass jemand an der Haltestelle in den Zug gestiegen ist und danach nie mehr gesehen wurde.“

„Warum erzählen Sie mir das alles?“

„Einmal, es war in Snesenie, abends, ich hatte meine kranke Mutter im Spital besucht und war auf dem Heimweg, hörte ich ein Rattern. Rauchschwaden hüllten mich ein, ich hob den Blick und sah, dass ein Zug neben mir angehalten hatte, einfach so. Menschen saßen an den Fensterplätzen und lächelten mir zu. Jemand nickte freundlich in meine Richtung und eine Liliputanerin, die ein weißes Hündchen mit rosa Band auf dem Arm hielt, lockte mich mit dem Finger heran. Eine unbändige Kraft zog mich dorthin. Ich hatte bereits die Hand am Einstieg und einen Fuß gehoben, als ich plötzlich ein bekanntes Gesicht im Fenster sah – das meiner Großmutter. Ihr Gesicht war angstverzerrt, sie rief mir etwas zu, das ich nicht verstand, aber ich wich von dem Zug zurück und lief davon. Hinter mir hörte ich das Rattern und das Zischen des Dampfs ...“

„Und was gibt es nun für eine geheimnisvolle Verbindung mit der Bibliothek?“

„Schauen Sie, meine verstorbene Großmutter glich Pani Konopelka wie ein Ei dem anderen. Als ich sie zum ersten Mal sah, wäre ich ihr fast um den Hals gefallen, aber ich habe mich noch rechtzeitig gebremst, denn die Babzja war ja längst gestorben. Aber als ich auch noch ihre Stimme hörte, krampfte sich mir das Herz zusammen. Doch ich habe mir nie etwas anmerken lassen. Und das ist noch nicht alles: Der Verlobte von Pani Konopelka ist in diesen geschlossenen Beständen verschollen. Mein Großvater ist genauso spurlos verschwunden. Man weiß nur, dass er angeblich in den Geisterzug gestiegen sein soll. Manchmal scheint mir, dass der Geisterzug dieses geschlossene Magazin ist, die Regale sind die Waggons, die zahllose, längst tote Schriftsteller transportieren. Sie sind nummeriert und jedes Brett ist ein Zugabteil. Deshalb sollten wir nicht leichtsinnig sein. Da – haben Sie gehört?“

Ich lauschte. Irgendwo in der Ferne, in geheimen Winkeln, hörte ich ein leises Plätschern, wie wenn Wellen an ein Ufer schlagen und sich wieder zurückziehen, ein ums andere Mal, rhythmisch wogend, fern, kaum hörbar ... wir schliefen ein.

13

Am nächsten Morgen machte sich Josip Milker gemäß seiner Gewohnheit zum Krakauer Basar auf. Dort ging er immer zur gleichen Marktfrau, die mit Milchprodukten handelte. Er begrüßte sie so herzlich, als sei sie seine liebste Verwandte – und irgendwie war sie das auch, denn er suchte sie zweimal die Woche auf und unterhielt sich mit ihr.

„Wie ist das werte Befinden, Pan Josip?", strahlte sie ihn an. Sie sah aus, als sei sie einer Reklame für frische Vollmilch entsprungen. Ein rotbackiges Gesicht und ein Riesenbusen, der über die Verkaufstheke wogte.

„Ach Pani Slawa, wie einer Kuh nach dem Kalben", scherzte der Alte, „aber dank Ihnen bin ich noch nicht ganz steif."

„Ach, was Sie nicht sagen? Dank mir? Sie hätten besser ein Frauchen zum Aufwärmen, oder?"

„Ich weiß nicht, die würde sich bei mir nur einen Kälteschock holen."

Ringsum erhob sich das fröhliche Lachen der anderen Marktfrauen. Milker brachte sie jedes Mal zum Staunen. Oft sagten sie: „Nicht übel, mit neunzig noch so über die Märkte zu spazieren."

„Nein, nein." Der Alte schüttelte den Kopf. „Das ist schon wegen Ihnen. Und außerdem sollte man eine gesunde Ernährung nicht unterschätzen. Ich nehme Tomaten, Gurken, Paprika und Zucchini und bereite daraus ein Essen, wie es schon meine Mutter gemacht hat."

„So, so, und wie?", wollten die Marktfrauen wissen.

„Ganz einfach: Sie braten das ganze Grünzeug mit Zwiebeln und etwas Öl an und fertig ist der Zauber."

„Und was gibt's dazu?", erkundigte sich Slawa.

„Brot."

„Kein Fleisch?"

„Fleisch esse ich nur im Winter und auch dann nicht oft. Kann ich nur empfehlen."

„Ah ja", sagte Slawa, während sie ihm Käse, Butter und Rahm einpackte. „Jetzt kennen wir das Geheimnis eines langen Lebens. Aber wenn ich meinem Mann kein Fleisch auftische, wirft er mir vor, dass ich ihn verhungern lassen will. Hätte ich doch so einen Schatz, wie Sie einer sind, Pan Josip!"

Grinsend stupste die Nachbarin sie an und sagte: „Slawa, es ist noch nicht zu spät! Schau, was das noch für ein Kerl ist, wie ein Schrank. Und er kocht sich sogar selbst. Wie steht's, Pan Josip – nehmen Sie unsere Slawa?"

Auch der alte Milker war nicht auf den Mund gefallen: „Warum nicht? Aber vorher müsste Pani Slawa eine Diät machen, mein altmodisches Bett kracht sonst zusammen."

Die Frauen prusteten herzhaft los, Slawa bekam vor Lachen sogar einen Schluckauf.

Milker verabschiedete sich höflich und ging dann die Reihen mit dem Gemüse entlang. Dort hatte er keine Bekannten, also passte er genau auf, wie was gewogen wurde. Schließlich sagte er zur Verkäuferin: „Sie haben mir da eine angefaulte Tomate untergeschoben und meinen, dass ich's nicht merke. Im Grund genommen schaden Sie sich selbst damit mehr als mir."

„Wie denn das?", fragte sie, während sie die Tomate etwas beschämt austauschte.

„Ist doch klar", erklärte Milker, „wenn der Käufer zu Hause entdeckt, was für eine Sauerei Sie ihm eingepackt haben, wird er sehr wahrscheinlich über Sie schimpfen, vielleicht begleitet von ein paar deftigen Flüchen. Und diese Worte werden keineswegs spurlos an Ihnen vorbeigehen, seien Sie versichert, sie werden Einfluss auf Ihr Wohlbefinden haben."

„Also bitte!", schüttelte die Verkäuferin ungläubig den Kopf und blickte Unterstützung heischend zu den Nachbarständen. Doch die Frauen dort schwiegen erstaunt. Man sah ihnen an, dass Milkers Worte sie getroffen hatten. Ihnen allen kamen ihre nicht ganz tadellosen Geschäftspraktiken in den Sinn.

„Ja", nickte er, „Worte haben große Kraft. In der Bibel steht geschrieben, dass am Anfang das Wort war, und alles, was ist, ist durch das Wort geworden. Das Wort verleiht Flügel oder kettet an die Erde. Fürchtet an euch gerichtete böse Worte."

Die Verkäuferin half ihm, das Gemüse einzupacken, und Milker ging. Versonnen sahen die Frauen ihm nach. Dieser Mann hatte etwas, das sie zum Nachdenken zwang – ob es allerdings vorhielt, ist fraglich.

Als er auf die Klepariwska-Straße kam, hörte der Alte hinter sich eine Stimme rufen: „Herr Milker!"

Er wandte sich um und sah einen untersetzten, kräftigen Typen mit zusammengekniffenen Augen. Dieser Blick rief augenblicklich Erinnerungen an die Nachkriegsjahre wach, als er bei Verhören den Tschekisten gegenübergesessen war. Sie hatten seine Antworten auf ihre Fragen mit so einem Blick quittiert, als wollten sie ihm auf die Art zu verstehen geben, dass man ihm kein Wort glaubte.

„Entschuldigen Sie bitte", sagte der Mann und zeigte ihm den Dienstausweis des ukrainischen Geheimdienstes SBU*. Den Nachnamen konnte Milker nicht lesen, er interessierte ihn auch nicht. „Ich müsste Sie kurz sprechen. Können wir uns hier auf eine Bank setzen?"

In letzter Zeit hatte sich Milker mit so wenigen Menschen unterhalten, dass er zustimmte. Sie gingen zu einer Bank und setzten sich. Der Alte stellte seine Einkaufstasche neben sich ab und streckte die Füße aus.

„Eventuell ist dies hier nicht der ideale Ort für ein Gespräch", begann der Geheimdienstoffizier, „aber wir wollten Sie nicht schriftlich in die Dienststelle laden ..."

„So, so", Milker lachte, „wie freundlich. Wohl, um mir unangenehme Erinnerungen zu ersparen? Wie feinfühlig die Organisation geworden ist."

„Wir kümmern uns nun um die Sicherheit der Ukraine. Ich habe Ihre Akte gelesen. Sie haben viel durchgemacht. Uns interessiert da eine gewisse Sache … als Sie im KZ waren, haben Sie doch den Todestango gespielt?"

Am Morgen weckte mich Vogelgezwitscher. Das Mädchen neben mir war weg. Auf die Ellbogen gestützt blickte ich mich um. Dann betastete ich meine Socken, die Papierbögen waren noch da.

Gleich darauf erschien Milja: „Guten Morgen, Schlafmütze. Komm her, da unter der Weide ist eine kleine Quelle."

Folgsam stand ich auf und sah in einer Riesenvase wirklich eine Trauerweide, unter der Wasser sprudelte und im Boden verschwand. Es war ziemlich kühl und ich wusch mich vergnügt, probierte einen kleinen Schluck, es schmeckte gut. Wäre es nicht so kalt gewesen, dass einem davon die Zähne schmerzten, hätte ich Unmengen davon getrunken.

Milja räumte das Bettzeug weg. Wir frühstückten und machten uns wieder auf den Weg. Der Dunst war wieder nach oben gestiegen und wallte unter der Decke, Sonnenstrahlen tanzten auf den Buchrücken. Im Gehen unterhielten wir uns angeregt, als plötzlich etwas hinter einem Regal herabglitt und weghuschte.

„Was war das?", fragte ich verwundert.

„Etwas, das uns nicht erwartet hat."

„Ich hab den Eindruck, es war irgendwas Glitschiges oder Feuchtes."

„Und Ekelhaftes."

Die Regale glichen mehr und mehr Felswänden, an denen man hochklettern und die Zwischenräume wie Schluchten überqueren konnte. Dennoch umgingen wir sie lieber, obwohl das manchmal gar nicht so einfach war, denn je weiter wir kamen, desto weniger waren die Regale in geraden Reihen angeordnet. Sie standen schief, stießen in spitzen Winkeln aufeinander, waren kreuz und quer, manche neigten sich auch zur Seite wie der Schiefe Turm von Pisa. Wir schlüpften unter ihnen durch, stießen uns die Köpfe und fürchteten, unter einer Lawine von Weisheiten begraben zu werden. Zuweilen flog auch ein Buch einfach so von einem Brett, flatterte dabei verzweifelt mit den Flügelchen seiner Seiten und landete zwischen unseren Beinen, als bitte es darum, aufgehoben zu werden. Unsere Blicke glitten nur über die Buchtitel, wir wanderten weiter. Dabei hatten wir den Verdacht, von jemandem beobachtet zu werden, denn Rascheln und Rauschen drang an unsere Ohren, feines Zischen und Pfeifen, manchmal sogar Platschen und Plätschern, Geräusche, die in einem Buchmagazin eigentlich ausgeschlossen waren. Ich überlegte, ob wir uns in einen fantastischen Winkel des Weltalls verirrt haben könnten, wo die Gerüche und Geräusche nicht jenen entsprechen, die wir gewohnt sind und mit denen wir sonst zu tun haben. Wir waren hier anscheinend Fremde, und die Regale, Bücher und Vasen sahen uns als Eindringlinge in ihrem Territorium, hunderte feindliche Blicke bohrten sich in unsere Rücken. Wenn wir mit Beinen oder Armen zufällig ein Regal streiften, rieselten feine Schneeflocken oder vergilbte, eingerollte und mit schwarzen Flecken übersäte Blätter auf uns herab. Als ich einige Schneeflocken auffing, bemerkte ich, dass sie keine Sternform hatten, sondern die Form von Buchstaben und Satzzeichen – nicht nur lateinischer oder kyrillischer, sondern auch arabischer und jüdischer, selbst Hieroglyphen waren dabei. Sie tauten leider zu schnell, als dass wir die Botschaft aus dem Bibliothekshimmel lesen konnten.

Unter unseren Schritten knarrte der alte Boden, von dem der würzige Geruch nach Meer und Tang aufstieg. Er schien den Spalten im Fußboden zu entströmen. Neugierig kniete ich mich nieder und blickte durch eine solche Spalte. Es war dunkel darunter, aber es roch noch intensiver nach Meer. In dem dichten Schwarz, in der feuchten Stille, hörte man weit entfernt Wellen weich ans Ufer rollen, langsam, verträumt, als sei das Meer noch nicht erwacht und wiege sich rhythmisch in selbstvergessenem Schlummer. Ich konnte nichts erkennen, nur dass hier und da ein Funke, ähnlich dem Leuchten von Plankton, aufglühte. Schließlich erahnte ich feucht glänzende Buckel, die von Wellen umspült wurden. Ob dies nun Felsen oder die Rücken von wundersamen Meeresbewohnern waren, die in diesem Wasserbett schlummerten, ließ sich nicht sagen.

„Vielleicht träume ich das ja", murmelte ich, „ich glaube, da unten ist das Meer."

„Nein, du träumst nicht", entgegnete Milja, „das Meer war wirklich einmal hier, bevor es unter der Erde versunken ist. Da ist es aber trotzdem noch, von Zeit zu Zeit steigt es wieder nach oben und dringt in die Keller der Häuser. Wenn es dann wieder absinkt, hinterlässt es richtige Fjorde ... In diesem Meer leben unbekannte Wesen. Es sind keine Fische oder Menschen. Spät nachts steigen sie manchmal aus den Tiefen nach oben bis an Land, dann kann man ihnen auf den Straßen begegnen. Sie kleiden sich wie wir, haben aber grüne Augen und sind barfuß unterwegs, denn ihre flossenähnlichen Füße passen in keine Schuhe. Es kann sein, dass sie auch in die Bibliothek vorgedrungen sind."

„Womit sich diese nassen Spuren erklären würden ... Algen und Quallen", sagte ich und stand wieder auf. „Komm, gehen wir weiter."

Wir betraten einen freien Raum, hier bedrängten uns keine Bücherwände mehr von allen Seiten. Wir fanden dort mit Schnitzereien und Intarsien verzierte Schränke, Kredenzen, Kanapees, Tische, Sessel und Schreibtische aus unterschiedlichen Epochen und kamen aus dem Staunen nicht mehr heraus.

Milja klatschte vor Freude in die Hände und rief: „Oh wie schön!"

Wir hielten uns aber nicht lange damit auf, diese Schätze zu bewundern. Vor einem Spiegel macht Milja sich ein wenig zurecht, während ich in Schränke und Schreibtische schaute, ob sich nicht etwas Brauchbares oder Interessantes finde, aber ich entdeckte nichts. Dann machten wir uns wieder auf den Weg ins Innere der Bibliothek. Kaum befanden wir uns zwischen den Regalen, als hinter uns knarrend eine Tür zu schwingen begann. Ich erstarrte.

„Ich habe alle Türen zugemacht."

„Vielleicht Durchzug?"

„Ich habe eher das Gefühl, dass uns jemand beobachtet. Ich höre manchmal Schritte, Flüstern und so ein Kratzen."

„Das habe ich auch gehört. Aber in so einem riesigen Raum ist das ganz normal. Warme und kalte Luft treffen ständig aufeinander ... und dazu die Dunstwolke. Das alte Holz der Regale und des Fußbodens knarrt eben."

Plötzlich flog etwas an uns vorbei und setzte sich auf einen verwachsenen Rhododendron, von dem unzählige dunkelbraune Blätter hingen. Es war ein kleines, schmales Buch in einem gemusterten Einband, das aussah wie ein Spatz und aufgeregt von einem Beinchen aufs andere trat. Als ich mich nähern wollte, flog es auf und verschwand. Dafür hüpfte ein anderes Büchlein vom Regal, flatterte mit den Seiten, schlug ein Rad, lief die Wand hoch, breitete seinen Vorder- und Hintereinband aus und blieb dort hängen, als sei es festgeklebt. Einen Moment später kam ein weiteres Buch durch den Raum gehüpft und setzte sich von hinten auf das zweite wie Fliegen bei der Paarung. Ein Rascheln neben unseren Füßen scheuchte uns zur Seite: Unter den Regalen kamen mehrere Bücher hervorgekrochen, die an Schildkröten erinnerten, und verschwanden dann wieder im Dunkeln. Dabei grunzten und fauchten sie, als ärgerten sie sich über uns. Ich staunte noch mehr, als der Boden unter uns zu schaukeln und zu krachen begann. Schließlich schoben sich die Dielen zusammen und türmten sich auf. Wir sprangen zur Seite und beobachteten verängstigt, wie zwischen den Dielen ein schwarz glänzender Rücken, nass und glitschig, dazu mit Muscheln und Wasserpflanzen übersät, gemächlich emporstieg. Dabei schob er die Dielen immer weiter zur Seite – jeden Moment konnten die Regale wie ein Gebäude während eines Erdbebens zusammenstürzen. Es dauerte nur einige Sekunden, dann versank der Rücken wieder, die Dielen rutschten zusammen und einzig eine große Pfütze blieb als stummer Zeuge dieser seltsamen Erscheinung zurück. Ich hatte eine Heidenangst. Ich verbarg meinen Kleinmut aber vor Milja, da sie anscheinend noch verschreckter war als ich, legte meinen Arm um sie und zog sie weiter.

„Ich habe nicht geahnt, dass es so furchtbar sein kann", sagte sie, „bisher waren sie ganz friedlich, als schliefen sie tief und fest und würden erst nach Millionen Jahren wieder erwachen. Irgendeine Macht hat sie aufgescheucht. Das ist bestimmt ein böses Vorzeichen. Pani Konopelka meinte, sie habe so etwas zum letzten Mal vor dem Krieg beobachtet. Was meinen Sie, wird es wieder Krieg geben?"

„Einer von denen, Hitler oder Stalin, fängt bestimmt an. Und wir werden wieder zwischen Hammer und Amboss geraten."

„Ich bin erschöpft und hungrig. Ihre Mannespflicht ist, jetzt Essen herbeizuschaffen."

Sie zog eine Karte aus ihrer Tasche und zeigte mir, auf welchem Regal ich Fleisch finden konnte und wo sich Käse und Wein befanden. Eine Weile später saßen wir bereits unter einer Birkenfeige auf zwei Bücherstößen und aßen. Ich blickte auf die Regalnummer, wir saßen bei 1688F, die Buchstaben gingen selten weiter als bis K oder L, das hieß, bis zum Regal 1700 war es nicht mehr weit. Es bestand also Hoffnung, dass ich heute noch die fehlenden Seiten finden würde.

Als wir eben weiterwandern wollten, kam plötzlich ein kleines, vertrocknetes Männchen mit einer schiefen Nase im Gesicht, kleinen, eng stehenden Augen, gekleidet in altmodische und speckige Klamotten, hinter einem Regal hervor.

„Wusste ich es doch! Sie hat wieder eine Suchexpedition losgeschickt!", kreischte er. Dann fiel ihm der Wurstzipfel ins Auge. Er schnappte ihn sich und verschlang ihn hastig. Dann griff er sich die Weinflasche und trank sie in einem Zug aus. „Sagen Sie ihr, dass ich nie mehr zurückkomme. Nie mehr!" Trotzig stampfte er mit dem Fuß auf, um dies zu unterstreichen.

„Wem sollen wir etwas ausrichten?", fragte ich nach.

„Erzählen Sie mir nicht, dass Sie nicht die Konopelka geschickt hat! Der richten Sie's aus!"

„Ah, dann sind Sie also ihr Verlobter, auf den sie so viele Jahre vergeblich wartet?"

„Ich bin schon lange nicht mehr ihr Verlobter. Ich habe sie verlassen, um mich ganz und gar der Erforschung des Meeresbodens zu widmen. Ich lebe dort." Er zeigte mit dem Finger in Richtung Fußboden. „Dort ist meine Welt. Die reizendsten Meerjungfrauen sind mir zu Diensten. Ich schlafe in einem Bett aus getrocknetem Tang und hülle mich in eine Decke aus feinstem Möwenflaum. Ich speise nur Fisch und Schnecken." Als er unsere verwunderten Blicke bemerkte, fügte er hinzu: „Heute habe ich meinen Kreativtag. Ich bin nicht auf die Jagd gegangen und deshalb auch ganz ausgehungert. Dafür habe ich allerdings die bisher unbekannte Blumenart Asturia Mitylenska* entdeckt, direkt verwandt mit Rodelija Zurymska*, die noch vor Christi Geburt ausgestorben ist. Doch hier ... hier blüht sie und lockt mit ihrem Duft. Und warum? Weil die Bücher aufgrund der Wirkung des Meeres ein solches Mikroklima erzeugen, dass einige gar selbst lebendig werden. Ja, stellen Sie sich nur vor, letzten Monat hat eine Meute wilder

Bücher einen bekannten Gelehrten angefallen, der sich auf der Suche nach den Briefen Wallensteins an Gustav Adolf hierher verirrt hatte. Das Buchmagazin wird langsam gefährlich. Es hat sein eigenes Leben. Ja, bestimmt, wundern Sie sich nicht! Selbst diese Regale", er klopfte mit den Fingern gegen das Holz, „sind nicht so leblos, wie es Ihnen scheinen mag. Und erst recht nicht unbeweglich. Sie begeben sich manchmal auf eine Wanderschaft, die Monate dauern kann. Und gerade jetzt hören sie unserem Gespräch zu. Oh, wie bitte?" Der Alte legte sein Ohr an die ausgeblichene Oberfläche eines Regals und lauschte. „Manch einem mag ihre Unterhaltung wie das Bohren der Holzwürmer vorkommen, ich aber sage Ihnen, dem ist nicht so. Sie flüstern sich etwas zu in ihrer knisternden und knackenden Sprache. Aber mal unter uns: Haben Sie wirklich geglaubt, dass Sie mich finden würden?"

„Sie werden sich jetzt wundern und vielleicht auch enttäuscht sein", schaltete sich Milja ein, „wenn wir Ihnen sagen, dass wir Sie gar nicht suchen. Zwar hat Pani Konopelka tatsächlich einem von uns einen Auftrag gegeben, doch einen anderen, als Sie zu suchen. Und unsere Suche geht noch weiter."

„Wie, da hat mich die alte Morchel schon vergessen, oder was?", sagte das Männchen enttäuscht.

„Aber nein", erwiderte ich, „sie hat Sie nicht vergessen. Sie wartet auf Sie. Sie hat sogar ihre Jungfräulichkeit bewahrt und sagt, dass sie nicht sterben wird, bevor Sie sie nicht entjungfert haben. Dennoch sind wir in einer anderen Angelegenheit hier."

„Darf man fragen, in welcher?" Die Augen des Männleins blitzten auf.

„Nein. Es hat aber nichts mit Ihren Interessen gemeinsam."

„Hmm ... Sie suchen nicht zufällig die Karte, auf der der Meeresboden des Karpatenmeeres verzeichnet ist?"

„Nein, und Sie?“

„Ich suche sie. Es ist die achtundzwanzigste Karte von Claudius Ptolemäus. Ich bin mir sicher, dass sie hier irgendwo sein muss. Aber ich warne Sie: Die alten Bücher sind völlig unberechenbar. Wenn Sie nicht Acht geben, können die Ihnen einen Finger abbeißen. Sie wissen, dass es fleischfressende Pflanzen gibt? Na bitte, und die alten Drucke fressen ebenso alles, was sie kriegen können, Fliegen, Mücken, Milben, sogar Mäuse ... Ich hab schon zwei völlig abgenagte menschliche Skelette hier gefunden. Aber ich möchte Sie nicht aufhalten, gute Reise.“

Wir verabschiedeten uns.

Nachdem wir schweigend ein Stück gewandert waren, meinte Milja besorgt: „Wer weiß, was uns noch erwartet ...“

Wie zur Bestätigung ihrer Worte sausten mehrere Bücher direkt vor unseren Nasen vorbei. Unter ihnen waren auch alte, großformatige Drucke, die uns leicht verletzen konnten, vor allem, wenn sie uns auf den Kopf fielen. Unwillkürlich pressten wir uns an die Wand und bewegten uns in Deckung weiter.

Am frühen Abend kamen wir zum Regal Nummer 1730. Ich stieg die Leiter bis zum obersten Brett hoch und nahm das Buch „Occulta occultum occulta“ von Paul Skalich, dessen Einband mit Metallschienen verstärkt war, in die Hand. Ich konnte es freilich nicht durchblättern, da es ein Schloss hatte und nirgends ein Schlüssel zu sehen war. Ich musste es also mitnehmen und in meinem Rucksack verstecken. Als ich nach unten steigen wollte, neigte sich das Regal plötzlich in meine Richtung, die Leiter kippte nach hinten, bis sie ans gegenüberliegende Regal stieß. Währenddessen ging eine Lawine von Büchern auf mich nieder. Seiten flogen umher, klebten mir im Gesicht, ich wehrte sie mit einer Hand ab wie einen Schwarm Vögel, mit der andern hielt ich mich an der Leiter fest. Die knarrte und knackte unheilverkündend. Die verschreckte Milja rief, ich solle mich beeilen, aber ich konnte die unzähligen Bücher und Buchseiten nicht verscheuchen, die mich schlugen und bissen. Inzwischen krachte und splitterte das Regal hinter mir immer lauter und neigte sich weiter zur Seite. Mit eingezogenem Kopf, eine Hand schützend vor dem Gesicht, kletterte ich blindlings nach, bis Milja rief: „Spring! Du bist fast unten!“

Da sprang ich und rollte mich zur Seite. Gerade noch rechtzeitig, denn die Regale, zwischen denen ich mich befunden hatte, stürzten aufeinander und hätten mich mit Sicherheit zerquetscht. Der Büchersturm verstummte, doch von oben hörte man noch wütendes Stöhnen und Schnauben.

Wir brachten uns in Sicherheit und nach einer weiteren Stunde gelangten wir zum Regal Nummer 1739. Der vierte und letzte Bogen befand sich in einem Folianten mit dem Titel „Labyrinthus Mundi“ des legendären Hermes Trismegist und hatte ein Exlibris des Wiener Buchliebhabers Anton Schwarz von Steiner. Inzwischen war es Abend geworden und wir schlugen abermals ein Nachtlager auf. Nachdem wir gegessen und eine Flasche Wein getrunken hatten, ließ mich die Müdigkeit augenblicklich einschlafen. Ich schlief den Schlaf der Gerechten und erwachte früh am Morgen. Das Mädchen war schon wieder weg. Ich dachte, dass sie sich irgendwo wasche und herrichte, und machte mir anfangs keine Sorgen. Nach einer Weile, als ich keinerlei Anzeichen ihrer Gegenwart hörte oder sah, tastete ich nach den Papierbögen und fand keinen einzigen. Es wunderte mich dann auch nicht, dass das verschlossene Buch ebenso verschwunden war. Ein einziger Engel, den eine Frau in sich trägt, kann die tausend Teufel, die sie sonst noch in sich trägt, ausgleichen. Doch Milja war die Ausnahme.

„Diese elende Schlampe!“, knurrte ich und nahm die Verfolgung auf. Damit sie mich nicht gleich hörte, zog ich die Schuhe aus und steckte sie in den Rucksack. Ich lief, überquerte Hindernisse, spitzte währenddessen die Ohren – hörte aber nichts Erfreuliches, überall Stille. Nur ein sanfter Wind fuhr durch Sträucher und Bäume. Manchmal flog ein Buch erschrocken auf, flatterte mit den Seiten und schwirrte eine Weile durch die Luft. Nach drei Stunden war ich völlig verschwitzt und fiel in einen gemäßigten Trab. Mich beunruhigte besonders, dass sich das Miststück irgendwo verstecken und warten konnte, bis ich an ihr vorbei war. Allzu weit konnte sie noch nicht gekommen sein, schließlich musste sie vom gestrigen Tag genauso erschöpft gewesen sein wie ich und ebenso Schlaf gebraucht haben. Mehr als eine oder zwei Stunden konnte ihr Vorsprung daher nicht sein, ganz abgesehen davon, dass sie ohne Pause nicht so schnell und lange laufen konnte wie ich, irgendwo musste sie rasten. Es war bereits Mittag, als ich hastige Geräusche vernahm. Jemand machte ruckartige Bewegungen, eine Männerstimme brummte, während eine Frauenstimme verzweifelt fiepte. Es klang, als sei hier Gewalt im Spiel. Einen Moment später sah ich zwischen den Regalen einen Mann und eine Frau, die miteinander rangen. Ich erkannte in ihnen unschwer den Verlobten von Pani Konopelka und Milja. Das verschlossene Buch von Paul Skalich lag ein Stück weiter am Boden. Sie kämpften um die Bögen, die Milja anscheinend unter ihrer Bluse verborgen hatte, die schon aufgerissen war. Die Papiere ragten aus ihrem Unterhemd, aber der Alte kam nicht heran, denn Milja schlug mit Händen und Füßen um sich, kratzte und biss, sodass der Greis schon ziemlich ramponiert war und aus der Nase blutete. Es war zu verlockend: Mit einer raschen Bewegung zog ich die Papiere aus ihrem Hemdchen hervor, schnappte mir das Buch und steckte alles in den Rucksack. Das übertölpelte Duo hörte augenblicklich mit dem Gerangel auf und glotzte mich schwer atmend an. In ihren Augen sah ich verzweifelte Wut. Ich dagegen war ganz aufgeräumt, winkte ihnen zum Abschied zu und ging meines Wegs.

Hinter mir brüllte Milja: „Du Idiot! Bleib da! Hier geht's um einen Haufen Geld. Ich geh mit dir bis ans Ende der Welt!"

Doch ihre Stimme klang bestenfalls lauwarm, wie die Suppe in einer Schänke an der Landstraße.

Der Alte knurrte hustend: „Vertraue weder den Frauen noch dem Wein oder dem Mondlicht!"

Am nächsten Tag war ich gegen Mittag wieder an meinem Arbeitsplatz und übergab die Bögen und das verschlossene Buch Pani Konopelka. Sie hörte der Erzählung meiner Abenteuer aufmerksam zu und war vom Verhalten ihres Verlobten entrüstet.

„Wenn er so ein Rindvieh ist, sehe ich keinen Grund mehr, wegen ihm weiterhin keusch zu sein. Was meinen Sie?" Sie zwinkerte mir zu. „Wenn ich mich wie eine Nutte auftakle, einen hübschen Fetzen anziehe und mir eine Perücke aufsetze, krieg ich an der Wiener Straße doch mindestens dreißig Zloty pro Nacht, oder?"

„Gut möglich. Ich würde Ihnen aber empfehlen, im Voraus zu kassieren und sich spätestens im Morgengrauen aus dem Staub zu machen. Sonst kommen Sie noch mit einem blauen Auge in die Bibliothek."

Die Alte kicherte und sagte, ich hätte jetzt frei. Ich machte sie auf das verschlossene Buch von Skalich aufmerksam, für das ich keinen Schlüssel gefunden hatte. Pani Konopelka überlegte einen Moment, dann schlug sie sich mit der flachen Hand an die Stirn und holte ein goldenes Kettchen hervor, das um ihren Hals hing. Daran befand sich ein goldener Schlüssel. Er passte in das Schloss, als sei er dafür gemacht. Sie öffnete das Buch und holte den letzten Bogen heraus. Ich bat sie um die Erlaubnis, einige Aufnahmen davon zu machen. Sie hatte nichts dagegen und gab mir sogar ihren Photoapparat. Damit photographierte ich jedes Blatt in Abschnitten, um später auch alle Details erkennen zu können. Dann begab ich mich mit dem Photoapparat zu Joschi. Er entwickelte den Film und begann, die Bögen zu untersuchen. Während meiner Expedition durch die geschlossenen Bestände hatte er schon einiges entziffert. Zum Beispiel hatte er herausgefunden, dass bestimmte Noten für Buchstaben standen und bestimmte Buchstaben für Noten.

„Schau mal her", setzte Joschi zu einer Erklärung an. „Heutzutage nennt man die Noten so: do – re – mi – fa – sol – la – si. Diese Bezeichnungen entstammen dem Hymnus ‚Johannes der Täufer' von Paulus Diaconus. Für die Bezeichnungen nahm man die erste Silbe der Zeilen der Hymne, die in einer aufsteigenden Oktave gesungen werden. Die eigentlichen Namen der Noten führte dann Guido von Arezzo ein. Die Note -do- hieß zwar bei ihm eigentlich -ut-, denn die erste Zeile lautete ‚Ut queant laxis'. Sie wurde dann mit ‚Dominus' ersetzt. 1574 kam noch die Note -ci- hinzu. Die erste Strophe der Hymne lautet wie folgt:

DOminius, Lord
REsonare fibris
MIra gestorum
FAmuli tuorum
SOlve polluti
LAbii reatum
SAncte Ioannes."

„Und was soll das heißen?"

„Das heißt, auf den Photos kann man erkennen, dass bestimmte Noten einen Punkt haben, und diese punktierten Noten sind keine Noten, sondern Buchstaben. Die müssen ausgelassen werden, wenn man die Noten spielt. Ein Punkt bedeutet den nächsten Buchstaben nach dem Notennamen. Wenn es sich zum Beispiel um -sol- handelt, dann -m-. Zwei Punkte bedeuten zwei Buchstaben und so weiter. Das ist Fleißarbeit, aber ich erledige sie."

Wie Joschis Entzifferung des Manuskripts voranging, weiß ich nicht, denn schon bald kam es zu Ereignissen, die alle aus der gewohnten Bahn warfen. Joschi bat mich später noch, einen Begleitgesang zum Tango auszudenken, den er schon länger im Hotel „Bristol" spielte. Dieser Tango war ziemlich populär. Joschi verriet mir, dass er ein Geheimnis berge, denn er habe die chiffrierten Noten darin verwendet, nun wolle er aber etwas verändern und auch einen Text dazu haben. Er spielte mir die Melodie vor, ich fiel in meine poetische Trance und improvisierte:

Wenn ich nicht mit dir sein kann,
und Sand die Körper bedeckt,
werden wir uns sehen, wo der Mohn tanzt,
dort, wohin sein Schatten fällt.

Joschi las sich die Zeilen zwei-, dreimal durch und fragte erstaunt: „Wie bist du gerade auf Mohn gekommen?"

„Keine Ahnung, ist mir so eingefallen."

„Das ist seltsam, denn in Kalkbrenners Manuskript habe ich auch eine Erwähnung von Mohn und dessen Schatten gefunden. Ich verstehe den Zusammenhang nicht. Von Mohn habe ich dir nichts erzählt. Aber du erwähnst ihn hier – komischer Zufall. Jedenfalls gefällt es mir: Ein Treffen nach dem Tod hmm ... im Schatten des Mohns ... Meintest du das damit?"

Ich plusterte mich auf wie ein Enterich und sagte: „Lieber Joschi, ein wahrer Dichter kann seine Bilder oder Metaphern nie erklären. Das kann bestenfalls einer, der an Grafomanie leidet. Sie kommen aus dem Unbewussten." Mit dem Daumen klopfte ich mir an die Stirn.

Keiner von uns ahnte in dem Augenblick, wie wahr meine Worte noch werden würden.

14

Jarosch wurde auf eine Konferenz über alte Sprachen nach Istanbul eingeladen. Da sich auf dem Gebiet der heutigen Türkei die alten Kulturen von Lydien, Lykien, Ur, der Hethiter und Arkaniens befanden, gab es hier öfter Konferenzen dieser Art. Er freute sich über den glücklichen Zufall, als er auf dem Platz neben sich im Flugzeug Andrej Kurkow entdeckte. Den Schriftsteller hatte er schon immer einmal treffen wollen. Kurkow war unterwegs zu einer Lesung aus seinem Roman „Picknick auf dem Eis“. Jarosch kannte den Roman – der nachdenkliche und melancholische Pinguin, der beim Romanhelden in der Wohnung lebte, hatte es ihm besonders angetan. Angeregt unterhielten sie sich, und der türkische Wein, den die Stewardessen in kleinen Flaschen servierten, erwies sich als vorzüglich. Jaroschs Schilderung seiner Arbeit weckte Andrejs reges Interesse. Er verriet, dass er einen Thriller plane, in dem es um eine alte Handschrift gehe, die durch die Jahrhunderte wandere und dabei ihre Besitzer wechsle. Sie brachte jedoch keinem von ihnen Glück, nur Leid, Qualen und den Tod. Er hatte bereits überlegt, welcher Kultur diese Handschrift entstammen konnte, ob der ägyptischen oder einfach der griechisch-römischen. Als Jarosch Arkanien und seine seltsame Literatur beschrieb, die nicht nur auf Tontafeln, sondern auch auf Papyrus überliefert war, fragte Kurkow genauer nach. Jarosch schilderte die arkanische Kultur in groben Zügen und versprach, ihm seine Geschichte der arkanischen Literatur zusammen mit einer Textsammlung zu schicken.

„Meinem Plan nach soll das Verderben aller, die in den Besitz der mysteriösen Handschrift gelangen, bereits im Text selbst kodiert sein“, erzählte der Schriftsteller. „Der Schlüssel zu diesem Code wird allerdings erst am Ende gefunden. Deshalb würde ich mich gerne näher mit diesen Texten befassen. Obwohl ich sie, hoffentlich mit Ihrer Erlaubnis, hie und da umschreiben werde ..."

„In einem Kunstwerk kann man so etwas schon machen. Wir Wissenschaftler sind da weniger frei. Wir sind an Regeln gebunden und müssen nachprüfbare und nachvollziehbare Fakten liefern. Ich kann Ihnen sogar ein Manuskript empfehlen: das arkanische ‚Buch Baal'. Baal war ein finsterer Geselle, ähnlich dem Teufel. Es ist ein merkwürdiges und geheimnisvolles Buch. Der Legende nach schrieb Baal es in einer Nacht. Genauer gesagt nicht er selbst, sondern der Einsiedler, in dessen Körper er gefahren war. Das Buch ist voller Mystik, Zaubersprüche und kaum verständlicher Wendungen. Wenn man es liest, beschleicht einen ein ungutes Gefühl, das sich nicht recht benennen lässt, eine seltsame Angst ... es reichen zehn Seiten und man klappt das Buch panisch zu und schiebt es weit von sich. Dennoch lässt es einen nicht los, man bekommt Alpträume davon."

„Merkwürdig. Ich habe gehört, dass es in Prag auch so eine Schrift gibt, die vom Teufel selbst stammen soll. Und ebenso in einer Nacht niedergeschrieben wurde."

„Ich weiß. Sie meinen die sogenannte ‚Teufelsbibel'. Der Teufel soll einem Mönch geholfen haben, die Heilige Schrift und andere Werke in einer Nacht abzuschreiben – um den Preis seiner Seele. Die ‚Teufelsbibel' hat aber mit dem ‚Buch Baal' nichts gemeinsam. Liest man dieses bis zum Ende, kann man Ruhm und Reichtum erlangen. Dafür wird man jedoch am Ende seines Lebens einen hohen Preis zahlen müssen."

„Heutzutage würde das wohl kaum jemanden abschrecken."

„Natürlich", gab Jarosch zu. „Es gibt da merkwürdige Zufälle ... in der Akademiebibliothek in Istanbul befindet sich das sogenannte Manuskript des Iblis, das angeblich auch in einer Nacht verfasst wurde. Es würde mich sehr interessieren, ob es Parallelen zum ‚Buch Baal' gibt."

„Dann werden Sie ja nun die Gelegenheit haben, das zu überprüfen."

„Ich weiß nicht. Diese alten Bücher kann man meist nicht so einfach einsehen. Und wer weiß, eventuell ist die Lektüre dieses Buchs nicht ungefährlich ..."

„Aber Sie wollen es doch genauer untersuchen?"

„Ja, und ich weiß auch wie. Es gibt einen alten Trick, wie man solche Bücher lesen kann. So einen habe ich beim Durchblättern des ‚Buchs Baal' angewendet, das übrigens in London aufbewahrt wird." Jarosch holte eine Mohnblüte und ein Holzmesser, wie man es früher zum Auftrennen der Buchseiten verwendete, hervor und zeigte es Kurkow. „Man muss jede Seite einzeln mit so einem Messer, das zwölfmal geweiht wurde und mit geweihtem Mohn bestreut ist, umblättern. Dann können einem die finsteren Mächte, die dem Buch innewohnen, nichts anhaben."

Andrej lächelte ungläubig: „Kommt Ihnen das nicht wie Hokuspokus vor?"

„Als Unbeteiligter mag das so scheinen. Ich habe mit einem alten Lemberger Priester gesprochen, einem Exorzisten, und ihm von den Büchern erzählt. Es war seine Idee, das Messer und den Mohn zu weihen. Warum sollte ich einem Priester nicht glauben, der schon so lange gegen die dunklen Kräfte kämpft?"

„Na gut, Sie haben mich überzeugt. Ich dachte, irgendeine Wunderheilerin habe Ihnen das eingeflüstert. Vielleicht kann ich Ihnen sogar helfen. Mein Bekannter, ein Schriftsteller, arbeitet in der Akademiebibliothek in Istanbul. Mich reizt dieses Buch jetzt auch."

Am ersten Tag ihres Aufenthalts in Istanbul geschah nichts Besonderes. Jarosch und Kurkow waren in unterschiedlichen Hotels untergebracht und trafen sich am Abend zu einem gemeinsamen Spaziergang durch die nächtlichen Gassen und Kneipen. Es war gar nicht so einfach, einen Ort zu finden, wo Wein ausgeschenkt wurde. Schließlich landeten sie in einer Bar voller junger Leute und Nachtschwärmer, es ging zu wie in einem Bienenstock. Die Bar war im europäischen Stil gehalten und das Publikum unterschied sich in nichts von jenem, das man überall auf der Welt finden konnte.

Am nächsten Tag entledigten sich beide anderweitiger Verpflichtungen und trafen sich am Nachmittag mit Kurkows Bekanntem, Orchan Nadim, in einem Café.

Als Orchan hörte, was Kurkow und Jarosch sehen wollten, war er überrascht: „Woher wissen Sie denn von dem Buch? Es ist in keinem unserer Kataloge."

„Der österreichische Gelehrte Kalkbrenner erwähnt es. Er hat es mit Genehmigung des Sultans Murat IV. eingesehen. Das Buch befand sich in dessen Bibliothek."

„Das stimmt. Aber die Sammlungen Murats sind noch nicht gänzlich erfasst. Ich kann sie ins Magazin bringen, aber ich weiß nicht, ob wir das Buch finden. Herr Baykrut, ein Verwandter von mir, arbeitet da. Er kann uns helfen."

Orchan brachte sie in eine Zweigstelle der Bibliothek, die sich in einem altertümlichen Anbau des Hauptgebäudes mit azurfarbenen Fenstern befand. Hier wurden die Bücher aus Murats Bibliothek aufbewahrt. In dem kleinen, aber angenehmen Lesesaal herrschte Totenstille. An den Tischen saßen drei Leser, die aber keine Notiz von den Neuankömmlingen nahmen. Zwei von ihnen schrieben etwas ab, während der dritte mit einer Lupe bewaffnet seine Nase tief in eine großformatige Landkarte steckte. Orchan trug sie in die Anwesenheitsliste ein und führte sie dann zu einem ältlichen Bibliothekar an einem Schreibtisch in einer Ecke. Der Schreibtisch war mit allerlei Karteikästen vollgestellt, über die hinweg Orchan einige Worte mit dem Mann wechselte. Jarosch verstand kaum mehr, als dass Orchan sie dem Bibliothekar vorstellte. Dann erklärte er ihm flüsternd den Grund des Besuchs. Aus dem Erstaunen auf dem Gesicht des Bibliothekars ließ sich ablesen, dass der Wunsch nicht so einfach zu erfüllen war. Anfangs schüttelte er sogar entschieden den Kopf. Dann putzte er nervös mit einem Taschentuch seine Brille, kratzte sich am Kinn und sagte etwas auf Türkisch.

Orchan übersetzte: „Das Buch Iblis wurde vom großen Sufi-Dichter, dem Klassiker der persischen und türkischen Literatur, Dschalal ad-Din Muhammad Rumi verfasst."

„Und er hat es mit Hilfe von Iblis geschrieben?"

„Aber nein! Das war nur Tarnung, ein Ablenkungsmanöver, das normale Menschen abschrecken sollte. Jedenfalls war dies die Absicht der Sufis, zu denen Rumi gehörte. Tatsächlich war er von Al-Chidr inspiriert, der der Lehrer von Moses war. Al-Chidr oder Al-Chisr hat der Legende nach ewiges Leben. Er stand bereits im Dienste von Alexander dem Großen, mit ihm machte sich Alexander ins Reich der Finsternis auf, um das Wasser des Lebens zu suchen. Er wollte das Wasser um jeden Preis finden, doch es gelang ihm nicht. Dafür fand es Al-Chidr, der nicht so sehr an dem Wasser interessiert war und nicht ständig daran dachte. ‚Alexander suchte das Wasser des Lebens und fand den Tod, Al-Chidr suchte im Leben nichts und fand doch das ewige Leben.' Seitdem ist Al-Chidr unsterblich. Von Zeit zu Zeit zeigt er sich Auserwählten und verkündet ihnen die Wahrheit, erzählt von seinen Wanderungen, teilt sein Wissen. Alle, die ihn bisher sahen, beschreiben ihn als lebhaften und entschlossenen, noch nicht sehr alten Mann, jedoch mit weißem Bart. Al-Chidr besucht alljährlich Jerusalem während des Ramadan und trifft dort den Propheten Elias."

„Dann ist das Buch also gar nicht verflucht?", fragte Jarosch.

„Mein Freund hier hat einen speziellen Zauber dabei, der ihn vor der bösen Kraft des Buches schützen soll", sagte Kurkow lachend.

„Nein, nein, den braucht man nicht“, nickte Herr Baykrut. „Al-Chidr erschien Rumi in Gestalt des sufistischen Wanderderwischs Schams-ad-Dina Tebresi. Die Weissagungen dieses Derwischs hatten großen Einfluss auf Rumi. Sie freundeten sich an und waren einige Jahre gemeinsam unterwegs. Das geheimnisvolle Verschwinden des Derwischs im Jahr 1247 betrübte Rumi zutiefst. Für Al-Chidr war es ganz normal, so plötzlich zu verschwinden, wie er erschienen war. Seit dieser Zeit unterschrieb Rumi viele seiner Werke mit dem Namen Schams Tebresi.“

„Dann ähnelt das Werk der Dichtung des Masnawi, des Gartens der Wahrheit, das Rumi und später auch Dschami als persischen Koran betitelt haben?“

„Nur auf den ersten Blick. Tatsächlich aber erinnern Masnawi und der Garten der Wahrheit eher an das Werk des Urvaters der Sufidichtung – Sanaj. Es beinhaltet zahlreiche Sprüche, Lehrsätze und Legenden ...“, hier hob Herr Baykrut den Zeigefinger, „und auch viel Mystik. Was genau interessiert Sie denn?“, wandte er sich an Jarosch.

„Ich erforsche die arkanische Literatur, besonders das Totenbuch. Mich interessiert, ob es Analogien zum ‚Buch Iblis‘ gibt.“

„Aha, ja, gibt es bestimmt ... doch im ‚Buch Iblis‘ geht es auch um das, was man heute als Reinkarnation bezeichnet. Einer der Sufis schrieb treffend, unsere Seele war schon vom Wein der Unsterblichkeit trunken, bevor es Trauben und Weinberge gab. Bevor Sie nun das Buch durchsehen, will ich Ihnen noch etwas erklären. Die im Koran geäußerten Gedanken über die Natur des Todes sind mit zwei Aspekten verbunden: zum einen mit der Wechselbeziehung von kleinem Schlaf und großem Schlaf, zum anderen mit der Existenz der Seele. Im Koran finden sie althergebrachte Vorstellungen, in denen der Tod mit dem Schlaf gleichgesetzt wird und die Auferstehung von den Toten mit dem Aufwachen. ‚Der Herr schuf die Nacht als Decke, den Schlaf zur Erholung, und den Tag zum Tagwerk, nushur.' Die Nacht ist also eine Decke, die den Schlafenden einhüllt, der Schlaf das Urbild für den Tod und der Morgenstern das Symbol der Auferstehung, nushur. Die traditionellen islamischen Todesvorstellungen sind unlöslich mit der Idee der Reinkarnation verknüpft: Der Schlafende muss erwachen! Natürlich stritten die Theologen darüber, ob dieses Erwachen die endgültige Auferstehung sei oder ob es sich eher um den Kreislauf von Leben und Tod handle. Die Frage der Existenzform nach dem Tod nahm in der frühislamischen Theologie einen wichtigen Platz ein. Die Vertreter mystischer islamischer Sekten, besonders die Sufis, verstanden den Tod stets als Beginn eines neuen Lebens und legten das Wort ‚nushur' als das Erwachen der Seele in einem neuen Körper aus. In islamischen Schriften wird Reinkarnation dagegen mit dem Wort ‚tanasukh' bezeichnet. Die islamischen Verfechter der Reinkarnation behaupten, dass der Koran die Lehre von der Seelenwanderung stützt, etwa mit dem folgendem Zitat: ‚Diejenigen, die Allah verflucht hat und die seinen Zorn auf sich gezogen haben, hat er zu Schweinen und Affen gemacht hat. Allah schenkt euch das Leben, das aus der Erde kommt, und zu Erde verwandelt er euch wieder, und wieder schenkt er euch das Leben.' Die verborgene Bedeutung dieser und anderer Koranverse erforschten außer Rumi noch so wichtige Sufi-Dichter wie Saadi und Hafis oder Mansur al-Challaj. Der lebte im 10. Jahrhundert und hinterließ viele Werke, in denen es um Seelenwanderung geht:

Ich wuchs als Gras an die hundert Mal
am Steilufer der Flüsse
Hundertausend Jahre lang wurde ich geboren
und lebte in allen Körpern der Welt.

Auserwählte Nachfolger Mohammeds, die die Reinkarnationslehre übernommen hatten, verbargen ihr Wissen viele Jahrhunderte vor den gewöhnlichen Gläubigen. Heute wird die Reinkarnationslehre nur noch in der Sufitradition überliefert, praktiziert und bewahrt. Viele Moslems wären gegenwärtig durchaus bereit, die Formen der Reinkarnation, die die Mystiker erwähnen, wenigstens theoretisch zu akzeptieren ... Orchan hat mir gesagt, Sie hätten von dem Buch aus der Schrift eines Österreichers erfahren? Wer war es?"

„Johann Kalkbrenner erwähnt, dass im ‚Buch Iblis' gewisse Rituale beschrieben werden, durch die man erfahren kann, wer man im vorangegangenen Leben war. Zudem könne man sich all das Wissen aneignen, das man in früheren Existenzen erworben hat."

„Verstehe. Es gibt da nur ein Problem ..." Der Bibliothekar begann zu flüstern. „Es handelt sich um ein uraltes Buch, und es ist streng verboten, es Forschern ohne Erlaubnis des Direktors auszuhändigen. Aber weil Orchan so gebettelt hat ... Am besten, wir verfahren so: Wir gehen zusammen ins Magazin, ich bringe Ihnen das Buch und Sie schauen es sich dort an."

Im Magazin herrschte Dämmerlicht und eine unangenehme Atmosphäre. Die länglichen, schmalen Fenster befanden sich hoch oben unter der Decke und wurden von den Regalen halb verdeckt. Herr Baykrut verschwand, kam aber bald mit einem Karton zurück, den er auf den Tisch stellte.

Er sagte: „Ich gehe zurück in den Lesesaal. Falls einer der Chefs auftaucht, rufe ich Orchan am Handy an. Allerdings musst du es stumm schalten, Orchan. Wenn ich euch anklingle, verschwindet ihr dorthin", er wies in eine Richtung, „ans Ende des Ganges und wartet, bis ich mich wieder melde. Bitte beeilt euch. Und noch etwas ... Die Sufi-Dichtungen sind etwas Besonderes, sie sind einmalig. Ihr Sinn erschließt sich nur, wenn man weiß, wie sie chiffriert sind. Als Nichteingeweihter wird man alles wortwörtlich oder auch gar nicht verstehen. Versuchen Sie deshalb nicht, das Unergründliche zu ergründen."

Das „Buch Iblis" maß einen halben Meter in der Länge und war ziemlich dick. Dieses ungewöhnliche Format lag darin begründet, dass die Seiten aus Pergament waren. Es beinhaltete fast hundert Seiten Illustrationen, die zum Teil ziemlich klein waren, zum Teil eine halbe Seite einnahmen. Da das Buch auf Persisch verfasst war, konnte Jarosch es nicht lesen, doch glücklicherweise verstand es Orchan und übersetzte jene Stellen, die Jarosch interessierten.

„Hier", sagte er, während er das Buch durchblätterte, „ist die Rede davon, dass man als Anhänger der Sufilehre fähig ist, Gedanken auch auf große Entfernung zu lesen … und hier, wie man in Sekundenschnelle von einem Ort zum andern gelangen kann … und hier, wie man die Verbindung mit dem Jenseits aufrechterhält …und da ist beschrieben, wie man mit einem einzigen Blick einen Menschen heilen kann …"

Eine der Zeichnungen zeigte einen Derwisch, der übers Wasser ging, eine andere einen Menschen, der in einer Blume wuchs. Jarosch bat Orchan, den dazugehörigen Text zu übersetzen, und hörte, was er vermutet hatte.

„Ich starb als Mensch und wurde als Pflanze wiedergeboren. Ich starb als Tier und wurde als Mensch wiedergeboren. Warum fürchte ich, meine menschlichen Fähigkeiten zu verlieren? Ich sterbe als Mensch und werde als Engel auferstehen. Der Weg zu den Quellen, zu unseren Urgründen wird von Blüten erleuchtet sein, wir müssen sie erkennen, und dort, wo Haschhasch blüht, uns selbst in seinem Schatten begegnen."

„Haschhasch?", fragte Jarosch nach. „Was ist das?"

„So eine Art Blume ...“ Orchan dachte nach. „Ich weiß nicht, wie ich es übersetzen soll ... so eine Feldblume ... man kann Opium aus ihr gewinnen.“

„Mohn!“, erriet Kurkow. „Dann geht es also um Mohn?“

„Ja, genau“, entgegnete Orchan erleichtert.

„Rumi sagt, dass ein Mensch, der nach der Seelenwanderung das Wissen seiner vorangegangenen Leben erlangen will, die Omen, also die Zeichen erkennen muss“, sagte Jarosch. „So etwas gibt es auch in der jüdischen Mystik. Aber der Schatten des Mohns ... seltsam. Das ist doch kein Baum.“

„Die Sufi sagen vieles sozusagen durch die Blume“, meinte Orchan. „Baykrut hat uns doch darauf aufmerksam gemacht, dass man nicht alles wörtlich nehmen darf.“

„Ja, schon, aber genau der Hinweis auf den Schatten des Mohns findet sich auch im arkanischen Totenbuch ...“

„Man muss noch etwas anderes bedenken“, sagte Orchan. „Am wichtigsten ist bei all dem doch, dass der Mensch vor seinem Tod eine Erleuchtung hat ... er muss unmittelbar vor seinem Tod am Tanz der Derwische teilhaben, den Tanz zumindest hören ...“

„Wie? Dort steht ‚hören‘ und nicht ‚sehen‘?“, wunderte sich Jarosch und beugte sich über das Buch, obwohl er es nicht lesen konnte.

„Ja, hören“, bestätigte Orchan. „Es geht um die Melodie und den Gesang.“

„Und was für ein Tanz der Derwische ist das?“

„Es handelt sich um den Tanz der Anhänger Rumis. Der Orden war vor allem in Konya in der Zentraltürkei angesiedelt. Er wird von den tanzenden Derwischen aufgeführt. Es gibt jedes Jahr im Dezember ein Fest, das zu Ehren Rumis veranstaltet wird. Die Derwische sind mit einer Art weißer Röcke bekleidet, die sich beim Drehen auffächern, dazu weiße Jacken und auf dem Kopf Hüte in konischer Form. Während der religiösen Zeremonie drehen sie sich zu rhythmischen Trommelklängen und mystischer Musik. Die Musik spielt dabei die entscheidende Rolle, sie reinigt und befreit die Seele, macht es möglich, in sich selbst zu versinken, und schenkt Gewissheit, dass Allah einen begleitet."

„Könnte ich diesen Tanz der Derwische sehen ... ähh, hören?"

„Warum nicht? Heute Abend gibt es einen Tanz."

Da Kurkow leider verhindert war, brachen Orchan und Jarosch allein zu einem Gebäude mit Säulenhalle am Stadtrand von Istanbul auf. Die Säulen waren mit Schnitzereien verziert und der Hallenboden mit einem blauen Mosaik geschmückt. Am Eingang hielt sie ein finster dreinblickendes Kraftpaket auf. Nachdem Orchan kurz auf ihn eingeredet hatte, untersuchte er die Taschen der beiden Besucher und entließ sie danach in einen Saal, in dem es weder Stühle noch Tische gab. Die Wände entlang saßen Männer verschiedenen Alters auf dem Boden. Vor einigen standen Wasserpfeifen oder dampfende Kaffeetassen, keiner von ihnen beachtete die Ankömmlinge. Gemurmel erfüllte den Saal. Orchan und Jarosch setzten sich ebenfalls an die Wand und warteten. Plötzlich erklang gedämpfte, ruhige Musik, die den Saal harmonisch von der Decke bis zum Boden ausfüllte. Das Gemurmel verstummte, die Anwesenden stellten ihre Wasserpfeifen und Kaffeetassen zur Seite und bereiteten sich vor. Sie wussten, was kommen würde.

„Was Sie nun sehen und hören, können Sie nirgends sonst sehen und hören. Das hier ist nicht die übliche Touristenbespaßung."

Die Musik hüllte sie ein und wiegte sie sanft. Jarosch saß im Schneidersitz und hatte die Hände auf die Unterschenkel gelegt. Mit dem Finger drückte er dort wie nebenbei auf einen Knopf. Die Musik schwoll zunehmend an und zwölf junge, weiß bekleidete Männer traten in die

Mitte des Saals. Als sie die Arme hoben, setzten Trommeln und Flöten ein. Die Derwische drehten sich anfangs langsam, dann allmählich schneller, immer schneller, bis ihre Röcke emporwirbelten und sie Zifferblättern ähnelten. Wie sie sich drehten, war fantastisch – man mochte nicht glauben, dass Menschen dazu imstande waren. Mit geschlossenen Augen gerieten sie zunehmend in Trance, zogen sich völlig in sich zurück und konzentrierten sich nur auf ihren Tanz und den Kontakt mit dem Himmel. Jarosch bemerkte, wie alle um ihn herum ebenfalls die Augen schlossen und sich im Rhythmus der Musik zu wiegen begannen. Nach einer Weile schloss auch er unwillkürlich die Augen und spürte, wie ihn eine Kraft von der Erde losriss und nach oben trug. Er schaukelte durch die Lüfte, die Saaldecke war verschwunden, der blaue Raum sog ihn in sich auf, er bekam Angst, glaubte, nie mehr zurückkehren zu können. Dennoch hatte er nicht die Kraft, die Augen zu öffnen, denn was er vor seinen geschlossenen Augen sah, war keinesfalls Finsternis – es war unglaublich. Um ihn herum flimmerten Sterne, grelle Feuer flackerten und loderten empor, bunte Knospen blühten auf. Dann spürte er, dass er sich im Tanz drehte, aber nicht auf der Erde, sondern im freien Raum. Die Feuer wirbelten um ihn herum und unter ihnen sah er Gesichter, manche erkannte er, konnte aber nicht auf den Namen kommen, obwohl er wusste, wer es war. Arme packten ihn und zogen ihn zu sich, er spürte Berührungen, eine warme Handfläche, die ihm übers Gesicht streichelte. Es war ein schönes Gefühl, er wollte die Hand festhalten und küssen, doch sie verschwand wieder, und an sein Ohr drang ein Flüstern: „Dort wo der Mohn blüht, in seinem Schatten“. Panik ergriff ihn. Er versuchte den Traum mit aller Macht abzuschütteln, sträubte und wand sich, wollte unbedingt zurück auf die Erde, die Augen öffnen und sich vom Joch dieser Musik befreien, doch sie ließ ihn nicht los, legte sein Inneres frei, krempelte es wie einen Handschuh nach außen. Er kannte sich selbst nicht mehr, es schien, ein anderer habe von ihm Besitz ergriffen, jedoch kein Fremder, sondern jemand, der ihm nahe war, den er aber noch nicht erkannt hatte, den er umarmen wollte – doch es war nur ein Moment, der andere fuhr wieder aus ihm heraus, und dieser Verlust war so entsetzlich, dass Jarosch den Mund aufriss und schrie, er schrie, dass der Unbekannte ihn nicht verlassen sollte, dass er bei ihm bleiben sollte, doch keiner, nicht einmal er selbst, hörte den Schrei, er schrie stumm, unhörbar. Nach einer Weile fühlte er, wie er nach unten sank, langsam wie eine Apfelblüte im Wind. Die Musik wurde leiser, immer leiser, verstummte schließlich ganz. Endlich gelang es ihm, die Augen zu öffnen. Er stellte fest, dass er sich allein im Saal befand. Nirgends eine Menschenseele. Die Wasserpfeifen und Kaffeetassen waren verschwunden, stattdessen lagen schwarze Matratzen am Boden und Sportgeräte standen herum, Hanteln, Sprungseile ...

Jarosch tastete seinen Unterschenkel ab. Das Diktiergerät war noch da, er schaltete es aus und steckte es in die Tasche. Als er auferstehen wollte, wurde ihm schwindlig. Wie betrunken torkelte er zum Ausgang. An einem Tisch im Korridor saß eine ältere Frau mit Hidschab* und nickte ihm freundlich lächelnd zu.

Auf der Straße fand er ein Taxi, die Tür öffnete sich und der Fahrer fragte auf Englisch: „Zum Hotel ‚Am goldenen Horn'?"

Woher weiß er, in welchem Hotel ich wohne?, wunderte sich Jarosch. Aber er stieg ein und verbrachte die gesamte Fahrt bis zum Hotel in einem seltsamen Dämmerzustand.

Als er bezahlen wollte, winkte der Fahrer ab: „Ist schon erledigt."

N

Ich arbeitete weiterhin in der Bibliothek, bis ich in ein Abenteuer geriet, aus dem ich nur knapp mit heiler Haut davonkam. Unser Onkel Ljodsjo, der als Mitglied der OUN* im Widerstand mutig gegen die polnische Okkupation Galiziens kämpfte, führte ein ernstes Gespräch mit mir und erinnerte mich daran, dass jeder ordentliche Ukrainer in seinem Leben einen Baum pflanzen, fünf Kinder zeugen und einen Feind töten muss. Ich erwiderte, dass ich vielleicht mit Hühnern beginnen sollte, denn einen Menschen zu töten sei nicht so einfach – besonders, wenn man bisher nur Fliegen und Mücken erschlagen habe. Doch der Onkel erklärte mir, dass der Feind von einem speziell ausgebildeten Kämpfer getötet werde, ich bräuchte nur zu assistieren. Ein politisches Attentat sei schließlich eine ernsthafte Angelegenheit, an der eine ganze Gruppe beteiligt sei. Noch am gleichen Abend sollte ich in die Veilchenstraße Nummer 5 kommen und klopfen. Wenn man mir öffnete, sollte ich fragen: „Sie haben den Kammerjäger gerufen, um Ratten zu vergiften?“ Die Antwort würde lauten: „Und die Mäuse auch.“ Ich musste dem Onkel die Parole einige Male wiederholen, um auch ja nichts durcheinanderzubringen. Als ich mich dann abends auf den Weg in die Veilchenstraße machte, konnte ich mich nicht mehr erinnern, wen ich anfangs zu vergiften hatte: Ratten oder Mäuse? Den ganzen Weg grübelte ich, was ich sagen sollte, und schließlich entschloss ich mich, dass ich – um mich nur ja nicht zu irren – sowohl nach den Mäusen als auch nach den Ratten fragen würde – zur Sicherheit.

Die Veilchenstraße war eher ein Gässchen als eine Straße und wie geschaffen für geheime Treffen von Untergrundorganisationen. Sie war menschenleer.

Ich klopfte, und als die Türe aufging, brummelte ich: „Ratten und Mäuse zu vergiften, Mäuse und Ratten zu vergiften ...“ Eine kräftige Hand packte mich am Kragen, zog mich ins Haus und schlug die Tür zu. Sie gehörte meinem Onkel.

„Du blöder Depp! Kann man dir überhaupt etwas Wichtiges anvertrauen?“

„Solange es nicht um so idiotische Parolen geht“, erwiderte ich trotzig. „Statt der Ratten hätte man eher einen Biber oder Dachs nehmen sollen. Den kann man wenigstens nicht mit Mäusen verwechseln.“

Der Onkel starrte mich an wie einen Irren, sein Schnurrbart sträubte sich und er fauchte, wobei er nun selbst wie ein Dachs aussah. Dann wurde er wieder ernst und sagte: „Keine Namen! Kapiert? Es gibt nur Decknamen. Wie ist deiner?“

„Meiner? Ich hab keinen. Woher sollte ich wissen, dass ich mir einen Decknamen ausdenken muss?“

„Deinen Decknamen!“, knurrte der Onkel und zog dabei die Brauen hoch.

„Schon gut, zum Kuckuck.“

„Einen Kuckuck haben wir schon. Einen Kleinen Muck auch, einen Specht und einen Adler ...

„Gut, dann eben Mohrrübe.“

„Bist du bescheuert? Steck dir deine Rübe sonst wohin!“

„Dann eben Rettich. Oder Kohlkopf, Kohlrabi, Erbse, Bohne, Schwammerl ...“

Der Onkel knirschte mit den Zähnen, dann holte er tief Luft.

Währenddessen fuhr ich fort: „Melone, Kürbis ...“

„Stopp!“, bremste mich der Onkel. „Kürbis, von mir aus!“

Wir betraten ein Zimmer, in dem sich zwei Dutzend junge Männer und Frauen befanden.

Der Onkel stellte mich vor: „Das ist Kürbis.“

Die Anwesenden entgegneten im Chor: „Servus, Kürbis!"

Der Onkel entfaltete auf dem Tisch ein großes Blatt Papier, auf dem der Plan für das Attentat skizziert war. Während er jedem Einzelnen seine Aufgabe darlegte, erwähnte er kein einziges Mal den Namen der Zielperson. Nicht, dass es mich besonders interessiert hätte, aber ich mochte nun mal keine unliebsamen Überraschungen – was, wenn es ein Bekannter war? Zum Glück brauchte ich nicht zu schießen. Meine Beteiligung beschränkte sich darauf, dass ich die Ankunft des zum Tode Verurteilten am Tatort signalisieren sollte. Wenn er an mir vorbeikam, brauchte ich nur die Kappe abzunehmen und mir mit einem Taschentuch die Stirn abzuwischen. Kinderleicht. Aber wie sollte ich ihn erkennen? Erst ganz am Ende unseres Treffens holte der Onkel einige Aufnahmen eines Mannes in verschiedenen Umgebungen aus der Tasche. Er zeigte sie uns und befahl, sie sich einzuprägen. Dabei blickte er mich grimmig an, womit er wohl auf meine Vergesslichkeit anspielte. Der Mann auf dem Photo war mittleren Alters, hochgewachsen, schlank, und hatte ein quadratisches Kinnbärtchen sowie einen entschlossenen und energischen Blick.

„Das ist der Polizeichef Lukomski", sagte der Onkel. „Ein grässlicher Sadist, der Verhöre gerne persönlich übernimmt. Er hat dafür sogar ein wenig Medizin studiert, kennt sich in Anatomie und Psychologie aus, er weiß, wie er den wunden Punkt, die schmerzhafte Stelle trifft, und sieht es als sportliche Herausforderung an, Menschen in den Wahnsinn zu treiben. Sein Kollege Kommissar Michal Kajdan ist wesentlich einfacher gestrickt und direkter. Der schnappt sich einfach einen Prügel oder einen Schemel und schlägt drauflos, in besonders inspirierten Momenten haut er dir mit dem Gummiknüppel auf die Fußsohlen, schiebt dir Nadeln unter die Fingernägel oder pumpt dir Wasser in die Nase. 1924 hat er Olga Basarab so umgebracht. Übrigens ist dieser Schurke von der Abstammung her Ukrainer, hat aber das Glaubensbekenntnis gewechselt. Lukomski beherrscht raffiniertere Methoden, er benutzt zum Beispiel elektrischen Strom oder steckt einem an einen Stuhl gefesselten Mädchen eine ausgehungerte Ratte in die Bluse. Es heißt, er habe die Schriften der Inquisition über verschiedene Foltermethoden eingehend studiert. Man nennt ihn nicht umsonst den Satan. In Gesellschaft von Beamten oder Adligen ist er ein liebenswerter und freundlicher Mensch. Auf Bällen drängeln sich die Damen um ihn, um seine amüsanten Histörchen zu hören, seine Ehefrau und die drei Kinder vergöttern ihn geradezu. Eines unserer Fräuleins hat an mehreren Winterbällen im Offizierskasino und im Bürgerhaus teilgenommen. Sie war unter den Damen, die seine Geschichten anhörten. Wenn sie nicht gewusst hätte, wer er ist, dann hätte sie sich nie vorstellen können, so eine Bestie vor sich zu haben – das hat sie mir selbst erzählt. Wir beobachten seit zwei Wochen regelmäßig seinen Weg zur Arbeit und wieder nach Hause. Er wohnt wie die meisten hochgestellten Beamten in der Strijer Straße. Unsere Leute werden an allen Wegkreuzungen von der Batorija bis zur Strijer Straße Stellung beziehen. Meistens fährt er von seinem Arbeitsplatz mit der Tram nach Hause. Er steigt am Bernardiner Platz ein und am Platz der Hl. Sophie aus. Dann geht er zu Fuß durch den Strijer Park. Also: Jeder gibt ein bestimmtes Zeichen, sobald dieser Herr an ihm vorbeikommt. Veilchen zieht ihre Strumpfhose glatt, Erdapfel bindet sich die Schnürsenkel, Kamelie lässt ein Taschentuch fallen, Malve zündet sich eine Zigarette an, und ein gewisses Pärchen beginnt sich zu küssen ..."

Bei diesen Worten erhob sich Geraune. Einigen hätte es bestimmt gefallen, dieses Paar zu bilden. „Das Paar wird aus Jasmin und Eiche bestehen. Und denkt alle daran:

Ihr dürft auf gar keinen Fall seine Aufmerksamkeit erregen, ihr dürft ihn nicht einmal anschauen. Lukomski ist schlau und gerissen – und er trägt immer einen Revolver mit sich. Seid auf der Hut! Das Attentat ist für morgen, 13. August geplant. Wenn uns Fortuna beisteht, geht Lukomski wie in den letzten Tagen so spät aus der Arbeit, dass es bereits zu dämmern beginnt – falls nicht, wird am helllichten Tag geschossen. Sobald die Zielperson an euch vorbeigegangen ist und ihr eure Aufgabe erfüllt habt, verschwindet ihr augenblicklich! Nicht blöd rumstehen und gaffen, klar? Und noch etwas: Wenn man euch schnappt und einsperrt, dann denkt daran: Beim Verhör keinesfalls Polnisch reden! Nur Ukrainisch! Selbst wenn man schlägt, häutet, hinrichtet – kein Wort in der Sprache des Tyrannen. Wiederholt!"

Und im Chor wiederholten alle: „Kein Wort in der Sprache des Tyrannen!"

Zufrieden nickte der Onkel. Während sich die Übrigen einzeln davonmachten, hielt er mich zurück. Als er den Letzten hinausgelassen hatte, sagte er: „Du verwechselst auch nichts, ja? Schau mir in die Augen!"

Es war bereits dunkel, als ich das Haus verließ, so bemerkte ich nicht gleich die Gestalt eines der Mädchen, die bei dem Treffen gewesen waren.

Sie streckte mir die Hand entgegen und sagte: „Servus Kürbis! Ich heiße Kornblume. Du bist wohl neu dabei. Hast du Angst?"

„Nein", antwortete ich.

Kornblume war sehr hübsch und hatte auffällige blutrote Lippen. So einer konnte man nichts abschlagen und schon gar nicht zugeben, dass man Angst hatte. Gemeinsam machten wir uns auf den Weg.

Ich zuckte sorglos mit den Schultern und sagte: „Wovor sollte ich Angst haben? Schließlich bin ich nicht der Attentäter."

„Richtig. Deine Rolle ist nicht schwer: Wachposten im Park. Ich werde auch nicht weit weg sein.“

„Wir haben Glück. Wir werden wenigstens alles sehen“, sagte ich gut gelaunt.

„Sicher. Aber ich wäre nicht so zuversichtlich! Wir müssen uns so schnell wie möglich aus dem Staub machen. Bei diesen Aktionen finden sich stets Zeugen, die sich an einen erinnern.“

„Ach ja? Aber was soll Besonderes daran sein, wenn ich mir die Kappe abnehme? Das ist nicht auffällig.“

„Das kommt dir vielleicht so vor. Aber Kajdan sieht das sicher anders.“

„Ehrlich? Aber der On...“ Ich sprach nicht zu Ende, denn mir wurde bewusst, dass „Onkel“ hier nicht passte. „... der Pan Kommandant hat mich vor nichts dergleichen gewarnt.“

„Aber das ist doch selbstverständlich, dass du dich sofort aus dem Staub machst und nicht herumstehst und wartest, bis das Attentat stattgefunden hat. Ich wohne hier ganz in der Nähe, in Krywtschytzi, begleitest du mich ein Stück?“

Sie hakte sich bei mir unter und wie wir so nebeneinander gingen, streifte mein Arm ihren festen Busen. Dabei unterhielten wir uns über fröhliche Dinge, die nichts mit der morgigen Aktion zu tun hatten.

Als wir vor ihrem Haus angekommen waren, meinte Kornblume: „Offen gestanden ... die morgige Sache macht mich ziemlich nervös. Ich bin total kribblig ... ich brauch was zu trinken. Magst du nicht auf ein Glas Wein reinkommen?“

Spät im Dunkeln über die Lytschakiw-Straße nach Hause zu gehen war wegen der Batiaren ein riskantes Unterfangen, die konnten einen ganz schön verhauen. Ich überlegte. Es war noch nicht allzu spät, ich konnte für ein halbes Stündchen mitgehen und dann losgehen, solange die Tram noch fuhr. Es kam aber anders. Und zwar ganz anders. Kornblume wohnte nur mit einem Hund und einer Katze in einem freistehenden Haus, das von einem großen Garten umgeben war. Als sie begann, mich mit ihren selbstgemachten Weinen zu bewirten, war ich rettungslos verloren. Ich musste den einen und dann den anderen Wein kosten, dazu gab's selbstgebackenen Kuchen, der so lecker war, dass man unmöglich nein sagen konnte, und außerdem die Marmelade ... Kurz: Ich blieb bis spät in die Nacht, so lange, dass ich total Schlagseite hatte und es um mich zu zwitschern begann, und auch Kornblume war ziemlich beduselt. Schließlich setzte sie sich neben mich aufs Sofa, und als hätte ich nur darauf gewartet, stießen wir an und küssten uns. Der Kuss dauerte lange, sehr lange, meine linke Hand umfasste ihren Rücken, die rechte wanderte wie von selbst zu ihrem Busen, der sich in meine Hand schmiegte. Ich streichelte ihn und Kornblume seufzte. Der Grund für diesen tiefen Seufzer war vielleicht, dass sie keinen Annäherungsversuch mehr von mir erwartet hatte, und als er dann doch endlich kam, war sie einfach erleichtert. Doch wie gesagt, ich hatte schon Schlagseite – und war außerdem in Liebesdingen unerfahren. Ich liebte Lija, die aber ganz in ihrer Musik aufging und nur für ihren Gesang lebte. Früher war sie anders gewesen, diese zauberhafte Stelle zwischen ihren Beinen konnte ich nicht vergessen. Inzwischen hatte Kornblume ihr Kleid ausgezogen und ich erstarrte vor dieser Offenbarung. Beim Kleid hörte sie aber nicht auf, auch alles andere legte sie ab. Da begann ich, mich ebenfalls zu entkleiden. In meinem Kopf rauschte es und ich dachte: Jetzt passiert es endlich, das, wovon du bisher nur fantasiert hast ...

Fantasie war das eine, Realität etwas anderes. Ich zitterte vor Aufregung, als wir uns nackt aneinanderschmiegten, und ich war Kornblume überaus dankbar, dass sie mich lenkte, während ich in sie eindrang. Doch es dauerte nicht lang, man konnte die Sekunden an den Fingern beider Hände abzählen. Ich merkte, dass ich sie maßlos enttäuscht hatte, weit davon entfernt, sie zu befriedigen, hatte ich sie bestenfalls ein wenig in Fahrt gebracht. Ich krümmte mich, rollte mich wie eine Schnecke zusammen, drückte mich an ihren Busen und erstarrte – ich weiß nicht, wie lange –, in dumpfem Schweigen. Ich schämte mich, aber ich wollte nichts erklären. Dann rutschte ihre Hand an mir hinab, ich spürte die sanfte Berührung ihrer Finger, streichelnd und erfahren, sie weckten mich aus der Erstarrung. Noch einmal drang ich in sie ein, und dieses Mal dauerte es länger, wesentlich länger. Ich kam zum Höhepunkt, als ich sie stöhnen hörte und sie zufrieden fühlte.

Danach goss ich uns Johannisbeerwein ein, wir tranken, und während sie sich neben mir in nackter Schönheit räkelte, sprach sie mit Grabesstimme irgendwo in den Raum: „Ich. Ich werde morgen schießen."

Ich sperrte den Mund auf, brachte aber nichts hervor. Jedes Wort schien mir überflüssig. Ich wurde mir meiner Bedeutungslosigkeit und Nichtigkeit bewusst – wer war ich schon vor ihr? Sie war eine Heldin. Sie nahm das Attentat auf sich. Sie ging vielleicht dem Tod entgegen, während ich, ein Mann, gerade mal ein verabredetes Zeichen zu geben hatte. Wie konnte es sein, dass man gerade sie dafür ausgesucht hatte, und nicht einen von den Burschen?

„Du überlegst sicher, warum gerade ich?", fragte sie. Und ohne eine Antwort abzuwarten, fuhr sie fort: „Ganz einfach. Ich bin eine gute Schützin. Ich bin von klein auf bei den Pfadfindern gewesen. Zuerst habe ich mit Pfeil und Bogen geschossen, dann mit einem Gewehr, schließlich auch mit einem Revolver. Aber das ist noch nicht die Hauptsache ... sondern, dass ich es schon zweimal gemacht habe. Und doch ist es für mich jedes Mal von Neuem eine Qual. Es ist nicht einfach, auf einen Menschen zu schießen ... ich meine, vielleicht ist es im Krieg, an der Front anders ... an der Front könnte ich wie die berühmte Sofia Haljetschko* den Feind abknallen, ihn mit dem Säbel in Stücke hauen ... aber wenn man auf einen Menschen zielt, der nicht die geringste Ahnung hat ... er kommt dahergegangen, denkt an nichts Böses ... Das ist so schwer. An den Abenden davor fühle ich mich jedes Mal sauelend, doch Wein und Sex helfen darüber hinweg."

Hier beschlich mich das Gefühl, als Beruhigungsmittel ausgenutzt zu werden. Ich war aber nicht im Geringsten sauer; auf diese Art ausgenutzt zu werden, ließ sich schon aushalten. Ich umarmte sie und sie schmiegte sich an mich, so lagen wir in Gedanken versunken, bis wir einschliefen.

Kurz davor sagte sie noch: „Kürbis ... was ist das eigentlich für ein Deckname? Was bist du denn für ein Kürbis?"

„Ich wollte ein Kuckuck sein. Ging aber nicht."

„Ja, einen Kuckuck haben wir schon. Ich heiße übrigens Luzia."

Sie sprach das so aus, als verabschiede sie sich für immer. Auch ich nannte ihr meinen richtigen Namen, und mir schien, dass wir wie die Gladiatoren auf dem Weg in die Arena waren. Am nächsten Morgen weckte mich ein Geräusch, als habe etwas geklingelt. Luzia war fort. Sie hatte mir eine Nachricht hinterlassen, dass sie noch einige Sachen zu erledigen habe, Frühstück sei in der Küche und den Schlüssel solle ich in die Dachrinne legen. In der Küche erwarteten mich Eier, Brot, Butter, frisch aufgebrühter Kaffee und Milch, außerdem einige Marmeladengläser, die auf einem Blatt Papier standen, auf das Luzia geschrieben hatte: „Die Marmeladen habe ich selbst gemacht. Du musst alle probieren! Ich überprüfe das." Marmelade mochte ich nicht besonders, aber um Luzia eine Freude zu machen, probierte ich aus jedem Glas ein Löffelchen. Wohin musste sie nur so dringend? Das Attentat fand doch erst am Abend statt. Ich frühstückte ohne Eile, irgendetwas hielt mich dort. Es war gemütlich in dem Haus, und ich wollte so lange wie möglich dableiben, denn es konnte gut sein, dass ich nach dem Attentat nie mehr hierherkommen würde. Aus dem Fenster sah ich einen Apfelbaum und bemerkte eine Elster, die ihr Nest polsterte. Sie verschwand für einen Moment, kehrte dann zurück und bereitete mit ihrem Schnabel ein weiches Lager in dem meisterhaft geflochtenen Nest. Es musste freilich eine verrückte Elster sein, die ihr Nest mitten im Sommer baute. Aber warum sollte man sich über verrückte Vögel wundern, wenn es noch verrücktere Menschen gab? Ich blickte aus dem Fenster und wollte die Zeit anhalten, dieser Morgen sollte nie enden. Eine unendliche Traurigkeit schlich sich in mein Herz. Um keinen Preis wollte ich fort, ich wollte hier, hier in diesem Haus bleiben und warten, bis alles vorbei war. Aber etwas, das stärker war als ich, packte mich und zog mich von hier fort – und so ging ich schließlich doch.

Auf dem Weg zur Arbeit ins Ossolineum musste ich die Batoria-Straße überqueren. Ich blickte in die Richtung des Polizeigebäudes und hatte dabei das angenehme Gefühl, etwas zu wissen, vom dem tausende Lemberger, einschließlich der Polizei und meiner Mama, nichts wussten. Beim Gedanken an meine Mutter wurde ich leicht nervös, da ich ihr nicht Bescheid gegeben hatte, dass ich nicht zu Hause übernachten würde. Ich konnte mir ihre Aufregung gut vorstellen, hinzu kamen ihre Exaltiertheit, ihre Hektik, mit der sie sicherlich alle Bekannten in Aufruhr versetzt hatte, die schlaflose Nacht und der lärmende Morgen ... Ich hatte mich nicht geirrt, sie erwartete mich bereits bei Pani Konopelka.

„Ahh, da bist du ja endlich“, kreischte sie, „du Tunichtgut! Wo hast du dich herumgetrieben, du Nagel zu meinem Sarg! Heh? Ich hab kein Auge zugetan, ich dachte schon, du wärst in eine Prügelei verstrickt oder die grüne

Minna hätte dich mitgenommen! Wie kannst du deiner Mutter sowas antun? Hab ich dich denn dazu in die Welt gesetzt, aufgepäppelt, umhegt und gepflegt, dass du mir auf meine alten Tage solche Sorgen machst? Wanzen und Läuse sollen dich heute Nacht fressen! Wo warst du?“

Vor Pani Konopelka wollte ich meiner Mutter nicht von meinem Abenteuer erzählen. Ich beruhigte sie, soweit es ging, und versprach, ihr heute Abend alles haarklein zu berichten. Danach begleitete ich sie aus dem Arbeitszimmer. Pani Konopelka nickte.

„Ja, ja, machen Sie Ihrer Mutter keine solchen Sorgen, sie sitzt hier bereits seit einer Stunde wie auf glühenden Kohlen. Obwohl ich das schon verstehen kann, in Ihrem Alter ... und vor solch einem Tag.“

Ich blickte sie verwundert an. „Vor was für einem Tag?“ Sie hatte sich freilich wieder in ihre Papiere versenkt und nur der Schatten eines Lächelns spielte um ihre vertrockneten Lippen.

Am frühen Abend schaute sie mich streng an und sagte: „Ich denke, es ist höchste Zeit für Sie, oder?“

„Bis sieben Uhr ist es noch eine Viertelstunde.“

„In so einem Moment sollte man lieber eine Viertelstunde früher losgehen. Und vergessen Sie ihre Kappe nicht!“

In dem Moment überlief es mich siedend heiß, denn mir wurde bewusst, dass ich keine Kappe dabeihatte. Im Sommer trug ich keine. Um 19:20 sollte ich an der Strijer Straße sein, und wenn ich zuerst in die Klepariwska-Straße rannte, würde ich nicht mehr rechtzeitig kommen. Eine zu kaufen kam auch nicht in Frage, denn ich hatte nicht genug Geld dabei. Zugleich stutzte ich über Pani Konopelkas Worte. Warum erwähnte sie die Kappe, woher wusste sie das? Im nächsten Moment erstaunte sie mich noch mehr, als sie aus ihrer Schublade eine karierte Leinenkappe hervorholte und sie mir grinsend hinhielt.

Mir fehlten die Worte, ich dankte und wollte schon zur Türe hinaus, als Pani Konopelka mich warmherzig anblickte und segnete. Da traten mir Tränen in die Augen, geschwind verließ ich die Bibliothek und eilte Richtung Strijer Straße. Das Verhalten von Pani Konopelka blieb mir noch einige Zeit rätselhaft.

Während ich die Strijer Straße hinaufging, kam ich an einigen Mädchen und Jungs vorbei, die ich in der Veilchenstraße gesehen hatte. Ich streifte sie nur mit einem Blick, wir grüßten uns und beachteten uns nicht weiter. Vom Park wehte der Duft verblühender Linden herüber, in diesen letzten Tagen ihrer Blüte verströmten sie ergeben ihr ganzes Aroma, wie einen Abschiedsgruß vor dem Tod. Sonst waren wenige Passanten unterwegs, nur hier und da hielten sich welche im Strijer Park neben den Holzbuden mit Limonade auf. Auf Höhe des Friedhofseingangs blieb ich stehen, hier war mein Posten. Ein Stück weiter oben sah ich Luzia neben einer Limonadenbude stehen. Sie kramte in ihrer Tasche und suchte anscheinend Kleingeld. Sie trug ein weiß geblümtes Kleid, Schuhe mit niedrigen Absätzen, wahrscheinlich, um schneller ausreißen zu können, und die Haare unter einem Barett verborgen. Ich rauchte nicht, aber ich hatte mir unterwegs eine Schachtel billige Papierosy gekauft und steckte mir nun eine in den Mundwinkel. Obwohl ich sie nicht anzündete, schien mir, dass ich so unauffälliger wirkte. Wenn ich schon an einem Fleck herumstehen sollte, ähnelte ich so wenigstens einem Batiar und nicht etwa einem Attentäter. Das Herz schlug mir bis zum Hals. Es schlug noch schneller, als ich sah, dass das Mädchen unterhalb von mir an der Straße sich bückte und die Schnalle an ihrer Sandale schloss. Währenddessen ging ein Mann mit einer Aktentasche unter dem Arm an ihr vorbei.

Er drehte sich sogar nach dem Mädchen um, das sich so tief gebückt hatte, dass ihm tiefe Einblicke gewährt wurden. Der Mann lächelte, ich ratschte mit dem Streichholz und zündete eine Papierosy an, zog freilich nicht, sondern blickte in Luzias Richtung, die ganz ruhig ihre Limonade trank und sich an den blühenden Linden erfreute. Zwei ältere Damen, ganz in Schwarz, sogar mit schwarzen Schleiern an den Hüten, die ihnen fast bis zum Kinn reichten, kamen aus dem Friedhof. Sie hatten einander untergehakt und bogen auf den Weg nach rechts oben ab. Wenn sie in dem Tempo weiterschlichen, würden sie unabwendbar Zeuginnen des Attentats werden. Ich überlegte, dass ich sie aufhalten musste, zudem ging der Inspektor gerade an mir vorbei. Ich riss mir die Kappe herunter und wischte mir die Stirn ab. Dann lief ich zu den beiden Alten und redete sie auf Polnisch an. Ich fragte, ob sie etwas Verdächtiges auf dem Friedhof bemerkt hätten. Ich sei Geheimagent und würde gerade einen gefährlichen Irren verfolgen, der alte Leute überfalle und sie ausraube. Die beiden Frauen blieben stehen und wurden mit einem Mal sehr ernsthaft. Zuerst fragten sie einander, ob nicht die andere etwas bemerkt habe, dann versicherten sie mir, dass auf dem Friedhof alles ruhig sei, obwohl ...

„Ja, wissen Sie“, begann die eine Alte plötzlich im Flüsterton, „mir schien, da ... wissen Sie, in den Büschen ... oh, sehen Sie? Dort, in den Buchsbaumbüschen neben dem weißen Kreuz, dort ... da hat etwas geraschelt. Ich dachte, es wäre der Wind, nicht wahr, Adelka? Ich habe noch gesagt, das ist der Wind. Aber sagen Sie, hätte er das nicht sein können? Was für ein Glück, dass Sie für unser Wohlergehen sorgen und über uns wachen ... da sind wir doch gleich viel ruhiger. Sagen Sie, werden Sie morgen auch in der Nähe sein? ... Unsere Ehegatten sind hier begraben, polnische Veteranen, und am Sonntag wird es hier ein Konzert geben, wir müssen vorher die Gräber in Ordnung bringen ...“

Ich konnte nicht mehr antworten, denn ich sah, wie Luzia ihr halbvolles Glas mit Limonade auf ein Bänkchen stellte, dann seelenruhig den Revolver aus der Tasche zog und den Polizisten mit drei Schüssen niederstreckte. Er versuchte noch, seine Waffe zu ziehen, hatte aber keine Kraft mehr dazu. Luzia überquerte augenblicklich die Straße und verschwand im Park. Die beiden Alten begannen wie am Spieß zu kreischen, sie schrien mir etwas von einem Geheimagenten zu, aber ich hörte es nicht mehr. Ich rannte in den Park, als sei ich hinter der Mörderin her, und hinter mir tönte es: „Schneller, Pan! Schneller!“

15

Jarosch reiste früher als Kurkow aus Istanbul ab, sie fanden aber noch Zeit, gemeinsam den berühmten überdachten Istanbuler Basar Kapalı Çarşı zu besuchen, der einen bereits mit seinen schieren Ausmaßen verblüfft. Nach einem Abstecher nach Ankara flog dann auch Kurkow nach Hause. Im Flugzeug saß ein untersetzter Typ neben ihm, der ständig blinzelte, als würde ihn etwas blenden. Etwas störte den Schriftsteller an diesem Typen, allein schon das Blinzeln von der Seite, deshalb holte er entgegen seiner Gewohnheit nicht das Notebook aus der Tasche, um an seinem aktuellen Roman zu arbeiten. Nachdem das Flugzeug gestartet war und die Flughöhe erreicht hatte, kamen die Stewardessen mit ihren Wägelchen, um Essen und Getränke zu verteilen. Der Unbekannte erkundigte sich bei Andrej, ob er etwas trinken werde. Kurkow war aufgeschlossen, er war daran gewöhnt, sich mit allen freundlich zu unterhalten und selbst Trunkenbolden zuzuhören. Gegenüber diesem Mann empfand er aber eine merkwürdige Abscheu und wollte jeglichen Kontakt mit ihm vermeiden, deshalb schüttelte er den Kopf. Darauf schien der Unbekannte spekuliert zu haben, er bat Andrej augenblicklich, ihm seinen Whiskey zu überlassen, und meinte, er sei heute sehr gestresst und müsse sich etwas entspannen. Die Whiskeygläser leerte er dann in einem Zug und stopfte schmatzend ein wenig Salat hinterher.

Jetzt wird er mich jedes Mal, wenn die Stewardessen Getränke anbieten, anhauen, für ihn auch ein Gläschen zu bestellen, ärgerte sich Kurkow und überlegte, dass es das Beste wäre, einfach ein wenig zu schlafen, denn wecken würde er ihn wohl hoffentlich nicht.

Aber gerade, als der Schriftsteller es sich in seinem Sitz bequem gemacht hatte, beendete der Unbekannte sein Geschmatze und sagte: „Ich habe Sie erkannt. Sie sind Andrej

Kurkow, nicht wahr?“ Und ohne eine Antwort abzuwarten, fuhr er fort: „Ich gebe zu, ich habe nichts von Ihnen gelesen, aber ich lese Zeitungen und so … Darf ich mich vorstellen? SBU-Oberleutnant Knysch.“

Kurkow blieb nichts anderes übrig, als ihm die Hand zu reichen und die bei solchen Gelegenheiten üblichen Floskeln zu murmeln. Die Stewardessen tauchten wieder auf, diesmal, um Müll und Essensreste einzusammeln und Getränke nachzuschenken. Abermals war Kurkow gezwungen, seinen Nachbarn zu bewirten, wobei er sich vornahm, dass dies das letzte Mal war.

Als dann der Nachbar das eine Glas in einem Zug geleert hatte und am zweiten nippte, sagte dieser: „Wissen Sie, ich war auf Dienstreise … Arbeitsauftrag. Ich will hier nicht mit Akten wedeln, aber ich hätte – so unter uns – ein paar Fragen an Sie. Hmm … wie fang ich an? Ein gemeinsamer Bekannter …“

„Was wollen Sie? Ich war nie beim KGB.“

„Sie sollten angeworben werden, haben sich aber erfolgreich herausgewunden. Das ist uns bekannt. Anderseits waren Sie im Strafvollzug tätig … Gefängniswärter. Damit gehören Sie doch irgendwie zu uns.“

„Das reicht, Sie kriegen keinen Whiskey mehr von mir, Sie fangen an, Unsinn zu reden.“

„Entschuldigen Sie bitte, falls ich mich nicht korrekt ausgedrückt habe … hmm, der Whiskey ist vielleicht nicht ganz unbeteiligt. Ich hoffe allerdings, dass Sie uns unterstützen werden. Wir befinden uns jetzt doch auf der gleichen Seite der Barrikade.“

„Welche Barrikade? Ich sehe keine.“

„Nun gut, ich habe ein Interview mit Ihnen gelesen, in dem Sie sich als ukrainischer Patriot präsentiert und erklärt haben, keinerlei nostalgische Gefühle für Russland zu empfinden. Deshalb wende ich als ukrainischer Patriot mich an Sie als ukrainischen Patrioten.“

„Und als KGBler, waren Sie da auch schon ukrainischer Patriot?"

„Ich schätze Ihren Sinn für Humor. Aber kommen wir zur Sache: Uns interessiert Professor Jarosch. Unser besonderes Interesse gilt seinen Forschungen zu Arkanien und einem gewissen Buch. Ich bin mir nicht sicher, ob Sie im Lesesaal der Nationalbibliothek in Istanbul jenem bescheidenen Mann mit Lupe Beachtung geschenkt haben ..."

Überrascht blickte Kurkow seinen Sitznachbarn an, und tatsächlich schien er einer der drei Leser gewesen zu sein, die alte Drucke studiert hatten.

„Das waren Sie?"

„Ja", Knysch senkte kokett den Blick, „ich hab mir einen türkischen Atlas der Ukraine von Evliya Çelebi angesehen. Dieser Mann ist viel herumgekommen. Wir haben einige Übersetzungen seiner Schriften. Aber eigentlich hat mich nicht der Atlas interessiert, sondern das, was hinter mir gesprochen wurde. Türkisch ist für mich ein böhmisches Dorf und mein Englisch hat ein Niveau wie das von allen Absolventen der Sowjetschulen, also nicht das allerhöchste. Ich bin ein Hund, der alles versteht, aber nichts sagen kann. Nun ja, einfache Alltagssachen sind natürlich kein Problem ... so haumatsch, haudujudu, mäiaispiek, senkjuwerimatsch und so was. Also, was Sie da im Saal geredet haben, habe ich mitbekommen. Mich würde aber noch mehr interessieren, was hinter verschlossenen Türen gesprochen wurde ..."

„Das verstehe ich sehr gut", entgegnete Kurkow grinsend. „Ja, ich kann sogar mit Ihnen fühlen. Und nun lassen Sie mich schlafen."

Damit drehte er sich zur Seite, zog die Beine etwas an, schob einen abgewinkelten Arm unter den Kopf und schloss die Augen. Durch die häufigen Flugreisen fühlte er sich inzwischen im Flugzeug wie zu Hause. Bevor er einschlummerte, lauschte er zufrieden dem vertrauten Scheppern des Servicewagens und dem Plätschern der Getränke.

O

Es war vor sieben Uhr morgens, als mich ein rücksichtsloses Poltern an der Tür weckte. Dann hörte ich einen erschrockenen Schrei meiner Mutter und drei Polizisten drangen in mein Zimmer ein und befahlen mir, sofort aufzustehen und mitzukommen. Mama versuchte, sich mit ihnen zu verständigen und sie zu beschwatzen, aber sie schenkten Mamas Bitten und Betteln keinerlei Beachtung. Da nahm sie augenblicklich Haltung an und packte mir eilends und umsichtig alles ein, was ich dort benötigen würde, wohin man mich nun mitnahm. Als wir das Haus verließen, begleiteten uns die Flüche und Drohungen meiner Mutter, sich an den Pan Minister zu wenden, den sie höchstpersönlich kenne. Dann würden sie schon sehen, mit wem sie die Ehre hatten. Den Nachnamen des Ministers verschwieg Mama diskret. Die ganze Tirade machte keinerlei Eindruck auf die Polizei, ein Viertelstündchen später befand ich mich im Untersuchungsgefängnis auf der Kasmierska-Straße. Dort stand ich vor dem durchdringenden Blick des allen Lembergern bekannten Monsters, Kommissar Kajdan[2]. Im Untersuchungsraum stand ein Hocker, auf den man mich setzte. Entlang der Wand lagen Stricke, Zangen, Knüppel und anderes Gerät, bei deren Anblick es mir kalt den Rücken hinunterlief.

Nomen est Omen, dachte ich, als ich seine Visage betrachtete. Hier rissen meine Überlegungen ab, denn der Kommissar war näher getreten und versetzte mir einen solchen rechten Haken, dass es mir die Beine hochriss und ich rücklings vom Hocker flog. Der Schlag selbst war nicht so schlimm, übler war, dass ich mit dem Kopf auf den

---

[2] Kette

Boden knallte und mir ganz schwarz vor Augen wurde. Auf meinen Lippen schmeckte ich Blut. Ich wischte es nicht ab – sollte er doch denken, er habe mir das Gesicht schon zu Brei geschlagen.

„Steh auf, du Saurüssel", sagte Kajdan beinahe sanft. „Steh auf und erzähl mir, wer geschossen hat."

Aha, es ging also um das Attentat. Doch konnte ich etwas Schlaues sagen?

Ich erhob mich, stellte den Hocker wieder hin, setzte mich und begann auf Ukrainisch: „Sehr geehrter Pan, ich arbeite in der Bibliothek … im Ossolineum. Ich kenne keinen, der schießen kann. Ich kennen nicht einmal einen, auf den man schießen kann."

Der nächste Schlag traf mich am Ohr. Wieder riss es mich von den Beinen und ich landete auf dem Fußboden.

Die rötliche Fresse von Kajdan beugte sich über mich: „In welcher Sprache redest du da mit mir, du Hurensohn? Heh? Wo lebst du denn? In Polen? Dann rede Polnisch, sonst mach ich Matsch aus deinem Kopf! Du willst eine freie Ukraine? Weißt du, wo die Ukraine ist, heh? Im Arsch ist deine Ukraine! Du warst doch gestern Abend an der Strijer Straße."

Ich erinnerte mich an die Anweisung des Onkels – kein Wort in der Sprache des Tyrannen! Also schüttelte ich nur schweigend den Kopf, da ich mir nicht noch so eine Ohrfeige einfangen wollte.

„Und bis wie viel Uhr warst du Saurüssel angeblich in der Bibliothek?", fragte der Kommissar, während er mich am Kragen packte und wieder auf die Beine stellte.

Ich brummelte undeutlich vor mich hin und sabberte dabei Blut, dann zeigte ich mit den Fingern „acht". Der Kommissar sah mich an und kniff dabei die Augen zusammen wie ein Metzger, der ein Ferkel begutachtet. Dann nahm er ein Schwammtuch vom Tisch, rieb mir grob das Blut vom Mund und warf es in den Papierkorb.

Er rief in Richtung der Türe: „Bringt die alten Tanten rein!“

Nach einer Weile kamen jene beiden älteren Damen ins Zimmer, die ich beim Friedhof getroffen hatte. Sie waren nicht mehr in Schwarz, sondern in Feiertagsgewänder gekleidet, als wären sie zu Besuch beim Bürgermeister. Beide hatten karierte Röcke an und ihre Hüte waren mit künstlichen Blumen und Blättern geschmückt, wobei auf einem Hut zwischen Blumen und Blättern frech einige Erdbeeren hervorlugten.

„Ist er das?“, fragte Kajdan ohne lange Vorrede.

„Bitteschön, ja, ja“, quakten die beiden Alten gleichzeitig und freuten sich ungemein, dass ihnen die Ehre zufiel, Zeuginnen in so einer wichtigen Causa zu sein.

Und jene, die gestern von ihrer Freundin Adelka genannt worden war, schnatterte munter weiter: „Dieser junge Mann teilte uns mit, er sei Geheimagent und verfolge einen gefährlichen Irren. Er bat uns, wachsam zu sein – wir sind ihm sehr dankbar dafür. Dann rannte er mutig jener ... jener, die da geschossen hatte, hinterher. Wir riefen ihm noch nach: ‚Schneller! Schneller!‘, und winkten dabei mit unseren Schirmen.“

„Adelka“, unterbrach die Erdbeer-Tante, „du bringst immer alles durcheinander: Ich habe mit dem Schirm gewunken und du hast ‚Schneller! Schneller!‘ gerufen.“

„Aber was redest du denn? Ich soll keinen Schirm gehabt haben?“, empörte sich nun Adelka. „Ich gehe nie ohne Schirm aus dem Haus, seit der Pan Doktor Zybulskij mir nachdrücklich geraten hat, mich im Schatten zu halten.“

„Aber gestern hast du ihn nicht dabeigehabt, denn mit dem linken Arm hattest du dich bei mir untergehakt und in der rechten Hand hattest du die Tasche.“

„Du lieber Gott! Und das sagst du mir erst jetzt? Das heißt, ich habe meinen Schirm auf dem Friedhof vergessen!“

Ich hätte diesen beiden netten älteren Damen mit Vergnügen noch eine Weile zugehört, doch der Herr Kommissar sah das anders und schnaubte so laut, dass die beiden augenblicklich verstummten.

Dann sagte er: „Gehen Sie bitte in den Raum nebenan und unterschreiben Sie das Protokoll. Ich danke Ihnen für die vorbildliche Erfüllung Ihrer Bürgerpflicht." Als die beiden Tanten draußen waren, grinste Kajdan mich an und meinte: „Na? Wollen wir weiterhin den Deppen spielen?" Dann trat er zielsicher wie ein Fußballer gegen den Hocker unter mir und ich landete abermals ziemlich unsanft auf dem Fußboden, wobei ich mir diesmal einen Ellbogen stieß – obwohl es nicht ganz so schmerzhaft war, wie ich vorgab. Der Onkel hatte schließlich nicht gesagt, ich dürfe keinen Laut von mir geben, wenn sie mich prügelten. Der hatte leicht reden. Immerhin war ich nicht zum Attentäter ausgebildet und mir waren zur Vorbereitung nicht die Finger in der Tür eingequetscht worden, man hatte mir auch nicht um des größeren Effekts willen Nadeln unter die Fingernägel geschoben, um mir einen Vorgeschmack auf die Folter zu geben. Inzwischen machte der Kommissar Anstalten, mich ordentlich in den Brustkorb zu treten, als plötzlich das Telefon klingelte.

Er hob ab, seufzte und sagte: „Dann bringt sie rein." Er streckte mir ein Schwammtuch hin und befahl: „Steh auf, wisch dich ab und setz dich hin!"

Ich war kaum damit fertig, als die Türe aufging und Pani Konopelka in Begleitung eines jungen Polizisten hereinkam.

„Die Pani meint", er nickte dabei in Richtung Pani Konopelka, „er sei am Abend in der Bibliothek gewesen."

„Ach ja?", grinste Kajdan. „Und bis wie viel Uhr?"

Ich erstarrte. Jetzt sagte sie bestimmt eine andere Uhrzeit als ich und dann war ich erledigt.

„Gestern haben wir ein großes Paket Bücher und Zeitschriften aus Prag erhalten", erklärte Pani Konopelka ganz gelassen, „deshalb sind wir länger in der Arbeit geblieben. Wir mussten die Neuzugänge katalogisieren und Karteikarten ausfüllen. Normalerweise erledigt das die bibliographische Abteilung, aber weil wir es mit tschechischen Titeln zu tun hatten, konnte ich diese Arbeit niemand anderem außer Pan Barbaryk anvertrauen. Er hat Erfahrung mit der tschechischen Sprache. Pan Barbaryk hat bis etwa halb acht in unserem Büro gearbeitet, dann entließ ich ihn. Jedoch nicht, ohne ihn vorher noch zu beauftragen, die Karteikarten zur Leiterin des Hauptkatalogs zu bringen, damit sie diese in den Sachkatalog einarbeiten kann. Und da diese Leiterin jung und nicht unansehnlich ist – Sie verstehen schon –, pressierte es den beiden nicht so. Kurz und gut: Die genaue Uhrzeit, wann er die Bibliothek verlassen hat, kenne ich nicht, weil ich noch ziemlich lange in meinem Büro gesessen bin."

Kajdan schnaubte, als wäre er kurz davor, zu explodieren. Seine Hände ballten sich zu Fäusten. Pani Konopelka tat mir jetzt schon leid, doch sie hielt sich tapfer und blickte dem Kommissar geradewegs in die Augen.

„Sind Sie bereit, das zu beschwören?", fragte Kajdan.

„Unter Eid werde ich vor Gericht aussagen", erwiderte Pani Konopelka unbeirrt, „hier unterschreibe ich ein Verhörprotokoll."

„Na gut. Und was ist mit jener anderen Person?"

„Sie ist auch da", erwiderte der Polizist, der bisher schweigend danebengestanden war. „Soll ich sie hereinrufen?"

Der Kommissar nickte. Ich staunte nicht schlecht, als Milja erschien. Sie hatte ein schulterfreies Kalikokleid an, und ihren zauberhaften Mund umspielte ein zauberhaftes Lächeln. Als sie mich erblickte, stürzte sie mir dermaßen leidenschaftlich in die Arme, als binde uns die himmlische Macht der Liebe so sehr aneinander, dass sogar der Kommissar ganz baff war und ihr nicht gleich Einhalt gebot, während sie mich abknutschte. Schließlich gelang es ihm, sie mit Hilfe des anderen Polizisten von mir zu trennen.

„Wir sind hier doch nicht auf dem Bahnhof bei einer großen Wiedersehensszene!“, knurrte Kajdan. „Wann haben Sie ihn gestern Abend zuletzt gesehen?“

„Himmel hilf!“ Sie rang die Hände. „Warum denn das letzte Mal? Worauf wollen Sie hinaus? Orest! Liebster!“ Sie schluchzte dabei so theatralisch, dass auch ich beinahe zu flennen begann.

„Hören Sie schon auf!“, bellte der Kommissar. „Antworten Sie auf meine Frage!“

„Wir haben um fünf nach acht die Bibliothek verlassen und uns dann verabschiedet.“

„Hat Sie dabei jemand gesehen?“

„Nein, wir waren die Letzten.“

„Und ihr beiden Turteltäubchen habt euch wirklich gleich verabschiedet und seid nicht zum Beispiel noch in ein Kaffeehaus gegangen?“

„Wissen Sie, Pan Kommissar, ich habe mich nicht ganz wohl gefühlt“, sie zwinkerte Kajdan zu und erklärte lächelnd: „Sie wissen schon, diese Frauensachen ...“

Der Kommissar schnaufte diesmal wie ein Blasebalg in einer Schmiede. Milja war nicht auf die Fangfrage hereingefallen. Hätte sie gesagt, wir seien in ein Kaffeehaus gegangen, hätte man es bei der Bedienung überprüfen können.

Einen Moment wippte Kajdan auf seinen Absätzen und kaute auf seiner Unterlippe herum, dann sagte er zu dem Polizisten: „Hol diese zwei Schreckschrauben nochmal ...“

Die beiden älteren Frauen erschienen abermals und ihre gutmütigen Gesichter strahlten vor purer Freude. Das Wohlwollen triefte ihnen geradezu aus den Blicken, mit denen sie den Pan Kommissar fast verschlangen. Für die heilige Sache waren sie zu allem bereit.

„Werte Damen“, wandte Kajdan sich an sie, „ich weiß nicht, wem ich glauben soll. Diese Dame und dieses Fräulein hier behaupten, dass dieser .... hm, unser Gast hier ... gestern Abend nicht an der Strijer Straße gewesen sein kann, sondern bis halb acht im Ossolineum gearbeitet hat. Das Attentat fand aber um halb acht statt. Sie behaupten dagegen, genau ihn dort gesehen zu haben.“

„Das Ossolineum!“, schluckte die Frau mit den Erdbeeren. „Dort habe ich die schönsten Jahre meines Lebens verbracht. Ich habe in der ... in der Abteilung für ...“

„Ja, richtig“, meldete sich nun Pani Konopelka, „ich erinnere mich noch gut an Sie. Sie waren in der Komplektationsabteilung. Wir sind uns nur selten begegnet, weil ich mein Büro ein Stockwerk höher habe. Aber einmal habe ich Ihnen die Auszeichnung des Präsidenten für gewissenhafte Pflichterfüllung übergeben ...“

„Ach ja!“ Die Frau mit den Erdbeeren klatschte freudig erregt in die Hände. „Sie nannten mich ‚Blümchen‘, was war ich damals jung und hübsch! Und Sie haben mich gleich wiedererkannt!“ Versonnen nestelte sie an ihrem Haar herum. „Wo sind die Jahre nur geblieben ... aber Sie, Sie haben sich gar nicht verändert.“

„Stopp“, unterbrach Kajdan. „Bleiben Sie nun dabei, dass Sie diesen jungen Mann um halb acht auf der Strijer Straße gesehen haben?“

Die beiden Tanten sahen sich an. Eine leichte Röte überzog ihre Gesichter, sie schauten zu mir, dann zu Pani Konopelka, schließlich zuckten sie mit den Schultern.

„Er ist ihm irgendwie ähnlich“, meinte Pani Adelka.

„Ziemlich ähnlich“, nickte die Erdbeertante.

„Wenn wir vielleicht seine Stimme hören würden, wenn er etwas sagen könnte, würden wir unter Umständen ...“

„Ja“, meinte auch Kajdan und wandte sich an mich: „Los, sag auf Polnisch: Jestem agent policyny. Tropimy maniaka.“

Ich wiederholte es Wort für Wort, aber auf Ukrainisch: „Ich bin ein Geheimagent. Wir verfolgen einen Irren."

Kajdan schnaubte wieder, er warf mir einen wütenden Blick zu, ballte die Fäuste, hielt sich aber zurück. Stattdessen befahl er trocken: „Bitte das Gleiche auf Polnisch."

Da schaltete sich Pani Konopelka ein: „Pan Kommissar, laut dem Gesetz sind Staatsbeamte nicht nur verpflichtet, Polnisch zu sprechen, sondern müssen auch Polen sein ..."

„Mir ist kein solches Gesetz bekannt."

„Aber Sie wissen, dass es in der Praxis genau so ist. Ukrainer und Juden werden im Staatsdienst nicht beschäftigt, wenn sie nicht zum Katholizismus konvertieren."

Unzufrieden reckte der Kommissar den Kopf. „Wir sind hier nicht in einer Parlamentsdebatte. Wollen Sie damit sagen, dass er kein Polnisch kann?"

„Ich kenne ihn schon länger. Er kann sicher dies und das auf Polnisch sagen, aber es klingt so grässlich, dass es mir dabei stets furchtbar leid um die edle Sprache unseres großen Propheten tut."

„Er soll sagen, was er kann."

Ich überlegte, dass der Onkel bestimmt nichts dagegen hatte, wenn ich die polnische Sprache verstümmelte und blökte: „Ick binne Bolzeiachent. Mir verfolchen ene Irrre."

Kajdan verzog das Gesicht, als hätte ich das Polnische mit meiner Aussprache nicht nur besudelt, sondern vielmehr ausgekotzt.

Die Tanten wechselten abermals Blicke und erklärten dann einstimmig: „Nein, nein! Der hat anders gesprochen. Und auch seine Stimme war klangvoller ..."

Das hatte noch gefehlt. In meinem Mund hatte sich so viel Blut und Speichel gesammelt, dass ich tatsächlich weniger sprach als spuckte.

„Und hatte jener junge Mann nicht hellere Haare, Adelka?", fragte die Erdbeer-Tante. „Scheint es dir nicht auch so?"

„Ja, stimmt“, nickte Pani Adelka, „und sie waren eher lockig. Außerdem hatte er keine so abstehenden Ohren.“

„Außerdem war er größer. Zwar nicht viel, aber doch größer.“

Da platzte dem Kommissar der Kragen. Mit kaum gezügeltem Zorn grunzte er: „Raus! Sie können alle gehen!“ Zum Polizisten sagte er: „Du schreibst das Protokoll.“

Als wir auf der Straße waren, fragte ich Milja und Pani Konopelka: „Wie haben Sie die Uhrzeit erraten?“

„Was gibt es da viel zu raten?“, lachte Milja. „Die Bibliothek schließt um acht. Du hättest also jede Uhrzeit zwischen halb acht und acht nennen können. Allerdings waren wir uns sicher, dass du nicht sieben Uhr zweiundvierzig oder sieben einundfünfzig sagen wirst.

„Und diese Pani ... so ein Glück, dass Sie sie nach so vielen Jahren noch erkannt haben ... als sie als junge Frau in der Bibliothek ...“

„Von wegen erkannt. Ich hab sie zum ersten Mal gesehen!“, winkte Pani Konopelka ab.

„Wie? Sie haben ihr gar kein Dankesschreiben des Präsidenten überreicht?“

„Doch, bestimmt. Wir überreichen diese Schreiben jedes Jahr an einem Feiertag. Wenn sie in der Bibliothek gearbeitet hat, hat sie früher oder später auch so ein Schreiben überreicht bekommen.“

„Aber was, wenn ... wenn sie es nicht erhalten hätte? Wenn sie nur ein oder zwei Jahre in der Bibliothek gearbeitet hätte?“

„Tja ...“, zuckte Pani Konopelka mit den Schultern, „manchmal muss man eben etwas riskieren.“

„Ich weiß gar nicht, wie ich Ihnen danken soll. Weil ich ...“

„Wir wissen, wo Sie waren und was Sie gemacht haben“, sagte Pani Konopelka grinsend, und nachdem sie sich umgesehen hatte, flüsterte sie mir mit Verschwörermiene zu: „Sie haben den Kammerjäger gerufen, um Ratten zu vergiften?“

„Und die Mäuse auch!“, grinste Milja, und als sie sich verabschiedeten, nickte sie mir zu: „Servus Kürbis!“ Sie hakte Pani Konopelka unter und die beiden spazierten in Richtung Zentrum davon. Ich kratzte mich am Kopf und ging nach Hause, um meine Mutter zu beruhigen. Unterwegs wusch ich mir an einem Brunnen das Blut ab, um sie nicht zu sehr zu erschrecken.

16

Der Unterricht Josip Milkers war für Jarka wie ein Gottesdienst. Sie stimmte die Saiten ihres Herzens und ihrer Seele für die Stunden bei dem Alten. Selbst wenn sie Selbstgespräche führte, hörte sie in ihrem Inneren seine Erwiderungen. Sie war ganz von der Musik erfüllt und Milker war ihr wahrer Guru. Sie hätte jeden seiner Wünsche erfüllt. Wenn er ihr im Moment besonderer Ekstase während des Geigenspiels befohlen hätte, aus dem Fenster zu springen, wäre sie gesprungen. Nachdem sie sich dessen bewusst geworden war, nistete sich außer dem unbändigen Drang nach seinem Unterricht auch eine gewisse Beklemmung in ihr ein. Diese massierte allerdings nur noch mehr ihre Nerven, reizte sie, trieb sie an.

Milkers Unterricht ähnelte in keinster Weise jenen Stunden, die Jarka bisher gehabt hatte. Die früheren Lehrer hatten alle ganz von vorne begonnen und versucht, sämtliche Spuren von Virtuosität und die bisherigen Kenntnisse aus dem Gedächtnis der Schüler zu waschen. Milker ging einen anderen Weg.

„Die Aneignung des Tons – daran werden wir am meisten arbeiten müssen! Die Geige muss einen wunderschönen Ton von sich geben, der Bogen muss die Saiten geradezu aufsaugen. Die Geige muss Sphärenklänge erzeugen, der Bogen muss über die Saiten tanzen. Der Herrgott hat Ihnen nicht die Musik, sondern eine Seele geschenkt, deshalb werde ich Ihnen beibringen, wie Sie den Ton Ihrer Seele auf die Geige übertragen."

Anfangs fanden die Stunden bei Milker zu Hause statt, was Jarka sehr gefiel, denn alles in dieser Wohnung rief in ihr eine besondere Stimmung hervor. Der Geruch der alten Möbel erinnerte sie an längst vergessene Gerüche der Kindheit, die Bücher hypnotisierten und verzauberten sie mit ihren Ledereinbänden. Das Mädchen stellte fest, dass sie während des Spiels auf die Bücherrücken schaute wie auf Noten – doch das änderte sich rasch, als Milker dazu überging, mit ihr auf Straßen und Plätzen zu spielen. Jarka wunderte sich und konnte den Sinn dieses Experiments nicht verstehen. Was sollte der Unterricht auf der Straße, wenn fremde Menschen um einen herumliefen, manche sogar verwundert stehenblieben und einen anstaunten? Doch der Lehrer bestand darauf.

„Sie sind wie in Ketten, wie ein Krebs in seinem Panzer, befreien Sie sich! Ihre Seele muss beim Spiel aus Ihnen heraus und in den Himmel fliegen. Ich habe gesehen, wie Ihre Blicke über meine Bücher kriechen, wenn Sie spielen. Das darf nicht sein."

„Aber nun werden meine Blicke den Passanten folgen ..."

„Nein, sie werden Sie stören und deshalb werden Sie ihnen bald keine Aufmerksamkeit mehr schenken. Sie werden lernen, sie zu ignorieren. Sie werden lernen, sich ganz auf sich selbst zu konzentrieren und keinen Gedanken daran zu verschwenden, wo Sie sich gerade befinden."

Jarka blieb nichts anderes übrig, als zuzustimmen. Milker wählte den Rathausplatz für ihr Spiel, und als er den Hut abnahm und vor ihre Füße stellte, brachte sie das ziemlich aus der Fassung.

Das Mädchen schnappte nach Luft, reckte den Hals und flüsterte: „Keinesfalls ... niemals! Was denken Sie sich eigentlich?"

Milker hörte sie geduldig an und wartete, wissend, dass ihre Empörung rasch nachlassen würde. Dann sagte er: „Beginnen Sie mit dem Spiel. Die Musik wird Sie emporheben, hoch über die Kirchtürme hinaus. Sie dürfen nichts und niemanden mehr sehen. Und Sie dürfen auch auf niemanden hören außer auf mich. Die Musik wird Sie forttragen."

Jarka beruhigte sich. Seitdem fand der Unterricht auf verschiedenen Plätzen, Straßen und in Parks statt, im Strijer Park, auf dem Hohen Schloss, im Kaiserwald, auf dem Lytschakiwer Friedhof, auf der Kortum-Anhöhe ...

Jarka wusste nicht, dass Jarosch vor einiger Zeit bei Milker gewesen war und sich erkundigt hatte, ob jemand den echten Todestango spielen konnte.

Der Alte hatte betrübt den Kopf geschüttelt: „Leider ist das zur Zeit nicht möglich. Ich kann ihn mit meinem einen Arm nicht spielen. Und selbst wenn ich könnte, mir fehlen die Noten, jene zwölf, von denen ich gesprochen habe. Obwohl ich sie eigentlich gar nicht gebraucht hätte, ich kenne die Melodie in- und auswendig und könnte sie im Schlaf spielen. Aber vor kurzem hatte ich einen kleinen Schlaganfall. Meine Erinnerung ist seitdem etwas löchrig. Ich könnte mich in den Hintern beißen, dass ich die Noten nicht aufgeschrieben habe. Aber ich hoffe, dass die Erinnerung wiederkommt."

„Vielleicht gelingt es uns, die Melodie zu rekonstruieren. Sie befindet sich im arkanischen Totenbuch und mir ist es vor einigen Tagen gelungen, sie zu entschlüsseln. Die Bewohner Arkaniens bezeichneten die Noten mit Buchstaben. Die Melodie für das Todesritual setzte sich aus zwölf Buchstaben zusammen. Hier sind sie. Und vielleicht hilft Ihnen diese CD weiter. Es ist eine Aufnahme des Tanzes der Derwische ..."

„Der Tanz der Derwische ... ja, ja, ich habe davon gehört. In ihren Tanz sind ebenso zwölf Noten eingefügt, die sich nicht wiederholen. Die anderen Noten spielen keine wesentliche Rolle, sie bilden den musikalischen Hintergrund. Genau wie bei unserem Tango ..." Der Alte drehte die CD in der Hand hin und her und begann dann, die Noten zu studieren, die der Professor entschlüsselt hatte.

„Es war bemerkenswert, als ich beim Tanz der Derwische war, mit mir sind komische Sachen passiert. Mir war, als hätte ich meinen Körper verlassen und schwebte über der Erde. Dann wurde ich wohl bewusstlos. Ich hörte die Musik nicht mehr und fühlte mich furchtbar. Vermutlich fühlt sich der Mensch so, bevor er stirbt."

Milker sah ihn nachdenklich an. „Ich denke, wir sind dem Wesen der Sache ganz nahe. Nur ... es gibt einige Probleme. Selbst wenn ich die Noten rekonstruieren kann, wer wird sie spielen? Der Tango hat feinste Nuancen. Wenn man die nicht beachtet, ist die Melodie nichts anderes als die eines normalen Tangos. Das menschliche Gehör kann die Nuancen kaum unterscheiden, aber es reagiert auf sie. Wenn man nicht weiß, wie die Melodie zu spielen ist, sind diese Noten auch im Spiel des größten Virtuosen wirkungslos."

„Aber Ihnen ist es doch gelungen?"

„Ja. Kalkbrenner hat die Noten verschlüsselt, doch ich konnte sie entschlüsseln. Ich habe mich an seine Hinweise gehalten und konnte den Tango entsprechend spielen." Abermals betrachtete Milker die Noten, dann begann seine Hand zu zittern. „Ich denke", flüsterte er aufgeregt, „dass das hier den Noten des Todestango ähnelt. Aber ich muss das überprüfen. Das wird eine Weile dauern. Und außerdem ...", betroffen blickte er Jarosch an, „... ich habe die ganze Zeit eine Schülerin oder einen Schüler gesucht, einen Menschen, dem ich den Tango auf die Art zu spielen lehren wollte, wie wir ihn gespielt haben. Aber ich wurde jedes Mal enttäuscht. Ich habe die Hoffnung freilich noch nicht aufgegeben ..."

Nachdem ich knapp dem Gefängnis entgangen war, wurde ich zur Armee einberufen. Mama erklärte kategorisch, sie werde ihren geliebten Sohn nicht hergeben, und mobilisierte alle Bekannten, um mich vor der Rekrutierung zu retten. Ich beruhigte sie und versicherte ihr, dass ich mich selbst aus diesem Schlamassel herauswinden werde. Als ich zur Musterung ging, war ich ganz zuversichtlich. Ich hatte vor, einen Tauben zu spielen – nicht ganz taub, sondern nur auf einem Ohr. Die Herren Doktoren mussten mir laut zurufen wie auf einer Almwiese, und ich antwortete ihnen auf die gleiche Weise. Dann gaben sie mir Anweisung, im Nebenzimmer zu warten. Dort befand sich bereits ein Dutzend Tauber und Halbtauber wie ich. Einige von ihnen wiegten sich bereits in Sicherheit und hörten auf, den Krüppel zu spielen. Ich vermutete aber einen Spitzel der Kommission unter ihnen, oder dass man uns sonst irgendwie beobachte. Als man uns dann rief, traten wir gemeinsam vor die Kommission, die uns befahl, uns in einer Reihe aufzustellen.

Als wir so dastanden, neigte sich einer der Doktoren zu seinem Nachbarn und sagte leise, aber deutlich vernehmbar: „Pan Michowski, eventuell sollten wir die vestibuläre Wahrnehmung überprüfen?"

„Warum nicht, Pan Żmichowski", erwiderte dieser ebenso leise, „wir lassen sie auf einem Bein balancieren."

„Hervorragende Idee! Wirklich Taube können das nicht, da ihre vestibuläre Wahrnehmung das nicht erlaubt."

Dann sagte er laut: „Heben Sie alle den linken Fuß und bleiben Sie fünf Sekunden auf dem rechten Fuß stehen."

Wie zu erwarten, purzelten all die tauben Simulanten auf den Fußboden, nur ich blieb stehen wie der Ochs am Berg, meine vestibuläre Wahrnehmung ließ sich nicht provozieren. Und ich wäre noch eine Weile so dagestanden, wenn die Doktoren nicht wie verrückt gebrüllt und gewunken hätten. Ich hatte als Einziger die Musterung nicht bestanden. Dass ich nicht auf den Trick hereingefallen war, hatte ich meinem Onkel zu verdanken, der sich vor zwanzig Jahren auf genau dieselbe Art dem Militärdienst entzogen hatte.

So hatte ich zwar mich vor dem Militär gerettet, aber nicht Lwiw vor dem Krieg. Als ich mit Freunden eines Abends vom Lytschakiw-Hügel zurückkehrte, wo wir in der Kneipe „Zum Eichhörnchen" ordentlich gezecht hatten, begegnete uns eine seltsame Karawane: Einige Dutzend untersetzte, aber kräftige Typen in langen Mänteln und mit grünen Helmen stapften uns entgegen. Sie schauten nicht geradeaus, sondern hatten die Blicke fest auf das Kopfsteinpflaster geheftet und schenkten uns keinerlei Beachtung. Als sie an uns vorbeikamen, bemerkten wir, dass ihre Mäntel nass waren. Unter den Mantelschößen schauten weder Straßenschuhe noch Stiefel hervor, sondern Flossen. Sie stanken nach fauligen Algen und Salz, wiegten sich im Gehen plump hin und her, in ihren Augen blitzte ein grüner Funken. Es waren tote Augen, auch das Blitzen darin war tot. Keiner von uns sprach ein Wort. Wir waren nicht sicher, ob wir wachten oder träumten, blickten ihnen nach und beobachteten, wie sie allmählich im Dunst verschwammen, der sich wie aus dem Nichts über sie senkte. Wir wechselten verwirrte Blicke, dann ging jeder verstört seines Weges. Es war die letzte Nacht des August 1939 gewesen.

Der erste September war sonnig und viele Lemberger machten einen Ausflug in die Karpaten. Lwiw war leerer als sonst. Als ich die Explosionen hörte, begriff ich nicht gleich, was los war. Vielleicht üben ja die Artillerieeinheiten, dachte ich. Die Explosionen verstummten jedoch nicht, sondern näherten sich vom Westen her und ähnelten bereits einem Donnern. Das Donnern ging in ein Jaulen über und deutsche Flugzeuge erschienen am Himmel. Bombeneinschläge erschütterten die Stadt, Brände entflammten, Sirenen heulten. Vor einer Woche hatten die Sirenen schon einmal so geheult und die Stadt vor deutschen Flugzeugen gewarnt. Es war nur eine Übung gewesen, die jedoch viele in Aufregung versetzt hatte. Der Hausmeister hatte während des Sirenengeheuls an unsere Tür gehämmert und geschrien, dass wir uns rasch im Keller verstecken sollten. Tags darauf sah man auf Schritt und Tritt schwarz-gelbe und weiß-rote Plakate, die den Verkauf von Gasmasken annoncierten, und auf den Straßen konnte man häufig Leute sehen, die mit grau-grünen Taschen und am Gürtel befestigten Gasmasken herumliefen. Einige spazierten sogar mit angelegten Gasmasken herum und ähnelten Ungeheuern. Flugzeuge warfen Flugblätter ab, die Hinweise gaben, wie man sich im Falle eines Gasangriffs zu verhalten hatte. In den Zeitungen riet man, sich mit Pottasche einzudecken, von Mehl, Zucker und Grieß schrieb man freilich nichts. Doch die Leute wussten selbst, dass sie Lebensmittelvorräte anlegen mussten. Mehl, Zucker und Grieß verdarben nicht und ließen sich auch verwenden, selbst, wenn es keinen Krieg gab.

Immer wieder unterbrach das Radio die Musiksendungen und man hörte die Stimme eines bekannten Warschauer Moderators: „N.O.28. Nadchozi“, und nach einer Weile wieder: „N.O.28. Nadchozi“. Seine Stimme klang nicht ganz wie sonst, man hörte eine gewisse Nervosität heraus. Die unverständliche Ansage rief noch größere Unruhe und Sorge hervor. Selbst wenn nach der Durchsage Musik erklang, hallte die Meldung im Kopf wider, fraß sich ins Hirn, und man wollte sie unwillkürlich wiederholen wie eine Beschwörungsformel, die einen vor Heimsuchung retten sollte. Aber sie rettete nicht. Tag für Tag flossen neue Menschenströme durch Lwiw, in Autos, auf

Fuhrwerken, zu Fuß, beladen mit Koffern und Taschen strömten sie durch Lwiw auf ihrem Weg in Richtung Ternopil oder Stanislaw und weiter zur rumänischen Grenze. Später wurde klar, dass Rumänien eine schlaue Wahl gewesen war, denn jene, die nach Rumänien geflohen waren, überlebten den Krieg. Damals, Anfang September, hatte man jedoch keine Ahnung, was kommen würde. „Achtung, Achtung! 125 przerzedł“, wiederholte der Warschauer Radiosprecher fortwährend. Dann erscholl Marschmusik. Die beunruhigende Durchsage blieb in der Luft hängen und machte Angst. Auch die Marschmusik klang nicht besonders aufmunternd, sondern ähnelte eher Totenglockengeläut ...

Lija hatte sich auf dem Sofa eingerollt und schaute mich erschrocken an, sie fragte: „Was redet er da nur? Was ist das? Ich verstehe es nicht, es macht mir Angst!“

„Das sind Mitteilungen für die Armee“, antwortete ich. „Sie geben die Truppenbewegungen der Deutschen durch.“

„Was glaubst du? Sind sie schon in der Nähe?“

„Vielleicht. Aber wir werden uns verteidigen.“

„Wir? Du willst Lwiw zusammen mit den Polen verteidigen?“

„Es ist auch mein Lwiw.“

Ich ging auf die Straße, um eine Zeitung zu kaufen. Sie bestand nur aus riesigen Überschriften, die begeistert vom heldenhaften Widerstand berichteten, den die tapfere polnische Armee entlang der Front den dreisten Germanen, den Barbaren des 20. Jahrhunderts, leistete. Die Menschenströme aus dem Westen erzählten freilich etwas ganz anderes: Die Deutschen seien schon vor Tschenstochau.

Auf die Horodetzka-Straße fielen Bomben und zerstörten zwei große Gebäude. Flugzeuge dröhnten über der Stadt, Menschen rannten in alle Richtungen. Ein Junge erschien an einem Fenster und pfiff mit einer Trillerpfeife

Alarm. Das Dröhnen der Flugzeuge schüchterte ein, man hätte sich am liebsten in einem Mauseloch verkrochen. Dann donnerte es, die Straße bebte, die Scheiben klirrten, Schreie – und dann plötzlich Stille. Rauch wirbelte empor und hüllte alles ein, man bekam keine Luft, man spuckte und hustete, und doch kriegte man den Rauch nicht aus dem Hals und aus dem Mund, er knirschte zwischen den Zähnen und ließ einen würgen. Dunkelbraune Rauchschwaden wallten nach oben und wurden gelbgrau, wiegten sich wie Baumkronen im Wind. Aus Richtung des Bahnhofs zog Rauch heran, wechselte die Farbe, wurde dunkler und dichter, dann wieder heller, und aus seinem Inneren leckten rote Zungen hervor. Der Hausmeister ging von Wohnung zu Wohnung und gab Anweisung, Wasser in Badewannen und Becken, Eimern und Töpfen bereitzuhalten, falls Feuer ausbrach, und auch sonst Wasservorräte anzulegen, denn man würde das Wasser abstellen, nur noch bei den Pumpen auf der Straße würde es welches geben.

17

„Jeder große Mann hat seine Jünger, doch stets wird ein Judas seine Biographie schreiben“, sagte Jarosch am Ende seiner Vorlesung über die arkanische Literatur. „Das Gleiche passierte auch Luzilius. Sein Biograph war Alzestij, der zu seinen Lebzeiten Luzilius aus ganzer Seele hasste, ihn um sein Talent beneidete und dessen Leistungen in Frage stellte. Doch kaum war Luzilius gestorben, beruhigte sich Alzestij augenblicklich und schrieb über Luzilius nur noch wie über einen geschätzten Freund. Er vereinnahmte alle Erinnerungen an ihn, die Forschung zu seinem Werk wurde seine persönliche Angelegenheit. Und wenn es doch jemand wagte, über seinen ‚Busenfreund‘ zu schreiben, stürzte er sich auf ihn wie ein Löwe. Deshalb liegen Leben und Werk von Luzilius in mythischem Nebel. Man kann nur Vermutungen anstellen, wie es wirklich gewesen ist, denn andere Quellen sind leider nicht erhalten. Darin liegt auch das Rätsel des Luzilius. Einerseits haben wir eine Biographie, an der der Autor selbst fleißig mitgestrickt hat, und anderseits eine Biographie, die Alzestij fantasievoll ausgestaltet hat. Wo also liegt die Wahrheit? Wir kennen sie nicht. Wir gleichen Buridans Esel, der zwischen zwei gleich großen und gleich weit entfernten Heuhaufen steht und verhungert, weil er sich nicht entscheiden kann, welchen er zuerst fressen soll. Doch wir sind hoffentlich intelligente Wesen und können die Wahrheit aus eigener Kraft aufspüren. Und wie wir das anstellen, davon erzähle ich Ihnen in der nächsten Stunde mehr.“

Es war die letzte Unterrichtsstunde an diesem Tag gewesen und Jarosch machte sich gerade zur Bibliothek auf, als Danka zu ihm kam und fragte, ob er schon einmal am Teufelsfels gewesen sei.

Verwundert antwortete er: „Nein. Aber warum fragen Sie?“

„Ich war auch noch nicht dort“, sagte sie lachend und blickte ihn über den Rand ihrer Brille verschmitzt an. Sie drehte ihre Tasche in den Händen und sagte: „Meine Mutter hat einen Kuchen gebacken und mir aufgetragen, Sie unbedingt probieren zu lassen. Ich dachte, man könnte das mit einem Spaziergang verbinden, solange noch so schönes Wetter ist ...“

„Hmm“, grinste Jarosch. „Ein verlockender Vorschlag. Aber den Kuchen können wir doch im Park essen.“

„Der Kuchen ist Nebensache. Vor allem möchte ich Ihnen meine Übersetzungen der Gedichte des Luzilius vorlesen.“

„Ohh, dann aber los! Lassen wir uns denn von den Flügeln der Poesie auf den Teufelsfelsen tragen. Aber aus der Uni fliegen wir besser getrennt ... Einverstanden? Wir treffen uns an der Bushaltestelle gegenüber dem Danylo-Denkmal.“

Er wollte sich noch nach der Brille erkundigen, mit der er sie bisher noch nicht gesehen hatte und mit der sie älter und ein wenig wie eine Lehrerin aussah. Er kam nicht mehr dazu, denn sie drehte sich auf dem Absatz um und war weg. Unterwegs kaufte Jarosch Wein, Wasser und Käse. Danka wartete bereits auf ihn, sie stiegen in den überfüllten Bus Richtung Wynnyky, verließen ihn an der Haltestelle beim See und schlugen einen steilen Waldweg ein. Zum Teufelsfels gelangte man auch bequemer, wenn man den Weg über die Serpentinen nahm, doch sie plagten sich geradewegs nach oben und gelangten in einer halben Stunde auf die Anhöhe, die mit Erdspalten und Höhlen durchlöchert war und auf der der Teufelsfels thronte. Von Wald umgeben, leuchtete er im Dunklen wie ein weißes Auge. Danka und Jarosch kletterten auf den Felsen, breiteten eine Decke aus und picknickten. Unter der Woche kam höchst selten jemand hierher, daher war ringsum keine Menschenseele.

„Übrigens“, sagte Jarosch, „wo wir nun sitzen, erbaute die Äbtissin des Benektinerkonvents, Josefa Kun, einen schräg überdachten Altan wie eine Veranda und weihte ihn der Heiligen Apollonia. Bereits 1834 hatte die Äbtissin eine Gedichtsammlung mit dem Titel ‚Lembergs schöne Umgebung‘ herausgegeben, in der auch der Teufelsfels vorkommt, damals ein beliebtes Ausflugsziel der Lemberger.“ Er bemerkte, dass Danka ihr Ohr an den Felsen gelegte hatte und lauschte. „Was machen Sie da?“

„Ich lausche, ob ich nicht den Hahnenschrei höre.“ Als sie Jaroschs erstaunten Gesichtsausdruck sah, erklärte sie: „Kennen Sie das nicht? Die Teufel haben doch diesen Felsen geschleppt, um ihn auf den Dom des Heiligen Georg in Lwiw zu schleudern, als sie plötzlich einen Hahnenschrei hörten und den Felsen losließen. Am Abend davor hatte ein Trunkenbold, der im Feld übernachtete, zufällig eine Zusammenkunft der Teufel belauscht und mitbekommen, was sie vorhatten. Um sie aufzuhalten, erschreckte er sie mit einem krähenden Hahn. Sie ließen den Fels fallen, der Hahn und Trunkenbold unter sich begrub. Und wenn man das Ohr an den Fels legt, kann man den Hahn manchmal krähen hören.“

„Ein Hahn, der mitten in der Nacht kräht?“

„Sicher, der Trunkenbold war nicht dumm. Er steckte den Hahn in einen Sack, sodass es stockdunkel für ihn war. Als die Teufel dann mit dem Fels angeflogen kamen, zündete er eine Lampe an und zog den Hahn rasch aus dem Sack. Das Licht der Lampe strahlte ihm direkt in die Augen und er begann zu krähen. Das funktioniert übrigens wirklich. Ich hab es selbst ausprobiert, als ich in einem Dorf war. Ich habe mir einen Hahn geschnappt und ihn in einer dunklen Kammer unter einen Bottich gesperrt. Nach einer Stunde habe ich eine Kerze angezündet, sie direkt vor den Bottich gestellt und diesen hochgehoben. Der Hahn hat sofort munter zu krähen begonnen."

„Seit wann haben Sie den Drang zu naturwissenschaftlichen Experimenten?"

„Ich habe überhaupt einen Drang zur Wissenschaft. Das wissenschaftliche Denken macht mir Spaß, aber auch nicht mehr."

Der Kuchen war mit Nüssen und Rosinen, leicht, ohne fettige Cremeschicht, so, wie er Jarosch am besten schmeckte. Er verabscheute Torten, aus denen Butter quoll.

„Äußerst lecker, richten Sie Ihrer Mutter meine besten Grüße und meinen Dank aus", sagte er und schenkte Wein ein. „Backen Sie auch?"

„Ich habe keine Gelegenheit dazu. Meine Mutter lässt mich in der Küche keinen Handgriff tun. Sie hält mich als zukünftige Hausfrau für eine absolute Niete. Kochen und backen kann ich nicht, Ordnung halten schon gar nicht, meine Sachen landen immer an anderen Plätzen, ich verlege alles und suche dann ewig, bis ich sie wiederfinde, ich bin hoffnungslos schlampig."

„Oho, so viele wundervolle Eigenschaften! Alles Merkmale kreativer Menschen. Zwei verschiedene Schuhe haben Sie noch nicht angehabt? Oder vielleicht schon mal einen Hut mit einem Kochtopf verwechselt?"

„Nein, hören Sie auf, sich über mich lustig zu machen. So genial bin ich auch wieder nicht."

„Ich bin einmal in Pantoffeln aus dem Haus gegangen, zum Glück habe ich es rechtzeitig bemerkt. Ich bin also noch kein hoffnungsloser Fall. Ein anderes Mal habe ich statt des Handys das Diktiergerät eingesteckt und mich dann gewundert, dass mich den ganzen Tag keiner anruft. Aber Ihre Brille interessiert mich nun doch ... ich habe Sie noch nie mit Brille gesehen. Sind Sie kurz- oder weitsichtig?"

„Weder das eine noch das andere“, grinste Danka. „Es ist einfaches Fensterglas. Ich trage sie aus Jux. Die meisten Jungs sind Brillenträgerinnen gegenüber unsicher und neigen dazu, zu glauben, dass sie es mit einer Schlaumeierin zu tun haben, mit der man besser nichts anfängt. Ich setze sie mir immer auf, wenn ich zum ersten Rendezvous gehe. Es ist zu komisch, zu beobachten, wie meine Kavaliere rot werden. Besonders, wenn ich die kurzsichtige Brillenschlange spiele und frage: ‚Was hängt denn da für ein Lappen an der Tür?‘ Und er darauf: ‚Aber das ist doch ein Rabe.‘ Wenn man noch ein paar ähnliche Fragen stellt, wird rasch klar, mit wem man die Ehre hat. Ein super Idiotentest.“

„Bestimmt. Aber warum haben Sie sie heute aufgesetzt?“

„Ich bin eben ein geheimnisvolles Mädchen. Sie werden mich niemals durchschauen. Versuchen Sie es gar nicht erst. Und nun klettern Sie ein Stückchen nach unten und hören Sie sich die Gedichte von Luzilius an. Wenn jemand kommt, geben Sie mir Bescheid.“

„Haben Sie die Gedichte wieder anhand meiner englischen Vorlagen übersetzt?“

„Nein, diesmal habe ich mich ins Original verbissen wie ein Bücherwurm im Buchregal. Zugegeben, manchmal habe ich in Ihre Übersetzungen geschaut.“

Jarosch wunderte sich über das Selbstvertrauen des Mädchens und nickte. Sie hatte nicht nur überraschend schnell die arkanische Sprache gelernt, sondern besaß auch die Energie, die nicht gerade einfachen Gedichte des größten arkanischen Dichters Luzilius zu übersetzen, der sie seiner großen Liebe, der geheimnisvollen Ilajala, gewidmet hatte. Er ließ sich am Fuß des Felsens auf einem umgestürzten Baumstamm nieder, während Danka mit ihren Texten in Händen oben auf dem Fels stand und ein Lufthauch sich in ihrem Rock verfing. Sie begann zu lesen und schien dabei in Trance zu fallen, sie war ganz in sich selbst versunken und ihr Körper wiegte sich im Rhythmus der Poesie. Die zarten, vor Anspannung weiß gewordenen Finger zitterten leicht, ihre Stimme überschlug sich manchmal, sie schluckte Speichel und Wind herunter und las, ohne innezuhalten und ohne auch nur ein einziges Mal Jarosch anzublicken. Sie war von Kopf bis Fuß Poesie. Jarosch konnte seinen Blick nicht von ihr wenden. Er fühlte, wie auch sein Körper im Rhythmus dieser Poesie zerfloss, die er so gut kannte und selbst übersetzen wollte. Doch das war eine andere Art der Übersetzung, trockener, nicht so empathisch und ergreifend. Ihm schien, sie lese keine Übersetzung, sondern einen Text, den sie selbst geschrieben hatte und der an jemand Bestimmtes adressiert war, jemand, der zugleich fern und nah war, zum Greifen nahe und zum Träumen weit weg.

Ihre letzten Worte sprach sie heiser, ihr war der Atem ausgegangen, sie flüsterte nur noch und seufzte dann. Immer noch schaute sie den Professor nicht an, so als wartete sie auf seine vernichtende Kritik. Aber sie bekam ganz anderes zu hören.

„Wie wunderbar! Sie sind sehr mutig an die Übersetzung herangegangen!“, sagte Jarosch und kletterte zu ihr auf den Felsen zurück. „Der Rhythmus des Originals lässt sich kaum rekonstruieren, wahrscheinlich gab es gar keine festen Betonungen. Auch die Pausen, im Original sind keine angezeigt, aber Sie haben sie gespürt. Ich hätte es in Prosa übersetzt, episch wie ‚Gilgamesch‘. Doch Sie ... Luzilius grüßt Sie aus dem Jenseits.“

„Etwa durch Sie?“, lachte Danka und schüttelte den letzten Rest Nervosität und Befangenheit ab.

„Wenn Sie wollen, durch mich“, antwortete er etwas atemlos, er war ziemlich schnell nach oben geklettert. „Übrigens besteht oft eine mystische Verbindung zwischen toten Autoren und ihren Übersetzern. Ich träume zuweilen von arkanischen Dichtern, manchmal spüre ich sie fast körperlich. Besonders Luzilius."

„Luzilius? Dieses sensible Geschöpf …?"

„Ich fühle seine Gegenwart manchmal geradezu neben mir."

„Neben Ihnen? Wie soll das gehen?"

„Na, zum Beispiel kommt es vor, dass ich mich, wenn ich übersetze, zwischendurch mit etwas anderem beschäftigen muss. Wenn das nur ein paar Tage dauert, ist es nicht weiter schlimm, aber wenn es länger dauert, mehr als eine Woche, werde ich genervt und fühle mich ganz kribbelig. Erst wenn ich wieder zu übersetzen anfange, werde ich ruhig und alles ist okay."

„Das soll wohl ein Witz sein!"

„Nein! Ich habe mich sogar schon mit Ihnen gestritten. Ganz im Ernst. Ich bin auf den Balkon, habe meinen Kopf in den Nachthimmel gereckt und den Dichtern zugerufen: Lasst mich endlich in Ruhe! Ich habe auch noch andere Arbeit, ich muss Geld verdienen, ich kann mich nicht die ganze Zeit mit euch beschäftigen."

„Und, was haben sie geantwortet?"

„Sie haben das auf ihre Weise erledigt. Plötzlich bekam ich ein gutes Honorar für einen Artikel, der in Amerika übersetzt wurde, und für eine Neuauflage meines Handbuchs, obwohl früher nie die Rede von einer Neuauflage war."

„Das ist schön. Vielleicht werden sie mir gegenüber auch so großzügig sein. Ha-a-llo, Luzilius!", rief sie lachend in den Himmel. „Wenn du willst, dass ich dich übersetze, dann zeig dich erkenntlich."

Beide schüttelten sich vor Lachen und freuten sich wie kleine Kinder. Doch als sie vom Teufelsfels zurück in die Stadt gekommen waren, hüllte sie die Dämmerung unmerklich mit Traurigkeit ein, sie sprachen kaum und versanken in Gedanken, scheuten sich sogar, sich in die

Augen zu schauen. Danka nahm ihre Brille ab und verstaute sie in der Tasche, und Jarosch, der versuchte, das Gespräch wieder aufzunehmen, sah ihr nur auf den Mund, als habe sie mit der Brille auch ihre Augen eingepackt. Schließlich wandte auch Danka den Blick ab. Unausgesprochene Worte flogen zwischen ihnen hin und her, ein Schwarm von Worten, deren stumme Existenz nur ihre bebenden Lippen verrieten.

Q

Am 2. September meldeten Joschi, Wolf und ich uns freiwillig zum Militärdienst. Jas war bereits Unteroffizier, hatte die Grundausbildung hinter sich und war zur Front unterwegs. Obwohl man Wolf gegenüber misstrauisch war, rekrutierte man ihn schließlich doch. Man schickte uns alle zu den Jägern. Wir wurden tagelang gedrillt und lernten schießen, wobei weder Joschi noch ich besonders gute Schützen waren, einzig Wolf war recht erfolgreich. Abends krochen wir auf dem Zahnfleisch nach Hause und schnappten uns Zeitungen, um Neuigkeiten zu erfahren.

Die Tageszeitungen erschienen weiterhin und gaukelten ein normales Leben vor, indem sie Sensationsgeschichten druckten und unbekümmert das Programm der 27 Lichtspielhäuser Lwiws annoncierten. Am 8. September besuchten Lija und ich sogar die Premiere der englischen Komödie „Alter Wein". Die Schulkinder bereiteten sich indes wie üblich auf den Anfang des neuen Schuljahrs vor, der diesmal auf Montag, den 11. September fiel.

Seit Kriegsbeginn erschien am Himmel allmorgendlich ein Aufklärungsflugzeug, das in großer Höhe seine Runden über der Stadt drehte. Für gewöhnlich kündigte es einen Bombenangriff an. Nach einer Weile hörte man das Dröhnen der Flugzeugmotoren, dann warfen die Bomber ihre Ladung ab. Die Luftabwehr tat ihr Möglichstes, immer wieder wurde auch ein Flugzeug abgeschossen.

Schließlich qualmte es an allen Ecken und Enden der Stadt aus Trümmern. Auf den Lytschakiwer Friedhof, besonders auf den Teil mit dem Denkmal der Helden Lembergs, war ein Bombenhagel niedergegangen. Die Deutschen griffen gezielt medizinische Einrichtungen, Industrieobjekte, aber auch bestimmte Bahnstationen und Kaffeehäuser an – trafen aber nicht immer. So bombardierten sie anstelle des Hauptbahnhofs die Horodetzka-Straße und zerstörten dabei die Elisabeth-Kirche und einige anliegende Gebäude. Die für die Zitadelle bestimmten Bomben zerstörten die Kopernikus-Straße und deren Gebäude, in den Trümmern starben zahlreiche Frauen und Kinder. Immer wieder kam es zu gewaltigen Bränden, die die Lemberger zuerst mit großem Einsatz zu löschen versuchten, vor denen sie dann aber flüchteten, weil kein Löschwasser mehr da war. Schwarze Rauchwolken ballten sich über der Stadt und der Wind verbreitete Brandgeruch.

9. September. Vor den Lebensmittelgeschäften bildeten sich lange Schlangen, man stand um Brot, Fett, Mehl und Grieß an. Die Dörfer kümmerten sich nur noch um sich selbst, die Märkte waren leer und verlassen, in der Stadt gab es weder Milch noch Obst und Gemüse.

10. September. Die Zeitung Wiek Nowy meldete die Kapitulation der Westerplatte und räsonierte, dass „dieser Krieg den Kampf zwischen zwei konträren Konzeptionen Europas" darstelle, „einer demokratischen und einer imperialistischen, die mit dem Totalitarismus" einhergehe ... „Der polnische, der jüdische und der ukrainische Soldat stehen Seite an Seite als Polen vereint im Kampf gegen den gemeinsamen Feind."

Währenddessen konnten die Deutschen jeden Tag vor Lwiw auftauchen. Es war klar, dass Lwiw verteidigt werden sollte. Die Verteidigung musste aber von Kommandeuren befehligt werden, die eher zufällig hierhergeraten waren und keine Erfahrung mit Aufgaben der Stabsführung hatten. Es handelte sich um Reste zerschlagener Einheiten, Reservisten, Polizisten und uns, die Jäger, die noch nie Pulverdampf gerochen hatten. Doch Oberst Boleslaw Fialkowski nahm sich der Sache geschickt an und bekam sogar zwei Bataillone Infanterie, eine Flugaufklärungskompanie und einen Zug mit Panzerabwehrgeschützen zugeteilt. Mit diesen Einheiten und mit tatkräftiger Unterstützung der Lwiwer Bevölkerung sollten die Zufahrtswege zur Stadt mit Barrikaden und Gräben gegen vorrückende Panzer gesichert werden. Das Stadtinnere wurde in Sektoren aufgeteilt, in denen nicht nur Barrikaden errichtet, sondern auch Munition, Lebensmittel und Medikamente deponiert wurden.

11. September. Jedem Sektor wurde eine Gruppe Pioniere mit Ausrüstung zugewiesen. Joschi, Wolf und ich befanden uns am Ende der Horodetzka-Straße. Wir buddelten die ganze Nacht Gräben und errichteten aus allem, was nur irgendwie geeignet war, Barrikaden. Es herrschte deprimierte Stimmung, denn an diesem Tag stellte das Lwiwer Radio seine Sendungen ein. Nachdem die Sprecherin Zelina Nachlik die Meldung über das Ende der Radioübertragung vorgelesen hatte, brach sie in hysterisches Geheule aus. Es gellte uns allen noch lange in den Ohren.

Müde und unausgeschlafen saßen wir in den Gräben. Zum Glück hatten wenigstens unsere Mütter uns nicht vergessen und brachten uns etwas zu essen – die regulären Truppen teilten ihre Verpflegung nicht mit uns Freiwilligen. Deshalb verdrückten sich mit der Zeit nicht wenige der Spießer, die herumgetönt hatten, dass sie Barrikaden bauen würden. Die Batiaren aber blieben standhaft. Sie kamen aus den Stadtteilen Samarstyniw, Klepariw, Lytschakiw und Lewandiwka mit Schaufeln und Spitzhacken bewaffnet. Wenn es darum ging, aus Eisenteilen und Draht Panzersperren auf den Straßen zu errichten, zeigten sie erstaunlichen Erfindungsreichtum. Es hatte etwas von der guten alten Räuberromantik, wenn sie abends durch Gärten und Höfe zogen und Kartoffeln, Kraut und manchmal auch ein Huhn zum Abendessen organisierten, bevor sie mit lautem Gesang ums Lagerfeuer saßen.

Das einzig Gute an diesem Tag war, dass Jas zu uns stieß. Er hatte dunkle Ringe unter den Augen und einen zerfetzten Ärmel, zum Glück war es nur ein Streifschuss gewesen. Seine Brigade war aufgerieben worden.

„Aber wie kann das sein?“, schüttelte Joschi den Kopf. „Wir haben nur Meldungen über die unbesiegbare polnische Armee gehört … und ihre forschen Märsche … und jetzt hören wir, dass sie nicht imstande war, den Deutschen die Stirn zu bieten?“

„Nein, nein“, widersprach Jas, „so ist es nicht. Wir waren zu allem bereit, ich könnte euch stundenlang von einzelnen Heldentaten erzählen. Aber was hilft’s, unsere Technik und unsere Waffen sind völlig veraltet. Sollen wir nun auf Pferden angreifen? Ist das Dummheit oder Heldenmut? Sicher beides. Aber es ist keinesfalls die Dummheit derer, die auf Pferden angegriffen haben. Es ist die Riesendummheit von denen, die das befehlen! Und nun … nun … ehrlich gesagt, die Verteidigung von Lwiw ist überflüssig geworden.“

„Warum denn das?“, wunderten wir uns.

„Die Armee von General Schilling hat sich von Krakau nach Nordosten zurückgezogen. Die Armee von General Sosnowski existiert nicht mehr. Die Verteidigungslinie am Dnistr ist zusammengebrochen. Lwiw steht dem Feind allein gegenüber.“

Er sprach leise, damit niemand außer uns es hörte.

Doch ein Batiar in der Nähe hatte die letzten Worte aufgeschnappt und grölte: „Was is’n das für’n G’schwätz? Wie, allein gegenüber? Ihr seid wohl auf’n Kopf g’fallen, heh? Die polnische Armee ist selbst auf Fahrrädern noch schnell wie der Teufel! Den Deutschen versohlen wir den Arsch und schicken sie heim. Nicht wahr, ihr Tölpel?“

„Bombensicher, Mann! Kommt her zu uns und habt keinen Schiss!“, johlten seine Kumpane. Dann ließen sie uns in Ruhe.

Am nächsten Tag hörte man gegen Mittag das Dröhnen von Motoren. Alle waren bis aufs Äußerste gespannt, selbst die Batiaren waren auf den Beinen.

„Da, schau! Mist, verdammter!"

„Sei nich so'n Schisser! Reg dich nich so auf!"

„Was bist'n du für'n Nervenbündel? Haltung, Mann!"

„Genau, sei ein Mann und scheiß dir net in die Hosen!"

So machten sie sich gegenseitig Mut. Das Motorengedröhn schwoll derweil an und zugleich auch die Sorge, dass die Deutschen nun hier waren. Wir gingen hinter der Barrikade in Deckung, als zwei Motorräder um die Kurve kamen, dahinter noch zwei, dann ein gepanzertes Fahrzeug. Als sie sich den Barrikaden näherten, ertönte das Kommando „Feuer!" – und noch einmal und ein drittes Mal. Ich weiß nicht, ob Joschi oder ich etwas getroffen hatte, aber ein Motorrad rutschte über die Straße bis zu uns an die Barrikade, zwei andere waren ein Stück entfernt auf der Straße liegengeblieben, das gepanzerte Fahrzeug war zerstört. Als kurz darauf ein Panzer erschien, wurde er so glücklich getroffen, dass er als Wrack die ganze Straße blockierte.

„Bei allen Teufeln, schaut euch den riesigen Mistkäfer an!", grunzte ein Batiar und nickte in Richtung des Panzers.

„Das haste jetzt davon, du dummer Krautkopf! Wolltest spielen, oder was? Is dir aber die Puste ausgegangen, heh?"

„Leute, wir sind Menschen! Was schießt ihr denn? Ihr seid doch brave Jungs! Kommt, wir machen's mit den Fäusten aus! Seid ihr Männer oder Memmen? Los, Messer sind erlaubt. Prügeln wir uns wie anständige Leute! He? Ihr seid doch keine Muttersöhnchen, dass ihr euch in so'm haufen Blech versteckt?"

All das war nur der Auftakt gewesen. Es kamen weitere gepanzerte Fahrzeuge, aus denen Infanteristen sprangen, ausschwärmten und zwischen den Mauern Stellung bezogen, um dann Gebäude um Gebäude vorzurücken. Sie wichen riskanten Positionen aus, drangen in Gärten vor, verschanzten sich in Einfahrten und feuerten mit schweren Waffen auf unsere Geschütze.

„Da, guck, an der Ecke!“ Maschinengewehrsalven durchsiebten von der Straßenecke aus unsere Barrikade. Der arme Leutnant Panek schickte mit seinen beiden Granatwerfern eine Granate nach der anderen in diese Richtung, doch dann fiel der eine Kanonier, bald darauf der andere, nach einer Stunde waren die meisten Kanoniere an den Geschützen in die Knie gegangen und die Granatwerfer verstummten. Aber nur für einen Moment, denn andere nahmen den Platz der Gefallenen ein. Joschi und ich schleppten nun Granaten heran, Wolf und Jas feuerten mit Karabinern aus Schießscharten in der Barrikade, von wo aus sie die Angreifer gut im Blick hatten und selbst nicht getroffen werden konnten.

Später würde es heißen, dass wir die Straßenecke todesmutig verteidigt hätten. Auch wenn keine Verstärkung in Sicht war, konnten die Deutschen dieses Nadelöhr nicht passieren. Sie hatten bei ihrem Vormarsch keinen derart erbitterten Widerstand in der Stadt erwartet und waren zu Stellungsgefechten gezwungen. Ich weiß nicht, ob wir noch eine Stunde durchgehalten hätten, wenn nicht am späten Nachmittag die Reservisten der Staatspolizei und polnische Infanterieeinheiten eingegriffen hätten – die Deutschen mussten sich zurückziehen. Freilich nur hier in der Horodetzka-Straße. Sie hatten die Stadt inzwischen vom Norden und Süden her eingekesselt, als wäre ihnen sehr viel daran gelegen, Lwiw möglichst rasch einzunehmen.

Nachts wurden die Gefechte eingestellt, auch wenn hier und da Maschinengewehre knatterten, und wir konnten einige Stunden schlafen.

13. September. Der Feind griff mit verstärkten Kräften von der Straße des 29. November und der Strijer Straße aus an. Auch um die Kortum-Anhöhe im Südosten der Stadt tobten heftige Kämpfe. Am frühen Morgen nahmen die Deutschen die Anhöhe ein.

Währenddessen errichteten die Lemberger in furchtloser Ergebenheit und mit einem fanatischen Funkeln in den Augen in allen möglichen und unmöglichen Straßen Barrikaden, planlos, aber wild entschlossen, die Stadt zu verteidigen. Am Ende musste gar die Stadtverwaltung in dieses patriotische Chaos eingreifen und bat in Zeitungen, den wilden Barrikadenbau einzustellen. Barrikaden dürften nicht eigenmächtig errichtet werden, sondern nur unter der fachlichen Aufsicht erfahrener Soldaten. Dies machte jedoch keinerlei Eindruck, die Lemberger schoben alte Autos herbei, kaputte Tische, angeschlagene Badewannen und Waschbecken, Leitern, Balken, Türen, manche opferten sogar die eigenen Möbel. Baumstämme wurden herbeigerollt, Säcke mit Sand und Kies gefüllt und auf Schubkarren und Handwägen herangekarrt, Kanaldeckel wurden ausgehoben und die Löcher zu Fallgruben getarnt. Pan Knoflik brachte auf einem großen Leiterwagen vier Särge. Er schlug vor, sie mit Pflastersteinen zu füllen und aufeinanderzustapeln, dabei machte er einen frischen und munteren Eindruck. Ich hatte allerdings keine Gelegenheit, länger mit ihm zu sprechen und ihn nach seinem werten Befinden zu fragen. Während all dem wurde die Stadt bombardiert und von Artillerie beschossen, die Wasser- und Stromversorgung war beschädigt, Brände griffen um sich und Soldaten und Zivilisten ließen ihr Leben.

16. September. Es standen ausreichend Soldaten und Reservisten zur Verteidigung Lembergs bereit, es fehlte aber an Munition. Wolf und Jas war es nachts gelungen, mit Lastwägen zum Waffen- und Munitionsdepot in Holosko durchzubrechen und Nachschub zu holen. In der Schowkiwsker Vorstadt kam eine komplette Batiaren-Einheit ums Leben, die ein Eckhaus verteidigte. Eine andere Gruppe Batiaren trieb eine alte österreichische Haubitze auf und feuerte mit ihr so lange, bis sie ihnen um die

Ohren flog, wobei alle starben. Das ganze Schowkiwsker Viertel fand sich zur Beerdigung ein und schaufelte ein gemeinschaftliches Grab für die Gefallenen.

Wer weiß, ob die begeisterte Verteidigung der Stadt nicht bald nachgelassen hätte, wenn die Zeitungen sie nicht beständig geschürt hätten. Sie bestanden zwar nur aus zwei Seiten, aber diese waren voller trügerischer Hoffnungen, die mündlich weitergetragen worden waren oder die sich jemand ausgedacht hatte. Die Lwiwer hielten sich an ihnen fest wie der Ertrinkende an einem Strohhalm.

„Warum verbreiten die so einen Unsinn?“, wunderte sich Jas. „Das sind dreiste Lügen! Hört euch den Quatsch an: ‚Die französische Armee besetzt wichtige strategische Positionen in Deutschland, sogar Berlin wird bombardiert.‘ Oder: ‚Die französische und britische Luftwaffe vernichten deutsche Industrieanlagen, die Waffen und Munition herstellen … Laut Angaben des französischen Generalstabs ist die Armee bereits weit auf das deutsche Territorium vorgedrungen. Gestern wurden wieder neue Positionen erobert, die nun befestigt werden. Die französische Presse hebt in ihren Meldungen hervor, dass die bisherigen Schritte defensiver Natur seien, besser gesagt Aufklärungszwecken dienten. Die Führung der französischen Armee erkundet das deutsche Terrain und die Methoden der deutschen Kriegsführung, um danach im Verbund mit britischen Einheiten eine angemessene Offensive zu beginnen.‘“

„Und du meinst, die lügen?“, fragte Joschi äußerst beunruhigt.

„Meine Mutter hört London.“ Jas flüsterte, da sämtliche Radiogeräte abgegeben werden mussten und angeblich auch schon einige hingerichtet worden waren, bei denen man Radioempfänger gefunden hatte. „An der Westfront passiert gar nichts. Man hat uns abgeschrieben. Die Franzosen und Engländer warten einfach ab. Doch schau dir die Schmierfinken an, was die schreiben: ‚Die Deutschen fliehen bereits aus ihren Städten vor dem Vormarsch der Alliierten.' Sogar dramatische Szenen ihrer Flucht zu schildern, ist denen nicht zu blöd: ‚Es ist den Fliehenden nicht einmal erlaubt, einen Koffer mit persönlichem Hab und Gut mitzunehmen. Das Militär treibt sie unbarmherzig vor sich her. Unter den Flüchtlingen herrscht Hunger, Krankheiten breiten sich aus ... Demonstrationen gegen Hitler werden auseinandergejagt ...' Ich würde diesem Schreiberling am liebsten die Fresse polieren!"

„Das ist sicher Taktik", zuckte Wolf mit den Schultern. „Man will uns bei der Stange halten, damit wir nicht aufgeben."

„Und damit wir hier alle zum Teufel gehen", seufzte ich.

„Aber wenn man Panik vermeiden will, warum gibt man dann Gasmasken an die Soldaten aus? Bisher ist noch kein Gasangriff erfolgt und die laufen mit den baumelnden Masken an der Koppel durch die Stadt, dass es auch ja alle sehen. Zivilisten bekommen keine Masken. Das ist doch nicht normal, oder?"

Tagtäglich strahlte der deutsche Sender Aufrufe aus, sich zu ergeben, Flugblätter wurden abgeworfen, auf denen stand: „Soldaten! Stellt den sinnlosen Widerstand ein. Vergießt euer Blut nicht für die englischen Kapitalisten! Ihr seid eingekesselt! Ergebt euch! Das ist eure einzige Rettung! Legt die Waffen nieder."

18

Jarosch erinnerte sich, dass er schon irgendwo von der heldenhaften Verteidigung Lwiws gegen die Deutschen gelesen hatte, die die Stadt einfach nicht einnehmen konnten. Zehn Tage lang wurde Lwiw verteidigt. Das mag nicht viel scheinen, doch ganze Staaten wurden in weniger als zehn Tagen von den Deutschen besetzt. Holland ist in fünf Tagen erobert worden, nach weiteren fünf Belgien und Frankreich, innerhalb von sieben Tagen brach der Widerstand Jugoslawiens zusammen. In vier Tagen waren die Deutschen zur polnisch-sowjetischen Grenze im Süden vorgestoßen, im Sommer 1941 wurde dann die gesamte Westukraine in zehn Tagen genommen und bereits nach weiteren zehn Tagen stand man in Kiew am Ufer des Dnipro.

Lwiw war nach zehn Tagen immer noch nicht eingenommen. Die Stadt verteidigte sich hartnäckig und hätte sich weiter verteidigt, wenn den Deutschen nicht unerwartet Verbündete aus dem Osten zu Hilfe gekommen wären.

17. September. Am Morgen hörten wir vom Vormarsch sowjetischer Truppen im Osten Polens. General Langner hatte vom Oberkommando Befehl erhalten, nur den Deutschen Widerstand zu leisten. Gegen die Rote Armee dürfe nur im Falle der Selbstverteidigung gekämpft werden. Nun begann sich Verzweiflung in der Seele einzunisten. Verzweiflung und Orientierungslosigkeit.

18. September. Die Zeitungen brachten die Meldung vom Vormarsch der Roten Armee auf polnisches Gebiet. Das war keine Neuigkeit mehr, Radio Moskau hatte es schon am Vorabend verkündet. Die Zeitungen bemühten sich weiterhin, keine Panik aufkommen zu lassen. *Dziennik Polski* kommentierte die deutschen Flugblätter, die an die Ukrainer gerichtet waren: „Die Deutschen scheuen keine Mühe, die beiden Brüdervölker, Ukrainer und Polen aufeinanderzuhetzen. Ukrainer, nehmt euch vor den teutonischen Horden in Acht, die seit Urzeiten Feinde der Slawenstämme sind. Jeden Tag werfen sie mit den Bomben, die Tod und Verderben bringen, auch ihre Hetzblätter ab, die euch gegen die polnische Armee mobilisieren sollen. Ukrainer! Die Deutschen bombardieren und plündern unsere und eure Dörfer, unsere und eure Höfe und unser und euer Eigentum. Sie töten unsere und eure Frauen und Kinder. Sie vernichten unsere und eure Kirchen. Rächen wir uns für die gemeinsame Schmach, lasst uns Seite an Seite kämpfen!“

Während die Russen noch weit weg waren, mühten sich die Deutschen um jeden Preis, mit Zuckerbrot und Peitsche die Stadt einzunehmen. Im letzten Ultimatum hieß es, dass die Stadt, wenn sie sich nicht bis spätestens morgen um 12 Uhr ergebe, im Sturm genommen und zerstört werde. Niemand schenkte dem Beachtung, zwei Bataillone griffen die Deutschen sogar von Zetneriwka und Pohuljanka aus an und warfen den Feind bis zum Vorort Sychiw zurück. Es gelang zudem, die Deutschen aus Sbojisky zu verdrängen.

19. September. Die Bolschewiken warfen nun ebenfalls Flugblätter ab: „Soldaten! Die polnische Armee ist endgültig vernichtet. Über 6000 Soldaten der Städte Ternopil, Halytsch, Riwne, Dubno sind zu uns übergelaufen. Soldaten, für wen oder was kämpft ihr? Warum riskiert ihr euer Leben? Euer Widerstand ist zwecklos. Eure Offiziere jagen euch in einen sinnlosen Tod, sie verachten euch und eure Familien. Sie selbst haben eure Abgesandten erschossen, als sie zu Kapitulationsverhandlungen gekommen sind. Eure Offiziere lügen! Offiziere und Generäle sind eure Feinde. Sie wollen euren Tod!

Soldaten! Tötet die Offiziere und Generäle! Verweigert die Befehle! Jagt sie aus eurem Land! Kommt tapfer zu uns, zu euren Brüdern, zur Roten Armee! Hier findet ihr Respekt und Verständnis. Bedenkt: Nur die Rote Armee befreit das polnische Volk vom Joch des Krieges und schenkt euch ein neues Leben. Der Oberbefehlshaber der ukrainischen Front, S. Tymoschenko."

„Na, da hast du ja einen Grund zum Feiern", spottete Jas in meine Richtung. „Deine ukrainische Armee naht."

„Deine wie meine", entgegnete ich zähneknirschend.

Dziennik Polski schilderte dagegen die Entrüstung der französischen Presse über die sowjetische Aggression, und die unermüdlichen Schreiberlinge von *Wiek Nowy* spendierten noch eine Beruhigungspille: „Die polnische Armee geht zum Gegenangriff über ... Italien, Jugoslawien, Ungarn und Rumänien erklären Deutschland den Krieg." Die Stadt verschlang gierig jede Meldung, die hoffen ließ. Die Lwiwer Zeitungen ähnelten damals dem Orchester auf der Titanic, das spielte bis zum bitteren Ende.

In der Nacht vom 18. auf den 19. September stieß die Vorhut der motorisierten sowjetischen Einheiten und Panzer von Wynnyky kommend bei Lytschakiw auf die Lwiwer Verteidigungslinie. Die Stadt hatte sich darauf eingestellt, einen Zweifrontenkrieg zu führen. An der östlichen Stadtgrenze hatte man hektisch Absperrungen errichtet, um die Sowjets am Vorrücken in die Stadt zu hindern. Zugleich näherten sich die Deutschen von Süden kommend Wynnyky. Beide Armeen stoppten plötzlich ihren Vormarsch, als holten sie vor dem entscheidenden Schlag noch einmal tief Atem. Nervosität und Angst lagen in der Luft.

Jas brachte eine weitere unerfreuliche Nachricht. General Wladyslaw Langner hatte in weiser Voraussicht befohlen, sich nach Rumänien zurückzuziehen, da Lwiw in Kürze völlig von einem Belagerungsring eingeschlossen sein würde.

„Wie soll das gehen?", klagte Jas. „Innerhalb von einem Tag schaffen wir das nicht. Es braucht Vorbereitungen. Aber nächste Nacht werden wir wahrscheinlich durchbrechen."

„Schön für euch", sagte Wolf. „Und was wird mit uns?"

„Geht nach Hause. Zivilisten passiert nichts."

„Und warum gehst du nicht auch einfach nach Hause?", fragte Joschi, während er seine langen Finger mit Reinigungsbenzin wusch.

„Ich bin kein Deserteur. Ich gehe mit den anderen."

„Weit werdet ihr nicht kommen", wandte ich ein. „Ihr seid zu Fuß unterwegs, die haben die Fahrzeuge und Flieger. Sogar sowjetische Flugzeuge kreisen schon über der Stadt."

19. September. Am Morgen teilte uns Jas mit, dass bolschewistische Offiziere zur Lytschakiwer Verteidigungslinie gekommen waren und die Befehlshaber der polnischen Armee zu Verhandlungen aufgefordert hatten. Er sollte

General Wladyslaw Langner und die Obersten Rakowski und Ryzinski im Auto zu den Verhandlungen chauffieren.

„Wir sind nach Wynnyky gefahren“, berichtete Jas danach, „und an jeder Menge Panzer und noch viel mehr russischen Soldaten vorbeigekommen. Die haben uns angestarrt wie halb verhungerte Wölfe. Ein böses Glimmen in den Augen, Quadratschädel wie aus Granit gemeißelt. In Wynnyky haben wir dann die Offiziere getroffen. Oberst Iwanow, ein untersetzter Typ in einer Panzerfahrermontur, hat uns begrüßt. Oberst Rakowski hat ihn gefragt: ‚Warum seid ihr hier?‘ Der Oberst hat zuerst gar nicht kapiert und gesagt: ‚Was denn – keine Zeitung gelesen?‘

‚Nein, keine Zeitung gelesen. Die Stadt ist umzingelt, Zeitungen werden uns keine geliefert.‘

‚Dann vielleicht aus dem Radio?‘ Er hat auf die Rede von Molotow angespielt, die wir natürlich gehört hatten. Wir hatten auch die Flugblätter über ihren Befreiungsfeldzug gelesen. Aber unsere Offiziere haben geantwortet: ‚Nein, unser Radio funktioniert nicht. Die deutschen Bomben haben das E-Werk zerstört. Wir wissen von nichts. Also, warum seid ihr da?‘

Da hat Oberst Iwanow gesagt – haltet euch fest –: ‚Wir sind da, um gegen die Deutschen zu kämpfen. Zusammen mit euch werden wir sie schlagen.‘

Oberst Rakowski entgegnete darauf: ‚Was für eine glückliche Fügung. Kommen Sie, ich zeige Ihnen gleich auf der Landkarte, wo sich die deutschen Stellungen befinden und von wo Sie sie am besten angreifen.‘

‚Aber wir wollen in die Stadt vorrücken.‘

‚Ausgeschlossen. Dazu sind wir nicht bevollmächtigt. Außerdem ist das überflüssig. In der Stadt ist kein Platz, um so viele Menschen und Fahrzeuge unterzubringen. Die Straßen sind alle verbarrikadiert. Es gibt kaum Wasser. Die Deutschen sind in eurer Nähe. In der Stadt gibt es keine Deutschen.‘

Kurz und gut: Damit war die Sache erledigt."

Im Weiteren gab es ein seltsames Spektakel: Beide Armeen versuchten, in die Stadt vorzurücken. Die einen wie die anderen feuerten, deutsche Bomben gingen im Stadtzentrum nieder und sowjetische Flugabwehrkanonen schossen auf die deutschen Flieger.

20. September. Am späten Abend donnerten zwei sowjetische Panzer gegen die Barrikaden an der Lytschakiw-Straße und begannen, Gebäude zu beschießen. Fensterscheiben klirrten, Schreie gellten, dann machten die Panzer die Barrikade platt, zermalmten sie mit ihren Ketten. Danach drehten sie um und verschwanden. Das versetzte alle in helle Aufregung. Nun war klar, dass unsere eilends errichteten Barrikaden wie Kartenhäuschen zusammenstürzten. Der tiefere Sinn dieser Machtdemonstration blieb uns aber verborgen.

Am gleichen Abend brachte die Zeitung *Ilustrowany Goniec Wieczorny* zum ersten Mal keine aufmunternden Meldungen mehr über den angeblichen französisch-britischen Angriff an der Westfront oder dass Amerika Deutschland ein Ultimatum gestellt habe. Die Schreiberlinge äußerten nur den einen frommen Wunsch: Lasst weder Angst noch Verzweiflung in eure Herzen dringen!

21. September. Am Donnerstag erschienen die letzten Ausgaben der Lwiwer Blätter. Sie meldeten: „Die Armee ist entschlossen, Lwiw weiter zu verteidigen." Um fünf Uhr nachmittags versprachen die Bolschewiken in Verhandlungen mit General Langner, die polnische Armee unter der Bedingung nach Rumänien abziehen zu lassen, dass der General die Kapitulation unterschrieb und die Armee ihre Waffen an einem noch zu bezeichnenden Ort abgab. Der General erklärte jedoch, dass er die Stadt den Russen nur übergebe, weil sie auch Slawen seien: „Aber die Armee wird euch Russen ihre Waffen keinesfalls zu

Füßen legen, sondern sie dort lassen, wo sie sind, in der Stadt. Wir werden unbewaffnet abziehen."

Die Armee wurde aufgeteilt. Die höheren Offiziersränge fuhren mit Autos die Lytschakiw-Straße entlang, die niedrigen gingen zu Fuß. Sie schlugen die Richtung nach Sychiw ein, um weiter nach Rumänien zu ziehen. Die Mannschaften und Unteroffiziere nahmen einen anderen Weg. Die Russen hatten es eilig gehabt und den Vorschlag des polnischen Generals ohne langes Zögern angenommen.

22. September. Der schwarze Freitag für Lwiw. Gegen die Mittagsstunde rückten die Bolschewiken in die Stadt vor. Im Gefolge der regulären Truppen kamen auch die tapferen Jungs vom NKWD* in die Stadt.

19

Tags darauf erhielt er einen Anruf vom SBU. Er wunderte sich, denn genauso war er früher vom KGB* kontaktiert worden. Nichts Schriftliches, damit er später nichts in der Hand hatte. In der Zeit, als er kein eigenes Telefon besessen hatte, hatte man ihm als Reservist Aufforderungen geschickt, sich bei der Militärverwaltung zu melden, und sich dann dort getroffen. Nun rief man ihn wieder an und beorderte ihn zu einem Treffen. Er entgegnete, dass er keine telefonischen Aufforderungen mehr akzeptiere, wenn schon, solle man ihm eine schriftliche Vorladung schicken. Die Männerstimme am anderen Ende der Leitung reagierte überrascht, dann erinnerte sie ihn daran, dass er früher keine solchen Mätzchen gemacht habe und nach Telefonanrufen sogleich gesprungen sei.

„Wann war das?", fragte Jarosch. „Als der KGB angerufen hat, ja? Und Sie machen jetzt genauso weiter?" Dann legte er den Hörer auf.

Zufällig hatte ihn Kurkow einige Tage zuvor angerufen, um anzukündigen, dass er nach Lwiw kam, weil er an einem Roman über die Stadt schrieb. Er wollte Jarosch gerne treffen. Als sie zusammensaßen, erzählte Kurkow ihm vom Gespräch mit dem SBUler im Flugzeug. Jarosch war auf das eingestimmt, was ihn erwartete. Er wollte sich keinesfalls herumkommandieren lassen, vor allem wollte er keine inoffiziellen Treffen. Nach einigen Tagen bat ihn sein Institutsleiter an der Uni zu sich und setzte ihn über seine verzwickte Lage in Kenntnis, wobei er ergeben an die Decke blickte. Man setzte ihn unter Druck. Der SBU habe Kontakte, Einfluss, wenn die was wollten, dann bekämen sie's auch, und schließlich handle es sich doch nur um ein normales Gespräch. Vielleicht würden die sich nur fachlich beraten wollen, geheim, da störe eine offizielle Einladung natürlich. Der Institutsleiter streckte Jarosch einen Zettel hin, auf dem die Nummer eines Hörsaals, ein Datum und eine Uhrzeit standen, zu der er sich einfinden sollte ... nein, nein, er müsse sich dort nicht einfinden, nein, auf gar keinen Fall müsse er dorthin gehen ... sie würden darum bitten, dass er komme. Jarosch nahm den Zettel, steckte ihn in die Tasche und ging – schäumend vor Wut. Das Gesicht des Institutsleiters war so verstört und bittend gewesen, seine Hände hatten gezittert, die Augen waren unruhig hin- und hergewandert. Man hatte sehen können, was für eine höllische Angst er hatte, dass Jarosch ablehnte, den Zettel zerriss, zerknüllte und in den Papierkorb warf. Also beruhigte Jarosch sich und kam am nächsten Tag zur verabredeten Zeit in den kleinen Hörsaal, wo außer praktischen Übungen keine Lehrveranstaltungen stattfanden. Als er hereinkam, erhob sich flink ein untersetzter Mann ungefähr in seinem Alter. Wie alle etwas zu klein Geratenen bewegte er sich hektisch und beugte den ganzen Körper nach vorn, als er ihm die Hand hinstreckte und sich vorstellte: Oberleutnant Knysch. Nur schwer beherrschte sich Jarosch, um ihn nicht zu fragen, ob er während seiner KGB-Zeit auch Knysch oder doch eingerussischt Knyschow geheißen habe. Etwas am Äußeren des SBUlers störte ihn, er hatte ihn bereits irgendwo gesehen, kam aber nicht darauf, wo. Außerdem schaute er Jarosch an, als erwarte er eine Begrüßung in der Art „Ach, hallo, wen sehe ich da!“

Sie setzten sich an die gegenüberliegenden Seiten eines Tisches und der Oberleutnant begann das übliche Gerede über das Leben, wissenschaftliche Erfolge und Zukunftspläne, doch Jarosch war in der Hinsicht ein gebranntes Kind und bat ihn, die Ausfragerei zu lassen und zur Sache zu kommen.

Knyschs Miene verfinsterte sich, er wurde ernst und begann mit Grabesstimme zu sprechen: „Nun gut, wir sind an Ihren Studien zu Arkanien interessiert. Soweit wir wissen, haben Sie bereits ausführlich zu diesem Thema gearbeitet. Sie haben ein Handbuch verfasst, ein Wörterbuch, Sie bereiten eine Anthologie literarischer Texte vor. Doch Ihre intensive Forschung am sogenannten arkanischen Totenbuch scheint weder für die Altertumswissenschaft noch für die Literaturwissenschaft gewinnbringend zu sein. Für uns, für den Sicherheitsdienst, könnte es aber gewinnbringend sein. Deshalb ist es mir eine besondere Freude, Ihnen ein Stipendium anbieten zu dürfen, das es Ihnen ermöglichen wird, sich ganz und gar der Erforschung dieses Themas zu widmen."

„Ich verstehe Sie nicht ganz", erwiderte Jarosch. „Ich arbeite ja auch ohne Stipendium daran."

„Natürlich, natürlich, Aber Sie sind dabei abgelenkt, haben noch andere Verpflichtungen. Sie können bedauerlicherweise nicht Ihre ganze Zeit dem ABT widmen – wollen wir es ABT nennen? Ja?"

„Sie können es nennen, wie Sie wollen."

„Wunderbar. Wir wollen Ihnen helfen und Ihre Forschung sichern. Mit anderen Worten: Wir werden uns um Sie kümmern. Denn es handelt sich hier um ein strategisch wichtiges Objekt. Wir wollen nicht, dass diese Entdeckung ... die Entdeckung der Unsterblichkeit ... in die falschen Hände gerät. Sie wissen, früher oder später werden sich auch andere Dienste dafür interessieren. Wir werden Sie vor unvorhersehbaren Ereignissen und Annäherungsversuchen schützen. Wir wollen Ihnen helfen. Sie bekommen von uns zum Beispiel das Manuskript des Johann Kalkbrenner. Sie haben doch schon davon gehört, oder? Ja, ja, wir haben es. Ich weiß natürlich, dass dieses Manuskript nur eine Sekundärquelle darstellt, es ist keine der primären Quellen, mit denen Sie gerade arbeiten, aber dennoch meine ich …“

„Wissen Sie, ich bin am Totenbuch rein literarisch interessiert …“

„Entschuldigen Sie, dass ich Sie unterbreche, aber würden Sie bitte ABT sagen?“, fuhr der SBUler dazwischen. „Tun Sie mir den Gefallen.“

„Ja, von mir aus. Ich interessiere mich für das Buch ausschließlich in seiner Eigenart als literarisches Werk. Es interessiert mich nicht, wie man es praktisch verwenden kann.“

„Ausgezeichnet, damit haben Sie völlig Recht. Die praktische Seite der Angelegenheit können Sie uns überlassen. Doch vor dem Hintergrund des Erwähnten möchte ich Sie etwas fragen: Wie erklären Sie die Passage aus dem ABT, die davon handelt, dass wir verschiedene Zeichen empfangen, all die Jahrhunderte hindurch, seit der Schöpfung der Welt? Aber wir nehmen diese Zeichen nicht wahr, bemerken sie nicht, reagieren nicht auf sie. Weiter habe ich mir notiert: ‚Wir sprechen oft mit den Geschöpfen, mit denen wir zusammenleben, doch wir sprechen nicht mit den Vögeln, Fischen, Schlangen, Bienen, Schmetterlingen, Blumen, Bäumen … Obwohl die Götter uns ihre Botschaft durch alles Lebende und alles Tote mitteilen, selbst durch Wasser, Feuer und Gestein. Sie geben uns Kunde durch Sterne, Wolken, Regen und Wind, Blitz und Donner. Macht die Augen auf und seht, spitzt die Ohren und lauscht, schließt euer Herz auf, öffnet eure Seele und werdet eins. Wohin ihr auch blickt, überall seht ihr die göttlichen Zeichen.‘ So weit Kalkbrenner. Wie heißt es im Original … im ABT?“

„Auf die Passage, dass wir mit anderen Geschöpfen sprechen, folgen die Worte: ‚Lernt sie zu lieben, wie ihr eure Nächsten liebt, dann geben sie ihre Geheimnisse kund, erleuchten euch und werden euch den Weg weisen. Seid bereit für ihre Zeichen, um euch dort, im Schatten des blühenden Mohns, zu begegnen.'"

„So, aha ... tatsächlich, so heißt es. Obwohl es eine kleine Abweichung gibt. Entschuldigen Sie die Kontrollfrage, ich habe die Zeilen absichtlich ausgelassen. Kalkbrenner schreibt nur: ‚Im Schatten des Mohns.' Was bedeutet das? Wie lesen Sie diese ... hmm .... Hinweise? Wie kann man sich im Schatten des Mohns begegnen?"

„Ich habe den Eindruck, dass es sich um eine Art Zauberspruch handelt. In Zaubersprüchen finden sich immer Metaphern und Symbole. Der Mohn ist ein Symbol für den Traum. Welche Art Mohn in Arkanien gewachsen ist, weiß ich nicht, vielleicht die großen Arten. Jedenfalls ist die Erwähnung von Mohn von daher einleuchtend, dass Traum und Tod in der Folklore oft Hand in Hand gehen."

Plötzlich erinnerte sich Jarosch an die Mohnblumen, die er beim alten Milker gesehen hatte, die Mohnblumen, mit denen der Alte redete. Mohnblumen, die einen Schatten werfen ... und Mohn, Haschhasch aus dem Buch Iblis ... gab es da eine Verbindung?

Knysch unterbrach seine Überlegungen. „Aber hier ist doch die Rede von Zeichen. Wenn ein Mensch diese erkennt, ist er imstande, sein Wissen aus früheren Leben wieder zu erlangen und zudem die Gewissheit, noch weitere Leben führen zu können. Wir sind aber nicht in der Lage, diese Zeichen zu lesen, denn wie es bei Kalkbrenner heißt: Unsere Augen sind nicht offen und unsere Herzen sind verschlossen. Sie wissen doch, dass dieser Österreicher eine Melodie in der Absicht komponiert hat, die Wahrnehmung der Zeichen zu erleichtern. Unsere Spezialisten haben die Noten entschlüsselt und sogar ein kleines Konzert für die Irrenhäusler im Kulpark gegeben. Wir haben dieses Experiment absichtlich mit Kranken durchgeführt, in der Hoffnung, dass sie wieder gesund werden, wenn sie sich an ihr früheres Leben erinnern.

Leider waren die Ergebnisse mager, genauer gesagt gleich null. Allerdings hat eine Frau plötzlich angefangen, Spanisch zu sprechen, noch dazu im asturischen Dialekt. Das Ganze hat nur wenige Minuten gedauert, doch wir haben es mit einem Diktiergerät aufnehmen können. Ich spiele es Ihnen vor."

Der Oberleutnant drückte einen Knopf an seinem Diktiergerät. Anfangs hörte man ungefähr drei Minuten eine Tangomelodie, dann war plötzlich ein kurzer Aufschrei zu hören, gefolgt von einem Schluchzen, das immer lauter wurde, bis es schließlich in das hysterische Kreischen einer Frau überging. In ihrer Stimme schwangen Angst und Verzweiflung mit, sie schrie, völlig außer sich wie ein verwundetes Tier, etwas fiel zu Boden, ging kaputt, zersprang, man hörte Trampeln. Durch diese Geräuschkulisse konnte man in dem verzweifelten Heulen der Frau auf einmal einzelne Wörter hören, nicht viele, sie wiederholten sich ständig – amapolas en la sombra ... amapolas en la sombra ... amapolas en la sombra –, vielleicht zwanzig Mal, bis der Weinkrampf die Worte wieder verschluckte. Schließlich hörte man nur noch Schluchzen und Stöhnen, bis das Diktiergerät verstummte.

„Wissen Sie, was die Worte übersetzt heißen?", fragte Knysch.

„Sombra ist der Schatten, davon kommt auch der Sombrero ..."

„Sehr gut! Und alles zusammen heißt: Im Schatten des Mohns!" Knysch konnte seine Freude darüber, wie sehr seine Worte den Professor in Erstaunen versetzten, nicht verbergen. „Sehen Sie, wir sind tatsächlich einen Schritt vorwärtsgekommen. Allerdings bringt uns dieser Schritt vorläufig nicht wirklich weiter. Bei Kalkbrenner heißt es, dass diese gewisse Melodie, wenn ein Mensch sie vor seinem Tod nicht gehört hat, keinen Einfluss auf sein nächstes Leben hat. Vielleicht hat nur diese Frau sie gehört, wahrscheinlich nicht einmal ganz. Doch der Mohn ... der Mohn ... Woher weiß sie vom Schatten des Mohns? Und noch etwas: Die von uns rekonstruierte Melodie erinnert ganz deutlich an einen bestimmten Tango.“ Er machte eine Pause und schaute Jarosch in die Augen, als warte er auf eine Reaktion – doch der Professor schien in anderen Sphären zu schweben. Ein Schatten der Unzufriedenheit huschte über Knyschs Gesicht.

„Sicher haben Sie die Melodie erkannt? ... Es handelt sich um den sogenannten Todestango. Er wurde im Janowska-KZ gespielt, während man die Gefangenen zum Richtplatz brachte. Der dazugehörige Text hat verschiedene Varianten. In einer gibt es einen interessanten Vierzeiler:

Wenn ich nicht bei dir sein kann,
und Sand die Körper bedeckt,
werden wir uns sehen, wo der Mohn tanzt,
dort, wohin sein Schatten fällt.

Mit gespielter Gleichgültigkeit nahm Jarosch die Brille ab und begann, die Gläser zu putzen. Er wollte nicht abermals sein Erstaunen verraten. Knysch beobachtete ihn mit zusammengekniffenen Augen. Er wartete. Er verstand zu warten, war wie ein Fuchs, der im Dickicht auf der Lauer lag. Seine Augen, Ohren und seine Nase waren in höchster Aufnahmebereitschaft, es schien, als könne er sogar Jaroschs Puls, das Schlagen seines Herzens und das Rauschen seines Bluts hören.

„Die Erwähnung des Sands scheint übrigens nicht zufällig zu sein. Die Gefangenen wurden auf einem Sandplatz im Lysenetzer Wald erschossen. Ach ja, so ganz unter uns“, Knysch zündete sich eine Zigarette an, „hat es sich zufällig ergeben, dass ich gerade in Istanbul war, als auch Sie dort waren.“ Jarosch lächelte. Wie banal und langweilig war das alles.

„Ich war in der gleichen Bibliothek wie Sie. Und habe da auch einiges gehört. Mich würde interessieren, was Sie im Buch Iblis gefunden haben."

„Nichts wirklich Neues."

„Sie können sich nicht vorstellen, wie aufrichtig leid mir das tut. Kein Scherz. Ich finde es wirklich schade. Ich habe das Gefühl, ich würde das größte Geheimnis der Welt auf meinen Schultern tragen und es erdrückt mich mit seinem Gewicht. Aber seltsamerweise ist niemand bereit, mir zu helfen."

Plötzlich stand er auf, breitete die Arme aus und sagte: „Lassen wir's für diesmal gut sein. Hier ist meine Telefonnummer. Wenn Sie mit der Arbeit am ABT fertig sind, melden Sie sich bitte. Ohne unser Einverständnis wird Ihre Übersetzung nicht erscheinen – haben wir uns verstanden?"

Jarosch nickte.

„Gut, und wenn wir vielleicht noch die eine oder andere Frage an Sie haben, dann regen Sie sich bitte nicht wieder so auf. Falls Sie etwas über diesen Mohn herausbekommen, rufen Sie mich an, ja? Möglich, dass das alles nur Fantastereien und Ammenmärchen sind – aber vielleicht auch nicht. Viel Erfolg!"

Als Jarosch schon fast an der Tür war, rief Knysch: „Und Sie haben mich wirklich nicht erkannt?"

Jarosch zuckte mit den Schultern. Etwas an Knysch kam ihm bekannt vor, aber er konnte ihn nicht einordnen.

„Na, macht nichts", nickte der. „In unserem Job haben wir ein gutes Gedächtnis für Gesichter und Namen." Dann platzte er plötzlich heraus: „Wie geht's unserem Nadjalein eigentlich?"

Jarosch zuckte zusammen, dann drehte er sich um und erkannte in Knysch jenen Kavalier von Nadja, der sie ihm auf Rusjas Geburtstag ausgespannt hatte.

„Man erzählt sich, sie sei jetzt eine bekannte Autorin?“, sagte Knysch breit grinsend. Er legte die Maske des knallharten Geheimagenten ab und seine Gesichtszüge wurden weich, als er fortfuhr: „Ehrlich gesagt lese ich nicht viel, deshalb wollte ich Sie fragen, ob eventuell dann und wann ein bescheidener SBU-Agent unter Ihren Helden auftaucht?“

Jarosch lachte. „Macht Ihnen das Sorgen? Das kann einem doch schmeicheln. Sie können es zum Beispiel Ihren Enkeln zeigen und sagen: Schaut, da geht’s um euren Opa.“

„Haha, ja, aber wissen Sie, seit damals bin ich in der Hierarchie nach oben geklettert. Es wäre mir unangenehm, wenn man über mich davon erfahren würde.“

„Und wovon genau?“, spielte Jarosch den Unwissenden.

„Nun, wir haben doch ... nun sagen Sie nicht, dass Sie von nichts wissen?“

„Und was sollte ich wissen?“

Knysch wippte auf seinen Absätzen vor und zurück, rieb sich mit dem Zeigefinger unter der Nase und meinte dann: „Ach, eigentlich nichts Besonderes. Falls Sie sie noch dann und wann sehen, dann würde ich Sie bitten ... hm, wie soll ich sagen? Also ... man sagt, sie nehme in ihren Büchern kein Blatt vor den Mund; obwohl sie natürlich keine Namen nennt, weiß man doch, um wen es geht, verstehen Sie? Ich habe Kollegen, die lesen Bücher. Und wie! Dienstlich ... das ist ihre Arbeit, sie lesen, kommentieren, katalogisieren, archivieren ... Aber nun mal im Ernst, Sie wissen doch genau, was damals passiert ist, auf dem Geburtstag von Rusja. Ich möchte mich entschuldigen, falls ich Ihnen Unannehmlichkeiten bereitet habe, aber es gab da gewisse Umstände ... Ich werde ganz offen zu Ihnen sein, einverstanden?“

„Probieren wir’s.“

„Heutzutage bin ich mit wesentlich wichtigeren Aufgaben betraut, aber damals hatte ich den Auftrag, Ihre Beziehung mit Nadja um jeden Preis zu unterbinden."

„Das verstehe ich nicht. Warum denn?"

„Nun, ich war damals nur ein kleiner Fisch. Ich habe einen Befehl erhalten und ihn ausgeführt. Und so sind wir, wenn auch ungewollt, Lochschwager geworden."

Bei dem Ausdruck zuckte Jarosch zusammen. Na gut, sie hatten das gleiche Mädchen gevögelt, aber Lochschwager von einem KGBler?

„Wollen Sie damit etwa sagen, dass das Ganze gar nicht auf Rusjas Mist gewachsen ist?"

„Genau. Es war der Job des Geheimdiensts, unser Job. Sie wissen doch, dass Nadja zum Arbeiten nach Deutschland wollte. Und wenn Ihre Beziehung weiterhin so gut gelaufen wäre, wer weiß – dann wäre sie vielleicht nicht gefahren. Oder? Aber wir brauchten sie dort. Was sie da für eine Aufgabe oder Funktion hatte, weiß ich nicht. Ich war wie jener bekannte Mohr, der seine Schuldigkeit getan hat ... Ach ja, und übrigens, haben Sie die Stimme der Frau erkannt, die plötzlich Spanisch gesprochen hat?"

„Warum sollte ich sie erkennen?"

„Na, weil sie Ihnen vertraut ist. Es war Rusjas Stimme."

Kalter Schweiß trat Jarosch auf die Stirn. Er schien in eine Geisterbahn geraten zu sein.

„Was ist passiert?"

„Mal wieder unglücklich verliebt. Mal wieder ein Selbstmordversuch. Sie hat Pillen geschluckt. Doch diesmal mit dauerhaften Folgeschäden."

„Moment mal ... dann ist mein Kollege, der, mit dem sie zusammen war, als sie mich überredete, auf ihren Geburtstag zu kommen, auch ein Kollege von Ihnen?"

„Ja, ja, die Welt ist klein. Auch er hat seine Aufgabe erfüllt."

„Und wegen ihm hat Rusja sich vergiftet?"

„Es hätte jeder andere an seiner Stelle sein können. Es gibt Menschen, die einfach Selbstmörder sind. Kennen Sie die Statistik? Ein Drittel aller Selbstmörder hat bereits einen Selbstmordversuch hinter sich. Aber lassen wir die traurigen Geschichten. Auf Wiedersehen."

Wie betäubt legten die Kämpfer ihre Waffen nieder. Die Verzweiflung schnürte ihnen die Kehle zu. Viele rieben sich Tränen aus den Augen, manche heulten auch. Wir waren da keine Ausnahme, Tränen standen uns in den Augen, als wir Jas umarmten. Auch unsere Mütter verabschiedeten sich, weinten lauthals und segneten ihn. Dann zog er in dem langen Zug polnischer Offiziere langsam die Lytschakiw-Straße entlang. Zu beiden Seiten der Kolonne rotteten sich die fremden Soldaten zusammen, stießen sie, nahmen ihnen die Waffen ab, fluchten. In der Ferne knallten noch Schüsse, vereinzelt explodierten Granaten. Nicht alle Kämpfer hatten sich der Kapitulation angeschlossen. Einzelne Gruppen verteidigten noch ihre Straßen und wollten lieber hier sterben als an einem ungewissen Ort.

Und dann drang das Gerücht zu uns, dass die Kolonne der Offiziere an der Lytschakiwer Gabelung von NKWD-Leuten umzingelt und gefangen genommen wurde. Kein freier Abzug nach Rumänien wie abgesprochen! Was hatte das zu bedeuten? Es drang von weiter vorne durch, dass man die Gefangenen nach Wynnyky schaffen wollte. Einzelne versuchten bereits, aus der Kolonne auszubrechen und sich unter die Zivilisten auf den Bürgersteigen zu mischen, die niedergeschlagen die Ereignisse beobachteten.

Die Bolschewiken, die in Lwiw einzogen, sahen brutal aus, als wären sie aus der Erde hervorgekrochen mit ihren erdbraunen Mänteln und fast ebenso langen Uniformjacken. Pumphosen, die bei jedem Schritt an ihnen hin- und herschlackerten, plumpe Stiefel, aus denen vor Schmutz starrende graue Fußlappen herausquollen, Flinten, die mit Schnüren versehen waren, und Budjony-Mützen aus grobem Filz mit einem roten Stern verwandelten sie in böse Karikaturen von Soldaten. Sie hatten jedoch Militärtechnik, Panzer und Geschütze, die die polnische Armee nicht hatte.

Am meisten befremdeten die Lwiwer Bevölkerung die Gesichter der Befreier. Es waren kaum europäisch aussehende darunter. Die meisten hatten hohe Wangenknochen, waren ausgezehrt, gegerbt von Wind und Wetter. Ihre Blicke waren nervös und misstrauisch. Anfangs zuckten sie sogar zusammen und pflanzten die Bajonette auf, als begeisterte jüdische Jugendliche mit Blumen auf sie zuliefen und ihnen die Hände schütteln und sie gar küssen wollten. Einige fielen vor den Panzern auf die Knie und riefen: „Es lebe die Sowjetunion! Es lebe die Sowjetukraine – hurra!" Es waren zum Großteil die gleichen, die einige Tage vorher, am 5. September, vor dem britischen Konsulat gerufen hatten: „Es lebe England – hurra!" Der Herr Konsul war dann persönlich auf dem Balkon erschienen und hatte eben etwas sagen wollen, als plötzlich deutsche Flugzeuge über den Himmel donnerten und alle Fersengeld gaben. Nun gesellten sich auch ältere Juden zur jüdischen Jugend, und alle riefen Willkommensgrüße und schwenkten ihre Hüte. Sie ahnten nicht, dass man sie nach dem freundlichen Empfang, den sie den Befreiern bereiteten, gnadenlos durch die Straßen Lwiws treiben, verprügeln und zudem aller möglichen und unmöglichen Sünden bezichtigen würde.

Die entwaffnete polnische Armee verließ die Stadt auf der linken Straßenseite, aus Gassen und Toreinfahrten kamen einzelne Soldaten oder kleinere Gruppen, winkten mit gelben Halstüchern und schlossen sich dem traurigen Zug an. Nachdem wir mitbekommen hatten, dass man die Offiziere in Richtung Wynnyky abführte, schnappten wir rasch Zivilklamotten für Jas und rannten die Lytschakiw-Straße hinunter. Dabei lief uns Luzia über den Weg, die ebenfalls mit einem Bündel unter dem Arm irgendwohin eilte.

„Servus Jungs! Wohin so eilig?“

„Wir suchen Jas. Er muss irgendwo hier in der Kolonne sein.“

„Kommt mit! Vielleicht ist er dort, in der Kirche.“ Sie wies in Richtung der Basilika Mutter Gottes Ostrobramska mit dem freistehenden, hoch aufragenden Kirchturm. „Dort sind schon mehrere Offiziere, die auf Zivilkleidung warten. Ich bring gerade welche hin, die ich bei den Nachbarn organisiert habe. Habt ihr's auch gehört? Die Russen haben in Sychiw die Polizisten umzingelt, die nach Rumänien wollten, und alle bis auf den letzten Mann niedergeschossen. Man verhaftet alle Staatsbediensteten, Polizisten werden gleich umgebracht. Die Offiziere erwartet da wohl auch nichts Gutes.“

In der Kirche befanden sich eine Menge Offiziere, die hastig die Sachen überzogen, die ihnen von ihren Frauen und Kindern gebracht worden waren. Die Mönche trieben sie zur Eile an und baten sie, schnell zu verschwinden. Uniformen, Koppel und Stiefel rafften sie zusammen und schafften sie fort.

„Wer braucht noch Kleidung? Wer braucht noch etwas?“, rief Luzia und war augenblicklich von allen Seiten umringt und die Sachen los, die sie mitgebracht hatte.

„Hat jemand Jas Biliewicz gesehen?“, schrien wir, während wir uns durch die Menge drängten. Doch keiner wusste etwas Brauchbares, außer dass das Ende der Offizierskolonne noch vor einigen Minuten am oberen Ende der Lytschakiw-Straße zu sehen gewesen war. Schließlich zerrte Luzia einen Mann am Ärmel hinter sich her zu uns, der berichtete, er sei mit Jas in der Offizierskolonne gewesen.

„Als zu uns durchgedrungen war, dass man die Kolonne in Sychiw nicht durchlässt und nach Osten leitet, haben sich die Ersten verdünnisiert. Wir fünf haben beschlossen, ebenfalls zu verduften. An der Schule des Heiligen Antonius wollten wir das Tor aufbrechen, doch der Wächter hat uns bemerkt und auf uns geschossen. Ich habe Jas schreien gehört, er wurde sicher getroffen. Danach habe ich ihn auch nicht mehr gesehen."

„Wohin bringt man sie denn?"

„Ich habe gehört, man schickt sie nach Ternopil. Es heißt, dort sollen sie dann freigelassen werden. Nicht sehr wahrscheinlich. Das Nachtlager soll in den Sümpfen hinter Wynnyky aufgeschlagen werden, dort könnte man sich einschleichen."

Wir verabschiedeten uns von Luzia und machten uns auf den Weg nach Wynnyky. Um nicht von den Rotarmisten entdeckt zu werden, die in einer endlos scheinenden Karawane unterwegs waren, nahmen wir Waldwege. Die meisten waren gut ausgetretene Pfade, auf denen sogar Läufer trainierten. Plötzlich hörten wir ein gutes Stück vor uns das Rattern eines Schnellfeuergewehrs. Es dauerte nicht lange. Schüsse waren inzwischen etwas ganz Normales, man hörte sie innerhalb und außerhalb der Stadt, deshalb rannten wir auch weiter, als wäre nichts geschehen. Die Straße war von den Bolschewiken, ihren Fahrzeugen, Panzern und Geschützen völlig verstopft. Dann hörten wir plötzlich Stöhnen und der Geruch von Blut drang in unsere Nasen, eine Menge frischen Blutes. Er hing in der Luft, hatte sich noch nicht zersetzt und in Gestank verwandelt, war aber überall und so penetrant, dass wir uns verwundert umsahen. Wir entdeckten jedoch nichts, außer frischen Schussspuren an einigen Bäumen und weißen Spänen im umliegenden Gras.

„Schaut! Dort!", schrie Joschi und zeigte auf die Lichtung, auf der oft Wanderer vor dem Aufstieg auf den Teufelsberg eine Pause einlegten. Da war etwas, und von diesem Etwas kamen auch das Stöhnen und der Blutgeruch. Wir liefen hin und erblickten einen Haufen übereinandergeworfener Leichen, die nachlässig mit Zweigen bedeckt waren. Es waren die Lwiwer Polizisten in ihren rostbraunen Uniformen, unbewaffnet, junge und alte. Aus dem Leichenberg war ein Ächzen zu hören. Wir traten näher heran, schoben einige Leichen zur Seite und zogen einen jungen, noch bartlosen Polizisten mit einem Einschussloch an der Schulter heraus.

Wolf tastete ihn ab und stellte fest: „Ein glatter Durchschuss, die Knochen sind alle heil. Die Wunde hat bereits aufgehört zu bluten. Kannst du gehen?“

„Ich denke schon“, nickte der Junge und blickte uns hoffnungsvoll an. Ich betrachtete ihn aufmerksam und erkannte in ihm jenen Polizisten, der mich und die anderen Zeugen damals zum Verhör bei Kajdan gebracht hatte.

„Erkennst du mich nicht?“, fragte ich ihn.

„Nein.“ Der Junge schüttelte den Kopf, doch in seinen Augen blitzte Angst auf.

„Keine Sorge“, sagte ich und nickte dann in Richtung der erschossenen Polizisten. „Ist Kajdan unter ihnen?“

„Nein, keine Ahnung, wohin er verschwunden ist. Was habt ihr mit mir vor?“

„Nichts Schlimmes.“ An Joschi gewandt sagte ich: „Bring ihn zurück. Wenn ihr zur Lytschakiw-Straße kommt, dann versteck ihn in den Büschen und hol in der Kirche bei den Mönchen Zivilklamotten für ihn. Vielleicht triffst du noch Luzia, die hilft dir bestimmt. Und bewegt euch nur im Wald, damit ihr nicht gesehen werdet. Wolf und ich gehen inzwischen weiter.“

Wir erreichten das Ende der Offizierskolonne direkt vor Wynnyky. Aus einiger Entfernung behielten wir sie im Auge und warteten, bis alle Gefangenen aus dem Dorf hinaus in die Sümpfe gebracht worden waren, wo sie ihr Nachtlager aufschlagen sollten. Es dämmerte bereits und die Wachposten, die in regelmäßigen Abständen um das Lager Stellung bezogen hatten, legten gerade eine Rauchpause ein. Ein Teil der Gefangenen sank kraftlos ins Gras und machte sich über die Abendration her. Die Bewachung war nicht besonders streng, das stimmte uns zuversichtlich. Als sich die Gefangenen in Gruppen geteilt und ihre Verpflegung aus den Tornistern geholt hatten, tauchten bald Bauern auf und unterhielten sich mit ihnen. Die Wachen ließen sie gewähren und wenig später brachten die Bauern den Soldaten Wasser, Milch, Brot, Äpfel, was eben ein jeder gerade hatte.

„Was meinst du, gehen wir als Bauern durch?", fragte ich Wolf.

Wolf lachte und strich sich über seine unrasierten Wangen. „Wir sind beide schon wie ein Stoppelfeld."

„Dann können wir's ja versuchen."

Wir fingen ein Gespräch mit einem Alten an, der einen Korb voller Kartoffeln trug und sich einen kleinen, gelben Kürbis unter den Arm geklemmt hatte, und boten ihm unsere Hilfe an. Ich nahm den Korb, Wolf nahm den Kürbis. Die Klamotten für Jas stopfte er unter sein Hemd.

„Was sollen die eigentlich mit einem Kürbis anfangen?", wollte ich wissen.

„Na, was wohl?", entgegnete der Alte verwundert. „Ihn braten natürlich. Da leckt man sich die Finger danach. Habt ihr das noch nie probiert?"

„Nein, werden wir aber bestimmt."

„Ihr seid doch keine Hiesigen?"

„Richtig. Wir suchen unseren Freund."

„Habt ihr Zivilkleidung für ihn?"

„Wie? Woher wissen Sie ...?"

„Ich weiß, was los ist. Von einem, der entkommen konnte." Und flüsternd fügte er hinzu: „Im Kürbis hab ich eine alte Hose und ein Hemd versteckt."

„Ja, danach kann man sich wirklich die Finger lecken", lachten wir.

Die Wachen schauten uns ein wenig schief an, ließen uns aber passieren. Sofort begannen wir, nach Jas zu fragen. Unser Kürbis gefiel den Herren Offizieren und rief allerseits Lachen und Scherze darüber hervor, was man mit ihm anfangen könnte. Jemand schlug sogar vor, ihn in der Mitte zu teilen, auszukratzen und als Nachttopf zu benutzen. Doch Leutnant Hrytzjuk, mit dem wir auf der Horodetzka-Straße gekämpft hatten, rettete den Kürbis und meinte, er wisse, wie man ihn zubereiten könnte – niemand sollte einen Kürbis verschmähen!

Er brachte uns zu Jas und unterwegs beichtete ich ihm das Geheimnis des Kürbisses. Er pfiff vor Erstaunen und sagte: „Oho, um den werden wir Karten spielen müssen."

Jas saß mit einem verbundenen linken Arm am Feuer. Als er uns bemerkte, wunderte er sich, wie wir hierhergekommen waren, und freute sich darüber riesig. Ich flüsterte ihm zu: „Wir haben dir was zum Anziehen mitgebracht. Schnell, zieh dich um! Da hinter dem Lagerfeuer kann man nichts erkennen."

Wolf zog ein Messer hervor und schnitt ihm die Uniform an den Ärmeln auf. Wir halfen ihm, Hose und Stiefel auszuziehen, auch wenn er die Stiefel zuerst anbehalten wollte.

„Du Depp", sagte ich, „du kennst doch die Redewendung: Einen Herrn erkennt man an seinen Schuhen. In diesen Offiziersstiefeln kannst du dir gleich ein Schild um den Hals hängen. Zieh dir gefälligst die Schlappen hier an und wirf deinen Ausweis ins Feuer."

Am Feuer lag noch ein leerer Sack, mit dem wahrscheinlich Kartoffeln hergebracht worden waren. Ich legte ihn Jas über den verletzten Arm, damit weniger auffiel, dass er ihn abgewinkelt hielt.

Als wir das Lager verließen, lächelte ich freundlich in Richtung des Wachpostens, doch der machte ein unzufriedenes Gesicht und drehte sich weg – zu Recht. Wenige Schritte, und wir verschwammen in der Dämmerung. Ich überredete Jas, mit uns zu kommen, und wir brachten ihn zu Luzia. Dort trafen wir überraschend Joschi mit dem verletzten Polizisten, den das Mädchen verbunden und dem sie neue Kleidung zurechtgelegt hatte. Sie hatten sich in der Kirche getroffen, und Luzia hatte sie nach Hause mitgenommen. Als wir nun alle wieder zusammen waren, bewirtete sie uns, sogar Wein holte sie aus der Schenke. Fröhlich feierten wir das Wiedersehen. Nebeneffekt dieses lustigen Zusammenseins war, dass Jas sich in Luzia verknallte – endlich hatte sie einen aufrichtigen Verehrer ihrer Konfitüren gefunden.

20

Verlegen trat Marko von einem Bein aufs andere, bevor er sagte: „Danka und ich werden heiraten."

Dann machte er eine erwartungsvolle Pause, doch Jarosch schwieg. Die Neuigkeit hatte ihn beinahe umgeworfen. Er bemühte sich mit aller Kraft, seiner Aufregung Herr zu werden, es schien ihm aber nicht wirklich zu gelingen. Marko blickte ihn nicht an, sondern stützte sich mit den Ellbogen aufs Fensterbrett und beobachtete ein Eichhörnchen, das auf den Ästen des Nussbaums herumturnte. Angestrengt suchte Jarosch nach den richtigen Worten, um den Sohn zu seiner Wahl zu beglückwünschen – es fiel ihm nichts ein, er brachte kaum ein „Oha" heraus. Aus unerfindlichen Gründen rief die Nachricht des Sohnes tiefe Trauer, geradezu Panik in ihm hervor. Er hatte das Bedürfnis, allein zu sein, sich in seinem Arbeitszimmer einzusperren und die Neuigkeit zu verdauen. Aber das hätte einen seltsamen Eindruck gemacht, also trat er an die Bar, goss zwei Gläser Wein ein und streckte eines Marko entgegen.

„Na, darauf müssen wir anstoßen", bemühte er sich, möglichst gelassen zu wirken. Es klang theatralisch, gepresst, und die Mundwinkel verzogen sich nur zu einem kläglich-schiefen Lächeln.

„Sie ist einfach die Beste, nicht wahr?" Marko blickte ihm nun in die Augen.

„Von denen, die du bisher gehabt hast?" Jarosch senkte den Blick und ging zum Sofa, das in der Ecke stand. „Ja, natürlich ... sie ist die Beste ..."

„Ich habe den Eindruck, dass du nicht ganz überzeugt bist."

„Warum denn? Du kennst sie doch am besten. Ich habe nichts gegen sie einzuwenden. Sie ist klug und weiß, was sie will. Allerdings ... denkst du, dir wird eine Wissenschaftlerin eine gute Ehefrau sein? Du hast ja nicht vor, dich in die Wissenschaft zu stürzen."

„Nein, bloß nicht, ich konzentriere mich auf Computerprogramme. Die Theorie reizt mich nicht. Aber wir ergänzen uns harmonisch, sie als Theoretikerin und ich als Praktiker."

„Wahrscheinlich hast du Recht. Ich habe wirklich keine Einwände, das war nur so dahingesagt."

„Wenn das so ist, hast du sicher nichts dagegen, dass wir dich nächsten Sonntag mit ihren Eltern besuchen?"

Abermals packte ihn ein Gefühl der Panik, der Wunsch, zu verschwinden, sich in einen dunklen Winkel zurückzuziehen und die Augen zu schließen. Er schob weit von sich, wie sehr ihm die Neuigkeit zuwider war, und bemühte sich, sie so aufzunehmen, wie man sie aufnehmen sollte. Doch es gelang ihm nicht. Eine namenlose Angst und das Gefühl eines unwiederbringlichen Verlusts erfüllten ihn. Der Verlust wovon? Er wollte es sich nicht eingestehen, aber das Mädchen hatte in letzter Zeit einen festen Platz in seinen Gedanken eingenommen. Die Tage ohne Danka waren für ihn verdrießlich geworden. Er las ihre Mails mit den angehängten Übersetzungen und suchte zwischen den Zeilen nach einemfür andere auf den ersten Blick nicht erkennbaren Inhalt oder geheimen Hinweisen. Doch es gab sie nicht. Auch die Hieroglyphen, die er für sie erläutern sollte, waren weit von dem entfernt, was er zu sehen wünschte.

Doch das Spiel mit doppeldeutigen Worten und Zeichen gefiel ihm, und so begann er, in seine Nachrichten scherzhafte Worte einzuflechten, die sie einander näherbringen sollten. Er tat dies sehr feinsinnig, mit geheimnisvollen Anspielungen und Metaphern. Zurück bekam er anfangs nur nüchterne Antworten und Fragen. Aber gerade in letzter Zeit hatte er bemerkt, dass auch sie einen scherzhaften Ton anschlug und zuweilen Doppeldeutiges schrieb. Vielleicht schien es ihm nur so, aber er fand in ihren Mails gewisse Worte, die nur ihm gelten konnten, nur für ihn verständlich waren. Und jetzt, als offenbar endlich eine Brücke zwischen ihnen geschlagen war, wurde diese plötzlich vernichtet. Aber was hatte er erwartet? Wenn ihre Briefe wirklich das sagten, was er darin zu finden meinte, hätte es sich doch auch auf andere Art manifestiert. Wie oft waren sie allein in seinem Arbeitszimmer gesessen, ihre Schultern, Knie, selbst ihre Wangen und Haare hatten sich berührt, wenn sie sich über die Manuskripte beugten. Ihre Gespräche waren jedoch stets fachlicher Natur gewesen, keinerlei andere Gesten oder Worte, nichts, was Anlass dazu gegeben hätte, sich so zu fühlen, wie er sich gerade fühlte. Die Ausflüge auf die Kortum-Anhöhe und den Teufelsfels waren glückselige Ausnahmen gewesen, aus denen man keine voreiligen Schlüsse ziehen durfte.

„Ja, sicher ...", antwortete er Marko endlich. „Hast du sie schon deiner Mutter vorgestellt?"

„Nein, sie würde nicht den richtigen Eindruck auf sie machen."

„Und du meinst, dass ich den richtigen Eindruck auf sie mache?" Jarosch lachte. „Wer sind denn ihre Eltern?"

„Du wirst es nicht glauben: Ihr Vater war bis vor kurzem ein ziemlich hohes Tier beim Zoll. Aber die neue Regierung hat ihn des Amtes entbunden. Nun hat er vor, ins Ministerium zu wechseln und sich dort gesundzustoßen. Die Mutter ist Hausfrau, freilich mit Unidiplom."

„Ihr Vater war beim Zoll? Und noch dazu ein hohes Tier? Ich kann mir kaum vorstellen, dass so ein Mann über die Wahl seiner Tochter besonders erfreut ist. Geld und Geld gesellt sich gern."

„Aber sie ist nicht so. Du kennst sie doch."

„Ja ... sie ist nicht so. Wo werdet ihr wohnen?"

„Ihr Vater besitzt mehrere Wohnungen und Häuser. Darüber brauchen wir uns also keine Sorgen zu machen. Er hat auch mehrere Autos. Ein richtiger Bourgeois."

„Eben, sag ich doch, der wird dir eine lange Nase zeigen."

„Ich verdiene aber doch auch nicht so schlecht. Ich hab einen soliden Job mit Perspektive. Und er – wer weiß, ob er je wieder Land sieht, ob man ihn nicht sogar einsperrt. Aber gut, wenn du nichts dagegen hast, kommen wir am Sonntag. Danka und ich kommen früher und bereiten alles vor. Ihre Eltern trudeln dann später ein. Nur: Tu mir einen Gefallen und rede nicht über Politik. Ihr Vater muss den Gangstern in unserer Regierung, ob er will oder nicht und ob sie ihn abserviert haben oder nicht, noch die Stange halten."

„Und wenn er selbst damit anfängt? Soll ich dann den Trotteln in der Regierung applaudieren?"

„Das verlangt keiner von dir. Fang einfach nicht mit jenen Ideen an, die du in deinen Interviews und Zeitungsartikeln geäußert hast."

„Bist du sicher, dass er nichts davon gelesen hat?"

„Aber woher denn! Der liest höchstens die Boulevardpresse und glotzt in die Kiste. Das Internet kennt er nur vom Hörensagen. Die Mutter genauso. Die liest vielleicht noch irgendwelche Schundromane. Eigentlich habt ihr kaum gemeinsame Themen für eine Unterhaltung: Wetter, Fußball, Essen, Gesundheit ..."

T

Die Sonne schien für immer unterzugehen in der ersten Nacht der sowjetischen Okkupation. In der Nacht vom 22. auf den 23. September schlief die Stadt nicht. Schüsse knallten, Schreie gellten, Räuberbanden nutzten die Stunde und räumten ein Juwelier- und Uhrmachergeschäft nach dem anderen aus. Sie hatten sich bewaffnet und fürchteten niemanden mehr – die Waffen lagen quasi auf der Straße. Selbst die Bolschewiki zogen sich zurück. Am nächsten Morgen war die Stadt erfüllt von ungewohnten Geräuschen. Es waren nicht mehr jene, von denen die Stadt bisher durchdrungen gewesen war. Selbst während der vergangenen zehn Tage der Verteidigung war sie ihren Bewohnern vertraut gewesen, pulsierte im Gleichklang mit dem Leben ihrer Bewohner. Doch nun war die Stadt besiegt und unterworfen – eine Gefangene. Trauer und Verzweiflung zeichneten sich auf den Gesichtern ihrer Bewohner ab.

Als die bekannte Spirituosenfabrik Baczewski* durch eine Bombe in Brand geriet, eilten die Leute herbei, um die wertvollen Schätze zu retten: Schnäpse, Liköre und Branntwein wurden kisten- und körbeweise, in Säcken und Taschen weggeschafft, die Leute glichen Ameisen, die ihre Larven retten. Auch eine Abteilung Rotarmisten war dabei und half, das Volkseigentum zu retten. Natürlich ließen sie einen Soldaten zur Bewachung der Munition zurück. Und – alles, was recht ist – sie vollbrachten wahre Heldentaten, denn die Spirituosenfabrik brannte nicht einfach ab, sondern sie wurde immer wieder von Explosionen erschüttert und Feuerzungen schossen empor. Der Schnaps floss in Bächen, man rutschte aus, die Bäche entzündeten sich, blaue Flämmchen leckten munter an den Stiefeln. Im Gegensatz zu den Lembergern, die mit den geborgenen Schätzen augenblicklich in ihren Behausungen verschwanden, konnten die Kämpfer der legendären Armee ihren Schnaps nirgends hinschaffen und stapelten ihn deshalb beim Wachposten mit der Munition. Schließlich sahen sie ein, dass sie mehr als genug gerettet hatten und ihre Heldentat sowohl hier als auch im Vaterland gebührend gewürdigt werden würde. Sie ließen sich also neben den Kisten nieder und begannen zu trinken, tranken aus der Flasche und drehten den Flaschenhals dabei so, dass der Schnaps ohne Luftblasen und ohne dass sie schlucken mussten in ihre Kehlen lief. Das sogenannte Lebenswasser floss ihnen aus den Mundwinkeln über Bärte, Brust und Hosen in die Stiefel, doch das war ihnen gleich. Sie tranken, als wäre es der letzte Tag ihres Lebens. Nach einer halben Stunde waren sie so betrunken, dass sie kaum noch stehen konnten. Einige schafften es zum Pinkeln zum Zaun auf der gegenüberliegenden Straßenseite, hielten sich an den Zaunlatten fest, warfen sie um und landeten im Graben. Andere rüsselten bereits wie Ferkel neben den Munitionskisten, wieder andere wankten die Straße entlang und hielten Leute an, die Schnaps wegschafften. Dann begannen alle fast gleichzeitig zu kotzen und spien eine bunt schillernde und stinkende Masse aus, in der man noch halbverdaute Graupen, Mais, rote, orange und grüne Tomatenschalen, Melonenstücke, zerkaute Apfelschalen und sogar Eierschalen erkennen konnte. Als sie dann als Schnapsleichen kreuz und quer herumlagen, kam Joschis Onkel Selman Milker auf seinem Fuhrwerk herangerattert. Selman war zwar Kommunist und Mitglied der KP der Westukraine, aber auch bei Verstand – als die Sowjets die Finanzierung der ausländischen Kommunisten einstellten, machte er sich nicht wie so viele andere auf in das Land ihrer Träume, in jenen Garten Eden, den Lenin und Stalin versprochen hatten. Unter den Paradiessuchern befanden sich viele Mitglieder der KP der Westukraine, die 1937 alle als imperialistische Spione liquidiert wurden. Selman war weise genug, den Garten Eden vor seinem Haus zu pflegen. Als dann die Befreier gekommen waren, scharte er drei Dutzend vom kommunistischen Paradies auf Erden Träumende um sich und hieß sie mit Blumen und roten Fahnen willkommen. Die Fahnen waren aus grobem, rotem Vorhangstoff und flatterten deshalb nicht malerisch im Wind, sondern hingen herunter wie eingeklemmte Hundeschwänze.

Selman hatte mit seinem Wagen schon einige Touren hinter sich. Als er die acht sturzbesoffenen Soldaten sah, konnte er seinen kommunistischen Elan nicht bremsen, lud zwei von ihnen unter tatkräftiger Mithilfe von Passanten auf sein Fuhrwerk und nahm sie mit nach Hause. Dort beförderte er sie gemeinsam mit seiner Frau Riwka ins Wohnzimmer und legte sie auf den Boden. Dann holte er die übrigen ruhmreichen Rotarmisten mit ihren Flinten und dem geretteten flüssigen Volkseigentum. So erfüllte sich der Traum seines Lebens: In seinem Haus ruhte die Vorhut der lang ersehnten Befreier, die Avantgarde des Proletariats.

Später konnte Selman nicht einschlafen. Er wollte etwas Außergewöhnliches für seine Befreier tun, an das sie sich für den Rest ihres Lebens erinnern würden. Schließlich ging er in den Garten und, obwohl Riwka händeringend jammerte, da sie seine progressiven Ansichten nicht teilte, pflückte einen gewaltigen Strauß aus Chrysanthemen, Dahlien, Rosen und Tagetes, die er in Vasen verteilte und leise ins Wohnzimmer trug. Doch damit nicht genug, denn es fiel ihm ein, dass in ihrem Garten noch Herbstzeitlose, Gänseblümchen, Spreublumen und Lilien wuchsen. Auch diese pflückte er, stopfte sie in Kübel und Eimer und trug sie ebenfalls leise ins Wohnzimmer. Danach konnte er wieder lange nicht einschlafen, weil er sich ausmalte, welch wundervolles Erwachen die geliebten Befreier erwartete, die dem werktätigen Volke mit ihren Bajonetten

Freiheit und Gleichheit brachten. Relativ spät wachte er am nächsten Morgen auf, die Sonne schien ihm bereits ins Gesicht und Riwka klapperte unbarmherzig mit dem Kochlöffel und rührte Erbsen in eine Brühe, mit der sie die Gäste bewirten wollte. Selman fragte nach der Uhrzeit und wunderte sich, dass die Gäste noch schliefen, nahm aber an, dass die Befreier von ihrem Befreiungsmarsch sehr erschöpft waren. Er bat Riwka sogar, nicht so energisch in den Töpfen zu rühren, woraufhin sie meinte, er sei doch meschugge, und sich dabei mit dem Kochlöffel gegen die Stirn klopfte, um zu unterstreichen, dass er mit seinem Getue samt all den Blumen für die Gäste nicht mehr ganz bei Verstand sei. Nachdem er nun alle Beete leergezupft hatte, gab es keinen Blumenschmuck mehr für das Familiengrab.

Die Zeit verstrich, und es war kein Mucks aus dem Wohnzimmer zu vernehmen. Schließlich reichte es Riwka, sie schubste ihren Mann von der Tür weg, dass er aufs Sofa plumpste, und ging ins Wohnzimmer. Eine Woge fantastischer Gerüche von Herbstblumen schlug über ihr zusammen. Dieser ganze Strauß an Gerüchen war über Nacht zu einer märchenhaften Geruchsmischung geworden, die einen ganz schwindelig machte. Sie fiel freilich nicht ohnmächtig um, sondern stellte fest, dass die Befreier weiterschliefen. Auch als sie laut hustete, rührte sich keiner. Wankend verließ Riwka das Wohnzimmer, hielt sich mit der einen Hand den Kopf und tastete sich mit der anderen an der Wand entlang. Hätte ihr Mann sie nicht aufgefangen, wäre sie der Länge nach auf den Boden geknallt. Selman dämmerte nun, dass etwas nicht in Ordnung war, denn die Befreier schliefen einen irgendwie unnatürlichen Schlaf. Er verfrachtete Riwka in einen Sessel, eilte zu ihnen und fasste einen an der Hand – eiskalt! Das Gesicht ebenso kalt – Angst schnürte Selmans Herz ein. Er stürzte zu den Fenstern und riss sie weit auf, dann begann er, einen

Soldaten nach dem anderen zu untersuchen. Alle waren steif und kalt und tot. Sicher, ihr Tod war wunderschön gewesen – jedenfalls angenehmer als auf dem Schlachtfeld. Die feinsten Aromen des Herbsts hatten ihnen die letzten Atemzüge versüßt. Wie ein Wahnsinniger stürzte Selman aus dem Wohnzimmer.

Sein Blick begegnete den irren Blicken Riwkas und er stieß hervor: „Wir sitzen in der Patsche!" Riwka nickte nur ergeben und schien dahinzuwelken wie eine Herbstblume. Sie war sich der Bredouille, in welcher sie nun saßen, bewusst. Acht tote Rotarmisten ließen sich nicht als unglücklicher Zufall deklarieren. Das war klar wie Kloßbrühe: ein Terroranschlag, des japanischen Geheimdiensts würdig, ein konterrevolutionärer Umsturz. Selman stützte den Kopf in beide Hände und überlegte fieberhaft, wie man sich aus dieser verflixten Lage herauswinden konnte. Doch es fiel ihm nichts ein und so rannte er völlig verzweifelt zu Joschis Mutter Golda, die die Neuigkeit natürlich umgehend ihren Freundinnen weitertratschen musste. So wurde dann mit Joschi, Wolf, Jas, mir, unseren Müttern und Pan Selman ein Kriegsrat gehalten. Auf dem Tisch lagen die acht corpora delicti. Rita fasste – nüchtern wie üblich – die Lage zusammen: „Die Abteilung des Feldwebels Kuskin starb den Tod gemeinsam mit demselben, und wenn sich bisher keiner gemeldet oder sie gesucht hat, dann wissen ihre Vorgesetzten auch nicht, wo sie abgeblieben sind."

Golda klatschte freudig in die Hände: „Ach Rita, wie klug du bist. Mir lag es auch schon auf der Zunge. Wir müssen uns keine Sorgen machen, niemand sucht sie."

„Umso besser", sagte Jas, „aber was machen wir mit den Leichen? Das sind nicht nur eine oder zwei, sondern gleich acht."

„Wir müssen sie unter die Erde bringen", entgegnete meine Mutter. „Und ich weiß auch schon, wie." Natürlich blickte sie mich dabei vielsagend an und ich kapierte gleich, wie der Hase lief, schüttelte jedoch heftig den Kopf und sagte, dass ich um nichts auf der Welt zu Pan Knoflik gehen würde. Seitdem der nicht mehr alle Tassen im Schrank hatte, ließ sich nicht mehr mit ihm reden. Doch Selman blickte mich derart flehentlich und händeringend an und Frau Selman versprach einen riesigen gefüllten Karpfen und einen Zwiebelkuchen dazu, wenn ich doch bitte-bitte gehen würde, dass ich mich erweichen ließ und ging.

„Orest", sagte Selman, der mich zur Tür begleitete, „sag ihm noch, dass wir die Sache mit Edelsprit begleichen. So viel putz ich mein ganzes Leben nicht weg, wie ich ins Haus geschafft hab."

Zu meiner Verwunderung traf ich Herrn Knoflik in bester Laune an, außerdem in gebügeltem Anzug, glatt rasiert und adrett frisiert. Als er mich sah, kam er mir sogleich mit ausgebreiteten Armen entgegen und umarmte mich.

„Gott zum Gruß, wen haben wir denn da? Mein lieber Kollege, dich haben wirklich die sechsflügeligen Cherubim gesandt. Komm, ich stelle dich meiner Frau Lenka vor." Damit zog er mich in die Werkstatt, wo neben mit Rosen geschmückten Särgen eine ansehnliche Blondine mit großem Busen und nicht weniger großem Bauch hantierte. „Da, sieh nur!" Er streichelte seiner Frau über den Bauch. „Endlich werde ich einen kleinen Jiří oder eine kleine Wlasta haben."

Ich konnte seine Freude verstehen, denn seine verstorbene Frau Wlasta hatte keine Kinder bekommen können, und nun war Pan Knoflik selbst wie neugeboren. Weiter hinten werkelte Pan Boutschek selbstvergessen mit dem Hobel und brummte dabei vor sich hin. Ich winkte ihm zu, aber das war, als würde man eine Weide am Wegrand grüßen.

„Fein, dass du da bist. Ich könnte deine Hilfe gebrauchen", plapperte Pan Knoflik los. „Dein ästhetisches Gespür fürs Geschäft, deine poetische Begabung und wie individuell du die Verstorbenen behandelst, sind einmalig. Wenn du willst, kannst du sofort anfangen. Ich habe auch gleich was ganz Spezielles für dich: eine wundervolle, attraktive und frische Leiche einer Opernsängerin mit Engelszunge. Sie sieht aus, als würde sie gerade die Arie der Aida singen. Und warum? Warum sieht sie so zauberhaft aus? Weil sie schlau und vorausblickend war und sich nicht aufgehängt, ertränkt, aus dem Fenster geworfen oder mit irgendeinem Schweinskram vergiftet hat, was ihre delikaten Züge entstellt hätte – nein, sie ist in ihrem Zimmer im Hotel George schön brav in eine warme Wanne gestiegen und hat sich fein säuberlich die Pulsadern geöffnet. Das nenne ich wahren Adel und Sinn für Schönheit. Wie sagt doch der Dichter? Schönheit rettet die Welt."

Das Geschwätz von Pan Knoflik war kaum zu stoppen, doch schließlich gelang es mir, ihm von den Verstorbenen zu berichten, die wir plötzlich am Hals hatten.

„Lieber Gott! Welch ein Geschenk des Himmels!" Er klatschte vor Freude in die Hände und schickte einen dankbaren Blick zum Himmel. „Ich habe von acht Leinentüchern geträumt, mit denen ich eigenhändig das Bett bezogen habe. Und ich habe, welche glückliche Fügung, gerade acht Särge allerbester Qualität da."

„Pan Knoflik", fügte ich im Flüsterton hinzu, „diese acht Leichen sind keine gewöhnlichen Toten, es sind unsere Befreier."

Pan Knoflik blickte sich rasch um, packte mich dann am Arm, zog mich in sein Arbeitszimmer, drückte mich auf einen Stuhl, setzte sich selbst auch und spitzte die Ohren.

„Unsere ruhmreichen Befreier sind natürlich als Helden aus der Welt gegangen", fuhr ich fort, „als sie die legendäre Spirituosenfabrik Baczewski retten wollten, ereilte sie der Heldentod."

„Fein, fein! Najo, najo“, meinte Pan Knoflik dazu, „das ist sehr interessant. Dann werden wir eine großartig triumphale Beerdigung für sie organisieren. Ich hole den Chor des Mädchengymnasiums dazu. Sie werden weiße Tuniken tragen und umflort und bekränzt sein, als begleiteten sie ihre tragischen Helden. Wie die Trojanerinnen ihre Trojaner werden sie die Befreier beklagen.“

„Pan Knoflik, halten Sie inne! Die Helden sind tatsächlich wie die Trojaner umgekommen. Nur war ihr trojanisches Pferd der Schnaps. Der hat sie umgebracht. Acht auf einen Schlag.“

„Jejeje, ja, der Alkoholmissbrauch, ein finsteres Kapitel. Das großartig triumphale Begräbnis fällt also aus.“

„Wir müssen sie wie Juden auf dem jüdischen Friedhof beerdigen. Pan Selman Milker zahlt – mit Schnaps.“

„Wunderbar, denn unsere Zlotys werden demnächst nicht das Papier wert sein, auf das sie gedruckt sind. Dann waren die Verstorbenen also Juden?“

„Lieber Pan Knoflik, ist nicht jeder von uns ein bisschen ein Jude?“

Pan Knoflik wiegte nachdenklich den Kopf und sagte: „Freilich! Wie könnte ich nein sagen. Aber acht Särge gleichzeitig auf den Friedhof zu karren, ist doch ein bisschen auffällig. Gerade vor kurzem war so eine Knollennase mit rotem Sternchen an der Mütze bei mir, dass jetzt Schluss mit Pan Direktor sei und dass ich das Proletariat nicht weiter ausbeuten werde. Deshalb soll nun Genosse Boutschek als Vertreter des Proletariats auch den Betrieb leiten. Ich hab nix dagegen, Genosse Boutschek ist ja taub wie eine Nuss. Also habe ich brav genickt und geplappert: ‚Nieder mit den Bourgeoisen und Popen!‘ Nun ist alles in der schönsten Ordnung, ich habe meine Ruhe und Genosse Boutschek geht auf Versammlungen, ideologische Schulungen und Demonstrationen. Also, wie machen wir's nun mit den Särgen?“

„Das wäre wirklich ein riskanter Aufzug. Aber vielleicht begraben wir sie wie Juden, ohne Särge, nur in weißen Tüchern? Sie stapeln die Leichen einfach in Ihren Katafalk und hei-da auf den Friedhof!"

„Jo, nojo, des ginge. Es wär nur fein, wenn hinter dem Katafalk die werte Trauergesellschaft ginge. Und auch ein bisserl weint. Und weil ich ja nix an den Särgen verdien, wenigstens ein paar Kränze, oder?"

Pan Knoflik holte Papier und den Rechenschieber hervor und begann, eine Kostenaufstellung zu machen: „Zwei Kränze pro Leiche macht sechzehn Kränze mit schwarzen Bändern, dazu acht Blumensträuße, acht Kerzen ... sollen es welche aus Paraffin oder Wachs sein?"

„Ich denke, Paraffin reicht."

„Gut, Pa-raf-fin ... dann acht weiße Tücher. Leinen oder Seide?"

„Leinen."

„Gut, Lei-nen ... hmm, hör mal, haben die noch ihre Militärmontur an?"

„Na sicher."

„Ausziehen! Ihr müsst ihnen was Ziviles anziehen. Wenn's der Teufel will, will sie noch jemand sehen – und dann haben wir den Salat. Ach so, und noch was, wie viele Gräber brauchen wir? Denn acht Gräber, das sieht ja wie eine Epidemie aus! Da kriegen wir noch eine Vorladung, wie und an was die Leute gestorben sind ... schlecht, ganz schlecht ... na gut, mach ich eben ein Verlustgeschäft: Wir stapeln sie in zwei Gräbern. Jemand muss auf den Friedhof und die Sache absprechen."

Pan Knoflik notierte sich die Adresse und versprach, am frühen Abend, wenn die Dämmerung eingesetzt hatte, mit seinem Katafalk zu kommen. Ich flitzte nach Hause, um den armen Selman zu trösten und ihm zu sagen, dass alles gut werde. Nachdem ich die Neuigkeit losgeworden war, baten uns Golda und Selman, den Katafalk als untröstliche Trauergäste zu begleiten. Uns blieb gar nichts anderes übrig und unsere Mütter begaben sich zu Selman, um den Befreiern Zivilkleidung anzuziehen. Selman hatte zufällig in einem von Bomben zerstörten Laden einige Säcke voller Kleidung organisiert, sodass mehr als genug Klamotten da waren. Joschi übernahm den Gang zum Friedhof und sprach mit den Totengräbern. Dafür, dass sie acht Leichen in zwei Gräbern unterbrachten, gab's drei Flaschen Rachenputzer pro Mann.

Am frühen Abend war dann alles tipptopp vorbereitet. Ich zog mir ein schwarzes Hemd und schwarze Hosen an und Joschi setzte mir seine Kippa auf. Er selbst brauchte keine, er sah ohnehin wie ein Jude aus. Jas und Wolf trugen schwarze Hüte, unter denen anstelle der Pejes* rotblonde struppige Haare hervorlockten. Pan Knoflik packte die Leichen geschickt in Leinentücher und beförderte sie in den Katafalk. Vier lud er der Länge nach ein, die anderen vier legte er schräg darüber, anders hätten sie nicht hineingepasst. Selman hatte nicht genügend Halbschuhe gefunden, deshalb hatten die Verblichenen nur ihre Fußlappen an. Die Uniformen hatte Selman bereits verbrannt, obwohl es ihm um die Stiefel und Riemen leidtat. Wenigstens die Metallschnallen mit den Sternen hatte er aufgehoben. Schließlich machte sich der Trauerzug auf den Weg. Pan Knoflik saß auf dem Kutschbock und schnalzte, die Pferde zogen an, wir hakten unsere Mütter unter, die in schwarzen Tüchern gesenkten Hauptes neben uns gingen. Sie schimpften, wie schlecht und ungerecht die Welt doch sei, und verstummten nur, wenn Passanten vorbeikamen. Einzig die Babzja war gewissenhaft bei der Sache und sang volltönend in einer Sprache, die zwar keiner verstand, aber aus der alle den Schluss ziehen mussten, dass es sich um ein jüdisches Begräbnis handelte. Als wir am Friedhof ankamen, fanden wir zwei frisch ausgehobene Gräber vor, in denen die sturzbetrunkenen

Totengräber schnarchten, je zwei in einem Grab. Es gelang uns nicht auf Anhieb, sie herauszuholen. Schließlich banden wir ihnen das Seil um die Füße, mit dem man die Särge in die Grube hinabließ, banden das andere Ende an den Katafalk, zogen so einen nach dem anderen heraus und schafften sie in die Büsche, wo sie weiterschliefen. Dann versenkten wir die Befreier in den Gruben, schaufelten sie mit der lehmigen Erde zu, bis sich ein kleiner Erdhügel bildete, den wir mit den Kränzen und Blumensträußen schmückten.

Selman zündete die Kerzen an, steckte sie in die Erdhügel und sagte in all seiner kommunistischen Schlichtheit: „Welch schöner Tod ihnen doch vergönnt war. Zuerst haben sie ordentlich gebechert, dann sind sie von paradiesischen Düften begleitet in die eine bessere Welt hinübergeschlummert. Wäre das doch allen vergönnt in diesen unseren schrecklichen Zeiten ...“

21

Am Sonntagmorgen kamen Danka und Marko, um ein wenig aufzuräumen und den Besuch von Dankas Eltern vorzubereiten. Jarosch war kein übertrieben ordentlicher Mensch, bei ihm herrschte ein mehr oder minder geordnetes Chaos. Die Dinge schienen den Drang zu haben, von den Orten zu verschwinden, die ihnen zugedacht waren, und an den unwahrscheinlichsten Stellen wieder aufzutauchen – aber für den Hausherrn hatte die Unordnung System. Doch als er Danka beim Aufräumen beobachtete, beschlich ihn eine gewisse Unruhe, da er in den nächsten Tagen wohl das eine oder andere Küchengerät, eine noch nicht gelesene Zeitung oder einen Bleistift, ebenso die Zettel mit den Telefonnummern, Gas- und Stromrechnungen würde suchen müssen. Außerdem landeten jede Menge Zettel und Schnipsel im Papierkorb. Morgen würde er ihn ausschütten und durchsehen, denn niemand außer ihm konnte den Wert der Zettel mit seinem unleserlichen Geschreibsel richtig einschätzen. Anfangs versuchte Jarosch noch, zu registrieren, wohin der eine oder andere Kleinkram wanderte. Da das Aufräumen jedoch in einem Affenzahn vor sich ging, gab er bald auf und beschäftigte sich mit der Gans, die er gestern extra für den besonderen Anlass auf dem Markt gekauft hatte. Er briet sie kurz an, entnahm die Innereien, zerkleinerte sie und vermischte sie mit einer eingeweichten Kartoffel, fügte gebratene Zwiebeln hinzu, fein gehackte Kräuter und zwei rohe Eier, dann knetete er alles ordentlich durch. Er füllte die Gans und nähte sie mit einer Hakennadel zu, die ihm ein befreundeter Chirurg geschenkt hatte.

„Beeindruckend! Wie Sie das so gekonnt und außerdem schnell gemacht haben!“, rief Danka begeistert. „Ich hätte mich mindestens einen halben Tag geplagt.“

Sie sind es wahrscheinlich gewohnt, sorgfältig und nach Plan zu arbeiten, während ich lieber improvisiere", lachte Jarosch. „Aber ich garantiere Ihnen, dass es trotzdem schmecken wird."

„Daran zweifle ich nicht."

Nachdem die Gans im Backrohr gelandet war, holte Danka einige Bögen aus ihrem Rucksack und bat ihn, sich ihre Übersetzungen anzusehen. Sie hatte noch weitere Gedichte des Luzilius übersetzt. Jarosch bat sie ins Arbeitszimmer, Marko winkte ihnen zu – „Geht nur, geht!" – und schaltete den Fernseher ein. Jarosch fühlte, wie seine Stimme flach wurde und seine Hände zu zittern begannen. Sie setzten sich. Jarosch versuchte, seiner Aufregung Herr zu werden, und vertiefte sich in den Text. Danka übersetzte sehr eigenwillig, indem sie punktuell Archaismen verwendete, um dem Text eine originelle Färbung zu geben. Er wollte etwas kommentieren, schwieg jedoch, da er merkte, dass seine Stimme ihn verraten würde. Er stand auf, ging zum Schrank, holte eine Flasche Wein heraus, goss sich ein Glas ein und trank es in einem Zug leer.

„Entschuldigen Sie, der Besuch Ihrer Eltern macht mich ein wenig nervös. Kann ich Ihnen auch etwas anbieten?"

„Ich wollte Sie gerade darum bitten, ich habe auch einen Flattermann."

„Wie denn, Sie auch? Aber Ihre Eltern kennen Sie doch", sagte Jarosch lachend und schenkte ihr ein.

„Eben deshalb, weil ich sie kenne."

Er goss auch sich noch ein Glas ein und sie stießen an. Eine angenehme Wärme flutete durch seine Brust, und diese Wärme schien ihm ungeahnten Mut einzuflößen. Gleich würde er sie in den Arm nehmen und ihr sagen ... ihr sagen ... ja, was wollte er ihr eigentlich sagen? Die Worte stolperten übereinander, ballten sich zu einem wilden Knäuel zusammen und trampelten an Ort und Stelle. Nein, er brachte nichts über die Lippen. Er setzte sich wieder und nahm ihre Übersetzung zur Hand. Ihm war, als habe er das schon einmal erlebt, damals, als das Mädchen, mit dem er fast den ganzen Abend getanzt hatte, aufbrechen wollte, weil ihr Begleiter wartete. Doch sie war noch eine Weile bei Jarosch gestanden, aber er hatte die Worte nicht herausgebracht, die ein Wiedersehen möglich gemacht hätten. Er ließ sie gehen, sie warf ihm zum Abschied noch einen verwunderten, traurigen Blick zu.

Die Buchstabenreihen tanzten vor seinen Augen, er spürte, wie ihm Schweiß auf die Stirn trat. Als er ihn mit einem Taschentuch abwischen wollte, bemerkte er, dass Danka nicht auf den Text blickte, sondern ihn ansah. Ein seltsames Gefühl zwang ihn, ihr den Kopf zuzuwenden. Ihre Blicke begegneten sich, und ihm schien – ob zu Recht oder nicht –, dass in ihren Augenwinkeln etwas glitzerte, so wie nur Tränen glitzern können. Sie flossen nicht, sondern waren erstarrt wie Kristalle.

Jarosch zwang sich zu einem Lächeln und brummte: „Die Übersetzung ist sehr gut." Dann wandte er den Blick ab, doch sie schaute ihn weiter schweigend an. Er fühlte es und bemühte sich, nicht in ihre Richtung zu schielen. Eines seiner Augenlider begann zu flattern, er wischte sich den Schweiß von der Stirn, die Situation war unerträglich. Er atmete tief ein und sah dabei aus dem Fenster, sah den Apfelbaum und eine geschäftige Elster auf einem Ast, die ein Nest baute (er würde sie verjagen müssen, er hatte schon mehr als genug Elstern hier, die sich die Küken vom Nachbarn holten), und sagte dann: „Sie wollten etwas fragen?"

Seine Stimme klang, als dringe sie aus geheimnisvollen Tiefen herauf, er erkannte sie kaum. Vielleicht hatte er gar nichts gesagt, sich alles nur eingebildet? *Hüte dich vor dem Dämon der Mittagsstunde!* Die Elster flog vom Apfelbaum auf und kehrte einen Moment später mit einigen

Wollfransen im Schnabel zurück. Aha, daraus baute sie also ihr Nest, aus dem huzulischen Läufer, den Danka zum Auslüften auf den Balkon gehängt hatte. Die Elster musste weg. Sie war außerdem komisch, warum baute sie ihr Nest im Herbst? Was sollte das bedeuten? Lange konnte der Vogel ihn jedoch nicht ablenken, er warf einen bangen Blick auf das Mädchen. Das Glitzern in ihren Augenwinkeln war verschwunden, vielleicht hatte sie es unbemerkt weggewischt? Danka biss sich leicht auf die Unterlippe und neigte sehr langsam, ohne den nachdenklichen Blick von ihm zu wenden, den Kopf. Sie schien mit den Gedanken irgendwo weit weg zu sein. Er nickte, leckte sich über die trockenen Lippen und vertiefte sich abermals in ihre Übersetzung. Wieder tanzten die Buchstaben vor seinen Augen, bogen sich hin und her, ballten sich zusammen und sprangen wieder auseinander. Da legte sich ihre Hand auf den Text, die Buchstaben erstarrten und standen augenblicklich in Reih und Glied. Ihre zarten Finger bebten.

Sie fragte: „Nun, was meinen Sie?" Ihre Finger ballten sich langsam zur Faust und zerknüllten dabei das Papier. „Mache ich alles richtig?"

Diese Frage war unbestimmt und konnte alles Mögliche meinen – ihre Übersetzung, ihr Studium alter Sprachen, ihre Verlobung ... deshalb wollte er etwas zu ihren wissenschaftlichen Karriereaussichten sagen, dass sie sehr begabt sei, doch er schüttelte ungewollt den Kopf. Sofort packte ihn die Angst, nun etwas verraten zu haben, das er die ganze Zeit unterdrückt hatte.

Sein Gesichtsausdruck verriet ihr, was sie wissen wollte, und sie erwiderte: „Ich denke auch."

Dann legten sich ihre Lippen auf seine. Er fühlte, wie weich und anschmiegsam sie waren, wie heiß und süß, er umarmte sie, drückte sie an sich und es schien, keine Macht der Welt könne ihre Umarmung lösen – doch der gesunde Menschenverstand siegte. Einige Momente, bevor sich die Tür öffnete und Marko hereinkam, ließen sie voneinander ab. Jarosch begann, lauthals, wahrscheinlich etwas zu laut, die Übersetzung zu rezitieren, und glättete dabei mit der Hand das zerknüllte Papier. Beide hatten rote Wangen, doch Marko interpretierte das auf seine Weise.

„Aha, ihr fangt hier schon an, ohne mich zu feiern."

„Na, wir haben ein Antistressmittel genommen. Gieß dir auch was ein."

„Da sag ich nicht nein. Habt ihr noch viel zu tun? Sie sind schon losgefahren. Wenn sie sich nicht verfahren, sind sie in ungefähr zehn Minuten hier."

„Na, dann wird es Zeit", meinte Danka und erhob sich aus dem Sessel.

Was für eine Selbstbeherrschung sie hat, dachte Jarosch, von mir kann man das nicht behaupten. Von der Anspannung war er pitschnass geschwitzt. Nachdem sie das Zimmer verlassen hatten, zog er sich ein frisches Hemd an.

Dann sah er in den Spiegel und fragte sein Ebenbild: „Was ist da gerade passiert?" Vielleicht hallte seine Frage hinter dem Spiegel wie ein Echo fort, eine Antwort bekam er jedenfalls nicht. Er fühlte jedoch keine Angst mehr, ebenso wenig Beklommenheit oder gar den Wunsch, wegzulaufen. Er war froh und glücklich, sogar sehr glücklich, selbst wenn dieses Glück nebelhaft und unbestimmt war – ein Rätsel. Aber es beunruhigte ihn nicht, er spürte, wie die Ereignisse zunehmend Fahrt aufnahmen, sich entwirrten und ihn weiter und weiter trugen. Eine Autohupe erklang auf der Straße, Danka und Marko eilten zur Begrüßung hinaus. Jarosch fuhr sich mit der Hand über das Gesicht und wischte all die Aufregung, Nervosität und Angst fort.

In den ersten Tagen beschlagnahmten die Befreier alle Güterwaggons, in denen das Hab und Gut der polnischen Flüchtlinge weitertransportiert werden sollte. Sie luden es eilends auf Lastwagen und brachten es weg. Alles scheinbar Unbrauchbare warf man auf einen Haufen und verbrannte es. Die Nachricht verbreitete sich wie ein Lauffeuer und die Besitzer liefen auf dem Bahnhof zusammen. Sie mussten ihre Transportscheine vorweisen, dann führte man sie ab und erschoss sie. Plünderung und Raub erreichten ihren Gipfel, als die Soldaten einen Waggon aufbrachen, in dem sich Kisten mit Alkohol stapelten. Es begann ein uferloses Saufgelage. Im Vollrausch wurde in den Himmel geballert, bis schließlich die Miliz kam und dem Treiben Einhalt gebot. Die Straßen Lwiws boten nun ein seltsames Bild. Einem polnischen Offizier mit einem Sack Kartoffeln über der Schulter, einer Kleinkinderbadewanne oder einer Kloschüssel wäre man niemals begegnet, die Sowjetoffiziere dagegen konnte man mit solchen Schätzen Tag für Tag überall antreffen. Sie zogen auch Handkarren mit Kommoden, Schränkchen und anderen Möbelstücken hinter sich her, die sie gerade bei einem Bourgeois konfisziert hatten. Das gehörte zu ihrem täglichen Geschäft. Die Militärpolizei verschloss die Augen vor diesem die militärische Elite erniedrigenden Schauspiel.

Nach einem Spaziergang durch die Stadt kam Lija voller Eindrücke zurück.

„Erinnerst du dich an den Laden von Pan Sumpf auf der Ochoron-Straße?“, fragte sie.

„Sicher“, antwortete ich, „als Kind war ich oft dort. Innen hat es ausgesehen wie auf einem türkischen oder arabischen Basar, schon an der Türschwelle hat es nach Gewürzen und Süßigkeiten gerochen.“

„Genau. Weißt du noch, in einem Regal haben sich vor dem Hintergrund der blauen Pappkartons Zuckerhüte getürmt wie die schneebedeckten Gipfel des Himalaya. Daneben die Kristallbrocken des Kandiszuckers, in denen sich die Sonnenstrahlen wie in Diamanten gebrochen haben. Und es hat immer direkt wehgetan, wenn Pan Sumpf mit einem kleinen Hammer aus dieser Pracht Stücke herausgebrochen und in Papiertüten verpackt hat.“

„Außerdem hat es bergeweise Gebäck gegeben. Dosen mit Zuckerfrüchten, bunten Bonbons, Karamell, Schokoladenschachteln, die länglich viereckige ‚Danus‘, daneben die Schokolade ‚Eos‘, ‚Fortuna‘, ‚Taras‘, ‚Odarka‘ ...“

„Und das Regal daneben“, hing Lija träumerisch ihren Erinnerungen nach, „hat sich unter riesigen Butterstücken und Käselaiben gebogen, dazu Dosen mit Sardinen, Gläser mit Matjes und auf den Brettern ganz oben Büchsen mit Tee, Kaffee, Kakao ...“

„Und über all dem stets mit einem höflichen Lächeln Pan Sumpf, immer zugeknöpft bis oben hin. Er war nicht besonders groß, hatte kurze Arme, aber flinke Hände mit Wurschtelfingern, und immer hat er gesagt: ‚Küss die Hand, womit kann ich dienen?‘ Pan Sumpf hat doch auch ein Ladenbuch geführt, in dem er die Einkäufe vermerkt hat. Seine Kunden haben sich über das Vertrauen, das er ihnen entgegengebracht hat, gefreut und die Rechnung einmal im Monat beglichen ... ja, ja, aber warum erwähnst du ihn?“

„Ich komm gerade von da. Ich bin vorbeigegangen und hab nicht widerstehen können, einen Blick ins Innere zu werfen. Das hätte ich nicht machen sollen. Ich habe meine Kindheitserinnerungen zerstört.“ Man sah, dass sie aufgeregt war, und obwohl sie sich zum Fenster wandte, bemerkte ich die Tränen in ihren Augen. „Nichts ist dort mehr, wie es war ... gar nichts. Ein Fass mit Heringen steht im Laden, ein großer Karton mit Streichhölzern und einige Kisten mit Essig. Das ist alles ... halt, Salz gibt's auch. Eine große Holzkiste, aus der mit einem Pantoffel Salz in Tüten aus Zeitungspapier gefüllt wird. Die Heringe werden übrigens auch in Zeitungen gewickelt, in polnische und ukrainische."

„Und Pan Sumpf?"

„Er ist da und lächelt wie früher, doch sein Lächeln ist nicht das gleiche. Er hat furchtbare Augenringe und sagt auch nicht mehr ‚Küss die Hand, womit kann ich dienen?'. Er sagt gar nix mehr. Kommt ein Kunde, schaut er ihn nur fragend an. Mich hat er erkannt und gesagt: ‚Ah, Fräulein Lija, schön, Sie zu sehen. Wie geht's denn der werten Mama?' Dann ist er ein Stück näher gerückt, hat meine Hand ergriffen und geflüstert: ‚Die haben alles weggeschleppt, alles ... sind in der Nacht mit drei Lastern vorgefahren, haben eingeladen und das hier dagelassen.' Aber wer denn? ‚Die Miliz, für sogenannten Eigenbedarf. Die führen sich jetzt auf wie die gemeinsten Straßenräuber. Sie beschlagnahmen Wohnungen, die ihnen gefallen, die Bewohner werden deportiert. Möbel und andere Sachen werden einfach konfisziert. Unterwegs hab ich dann noch meine alte Schulfreundin Dwojra getroffen. Sie hat mir von Rebecca erzählt, der Tochter des Schankwirts Salomon. Du erinnerst dich noch an sie?"

„Und wie!"

„Rebecca kam nachts zu Dwojra gerannt, nachdem sie von einem Transport nach Sibirien geflohen war. Ihre Eltern wollten nicht fliehen. Dwojra versteckt sie bei sich zu Hause. Sie hat mich um Anziehsachen gebeten. Ich schau abends vorbei und bring ihr welche. In Salomons Wirtshaus ist jetzt eine Sakusotschna, deren Kantine ... und Wolodislaw Salewski, der die berühmte Konditorei auf der Akademitschna-Straße geführt hat, weißt du, was er jetzt macht? Er ist Konditoreiarbeiter. Seine Aufgabe besteht darin, die Schokoladenmasse im Kessel zu beaufsichtigen. Und der Friseurladen des Pan Torba auf der Horodetzka-Straße, wo du immer zum Haarschneiden warst, der heißt nun ‚Pe-rück-en-ma-cher-ei' ... Das ist doch nicht das Gleiche!"

22

Ihr Vater war ein Dickwanst mit einem großen, runden Kopf wie ein Ball, den er sorgfältig kahlrasiert hatte. Um den gedrungenen Hals konnte man eine massige Goldkette sehen und an einem der Finger trug er einen Ring mit goldenem Wappen. Die Tochter kam offensichtlich nach der Mutter, die noch hübsch war, mit aufrechtem Gang und beeindruckender Haarpracht. Beide betraten die Wohnung, als kämen sie in ein Museum. Sie begannen sofort, sich umzusehen und die Wände zu betrachten, wobei nicht klar war, was sie dort zu sehen hofften. Nachdem sie sich zu Tisch gesetzt hatten, drehte sich die Unterhaltung tatsächlich zunächst um das Wetter, dann um die Politik. Markos zukünftiger Schwiegervater schimpfte auf die Regierung, für die er schließlich gestimmt habe – und wie danke man es ihm? Aber jetzt gehe es erst richtig los, und deshalb empfehle er auch, mit der Heirat ein wenig zu warten. Wenn er erst wieder in Amt und Würden sei, könne er für Marko etwas arrangieren, Computerleute brauche man beim Zoll immer. Zu Markos Überraschung traf dieser Vorschlag auf allseitige Zustimmung, selbst Danka zuckte nur mit den Schultern. Jarosch nickte und murmelte, dass ohnehin bald die Fastenzeit anstehe und es dann unschicklich sei. Dann kam das Gespräch zurück zur Politik, denn Dankas Vater ließ es einfach keine Ruhe, dass seine Ideale, all das, woran sein Herzblut hing, so unbarmherzig verraten worden war, obwohl er doch stets den Daumen am Puls der Zeit gehabt hatte und nacheinander Mitglied in sämtlichen Regierungsparteien gewesen war – und zugleich stets ein Patriot ...

Jarosch hörte ihm zu wie ein Arzt dem Patienten. Als er endlich verstummte, beugte sich Dankas Mutter vor und fragte, ob er ihr den Garten zeigen würde. Jarosch willigte sofort ein und hatte dabei den Verdacht, dass es sich um ein im Voraus zwischen den Eheleuten abgesprochenes Manöver handelte, denn der Vater begann augenblicklich und mit besonderem Eifer von den Jagdausflügen ins Grenzgebiet, ja sogar in den Todesstreifen, zu erzählen, die er während seiner Zeit beim Zoll gemacht hatte.

„Sie haben es hier richtig heimelig", begann Dankas Mutter, während sie zwischen den Bäumen dahingingen. „Wissen Sie, Danka ist zu emotional ... ich würde fast sagen sprunghaft. Sie hatte schon so viele Auserwählte, obwohl man da eigentlich nicht von Auserwählten sprechen kann. Kurz und gut: Sie kommt nach Hause und erzählt, dass sie diesen und jenen und so weiter kennengelernt hat. Doch sobald einige Tage vergangen sind, ist es wieder vorbei, sie sitzt zu Hause und reagiert nicht auf Anrufe. Und so geht es schon seit der Schulzeit. Wir haben uns da nie eingemischt, nur zuweilen haben wir ihr einen Tipp oder Rat gegeben. Begeisterung lässt bei ihr in der Regel schnell nach. Wir sind nicht abgeneigt, dass sie Ihren Marko heiratet, keinesfalls ... nur, ich kenne unsere Danka. Nicht nur einmal hat sie uns kategorisch erklärt, dass sie niemals heiraten wird, sondern Wissenschaftlerin werden will. Und für einen Wissenschaftler ist das Eheleben der Tod. So hat sie es formuliert: der Tod!" Als sie zu dem alten Apfelbaum kamen, fuhr Dankas Mutter sanft über dessen gefurchten Stamm. „Ich liebe diese alten Bäume, sie erinnern mich an meine Kindheit. Sie haben eine besondere, warme Aura und schon so viel gesehen. Dieser Garten ist vor langer Zeit angelegt worden, nicht wahr?"

„Richtig, in den dreißiger Jahren. Der Birnbaum dort ist schon halb vertrocknet, er trägt keine Früchte mehr. Ich wollte ihn schon einmal fällen und hatte bereits begonnen, die vertrockneten Äste abzuhauen, da ist er wieder grün geworden und hat getragen."

„Mein Großvater hat den Bäumen auch immer mit der Axt gedroht, wenn sie keine Früchte getragen haben. Komisch, dass das geholfen hat, man hat fast den Eindruck, dass die Bäume einen verstehen ...“ Sie schwieg einen Moment und fuhr dann fort: „Wissen Sie, dass ich Sie unbedingt kennenlernen wollte? Ich habe von Danka schon so viel über Sie gehört. Sie ist so begeistert von Ihren Vorlesungen und Seminaren. Stellen Sie sich nur vor, sie hat Sie auf ein Diktiergerät aufgenommen und hört Sie sich zu Hause an. Und dann ihre Begeisterung für das Arkanische ... das ist so interessant! Wirklich! Ich habe selbst Sprachen studiert – dann freilich nie gearbeitet, weil ich so früh geheiratet habe. Doch begeistert hat sie mich auch, diese wundersame, nicht mehr existierende Welt, die sich nur teilweise preisgibt, wie ein Eisberg – und der größere Teil bleibt wie unter Wasser. Einmal hat sie Grippe gehabt und hohes Fieber, es war, glaube ich, im letzten Winter. Sie hat sich sehr darüber aufgeregt, dass sie Ihre Vorlesung verpasst hat, und eine Kommilitonin gebeten, ihr die Lektion aufzuzeichnen. Und einmal, als ich bei ihr geschlafen habe, hat sie nachts etwas in einer unverständlichen Sprache gebrabbelt ... irgendwie seltsam ... es klang wie Deutsch. Obwohl, ich kann kein Deutsch, vielleicht war das Arkanisch? Ich weiß nicht ...“ Sie verstummte abermals, ging einige Schritte und stieß mit der Schuhspitze das Laub beiseite, dann wandte sie sich ihm zu und sagte trocken: „Sie fragen sich bestimmt, warum ich Ihnen das alles erzähle? Danka geht ganz in der Wissenschaft auf. Sie ist nicht wie wir. Sie ist anders. Ich verstehe sie. Sie ist mein unverwirklichtes Ich. Aber sie ist auch ganz anders als ich, denn sie wird sich nicht für die Familie aufopfern. Sie weiß nur zu gut, dass das ihr Ende als Wissenschaftlerin und Übersetzerin wäre. Wir Frauen sind feinsinnige Wesen. Wir überleben nicht unter Alltagsbedingungen, in einem Käfig ... wir welken dahin oder verwandeln uns in

Glucken." Abermals gab es eine Pause, man hörte nur das Rauschen des Windes, das Keckern der Elster, das dumpfe Plumpsen der Äpfel. Dann ein Blick, der auf Jarosch gerichtet war, und die Schlussfolgerung: „Ich zweifle, ob sie ihrem Sohn eine gute Ehefrau sein wird." Wieder eine Pause, sie wiegte sich auf ihren Absätzen, strich über den Stamm des Kirschbaums. Stille, der Wind hatte sich gelegt, als wollte er auch zuhören. „Bestimmt nicht, ich kann mir nicht vorstellen, dass sie sich von Grund auf ändert und die Wissenschaft einem leisen Familienglück opfert."

Nachdem Jarosch das alles angehört hatte, gab er ihr im Stillen Recht, auch wenn Marko sein Sohn war. Die Aussichten waren nicht gerade rosig und Danka war wirklich einfach anders. Und gerade eben hatte sie das bewiesen. Sie zweifelte, schwankte – und dann dieser Kuss? Was war das gewesen? Wessen Kuss war das gewesen? Als Vater sollte er nun etwas dazu sagen ... doch was? Etwas in der Art: Die Zeit wird es zeigen?

„Die Zeit wird es zeigen", brummte er. „Niemand hetzt sie. Und letztlich sind sie noch gar nicht so lange zusammen ..."

„Hmm, ein gutes halbes Jahr. Ich war vor der Hochzeit nur zwei Monate mit meinem Mann zusammen. Aber ich war ein anderer Fall. Was ich wollte, habe ich bekommen. Und ich bin auf meine Art glücklich. Doch Menschen wie unser Töchterchen, das ziemlich exaltiert sein kann, sollten mehr Zeit haben, um sich vor einer Heirat zu orientieren, meinen Sie nicht?"

Jarosch nickte automatisch, doch dann besann er sich und fügte hinzu: „Wir wissen auch noch gar nicht ... wir wissen nicht, ob nicht vielleicht ... mein Sohn fähig ist, sich der Familie zu opfern, also der Wissenschaft, seiner Frau, der Wissenschaftlerin. So etwas gibt es doch auch."

„Das habe ich noch nie gehört. Ich weiß nur eins: Fast alle Schriftstellerinnen, Künstlerinnen, Mystikerinnen und Wissenschaftlerinnen waren allein, Einzelgängerinnen. Im besten Fall noch geschiedene, alleinerziehende Mütter. Nun sicher, es gibt Individuen, einzelne, die ihr Leben mit jemandem verbinden, der die gleichen Neigungen hat, seelenverwandt ist. Aber das sind Einzelfälle. Es gibt auch welche, die spielen die treu sorgende Ehefrau und Mutter und treiben sich dann im Ausland herum und sammeln Liebschaften."

Dabei blickte sie Jarosch so vielsagend an, dass ihm beinahe die Schamesröte ins Gesicht stieg: Spielte sie etwa auf jene Studentin an, die später Schriftstellerin geworden war und ihre Liebschaften literarisch zu Markte trug? Hat sie sie gelesen und erraten, wer welche Person war? Und wenn schon. Auch egal.

V

Der Basar hinter der Oper trug neben der Bezeichnung „Krakidawil" – Gott weiß, warum – auch noch den Namen „Pariser". Beide Namen hatten sich auch in Kriegszeiten erhalten und die Lwiwer verkauften hier jede Menge von allem Möglichen. Die Verkaufsstände bildeten eine Gasse, durch die die Käufer, überwiegend sowjetische Offiziere, Soldaten und Beamte und deren Frauen, die sich hier „auf dem Pariser" in europäische Damen verwandelten, spazierten. Unter den Verkäufern waren Schauspieler der Lemberger Theater, Bankdirektoren und ehrwürdige Professoren, die verschiedenste Dinge aus ihren Wohnungen verkauften und lauthals anpriesen. Die einen brauchten Geld für Lebensmittel, andere, um die Befreier zu bestechen und jemanden vor der Deportation nach Sibirien zu retten. Doch Krakidawil zog auch aus einem anderen Grund die Leute an: Hier traf man Bekannte und Freunde und konnte sich über politische Neuigkeiten und Intrigen informieren, hier trieben sich ganz besondere Makler herum, die es verstanden, Kontakte mit Tschekisten und Gefängnispersonal herzustellen, hier bekam man die neuesten Meldungen der Londoner BBC, hier erfuhr man Ort und Zeit der nächsten Razzien, hier konnte man einen deutschen Pass kaufen oder einen Führer finden, der einen heimlich über die Grenze brachte.

Auf dem Basar hörte man von früh bis spät: „Schnaps, Sprit, Gebrannter!", „Baczewski, Baczewski, Baczewski Edelalk!", „Sprit, Sprit, Sprit!", „einheimischer und ausländischer Alk!", „Sacharinpastillen!", „Bester Wodka!". Und ein Spaßvogel pries lautstark an: „Mittel gegen Läuse, Flöhe, Kakerlaken und Parasiten aller Länder. Nieder mit den Schmarotzern! Tod den Läusen! Vernichtet das Ungeziefer!" Bald bekam er allerdings Besuch von einem Genossen, der wissen wollte, was der denn mit „Parasiten aller Länder" meine. Die Erwähnung der „Parasiten aller Länder" verschwand daraufhin.

Die geschäftstüchtigen Lembergerinnen hatten einen ganzen Haufen glänzender, bunter Knöpfe, Bänder, Spitzen, Gürtel, Ballhandschuhe, künstliche Blumen, bunte Haarspangen und Kämme, Nachthemden mit Dekolletee und Schlafröcke angehäuft und boten all das den nach Luxus lechzenden Sowjets zum Verkauf an, die solches Wunderwerk noch nie gesehen hatten. Außer dem, was sie in ihren Wohnungen entbehren konnten, verkauften die Lembergerinnen Gebackenes, Gekochtes und Eingemachtes, denn jede Hausfrau konnte Brot, Kuchen und Torten backen. So wunderte es niemanden, wenn man Pani Professor oder Pani Mäzenas oder gar die Lexikographin Pani Pschpjurska auf dem Krakidawil antraf und frisch und frei mit ihren Leckerbissen handeln sah. Die Damen aus dem Arbeiter- und Bauernparadies leckten sich die Finger danach ab. Auf Schritt und Tritt sah man die schmatzenden Münder oder mit Krümel und Fett verschmierten Visagen der Offiziersgemahlinnen. Auch Milja handelte mit dem süßen Gebäck, das ihre Mutter backte.

Sie klagte freilich: „Wegen diesem blöden Krakidawil werde ich noch kugelrund, weil wenn keiner das süße Zeug kauft und ich mich langweile, dann ess ich's selber. Und die Mutter schimpft dann, dass es ihr zwar nicht um das Gebäck leid sei, aber um das Geld."

Somit war es nicht weiter erstaunlich, dass die Sowjets sich, sobald sie in Lwiw waren, gleich erkundigten, wo sich der Basar Krakidawil befinde, oder – wie sie sagten – „Krakadil", denn dort konnte man wunderbare Sachen billig erstehen. Wenn sie dann die europäischen Anzüge und Mäntel aus zweiter Hand erworben hatten, zogen sie sich augenblicklich in Toreinfahrten um und gingen so in die Stadt. Das rettete sie freilich nicht vor den Batiaren, die die Defizite der Befreier rasch durchschauten und ihnen mit flinker Zunge einen Haufen nutzloses Zeug andrehten. Auch unser Quartett schloss sich dieser einträglichen Geschäftemacherei an. Jas organisierte aus einer zerbombten Apotheke Klistierröhrchen und Bakelitaufsätze von Spülspritzen, die einen kleinen Hahn hatten, mit dem man die Flüssigkeitszufuhr in ein Gefäß regeln konnte. Anfangs kapierten wir nicht gleich, was Jas vorhatte, doch er überzeugte uns, dass die Ware 1A sei und reißenden Absatz finden werde, wenn man die Röhrchen als neueste Errungenschaft der Rauch-Technik offerierte – und so machten wir es auch. Wir erklärten den Naivlingen, wie dieses von der internationalen Wissenschaft vervollkommnete Mundstück funktionierte, und drehten vor den Augen der sprachlosen Befreier den kleinen Hahn in verschiedene Richtungen.

„Ja, große Technik – neueste Technik! Wer hat, der raucht, wer nicht hat, raucht nicht." Genüsslich rauchten die Soldaten dann ihren in Zeitungspapier gerollten stinkenden Machorka-Tabak und drehten dabei freudig den Hahn hin und her. Als uns die Röhrchen ausgingen, verkauften wir einige Dutzend Schreibmaschinen, die wir als Geräte zum Gelddrucken anboten. Das machten wir natürlich konspirativ, damit der Kunde nicht gleich merkte, dass wir ihn übers Ohr hauten. Danach erzählte Jas, er habe bei Luzia zu Hause eine große Kiste mit defekten Uhren und Weckern entdeckt, die noch von ihrem Großvater stammten, der Uhrmacher gewesen war. Wolf fand das sehr interessant und übernahm es begeistert, diesen Schatz zu verkaufen.

„Aber wem willst du denn eine Uhr andrehen, die steht?", fragten wir ihn.

„Jedem", antwortete Wolf. „Es reicht, den Sekundenzeiger zu entfernen, der stört nur. Dann hältst du dem

Holzkopf die Uhr ans Ohr, presst die Zähne zusammen und machst ‚Tick-tack-tick-tack!'"

„Na, pass bloß auf, dass dann keiner ‚tick-tack' mit dir macht", erwiderte Joschi lachend. Wir versprachen Wolf, in der Nähe zu bleiben, wenn er seine Geschäfte machte, und uns zu beteiligen, wenn der Verkauf wirklich funktionierte. Und, kaum zu glauben, es lief. Und wie! Man muss sich einen Menschen vorstellen, der noch nie eine Uhr gehabt und noch nie ihr Ticken gehört hatte. Außerdem waren die Sowjets verrückt nach Uhren und hatten zudem eine sehr eigenwillige Vorstellung davon, was schön war. Für sie war die Größe wichtig, je größer, desto schöner. Deshalb hatten einige auch Riesendinger an den Armen, manche schnallten sich sogar Wecker um und krempelten die Ärmel hoch, damit man auch sehen konnte, was bei ihnen so alles tickte.

Eines Tages gab es einen ungewöhnlichen Vorfall. Golda kam ganz außer Atem angelaufen und berichtete, dass in ihrer Wohnung eine Leiche liege. Meine Mutter klatschte in die Hände und die Babzja bereitete einen Aufguss aus Kräutern, um die verstörte Golda zu beruhigen. Sie war völlig aus dem Häuschen und wedelte mit einem Tuch vor ihrem Gesicht herum. Aus den abgerissenen Sätzen, die sie stöhnend und ächzend herauspresste, wurde man nicht schlau, man verstand nur, dass es sich um die Leiche eines NKWDlers handelte, der Lija schon einige Male belästigt hatte und ihr nachspionierte, wenn sie allein zu Hause war. Nun hatte er versucht, sie zu vergewaltigen, aber Lija hatte sich gewehrt und ihm die Pfanne um die Ohren gehauen – allerdings nicht mit der flachen Seite, sondern mit der Kante auf die Stirn. Nun lag er „flach wie 'ne Flunder", wie Golda sagte, mit blutüberströmter Visage und atmete nicht mehr. In diesem unansehnlichen Zustand hatten ihn Golda und Joschi gefunden, als sie vom Einkaufen heimkamen. Alle

Blicke richteten sich nun auf mich und ich begriff, dass meine Rolle als Retter noch nicht zu Ende gespielt war und eine erneute Probe bevorstand.

„Na gut", seufzte ich, „ihr bereitet dort alles vor. Ich geh zu Pan Knoflik, mal sehen, ob er uns auch diesmal hilft."

Auf dem Dach des Beerdigungsinstituts des Pan Knoflik flatterte eine rote Fahne und über dem Eingang hing ein neues Schild: „Roter Charon".

„Na, was hältst du davon?" Pan Knoflik nickte in Richtung des Schildes. „Das ist jetzt mein Schutzschild. Es waren schon mehrere Sternchenträger hier und haben gefragt: ‚Wo finde ich Tawarisch* Charon?' Ich antworte immer gleich: ‚Tawarisch Charon in Maskwa, Dienstreise.' So habe ich wenigstens meine Ruhe. Vor ein paar Tagen ist ein sowjetischer Jude vorbeigekommen und hat gefragt: ‚Ist das Grischa Charon, der Chef vom NKWD in Schytomir?' Ich habe nur genickt. Da sagte er: ‚Grüß ihn. Wenn's Probleme gibt, ich bin in der Gosnabschenija, ich erledige alles.'"

„Ich hätte wieder eine diskrete Bitte", flüsterte ich und Pan Knoflik nahm mich augenblicklich mit in sein Arbeitszimmer und spitzte die Ohren.

„Golda Milker sitzt wieder in der Tinte. Diesmal wegen ihrer Tochter. Ein NKWDler war zu Besuch und Lija wollte ihn mit Rühreiern bewirten. Sie nahm die Pfanne und gerade, als sie sie auf den Herd stellen wollte, überkam es den NKWDler, dass er sie unbedingt umarmen müsse. Doch er rutschte auf einem Tropfen Öl aus und knallte mit dem Kopf genau an die Kante der Pfanne, und zwar so unglücklich, dass er nun mit dem Bauch nach oben liegt und seine Seele irgendwo über dem Hohen Schloss flattert."

„Auwehauweh", Pan Knoflik nickte, „das ist wirklich ein Missgeschick. Wir müssen ihn ordentlich beerdigen. Fortuna lächelt dir zu, denn ich habe gerade einen sehr geeigneten Sarg, tief und breit ist er. Wir haben ihn für die

Frau eines Popen gefertigt, die schon so gut wie auf dem Totenbett lag. Sie war so gut genährt, dass sie nicht durch die Tür hier gekommen wäre. Aber dann hat sie sich's mit dem Sterben noch mal überlegt. Nun schmeckt ihr das Essen wieder wie früher und sie stopft sich mit Süßigkeiten voll. Und der Sarg steht unbenutzt herum. Weiß du, wie wir's machen? Dein Gast kommt nach unten und oben darauf legen wir Pani Topolska. Ich denke, er wird nichts dagegen haben, dass eine Frau auf ihm liegt?"

„Aber woher denn, der war ein richtiger Schürzenjäger."

„Na dann passt ja alles. Schaff ihn mir also her."

„Warten Sie, wird die Familie von Pani Topolska nichts dagegen haben?"

„Was für eine Familie denn? Sie war alleinstehend, ein altes Mädchen, vorsorglich hat sie Geld für die Beerdigung zur Seite gelegt. Im Testament hat sie verfügt: Mein Sarg soll komfortabel und weich sein und ausreichend Platz bieten. Bitte schön, alle drei Punkte werden erfüllt. Sag mal, hat dein Gast eine Uniform an?"

„Das kann man wohl sagen, und auch noch eine Pistole."

„Du musst ihm etwas anderes anziehen. Hier in dem Paket ist noch ein guter Anzug von Pan Zepa. Als man ihn damit ankleiden wollte, krachte er in allen Nähten und die Familie beschloss, einen anderen zu besorgen, obwohl ich ihnen noch zuredete, dass es Pan Zepa wahrscheinlich egal sei, denn seinen Rücken wird auf dieser Welt niemand mehr sehen. Und weißt du, was man mir geantwortet hat? ‚Und in jener Welt?' Da hab ich die Schnauze gehalten. Also nimm ihn." Er hielt mir das Paket mit dem Anzug entgegen.

Dann fiel ihm noch ein, dass wir unseren Gast etwas herrichten sollten, falls uns unterwegs einer seiner Tawarischi begegnete. Deshalb gab mir Pan Knoflik einen roten

Bart, eine graue Perücke und ein Kästchen mit Schminke für seine Visage.

Es war schon erstaunlich! Der Verblichene sah nun erheblich besser aus als zu Lebzeiten. Seine ehemals kantigen Gesichtszüge waren weicher geworden und passten ausgezeichnet zum Bild eines wohlgemuten und zufriedenen Onkelchens. Der schwarze Anzug passte wie angegossen, in der Brusttasche des Jacketts steckte eine weiße Rose. Eine schwarze Brille rundete das Bild ab. Und als das Onkelchen dann gemütlich im Handwagen lag, den Joschi und ich fröhlich pfeifend zogen, nickten alle, an denen wir vorbeikamen, freundlich und lächelten, einige lüfteten sogar ihren Hut. Das Onkelchen sah wirklich aus, als lebte es noch, und es wäre unhöflich gewesen, so einen netten Zeitgenossen nicht zu grüßen. Selbst Pan Knoflik amüsierte sich über das Spektakel und schnalzte zufrieden mit der Zunge. Dann half er uns, die Leiche aus dem Handwagen in den Sarg zu verfrachten. Auf dem Tisch lag die aufgebahrte Pani Topolska bereits in Warteposition. Sie war beleibt und in ein dunkelblaues Kleid mit weißen Spitzen gekleidet, das sie wahrscheinlich für diesen feierlichen Anlass selbst vorbereitet hatte. In ihren wachsbleichen Fingern hielt sie ein Heiligenbild und ihre trockenen, zusammengekniffenen Lippen schienen nie geküsst worden zu sein. Ungefähr das ging mir gerade durch den Sinn, als uns plötzlich allen – ausgenommen Boutschek – die Haare zu Berge standen, Pan Knoflik fasste sich ans Herz – unser Onkelchen wurde mit einem Mal wieder lebendig und richtete sich auf.

Er stützte sich mit den Ellbogen auf die Oberkante des Sarges und blickte verwundert in die Runde, mühte sich, zu begreifen, wo er war. Dann betastete er sein Gesicht, nahm die Brille ab, schaute sich abermals um und lallte auf Russisch: „Wo bin ich?"

Joschi und ich wechselten einen Blick. Ich blickte mich nach einem geeigneten Stück Holz um, mit dem ich das Onkelchen wieder in die Richtung schicken wollte, in die seine sündige Seele gerade unterwegs gewesen war. Irgendein Teufel hatte sie uns retour gesendet, um uns noch mehr zu ärgern.

Pan Knoflik bremste mich: „Warte!“ Dann wandte er sich an das Onkelchen: „Hören Sie, wir haben Sie bewusstlos auf der Straße gefunden. Erinnern Sie sich, wer Sie sind und wo Sie wohnen?“

Der NKWDler schüttelte den Kopf und begann, in seinen Taschen zu kramen. Dort fand er freilich nichts.

„Dakumjenti, Ausweispapiere hatte ich?“

„Nein“, antworteten wir ihm wie aus einem Munde. „Nein, rein gar nichts. Vielleicht hat man Sie gerade aus dem Spital entlassen?“

„Aus was für einem Spital denn?“

„Nun, hier in der Nähe gibt es so eine Institution, wo solche wie Sie, die ihr Gedächtnis verloren haben, behandelt werden.“

„Ja, njet, ich erinnere mich an nichts. Bin ich tot?“

An dieser Stelle rieb sich Pan Knoflik erleichtert die Hände, wählte die Nummer der Kulpark-Klapse und sagte, dass sie jemanden schicken sollen, um einen Irren einzusammeln, der ihnen wahrscheinlich abgehauen war. „Sie holen ihn gleich ab“, flüsterte er uns zu.

„Ich leg mich vielleicht noch bisschen hin?“, meinte unser Onkelchen. Er streckte sich im Sarg aus und verschränkte die Arme auf der Brust. In der Haltung trafen ihn dann die Sanitäter des Irrenhauses an. Pan Knoflik erklärte ihnen, dass wir diesen Mann bewusstlos gefunden und anfangs gedacht hätten, er sei tot. Dann sei er aufgewacht, aber ohne Erinnerung. Die Sanitäter der Kulpark-Anstalt beugten sich über den Sarg und nickten dann.

„Den kennen wir. Das ist der verblödete Hilko. Vor fünf Jahren ist er uns abgehauen. Na los, steh auf!“, schnauzten sie ihn an.

Der NKWDler richtete sich wieder auf und blickte die Anwesenden verzweifelt an: „Kak menja sawut? Wie heiße ich?“

„Spiel hier nicht den Deppen, Hilko! Sonst kriegst du gleich so eine auf die Rübe, dass du dich daran erinnerst, wie deine Babzja als junges Mädel ausgeschaut hat“, antwortete ihm einer der Sanitäter. Dann hoben sie ihn aus dem Sarg, hielten seine Arme fest und zogen ihm rasch eine Zwangsjacke an. So brachten sie ihn zu einem Krankenwagen mit einem fensterlosen Kasten. Der NKWDler murmelte noch etwas kaum Verständliches, aber keiner beachtete ihn.

„So“, resümierte Pan Knoflik, „da ist nun unsere Pani Topolska um ihren Kavalier gekommen. So wie sie im Leben keinen Mann abbekam, so ist es ihr auch im Tode nicht beschieden, auf einem zu liegen.“

23

Am Mittwoch kam Danka nach der Vorlesung zu Jarosch und teilte ihm beinahe flüsternd mit, dass sie ihn sprechen müsse.

Jarosch errötete leicht und nickte. „Gut, treffen wir uns in einer Stunde im Café Masoch."

Was wollte sie ihm sagen? Er war aufgeregt und fühlte sich unsicher. Als er zum Café kam, wartete Danka bereits an einem Tischchen direkt an der Straße auf ihn.

„Ich habe Ihnen einen spanischen Wein bestellt. Wollen Sie vielleicht noch etwas?"

„Nein danke. Übrigens hat Ihre Mutter einen sehr positiven Eindruck bei mir hinterlassen. Ich glaube, Sie haben eine gute Freundin in ihr."

„Ja, das stimmt. Sie haben sie auch positiv überrascht. Anscheinend ist es uns gelungen, ohne allzu großen Verlust aus einer heiklen Situation herauszukommen." Bei diesen Worten schaute sie Jarosch von unten herauf an, wobei um ihren Mund ein mehrdeutiges Lächeln spielte.

Jarosch tat, als habe er es nicht gesehen. Der Wein wurde serviert, er hob das Glas und sagte: „Auf Arkanien?"

„Auf Arkanien", antwortete Danka. Nachdem sie einen Schluck getrunken hatte, kam sie zur Sache. „Das ist nebenbei bemerkt auch der Grund, warum ich mit Ihnen sprechen wollte. Gestern hatte ich eine seltsame Begegnung. Die Dekanatssekretärin teilte mir mit, ich solle zum Dekan kommen. Ich ging also zum Dekanat, betrat das Arbeitszimmer des Dekans, in dem noch ein Mann war, der gleich aufstand und mich begrüßte. Der Dekan meinte, er würde uns jetzt allein lassen. Der Typ stellte sich dann als Mitarbeiter des SBU vor."

Jarosch bemerkte erstaunt: „Ha, dann ist der Typ schon bis zu Ihnen vorgedrungen?"

„Sie wissen, um wen es geht?"

„Oberleutnant Knysch?“

„Genau.“

„Und was wollte er von Ihnen?“

„Dass ich ihn über unsere Forschung zu Arkanien auf dem Laufenden halte und über den Stand der Übersetzung von ...“

„ABT?“

Danka lachte. „Dieses ABT hat mich echt verblüfft. Der Kerl ist wirklich abgedreht, oder?“

„Im Gegensatz zu Ihnen hatte ich bereits öfter die Möglichkeit, solche Leute zu beobachten. Ich kann nur sagen, dass all das, was wir für bare Münze nehmen, nur Lug und Trug für die ist, ein Spiel, das sie perfekt beherrschen müssen. Außerdem war Knysch vom Alter her bestimmt schon beim KGB beschäftigt.“

„Ein widerlicher Kerl. Wenn er einen ansieht, hat man den Eindruck, er würde einen ausziehen.“

„Nun, das halte ich nicht für so ungewöhnlich, dass ein Mann eine hübsche Frau mit seinen Blicken auszieht.“

„Haben Sie mich auch mit Ihren Blicken ausgezogen?“, fragte Danka lachend.

„Ja, auf dem Teufelsfels“, antwortete Jarosch lächelnd. „Ich habe Sie ausgezogen und wieder angezogen. Im Moment sind Sie aber angezogen, also kein Grund zur Scham.“

„Ahh, vielen Dank und ich hatte schon meine Befürchtungen.“ Plötzlich beugte sie sich zu Jarosch und flüsterte: „Ich sage Ihnen nun etwas und Sie werden lachen und dürfen sich keinesfalls umschauen. Wir machen jetzt auf intim. Da auf dem Weg vor dem Café geht ein Man auf und ab und gibt vor, mit dem Handy zu telefonieren. In Wirklichkeit wartet er, bis ein Tisch frei wird. Er schnüffelt mir seit der Uni hinterher.“

Jetzt setzte sich Danka wieder aufrecht hin und fuhr fort. „Als ich diesem Knysch erklärte, dass ich nichts dergleichen tun werde, entgegnete er, ich solle mich doch mit meinem Vater beraten. Ich fragte, was mein Vater damit zu tun habe, und er sagte, dass mein Vater wegen mir eventuell keinen Posten im Ministerium bekommen könne. Verstehen Sie?“

Jarosch blickte auf die Straße und sah tatsächlich einen Mann mit Handy am Ohr auf und ab gehen. Als kurz darauf ein Tisch frei wurde, eilte er hin, um ihn zu besetzen.

„Ich denke, wir können diese Typen, den einen genauso wie den anderen hier am Tisch, getrost ignorieren. Wovor sollen wir Angst haben?“

„Knysch forderte eine schriftliche Erklärung von mir, dass ich unser Gespräch geheim halten werde. Ich habe abgelehnt. Er sagte darauf wörtlich: ‚Nun, dann … um sich für Arkanien zu begeistern, müssen Sie nicht unbedingt studieren. Im Gegenteil, die Uni raubt Ihnen nur kostbare Zeit.‘ Ich bin aufgestanden und habe die Tür hinter mir zugeknallt. Erst danach hab ich kapiert, was er gemeint hat. Können die mich vom Studium ausschließen?“

„Ich kann mir nicht vorstellen, dass es dazu kommt. Sie haben doch bisher keinerlei Probleme im Studium gehabt?“

„Nein. Höchstens mit den Pflichtstunden im Sport, die hab ich gecancelt. Oder besser gesagt: Papa hat sie canceln lassen.“

„Vielleicht unterhalten wir uns nun über etwas Angenehmeres. Haben Sie schon ein Thema für Ihre Diplomarbeit?“

„Natürlich. Dreimal dürfen Sie raten.“

„Das Werk von Luzilius vor dem Hintergrund seiner Epoche?“

„Und Sie werden mein Betreuer sein.“

„Aha, nicht Knysch?“

Beide lachten laut. Der Mann am Tisch musterte sie von der Seite und zündete sich eine Zigarette an.

„Am Sonntag“, sagte Jarosch nun, „war ich ziemlich aufgeregt, hypernervös ... und habe Ihre Übersetzung der Biographie des Luzilius, die Alzestij verfasst hat, nicht sehr aufmerksam gelesen. Ich habe den Eindruck, dass Sie den Text kritischer betrachten sollten. Alzestij hat ihn zurechtgebogen, frisiert sozusagen. Er war nie wirklich ein Freund des Luzilius, sondern hat ihn eher als Konkurrenten gesehen. Ein bisschen so, wie es in der ukrainischen Literatur mit Taras Schewtschenko und Pantejlemon Kulisch* gewesen ist. Kulisch hat das Poem ‚Taras in der Hölle‘ geschrieben, in dem er Schewtschenko und Kostomarow schmoren ließ. Schewtschenko hat in der Hölle ein Fässchen Schnaps um den Hals geschnallt, aber er reicht mit den Lippen nicht heran und kann nicht trinken. Ähnliches findet man bei Alzestij, dabei handelt es sich eher um eine Parodie auf die Biographie. Alzestij schlüpft in die Maske des Luzilius und erzählt verschiedene Ereignisse aus dem Leben, sogar aus der Kindheit. Falls Luzilius ihm tatsächlich Kindheitserinnerungen erzählt hat, dann bestimmt nicht in dieser Form. Können Sie sich vorstellen, dass ein Sohn von seiner Mutter als königlicher Beischläferin spricht?“

„Ich habe vermutet, was Sie da sagen, es gibt zu viele Details, die nicht in die mündliche Rede passen ...“

„Ich habe mir erlaubt, ein wenig in die Übersetzung einzugreifen. Die Eingriffe sind punktuell und betreffen nicht den Inhalt an sich, sondern verdeutlichen eher, was Alzestij sagen wollte. Pathetische Phrasen und schwülstige Formeln habe ich etwas verschlankt.“

„Ach, kann ich mal sehen?“

„Leider nicht. Ich habe nicht mit unserem Treffen gerechnet. Ich habe gedacht, wir besprechen das am Freitag in der praktischen Übung.“

„Aber bis Freitag zu warten halte ich nicht aus! Ja, ich weiß schon, was Sie jetzt vorschlagen werden: ‚Ich schick’s per E-Mail‘. Aber das will ich nicht. Ich will, dass Sie mir die redigierte Übersetzung vorlesen, während ich meine ursprüngliche Übersetzung mitlese und vergleiche. Und wissen Sie, wo wir das machen? In Ihrem Garten! Unter dem wunderbaren alten Birnbaum, den Sie fällen wollten. Meine Mutter hat gesagt, dass er voller Birnen hängt. Ich hoffe, wir werden nicht erschlagen.“

„Aber wissen Sie, was wir zuerst machen?“, antwortete er. „Tun Sie so, als ob Sie auf die Toilette gehen, bezahlen Sie die Rechnung und verschwinden Sie dann schnell in Richtung Pidwalna-Straße. Dort hole ich Sie ein. Bis der Typ merkt, was läuft, und vor allem bis er bezahlt hat, sind wir längst weg.“

Jarosch beobachtete amüsiert, wie der Unbekannte nervös wurde und nach der Bedienung winkte, als er sah, dass Jarosch aufbrach. Als die Bedienung endlich die Rechnung brachte, war Jarosch längst um die Straßenecke verschwunden. Auf der Pidwalna-Straße nahmen sie ein Taxi, wenige Minuten später waren sie in Krywtschytzi. Dort holte Jarosch eine alte Matratze aus dem Haus und platzierte sie unter dem Birnbaum, wo sie es sich mit Wein und dem Manuskript der Übersetzung bequem machten.

Pani Stefa werkelte im benachbarten Garten im Asternbeet, vergaß aber nicht, dann und wann in ihre Richtung zu blicken und dabei zufrieden zu lächeln.

„Also, legen wir los?“ Jarosch begann, die korrigierte Version der Übersetzung vorzutragen. „‚Henker und Opfer‘. Ich habe den Titel so gelassen, wie Sie ihn übersetzt haben, obwohl er im Original eigentlich ‚Ritter und Köpfe‘ lautet. Ich bin mir nicht sicher, welche Variante die bessere ist. Aber gut, weiter …

Als Knabe ging Luzilius regelmäßig mit seiner Mutter zum Königspalast. Dort ließ sie ihn in einem großen Saal zurück, wo er auf sie warten sollte. Luzilius war-

tete gerne in diesem Saal, denn seine Wände waren mit sagenhaften Pflanzen- und Tierwesen verziert, es schien ihm, als sei er in einem uralten Dschungel. Riesige, schaufelförmige Blätter, wilde Farne und hinterhältige Schlingpflanzen tarnten Leoparden, deren geschmeidige Umrisse man nur sah, wenn man sich lange in die Bilder versenkte, doch dann erschauderte man vor dem Funkeln ihrer grausamen Augen. Weiter oben flatterten bunte Vögel, die in Arkanien noch keiner je gesehen hatte. Luzilius staunte mit offenem Mund über diese ungesehenen Wunder, und nie wurde ihm dabei langweilig.

Währenddessen wand sich die Mutter in der Umarmung des Königs. Dieser hatte mehrere Konkubinen, doch keine entflammte in ihm ein solches Feuer wie Anastasia. Das Liebesspiel begann sie, indem sie ihm ihre Nacktheit völlig schamlos darbot und erlaubte, sie in allen möglichen Stellungen zu betrachten. Dann zog sie den König aus, drückte ihn aufs Bett und küsste ihn von Kopf bis Fuß so sinnlich, dass er die Augen schloss und irgendwo über den Wolken schwebte, sich auf ihnen wiegte und hinter dem Horizont verschwand. Seine anderen Beischläferinnen hatten im Vergleich zu ihr nicht einen Funken Fantasie.

Zu Hause wirtschaftete Anastasia sehr bescheiden und war eine besorgte, schweigsame Frau. Ihr Mann, der Heerführer Tulij, war zumeist im Feld und hielt sich selten lange zu Hause auf, außerdem war er doppelt so alt wie sie. Er wies seine Diener an, Anastasia wie ihren Augapfel zu hüten, und wenn sie bemerkten, dass sie allein das Haus verlassen wollte, gesellte sich stets einer der Diener als Begleiter zu ihr. Um die Aufmerksamkeit des Gesindes abzulenken, nahm sie den kleinen Luzilius mit sich. Der Junge hatte nie den geringsten Zweifel daran, dass seine Mutter die

Frisuren der Königstöchter besorgte. Diese Erklärung für die Besuche im Königspalast hatte er aus ihrem Mund gehört, und seine Mutter hatte ihn zudem gebeten, es niemandem zu erzählen. Zum Glück war Luzilius schweigsam und nahm aus dem Palast keine anderen Eindrücke mit als die Erinnerung an den wundersamen Urwald an den Wänden.

Einmal trat Luzilius ganz nah an die Abbildung einer Bergziege heran, die mit durchgebissener Kehle im Grase lag und verblutete. Er strich mit den Fingern über die Wunde, als wollte er sie schließen. Unwillkürlich drückte er gegen die Wand – und mit einem Mal öffnete sich eine Geheimtür. Luzilius dachte nicht lange nach und trat in einen dämmrigen Raum. Was er dann sah, brannte sich ihm für den Rest seines Lebens ins Gedächtnis. In der Mitte des Raums befand sich ein runder Eichentisch, um den sieben Ritter saßen, reglos, mit ausgestreckten rechten Händen, in denen sie Holzkrüge hielten. Etwas schimmerte schwarz-grünlich in den Schalen auf dem Tisch, üppiges Grün wucherte daraus hervor.

Luzilius schlich an den Rittern vorbei und drückte die Tür an der gegenüberliegenden Wand auf. Dort fand er einen Saal voller abgeschlagener Köpfe. Im Gegensatz zu den Rittern waren die Köpfe nicht reglos, sondern rollten mit den Augen, zwinkerten und blinzelten, bleckten die Zähne, lachten, stöhnten und ächzten. Als sie Luzilius sahen, begannen sie wie auf Kommando zu zischen und zu fauchen und mit den Zähnen zu klappern. Einige rollten gar an den Jungen heran und versuchten, ihm in den Fuß zu beißen.

Er wusste nicht, warum, aber er dachte, dass bestimmt die erstarrten Ritter diese Köpfe abgeschlagen hatten. Er wartete nicht, bis ihm die Beißer in den Fuß oder die Wade schnappten, sondern machte sich flugs davon und knallte die Tür hinter sich zu. Dahinter vernahm er Geschimpfe und Gefluche. Als er an den Rittern vorbeieilte, berührte er eines der Schwerter, das bis zum Boden reichte und durch die Berührung auf den Fuß des Ritters fiel. Mit einem Mal erwachten alle sieben zum Leben und führten langsam, ganz langsam die Holzkrüge zum Mund. In dem Moment jedoch, als die Krüge ihre Lippen berührten, erstarrte ihre Rechte von neuem und verharrte in Bewegungslosigkeit.

Luzilius rannte aus dem Saal – gerade rechtzeitig, eben kam seine Mutter um die Ecke. „Mutter! Mutter! Stell dir vor, was ich gesehen habe!", rief der Knabe. „Pssst!", die Mutter legte den Finger an die Lippen, „hier darf man nicht so schreien. Erzähl es mir unterwegs."

Nun, sehen Sie es jetzt?", fragte Jarosch. „Es scheint dasselbe zu sein und ist dennoch anders. Im Original finden sich keine Anspielungen darauf, dass es sich um eine Darstellung aus zweiter Hand, geschrieben nach dem Bericht des Luzilius, handelt. Doch Sie haben gleich zweimal den Namen Luzilius mit dem Erzähler verknüpft, indem Sie schreiben ‚er sagte', was im arkanischen Original jedoch nicht vorkommt. Zwar lässt sich die Hieroglyphe ‚kt' auch als ‚sagte' interpretieren – nun, aber nicht in den Fällen, in denen sich ein Brevis darüber befindet, dann bedeutet es ‚herankommen' oder ‚sich nähern'."

„Ah, ich dachte, der Brevis bezieht sich auf die Hieroglyphe darüber. Die Brevis über und unter den Hieroglyphen sehen doch gleich aus."

„Wenn Sie genau hinschauen, werden Sie sehen, dass der Brevis über einer Hieroglyphe enger ist als der unter einer. Deshalb haben sich in der Übersetzung auch ein paar andere Fehler eingeschlichen."

„Weil Sie die Hieroglyphen so kleinformatig wie Mohnkörner ausgedruckt haben. Da braucht man ja ein Mikroskop", entgegnete Danka und machte einen Schmollmund. „Die Gedichte von Luzilius habe ich fehlerfrei übersetzt, weil sie nicht so übertrieben verkleinert waren."

„Ich habe eben versucht, nicht nur den Text, sondern auch seine äußere Form auf den Tafeln mit den Spalten wiederzugeben. Bei den Gedichten waren die Spalten breiter. Aber vielleicht brauchen Sie wirklich eine Brille?", sagte Jarosch lachend.

„Machen Sie sich über mich lustig?" Kurz schien sie erbost, aber sie beruhigte sich gleich wieder und fragte vorwurfsvoll: „Und warum wurden aus den ‚Paradiesvögeln' dann ‚bunte Vögel'?"

„Was für ein Paradies soll es zu vorchristlicher Zeit denn gegeben haben?"

„Aber die Vogelart heißt doch Paradiesvogel."

„Heutzutage schon, aber damals wohl kaum. Die Arkanier hatten keinen Begriff, kein Konzept für Paradies."

„Ich kann dazu nur sagen", meinte Pani Stefa, die plötzlich am Zaun aufgetaucht war, „dort, im Paradies, hab ich mir schon einen Platz reserviert. Ich habe es im Traum gesehen, und das nicht nur einmal. Ich bedauere nur, dass ich dort wohl kaum meinen verstorbenen Mann treffen werde."

Nach diesen Worten humpelte sie zurück in ihren weitläufigen Garten. Jarosch und Danka wechselten einen Blick und gingen dann ins Haus.

„Ich brauch etwas zu essen", meldete sich das Mädchen.

„Ich hab nichts Vorbereitetes da, aber ich kann uns Deruny machen. Ich habe leckeren Sauerrahm dazu."

„Deruny? Die dauern zu lange." Danka verzog das Gesicht.

„Warum denn lange? Zwanzig Minuten – und fertig."

„Das glaube ich nicht. Meine Mutter braucht für Deruny immer zwei Stunden."

„Na ja, wenn sie für eine große Familie kocht ..."

„Aber woher denn? Für drei Personen!"

„Bei mir dauert's zwanzig Minuten."

„Okay, ich stoppe die Zeit. Wenn Sie's nicht schaffen, darf ich mir ein Buch aus Ihrer Bibliothek aussuchen und mitnehmen ... keine Sorge, nur geliehen."

„Und wenn ich's schaffe?"

„Nun, dann ... dann bekommen Sie eine Überraschung. Sie hören dann etwas Unerhörtes, sehen etwas nie Gesehenes, schmecken etwas nie Probiertes."

„Noch einen Kuchen von Ihrer Mutter?"

Danka lachte und schüttelte den Kopf. Dann sagte sie: „Da kommen Sie nie drauf. Die Zeit läuft übrigens."

Jarosch suchte vier große Kartoffeln aus, wusch sie rasch ab, nahm das Schälmesser, dessen bewegliche Klinge die Schale im Nu in Streifen von der Kartoffel entfernte. Noch einmal spülte er die Kartoffeln gründlich ab, bevor er sie mit einer Reibe zerkleinerte. Er drückte so kräftig an, dass man sehen konnte, wie schnell sie kleiner und der Haufen mit den Kartoffelschnipseln größer wurde. Dann stellte er zwei flache Pfannen auf den Herd, goss ein wenig Öl hinein und erhitzte es. Währenddessen mischte er ein Ei und einen Löffel Mehl unter die geriebenen Kartoffeln, salzte die Masse ein wenig und formte dann große Plätzchen daraus. Er gab sie in die erhitzte Pfanne und briet sie auf großer Flamme von jeder Seite etwa eine halbe Minute. Nach zwanzig Minuten stand eine Schale mit Deruny auf dem Tisch – und Danka machte große Augen.

„Sie sollten damit in einer Koch-Show auftreten, wie Jamie Oliver."

„Ach, sehen Sie seine Sendung auch an?"

„Ich bin hin und weg, wie schick er das hinkriegt. Obwohl ich ja selbst nicht koche, schau ich die Sendung ganz gern. Aber Sie haben gewonnen. Es wartet eine Überraschung auf Sie.“

„Wunderbar. Aber vielleicht essen wir erst etwas?“

Jarosch goss Sauerrahm in zwei Tassen, dann griffen sie zu. Die Deruny waren knusprig und schienen Danka allem Anschein nach hervorragend zu schmecken.

„Meine Mutter macht sie irgendwie anders. Die schmecken auch, aber anders ...“

„Warum sich Deruny von Koch zu Koch stets ein wenig unterscheiden, ist ein großes Geheimnis. Ich habe früher ernsthaft überlegt, ob ich anstelle der Erforschung toter Sprachen nicht die Vervollkommnung leckerer Deruny in Angriff nehmen sollte.“

„Um Himmels willen!“ Danka rang die Hände und verdrehte theatralisch die Augen. „Wenn Sie eine Doktorarbeit zum Thema Deruny verfasst hätten, wären Sie in einem Kochinstitut gelandet und wir hätten uns nie kennengelernt.“

„Warum denn nicht? Sie hätten Marko kennengelernt und er hätte uns bekannt gemacht.“

„Fraglich, ob mich ein Deruny-Spezialist, ein Derunologe sozusagen, interessiert hätte.“

„Aha, also bin ich nur als Arkanologe interessant?“

„Nicht nur. Doch davon später mehr“, sagte das Mädchen mit einem geheimnisvollen Lächeln.

Als sie mit dem Essen fertig waren, räumte Danka den Tisch ab und wusch die Teller. Dann verschwand sie im Bad. Jarosch goss sich Wein ein und trank das Glas in einem Zug leer. Das Herz schlug ihm bis zum Hals. Etwas machte ihn ausgesprochen nervös. Etwas, das gleich passieren würde. Die Vorahnung erschreckte ihn, erfüllte ihn mit Zweifel. Sollte er wirklich nachgeben? Oder nicht?

Sollte er – bevor es zu spät war – all dies stoppen, davonlaufen, sich in einem Winkel verkriechen …

Auf Dankas Gesicht spielte ein freudiges Lächeln, als sie langsam auf ihn zuging. Er sah, wie sich ihre runden Brüste und ihre Schenkel unter dem Kleid abzeichneten, und konnte den Blick nicht abwenden. Sie blieb nicht stehen, kam ihm ganz nah, schlang ihre schlanken Arme um seinen Hals – und abermals fühlte er ihren Kuss auf seinen Lippen. Doch diesmal dauerte der Kuss länger, viel länger, und auch er küsste sie, umfasste ihre Taille, drückte sie an sich. Ihre Zunge schob sich in seinen Mund, tastend und liebkosend. Er spürte ihren Busen an seiner Brust, sie schmiegte sich noch enger an ihn. Er fühlte, wie sich sein Glied aufrichtete, ihr entgegenstrebte, direkt in die Öffnung zwischen ihren Schenkeln. Zart glitt seine Hand ihren Rücken hinab, traf auf keinerlei Unebenheiten. Unter dem Kleid war sie völlig nackt. Seine Hand strich über ihren Po, knetete sanft die Pobacken. Plötzlich stieß sie sich leicht vom Boden ab und schlang ihre Beine um seine Hüften, hing an ihm. Er trug sie zum Bett, ohne dass sie sich aus ihrer Umarmung oder die Lippen sich voneinander lösten. Sie fielen aufs Bett, dann öffnete sie seine Hose und sein Glied tauchte in die Glut, in ihre Lust, in ihr Paradies.

So wurde er von etwas überrascht, von dem er nichts geahnt hatte. Er sah das nie Gesehene, hörte das Unerhörte und kostete das nie Probierte.

In Lwiw ging es zu wie in Babylon. Die Bevölkerung war wegen der polnischen Flüchtlinge und der sowjetischen Kolonialherren auf das Zweifache gewachsen. Unter den Sowjets sah man jetzt immer mehr graue und grüne Schildmützen der NKWDler. Die Rotarmisten, die durch die Straßen streunten, ähnelten mit ihren grauen Gesichtern Tuberkulose-Patienten. Sie blickten stumpf und starr, schleppten sich in schweren, schmutzigen Stiefeln dahin. Ihre Offiziere waren etwas besser angezogen und sahen auch gesünder aus. Alle waren sie jedoch nur mit einem beschäftigt: Defizitwaren zu kaufen, die sie sonst nie im Leben bekommen hätten. Alle Bierstuben und Restaurants, die in Kantinen umgewandelt worden waren, waren zum Brechen voll mit Bolschewiken, die nichts anderes machten als kauen, kauen, kauen, die ausnahmslos alles verschlangen, was da war. Kein Wunder, denn als man den Wechselkurs von Rubel und Zloty anglich, war ein Mittagessen für zweieinhalb Rubel so gut wie umsonst. Außerdem konnten die sowjetischen Frauen nicht kochen, daher verpflegten sich fast alle Familien in Kantinen. In den Lwiwer Kaffeehäusern und Frühstückspensionen machte sich ein spezifischer Geruch breit, den es hier früher nicht gegeben hatte. Der säuerliche Geruch von Machorkas hing in der Luft, zudem war sie erfüllt von Schlürfen und Schmatzen. Manche befreiten ihre Nasen, indem sie mit dem Daumen einfach ein Nasenloch zuhielten und durch das andere den Rotz auf den Boden bliesen, andere spuckten beim Essen aus. So gut wie alle wischten ihre fettigen Münder mit dem Ärmel ab, rülpsten zufrieden und bohrten mit ihren dreckigen Fingernägeln zwischen den gelben Zähnen. Die Galizier mieden diese Örtlichkeiten, um sich von der ekelhaften Umgebung und der unangenehmen Geräuschkulisse nicht den Appetit verderben zu lassen. Sie besuchten die Lokale abseits des Zentrums, wo es in den Seitenstraßen noch „Kantinen“ gab, die nicht von den Sowjetmenschen verschlissen worden waren.

Die Sowjetmenschen irritierten uns doch ziemlich. Sie waren völlig anders als wir, grüßten nicht auf der Straße, lüpften nicht einmal Hut oder Kappe, entschuldigten sich nicht, wenn sie einen anrempelten, und überall, wo sich eine Schlange oder eine größere Ansammlung von Menschen bildete, führten sie sich wie die Wilden auf, schimpften und wurden grob. Das beliebteste Wort der Miliz, der Hausmeister und überhaupt aller Sowjetbeamten schien „dawaj“* zu sein: dawaj nach vorn, dawaj nach hinten und dawaj überhaupt. Außerdem duzten sie jeden, ganz gleich wie alt der Angesprochene war, und wenn sie in Wohnungen kamen, behielten sie ihre Kappen auf. Einfache Arbeiter aus Lwiw hielten sie wegen ihrer äußeren Erscheinung für Ingenieure oder gar Bourgeoisie, da sie gepflegter und besser angezogen als waren als sowjetische Beamte.

„Habt ihr schon bemerkt, wie ihre Frauen aussehen?“, fragte uns Ruta, als wir eines Abends mit unserer ganzen Clique im „Atlas“ saßen, das übrigens auch schon bessere Zeiten gesehen hatte. Wir tauschten Eindrücke von unseren Befreiern aus. „Die laufen alle mit roten Baretts herum, die sie bis über die Augenbrauen ziehen, und schauen so unfreundlich drein – schmallippig, graue, stumpfe Augen, hagere, tranige Gesichter, lange, enge Röcke, Armeejacken und Stiefel. Ihre Zugehörigkeit zur ‚Intelligenzija‘ markieren sie durch kurze Haare und dick aufgetragenen Lippenstift. Unser Galizien muss denen vorkommen wie das Schlaraffenland. Bei uns ist eine Dame vom Amt einquartiert worden, eine Jüdin, sprach aber nur Russisch, kein Wort Jiddisch oder Hebräisch. Sie hatte nur einen kleinen Koffer dabei und darin – ihr hättet es sehen sollen – Lumpen, mit denen wir höchstens den Boden aufwischen würden. Zwei knielange baumwollene Schlüpfer, die sie, etwas abstrus, ‚Bljumers' nennen. Die schauen alle gleich aus: dunkelblau und glänzend. Wie sich später gezeigt hat, war die Unterwäsche, die sie anhatte, genauso. Besonders ist bei diesen Schlüpfern außerdem, dass sie keinen Gummizug haben, sondern ein Baumwollband, das man sich dreimal um den Körper wickeln muss. Könnt ihr euch vorstellen, was das für eine Frau für ein Vergnügen ist? Die Strumpfbänder sind aus weiß gefärbter Leinwand geschnitten, Mieder und so was kennen die überhaupt nicht. Und wenn ihr erst die Strumpfhosen seht – die glänzen dermaßen, dass man die Augen zusammenkneifen muss, und sind unten auch gar nicht vernäht, sondern wie ein Schlauch und man sieht die Zehen. Mir hat sie dann leidgetan, ich hab ihr Unterwäsche von mir gegeben. Vor lauter Freude hat sie sich die ans Gesicht gepresst und sich gar nicht mehr beruhigt. Gestern musste unsere Musikklasse in die Oper und Kornitschuks* ‚Bohdan Chmelnytzkyj' anschauen. Es war gerammelt voll, ein Haufen Sowjetbürokraten und höhere Dienstgrade der Roten Armee. Und vor allem Sowjetfrauen, die sich in unseren Läden schon eingedeckt haben. Das war wirklich sehenswert! Unglaublich! Einige hatten Uniformstiefel an und darüber lange Abendkleider oder rosarote Musselinröcke. Keine von denen ist auf die Idee gekommen, dass es teilweise Nachthemden waren, die sie anhatten. Der Gipfel waren die, die Negligés mit Spitzen und Riesendekolletees anhatten. Weil sie keine Büstenhalter haben, bot sich besonders von den Balkonplätzen aus ein unvergessliches Bild. Bei voller Beleuchtung konnte man sehen, was die Genossin so unter ihrem ‚Kleid' trägt. Ich kann euch sagen, es war meist keine feine polnische Unterwäsche, sondern sowjetische Kratzwolle bis zu den Knien."

„Unsere neue Dozentin kommt aus Charkiw, die hat sich so viele Klamotten angeschafft, dass sie jetzt jeden Tag in etwas anderem herumstolziert“, gab nun Lija zum Besten. „Einmal kommt sie im Chiffonkleid, dann wieder im Schlafrock oder im Matrosenhemd und mit Plisseerock wie eine Gymnasiastin. Der Höhepunkt ihrer Garderobe ist ein bodenlanges Abendkleid mit einem Schlitz am Rücken, der bis unter die Taille reicht. Als sie sich dann einmal zu heftig bewegt hat, ist ihre blaue Sowjetunterhose nach oben gerutscht. Wir konnten uns nicht mehr beherrschen und haben angefangen zu kichern. Die Ärmste verstand nicht, was los war, und ist furchtbar nervös geworden.“

Jeder von uns konnte Erfahrungen und Erlebnisse zu diesem Thema beisteuern.

„Ich habe gehört, dass die Vorzeige-Proletarier, die man im Hotel ‚George‘ untergebracht hat, im Pyjama zum Frühstück erschienen sind. Die Kellner haben sie höflich und mit unterdrückter Schadenfreude aus dem Frühstücksraum gewiesen. Im Gegensatz zu diesen unzivilisierten Asiaten kommen sich unsere armen Proletarier geradezu wie Kulturträger vor.“

„Kennt ihr den? Warum tragen die Bolschewiken rote Baretts? Damit auch die Läuse ihr rotes Eck* haben.“

„Nun, das ist ein Scherz, aber ich erzähl euch jetzt was, das hab ich mit eigenen Augen gesehen. Ein Bolschewik wird gefragt: ‚Haben Sie Mehl?‘ – ‚Jawohl, viel.‘ – ‚Und Zucker?‘ – ‚Jawohl, sehr viel.‘ – ‚Und Kerosin?‘ – ‚Mehr als genug.‘ – ‚Aber Kopenhagen?‘ – ‚So viel sie wollen.‘ Dann fragte man einen anderen: ‚Haben Sie Orangen?‘ – ‚Sicher.‘ – ‚Und woher kommen die?‘ – ‚Na, aus der Fabrik!‘“

„Beim Tramfahren ist mir Folgendes passiert: Ich habe einen Rotarmisten gefragt: ‚Gibt’s bei euch einen Kosinus zu kaufen?‘ Der hat nicht gezögert mit einer Antwort: ‚Natürlich, im Laden.‘ – ‚Aha‘, hab ich gesagt und noch gefragt: ‚Für wie viel?‘ ‚Für drei Rubel das Pfund.‘“

„Heute Vormittag komme ich am Jan-Sobieski*-Denkmal vorbei. Ihr wisst ja: Die Sowjets denken, es sei ein Chmelnytzkyj-Denkmal, und photographieren sich immer davor. Ich komme also da vorbei und hör: ‚Ty smatri, schau, da isses Chmjelnütske-Denkmal!‘ Sein polnischer Begleiter darauf: ‚Das ist nicht Chmelnytzkyj, sondern Sobieski!‘ Darauf der Sowjet: ‚Na klar, sawjetski Chmjelnütske, sawjetisch, jetzt is alles sawjetisch.‘“

„Jetzt lasst mich mal! Dieser bescheuerte Hauptmann, der bei uns einquartiert worden ist, hat mich vor kurzem mit dem Revolver bedroht und mich beschuldigt, ein Saboteur zu sein. Ich frage: ‚Was haben wir denn für ein Prabljem?‘ Er führt mich zum Klo, zieht an dem Kettchen für die Klospülung und mault, dass das Wasser nicht ununterbrochen spült, weil er sich in so kurzer Zeit den Kopf nicht waschen könne.“

„Da bist du nicht die Erste, die erzählt, dass die Sowjets das Klo für ein Waschbecken halten. Sie trinken sogar daraus und beklagen sich, dass es zu niedrig angebracht ist. Bei unseren Nachbarn ist eine Offiziersfamilie untergebracht und die Frau Offizierin hat mich einmal zum Tee eingeladen. Wir sitzen also da, schwatzen ein wenig, dann steht sie auf, um noch einen Aufguss zu machen. Sie nimmt also den Teekessel, um ihn aufzufüllen, geht damit aber nicht in die Küche. Einen Moment später sehe ich, wie sie mit einem vollen Teekessel in die Küche geht. Das ist mir komisch vorgekommen, und ich hab sie gefragt, woher sie das Wasser genommen hat. ‚Na von dort, aus der Kammer.‘ – ‚Und da haben Sie einen Wasserhahn?‘, frage ich. ‚Nein, aus der Schüssel.‘ Als ich verständnislos geschaut habe, hat sie mich ins Klo geführt – da habe ich dann die weiße Kloschüssel gesehen.“

„Ja, und dabei meinen die, das kulturelle Niveau sei in Galizien ziemlich beschränkt, weil es die Institution der Säuberung nicht gibt. Es ist ihnen unbegreiflich, wie die Lwiwer ohne diese unschätzbare Institution auskommen können. Ohne den Nachweis einer erfolgten Säuberung ist für die Sowjetmenschen keine politische Entscheidung möglich. War einer von euch schon mal in der Reinigung in der Rutowska-Straße? Was ich gehört habe, fluchen alle, die dort gewesen sind, nur, weil man ihnen die Anzüge mit einem abscheulich stinkenden Desinfektionsmittel und heißem Dampf versaut hat."

„Ich sag euch, das sind Barbarenhorden aus der Steppe! Was sie nicht verstehen, wird vernichtet. Die Schneidemaschinen in den Metzgereien zum Beispiel, mit denen man Schinken, Wurst und Käse in dünne Scheiben schneidet, haben die nur verächtlich kommentiert: ‚Welcher Saboteur hat sich ausgedacht, die Scheiben so dünn zu schneiden?' Und die Maschinen sind verschwunden."

„Mich hat ein Rotarmist angesprochen: ‚Bist du ein Ingenieur?' Ich darauf: ‚Schön wär's.' Und er: ‚Aber woher kommt die gute Kleidung?' Ich habe freilich die gleichen Sachen angehabt wie jetzt, einfach einen Pullover."

„Ja, es ist wirklich so, dass das bescheidenste galizische Hausmädchen besser gekleidet ist als eine sowjetische Offiziersfrau. Als wir uns kein Hausmädchen mehr leisten konnten, ist Vira bei einem sowjetischen Oberst in Dienst getreten. Als dessen Frau spitzgekriegt hat, dass das Hausmädchen die ganze Kommode voller Blusen, Röcke und Schuhe hat, hat sie nicht schlecht gestaunt und sie beschuldigt, dass sie all das ihrer ehemaligen Wirtin geklaut habe. Die arme Vira musste uns als Zeugen rufen, damit wir bestätigen konnten, dass sie es nicht gestohlen, sondern selbst gekauft hat. Dann hat die Alte ihrem Offiziersmann die Hölle heißgemacht, weil sie, die Frau eines Obersten, nur eine zerschlissene Bluse hat. Wie ein

Affe im Urwald hat sie gekreischt. Der Oberst ist daraufhin so grantig geworden, dass er die Alte aus dem Haus gejagt hat. Dann hat er unsere Vira geheiratet und nun ist sie die Frau Oberst."

„Einer von ihren Offizieren ist mit seiner Frau auf den Basar gegangen und wollte einen Hut, die sind gerade günstig abverkauft worden, weil sie nicht mehr in Mode waren. Doch das hat die Offiziersfrau nicht interessiert, sie hatte ihr Lebtag lang noch keinen Hut gehabt. Der Verkäufer hat sie bei der Auswahl eines geeigneten Hutes beraten und auf Polnisch gesagt: ‚Hut schön, aber macht sie etwas schlampig sein.' Der Offizier hat ‚Schlampe sein' gehört, die Pistole gezogen, hysterisch damit herumgefuchtelt und sich kaum beruhigen lassen."

„Die sind an die Mangelwirtschaft gewöhnt. Gestern hab ich gesehen, wie ein Soldat auf dem Krakidawil zu einer alten Marktfrau gegangen ist, die Semmeln verkauft hat. Er fragt: ‚Kann man welche kaufen?' Sie darauf: ‚Warum denn nicht? Bitte.' Misstrauisch tritt der näher, nimmt sich scheu eine Semmel und fragt nochmal: ‚Kann ich?' Dann zahlt er, doch einen Moment später kommt er zurück und fragt: ‚Kann ich noch eine Semmel kaufen?' – ‚Aber sicher', antwortet die Alte. Er steckt die zweite Semmel in die Tasche und fragt: ‚Kann ich noch eine kaufen?' – ‚Sie können noch eine kaufen, und noch eine, so viel Sie wollen.' Ungläubig schüttelte er den Kopf: ‚Hier lässt sich's leben, hier kann man kaufen, so viel man braucht.'"

24

Der General schaltete das Diktiergerät aus, lehnte sich bequem im Sessel zurück und zündete sich eine Zigarre an. Durch die Rauschwaden sah er Knysch an und sagte seufzend: „Wie ich das sehe, geht die Sache nicht voran. Weder Kurkow noch der Professor haben brauchbare Informationen geliefert."

„Wir arbeiten daran. Wir sind auch an seiner Studentin und dem alten Juden dran. Ich habe bereits mit ihnen gesprochen."

„Das geht alles zu langsam. Ich bekomme immer mehr Berichte auf den Tisch, dass sich Leute angeblich an Vorfälle aus ihrem früheren Leben erinnern. Und damit nicht genug, diese Erinnerungen betreffen die Kriegs- und Nachkriegszeit. Ich habe schon einen Anruf aus der Zentrale in Kiew bekommen, was der Scheiß zu bedeuten hat. Du weißt doch, der neue politische Kuschelkurs mit Moskau. Da kann man Katyn*, erschossene Häftlinge, bolschewistischen Terror und so weiter und so fort nicht brauchen. Und schon gar keine Augenzeugen! Wie kommt das?"

„Das hat etwas mit der Musik zu tun. Wir versuchen, die Leute zu isolieren, besonders jene, die den Mund nicht halten. Wir haben in der Kulpark-Psychiatrie eine spezielle Abteilung für diese Fälle eingerichtet. Untereinander können sie gern in Erinnerungen schwelgen. Wir haben da sogar einen Sektor A und einen Sektor B. In Sektor A haben wir richtig Geistesgestörte, darunter dreimal den ewigen Juden Ahasver, zweimal Nostradamus, einmal den Propheten Wernyhora und einmal Prophetin Mychalda."

„Was sind die zwei für welche?"

„Wernyhora ist ein legendärer Prophet aus dem 18. Jahrhundert, Mychalda ist eine vor dem Krieg äußerst populäre Seherin aus biblischer Zeit. Sie haben Geschichten über die Vergangenheit erzählt, die sie mit eigenen Augen gesehen haben wollen. Im Sektor B haben wir Leute, die sich zwar nicht für jemand anderen halten, aber an Ereignisse aus ihrem früheren Leben erinnern."

„Übrigens fällt mir da ein ungewöhnlicher Fall ein", sagte der General. „Es muss irgendwann Anfang der 1960er Jahre gewesen sein. Wir haben ein Schreiben aus der Psychiatrie erhalten, in dem stand dies und das. Außerordentlich war aber, dass ein NKWD-Leutnant namens Wasilij Kalesnitschenko infolge eines Hirntraumas sein Gedächtnis verloren hatte und unter dem Namen Hilko Dubnewytsch in der Irrenanstalt Kulpark gelandet ist. Nach einer Weile hat er sich wieder an alles erinnert und gewusst, wer er war, aber niemand hat ihm geglaubt. Nun, wir haben die Sache überprüft, und tatsächlich war ein Wasilij Kalesnitschenko im Dezember 1939 spurlos verschwunden. Man hatte angenommen, der ukrainische Widerstand habe ihn um die Ecke gebracht. Wir sind also zu ihm in die Klapsmühle gefahren und haben ihn befragt. Er konnte uns die Namen all seiner damaligen Vorgesetzten und Kollegen nennen und beschreiben, wie die Büros im Moskauer KGB eingerichtet waren. Kurz und gut, alles hat gestimmt."

„Und was ist mit ihm geschehen? Hat man ihn freigelassen?"

„Warum denn das? So gut wie alle, an die er sich erinnern konnte, besonders seine Genossen aus dem Dienst, waren entweder erschossen worden oder an der Front umgekommen. Er überschlug sich außerdem in seiner Lobhudelei auf Stalin. Was soll man mit so einem anfangen? Der gehört doch ins Irrenhaus. Aber vielleicht war das ein analoger Vorfall?"

Der General beugte sich nach unten, öffnete ein Fach in seinem Schreibtisch und holte eine Flasche Rémy heraus. Er goss zwei Schwenker voll und streckte Knysch einen hin: „Damit die grauen Zellen nicht einrosten. Ich denke, es ist so: Diese Menschen haben die mysteriöse

Melodie des Todestangos in ihrem früheren Leben gehört, und zwar kurz bevor sie umgekommen sind, oder?"

„Es scheint so zu sein", nickte Knysch und atmete eine Alkoholfahne aus.

„Und sie wurde auch im Janowska-KZ gespielt, oder?"

Knysch nickte abermals und versuchte, den Gedankengang des Generals zu erraten.

„Und er wurde von jüdischen Musikern gespielt?"

Wieder nickte Knysch. Er begann zu rauchen, um seine Nervosität zu überspielen. „Sie haben die Melodie gespielt, als die Deutschen das Ghetto liquidiert haben. Das heißt also", der General goss die Schwenker wieder voll, „das heißt also, sie haben sie vor ihrem Tod gehört und nun wieder. Deshalb erinnern sie sich an ihr früheres Leben. Sind alle Juden?"

Endlich hatte Knysch den roten Faden im Gedankengang des Generals gefunden und schnappte flink nach ihm, damit er ihm nicht entglitt. Der General schwieg und wartete auf eine Antwort.

„Nein, nicht unbedingt. Ich bin dieser Frage auf den Grund gegangen und habe herausgefunden, dass die Nationalität keine Rolle spielt, eher noch das Geschlecht. Die Nationalität ist Nebensache, man kann auch als Student aus Simbabwe geboren sein. Es gibt aber eine Auffälligkeit: Einander nahestehende Menschen, seien es Freunde oder die Familie, werden in ihrem nächsten Leben durch irgendeine Kraft zueinander gezogen, auch wenn sie sich dessen nicht bewusst sind. Sie verkehren wieder miteinander, schließen Freundschaften, verlieben sich."

„Und das Alter? Welche Rolle spielt das Alter?"

„Komischerweise keine. Ein Mann kann seine frühere Ehefrau gleichaltrig oder auch viel jünger wiedersehen. Die Mutter kann ihrem Sohn begegnen, der nun älter ist als sie. Ich weiß nicht, woran das liegt."

„Wie, haben wir Familienzusammenführungen?"

„Nein, denn die reinkarnierten Menschen müssen die Melodie hören, um sich der Reinkarnation bewusst zu werden. Wenn sie nur einer gehört hat, erinnert sich auch nur er. Er kann einen ihm nahestehenden Menschen aus seinem früheren Leben erst dann erkennen, wenn auch dieser das Bewusstsein seines früheren Lebens erlangt."

„Also wenn auch er die Melodie gehört hat?"

„Ja."

„Und das alles wissen Sie ..."

„... aus dem Manuskript von Kalkbrenner, ich habe Ihnen davon berichtet."

Der General nickte und schenkte noch einen Cognac ein."

„Aber woher zum Teufel kommt die Musik? Wer spielt die Melodie? Wo kann man sie hören? Haben Sie das herausbekommen?"

„Bisher nicht. Wir haben hier widersprüchliche Informationen. Wir haben zum Beispiel den Hinweis bekommen, dass der Tango in einem gewissen Restaurant gespielt worden ist. Das prüfen wir, vernehmen die Musiker, vergleichen die Noten – negativ. Und die Menschen, die das Bewusstsein von ihrer Reinkarnation erlangen, können sich nicht genau erinnern, wo sie die Melodie gehört haben. Sie werden von ihrem früheren Leben geradezu überrollt, von all den Erinnerungen und dem Wissen. Für die meisten ist das ein Schock, und sie können sich nicht erinnern, was in den Stunden unmittelbar vor der Bewusstwerdung vor sich gegangen ist. Einer hat zum Beispiel behauptet, er sei die Straße entlanggegangen und habe plötzlich jene Melodie vernommen, die er vor seinem Tod gehört haben musste – und zack, ist er plötzlich ein ganz anderer, zumindest anders, als er sich bisher bewusst war. Zudem erschreckt er seine Verwandten und Freunde mit völlig unglaubwürdigen Geschichten. Einige beginnen, ihresgleichen zu suchen, sie spüren eine unaussprechliche Sehnsucht nach jenen, die ihnen zur Zeit ihres Todes am liebsten waren. Das sind die Gefährlichsten."

„Es existieren auch Fälle, in denen sich die Menschen nicht nur an das Leben unmittelbar vorher, sondern auch an andere, weiter zurückliegende erinnern?"

„Sicher. Die sind allerdings seltener. So jemand wird sich auf einmal bewusst, dass er außer seiner Muttersprache noch eine andere Sprache beherrscht, oder er verwendet alte, nicht mehr gebräuchliche Wörter."

„Haben Sie im Gespräch mit dem Professor diese Fälle erwähnt?"

„Nein, was denken Sie denn! Ich habe nur den Fall einer Frau erwähnt, die sich in der Kulpark-Klapse befindet und plötzlich einige spanische Wörter konnte. Das war alles, was wir mit ihr erreichen konnten. Wir bekommen die Noten nicht richtig platziert, um das Experiment erfolgreich durchführen zu können."

„Und was ist mit dem Manuskript?"

„Nun, bisher konnten wir nicht alle Noten entschlüsseln. Es gibt welche, die wir noch nicht geknackt haben. Genauer gesagt: zwei von insgesamt zwölf. Doch ohne die zwei fehlenden ist das Resultat sehr eingeschränkt und unvollständig. Außerdem muss die Noten ein begnadeter Virtuose spielen. Es ist wirklich knifflig, sie zu treffen."

Der General richtete sich verwundert auf. „Wie das, kann es denn keiner?"

„Ich meine, die Noten sind so etwas wie die sogenannten ‚Geheimen Verführer', wie unterschwellige Werbung. Man kann sie im Prinzip in alle möglichen Melodien einbauen, und der Untersturmführer Rokita mochte eben Tangos, also hat man sie in einen Tango eingebettet. Zur Zeit haben wir den Professor im Visier, besser gesagt seine Studien zu ABT. Vielleicht liegt des Rätsels Lösung dort."

„Und was sagt er?"

„Er sagt, dass er mit seinen Studien noch nicht fertig sei. Aber wahrscheinlich lügt er."

„Sie wissen doch, dass man stets den Finger am Puls der Ereignisse haben muss – und dann im richtigen Moment zupacken, wenn er seine Arbeit gerade beendet, keinen Tag später! Außerdem, aber das ist Ihnen ja bekannt, müssen seine gesamten Forschungsergebnisse bei uns sichergestellt werden. Um jeden Preis. Wissen Sie eigentlich, dass wir ihn schon zu Sowjetzeiten einmal am Wickel hatten?"

„Nein", wunderte sich Knysch. „Das wusste ich noch nicht."

„Dachte ich mir. Leider ist 1991 das gesamte Archiv nach Moskau gewandert. Nun, wir wurden bereits damals auf seine Arkanien-Studien aufmerksam und haben ihm nahegelegt, sie aufzugeben, da sie von strategischem Interesse seien. Er legte uns lang und breit dar, dass Arkanien und andere alte Kulturen eben sein Spezialgebiet seien. Daraufhin gab man ihm den ersten Band der Großen Sowjetenzyklopädie und sagte, er solle uns den Eintrag ‚Arkanien' zeigen. Er suchte nicht einmal, da er wusste, dass es ihn nicht gab. Anschließend erteilte man ihm den Rat: ‚Was es in der GSE nicht gibt, das existiert auch nicht. Über diese Zivilisation findet sich in keinem sowjetischen Buch etwas. Woher haben Sie also Ihre Informationen?' Er antwortete, er benutze vorsowjetische Quellen und internationale Fachliteratur. Wir meinten schon, ihn am Haken zu haben: ‚Aha, was für internationale Literatur denn? Wer besorgt sie Ihnen?'"

„Und er?"

„Es stellte sich heraus, dass seine Quellen legal waren. Bestimmten Forschungsbibliotheken war es erlaubt, ausländische Fachpublikationen zu sammeln. Natürlich befanden sich diese Bibliotheken nicht hier in der Ukraine, sondern in Moskau. In diesen Quellen gab es lediglich Abbildungen der arkanischen Texte, und bis dahin hatte sie niemand entschlüsseln können. Aber er machte sich auf und recherchierte und grub wie ein Maulwurf. In Moskau und Berlin hatte man sich seit den 1930er Jahren mit Arkanien beschäftigt und versucht, die Schrift zu entziffern. Das Ziel war, die Texte zu verstehen, und nicht, sie einer breiten Öffentlichkeit zugänglich zu machen. Er hat das alles allein geschafft, hat es publiziert, ist berühmt geworden ... Nun ja, die Umstände sind nun andere. Wir müssen ihn stoppen."

Knysch wurde sich nun der Bedeutung seiner Mission voll bewusst – immerhin bewirtete ihn der General. Er legte ein Bein übers andere, zündete sich eine Zigarette an und leerte den Cognacschwenker.

„Der folgende Plan befindet sich bereits in Umsetzung: Wir haben ihm eine Studentin untergeschoben, die erstens hübsch sein, zweitens wenigstens einen wunden Punkt haben musste, damit man Druck auf sie ausüben konnte. Wir fanden eine solche mittels Tiefenrecherche. Dann haben wir seinen Sohn ins Visier genommen. Er raucht gerne Gras, zufällig haben wir ihn auf frischer Tat ertappt. Er bekam die Aufgabe, sich mit dem Mädchen anzufreunden und sie dann näher mit seinem Vater bekannt zu machen. Währenddessen wurde der Vater des Mädchens, ganz zufällig, von seinen Funktionen beim Zoll entbunden. Aber es gab Komplikationen. Der Sohn des Professors hat sich in das Mädel verknallt. Das Problem hat sich von selbst gelöst, aber nur deshalb, weil sich die Studentin ihrerseits in den Professor verknallt hat. Wir haben keinen Einfluss auf sie. Das Gespräch mit ihr lief ins Leere, obwohl ich sogar darauf angespielt habe, dass sie von der Uni fliegen könnte ..."

„Das war aber eine leere Drohung. Die Zeiten haben sich schließlich geändert."

„Ja. Früher hätte ein Anruf genügt und die Sache wäre erledigt gewesen."

X

Die Befreier begannen bald, die Lwiwer von ihren Wohnungen und ihrem Besitz zu befreien. Sie kamen mit ihren Familien und einem oder zwei Pappkoffern und eigneten sich die Wohnungen meist unter Einsatz brutaler Gewalt und mit Hilfe der Miliz an. Es begann die Zeit der rationellen Ausnutzung des Wohnraums. Wohnungen wurden in Komunalkas* umgewandelt, den Hausherren blieb bestenfalls ein einziges Zimmer. Zu der Zeit ging es ganz schnell, dass man auf einer der Listen für die Deportationen nach Osten gesetzt wurde, dafür musste man nicht unbedingt ein Feind der Arbeiterklasse sein. Es reichte, wenn man ein Haus, eine Wohnung oder Möbel hatte, die einem Natschalnik* gefielen. Der betreffenden Familie schlug man im Guten vor, die Koffer zu packen und sich ein Stück weiter weg am Stadtrand niederzulassen – und sei es in einer Erdhöhle. Andernfalls würde man sie in der Nacht abholen, in einen Güterwaggon sperren und nach Kasachstan abtransportieren. Wenn sie ihre neue Wohnung bezogen hatten, warfen die Befreier als Erstes alle Bücher in den Keller, sowohl jene, die sie nicht lesen konnten, da sie in „nepanjatnyj jasyk“, also auf Deutsch, Polnisch oder Ukrainisch verfasst waren, als auch die, die sie lesen hätten können, die aber von der ukrainischen Nationalbewegung herausgegeben worden waren. Mit den Büchern heizte man dann im Winter die Kanonenöfen. Spiegel waren den Befreiern aus dem Osten besonders verhasst, denn die Abbilder der früheren Hausbewohner waren darin gefangen und suchten die neuen mit ihrem unvermuteten Erscheinen wie Phantome heim. Nicht selten bekamen die Offiziere und ihre Frauen hysterische Anfälle, wenn sie bemerkten, dass ein fremdes Gesicht durch den Spiegel huschte oder plötzlich eine Gestalt aus seinen Tiefen auftauchte und wieder verschwand, um nach einer Weile als Schatten über die Spiegeloberfläche zu gleiten. Auch die Möbel beteiligten sich an dem geheimen Widerstand und gaben keine Ruhe, nachts knarrten und knackten sie, versetzten die Bewohner in helle Aufregung, zwangen sie, sich im Bett aufzusetzen und verstört zu lauschen. Der Türrahmen wartete nur darauf, hinterhältig seine Kanten auszufahren, um der Schulter oder Stirn einen schmerzhaften Schlag zu versetzen, die Türschwelle lauerte, um für einen kleinen Moment nach oben zu schnellen und jemanden zum Stolpern zu bringen, Wasserleitungen und Abflüsse verstopften, die Fliesen im Bad überzogen sich mit einem glitschigen Grauschleier, auf dem man barfuß ausrutschen musste, und in den Telefonhörern konnte man unverständliches, aber beunruhigendes Flüstern vernehmen, das noch lange in den Ohren nachhallte und sich nicht verscheuchen ließ.

Die neuen Bewohner kochten vor Wut und Rachsucht, brachen das Parkett heraus und verheizten es, zerhackten die Möbel, zerstörten alles, was in der Wohnung wertvoll war, verwüsteten sie gründlich und geübt und besetzten dann in gewohnter Manier die nächste Wohnung. Doch dort erwarteten sie abermals Fußangeln und Schlingen. In ihrer ohnmächtigen Wut verfluchten sie diese ganze verhasste Welt, die sie plündern, aber nicht unterwerfen konnten.

Es ist nicht weiter verwunderlich, dass es für die Lwiwer geradezu eine Freude war, wenn sie einen Militär- oder Milizangehörigen in ihrer Wohnung unterbringen mussten, da dieser einen gewissen Schutz darstellte. Niemand konnte sich mehr sicher fühlen, und doch hatten alle das Gefühl, dass gerade sie keinen Grund hätten, besorgt zu sein. So dachten auch wir, bis uns eines Abends Pani Konopelka besuchte und uns mitteilte, dass wir alle –

außer Joschi – auf den Fahndungslisten standen. Ich, weil die polnische Polizei mich wegen des Verdachts, in ein Attentat verwickelt zu sein, verhaftet hatte, Jas, weil man bereits wusste, dass er ein polnischer Offizier war, und Wolf einfach deshalb, weil er Deutscher war. Äußerst banal. Pani Konopelka riet uns noch in der Nacht zu verschwinden und erklärte uns, dass auf der Bahnstation Simna Woda ein Schleuser wartete. Meine Mutter brach in Tränen aus, doch Pani Konopelka brachte sie rasch zur Vernunft und wies sie an, Kleidung, Wäsche und Proviant einzupacken. Mich schickte sie zu Wolf und Jas, um Bescheid zu sagen.

Jas' Onkel brachte uns mit dem Auto bis nach Simna Woda. Die Dämmerung brach gerade an. Auf dem Gleis stand ein einzelner, verwaister Waggon, daneben stand ein Mann in einem grauen Mantel und winkte uns. Wir setzten uns in den Waggon, in dem sich bereits einige Leute mit Rucksäcken befanden. Ungefähr eine Stunde später kam ein Zug, der Waggon wurde angekoppelt und wir fuhren los. Die Fahrt dauerte etwa fünf Stunden und als wir schließlich anhielten, bezahlten wir beim Aussteigen für die Fahrt. Der Schleuser führte die Gruppe aus dem Waggon zwischen Häusern und Gärten entlang, bis wir endlich bei einigen Schuppen Rast einlegen und etwas essen konnten. Hier warteten wir, bis es ganz dunkel geworden war, und machten uns wieder auf den Weg. Diesmal waren wir nicht so lange unterwegs und kamen bald zu dem Haus, in dem die Eltern unseres Schleusers wohnten. Es befand sich in einem Dorf gegenüber von Jaroslaw, so dass wir nur noch auf die andere Seite des Flusses San, auf das von Deutschen besetzte polnische Gebiet, zu gelangen brauchten. Freilich konnten wir nicht über die Brücke, da wir keine Passierscheine hatten, deshalb brachte der Schleuser die Leute mit einem Kahn, den hier alle nur „Flügel“ nannten, zum anderen Flussufer, wo schon jemand warten würde, der uns bis Jaroslaw bringen sollte.

An diesen Fuhren verdienten alle – die Eisenbahner, die Schleuser, die Fährleute, die Besitzer der Schuppen und Schober, selbst die Eltern unseres Schleusers.

In dem Heuschober, in dem wir übernachteten, erfuhren wir, dass wir warten mussten, weil noch kein „Flügel" da war. Die Hausherrin bot uns ein paar Kartoffeln an, und wenn wir noch etwas drauflegen würden, gäb's auch Fleisch dazu. Als es dunkelte, kam der Schleuser gelaufen und befahl uns, schnell unsere Rücksäcke zu nehmen und mit ihm zu kommen. Im Kahn befanden sich bereits einige Säcke, offensichtlich Schmuggelware, sodass wir sechs und der Schleuser kaum noch Platz fanden. Er setzte sich an eines der Ruder, die anderen übernahmen Jas und ich. Wolf sollte Wasser aus dem Kahn schöpfen, weil dieser leckte. Nachdem wir angelegt hatten, nickte der Schleuser in Richtung der Wegbiegung – dorthin sollten wir gehen und uns keinesfalls umblicken. An der Wegbiegung trafen wir auf einen Mann, der uns hieß, ihm zu folgen. Bald darauf begegneten wir einem deutschen Soldaten, der einige Worte mit dem Unbekannten wechselte, uns dann zunickte und sagte: „Schnell, schnell, laufen Sie geradeaus, dorthin, wo das Licht ist."

Kurz darauf gelangten wir zu einem großen Gebäude, das wie eine Schule aussah. Am Ende eines langen Korridors saß ein älterer Herr an einem Tisch und führte die Registrierungen durch. Wir trugen uns in ein Registerbuch ein und wurden anschließend zu einem Klassenzimmer geschickt, in dem es Liegen und Bettzeug sowie saubere Handtücher gab und in dem wir übernachteten. Am Morgen bekamen wir noch Kaffee, Semmeln mit Butter und Marmelade und Omelette. Dann bestiegen wir einen Zug nach Krakau, wo wir uns eifrig an den Geschäften der Batiaren beteiligten und Kontakte ins Krakauer Ghetto knüpften. Es war sicher eine etwas zweischneidige Sache, dass wir von fremdem Leid profitierten, aber wir beuteten niemanden aus und häuften keine Reichtümer an. Wir konnten uns schließlich selbst kaum über Wasser halten, und ich finde sogar, dass wir uns an einem guten Werk beteiligten, indem wir das Ghetto mit Lebensmitteln versorgten. Im Winter 1941 schnappte uns die Polizei in flagranti. Jas und ich konnten gerade noch entwischen, unser wohlgenährter Wolf blieb zwischen den Latten eines Zaunes hängen. Wir versuchten, ihn zu befreien, aber auf der anderen Zaunseite näherte sich eine Übermacht.

Es vergingen mehrere Tage, in denen wir still in unserem Kämmerchen saßen, bis plötzlich unsere Wirtin an die Tür klopfte und uns mitteilte, dass ein deutscher Soldat im Hofeingang stehe und den Hausmeister ausfrage. Als ich aus dem Fenster spähte, erkannte ich Wolf in Uniform. Ich gab ihm ein Zeichen und einige Augenblicke später war er in unserem Zimmer. Nachdem sie ihn geschnappt hatte, hatte die Polizei herausgefunden, dass sie es mit einem reinrassigen Deutschen zu tun hatte, und überstellte ihn deshalb gleich zum Militär. Im Moment absolvierte er die Grundausbildung, danach würde er irgendwohin geschickt werden.

„Warum bist du eigentlich im Zaun hängengeblieben?", fragten wir. „Wir haben doch gesehen, dass du da durchschlüpfen können hättest!"

„Na sicher hätte ich durchschlüpfen können. Aber wozu wäre das gut gewesen? Was wäre wohl passiert, wenn ich nicht hängengeblieben wäre? Was, wenn ich euch damit nicht einen Vorsprung verschafft hätte, damit ihr abhauen könnt? Ihr wärt im KZ gelandet. So waren sie glücklich, dass sie mich geschnappt haben, und haben sich ganz darauf konzentriert, dass ich nicht ausreiße."

„He!", platzte Jas heraus. „Willst du dummer Bär damit sagen, dass du dich für uns geopfert hast?"

Wolf senkte bescheiden den Blick und seufzte. Jas und ich sahen uns erstaunt an, seine Selbstlosigkeit überraschte uns doch sehr. Wir verabschiedeten uns mit Tränen in den Augen und gingen unseren Geschäften, der Versorgung des Ghettos mit Lebensmitteln, nun zu zweit weiter nach. Im Mai 1941 versuchten wir, einen großen Coup zu landen: Es bot sich die famose Gelegenheit, eine ganze Lastwagenladung Gummistiefel in die Sowjetzone zu schmuggeln. Und es hätte auch fast geklappt, wenn unsere Partner – wenn man sie so nennen kann – auf der anderen Seite nicht entschieden hätten, dass es ein noch besseres Geschäft für sie wäre, uns der Miliz auszuliefern und unseren Anteil einzustreichen. Als wir mit dem Lastkahn die letzte Ladung Stiefel zum anderen Ufer brachten, wartete da schon die Miliz. Wenige Stunden später rochen wir bereits den Gestank der Koksübel im Lwiwer Brygidy-Knast. Das Gefängnis schien zu polnischen Zeiten recht geräumig gewesen zu sein, doch nun platzte es aus allen Nähten, so viele vor allem politische Gefangene hatte man hineingezwängt.

Anfangs hielt man Jas und mich für gewöhnliche Kriminelle. Die NKWDler fanden aber bald die Akte, in der aufschien, dass ich schon einmal verdächtigt worden war, ein Attentat begangen zu haben, und deshalb verhaftet worden war. Damit wurde ich ein politischer Häftling. Man brachte mich in eine Zelle, die so mit Menschen überfüllt war, dass wir tagsüber stehen mussten. Nachts durften wir uns bei greller Beleuchtung hinsetzen, dabei mussten wir uns jeweils zwischen die gespreizten Beine eines anderen kauern, der wiederum zwischen den Beinen eines Dritten saß, und so weiter. Auf diese Art sortierten wir uns von Wand zu Wand und die Flöhe und Läuse hatte eine wahre Freude an uns. Die meisten der Häftlinge waren Ukrainer: einfache Bauern, Geistliche und Lehrer, auch ein paar polnische Polizisten waren hier. Alle in der Zelle waren zum Tode verurteilt. Und alle bekamen ein Stück Papier und einen Bleistift, um ein Gnadengesuch an Stalin zu schreiben. Sie schrieben tatsächlich, manche glaubten sogar wirklich, dass es ihnen helfen werde, doch alle wurden der Reihe nach im Lärm von Lastwagenmotoren erschossen. Es waren auch Offiziere dabei, die versucht hatten, nach Rumänien zu fliehen. Man brachte sie in ihren prächtigen Stiefeln in die Zelle, doch vom ersten Verhör kamen sie dann in Pantoffeln zurück.

Der NKWDler, der mich verhörte, fragte mich unter anderem, in welchem Knast die Bedingungen besser gewesen seien, im polnischen oder im sowjetischen. Ich antwortete ihm, dass ein Loch wie das andere sei und man nur schwerlich irgendwelchen Komfort erwarten könne. Im polnischen Gefängnis hatte man aber wenigstens auf Pritschen schlafen können und sogar Zeitungen bekommen und Bücher lesen können.

„Was?" Der NKWDler war überrascht. „Sogar Bücher?"

Verwundert schüttelte er den Kopf, schob mir Papier und Stift hin und befahl mir, darzustellen, wie ich Mitglied der OUN geworden sei.

Ich lehnte ab: „Das ist ein Missverständnis. Die polnische Polizei hat in der Sache ermittelt und mich dann freigelassen. Ich wurde irrtümlich verhaftet."

„Verkauf mich nicht für blöd", entgegnete er. „In den polnischen Akten steht, dass man keine Beweise für deine Beteiligung am Attentat gefunden hat. Das heißt noch lange nicht, dass du unschuldig bist. Uns interessiert in erster Linie dein Onkel. Er hat eure Bande doch angeführt und das Attentat geplant? Rede! Und was ist mit Luzia? Wir wissen, dass sie geschossen hat. Wo versteckt sie sich?"

„Woher soll ich das wissen, wenn man mich doch direkt an der Grenze hochgenommen hat. Ich war ja nicht hier."

„Du willst doch nicht behaupten, dass du keinen Kontakt zu ihr gehabt hast? Deine Lija hat uns da so einiges erzählt."

Ich erstarrte. „Lija? Verhaftet?"

„Natürlich. Sie gehört einer kriminellen zionistischen Organisation an. Ihr Brüderchen ist uns leider durch die Lappen gegangen. Ihr habt da eine bemerkenswerte Bande zusammen, alles Kinder von Rebellen."

Die nächsten Verhöre fanden nachts statt. Zweimal wurde ich dermaßen geprügelt, dass ich Blut pisste und nicht mehr gehen konnte, ich wurde in die Zelle getragen und auf den Lehmfußboden geworfen.

Jeden Sonntag hielt mein Onkel Myroslaw, der Priester, einen stillen Gottesdienst ab. Er glich in nichts mehr dem früheren Priester der Batiaren, als den ich ihn seit Kindertagen gekannt hatte. Während der Messe stand ein Häftling mit dem Rücken zur Tür und verdeckte das Guckloch. Eines Tages hörte ich vom Hof gedämpfte Frauenstimmen zu uns dringen. Mit Hilfe der anderen kletterte ich nach oben zum Fenster und sah die inhaftierten Frauen im Kreis laufen. Augenblicklich erkannte ich Lija unter ihnen. Sie sah traurig und verquält aus, ihr Gesicht war schmal geworden.

Ich rief sie an: „Lija! Lija!"

Sie wandte sich um, suchte mich erschrocken. Schließlich entdeckte sie mich und presste die Hand an den Mund. Was hatte das zu bedeuten? War es ein Luftkuss? Oder ein Zeichen, dass sie geschwiegen hatte und nichts verriet? Ich wischte mir die Tränen ab und war für den Rest des Tages wie vor den Kopf geschlagen.

Den Sonntag, den 22. Juni 1941, werde ich nie vergessen. Kaum war der Tag angebrochen, als die ersten Explosionen zu hören waren, Bomben detonierten, die Mauern bebten. Alle packte eine namenlose Erregung, wir sprangen auf und versuchten, uns zu den Fensterchen hochzuziehen, um etwas zu sehen. Dann knallten plötzlich die Zellentüren auf und die NKWDler begannen, die Häftlinge in kleinen Gruppen auf den Hof zu führen und im Lärm laufender Lastermotoren zu erschießen. Verzweifelte Schreie, Flehen und Winseln um Gnade drangen zu uns, es war unerträglich, das Grauen überstieg meine Kräfte. Unsere Zellentür flog auf und alle polnischen Offiziere wurden herausgerufen. Schweigend traten sie vor den griechisch-katholischen Priester, Vater Myroslaw, denn einen anderen gab es hier nicht, knieten vor ihm nieder und ließen sich segnen. Draußen fluchten die NKWDler und trieben sie zu Eile an, in die Zelle hinein trauten sie sich nicht. Sie wussten, dass die Menschen in solchen Augenblicken der Verzweiflung zu allem fähig sind. Als Nächstes riefen sie die Priesterschüler heraus. In der Zelle wurde es bereits leerer, wir warteten nicht mehr, ob man uns herausrufen würde, sondern traten nun alle vor Vater Myroslaw, um zu beichten. Wir waren in völlige Lethargie verfallen und sprachen kein Wort mehr – höchstens noch mit Gott. Ich erforschte mein Gewissen, vor meinem inneren Auge erschienen all jene, denen ich Kummer und Leid verursacht hatte. Sie blickten mir in die Augen, schwiegen aber, und ich war unschlüssig, ob sie mir vergaben oder nicht. Meine Sünden zogen an mir vorbei, doch keine unverzeihliche war darunter, sodass ich mich schon über die Reinheit meiner Seele zu freuen begann. Da blitzte mit einem Mal ein Gedanke auf: Vielleicht hatte ich die größte Sünde noch gar nicht begangen, vielleicht keimt ihr Same gerade in mir, wächst heran und wenn sie mich das nächste Mal zum Verhör bringen, kriecht sie aus meinem Mund wie eine Schlange. Mir wurde ganz schlecht bei diesem Gedanken. All die oberflächlichen Gemeinheiten erschienen mit einem Mal bedeutungslos, sie verblassten und verschwanden, wenn ich durchhielt und sie niemandem verriet. Wenn ich genau nachdenke, wusste ich natürlich, wo man Luzia und den Onkel zu suchen hatte. Wenn ich nicht einknickte, dann würden mir all meine früheren Sünden vergeben werden. Doch falls ich etwas ausplauderte, dann würden im Vergleich zu diesem Frevel alle anderen Verfehlungen uninteressant sein. Ich wusste nur zu gut, dass ich weder Held noch Heiliger war, und dass alles, was ich bisher angestellt hatte, nicht das durchschnittliche Maß an Missetaten überschritt. Ich sündigte wie alle anderen, nicht mehr, nicht weniger. Außerdem schätzte ich mich eher als Angsthasen ein, wenigstens erschien ich mir in meinen Träumen nicht besonders mutig, und im richtigen Leben war mein Mut noch nie wirklich auf die Probe gestellt worden. Ich versuchte, diese quälenden Gedanken zu verscheuchen, sie straften und peinigten mich für Gott weiß was. Die Angst, einen Frevel zu begehen, verfolgte mich und würde mich so lange verfolgen, bis man mich wieder zum Verhör rief. Dann würde ich auf die Probe gestellt werden und erfahren, wer ich war. Mir kamen all die ungerechten Worte in den Sinn, die ich meiner Familie ins Gesicht geschleudert hatte, die sie aber nie auf die Goldwaage gelegt, die sie vergessen hatten, niemals waren sie nachtragend gewesen. Am liebsten wäre ich nun vor ihnen auf die Knie gefallen und hätte sie um Vergebung gebeten. Und auch Angst um Lija hatte sich in mir eingenistet, um dieses schlanke, tapfere Mädchen mit dem zärtlichen Gesicht und den feingliedrigen Fingern ... was, wenn sie genauso verhört wurde wie ich, wenn man sie verspottete, vergewaltigte? Die Tür knarrte, alle versteinerten, Vater Myroslaw murmelte ein Gebet. Die Mörder schrien einige Namen in die Zelle, darunter meinen.

Ohne den Kopf zu heben, schrie ich zurück: „Nicht da!"

Mir brach der Schweiß aus, meine Finger zitterten.

Einer von ihnen sagte: „Gehen wir!"

Die Tür wurde wieder zugeschlagen. Ich blickte nicht auf, wollte nicht wissen, wie mich meine Zellengenossen anschauten, ob sie mich verurteilten. Und außerdem: Was hatte ich durch die Lüge schon gewonnen? Sie würde schnell auffliegen. Ich hatte dem Tod vielleicht ein paar

Stunden, vielleicht nur ein paar Minuten abgetrotzt. Beim Gedanken an den Tod wurde mir jetzt sogar etwas leichter. Das Schlimmste war nicht die Angst vor dem Tod, sondern vor der Folter. Wenn ich wählen hätte können, welchen Tod ich sterben solle, hätte ich mich für den Tod im Kampf entschieden, während eines Angriffs oder einer Attacke, die einen wie eine gewaltige Kraft wie von selbst nach vorne warf. Doch zum Tod durch Genickschuss* war ich nicht bereit.

Plötzlich wurde mir bewusst, dass ich die Geigenklänge hörte. Sie drangen zwar kaum durch die Schreie und den Straßenlärm, doch sie hörten nicht auf, und ich erkannte die Melodie eines Tangos, den Joschi oft spielte. Der Todestango.

In der Nacht von Montag auf Dienstag kehrte plötzlich Stille ein. Die Türen flogen nicht mehr auf und zu, keine donnernden Schritte, keine Stimmen, kein Motorengedröhne. Auf dem Hof hörte man Frauenstimmen, jemand rief, dass die NKWDler das Gefängnis geräumt hätten. Unruhe breitete sich aus, in den Zellen versuchte man nun, die Türen aufzustemmen. Wir brachen den Eisendeckel vom Ofen ab und versuchten es damit, doch erfolglos. Währenddessen hörte man auf den Gängen Durcheinander und Gerenne. Ich kletterte zu einem Fensterchen hinauf und sah auf dem Hof einen Haufen Gefangener. Sie liefen etwas ratlos herum und wagten sich nicht zum Tor. Plötzlich sah ich Jas – und rief ihn. Er und ein paar andere besorgten sich eine Eisenstange, und nach wenigen Minuten war unsere Tür aufgebrochen. Wir fielen uns in die Arme, aber nicht lange, denn die NKWDler konnten jeden Moment zurückkommen. Draußen setzte bereits die Morgendämmerung ein.

„Wo ist Lija?“, fragte ich, als wir ins Freie eilten.

„Wir haben sie schon befreit. Sie erwartet uns in einem Hofeingang auf der anderen Straßenseite. Komm, schneller!“

Wir kamen auf die Straße und sahen dort zwei sowjetische Panzer. Kugeln pfiffen über unsere Köpfe hinweg, einige wichen zurück in den Gefängnishof, Jas und ich aber rannten einfach weiter. Besser im Kugelhagel sterben, als in diese Hölle zurückzukehren. So schnell wir konnten, rannten wir in einen Hofeingang, hier wartete Lija.

„Hierher! Hierher!“, winkte sie und leitete uns in einen Garten. An dessen Ende befand sich ein Holzzaun, vor ihm stand ein Akazienbaum mit vielen Ästen. Wir zogen uns an den Ästen nach oben und sprangen in den Garten auf der anderen Seite. Von hier aus führte ein Durchgang auf die Brajerska-Straße. Keine Menschenseele. Wir waren gerettet. Der Hausmeister des Gebäudes, in dem Jas wohnte, schloss uns auf und flüsterte: „Unters Dach! Unters Dach! Aber pssst, die sowjetischen Juden ... ähh ... Hebräer sind noch im ersten Stock, sind noch nicht abgehauen. Die wickeln noch irgendwas ab. Jas, geh noch nicht zu deiner Mutter, lass mich sie vorwarnen.“

Auf dem Dachboden ließen wir uns völlig erschöpft auf Säcke und in alte Sessel sinken, dann blickten wir uns an und fielen uns in die Arme. Tränen rannen uns die Wangen hinab, ich schluchzte völlig außer mir und konnte nicht mehr aufhören. Lija streichelte mir über den Kopf und unsere Tränen bildeten ein gemeinsames Rinnsal.

Sie zitterte, ich strich ihr sanft über den Rücken und sagte dann: „Auf deinen Rippen kann man jetzt Bach spielen!“

Und wir begannen verzweifelt und unter Tränen zu lachen.

25

Im Zimmer des Oberarztes der psychiatrischen Klinik saß ein etwa sechzigjähriger Mann – allem Anschein nach sehr aufgeregt – Oberleutnant Knysch gegenüber. Der Mann schlug das rechte Bein über das linke, dann wieder das linke über das rechte. Währenddessen blickte er nervös umher, und wenn sein Blick dem Knyschs begegnete, zog er sich zurück wie eine Schnecke in ihr Haus.

Knysch machte eine lange, sehr lange Pause, in KGB-Zeiten antrainierte Strategien der Gesprächsführung, dann öffnete er einen Aktenordner und las laut vor: „Zybulko, Wolodymyr Petrowytsch, geboren 1950 in Kolomyja. Hauptwohnsitz in Lwiw, Fürst-Mstyslaw-Straße Nummer sechs, von Beruf Tanzlehrer, verheiratet, zwei Kinder. Stimmt's?"

„Stimmt." Der Mann versuchte, sich zu konzentrieren, da das Verhör nun offensichtlich begann.

„Erzählen Sie mir, was Ihnen zugestoßen ist. Warum sind Sie in die Anstalt hier gekommen? Man hat Anzeichen von Persönlichkeitsspaltung festgestellt?"

„Was für eine Spaltung denn? Es gibt keine Spaltung."

„Hier steht: Hält sich für Selman Milker, Jude, umgekommen im Janowska-KZ."

„Moment, hören Sie mal! Das stimmt so nicht. Ich bin immer noch Zybulko Wolodymyr Petrowytsch, nur bin ich sozusagen um ein Bewusstsein reicher geworden. Plötzlich habe ich ein Wissen in mir entdeckt, das ich bisher nicht wahrgenommen hatte. Ich kann Ihnen detailliert die Geschichte Lwiws in der Zeit vor und während des 2. Weltkriegs erzählen. Ich weiß zum Beispiel die Preise aller möglichen Dinge, wo was wie viel gekostet hat. Wenn Sie wollen, gehen wir zusammen auf das Areal des KZs und ich zeige Ihnen, wo die einzelnen Baracken gestanden sind. Verstehen Sie doch, wie nützlich ich für Sie sein kann. Deshalb bin ich auch zuerst zum Stadtrat gegangen und habe angeboten, wichtige Informationen zur Stadtgeschichte zu liefern. Na, und dann ging es los. Zuerst Journalisten, dann Fernsehkameras und schließlich Sanitäter – und die haben mich gleich hierher verfrachtet. Da habe ich erfahren, dass mein Neffe überlebt hat."

Knysch hörte ihm aufmerksam zu, wobei sich seine Miene allmählich verfinsterte. „So, so, also halten Sie sich doch für Selman Milker?"

„Aber nein, nicht doch. Ich bin Zybulko Wolodymyr Petrowytsch. Selman Milker ist mein zweites Ich. Na, so wie bei Ihnen: Ihr erstes Ich ist der Oberleutnant SBU, das zweite Ich ist Familienvater und Ehemann. Und diese beiden Ichs kreuzen sich nicht in Ihnen, hab ich Recht? Bei mir ist's genauso: Sie existieren in mir parallel und geraten nicht in Konflikt miteinander. Ich kann zahlreiche Beweise dafür anführen, dass ich nicht lüge. Zum Beispiel habe ich im September 1939 als Mitglied der KP der Westukraine aus Versehen, also ungewollt, acht Rotarmisten vergiftet."

Knysch fielen fast die Augen aus dem Kopf.

„Ja, ja, unabsichtlich. Das Zimmer, in dem sie ihren Rausch ausschliefen, hatte ich mit verschiedenen Blumen geschmückt. Es waren wahrscheinlich ein paar zu viel. Wir haben sie dann in zwei Gräbern, getarnt als Jud… äh, Hebräer, wie man jetzt sagt, beerdigt. Ich kann Ihnen die Gräber zeigen. Es wäre wahrscheinlich an der Zeit, dort eine rote Säule oder sowas aufzustellen. Wenn Sie wollen, kann ich Ihnen auch ein Gedicht von Itzik Manger auf Jiddisch vortragen – einverstanden? Ich erinnere mich noch aus der Schulzeit daran." Der gespaltene Zybulko legte die Stirn in Falten und wollte eben mit dem Vortrag beginnen, als Knysch ihn unterbrach.

„Einen Moment bitte. Erklären Sie mir noch etwas: Als man Ihr zweites Ich zur Erschießung führte, was hörten Sie vor dem Tod?“

„Was ich hörte?“ Der Mann überlegte. „Was hörte ich? Aber ja! Schreie und Jammern. Das hab ich gehört. Wir waren mehrere tausend. Man hat uns in Gruppen erschossen, auch die Frauen und die Kinder. Alle weinten, schluchzten, man versuchte, die Kinder zu beruhigen … ein einziges, unfassbares Grauen.“

„Und das war alles, was Sie gehört haben?“

„Außerdem gab’s da noch Maschinengewehrsalven. Eine Maschinengewehrsalve war das Letzte, was ich hörte.“

„Und Musik? War da nicht auch Musik?“

„Musik? Ja, sicher, ein Orchester spielte da. Aber es hat eigentlich die ganze Zeit gespielt. Niemand hat mehr drauf geachtet. Das war wie das Rauschen des Windes oder das Rascheln der Blätter.“

„Erinnern Sie sich vielleicht noch, was das Orchester gespielt hat?“

„Irgendwelche Märsche. Gustav Willhaus, der Lagerkommandant, mochte das.“

„Und einen Tango?“

„Tango … es gab auch einen Tango, ja. Das war schon unter Rokita, der darauf bestand, dass auch Tangos gespielt wurden. Mein Neffe, Josip, war Teil des Orchesters. Bringen Sie ihn her, er ist der lebende Beweis dafür, dass ich nicht lüge.“

„In Ordnung“, sagte Knysch. Er drehte das Feuerzeug zwischen Fingern und klopfte dann damit auf den Tisch. „Erzählen Sie mir nun, wann Ihnen bewusst wurde, dass Sie dieses zweite Ich haben.“

„Das weiß ich selbst nicht. Ich bin die Straße entlanggegangen, und da plötzlich – bum! Ein Psycho! Ich bin auf einmal nicht mehr der, für den ich mich bisher gehalten habe. Das heißt, schon auch noch, aber nicht ganz."

„Haben Sie in dem Moment etwas gehört? Vielleicht irgendwelche Töne?"

„Töne? Ein SUV hätte mich fast plattgemacht, Mitsubishi Pajero. Als der Fahrer gehupt hat, bin ich zur Seite gesprungen. Die Fußgängerampel war übrigens grün, deshalb bin ich sehr erschrocken. Davor hab ich mich ganz zufrieden und vergnügt gefühlt, aber als ich dann die Straße überquerte, ist auf einmal mein Blutdruck emporgeschnellt. Wahrscheinlich wissen Sie es: Pajero bedeutet im lateinamerikanischen Slang Pädophiler. Ich wäre vor Wut fast explodiert. Und da ist es passiert: Ich will ihm hinterherbrüllen: ‚Du Pajero, du!', aber ich rufe etwas völlig anderes: ‚Mamser*! Meschugge!' Können Sie sich das vorstellen? Und dann spüre ich, wie mich unvermittelt etwas umhüllt, so sanft und weich wie ein Seidenkokon. Ich bin erstarrt und habe eine Geige spielen gehört. Von Berufs wegen bin ich Musikliebhaber, aber ich habe noch nie so angespannt einem Straßenmusikanten gelauscht. Ich bin reglos dagestanden und habe die Töne wie Sonnenstrahlen in mich aufgenommen."

„Und wer hat da gespielt? Haben Sie es gesehen?"

„Nein. Die Geige war ein Stück entfernt. Ich kann Ihnen nicht einmal sagen, von wo die Musik gekommen ist, ob von der Straße oder aus einem geöffneten Fenster."

„Wo war das?"

„Gleich neben der Anna-Kirche."

„An der Klepariwska-Straße?"

„Ja, ich habe die Straße gerade am Eck bei der Kirche überquert – und dort bin ich zu einem anderen Menschen geworden. Danach hat mich etwas unwiderstehlich in die Samarstinska-Straße gezogen, weil ich geglaubt habe, dass ich dort wohne. Aber als ich an der Wohnungstür geklingelt habe, haben mir unbekannte Menschen geöffnet. Da ist mir bewusst geworden, dass etwas Komisches mit mir vorgeht, ich habe mich entschuldigt und bin gegangen. In meinen Taschen habe ich zum Glück eine unbezahlte Gasabrechnung gefunden, auf der eine Adresse angegeben war, so bin ich letztlich nach Hause gelangt. Und seitdem habe ich jede Menge Ärger am Hals. Sind Sie nun überzeugt, dass ich nicht verrückt bin? Veranlassen Sie meine Entlassung! Wenn Sie darauf bestehen, kann ich das ganze neue Wissen auch für mich behalten. Der einzige Wunsch, den ich hätte, wäre Josip wiederzusehen. Meinen lieben Neffen."

„Und was wollen Sie ihm sagen? Dass Sie wie Lazarus von den Toten auferstanden sind?"

Knysch stand auf, klemmte sich den Aktenordner unter den Arm und ging Richtung Tür.

Der Mann rief ihm nach: „Lassen Sie mich nicht hier! Holen Sie mich hier raus! Ich will alles vergessen! Hören Sie? Alles!" Flüsternd fügte er hinzu: „Außer meinen lieben Joschi."

Y

Was sich in der Stadt ereignete, während ich im Knast saß, hielt Joschi in seinem Tagebuch fest. Er hätte zwar zusammen mit Lija verhaftet werden sollen, war aber auf den Dachboden geflüchtet und hatte sich dort einen Monat versteckt gehalten.

> „Im Morgengrauen des 22. Juni 1941 wurde Lwiw von Detonationen erschüttert, ähnlich wie im September 1939. Am Himmel über der Stadt dröhnten deutsche Flugzeuge und warfen Bomben über dem Bahnhof und dem Flughafen ab. Die für die Hauptpost bestimmten Bomben waren danebengegangen, hatten die Mikolasch-Passage in Schutt und Asche gelegt und zwei Dutzend Kinobesucher unter sich begraben. Außerdem wurde die Heilig-Geist-Kirche neben der Post zerstört – und dreihundert weitere Häuser. Die Front befand sich noch ein gutes Stück von der Stadt entfernt, doch die Elite der Befreier bereitete sich auf die Flucht vor. Das hieß, dass sie ihre Beute in Lastwägen luden: Teppiche, Decken, Betten, Kronleuchter, Geschirr, Bilder, Kleidung ... Die Laster ähnelten fahrenden Pyramiden, und da alles in höchster Eile zusammengepackt wurde, fiel unterwegs einiges wieder herunter und ging zu Bruch. „Dawaj! Dawaj! Dawaj! Dawaj!“, scholl es von allen Seiten, man trieb sich gegenseitig an, schrie und fluchte. Kopflos jagten sie nach Osten, überrollten ihre eigenen Soldaten auf dem Rückzug, wenn sie sie behinderten, ebenso wie die Munitionsladungen, die mit Zweigen getarnt waren. In der Stadt griff nackte Panik um sich. Die Wasserleitungen waren unterbrochen und die Versorgung konnte bestenfalls noch ein paar Tage aufrechterhalten werden.

> Es ist Nacht. Korridore aus Licht durchschneiden den Himmel. Die Trambahnen haben den Betrieb eingestellt.
> Dienstag, 24. Juni. Gestern stellte ich mich auf die Kasimierska-Straße gegenüber dem Brygidy-Gefängnis und spielte Geige. Keiner hat sich für mich interessiert, ich hatte mich als Bildner getarnt, trug eine dunkle Brille, vor mir lagen ein Stock und ein Hut, in dem sogar ein paar Kopeken landeten. Ich spielte für Orest, Jas und Lija in der Hoffnung, dass sie mich hören würden, und um ihnen Mut zu machen. Doch heute früh kam Tante Riwka gelaufen und verkündete eine gute Neuigkeit: Lija konnte sich retten, auch Jas und Orest konnten fliehen. Der Herr hat meine Gebete erhört."

Wir verließen unser Versteck am 29. Juni, dem zweiten Junimonat in diesem Krieg. Auf den Straßen herrschte ein unglaublicher Verkehr, und da ihn die Miliz nicht mehr regelte, steckten die Autos in langen Schlangen fest. Die ganze Woche über waren die sowjetischen Militärkolonnen mit Geschützen und Panzern unterwegs gewesen. Die Gesichter der Soldaten waren müde und finster. Aus ihren Blicken sprachen Furcht und Unsicherheit, keiner schaute mehr auf die Lwiwer Bevölkerung herab oder hielt gar ein Schwätzchen mit den Passanten. Das Militär zog schweigend ab und schweigend beobachteten die Lwiwer den Rückzug. Nur einmal war ein Rufen in der Menge zu hören, als nämlich die polnischen Kriegsgefangenen mit Schaufeln und Spitzhacken vorbeischlichen, auf dem Kopf die Rogatywka, jene Mütze, die sie deutlich von den Übrigen unterschied, denn ihre Uniformen waren verdreckt und speckig wie die von allen anderen auch. Ihre Füße und Beine waren zerschunden, da sie keine Stiefel oder

Schuhe hatten und die Füße nur in verschiedenfarbige Lappen wickeln konnten.

„Warum nehmt ihr sie mit? Lasst sie laufen!", ertönte es. Doch die Wächter zu beiden Seiten der Gefangenenkolonne reagierten nicht. Dafür reagierten sie, wenn jemand versuchte, den Gefangenen ein Stück Brot oder Zigaretten zuzustecken. Dann funkelte das Bajonett in der Sonne und man hörte ein scharfes: „Nelsja! Weg da! Zurück!" Hinter den polnischen Kriegsgefangenen gingen Bauernjungen, die in den letzten Tagen zwangsrekrutiert worden waren. Sie hatten noch Zivilkleidung an und jeder trug eine Art Tornister auf dem Rücken. Angespannt schweiften ihre Blicke umher, als warteten sie nur auf die erstbeste Gelegenheit zur Flucht. Doch auch sie wurden streng bewacht.

Die Leute drängelten und standen auf Zehenspitzen, um die deutschen Kriegsgefangenen nicht zu verpassen – doch es gab keine. Trotz der Hitze verlief sich der Menschenauflauf erst am Nachmittag und ganz allmählich. Die Fensterläden der Häuser waren geschlossen, obwohl es niemand angeordnet hatte. Die jüngste Erfahrung hatte gelehrt, dass es besser war, wenn die Häuser nicht zu einladend wirkten. Außerdem waren aus verschiedenen Ecken und Enden der Stadt Schüsse und Explosionen zu hören. Vor einigen Tagen hatten einige neugierige Lwiwer vom Balkon aus eine Autokolonne auf dem Biltschewski-Platz beobachtet, bis ein MG-Schütze einen Kugelhagel auf sie eröffnete. Durch die Straßen schwappte nun vor allem der städtische Abschaum – Batiaren, Räuber, all jene, die die Gefahr liebten –, besonders, da in den Geschäften noch allerhand zu holen war. In den Seitenstraßen, abseits der Militärkolonnen, war man emsig zugange. Eisengitter vor Fenstern und Türen wurden herausgebrochen, Türen und Fenster eingeschlagen und alles aus Wohnungen und Häusern geholt, was nicht niet- und nagelfest war und sich wegschleppen ließ. Dabei kam es zu handfesten Auseinandersetzungen und Prügeleien. Die Menschen schienen sich zu vergessen und führten sich auf wie Bestien, sie schlugen, kratzten und bissen sich. Das überall ausgekippte Mehl überzog alles mit weißem Staub, Zucker und Salz knirschten unter den Füßen, die Füße verfingen sich in Perkalinballen, rutschten über Seifenbahnen. Die Meute hinterließ zertrümmerte Tische und demolierte Regale. Einige machten ihrer Wut über die bolschewistische Okkupation und das ständige Schlangestehen Luft, indem sie in den Läden Feuer legten. Der ätzende Qualm kroch durch die Gassen und verschlang alles, was ihm in den Weg kam. Die Militärs sahen diese Brände, griffen aber nicht ein. Sie nahmen an, die Feuer seien geplant, damit das Volkseigentum nicht dem Feind in die Hände fallen konnte. Gegen Abend nahmen die Plünderungen zu. Jene, die dabei waren, konnten sich nicht genug wundern, woher all die Dinge kamen, die angeblich Mangelware gewesen waren. Wenn es sie gegeben hatte, dann immer nur für ein paar Stunden, bevor sie wieder verschwanden. Viele kehrten nach einer ersten Erkundungstour mit Säcken, Bottichen, Eimern, Taschen, Kinderwägen und in Begleitung alter und junger Familienmitglieder zurück, um richtig einzupacken. In erster Linie ging es um Essensvorräte, aber auch Bierfässer und Schnaps wurden nicht verschmäht. Hier und dort hatte sich bereits eine fröhliche Gesellschaft um ein Fass versammelt und ließ es sich schmecken. Man schöpfte das Bier mit Töpfen, Vasen, Hüten oder einfach aus der hohlen Hand. Auch Jas, Joschi und ich beschlossen, nicht länger untätig zuzuschauen, und sammelten mit unseren Müttern Vorräte an Mehl, Grieß, Makkaroni, Seife, Salz, Zucker und Streichhölzern ein. Joschi schleppte sogar einen ganzen Ballen Kaliko an, den er unter uns aufteilte.

Am Montag, 30 Juni, rückten die Deutschen in Lwiw ein. Im Zentrum der Stadt beobachtete ich, wie die Menschen sie mit Blumen willkommen hießen. Die Mädchen verteilten sogar ganze Sträuße, umarmten und küssten sie, nicht nur die Ukrainerinnen, sondern auch Polinnen und sogar Jüdinnen. Es trieb mich ebenfalls, einem deutschen Soldaten dankbar die Hand zu drücken, dass er uns von der bolschewistischen Plage befreit hatte, aber etwas hielt mich davor zurück. Überall waren Willkommensrufe und freudiges Klatschen zu hören.

Hinter den vorderen Reihen mit den deutschen Soldaten marschierte eine ukrainische Abteilung mit einem munteren Lied auf den Lippen. Es waren junge Burschen, die vor der Roten Armee aus Galizien geflüchtet waren. Sie waren hochgewachsen, gesund und kräftig wie Eichen, dazu gut ausgerüstet. Alle hatten kurze Gewehre über der Schulter und vorne eine Maschinenpistole an einem Riemen hängen. Die deutschen Soldaten sahen ebenso beeindruckend aus und schritten gelassen voran, fast schon lässig, ohne Kopfbedeckung und mit offenem Uniformkragen, die Ärmel hochgekrempelt. Noch nie war eine Armee so in die Stadt eingerückt. Auch sie trällerten ein fröhliches Liedchen – und nach dem Eindruck, den die Bolschewikenarmee hinterlassen hatte, schienen diese Soldaten nicht vom Schlachtfeld zu kommen, sondern geradewegs von einer Parade.

Ein Hauch von normalem Leben machte sich in der Stadt breit, die Feiertagskleidung wurde aus den Schränken geholt und keiner musste mehr den Proletarier mimen. Viele spazierten mit blau-gelben Bändern an der Kleidung herum und an fast jeder Ecke hörte man: „Es lebe die Ukraine!" Ukrainische Flaggen wurden gehisst, neue Fahnen, von jungen Frauen genäht. Die Chemiestudenten des Polytechnikums hatten die gelbe Farbe hergestellt, um die Tücher einzufärben, blaue Farbe war noch ausreichend vorhanden. Die frisch gefärbten und genähten Fahnen wurden sogleich von anderen Studenten auf den zentralen Plätzen und Straßen der Stadt aufgehängt.

Am Rathaus jedoch flatterte ein rotes Banner mit Hakenkreuz und zierte zudem das Eingangstor. Es dauerte aber nicht lange, dann rahmten zwei ukrainische Fahnen die deutsche ein, außerdem flatterten weithin sichtbar welche von den vier Ecken des Rathausturms. Auf der Oper hing wiederum eine deutsche Fahne. Und am Hetmanswall war inzwischen das Denkmal für die Sowjet-Verfassung zerstört worden.

Die Nachricht von der Ermordung der Häftlinge in den Lwiwer Gefängnissen machte rasend schnell die Runde. Tante Olena kam mit der grauenvollen Nachricht gelaufen, dass Onkel Ljodsjo im Gefängnis „Na Londtzkoho"* war, wenige Tage vor Kriegsbeginn war er inhaftiert worden.

Eilends machten wir uns auf den Weg und trafen gleich hinter der Hauptpost auf einen Menschenauflauf. Vor dem Haupteingang der Post patrouillierte bewaffnet die ukrainische Polizei. Als wir dann in die Nähe des Gefängnisses gelangten, schlug uns Leichengeruch in die Nase und in der Menge kursierten Horrorgeschichten. Die Deutschen hatten den Zutritt ins Gefängnis freigegeben, damit alle sich mit eigenen Augen von der bestialischen Grausamkeit der sowjetischen Befreier überzeugen konnten. Man meinte, zur Hölle gefahren zu sein, oder sich in ein Bild von Brueghel oder Bosch verirrt zu haben. Leichenberge, Männer, Frauen, Mädchen, sogar kleine Kinder. Die Mädchen waren vor ihrem Tod alle vergewaltigt worden, ein paar von ihnen hatte man mit gespreizten Schenkeln an die Wand genagelt oder an Fleischerhaken gehängt. Kleine Mädchen hatte man gepfählt, aus den Vaginen der Frauen ragten Flaschen, Eisenstangen und Holzstümpfe. Einem Geistlichen hatte man die Augen herausgerissen, ein anderer war an der Wand gekreuzigt worden, aus seinem aufgeschlitzten Bauch quollen rötlich Eingeweide. Ich erkannte meinen Onkel Myroslaw in ihm, der aus dem Brygidy-Gefängnis in die Kerker „Na Londtzkoho“ gebracht worden war. Am meisten schockierte mich sein gar nicht entstellter – ja, ruhiger – Gesichtsausdruck. Wie war das bei so einem Tod möglich? Ich blickte ihn an und bekreuzigte mich wie vor Jesus. Zugluft wirbelte die überall verstreuten Papiere auf, die Fenster und die Tür schlugen auf und zu. Es herrschte ein betäubender Gestank, alle pressten sich Tücher vor Mund und Nase, länger als ein paar Minuten hielt man es nicht aus. Inzwischen drängten immer mehr Leute herein, nicht nur Lwiwer, sondern auch Bauern aus der Umgebung. Sie kamen mit Fuhrwerken, suchten ihre Angehörigen, trugen sie hinaus und legten sie auf die Ladefläche. Die Männer sprachen kein Wort und blicken finster, die Frauen brachen zusammen, schrien, rangen die Hände, warfen sich über die Toten und klagten Gott an: „Warum?“ Doch Gott schwieg. Die Fuhrwerke ratterten los, hinter ihnen gingen die am Boden zerstörten Verwandten. Die Lwiwer blieben stehen, zogen ihre Hüte und Kappen und bekreuzigten sich wie bei einer Trauerprozession.

Die Deutschen zwangen schließlich Juden, die Leichen aus den Kerkern zu bringen, und ich entdeckte Joschi unter ihnen. In seinen Augen stand das blanke Entsetzen.

Ich ging zu einem deutschen Offizier und sagte: „Herr Offizier, unter den Juden ist ein Musiker, sogar ein Komponist. Er hat zwei linke Hände für eine solche Arbeit. Können Sie ihn nicht gehen lassen?“

Der Offizier schaute mich erstaunt an, antwortete dann aber grinsend: „Körperliche Arbeit hat noch keinem geschadet.“

An seiner Aussprache erkannte ich einen Österreicher und fuhr fort: „Wenn Sie wüssten, wie er Strauß interpretiert! Und erst Haydn!“

„Du Schlaumeier!“, lachte der Offizier. „Du hast also erraten, dass du einen Österreicher vor dir hast, und jetzt willst du mich beschwatzen? Was hättest du gemacht, wenn ich Preuße wäre?“

„Oh, da wäre ich verloren gewesen!“, antwortete ich und spielte noch darauf an, dass preußische Musik doch nur Fachleuten bekannt sei.

„Na gut, dann ruf ihn mal her.“

Joschi kam und ich bemerkte, wie ihm die Hände zitterten, als ihn der Offizier fragte: „Sie sind also Musiker und Komponist? Was halten Sie von österreichischer Musik?“

Joschi verstand sofort, wie der Hase lief: „Oh, ich liebe österreichische Musik. Sie ist so lebensbejahend und leichtfüßig ...“

„Und wer ist Ihr Lieblingskomponist?“

„Ignaz Jakob Holzbauer“, erwiderte Joschi selbstbewusst.

Der Offizier war erstaunt: „Tatsächlich? Ich habe noch nie von ihm gehört.“

„Er wurde 1711 in Wien geboren, war Kapellmeister des Wiener Burgtheaters, dann Hofkapellmeister in Stuttgart und Mannheim, wo er 1783 verstorben ist. Er komponierte 68 Symphonien, 21 Messen und 13 Opern, von denen die bekanntesten ‚Sohn des Waldes‘, ‚Günther von Schwarzburg‘ und ‚Tankred‘ sind“, spulte Joschi wie auswendig gelernt herunter. Er hätte wahrscheinlich noch weiter doziert, wenn der offensichtlich verblüffte Offizier ihn nicht unterbrochen hätte.

„Ist gut, Sie können gehen! Schätzen Sie sich glücklich, einen so guten Kameraden zu haben.“

Augenblicklich machte Joschi sich davon. Währenddessen hatten die Juden schon alle Leichen auf den Hof getragen, und man ließ nun niemanden mehr ins Gefängnis. Wegen Platzmangels trug man die Leichen dann vom Hof und legte sie auf die Straße. Dort versuchten die Leute, ihre Angehörigen zu identifizieren, obwohl das bei den fürchterlich entstellten und verstümmelten Toten nicht einfach war. Eine Mutter erkannte ihren Sohn nur an den Schuhen, die ihm der Vater geflickt hatte, sein Gesicht war verquollen, Augen und Nase fehlten.

Schluchzend warf sie sich über ihn: „Oh Gott! Ach, lieber Gott! Warum musste er das erdulden! Mein lieber Jurko! Wo sind deine klaren Augen? Wo deine weißen Zähne? Wo deine goldigen Locken? Verfluchte Höllenhunde! Was habt ihr getan? Die Erde soll euch ausspucken!"

Von allen Seiten hörte man Schluchzen, Weinen und Fluchen – Fluchen und noch mehr Fluchen. Nachdem alle Toten auf die Straße geschafft worden waren, hörte man aus dem Hof plötzlich ein markerschütterndes Kreischen. Man war dort auf eine Grube voller Leichen gestoßen, die nachlässig mit Erde zugeschüttet worden war. Die Leute nahmen, was ihnen in die Hände fiel, Hauptsache, man konnte damit die Erde wegschaufeln. Und wieder stand ihnen das nackte Grauen vor ihren Augen: Das waren keine Toten mehr, sondern Kadaver, entblößtes, verwesendes Menschenfleisch mit Kleidungsfetzen. Soweit man es sehen konnte, waren allen die Arme mit Stacheldraht auf den Rücken gebunden, allen, einschließlich der Frauen und Mädchen. Die Deutschen wiesen die Juden an, die Kadaver aus der Grube zu holen und im Hof aufzureihen. Niemand konnte diese apokalyptische Szene ruhig mit ansehen. Alle fassten mit an, auch ich und meine Mutter, denn wir hatten Onkel Ljodsjo noch nicht gefunden. In unseren Herzen glomm noch die Hoffnung, dass er nicht unter den Toten war. Abermals füllte sich der Gefängnishof mit Menschen und abermals hielten sie sich Tücher, Kappen oder einfach die Hände vor Mund und Nase, denn der Gestank war überwältigend. Viele ertrugen ihn nicht, drehten sich um und erbrachen. Und doch suchten sie tränenüberströmt weiter nach ihren Liebsten, deren Gesichter oft nicht mehr zu erkennen waren. Sie beugten sich über die Kleiderfetzen, drehten Taschen um, suchten nach einem Hinweis, einem Kamm, einem Etikett, einem Taschentuch oder Bleistiftstummel. Auch wir fanden so schließlich meinen Onkel, den Bruder meiner Mutter, dank einem Pullover, der einst meinem Vater gehört hatte: Mama hatte Lederflecken an die Ellbogen genäht. Als die Tante zu uns kam, flossen ihre Tränen in den Strom der Trauer, der die Gefängnismauern umspülte. Und die Babzja, das professionelle Klageweib, starrte auf den Körper ihres Sohnes, des Priesters Myroslaw, und weinte zum ersten Mal völlig wortlos. Sie bekreuzigte sich nur, als wir den gekreuzigten Myroslaw von der Wand lösten, seine Eingeweide zurück in den Bauch schoben und Stoff herumwickelten, damit sie nicht wieder herausrutschten. Ihr Weinen war die innigste Klage, die sie in ihrem ganzen Leben von sich gegeben hat. Sie hatte beide Söhne verloren. Ich schluchzte, schluckte dann aber die Tränen hinunter, machte mich auf die Suche nach einem Fuhrwerk und fand tatsächlich eines, das gerade mit dem Körper einer jungen Frau unterwegs zum Janowska-Friedhof war. Ich bat den Mann, der den Leiterwagen begleitete, unsere Toten auf dem Wagen mitzunehmen. Da er nichts dagegen hatte, brachten wir sie in sitzender Stellung links und rechts von der jungen Frau auf dem Wagen unter. Die Lippen des Mädchens waren pechschwarz. Als der Wagen über das Kopfsteinpflaster polterte, rutschte das mit Blumen bestickte Tuch herab, das ihre Schultern und ihre Brust bedeckte. Anstelle der Brüste erblickte ich zwei riesige Brandwunden. Gesenkten Blickes führte der Vater das Pferd, er drehte sich nicht um. Die Mutter bedeckte das Mädchen wieder und band die Enden des Tuches an den Seitenleitern des Wagens fest. Auf dem Friedhof waren schon viele, die wie wir ihre Toten aus einem der drei Gefängnisse bestatten wollten.

Die Totengräber kamen mit Ausheben der Gruben nicht hinterher, Familienangehörige halfen ihnen beim Graben. Die Geistlichen und Mönche sprachen mit Tränen in den Augen die Totengebete.

Nach diesen Eilbestattungen schlich ich wie betäubt nach Hause. Ich blieb ein Stück hinter Mama und der Babzja zurück, stolperte immer wieder, vor meinen Augen flimmerten Schreckensbilder. Immer wieder tauchte das Mädchen mit den schwarzen Lippen auf, das Mädchen, das ich zuerst gar nicht erkannt hatte – so verunstaltet und geschändet, wie es war. Erst auf dem Friedhof, als meine Mutter und die Babzja sie vor der Bestattung mit Wasser aus der nahen Pumpe wuschen, hatte ich sie erkannt – und war in verzweifeltes Weinen ausgebrochen. Diese schwarzen Lippen hatte ich einst geküsst, diese Brust hatte ich gestreichelt. „Oh Herr! Oh Herr", flüsterte ich, „warum lässt du das zu? Warum Milja?" Ich verschwieg ihren Eltern, dass ich sie gekannt hatte, half ihnen aber, das Grab auszuheben und zuzuschaufeln. Ihr Vater half uns, unsere Onkel zu beerdigen.

Unterwegs spielte sich in der Nähe der St. Anna-Kirche noch eine erschreckende Szene ab. Jemand hatte anscheinend einen bolschewistischen Spitzel erkannt, stürzte sich wie rasend auf ihn und prügelte auf ihn ein. Der Spitzel wollte über die Straße fliehen, doch der Verfolger holte ihn in der Straßenmitte ein und erwischte ihn mit einem Stiefeltritt so, dass er das Gleichgewicht verlor und stürzte. Der Angreifer trat nun auf ihn ein – Kopf, Bauch, Rücken, wo auch immer er ihn erwischte. Der Schnüffler versuchte, sich mit den Armen zu schützen, krümmte sich, schrie. Auf beiden Straßenseiten gingen Leute, sie blieben kurz stehen, horchten auf die Schreie und die wütenden Worte des Schlägers, dann gingen sie weiter. Keiner schritt ein, nicht einmal die deutschen Soldaten, auch sie glotzten nur und gingen dann lachend weiter. In dem Augenblick fühlte ich, wie sich die Bestie in mir regte. Eine blutrünstige Bestie voller Rachegelüste, die ihr Leid und ihre Verzweiflung an jemandem auslassen musste.

26

Während Jarosch die Stufen zu Milkers Wohnung hinaufstieg, hörte er schon, dass der Alte mit jemandem schimpfte. Er polterte lauthals und wurde leiser, als eine Frauenstimme eingeschüchtert antwortete und versuchte, sich zu rechtfertigen. Schließlich hörte man Absätze über den Fußboden klappern, die Eingangstür wurde aufgerissen und eine junge Frau lief zornig und erhitzt aus der Wohnung. Sie hatte eine Geige unter dem Arm.

Das Schimpfen des Alten tönte hinter ihr her: „Sie brauchen gar nicht mehr zu kommen. Es ist Zeitverschwendung. Gehen Sie lieber auf dem Markt Rüben verkaufen!"

Jarosch wich zurück , das Mädchen wirbelte an ihm vorbei durchs Treppenhaus und zog einen Schweif an Wortfetzen hinter sich her.

Er traf Milker schwer atmend am Treppenabsatz.

„Blöde Kuh! Kein bisschen Geduld! Was denkt die sich bloß? Dass Musik pure Freude ist? Musik ist das ganze Leben! Die Musik ist nicht für dich da, sondern du für die Musik! Kapiert?", schickte er ihr noch hinterher. „Du musst nur für sie leben, atmen, trinken, essen! Du musst selbst zu Musik werden! Von Kopf bis Fuß! Und bis zum letzten Atemzug!" Dann nickte er Jarosch zu. In der Wohnung fuhr er fort: „Fast! Wirklich, fast! Es fehlt nur noch ein ganz klein wenig, aber sie hat keine Geduld mehr, behauptet, sie könne nicht besser spielen. Aber ich weiß, dass sie es besser kann. Es fehlen nur noch Winzigkeiten. Ein paar bestimmte Noten. Es geht nicht so sehr darum, wie sie den Tango spielt, sondern wie sie bestimmte Noten spielt. Und dann kann sie werden, wovon sie träumt: ein wahrer Maestro!"

„Und was jetzt? Suchen Sie sich eine andere Schülerin?"

„Warum eine andere? Sie kommt zurück. Sie hat schon so gut wie ausgelernt. Sie kommt zurück."

Milker wusste, wovon er sprach, Jarka stand unter seinem Bann und war wie verzaubert von ihm. Sie hatte so viel über ihn erfahren, über sein Leben, von den verlorenen Freunden und der ermordeten Familie. Wenn sie mit ihm vor und nach dem Unterricht durch die Stadt schlenderte, erfuhr sie Dinge, die sie nie vermutet hatte. Der Unterricht selbst pumpte sie freilich völlig aus, der Alte zwang sie, ein und dieselbe Melodie hundertmal und mehr zu spielen und krittelte jedes Mal an irgendeinem schiefen Ton herum, den nur er gehört hatte. Doch dann öffnete er den Geigenkasten, holte seine alte Geige heraus, die mit ihrer von Schrammen und Furchen überzogenen Oberfläche einem Soldaten glich, und streckte sie ihr entgegen. Schüchtern zog sie den Bogen über die Saiten und lauschte dem unglaublich sehnsuchtsvollen Ton, den die Geige erzeugte. Dergleichen brachte ihre Geige nicht hervor. Und als sie nun die Melodie spielte, die sie bereits unzählige Male intoniert hatte, überfiel sie eine unsagbare Angst. Sie bemerkte, dass die Augen des Alten glühten, dass sich sein Gesicht aufhellte, dass er die Hände faltete, als bete er. Er driftete zwischen Trauminseln über den Wolken, wiegte sich wie eine Feder in der Luft – und in Jarkas Kopf drehte sich alles, ihr wurde schwindlig, sie verlor den Verstand. Da zog ihre Hand unwillkürlich den Bogen heftig und schief über die Saiten und erzeugte einen scharfen Ton, der im Herzen des Alten widerhallte – er war der Auslöser für die Rage und das Schimpfen des Alten gewesen. Mit diesem geschnittenen Ton hatte sie ihn brutal aus seiner geheimnisvollen Ekstase gerissen. Sie bemühte sich nun, sich zu rechtfertigen, sagte, dass sie diese Geige noch nicht kannte, aber er hörte ihr nicht zu, da war sie davongelaufen. Unten auf der Straße zögerte sie einen Moment und überlegte, wohin sie gehen sollte. Schließlich lenkte sie ihre Schritte zu einer Bank auf einem kleinen Platz in der Nähe. Dort setzte sie sich hin und grübelte.

Die Dämmerung senkte sich auf die Stadt, als sich der Professor von Milker verabschiedete und Richtung Zentrum aufmachte. Jarka bemerkte, wie sich ein untersetzter Mann aus dem Schatten der Häuserfront löste und dem Professor hinterhereilte. Plötzlich blieb er stehen, wandte den Kopf und starrte zu Milkers Fenster hoch, in dem gerade das Licht angegangen war. Jarka blickte ebenfalls nach oben und sah etwas Unfassbares: Hinter dem durchsichtigen Store zeichnete sich die Silhouette eines Mannes ab, der mit einer Hand eine Geige hielt und mit dem Bogen darüberstrich – und den Bogen hatte er zwischen den Zähnen.

Am Abend klopfte es an die Tür und Mama fragte: „Wer da?" Seit Kriegsbeginn öffnete man in Lwiw nicht wie früher einfach die Tür.

Eine Frauenstimme meldete sich: „Ich bin's, Feiga."

Mama öffnete. Feiga war die Gattin des Ladenbesitzers Orenstejn und Goldas Cousine. Sie sah komisch aus, denn sie hatte einen Pelz an, obwohl es ein warmer Sommertag war.

Auch ihr Gruß war ziemlich überraschend: „Slawa Ukrajini – es lebe die Ukraine!"

Sie war gekommen, um Mama darum zu bitten, ihre Pelze aufzubewahren, und streifte drei Pelze ab, die sie übereinander trug. Es machte das Gerücht die Runde, dass Juden ausgeraubt und verprügelt werden sollten.

Mama entgegnete: „Und was ist, wenn man die Pelze bei mir hier stiehlt?"

Feiga winkte ab. „Dann ist es eben so. Aber ich bin mir sicher, dass Sie mich nicht hintergehen werden."

„Hat Sie einer gesehen, als Sie zu uns ins Haus gegangen sind?"

„Halten Sie mich für dumm? Natürlich nicht. Gott zum Gruß! Slawa Ukrajini!"

Dieser Besuch war nur der Auftakt zu einer Reihe von weiteren. Als Nächstes kam die Frau des Advokaten Rittenbach mit einem Korb voller Wäsche, der aufbewahrt werden sollte. Als Mama fragte, ob denn da wirklich nur Wäsche drin sei, wurde die Pani verlegen und gab zu, dass auch ein wenig Silberbesteck und ein paar Kleinigkeiten aus Gold darunter waren. Mama bestand darauf, diese Kleinigkeiten zu sehen, trug sie detailliert in ein Heft ein und erklärte sich erst dann bereit, sie aufzubewahren.

„Demnächst werden wir hier eine Sammelstelle für jüdische Wertgegenstände aufmachen", seufzte die Babzja.

Das Gerücht bestätigte sich: Der städtische Abschaum nahm die ehrenvolle Aufgabe auf sich, die Juden zu drangsalieren, zu verprügeln und auszurauben. Unter ihnen waren Ukrainer ebenso wie Polen. Sie prügelten, weil sie gar nicht anders konnten, sie mussten ihre Wut und ihre Frustration über die Bolschewiken loswerden, jemand musste bezahlen für das Leid, die Angst und für den Tod von Freunden und Verwandten. Die Presse benannte, gesteuert von den Deutschen, den Sündenbock: die Juden, die an den bolschewistischen Verbrechen beteiligt gewesen waren und dafür büßen mussten. Frauen, zerzaust und mit zerrissenen Kleidern, rannten entsetzt durch die Straßen. Selbst die Unterwäsche hatte man ihnen zerfetzt, manche irrten fast nackt herum. Die Deutschen amüsierten sich und photographierten das Spektakel, das auch zahlreiche Lwiwer auf die Straßen, Balkons und an Fenster lockte.

Einige streckten den Kopf aus dem Fenster und riefen: „Warum zum Teufel zieht ihr nur die alten Schachteln aus? Greift euch doch mal 'ne Jüngere! Oder ein Mädchen, da kann man wenigstens hinsehen!"

Es stellte sich rasch heraus, dass weniger die einheimischen Juden betroffen waren, sondern vor allem jene heftig zu leiden hatten, die zusammen mit den Befreiern nach Lwiw gekommen waren und im Stadtzentrum Wohnungen bekommen hatten. Sie jagte man mit besonderem Enthusiasmus auf die Straße und ließ die Wut an ihnen aus. Besonders wüteten jene Lwiwer, die gezwungen worden waren, ihre Wohnungen zu verlassen und an den Stadtrand zu ziehen. Sie prügelten nun wie besessen alle, die in der sowjetischen Verwaltung gewesen waren, mit Knüppeln aus den Wohnungen. Da viele der sowjetischen Verwaltungsangestellten ältere Leute waren, gab es auch unter ihnen keine jungen Frauen, die den Ansprüchen der Lwiwer Ästheten genügt hätten.

Joschi, Lija und ihre Mutter zogen für einige Tage zu uns. Damals hielt ich um Lijas Hand an.

Lija fiel aus allen Wolken, war zuerst sogar verärgert: „Da hast du dir ja die ideale Zeit ausgesucht. Wie lange schwänzelst du schon um mich herum? Aber nein, der Herr war nicht reif genug oder die Zeit noch nicht gekommen. Aber jetzt ist sie da, jetzt, wo man auf uns Juden herumtrampelt?“

„Genau jetzt. Und wenn du dich taufen lässt, bist du alle Probleme los.“

„Wie? Ich soll mich wegen dir taufen lassen?“

Und dann entleerte sie über meinem armen Kopf den ganzen Sack zionistischer Propaganda, der sich in den letzten Jahren in ihrem Kopf festgesetzt hatte. Aber was konnte Propaganda schon gegen Liebe ausrichten? Wir liebten einander wirklich, und Lija willigte nach nicht allzu langwierigen Diskussionen am Ende ein, sich taufen zu lassen – „aber nur, bis der Krieg vorbei ist!“. Danach wollte sie wieder eine richtige Jüdin werden. Sie stimmte auch nur unter der Bedingung zu, dass ich sie um nichts in der Welt nötigen würde, am Sabbat einen Finger zu rühren – also gerade dann, wenn wir Christen am meisten im Haus werkelten. Ich wagte einen zaghaften Protestversuch, denn – verflixt nochmal – sollte ich dann etwa allein den Gehsteig kehren und Essen kochen? Nein, antwortete sie, das Essen koche sie schon am Freitagabend, und den Gehsteig fegen – das sei eh Männersache.

Nun, wir heirateten dann in der Kirche der Heiligen Paraschewa – gerade noch rechtzeitig, denn die Verwaltung hatte beschlossen, in Lwiw deutsche Ordnung einkehren zu lassen. Am Donnerstag, den 10. Juli, teilte die Stadtkommandantur mit, dass die Geschäfte von 7 bis 19 Uhr geöffnet sein müssten, und zwar ohne Pause. Juden konnten nur noch von 14 bis 16 Uhr einkaufen, Hamsterkäufe waren streng verboten. Am 12. Juli erschien ein Erlass des Stadtkommandanten in drei Sprachen: Alle Juden ab dem vierzehnten Lebensjahr mussten nun einen Davidstern auf der linken Brustseite tragen. Als Jude galt man, wenn in den letzten drei Generationen ein Jude in der Verwandtschaft gewesen war, ebenso wenn beide Eltern Juden waren oder man mit einem Juden oder einer Jüdin verheiratet war. Und so wurde ich, Orest Barbaryk, der Sohn eines Kämpfers von Petljura*, zum Juden.

Meine Mutter schüttelte nur den Kopf. „Wer weiß, vielleicht bin ich dank dir jetzt Jüdin?"

Lija und ich hefteten uns keinen Stern an. Jas half uns, ein Schriftstück zu fälschen, laut dem Lija Ukrainerin war, ihre jüdische Herkunft sah man ihr auch nicht an. Anders sah es freilich für Joschi aus, dessen längliches und kantiges Gesicht mit den Segelohren augenblicklich Verdacht weckte. Und hätte man ihn gezwungen, die Hosen herunterzulassen, wäre ohnehin alles klar gewesen.

Seit dem 17. Juli sollten alle Juden pro Woche nur noch ein Kilogramm Brot erhalten. Außerdem durften sie nur noch in bestimmten Läden einkaufen und in speziellen Kantinen essen.

Vom 25. auf den 26. Juli wurden in einer nächtlichen Aktion zweitausend Juden in das Gefängnis „Na Londtzkoho" gebracht. Weil niemand etwas über ihr weiteres Schicksal wusste, herrschte heller Aufruhr. Am Samstag, den 9. September begann der große Exodus, die Übersiedlung der Juden ins Ghetto. Klepariw fiel in den Bereich des Ghettos, sodass Mama, Lija und ich unsere Wohnung verlassen mussten und in die Brajeriwska-Straße, also in die Nachbarschaft von Jas, umsiedelten. Im Ghetto herrschte furchtbares Elend, die Leute verkauften ihr letztes Hemd, um an Lebensmittel zu kommen. Lija und ich versorgten Joschi und die Familie mit Lebensmitteln. Ich ließ Lija niemals ohne mich ins Ghetto. Einmal verstieß sie gegen diese Regel und ging doch allein, weil sie gerade ein Säckchen Hirse organisiert hatte. Als sie zurückkehrte, erzählte sie begeistert, dass sie in der Synagoge gewesen war und der Rabbiner erklärt habe, es bestehe die Möglichkeit, nach Palästina auszureisen. Die Ausreisewilligen sollten sich melden. Die Resonanz darauf war gewaltig gewesen und auch ihre Familie hatte sich schon gemeldet – außer Joschi, der noch zögerte. Ihre Mutter packte bereits ihre Siebensachen.

„Das wäre doch auch für uns die beste Lösung", schlug sie vor, „lass uns auswandern! Von Palästina aus können wir weiter nach Amerika. Überleg doch, wer auch immer diesen Krieg gewinnen wird, wird uns nicht mit Samthandschuhen anfassen."

„Moment mal, ganz langsam. Weißt du denn, wo die Juden geblieben sind, die man nach ‚Na Londtzkoho' gebracht hat?"

„Ja, die sind bereits in Palästina. Der Rabbiner und der Vorsitzende des Judenrates haben uns Ansichtskarten und Briefe gezeigt, die sie geschickt haben – ein ganzer Sack voll!"

„In Briefumschlägen?"

„Nein, die Nachrichten wurden nicht mit der Post verschickt. Man hat sie per Schiff nach Konstanza gebracht und von dort mit dem Zug weitertransportiert. Auf den Briefen standen die Nachnamen der Adressaten. Die Leute vom Judenrat haben die Namen verlesen und die Empfänger haben die Briefe bekommen. Du hättest sehen sollen, wie sie sich gefreut haben, sie haben die Briefe sogar geküsst. Feiga hat Mama großartige Neuigkeiten geschrieben: Sie wohnt am Ufer des Sees Genezareth in einem großen Haus, in dem sie uns noch alle unterbringen könnte, so viel Platz hat sie da."

Da stimmte doch etwas nicht. Ich fragte weiter: „Und waren auch Photographien dabei?"

„Ja, da waren welche."

„Aus Palästina?“

„Nein. Auf den Photographien waren Leute mit Koffern vor Lastwagen, die sie zum Zug bringen sollten. Sie hatten alle so fröhliche Gesichter!“

„Kommt dir das nicht komisch vor, dass man Briefen aus Palästina Aufnahmen aus Lwiw beilegt? Warum hat die liebe Tante keine Photographie von sich vor ihrem großen Haus geschickt? Oder wenigstens unter Palmen?“

Lijas Miene verfinsterte sich, sie nagte an ihrer Unterlippe. Ich bat sie, zu Hause zu bleiben und nirgendwohin zu gehen. Dann lief ich sofort zu Jas und erzählte ihm von der Sache und von meinem Verdacht und wir machten uns ins Ghetto auf. Dort ging es zu wie in einem Ameisenhaufen. In der hin und her wogenden Menschenmasse klangen, knarrten, kreischten und krächzten zahllose Stimmen in einem chaotischen Chor. Die Menge erzeugte eine ununterbrochene Geräuschkulisse, bot Waren in Buden und Hofeinfahrten, auf Ständen, Wägelchen und Tabletts, in Bauchläden, Körben, Eimern, Taschen und Dosen oder einfach auf der Erde ausgebreitet an. Einer der Charakterzüge eines jeden echten Lembergers, egal ob Pole, Jude oder Ukrainer, ist der Geiz, den man freilich nicht mit Gier verwechseln darf, denn dieser Geiz ist so kultiviert worden, dass er bereits etwas Absurdes hat. Gerümpel und jeglicher Krimskrams werden von Lembergern sorgfältig in Schubläden und Kisten aufbewahrt, schließlich konnte man ja nie wissen, bestimmt würde wieder eine Zeit kommen, in der man die Dinge brauchen würde. Und so liegt der Ramsch jahrelang eingelagert, bis er nach dem Tod des Besitzers entweder auf dem Müll landet oder die dankbaren Erben ihn weiter aufheben. Doch nun war überall eine Zeit des Mangels angebrochen, und da es keine neuen Waren gab, wurde Lwiw zu einem einzigen Flohmarkt, auf dem selbst der älteste Tand aus der hintersten Ecke seinen Absatz fand. In Lemberger

Kleiderschränken gab es noch die speckigen Kragen ehrwürdiger österreichischer Pensionäre, ihre Zylinder und Fracks, ihre Monokel und Utensilien zum Bartwichsen, abgewetzte Ellbogenhandschuhe für Damen, ausgebeulte Halbschuhe, ausgeleierte Hosenträger, bunte Ansichtskarten, angenagte Bleistifte, Pfropfen aus Glas, Pinsel mit stocksteifen Borsten oder wertlose Reliquien wie eine getrocknete Blume vom Grab Juliusz Slowackis*, ein Blättchen vom Bronzekranz am Grab von Markian Saschkewytsch*, eine Vorrichtung für Damen zum Kugelgießen aus der Zeit des polnischen Aufstands – das alles wurde verkauft und auch gekauft. Die Lemberger konnten einfach nicht anders, als ihr Leben lang Ramsch zu sammeln, und wenn sie eine weitere wertlose Kleinigkeit aus jener vergangenen Welt ergattern konnten, die sie mit ihren Großvätern, Urgroßvätern und der Tradition ihrer Familie verband, dann umso besser. Von der Vielfalt des angebotenen Plunders wurde man geradezu überrollt: Einmachgläser, Schalen, Schuhe, Hemden, Hosen, Mäntel, fantasievoll bestickte Weißwäsche, falsche Schokoladenpralinen, gefärbte Bonbons, Gemüse, Heringe. Der größte Schrott freilich, bei dem nur noch Verrückte begeistert mit der Zunge schnalzten, waren kaputte Spieluhren mit tanzenden Figürchen, Glaskugeln, rauchschwarze Spiegel, Schaufensterpuppen ohne Arme und Beine, urtümliche Grammophone, schrottreife Fahrräder, ausgediente Schreib- und Nähmaschinen, Klammern und Schlüssel, verbogene Nägel, rostiges Werkzeug, abgetakelte, schmutzige Kinderwägen, die bestenfalls dazu taugten, Kartoffelsäcke zu transportieren, zerfledderte Bücher und Zeitschriften, angeschlagenes Geschirr, abgestoßene Möbel, Ikonen ohne Rahmen, Rahmen ohne Ikonen, Uhren, die für immer stehen geblieben waren, Ringe aus unechtem Gold und Silber, Perücken, verschiedene Stofflappen, Seile und Schnüre, eine Getränkemischung aus Essig und Zucker in Eimern, fertiges Essen in Einweckgläsern sowie Kürbiskerne in Blechdosen, außerdem Gebäck. Unter freiem Himmel boten Schneider, Schuster und Uhrmacher ihre Dienste feil, es gab sogar Metzgerstände, die riesige Fleischportionen anboten, vor allem nicht mehr ganz frisches Pferdefleisch, bestimmte Innereien und Pferdeköpfe. Und durch diesen ganzen Trubel wirbelten Melodien von Mundharmonika, Flöte und Geige, dazwischen mischte sich Gesang. Dazu lag der typische Geruch des Judenghettos in der Luft, ein Aroma von Schweiß, alten Klamotten, Heringen, Zwiebeln, Knoblauch und Schimmelkäse. Hier bekam man schwarzgebrannten Schnaps und blütenreine Ausweisdokumente, dort wurden an einem Stand Bänder mit dem Davidstern verkauft: „Judensterne! Judensterne! Aus Papier! Aus Textil! Erste Wahl! Judensterne!“ Ein alter Jude blieb an dem Stand stehen und konnte sich lange nicht entscheiden.

Der Verkäufer riet ihm: „Nehmen Sie den textilen!“

Doch der Jude schüttelte nachdenklich den Kopf: „Ob ich den aus Stoff wohl überlebe? Nein, gebt mir lieber den aus Papier.“ Er zahlte, ging und krümmte sich dabei, als trage er alles Übel der Welt auf seinen Schultern.

Mich erstaunte, dass die Basare in und außerhalb des Ghettos immer so rappelvoll waren. Hier war die Gefahr am größten, bei Razzien der Deutschen unschuldig oder zufällig abtransportiert zu werden. Es lief immer gleich ab: Zuerst fuhr eine Kolonne planenbedeckter Militärlaster vor, die sich so dicht hintereinander hielten, dass dazwischen kein Durchkommen war. Anfangs nahm keiner von diesen Kolonnen Notiz, es waren jetzt ständig Militärlaster unterwegs. Nachdem die Kolonne aber angehalten hatte, saßen bewaffnete Soldaten ab und bildeten eine Kette. Gleichzeitig stürmten aus allen Ecken Gendarmen – und die Falle schnappte zu. Dann brach eine Riesenpanik auf dem Basar aus. Verzweifelte Schreie, Flüche, man gab sich Zeichen, rief sich etwas zu, stürzte los und ließ seinen Kram im Stich, suchte einen Schleichweg, ein Loch, in das man sich verkriechen konnte, Obst und Gemüse kullerten über die Straße und wurden zertrampelt, verschütteter Grieß, umgestürzte Töpfe mit Suppe, gekochte Kartoffeln und Kutteln – man rutschte aus, einige fielen hin und die Nächsten stolperten über die Liegenden. Die Deutschen hatten inzwischen Durchgänge errichtet, die alle passieren mussten. Jene, die Ausweispapiere hatten, ließ man gehen, die anderen schaffte man auf Laster und brachte sie weg – im besseren Fall zur Zwangsarbeit, im schlechteren ins KZ.

Wir trafen Joschi, als er gerade zum „Bristol“ aufbrechen wollte, wo er allabendlich in einem Orchester spielte. Lachend zeigte er uns eine Verordnung des „Reichsmusikführers“, Betreff: Tanzmusik.

> „Der Herr Reichsmusikführer ist äußerst besorgt darüber, dass in Volksvergnügungsanstalten Musik gespielt wird, die durch und durch mit jüdisch-bolschewistischen Elementen des Negerjazzes durchdrungen ist. Deshalb sind ab jetzt in den Repertoires von Unterhaltungs- und Tanzorchestern jene Kompositionen verboten, in denen der Rhythmus des Foxtrotts, des sogenannten Swing, mehr als zwanzig Prozent ausmacht. Laut Anordnung muss das Repertoire der Orchester außerdem mehr Kompositionen in Dur als in Moll enthalten und die dazugehörigen Texte sollen Optimismus und Lebensfreude propagieren. Strengstens verboten sind Texte, die den typisch jüdischen Pessimismus verbreiten, der sich besonders in langsamen, sogenannten Blues-Kompositionen zeigt, diese wirken sich außerordentlich zersetzend auf die arische Disziplin aus. Die Musik der barbarischen Rassen weckt finstere

> Instinkte, die dem deutschen Volke fremd sind. Dies betrifft insbesondere freimaurerisch-jüdische Instrumente, die solch jaulende Geräusche erzeugen, zudem Drum-Solos, die sogenannten ‚drum breaks', sowie das Zupfen der Saiten des Kontrabasses, das sogenannte Pizzicato, statt dem ordentlichen Bespielen der Saiten mit dem Bogen. Außerdem wird an Orchester aller Art die Empfehlung ausgesprochen, den Einsatz des Saxophons zu beschränken und stattdessen das Violoncello, die Geige und andere Volksinstrumente zu nutzen."

Anschließend zeigte mir Joschi noch die Verordnung des sowjetischen Kulturministeriums von 1940, in dem Jazz als feindliche Provokation bezeichnet wurde. Damals war im „Bristol" ein Plakat aufgehängt worden: „Heute hörst du Jazz, morgen verrätst du die Familie!" Wer hatte gedacht, dass Stalin und Hitler den gleichen Musikgeschmack hatten?

Im Haus buk Pani Golda bereits Piroggen als Reiseproviant und trällerte ein fröhliches Liedchen. Joschi bestätigte Lijas Schilderung und dass der Brief von Feiga keinerlei Verdacht erregt habe. Es sei ihre Handschrift und ihr typisch ausschweifender Stil. Die Tante habe sich an jenem Ort niedergelassen, den sie bereits während einer Reise ins Gelobte Land besucht hatte, sodass sie die Gegend etwas kannte.

„So, so. Könntest du uns den Brief vielleicht vorlesen und übersetzen?", bat ich, da ich dachte, er sei auf Jiddisch verfasst. Wir staunten nicht schlecht, als Joschi uns mitteilte, Feiga habe den Brief auf Polnisch geschrieben. Er war tatsächlich langatmig und voller Details, die nicht einmal nächste Familienangehörige interessieren konnten. Besonders die Beschreibung der Mahlzeiten, mit denen die Auswanderer vor der Zugfahrt bewirtet worden waren, wirkte fehl am Platz. Dafür fehlte eine Schilderung der nicht gerade kurzen Reise mit ihren vielen Stationen gänzlich. Das Gebäude, in dem sich Feiga mit Mann und Kindern angeblich niedergelassen hatte, stand am Seeufer, nahe der südlichen Mündung des Jordan in den See Genezareth, aus den Fenstern im Osten sah man die Stadt Tiberias.

„Ein gleichermaßen wundervoller Ort zum Leben und zur Erholung“, schrieb Feiga. „Wir erwarten euch! Nehmt nur das Wichtigste mit, schleppt euch nicht mit Kleidung ab, hier ist alles furchtbar billig und vieles bekommt man sogar umsonst.“

„Mama hat sofort die ‚Jüdische Enzyklopädie‘ zur Hand genommen, den See gesucht und dann eine Stunde lang die Karte und den Ort betrachtet, an dem wir leben werden“, erzählte Joschi lachend.

„Orest! Jas!“, rief Pani Golda aus der Küche. „Könntet ihr vielleicht mit einem Handwagen kommen und ein paar Sachen abholen? Wir werden nicht alles mitnehmen. Den Pelzmantel zum Beispiel brauch ich in Palästina sicher nicht. Außerdem habe ich einen Haufen Geschirr, das würde nur zu Bruch gehen. Und Jas, du kannst den Schaukelstuhl haben, der dir immer so gut gefallen hat.“

Wir baten Joschi, uns die ‚Jüdische Enzyklopädie‘ zu zeigen, denn auch wir wollten den neuen Wohnsitz sehen. Der Umriss des Sees erinnerte mich an den afrikanischen Kontinent.

„Schau mal!“ Jas stupste mich an. „Der Jordan mündet im Süden gar nicht in den See, er fließt ab. Und aus dem östlichen Fenster eines Gebäudes am Seeufer kann man unmöglich die Stadt Tiberias sehen.“

Wir wechselten einen Blick und sahen dann Joschi an, der ganz blass geworden war. Offensichtlich war er bestürzt darüber, dass ihm das nicht selbst aufgefallen war, als er die Karte studiert hatte. Ein furchtbarer Verdacht stieg in ihm auf: Die kluge Feiga hatte keine andere Möglichkeit gehabt, um die Familie zu warnen, dass das alles erlogen war. Sofort ging er mit der Enzyklopädie zu seiner Mutter und versuchte, ihr unseren Verdacht darzulegen. Sie wollte nicht hören, zeterte und rief etwas, das wir nicht verstanden, schließlich verbarg sie das Gesicht in den Händen und weinte bitterlich. Die ganze rosige Zukunft war in einem Abgrund des Grauens verschwunden. Und was würde nun mit Selman, Großvater Abeles und den anderen Verwandten passieren, die sich bereits für die Reise nach Palästina gemeldet hatten? Joschi beruhigte sie und versprach, heute Abend nicht ins „Bristol" zu gehen, sondern mit den Verwandten über Feigas Brief zu sprechen und eventuell weitere Briefe auf ähnliche Hinweise hin durchzusehen.

Als ich nach Hause kam, erzählte ich Lija, dass Joschi und ihre Mutter nicht nach Palästina fahren würden. Sie verfiel in dumpfes Brüten und reagierte nicht mehr weiter auf mich. Als wir uns schlafen legten, schmiegte ich mich an sie, aber sie wandte sich wortlos ab.

Am nächsten Tag erfuhren wir, dass Joschi kaum einen, mit dem er gesprochen hatte, überzeugen oder wenigstens misstrauisch machen hatte können. Die meisten vertrauten den Beteuerungen der Funktionäre des Judenrats, packten ihre Koffer, stiegen auf die Lastwägen und fuhren ins Unbekannte. Weder Militär noch Polizei waren zu sehen – warum also misstrauisch sein? Die Leute hatten im September 1939 ebenso wie im Juni 1941 auf die Rabbiner gehört, als diese sagten, dass man nicht zu fliehen brauche. Die Deutschen seien schließlich ein hochzivilisiertes und kluges Volk, das zudem immer daran denken würde, wie viele Juden zu seiner kulturellen und wissenschaftlichen Elite gehörten. Deshalb drohe den Juden auch keine Gefahr.

„Unser Unglück ist, dass wir stets viel zu gut organisiert und zu obrigkeitshörig waren", seufzte Joschi. „Wir gehorchen den Rabbinern und verbieten uns jeden Zweifel an ihren Worten."

„Hör mal", meinte Jas zu mir, „ich kenne da einen sogenannten Volksdeutschen, der im ‚Na Londtzkoho' arbeitet. Der ist freilich so volksdeutsch wie ich ein Mohr bin. Das einzige Deutsche an ihm ist sein Nachname, Rufer. Vielleicht kann er uns sagen, wohin die Juden gebracht werden. Er sitzt jeden Abend in der Kneipe ‚Hering am Haken'."

Ich kannte die Kneipe, wegen ihrer Lage auf dem Platz „Zur Brester Union" war sie bekannt und gut besucht, da auf dem Platz jeden Tag ein reges Markttreiben herrschte. Abends, nachdem Händler und Marktbesucher nach Hause gegangen waren, war die Kneipe Treffpunkt für ein ganz anderes Publikum. Hier kamen Schriftsteller, Schauspieler und sogar Regierungsvertreter zusammen. Der Grund dafür war, dass der Kneipenbesitzer Wasyl Najda den Studenten Iwan Weresjuk und Taras Myhal* die Geschäftsleitung übertragen hatte. Iwan hatte eine wundervolle Baritonstimme und sang als Solist an der Oper, Taras war Schriftsteller und dank ihnen wurde die Kneipe zum Künstlertreff. Ich hatte öfter mit Taras zu tun, weil er einen guten Draht zum Versorgungskomitee hatte, das die Lebensmittelmarken verwaltete. Die eingelösten Marken klebten die Verkäufer auf Papierbögen und schickten sie an das Komitee zurück, das sie dann vernichten musste. Doch es gab Beamte, die eine Möglichkeit gefunden hatten, die Karten auf dem Schwarzmarkt zu verhökern. Man löste sie einfach von den Papierbögen und brachte sie dann in den für die Deutschen bestimmten Läden erneut in Umlauf. Myhal hatte immer Marken auf Vorrat, kannte einen Metzger, bei dem man sie eintauschen konnte, und überließ mir die Lebensmittelmarken zum halben Preis.

Wir trafen Rufer tatsächlich in der Kneipe. Er war schon etwas beduselt. Unter der Ladentheke kaufte ich von

Taras einen schwarzgebrannten Baczewski und ein paar Heringsbrötchen, damit bewirteten wir den Volksdeutschen. Nach und nach zogen wir ihm aus der Nase, dass jene zweitausend Juden, die am 26. Juni ins „Na Londtzkoho“ gebracht worden waren, zuerst eine Mahlzeit bekommen hatten, dann eine mit Schreibmaschine geschriebene amtliche Mitteilung mit Stempel, auf dem ihre neue Adresse und Einzelheiten über ihren neuen Wohnsitz vermerkt waren. An der Wand hing sogar eine große Landkarte, auf der jeder den Ort finden konnte, an dem er in Zukunft leben würde. Sogleich war es zu einem Durcheinander gekommen, weil der eine näher bei seinen Verwandten, der andere lieber weiter weg von ihnen wohnen wollte. Man hatte jedoch mitgeteilt, dass dies kein Problem darstelle und alle Wünsche vor Ort berücksichtigt würden. England und Amerika hätten tausende Wohnstätten für sie gekauft und forderten nun, die Juden möglichst schnell dort anzusiedeln. Deutschland sei gezwungen, die Verträge einzuhalten, außerdem daran interessiert, sie so rasch wie möglich ins Gelobte Land zu schicken. Deshalb bitte man sie nun auch, ihren Verwandten zu schreiben, allerdings nur auf Polnisch, Ukrainisch oder Deutsch, denn die Briefe würden aus nachvollziehbaren Gründen kontrolliert werden, schließlich befinde man sich im Krieg und jemand könnte als Spion auf diesem Weg geheime Informationen übermitteln. Außerdem sollten sie in den Briefen vorgeben, schon in Palästina zu sein und ihre neue Wohnung beschreiben. Die Post brauche aus Palästina sehr, sehr lange, und wer wisse schon, ob sie überhaupt ankomme – wenn, vielleicht erst in einem halben Jahr. Bis dahin könnten die neuen Häuser längst von Arabern besetzt worden sein, außerdem sei es fraglich, ob später wieder ein Transport organisiert werden könne, denn die Laster und Eisenbahnwaggons könnten für den Fronteinsatz benötigt werden. Aber jetzt biete sich gerade eine gute Gelegenheit mit freien Kapazitäten, die man nutzen müsse. Der eine oder andere hatte zwar Zweifel angemeldet, ob es unter solchen Bedingungen sinnvoll sei, einen Brief zu schreiben, doch die Rabbiner, die den Fortgang der Aktion begleiteten, ermahnten alle Ungehorsamen, die ihren Nächsten nicht helfen wollten.

Danach hatten alle die Lastwagen bestiegen und waren fortgebracht worden. Wohin, wusste Rufer auch nicht. Wir konnten noch aus ihm herausquetschen, dass die Laster abends schlammbespritzt und mit vollen Koffern zurückgekommen waren. Als Rufer einen der Fahrer gefragt hatte, warum die Juden ihre Koffer dagelassen hatten, hatte dieser lachend geantwortet, dass an ihrem Reiseziel Würste an den Bäumen hängen und Milch und Honig fließen würden. Warum zum Teufel sollten sie da ihren Plunder mitschleppen? Danach wurden die Koffer geöffnet, der Inhalt wurde durchgesehen und sortiert. Allein der Schmuck füllte eine ganze Truhe.

„Anscheinend erwartet sie in Palästina ein wahres Schlaraffenland“, sagte Rufer. Ich fragte mich währenddessen, ob er wirklich so blöd war oder einfach nur den Deppen spielte.

Das alltägliche Überleben wurde immer schwieriger, doch zum Glück verschlug es Wolf gerade in jenen Tagen nach Lwiw. Er kam bei uns unter, denn seine Mutter war unter den Sowjets nach Kasachstan deportiert worden und ihre Wohnung hatte eine sowjetische Verwaltungslaus übernommen, die sich auch unter den Deutschen im Bürokratenfilz festgesetzt hatte und in der Stadtkommandantur arbeitete. Bevor Wolf in den Osten aufbrach, gab er uns noch einen wertvollen Tipp: Das Gramm Gold kostete in Warschau zweihundert Zloty und in Lwiw sechzig Rubel. Zloty und Rubel wurden zur Zeit noch eins zu eins gehandelt. Einvernehmlich blickten wir uns an – und machten uns an die Arbeit. Wenn das Geschäft gut lief, wollten wir Joschi, seiner Mutter und Ruta portugiesische Pässe besorgen.

Eile war geboten, denn bald wurde bekannt, dass die Juden, die angeblich nach Palästina ausgewandert waren, im Lysenetzer Wald – wie man sagte – Sand gefressen hätten. Sie waren auf dem dortigen Sandplatz erschossen worden. Damals erinnerte ich mich an jene Worte, die ich für Joschis Komposition geschrieben hatte:

Wenn ich nicht mit dir sein kann,
und Sand die Körper bedeckt,
werden wir uns sehen, wo der Mohn tanzt,
dort, wohin sein Schatten fällt

So wurden diese Worte war. Sand bedeckte die Körper und auf dem Sand blühte der Mohn.

27

Hier endeten die Aufzeichnungen von Orest. Nach der Lektüre war Jarosch überzeugt, dass er die Tagebuchaufzeichnungen unbedingt publizieren musste. Noch einmal schaute er bei Milker vorbei, um dessen Einverständnis einzuholen.

„Aber sicher", antwortete der Alte. „Sehr gerne. Nur das Ende fehlt ..."

„Ja, aber das könnten Sie mir doch erzählen. Und diese Worte über den Mohn, die finden sich tatsächlich im Text zur Musik des Todestangos? Ich meine", ergänzte Jarosch, „wir werden uns sehen, wo der Mohn tanzt, dort, wohin sein Schatten fällt."

Milker blickte ihn ernst an, als wolle er etwas dazu sagen, beschränkte sich dann jedoch auf ein Nicken.

„Deshalb auch der Mohn in Ihrer Wohnung?", fuhr Jarosch fort. „Das Wiedersehen soll in seinem Schatten stattfinden?"

Schweigend goss Milker sich Rübenkwas ein, trank einen Schluck und sagte: „Das sind doch nur Worte, nichts als Worte. Wollen Sie wissen, wie es weiterging?"

Jarosch nickte und schaltete das Diktiergerät ein.

„Ich lebte zwar im Ghetto, hatte aber einen Passierschein, und solange ich im ‚Bristol' spielte, sah ich Orest und Jas regelmäßig. Im März 1942 tauchte Untersturmführer Rokita im Janowska-KZ auf. Er war etwa fünfzig Jahre alt und auf seiner stets geröteten Visage sah man nie – wirklich nie! – auch nur den Anflug eines Lächelns. Früher war er Geiger gewesen und hatte in den Kneipen von Kattowitz und Zakopane gespielt. Das hinderte ihn nun nicht daran, sich aufzuspielen, die Gefangenen zu verachten und sie wie Vieh zu behandeln. Als Maximilian Stricks, ein hochbegabter Student des Musikkonservatoriums, ins KZ kam, versuchte sein Vater Leon Stricks, der mit Rokita in den Kneipen von Kattowitz gespielt hatte, den Sohn zu retten. Aber Rokita antwortete nur, wenn er den Sohn öfter sehen wolle, solle er ein Lagerorchester auf die Beine stellen. Rasch stellte Stricks ein Orchester zusammen, das zum Teil aus Häftlingen und zum Teil aus Musikern bestand, die außerhalb des KZ lebten. So kam auch ich dorthin.

Gegen Ende des Sommers 1942 entschloss man sich, die Fläche des Ghettos zu verkleinern, daraufhin befand sich die Klepariwska-Straße wieder außerhalb des Judenviertels. Mama und ich mussten deshalb nach Samarstyniw umziehen. Bald darauf wurde Stricks und uns übrigen freien Musikern verboten, heimzukehren. Wir wurden zu Häftlingen, hatten allerdings ein paar Privilegien und lebten in einer eigenen Baracke. Man behandelte uns eindeutig besser als die anderen und Rokita achtete darauf, dass wir ordentlich aussahen und angezogen waren. Es wurde uns befohlen, den gelben Stern an unsere Jacke zu nähen, die Ukrainer bekamen einen blauen, die Polen einen roten. Die zum Tode Verurteilten brauchten sich nichts mehr anzunähen.

Das Orchester spielte für die Gefangenen, wenn sie sich zur Arbeit aufmachten und wenn sie zurückkamen. Es spielte freilich auch während der Selektionen, wenn man die Gefangenen begutachtete und Arbeitsunfähige und Kranke aussonderte. Sie brachte man ins Tal des Todes, wo man sie erschoss. Wir spielten die Begleitmusik zum Maschinengewehrgeknatter.

Ich habe – glaube ich – schon erwähnt, dass ich die Partitur des Todestangos gemeinsam mit dem Professor des Konservatoriums Stricks und dem Dirigenten der Lwiwer Oper Jakob Mund* komponierte und dabei die Noten aus dem Manuskript von Kalkbrenner einfügte. Zweimal in der Woche spielte das Orchester extra für SS-Angehörige und ihre Familien, außerdem auf ihren Festen, die die

Lagerkommandanten SS-Obersturmführer Willhaus und Untersturmführer Rokita in ihren Luxusquartieren für ihre Gäste gaben. Die Feste dauerten oft bis in die Morgenstunden, das Orchester eilte danach direkt auf den Appellplatz, um für die Häftlinge zu spielen, die sich dort zum Abmarsch sammelten.

Ein Tag war für mich besonders furchtbar, nämlich der, an dem ich Lija und Ruta im Frauenlager entdeckte. Ich konnte einige Worte mit ihnen wechseln und erfuhr, dass die meisten aus unserer Familie bereits tot waren. Mutter, Großvater, Selman und seine Frau – sie waren in der Senke erschossen worden und wir hatten für sie gespielt. Diesen Alptraum erlebten fast alle im Orchester früher oder später. Ungefähr einen Monat danach erblickte ich Jas und Orest unter den Gefangenen. Wir begegneten uns fast täglich, aber ich hatte keine Möglichkeit, mit ihnen zu sprechen. Sie sahen mit jedem Tag schlechter aus, wurden immer dürrer, ihre Kleidung verwandelte sich in Lumpen. Wie konnte ich ihnen helfen? Wie konnte ich Lija und Ruta helfen? Dieser Gedanke verfolgte mich und ließ mich nicht mehr los.

Eines Tages entschied Willhaus, dass arbeitsunfähige Häftlinge außerhalb des KZs untergebracht werden sollten. Der Judenrat sollte sich um sie kümmern und außerdem die Lebensmittelversorgung im Lager gewährleisten. Zudem erlaubte man den Verwandten, Essenspakete zu schicken. Der Lagerkommandant wählte einen geeigneten Ort für die ausgezehrten Gefangenen: die Leichenhalle des jüdischen Friedhofs. Die Halle war ziemlich groß, hatte ein löchriges Dach und kaputte Fenster, sodass ständig Zugluft herrschte. Da viele Inhaftierte Ausschläge und offene Wunden hatten, die eiterten und stanken, suchten sich die meisten lieber einen Platz unter freiem Himmel zwischen den Gräbern, als in der Zugluft auszuharren. Viele starben dort. Für mich ergab sich dadurch die

Chance, den Freunden zu helfen. Es war höchste Zeit, denn ich sah, dass auch sie bereits mit einem Fuß im Grab standen. Ich sprach mit Doktor Rappaport, der schon öfter Flüchtige in Sterbelisten eingetragen hatte. Er sollte Jas und Orest für arbeitsunfähig erklären und in die Leichenhalle überstellen. Von dort aus hatten sie bessere Chancen auf eine Flucht. Jas und Orest waren dann einige Tage auf dem Friedhof, ihre Mütter brachten ihnen Essen und päppelten sie auf – und eines Nachts verschwanden sie dann. Gerade rechtzeitig, denn wenig später wurden alle arbeitsunfähigen Häftlinge in den Lysenetzer Wald gebracht und erschossen.

Lija und Ruta war auf die Art nicht zu helfen. Die jungen Frauen arbeiteten in der Schneiderei und hielten sich besser, sodass man sie nicht als arbeitsunfähig aus dem Lager bringen lassen konnte.

Anfang Mai 1943 erreichte eine große Gruppe Juden das Lager, die dann direkt ins Tal des Todes geschafft wurde, wo man sie sammelte. Eine ganze Woche bekamen sie weder Wasser noch Brot. Gegen Ende müssen es fast achttausend gewesen sein. Am 8. Mai befahl man ihnen, sich nackt auszuziehen, und jagte sie in die Grube unterhalb der Anhöhe. Dort hat man alle erschossen. Ich wusste nicht, dass meine geliebte Ruta unter den Opfern war ... nur Lija war nicht dabei, sie war im Lager geblieben.

Während der Erschießungen spielte unser Orchester. Ich habe meine Ruta in die Ewigkeit gespielt.

Bis Mitte November waren nur noch fünftausend Gefangene im Lager. Alle verbliebenen KZ-Insassen hatten mittlerweile begriffen, welches Schicksal sie erwartete. Wir beschlossen, nicht zu warten, bis wir wie Vieh zur Schlachtbank getrieben wurden, und nahmen Kontakt zur Lagerwache auf, um herauszufinden, ob sie uns bei der Flucht unterstützen würden. Die Lagerwache setzte sich aus Ukrainern aus der Sowjetukraine zusammen, die in Kriegsgefangenschaft geraten waren. Galiziern vertraute man die Bewachung des Lagers nicht an, da sie die einheimischen Juden kannten und Mitleid haben und sich mit ihnen verständigen konnten. Unser Fluchtplan wurde dem Lagerkommando jedoch verraten.

Am 18. November versuchten die Deutschen, die Webereien zu besetzen, und stießen dabei auf erbitterten Widerstand. Zwei Deutsche wurden getötet. Daraufhin beschloss man, das ganze Lager zu liquidieren. Die ukrainische Wachmannschaft widersetzte sich dem Befehl, an dem Massaker teilzunehmen, und floh mit einigen Juden aus dem KZ. Die Deutschen entwaffneten den Rest, ungefähr hundert Mann, setzten sie in Klepariw in den Zug und transportierten sie nach Lublin ab. Die Juden hatten sich einstweilen in den Werkstätten verschanzt, Barrikaden errichtet und wehrten sich heftig. Als die Deutschen vordrangen, stürzten die Juden sich mit Messern und Hacken, mit angespitzten Eisenstangen und Drahtpeitschen auf sie, zertrümmerten Schädel, schnitten Kehlen durch. Während dieser Kämpfe kam Lija, meine arme Schwester, um. Sie hatte ein Sturmgewehr erbeutet und feuerte so lange auf die Deutschen, bis sie selbst von einer Kugel getroffen wurde.

Während der Kampf tobte, hörte unser Orchester nicht auf zu spielen – ein Befehl des Untersturmführers Rokita. Einige hielten es nicht mehr aus und setzten sich einfach auf den Boden, spielten aber weiter. Anfangs stieß und trat Rokita sie und versetzte ihnen Hiebe mit der Peitsche, dann gab er es auf und beobachtete uns nur noch. Ich weiß nicht, welche Kraft mich auf den Beinen hielt. Ich fiel nicht, ich setzte mich nicht, die Musik trug mich empor, mir war, als schwebte ich. Ich spielte meine Geige für sie alle, für ihre Ewigkeit.

Drei Tage lang dauerten die Kämpfe. Dann waren vierzig Deutsche und fast alle Juden tot. Die Leichen wurden zur Sandgrube im Lysenetzer Wald gebracht, was einige Tage und Nächte dauerte. Dort verbrannte man schon seit einiger Zeit die Leichen, um Spuren zu verwischen. Für die Juden, die die Öfen bedienten, war eine besondere Unterkunft geschaffen worden. Die war nun allerdings verwaist, da vor einigen Tagen auch sie ermordet worden waren, damit keine Zeugen zurückblieben. Da es so gut wie niemanden mehr gab, für den man spielen konnte, wurde auch die Hälfte des Orchesters liquidiert. Ungefähr zwei Dutzend Musiker und einige Dutzend Maurer, die sich nicht am Aufstand beteiligt hatten, da sie außerhalb des KZs beschäftigt gewesen waren, brachte man zu jener für die am Ofen arbeitenden Juden errichteten Unterkunft. Bewacht wurden wir nun von einem deutschen Kommando.

Und dann geschah ein Wunder. Selbst in der größten Verzweiflung und im unsagbaren Leid darf man nicht den Glauben an Wunder verlieren. Ich sah Wolf. Er war gerade in Lwiw angekommen, nachdem er nach seinem Fronteinsatz zwei Monate im Spital gelegen hatte. Auch die übrigen Angehörigen der Wachmannschaft waren Neuankömmlinge, die nicht an der Liquidierung des KZs beteiligt gewesen waren. Sie waren nicht so grausam, wie wir es bisher gewohnt waren. Wolf begann, seine Kameraden hartnäckig zu bearbeiten, damit sie uns entkommen ließen. Im Prinzip war es ihnen gleichgültig. Sie wollten nur nicht zu viel riskieren und gaben zu bedenken, dass eine Flucht gut organisiert werden musste. Wolf überredete daraufhin alle zur Flucht. Nachdem wir aus dem KZ entkommen waren, ging jeder seiner eigenen Wege. Ungefähr 160 Juden verschwanden mit uns, ein Teil wurde später wieder gefasst. Die meisten versteckten sich aber in jenem Teil der Kanalisation, durch den die Poltwa fließt, dort hielten sich bereits andere jüdische Familien versteckt. Der Geruch war zwar nicht gerade angenehm, aber auszuhalten – und vor allem hatten die Deutschen keine Ahnung.

Die Flüchtlinge aus dem KZ, die sich in der Kanalisation verbargen, blieben dort bis zum 27. Juli 1944, ganze sieben Monate, bis die Deutschen aus Lwiw abzogen. Es gab auch Familien, die schon fast zwei Jahre dort lebten. Lemberger versorgten sie mit Lebensmitteln, teilweise umsonst, teilweise gegen Bezahlung, denn häufig hatten sie ihre Wertsachen mitgenommen und konnten so die Lebensmittelversorgung bezahlen. Als sich die Deutschen dann endlich aus Lwiw zurückzogen, kamen alle wieder aus dem finsteren, übelriechenden Untergrund ans Licht. Für die Kinder waren die lichtdurchfluteten Straßen und das Sonnenlicht ein regelrechter Schock, sie wären am liebsten gleich wieder in der Kanalisation verschwunden.

Auch Wolf und ich fanden zu Beginn in den Kanälen Unterschlupf. Dann organisierte Wolf Zivilkleidung, kletterte nach oben und schlich zu Orests Mutter. Er kehrte mit Lebensmitteln, Kleidung und Neuigkeiten zurück. Jas kämpfte inzwischen in den Reihen der polnischen Heimatarmee*, wir hatten keinen Kontakt zu ihm, und Orest hatte sich der UPA* angeschlossen. Die Kontaktperson zu ihm war Luzia. An einem der nächsten Tage stiegen wir aus der Kanalisation, trafen sie im Wald bei Wynnyky am vereinbarten Ort, und sie brachte uns ins Partisanenlager. Dort traf ich mehrere Lemberger Juden, die am Aufstand im KZ beteiligt gewesen waren. Doch am meisten freute ich mich, Orest in die Arme schließen zu können. Wir lachten und weinten, trauerten gemeinsam um die geliebte Schwester, um die geliebte Frau ...

Wolf und ich wurden in die Einheit aufgenommen, obwohl der Kommandant misstrauisch war, weil sich ein Deutscher den Partisanen anschloss. Als er jedoch erfuhr, wer Wolfs Vater gewesen war, zerstreuten sich seine Zweifel. Er ordnete an, dass wir uns Pseudonyme zulegen sollten. Ich wollte Salomon heißen, worauf er mich fragte, warum ich mich nicht gleich Judenbengel nenne. Doch ich blieb dabei: Salomon. Aus Wolf wurde – ziemlich naheliegend – Werwolf. Während des Rückzugs der Deutschen gab es noch einige Gefechte mit ihnen, und in den Tagen, bevor die Bolschewiken wieder in Lwiw einmarschierten, eröffneten die Kämpfer der Heimatarmee eine zweite Front gegen sie und eroberten einige Gebiete. Sie beabsichtigten, die Kontrolle über Lwiw noch vor den Bolschewiken zu übernehmen, waren aber schließlich doch gezwungen, sich in die Wälder zurückzuziehen. Dort stießen wir dann auf Jas. Seine Abteilung war von den Sowjets aufgerieben worden, er hatte einen verletzten Fuß und konnte kaum gehen. Luzia brachte ihn in einem Dorf unter, und als er halbwegs wiederhergestellt war, hatte sich die Front bereits weit nach Westen verschoben. So blieb Jas nichts anderes übrig, als sich uns anzuschließen. Es folgten zahllose Kämpfe mit den NKWD-Einheiten, bis wir 1947 beschlossen, uns über die Karpaten nach Westen abzusetzen. Doch ein früher Wintereinbruch überraschte uns, die Partisaneneinheit spaltete sich in Kleingruppen auf und versteckte sich in Erdbunkern. Im Winter war es für die Partisanen schwer, denn wenn Schnee lag, verrieten einen die Fußspuren. So saßen wir vier die meiste Zeit im Bunker, hatten jetzt viel Zeit und auch viel zu erzählen.

Unser Todestag war wie jeder andere Todestag auch, einzig vielleicht mit dem Unterschied, dass wir ihn vorausahnten und deshalb auf ihn vorbereitet waren. Wir wussten, dass wir sterben, dass entweder sie uns oder wir uns selbst umbringen würden, um nicht in ihre Hände zu fallen. Wir saßen in unserem Versteck, warm und gemütlich, oben vom Schnee bedeckt, und kamen uns vor wie Tiefseefische auf dem Meeresgrund. Wenn Neuschnee fiel und die Spuren rasch zuschneiten, verließen wir den Bunker und vertraten uns draußen die Beine. Einmal war ein Waldarbeiter unterwegs und entdeckte uns. Er wusste sofort, mit wem er es zu tun hatte. Orest hielt ihn an und sprach mit ihm. Er warnte ihn, erwähnte die Vergeltungsmaßen anderer Partisanen bei Verrat. Der Waldarbeiter fluchte und flehte, versprach, uns nicht zu verraten, also ließen wir ihn ziehen. Einige Tage später hörten wir Hundegebell. Die NKWD-Einheiten umzingelten unser Versteck und forderten uns auf, uns zu ergeben. Sie hatten sogar die Mütter von Orest und Jas hergebracht, damit sie uns zur Aufgabe überreden. Man versprach uns eine Amnestie, doch wir wussten, dass das gelogen war. Man würde uns entweder zum Tode verurteilen oder für mindestens 25 Jahre in ein Lager schicken.

Orest sprach als Erster: ‚Wir konnten lange nicht verstehen, dass unsere Väter den Tod anstelle des Verrats gewählt haben. Und nun stehen wir vor der Wahl: Tod oder Knechtschaft.'

Wir mussten nicht darüber diskutieren, unsere Wahl stand fest. Ich spielte den Todestango, dann explodierte die Granate und ich wurde ohnmächtig. Als ich wieder zu mir kam, lag ich draußen auf dem Schnee. Die NKWDler durchstöberten das Versteck, suchten Unterlagen und Papiere, aber wir hatten alles rechtzeitig verbrannt. Als man mich hochhob und auf eine Trage legte, sah ich die Mütter von Jas und Orest mit Kopfschuss im Schnee liegen. Auch sie hatten vor ihrem Tod mein Spiel auf der Geige gehört."

„War es diese Geige?", fragte Jarosch und nickte in Richtung der Geige, die auf dem Sofa lag.

„Nein, die habe ich unter den Dielen versteckt, bevor man uns aus der Wohnung jagte. Mit der anderen Geige habe ich im KZ gespielt. Jakub Mund hat sie mir geschenkt. Leider ist sie bei der Explosion zerstört worden. Und dann wurde ich zu 25 Jahren Lagerhaft verurteilt, von denen ich zehn abgesessen habe. Erst fünf Jahre später erhielt ich die Erlaubnis, nach Lwiw zurückzukehren. Ich musste mir eine Wohnung suchen, unsere alte war natürlich besetzt. Zum Glück kümmerte sich die Familie, die dort wohnte, ein wenig um mich. Als sie dann aus Arbeitsgründen nach Kiew zogen, haben sie mir die Wohnung überschrieben. So kehrte ich zurück nach Hause."

Als Jarosch Milker schließlich verließ, traf er Jarka im Treppenhaus. Ihre Wut war längt verflogen, sie lächelte.

„Er setzt große Hoffnung in Sie!", wandte er sich an das Mädchen.

„Ich weiß. Aber mir fehlt einfach die Geduld. Außerdem ... wenn ich den Tango spiele ..." Das Mädchen seufzte und wiegte langsam den Kopf, als suche sie die richtigen Worte. Dann fuhr sie fort. „Wenn ich den Tango spiele, geschehen unglaubliche Dinge mit mir. Es kommt mir vor, dass ich in Tönen zerfließe, mich im Raum auflöse, und das ist so ein schreckliches Gefühl! Das letzte Mal wurde ich sogar emporgetragen und hing wie in unsichtbaren Spinnweben, in denen ich hin und her geschaukelt wurde. Ich wollte schreien, brachte aber keinen Laut heraus; und doch spiele ich die ganze Zeit weiter – ohne auszusetzen!"

„Ja", nickte Jarosch. „Das Gefühl kommt mir bekannt vor."

„Haben Sie mich spielen gehört?"

„Nein, aber ich habe den Tanz der Derwische gehört."

„Welche Verbindung besteht zwischen dem Tanz der Derwische und dem Tango?"

„Die zwölf Noten, man kann sie in alle möglichen Melodien und Tänze einbauen. Der Effekt bleibt derselbe."

„Ich fürchte mich davor. Ich habe so eine Vorahnung, dass etwas passieren wird, etwas wie ein Wunder, berührend und schrecklich zugleich."

„Mir geht es ähnlich. Aber wissen Sie, es gibt kein Zurück mehr. Die Vereinigung wird dort stattfinden, wo Haschhasch blüht, in seinem Schatten."

„Was bedeutet das?", fragte das Mädchen verwundert. „Was ist Haschhasch?"

Doch Jarosch war schon am nächsten Treppenabsatz.

Jarka traf Milker an, als er gerade den Mohn goss.

Als er sie sah, lächelte er freundlich und sagte: „Ja, ja, es fehlt nur ein wenig Geduld. Nur noch ein klein wenig. Und der Lohn wird dein sein."

„Welcher Lohn? Ich brauche keinen Lohn. Ihr Professor ist übrigens ein komischer Kauz. Er hat mir etwas von … von Haschhasch gesagt?"

„Haschhasch?"

„Ja, und dass er Schatten werfe. Und dass in dem Schatten irgendeine …"

„… eine Vereinigung stattfinde?"

„Ja, genau! Was bedeutet das?"

„Wie ich schon sagte: noch etwas Geduld, bitte. Nicht mehr und nicht weniger. Die Vereinigung wird – muss – stattfinden. Ich spüre, dass es bald geschieht. Aber kann ich Ihnen inzwischen einen Tee anbieten? Und danach gehen wir ein bisschen in die Stadt, ja?"

„Um wieder vor fremden Leuten zu spielen?"

„Es fehlt nicht mehr viel." Milker goss ihr Tee ein, gab ein Löffelchen Honig hinzu und reichte ihr die Tasse. „Sie sind ganz nah dran, so zu spielen, wie es notwendig ist. Im Grunde fehlen nur noch zwei Noten. Es handelt sich zwar um die schwierigsten, aber Sie werden sie schon bald bewältigen. Sie werden sie spielen können, denn sie sitzen bereits tief in Ihnen. Genau hier." Er legte seine Handfläche auf ihre Brust, genau zwischen beide Brüste.

Eine angenehme Wärme durchströmte ihren Körper. Ob sie vom Tee kam oder von seiner Berührung, wusste Jarka nicht zu sagen. Sie fühlte jedoch, dass ihr die Berührung angenehm war. Als er die Hand zurückzog, hätte sie sie am liebsten festgehalten.

Er hatte sie völlig im Griff – und sie hatte sich damit abgefunden.

28

Abends gab Jarosch Danka das Manuskript. Sie hatte sich angeboten, den Text und die Aufnahme von Milkers Erzählung abzutippen. Danka hatte das Manuskript bereits gelesen und war zutiefst beeindruckt. Es kam ihr vor, als lese sie die Tagebuchaufzeichnungen eines nahen Verwandten. In ihrem Gedächtnis blitzte zuweilen die Vision von etwas Vertrautem, von etwas, das sie selbst sehen und spüren, aber nicht gesehen haben konnte. Mitten in der Nacht wachte sie auf, weil sie mysteriöse und chaotische Träume hatte und sich nicht zurechtfinden konnte, nicht orientieren, sie wusste nicht, wo sie sich befand – nicht nur, wenn sie bei Jarosch schlief, sondern auch zu Hause.

Ihre Mutter war überzeugt, dass sie überarbeitet war, und redete auf sie ein, die Übersetzungen eine Zeit lang ruhen zu lassen. Doch Arkanien hatte sie völlig in seinen Bann geschlagen, ebenso wie die Aufzeichnungen des ihr unbekannten Orest und ihre Empfindungen für Jarosch.

Als sie ihren Eltern von der Beziehung zu Jarosch erzählte, kam es überraschenderweise nicht zu einem Krach. Der Vater hatte noch immer keinen neuen Posten bekommen, was auch seine patriarchalen Ansichten änderte.

Er brummte nur: „Nun ja, ein Professor, das ist natürlich viel besser als der Jungspund."

Und die Mutter meinte: „Du kannst das besser beurteilen. Aber du wirst hoffentlich nicht nur seine Geliebte sein? Hat er dir schon einen Antrag gemacht?"

„Nein, aber er hat mir angeboten, bei ihm einzuziehen. Ich halte das für vernünftig."

„Ich fürchte, unser Papa hält das nicht für so vernünftig."

„Ehrlich gesagt erschrecken mich meine Gefühle selbst. Ich habe noch nie etwas Vergleichbares gefühlt. Aber jetzt kann ich nicht mehr ohne ihn sein, ohne seine Stimme. Besonders, seit ich diese Aufzeichnungen aus der Zwischenkriegszeit gelesen habe. Sie beeinflussen meine Empfindungen auf ganz rätselhafte Weise. Und während ich sie abtippe, wünsche ich mir die ganze Zeit, bei ihm zu sein."

29

Als Marko seinen Vater zum ersten Mal seit langer Zeit wieder mit „Papa“ ansprach, wurde Jarosch nervös, er wollte ihm etwas erwidern und fand nicht die richtigen Worte. Er fühlte sich schuldig, und das Schuldgefühl hemmte ihn. Doch Marko verhielt sich herzlich und schlug gut gelaunt vor, irgendwo einen Kaffee zu trinken.

„Ich muss dir etwas gestehen“, sagte er und zog an seiner Zigarette. „Ich bin ordentlich in die Scheiße geschlittert. Vor einem halben Jahr. Man hat mich mit Gras erwischt und mir gedroht, mir ein Verfahren wegen Dealerei anzuhängen. Obwohl es nur ganz gewöhnliches Marihuana war. Und dann haben sie mir ein Geschäft angeboten.“

Jarosch spitzte die Ohren und bereitete sich innerlich schon darauf vor, eine Horrorgeschichte zu hören. Was er hörte, erheiterte ihn jedoch eher.

„Die haben mir aufgetragen, mich mit Danka anzufreunden und sie dann dir unterzujubeln. So ist es auch gekommen, nur dass Danka mir sehr sympathisch war und wir dann miteinander etwas angefangen haben. Und weißt du, der absolute Überflieger bin ich als Programmierer auch wieder nicht, also musste ich mir etwas für die Zukunft überlegen. Als ich dann mitgekriegt habe, dass ihr Alter ein großes Tier beim Zoll ist, habe ich einen Zahn zugelegt. Du kannst das ruhig missbilligen, aber ich bin eben nicht so wie du. Außerdem habe ich mir gedacht, dass ihr Vater vielleicht ein gutes Wort für mich einlegen kann. Doch nachdem ich dir Danka vorgestellt hatte, hat sie mich immer mehr gemieden. Ich habe lange nicht kapiert, was los ist, aber dann habe ich verstanden, dass nicht ich sie, sondern sie mich benutzt hat. Sie wollte in deiner Nähe sein und hat es geschafft. Ich war nur das Sprungbrett dafür.“ Er lachte bitter, schwieg einen Moment, drückte die Zigarette im Aschenbecher aus und fuhr fort: „Vor allem will ich dir sagen, dass ich nicht sauer bin. Im Grunde ist alles so gekommen, wie die es geplant haben. Ich hab meinen Auftrag erfüllt, wir sind quitt."

„Und was ist mit dem Gras?"

„Hab ich aufgegeben. Ich hab eh nicht so viel geraucht, nur dann und wann zum Spaß. So, das ist alles, was ich dir sagen wollte. Zerbrich dir wegen der Sache nicht weiter den Kopf. Denn du hast dir doch Sorgen gemacht?"

Jarosch nickte und sagte: „Es war so ein Wirbel an Emotionen. Ich wollte dir keinesfalls weh tun."

„Ich glaube dir. Ich habe ein Buch gelesen, es heißt ‚Frühlingsspiele in Herbstgärten', Wynnytschuk oder so ähnlich heißt der Autor, ein witziges Buch. Kennst du es? Ja, ja, ich weiß, du liest solche Bücher nicht. Also, dieser Kauz schreibt da, dass auf einen groben Klotz ein grober Keil gehört. Nun, ich denke, ich habe so einen Klotz gefunden. Ich habe eine neue Freundin. Ihr Vater ist zwar kein Zöllner, aber der stellvertretende Chef der Eisenbahn – auch besser als 'ne Fahrradpumpe, oder?"

„Na, da gratuliere ich doch! Du wirst es noch weit bringen. Und wie steht's mit den Gefühlen?"

„Ich liebe sie. Ja! Lach nicht! Die Liebe – weißt du, was das ist? Das ist so eine Krankheit. Sie dauert nicht allzu lange. Und danach, danach kommt es zur Symbiose zweier Wesen. Einer ist die Palme und einer die Liane. Es kommt nur darauf an, wer wen einwickelt."

„Ich hab so den Verdacht, dass du der Einwickler bist?"

„Da bist du nicht ganz schuldlos. Wenn du Jurist, Chirurg oder im schlimmsten Fall Parlamentsabgeordneter geworden wärst, würde man eher versuchen, mich einzuwickeln." Als er Jaroschs erstaunten Blick bemerkte, lachte Marko, erhob sich und sagte: „Schon gut. Ich mache nur Spaß. Jetzt muss ich los. Wir machen dann bestimmt gemeinsame Familienausflüge, oder?"

30

Durch das offene Fenster drang das Rauschen der im Wind schaukelnden Bäume und Äste, Zweige klatschten gegen die Scheiben, einen Moment später prasselte Regen aufs Dach. Jarosch wachte auf und dachte, dass es hereinregnen konnte. Vorsichtig stand er auf, um das Mädchen nicht zu wecken, schloss das Fenster und ging ins Bad. Als er durch die Küche ging, sah er den Korb mit Birnen, die Danka gestern gesammelt hatte – und bekam augenblicklich Appetit auf Frühstück. Also mischte er Eier, Mehl und Milch, gab etwas flüssigen Honig hinzu, wickelte Birnenstücke in den Teig und briet sie in der Pfanne. Da klingelte das Handy – Kurkow.

„Hallo! Hör mal, ich bin in Lwiw. Wir sollten uns treffen."

„Klar. Ich habe Zeit. Und außerdem ein super Buch mit Erinnerungen an Lwiw für dich."

„Was? Ist es schon erschienen?"

„Du weißt, worum es geht?"

„Ich kann es mir denken. Du hast mir Teile davon geschickt."

„Ah ja, stimmt, hatte ich vergessen. Wo treffen wir uns?"

„Na, wo schon? Wo Haschhasch blüht, in seinem Schatten ..." Kurkow lachte und legte auf.

Jarosch versuchte, ihn zurückzurufen, hatte aber kein Signal. Bald darauf rief der Verlag an, um ihm mitzuteilen, dass man ihm die Bücher wie vereinbart heute noch vorbeibringen würde. Das ging aber fix, wunderte sich Jarosch. Er erzählte Milker die Neuigkeit am Telefon und der Alte war ganz aus dem Häuschen vor Freude.

„Kommen Sie um drei. Vorher bin ich noch beschäftigt."

31

Die letzten Töne des Tangos verhallen, Stille kehrt ein und eine spürbare Ruhe macht sich breit. Langsam lässt Jarka die Arme sinken, in denen sie Geige und Bogen hält. Die sehnsuchtsvolle Melodie schwingt noch sanft im Raum, und alles, selbst Wände und Möbel, scheint von ihr durchdrungen. Auch der Mohn hat sie erkannt, und wie die Sonnenblumen sich zur Sonne drehen, so hat der der Mohn seine geöffneten Blüten der Geige zugewandt. Jarka steht vor dem Lehrer, ist von ihrem Gefühl während des Spiels wie vom Donner gerührt. Zuerst war sie entsetzt, und dann tauchten unzählige Fragen auf, zu denen sie Antworten finden musste, aber nicht wusste, wo suchen. Es hatte nichts mehr mit dem zu tun, was sie vorher gefühlt hatte. Damals schockierte sie das Unbekannte, das Mysterium. Nun aber befindet sich alles an seinem Platz, alles ist klar und verständlich, und doch dröhnt ihr der Kopf vom Ansturm der Gefühle. Unausgesprochene Worte ballen sich in ihrem Gehirn zusammen, dehnen sich aus und strömen aus ihr heraus.

„Kann das denn wirklich sein?“, ruft sie unter Tränen.

Auch Milker weint, Trauer und Freude glänzen in seinen Augen, seine Mundwinkel zittern, er bringt kein Wort über die Lippen. Die Mohnblumen neigen langsam ihre Köpfchen. Milker streckt dem Mädchen die Arme entgegen, sie kommt traumwandlerisch zu ihm und drückt sich an seine Brust. Er streichelt ihr übers Haar, sie schmiegt ihre Wange an seine und erstarrt. In der Hand hält sie noch immer Geige und Bogen. Einige Minuten stehen sie reglos. Selbst das alte Haus verharrt in Ehrfurcht, alle Geräusche ringsum ersterben, kein Knarren, kein Klappern. Die zauberhafte Stille wird schließlich von Schritten im Treppenhaus unterbrochen. Das Mädchen löst sich und blickt

Josip fragend an. Er nickt und sie tritt zwei Schritte zurück, schiebt mit bebenden Händen die Geige unters Kinn und streicht mit dem Bogen darüber. Die Tangomelodie zerreißt die Stille, lässt die Scheiben vibrieren, kriecht über die Buchrücken. Von neuem belebt heben die Blumen ihre Köpfchen, wiegen sich im Takt, und ein wenig scheint es, dass sie paarweise lostanzen. Die Sonne schiebt sich hinter den Bäumen hervor. Ihre glänzenden Strahlen fluten durch die Fenster, lange Schatten fallen auf den Boden. Die Tür geht auf, Jarosch tritt ein, einige Exemplare der Erinnerungen des Orest Barbaryk unter dem Arm. Noch auf der Schwelle bleibt er wie gebannt stehen und blickt Milker an, der ihn so freundschaftlich anlächelt wie noch nie. So sieht man seine Liebsten an, wenn man sie lange nicht gesehen hat. Auch Jarka lächelt durch einen Schleier aus Tränen, und das Lächeln der beiden wird von den Klängen der Musik getragen. Jarosch verschlägt es den Atem. Sein Herz scheint in diesem Wirbel der Gefühle zu ertrinken, er schnappt nach Luft, hält sich an der Wand fest – und lauscht der Musik, die ihn durch ein Labyrinth von Traumgesichtern zu einer überwältigenden, bedrohlichen und faszinierenden Erinnerung mitnimmt. Sein Blick gleitet über den Boden, wo sich die Schatten ineinander verflechten. Die Schatten der Mohnblumen tanzen, kreisen, bis es ihm vor den Augen flimmert.

„Großer Gott", flüstert er und blickt rasch aus dem Fenster, als wolle er sich überzeugen, dass alles noch dort ist, wo es noch vor einer Minute war. Draußen hat sich wirklich nichts verändert – Autos fahren vorbei, Passanten huschen vorüber, ein bärtiger Mann mit einem Strauß bunter Ballone steht neben dem Markteingang, auf der Bank davor sitzen Babzjas und unterhalten sich gedämpft. Plötzlich erkennt er unten auf der Straße Pani Stefa. Was macht die denn hier? Ob sie auf den Markt geht? Wohl kaum. Jetzt betritt sie eine Hofeinfahrt – hier oder im Nebenhaus? Der Balkon versperrt die Sicht. In dem Moment knarrt es im Treppenhaus von neuem, nicht so laut wie unter seinen schweren Schritten. Das Klappern von Absätzen verrät, dass eine Frau die Stufen emporsteigt. Von Zweifeln geplagt und aufs Äußerste gespannt schaut Jarosch zur Tür. Da wird er sich bewusst, dass er nicht nur die Melodie des Tangos vernimmt, sondern auch Worte hört, die Milker spricht.

Wenn ich nicht mit dir sein kann,
und Sand die Körper bedeckt,
werden wir uns sehen, wo der Mohn tanzt,
dort, wohin sein Schatten fällt.

Die Schritte nähern sich, Jarosch ringt nach Luft, spürt sein Herz bis zum Hals herauf schlagen. Dann verstummen die Schritte, jemand tritt von einem Fuß auf den anderen. Schließlich geht die Tür auf, langsam, sehr langsam, schüchtern, zögerlich – eintreten oder nicht? –, doch schließlich wird sie aufgestoßen und Danka tritt ein. Auch sie atmet schnell, keucht, als wäre sie den ganzen Weg hierher gerannt. Doch auf ihren Lippen spielt ein glückliches Lächeln, zugleich stehen auch ihr Tränen in den Augen. Was macht sie denn hier? Stimmt, sie hatten ausgemacht, gemeinsam zu dem Alten zu gehen. Sie hat angerufen, dass sie sich verspätet und er allein vorgehen soll, sie komme nach. Er hat ihr noch die Adresse durchgeben wollen, aber sie hat erwidert, dass sie sie kennt. Woher denn, hat er noch wissen wollen, aber da hatte sie schon aufgelegt und ihm ist eingefallen, dass er Milkers Adresse ja von ihr bekommen hatte. Immer weiter spielt die Geige, und Jarosch scheint, dass er sich im Tango dreht wie im Tanz der Derwische. Er dreht sich im Schatten des Mohns, und diesmal schließt er nicht die Augen, sondern nimmt alles um sich herum auf – den freudig lachenden Josip Milker, die lächelnde Jarka, die strahlende Danka und den tanzenden Mohn ...

Warum lächeln sie ihn nur alle so seltsam freudig erregt an? Was wissen sie, das er nicht weiß? Wieder knarren die Stufen im Treppenhaus schwer, diesmal offenbar nicht nur unter einer Person, sondern unter dem Gewicht von zwei oder drei Menschen.

Jaroschs Herz zieht sich zusammen, mit bebenden Lippen versucht nun auch er zu lächeln. Das, woran er sich gerade eben erinnert, ist zu fantastisch, noch zu schemenhaft, und er kann es nicht fassen, verstehen, glauben.

„Danka“, will er sagen, doch er hört sich selbst etwas anderes aussprechen: „Lija?!“

Glossar

Arkanien Staatsgebilde auf dem Territorium der heutigen Türkei, 18.–8. Jh. v. Chr.

Asnyk, Adam polnischer Dichter (1838–1897), heiratete 1875 Żofia Kaczorowska

Babzja, Babusja Großmutter, auch familiär Oma

Baczewski berühmte Spirituosenfabrik in Lemberg

Banach, Stefan Lemberger Professor, galt als Mathematikgenie

Batiar Hooligan, Raufbold, zugleich Möchtegern-Dandy, Kleinkrimineller

Dawaj russisches modales Funktionswort (Partikel), vergleichbar im Deutschen mit „los", „mach"

Drahomanow, Mychajlo bedeutender ukrainischer politischer Philosoph (1841–1895)

Eck, rotes eine Räumlichkeit in sowjetischen Fabriken, Bildungseinrichtungen, Wohnheimen u. a. für politische Bildung, Aufklärung und kulturelle Aktivität

Enejida 1798, gilt als erstes Werk der modernen ukrainischen Literatur, es handelt sich um eine Aeneis-Parodie (Kosaken als Trojaner), ein Werk der Lachkultur

Fedkowytsch, Jurij ukrainischer Autor (1834–1888) aus der Bukowina

Haljetschko, Sofia erste Ukrainerin mit Offiziersrang (1891–1918) in der Ukrainischen Legion während und nach dem Ersten Weltkrieg

Heimatarmee, polnische Militärorganisation, die sich aus Freiwilligen zusammensetzte, die im besetzten Polen mit wechselnden Erfolgen gegen die deutschen Besatzer wie auch gegen die UPA kämpfte; die Truppen der Heimatarmee wurden z. T. vom NKWD entwaffnet, viele ihrer Offiziere erschossen oder in den Gulag geschickt

Hidschab Kopftuch, mit dem sich islamische Frauen den Kopf verhüllen, Gesicht bleibt frei

Huzule Karpatenbewohner mit sehr markanten sprachlichen und kulturellen Eigenheiten, einschließlich der Tracht und Ornamentik

Jan III. Sobieski König von Polen und Großfürst von Litauen (1629–1696), gilt als einer der Retter Wiens während der zweiten Wiener Türkenbelagerung 1683

Jaroslawa, Klage der mittelalterliches ostslawisches Schriftdenkmal

Katyn Massaker von Katyn, bei dem im April/Mai 1940 etwa 4.400 Polen vom NKWD ermordet wurden; Teil einer sowjetischen Mordserie an bis zu 25.000 Polen; der Ortsname Katyn steht in Polen für diesen Massenmord

KGB Komitee für Staatssicherheit, sowjetischer Inlandsgeheimdienst, s. NKWD

Komunalka eine aufgrund des Wohnraummangels besonders in sowjetischer Zeit verbreitete Praktik, wobei sich mehrere Familien eine Wohnung teilten

Konopnicka, Maria patriotische polnische Autorin (1842–1910), schrieb u. a. *Rota*, das Lied galt zeitweise als inoffizielle Nationalhymne Polens

Kulisch, Pantejlemon ukrainischer Schriftsteller (1819–1897), Historiker und Verleger

Kwas auch Brottrunk, gegärtes Erfrischungsgetränk aus unterschiedlichen Zutaten

Lenartowicz, Teofil polnischer Dichter (1822–1893)

Luzilius berühmtester Dichter Arkaniens

Lwiw Lemberg

Makuszyński, Kornel polnischer Schriftsteller und Journalist (1884–1953)

Mamser Bastard, uneheliches Kind

Mitylenska, Asturia Blume, die auf den Meeresfelsen Arkaniens wächst

Mund, Jakob Dirigent der Lwiwer Oper, im Janowska-KZ ermordet

Myhal, Taras ukrainischer Schriftsteller (1920–1982), Verfasser des autobiographischen Romans *Hering am Haken*

Na Londtzkoho berüchtigtes Gefängnis in Lwiw, in dem u. a. politische Gefangene inhaftiert waren, vor dem Einmarsch der Wehrmacht in Lwiw 1941 kam es hier wie in anderen Gefängnissen der sowjetisch besetzen Gebiete beim Rückzug zu Massenerschießungen durch den NKWD; die Gestapo und die Einsatzgruppen des deutschen Sicherheitsdienst hatten hier ihr Untersuchungsgefängnis, 1944, nach der erneuten Eroberung Lwiws durch die Sowjets, diente es dem NKWD als Untersuchungsgefängnis

Natschalnik Vorgesetzter, Chef, Boss

NKWD Volkskommissariat für Innere Angelegenheiten, dem in den 1930ern und z. T. in den 1940ern u. a. Polizei, Geheimpolizei, Nachrichtendienste und paramilitärische Sondereinheiten der Sowjetunion unterstanden; ab 1946 im Zuge der Umbenennung der „Volkskommissariate" in Ministerien wurde der NKWD zum MGB, Ministerium für Staatsicherheit, hierzu gehörte der Inlandsgeheimdienst NKGB, ab 1954 dann unter der Bezeichnung KGB (Komitee für Staatssicherheit); das Volkskommissariat für Innere Angelegenheiten und später das Sowjetische Ministerium für Staatssicherheit mit seinen vielfältigen polizeilichen und geheimdienstlichen Funktionen zeichnet verantwortlich für die Umsetzung des Terrors gegen die Bevölkerung in der Sowjetunion, betrieb u. a. Straflager (GULAGs) und Gefängnisse. Nach der Auflösung des KGB 1991 in der Russischen Föderation trägt der Inlandsgeheimdienst Russlands die Bezeichnung FSB (Föderaler Sicherheitsdienst), in der Ukraine heißt der Inlandsgeheimdienst nun SBU (Sicherheitsdienst der Ukraine)

Norwid, Cyprian Kamil bedeutender polnischer Schriftsteller (1821–1883)

Ossolineum wissenschaftliche Forschungsbibliothek, heute Stefanyk-Bibliothek

OUN Organisation Ukrainischer Nationalisten, gegründet 1929. Einflussreiche Allianz unterschiedlicher Gruppierungen zur Erlangung der ukrainischen staatlichen Unabhängigkeit, oftmals uneinig in Methoden und Zielen, agierte in der Halb- und Illegalität, verübte Terroranschläge auf dem Territorium Polens und der Sowjetunion

Pan Tadeusz 1834, polnisches Nationalepos von Adam Mickiewicz

Pan, Pani Herr, Frau, höfliche und respektvolle Anrede

Pawlatsche offener Gang an der Hofseite eines Gebäudes, über den man die Wohnungen erreicht

Pejes Schläfenlocken der männlichen orthodoxen Juden

Petljura, Simon Publizist, Politiker, Oberbefehlshaber der Streitkräfte der Ukrainischen Nationalrepublik (1879–1926), später führte er die ukrainische Exilregierung; sehr umstritten wegen seiner antijüdischen Politik, die auch Pogrome duldete oder förderte, wurde in Paris von einem jüdischen Anarchisten ermordet, der im Dienst des sowjetischen Geheimdienstes stand

Poltwa Fluss, der durch Lwiw fließt und dessen Flussbett während der zweiten Hälfte des 19. Jahrhunderts in die Kanalisation verlegt wurde

Saschkewytsch, Markian 1811–1843, gab zusammen mit Jakiw Holowatzky und Iwan Wahylewytsch den Almanach „Rusalka Dnistrowaja“ heraus, das als Initialwerk der modernen ukrainischen Literatur in der Westukraine gilt

SBU Inlandsgeheimdienst der Ukraine, s. auch NKWD

Schewtschenko, Taras ukrainischer Nationaldichter (1814–1861), vergleichbar mit der Rolle von Mickiewicz oder Puschkin als Nationaldichter Polens bzw. Russlands

Slowacki, Juliusz Schriftsteller (1809–1849), in der Ukraine geboren, wird neben Adam Mickiewicz als polnischer Nationaldichter bezeichnet

Tagetes auch Totenblume, Studentenblume oder türkische Nelke

Tawarisch russisch: Genosse

Tschekisten verallgemeinernder Ausdruck für russische resp. sowjetische Geheimdienstmitarbeiter (geht auf die Abkürzung TscheKa – Russische Außerordentliche Kommission zur Bekämpfung der Konterrevolution, Sabotage und Spekulation - zurück, die den ersten Inlandsgeheimdienst bezeichnet)

Ujejski, Kornel polnischer Dichter (1823–1897)

UPA Ukrainische Aufstandsarmee, aktiv zwischen 1942 und 1949, ukrainische Partisanenverbände, die u. a. gegen die Wehrmacht und gegen die Rote (resp. ab 1946) Sowjetarmee kämpften, z. T. auch Gefechte mit der polnischen Heimatarmee; die Hauptgegner waren aber die Sondereinheiten des NKWD; die historische Bewertung der UPA ist zwiespältig und noch nicht abgeschlossen, da sie zum Teil mit Institutionen von Hitler-Deutschland kooperierte

Warenniky Teigtaschen mit verschiedenen Füllungen (Fleisch, Gemüse, Obst u. a.)

Weigl, Rudolf St. Biologe und Mediziner (1883–1957), fand das Serum gegen Typhus

Zurymska, Rodelija Blume, die auf den Meeresfelsen Arkaniens wächst